Alexander Dumas

Die Gräfin Charny

Salzwasser

Alexander Dumas

Die Gräfin Charny

1. Auflage | ISBN: 978-3-84608-184-6

Erscheinungsort: Paderborn, Deutschland

Erscheinungsjahr: 2015

Salzwasser Verlag GmbH, Paderborn.

Alexander Dumas

Die Gräfin Charny

Erstes Kapitel

Auf dem Wege von Versailles nach Paris machte vor dem Gasthause an der Brücke zu Sèvres ein etwa fünfundvierzig- bis achtundvierzigjähriger Mann halt, der wie ein Schmied oder Schlosser gekleidet war. Ohne groß zu sein, war er ungemein schön gewachsen; er hatte einen kleinen Fuß; und auch seine Hand hätte für schön und zart gelten können, wenn sie nicht die Bronzefarbe der Eisenarbeiter gehabt hätte. Aber wenn man seinen Arm bis zu dem aufgerollten Hemdärmel betrachtet hätte, so würde man gesehen haben, dass die starken Muskeln mit einer feinen, fast aristokratischen Haut bedeckt waren.

Dieser Mann trug ein reich mit Gold eingelegtes Doppelgewehr, auf dessen Lauf der Name des Büchsenmachers Leclerc zu lesen war.

Der Mann war von Versailles gekommen und über alle Ereignisse genau unterrichtet; dem Wirt erzählte er, die Königin komme mit dem König und dem Dauphin; sie habe sich endlich entschlossen, dem Drängen des Volles nachzugeben und in die Tuilerien überzusiedeln.

Während er dies sagte, schaute er mehrfach und aufmerksam in die Richtung nach Paris, aus der jetzt ein Wanderer kam, der ebenfalls dem Handwerkerstande anzugehören schien.

»He, Kamerad!«, sagte der wartende Gast, »das Wetter ist kalt und der Weg lang; nehmen wir nicht ein Glas Wein zur Stärkung und Erwärmung?«

Der Wanderer sah sich um.

»Meinet Ihr mich?«, fragte er.

»Wen denn sonst? Ihr seid ja allein.«

»Und Ihr bietet mir ein Glas Wein an?«

»Warum denn nicht? Wir sind ja von dem gleichen Geschäft ...«

»Meinetwegen«, sagte der Handwerker, in das Wirtshaus eintretend.

Der Unbekannte deutete auf den Tisch und reichte ihm das Glas ...

»Die Nation soll leben!«

Die grauen Augen des Arbeiters hefteten sich einen Augenblick auf den andern. Dann sagte er:

»Das war wohl gesprochen: Die Nation soll leben! Was macht Ihr denn hier?«

»Wie Ihr seht, ich komme von Versailles, ich erwarte den Zug, um ihn nach Paris zu begleiten.«

»Was für einen Zug?«

»Wisst Ihr denn nicht, dass der König mit der Königin und dem Dauphin in Begleitung der Marktweiber und mit zweihundert Mitgliedern der Nationalversammlung, unter dem Schutze der Nationalgarde und Lafayettes, nach Paris zurückkehren?«

»Ich dachte es wohl, als ich mich heute früh um drei Uhr auf den Weg nach Paris machte.«

»So! Ihr habt heute früh um drei Uhr Versailles verlassen? Wart Ihr denn nicht neugierig, was dort vorgehen wird?«

»Jawohl, ich hätte gern gewusst, was aus dem Bourgeois wird, zumal da er, ohne mich zu rühmen, ein alter Bekannter ist; aber Ihr wisst ja, die Arbeit geht vor; man hat Weib und Kind, und die wollen leben, und das ist jetzt nicht so leicht, da die königliche Schlosserwerkstätte eingeht.«

Der Unbekannte ließ die beiden letzten Anspielungen unbeachtet. »Ihr habt also dringende Arbeit in Paris gehabt?«

»Ja, und die Arbeit ist gut bezahlt worden«, erwiderte der Handwerker.

»Die Arbeit war vermutlich schwer ...«

»Eine unsichtbare Tür!«

»Wo habt Ihr das gemacht?«

»Ja, das kann ich ...«

»Aha! Ihr wollt's nicht sagen.«

»Ich kann's nicht sagen, weil ich's nicht weiß.«

»Man hat Euch also die Augen verbunden?«

»Ja, so ist's; ich wurde an der Barriere mit einem Wagen erwartet. Man verband mir die Augen und brachte mich nach der Arbeit wieder mit verbundenen Augen an die gleiche Stelle.«

»Und gar nichts habt Ihr gesehen?«

»Nun ja. Als ich draußen an der Treppe stolperte, benutzte ich die Gelegenheit und verschob die Binde. Da sah ich links eine Baumreihe; das brachte mich auf die Vermutung, das Haus müsse am Boulevard stehen; aber das ist alles.«

»Ihr würdet das Haus nicht wiedererkennen?«

Der Schlosser sann einen Augenblick nach.

»Wahrhaftig nein«, sagte er, »das könnte ich nicht.«

Diese Versicherung schien der Unbekannte mit Befriedigung aufzunehmen.

»Es ist sonderbar«, sagte er, »dass man Schlosser von Versailles kommen lässt, um geheime Türen machen zu lassen ...«

»Jawohl«, sagte der Schlosser, »es gibt auch Schlosser in Paris ... und sogar Meister gibt's ... aber zwischen Meister und Meister ist ein Unterschied.«

»Aha!«, sagte der Unbekannte lächelnd, »ich sehe, nicht nur Meister, sondern Meister über Meister.«

»Und Meister über alle ... Seid Ihr vom Geschäft?«

»Nun ja, so ziemlich.«

»Was seid Ihr?«

»Ich bin Büchsenmacher.«

»Ist das etwas von Eurer Arbeit?«

Der Schlosser nahm dem Unbekannten das Gewehr aus der Hand, betrachtete es aufmerksam, probierte das Schloss, nickte beifällig, und las den Namen, der auf dem Laufe stand.

»Leclerc«, sagte er. »Unmöglich, Freund. Leclerc ist höchstens achtundzwanzig, und wir beide gehen auf die Fünfzig los. Doch nichts für ungut, es ist nicht böse gemeint.«

»Es ist wahr«, erwiderte der andere, »ich bin nicht Leclerc, aber es ist ganz dasselbe.«

»Wie, es ist ganz dasselbe?«

»Allerdings, ich bin ja sein Meister.«

»Das wäre nicht übel«, sagte der Schlosser lachend. »Das ist gerade, als wenn ich sagte: Ich bin nicht der König, aber es ist ganz dasselbe.«

»Wie! Es ist ganz dasselbe?« wiederholte der Unbekannte.

»Jedenfalls, denn ich bin ja sein Meister«, sagte der Schlosser.

»Oho!«, rief der Unbekannte, indem er aufstand und salutierte, wie ein Soldat. »Habe ich die Ehre, Monsieur Gamain vor mir zu sehen?«

»Jawohl, den leibhaftigen Gamain, ergebenst aufzuwarten«, erwiderte der Schlosser, hocherfreut über den Effekt, den sein Name gemacht hatte.

»Teufel!«, sagte der Unbekannte, »ich wusste nicht, dass ich einen so bedeutenden Mann vor mir hatte ... Aber ich denke mir's nicht schön, der Meister eines Königs zu sein, wenn man sagen muss: Ew. Majestät, geruhen Sie diesen Schlüssel in die linke Hand zu nehmen; – Sire, nehmen Sie diese Feile in die rechts Hand.«

»Ei! Eben das war so schön bei ihm. Sobald wir in der Werkstätte waren, nannte ich ihn ›Bourgeois‹, und er nannte mich Gamain; nur sagte er Du zu mir, und das tat ich nicht. Ihr müsst wissen, im Grunde fühlte er sich nur wohl in der Werkstätte oder zwischen seinen Landkarten; es ist jammerschade, dass er als König auf die Welt gekommen ist und sich mit so vielen Nebendingen beschäftigen muss, anstatt in seiner Kunst Fortschritte zu machen. Er wird nie ein rechter König sein, aber ein tüchtiger Schlosser wäre er geworden. Man machte ja auch mit ihm, was man wollte. Der Minister Necker stahl ihm die Zeit; was er von seinem Gelde nicht den Armen gab, sogen ihm die Coigny, Vaudreuil und Polignac aus der Tasche; stellt Euch vor, einmal verwandte die Königin fünfhunderttausend Francs für ein Kindbettgeschenk an Frau von Polignac ...

Die Polignacs waren vor zehn Jahren so arm, und nun schleppen sie Millionen davon! Wenn die Sippschaft noch etwas könnte! Den Leuten ein X für ein U zu machen, das verstehen sie, und sie haben den König in die Tinte gebracht; er kann nun zusehen, wie er mit Vailly, Lafayette und Mirabeau wieder herauskommt ... Und ich sitze nun da mit dem versprochenen Jahresgehalt von fünfzehnhundert Livres, das ich aber nicht bekomme. Ich würde ihn wahrhaftig besser beraten haben als die Polignacs; ich war ja sein Meister, sein Freund!«

Jetzt erschienen zwei Männer aus der untersten Volksklasse und ein Fischweib in der Gaststube und setzten sich an denselben Tisch, wo der Unbekannte mit dem Meister Gamain eben die zweite Flasche leerte.

Der eine der beiden Männer hatte eine zwergartige Gestalt, er war kaum fünf Fuß hoch. Sein Gesicht schien diese Missgestalt noch auffallender zu machen; seine fettigen Haare lagen platt auf der eingedrückten Stirn; dieser Mensch schien kein Blut, sondern Galle in den Adern zu haben.

Der andere war das Gegenstück zu dem ersten, er glich einem auf zwei Stelzen stehenden Reiher.

Der dritte oder die dritte, wie man will, war ein Amphibium, dessen Spezies wohl zu erkennen, aber dessen Geschlecht schwer zu unterscheiden war. Es war ein männliches oder weibliches Geschöpf von dreißig bis vierunddreißig Jahren, im eleganten Fischweiberkostüm, mit goldener Kette und Ohrringen, Kopftuch und Spitzenkragen. Man erwartete mit Ungeduld, dass ihr oder sein Mund sich auftue und einige Worte spreche, denn man hoffte, der Ton der Stimme werde der ganzen zweifelhaften Person einen bestimmten Charakter geben; aber auch darin täuschte man sich, denn die einem Sopran ähnliche Stimme erregte in dem Beobachter noch mehr Zweifel als die äußere Erscheinung.

Die Schuhe der drei neuen Gäste trugen unverkennbare Spuren einer langen Wanderung.

»Es ist merkwürdig«, sagte Gamain, »das Frauenzimmer glaube ich zu kennen.«

»Wohl möglich, lieber Meister Gamain«, sagte der Unbekannte, »aber wenn diese drei Personen beisammen sind, haben sie gewiss etwas vor, und wenn sie etwas vorhaben, muss man sie gewähren lassen.«

»Kennt Ihr sie denn?«, fragte Gamain.

»Ja, von Ansehen«, antwortete der Unbekannte. –

»Wenn Ihr sie kennt, so nennt mir doch die beiden Männer, ich werde dann ganz gewiss auch das Frauenzimmer erkennen.«

»Der Krummbeinige ist Jean Paul Marat ... und der Langbeinige Prosper Verrières. Nun, bringen Euch die Namen auf die Spur des Fischweibes?«

»Nein, ich entsinne mich nicht.«

»Dann will ich ihn nennen, das Fischweib ist der Herzog von Aiguillon.

Als dieser Name genannt wurde, stutzten die drei neuen Gäste und sahen sich um.

Der Unbekannte legte den Finger auf den Mund und verließ das Gastzimmer. Gamain, der zu träumen glaubte, folgte ihm. An der Tür stieß er gegen einen Mann, der vor einer ihn verfolgenden Schar zu fliehen schien. »Der Friseur der Königin! Der Friseur der Königin!« rief der heranstürmende Haufe.

Unter den Schreiern waren zwei Männer, die jeder einen bluttriefenden Kopf auf einer Pike trugen.

Es waren die Köpfe der beiden unglücklichen Leibgardisten Varicourt und Deshuttes.

»Siehe da, Monsieur Léonard!«, sagte Gamain, der den Verfolgten sogleich erkannte.

»Er soll wohl diesen armen Teufeln die Köpfe frisieren. In Zeiten der Revolution haben die Menschen gar sonderbare Ideen«, sagte der Unbekannte, dann mischte er sich unter die Menge und ließ den Meister Gamain, dem er wahrscheinlich alles entlockt hatte, was er wissen wollte, wieder nach Versailles in seine Werkstätte zurückkehren.

Der Unbekannte konnte sich leicht unter den Volkshaufen mischen, da dieser sehr groß war. Es war der Vortrab des Zuges, der den König, die Königin und den Dauphin begleitete.

Die Abreise von Versailles hatte, wie der König angeordnet, gegen ein Uhr mittags stattgefunden.

Die Königin, der Dauphin, [1] Madame Royale, [2] der Graf von Provence, [3] Madame Elisabeth und Andrea [4] hatten im Wagen des Königs Platz genommen.

Hundert Kutschen hatten die Mitglieder der Nationalversammlung, die den König nicht verlassen wollten, aufgenommen.

Der Graf von Charny und Billot [5] waren in Versailles geblieben, um dem Baron Georges von Charny, der in jener Schreckensnacht vom 5. zum 6. Oktober gefallen war, die letzte Ehre zu erweisen, und um zu verhindern, dass sein Leichnam verstümmelt werde, wie man die Leichname der Leibgardisten Varicourt und Deshuttes verstümmelt hatte.

Der oben erwähnte Vortrab hatte sich um die beiden Gardistenköpfe wie um eine Fahne geschart.

Er bestand aus zerlumptem, halbnacktem Gesindel. Plötzlich entstand ein großer Tumult unter der Volksmenge. Man bemerkte die Nationalgarde und Lafayette. Dieser bewaffneten Schar folgte der Wagen des Königs.

Lafayette war der Abgott des Pariser Volkes und unumschränkter Gebieter.

---

1 Kronprinz

2 Tochter Ludwig XVI.

3 Bruder des Königs, später Ludwig XVIII.

4 Andrea de Faverney, Gräfin v. Charny, Hofdame der Königin.

5 Siehe den vorhergehenden Band: »Ange Pitou«.

Der Vortrab war weit vorausgeeilt: Er wollte dem Kommandanten seine blutige Trophäe verbergen, und mochte sich von dieser doch nicht trennen. Die »Standartenträger«, durch das im Wirtshause wartende Triumvirat verstärkt, beschlossen, den König zu erwarten, um sich dem Zuge anzuschließen, denn Seine Majestät habe erklärt, sich von seinen »Getreuen« nicht trennen zu wollen.

Der Vortrab setzte sich daher, nachdem er sich durch einige Zuzüge verstärkt, wieder in Bewegung.

Diese Volksmenge, die sich, einer durch einen Platzregen angeschwellten Gosse ähnlich, auf der Landstraße von Versailles gegen Paris hin fortwälzte, zog aus den nahen Dörfern eine Menge Neugieriger herbei. Die meisten blieben ruhig auf beiden Seiten des Weges stehen, ohne für den König und die Königin große Sympathie an den Tag zu legen; dagegen rief die Menge aus Leibeskräften: »Es lebe Lafayette!« Auch Mirabeau ließ man hochleben; so hörte denn der unglückliche König Ludwig XVI., dessen Name gar nicht genannt wurde, wie man die Volkstümlichkeit, die er verloren hatte, und das Genie, das er nie besessen, jubelnd begrüßte.

Gilbert [6] ging an der rechten Seite des königlichen Wagens, wo die Königin saß. Marie Antoinette bewunderte Gilbert, der, ohne Liebe und Zuneigung für seine Regentin, nur das tat, was er für seine Pflicht hielt, und bereit war, für sie sein Leben zu opfern.

Außer den Fußgängern, welche den königlichen Wagen begleiteten, wateten zu beiden Seiten der Landstraße im tiefen Kot die Marktweiber, Gemüsehändler und andere, dem niedrigsten Volke angehörende Leute, die einige mit singenden und schreienden Weibern beladene Kanonen und Munitionskarren mit sich führten.

Sie sangen und schrien: »Jetzt wird uns das Brot nicht fehlen: Wir führen ja den Bäcker, die Bäckerin und den kleinen Bäckerjungen heim!« [7]

Die Königin schien das Geschrei nicht zu verstehen; sie hielt den kleinen Dauphin auf den Knien; der König sah dem Getümmel mit gleichgültigen Blicken zu; er hatte in der letzten Nacht fast nicht geschlafen, denn er war nicht für schwierige Lebensverhältnisse geschaffen.

Den Grafen von Provence erkannte man an seinem immer lauernden, tückischen Blick; er war in jenem Augenblick ein Liebling des Volkes,

---

6 Siehe »Ange Pitou«.

7 Anspielung auf die königliche Familie, von der das Brot kommen soll.

weil er in Frankreich geblieben, während sein Bruder, der Graf von Artois, geflohen war.

Andrea schien von Marmor zu sein. Sie glich einer überirdischen Erscheinung, die sich unter die Lebenden verirrt hat. Nur ihr Blick gab zu erkennen, dass sie lebte: Ihr Auge flammte unwillkürlich auf, so oft es dem Auge Gilberts begegnete.

Etwa hundert Schritte vor dem obenerwähnten kleinen Wirtshause machte der Zug halt. Das Schreien und Toben wurde noch stärker.

Die Königin neigte sich aus dem Wagen, und diese Bewegung, die man für einen Gruß nehmen konnte, erregte ein Gemurmel unter der Menge.

»Herr Gilbert«, sagte sie.

Gilbert trat an den Wagen. Da er von Versailles her den Hut in der Hand hielt, hatte er nicht nötig, ihn abzunehmen, um der Königin seine Ehrerbietung zu bezeigen.

»Majestät.«

»Herr Gilbert, was singt und schreit das Volk?«

Herr Gilbert wollte antworten, aber ein Schrei des Entsetzens, gefolgt von barbarischem Gelächter, drang aus der Volksmenge.

Die beiden Pikenträger kamen heran. Die Köpfe, die sie gleichsam als Feldzeichen der Rotte vorantrugen, hatten sie von dem unglücklichen Leonhard pudern und frisieren lassen; sie wollten sie der Königin zeigen.

»Um des Himmels willen, gnädigste Frau«, sagte Gilbert, »sehen Sie nicht nach rechts!« Aber die Königin hatte nichts Eiligeres zu tun, als ihren Blick nach der bezeichneten Richtung hin zu wenden. Das Entsetzen entlockte ihr einen lauten Schrei. Aber plötzlich wendeten sich ihre Augen von dem furchtbaren Schauspiel ab und starrten ein Medusenhaupt an, von dem sie sich nicht abwenden konnten. Es gehörte jenem Unbekannten, den wir im Wirtshause zu Sèvres mit dem Meister Gamain zusammen gesehen haben, und der jetzt mit verschränkten Armen an einem Baume stand.

Die Hand der Königin fiel auf Gilberts Schulter und zuckte krampfhaft.

Gilbert sah sich um. Dann riefen beide zugleich:

»Cagliostro! ...«

Der Fremde sah Gilbert und winkte ihm zu.

In diesem Augenblick setzte sich der Wagenzug wieder in Bewegung.

Gilbert ließ die Kutschen und die Volksmenge vorüberziehen und folgte dem angeblichen Büchsenmacher, der sich von Zeit zu Zeit nach ihm umsah, in eine Seitengasse.

Zweites Kapitel

Vor einem großen und schönen Hause machten Cagliostro und sein Begleiter halt. Sie traten ungesehen durch eine kleine Seitenpforte und Gilbert zog die Tür hinter sich zu; man hörte nicht das leiseste Knarren der Angeln, nicht das mindeste Schnappen des Schlosses. Der Boden war mit einem weichen Teppich belegt. Links fand Gilbert eine Tür offen, durch die er in ein prachtvolles Gemach gelangte. Hier hing ein einziges Gemälde, es war eine Madonna von Raphael.

Gilbert bewunderte dieses Meisterwerk, als er eine Tür hinter sich aufgehen hörte. Er sah sich um und erkannte Cagliostro, der sich in einem Nebenzimmer umgekleidet hatte.

Er war jetzt nicht mehr der Handwerker mit den geschwärzten Händen, den mit Kot bedeckten Schuhen und dem groben, schmutzigen Hemd. Mit freundlichem, offenem Blick trat er näher und breitete die Arme aus.

Gilbert eilte auf ihn zu und drückte ihn innig an seine Brust.

»Teurer Meister!«, sagte er.

»Oh! Lieber Gilbert,« erwiderte Cagliostro lachend, »Sie haben seit unserer Trennung so gute Fortschritte gemacht, zumal in der Philosophie, dass Sie jetzt der Meister sind, und ich kaum würdig bin, Ihr Schüler zu sein.«

»Ich danke für das Kompliment«, sagte Gilbert, »aber angenommen, ich hätte solche Fortschritte gemacht, wie können Sie es wissen? Es sind acht Jahre her, dass wir uns nicht mehr gesehen haben.«

»Sie zweifeln also noch immer an meiner Seherkraft? Dann will ich Sie eines Besseren belehren. Sie kamen gewisser Familienangelegenheiten wegen zum ersten Male wieder nach Frankreich. Es handelte sich um die Erziehung Ihres Sohnes Sebastian: Sie brachten ihn in eine kleine Stadt und besuchten zugleich Ihren Pächter, einen braven Mann mit Namen Billot, den Sie gegen seinen Willen in Paris zurückhalten. Sie kamen zum zweiten Male nach Frankreich zurück, weil Sie, gleich vielen andern, an den politischen Angelegenheiten teilnehmen wollten. Unglücklicherweise hatten Sie eine gewisse alte Geschichte ganz vergessen. Diese Geschichte betraf Mademoiselle Andrea de Favernay, nachmalige Gräfin von Charny. Da die Königin der Dame, die den Grafen von Charny geheiratet hatte, nichts abschlagen konnte, [8] so verlangte und erhielt sie einen Verhaftsbefehl, infolgedessen Sie in die Bastille gebracht wurden. Dort würden Sie noch heute sitzen, lieber Doktor, wenn das Volk Sie nicht befreit hätte. Als guter Royalist begaben Sie sich sogleich zum König, dessen Leibarzt Sie geworden sind. Gestern oder vielmehr heute früh haben Sie zur Rettung der königlichen Familie sehr viel beigetragen; Sie weckten den braven Lafayette, der den Schlaf des Gerechten schlief, und vorhin, als Sie mich sahen, schickten Sie sich an, Ihre Souveränin – die, beiläufig gesagt, Ihre Todfeindin ist, gegen jede Gefahr zu schützen. Ist es nicht so?«

»Ja, es ist so«, sagte er, »und Sie sind immer der Zauberer Cagliostro.«

Cagliostro lächelte. »Ich habe es gemacht wie Sie«, erwiderte er; »ich habe Könige, viele Könige gesehen, aber in anderer Absicht; Sie nähern sich ihnen, um ihnen beizustehen, ich nähere mich ihnen, um sie zu stürzen. Sie versuchen, einen konstitutionellen König an die Spitze der Nation zu stellen, und es wird Ihnen nicht gelingen, ich mache Kaiser, Könige, Fürsten zu Philosophen, und das gelingt mir.«

»Wirklich?«, sagte Gilbert zweifelnd.

»Jawohl. Der liebe König Friedrich, den wir leider verloren haben, war mit einem guten Beispiel vorangegangen. Da ist vor allen der König Joseph II., der Bruder unserer vielgeliebten Königin, der drei Viertel der Klöster aufhebt, die Kirchengüter einzieht, sogar die Karmeliternonnen aus ihren Zellen austreibt. Da ist der König von Dänemark, der Henker seines Leibarztes Struensee. Da ist die Kaiserin Katharina, die so große Fortschritte in der Philosophie macht, was sie jedoch nicht hinderte, Polen auseinanderzureißen. Da ist die Königin von Schweden und ... ganz Deutschland.«

»Sie haben nur noch den Papst zu bekehren«, sagte Gilbert, »und da Ihnen nichts unmöglich ist, so glaube ich, dass es Ihnen gelingen wird.«

»Oh! Das wird schwer sein, ich komme soeben erst aus seinen Krallen; vor sechs Monaten saß ich in der Engelsburg, so wie Sie vor drei Monaten in der Bastille saßen.«

»Nicht möglich! Und wie sind Sie befreit worden?«

---

8 Andrea hatte, um einem Skandal vorzubeugen, den Grafen von Charny heiraten müssen, der ein glühender Verehrer der Königin war.

»Ich hatte Unglück, ich hatte einen unbestechlichen Kerkermeister, aber zum Glück war er nicht unsterblich; der Zufall wollte es, dass er am Tage nach der dritten Zurückweisung meines Antrags starb. Man musste ihm einen Nachfolger geben.

Der Nachfolger war nicht unbestechlich.

Der neue Kerkermeister sagte am ersten Abend, als er mir das Nachtessen brachte: ›Lasst's Euch wohlschmecken und sammelt neue Kräfte, denn wir haben diese Nacht einen weiten Weg zu machen.‹ – Wahrhaftig, der brave Mann log nicht; in derselben Nacht ritten wir jeder drei Pferde zu Tode und legten hundert Meilen zurück.«

»Und was sagte der Gouverneur, als er Ihre Flucht bemerkte?«

»Er zog dem noch nicht beerdigten Leichnam des andern Kerkermeisters die von mir zurückgelassenen Kleider an, schoss ihm mit einem Pistol mitten durch das Gesicht, ließ das Pistol neben ihm liegen und erklärte, ich hätte mich erschossen.«

»Und darf man ohne Indiskretion fragen, wie Sie jetzt heißen?«

»Ich bin der Baron Zannoné, Bankier aus Genua; ich bin Geldgeber Monsieurs, des königlichen Prinzen ... Gutes Papier, nicht wahr? ...«

»Und warum sind Sie nach Paris gekommen?«

»Wer weiß, vielleicht gelingt es mir, in Frankreich zu gründen, was sie in Amerika gegründet haben: eine Republik.«

Gilbert schüttelte den Kopf. »Der Geist der Franzosen ist keineswegs republikanisch. Der König wird bleiben.«

»Dann machen wir keine Republik, sondern eine Revolution.«

Gilbert ließ den Kopf sinken.

»Wissen Sie, wer die Bastille zerstört hat, Gilbert?«

»Das Volk.«

»Sie verstehen mich nicht: Fünfhundert Jahre lang hat man Grafen, Fürsten und andere große Herren in die Bastille eingesperrt; da kam eines Tages ein König auf den unsinnigen Einfall, den Gedanken in eine Zelle zu sperren. Der Gedanke hat die Bastille in die Luft gesprengt, und das Volk ist durch die Bresche eingedrungen.«

»Das ist wahr«, sagte Gilbert.

»Warten Sie nur, Gilbert, das ist erst der Anfang. Hören Sie, ich war vor drei Tagen bei einem sehr verdienstvollen, menschenfreundlichen Arzt. Wissen Sie, womit er sich in diesem Augenblick beschäftigt? Er erfindet eine wirklich höchst sinnreiche Maschine, die er der Nation verehren will, und mit der man in einer Stunde fünfzig, sechzig, achtzig Menschen aus der Welt schaffen kann. Wenn sich nun ein so ausgezeichneter Arzt, ein so wohlmeinender Philanthrop, wie der Doktor Guillotin, mit einer solchen Maschine beschäftigt, ist das nicht ein Beweis, dass eine solche Maschine wirklich Bedürfnis ist? Wenn Sie die Maschine sehen wollen, lieber Gilbert, so werden Sie nächstens Gelegenheit dazu haben, man wird eine Probe damit machen. Ich werde es Ihnen sagen lassen, und wenn Sie nicht blind sind, werden Sie den Finger der Vorsehung erkennen, die wohl weiß, dass ein Augenblick kommen müsse, wo der Henker zu viel zu tun haben wird, um mit den gewöhnlichen Mitteln auszureichen.«

»Graf, Graf! In Amerika hatten Sie tröstlichere Lebensansichten.«

»Das glaube ich wohl, ich war mitten unter einem Volke, das sich erhebt, und hier befinde ich mich in einer Gesellschaft, mit der es bald zu Ende geht. In unserer veralteten Welt geht alles zu Grabe, Adel und Königtum, und dieses Grab ist ein bodenloser Abgrund.«

»Aber retten wir das Königtum, es ist das Palladium der Nation.«

»Das sind große Worte, Gilbert. Glauben Sie denn, es sei so leicht, das Königtum mit einem solchen König zu retten?«

»Aber er ist doch der Sprössling eines gewaltigen Geschlechts ...«

»Jawohl, eines Adelsgeschlechts, das mit Papageien endet! Hören Sie, Gilbert, Sie wissen, dass ich imstande bin, tausend Leiden zu ertragen, um Ihnen einen Schmerz zu ersparen. Ich will Ihnen daher einen Rat geben.«

»Reden Sie.«

»Der König muss fliehen. Der König muss Frankreich verlassen, solange es noch Zeit ist. In drei Monaten, in einem halben Jahr vielleicht wird es zu spät sein.«

»Graf«, erwiderte Gilbert, »würden Sie einem Soldaten den Rat geben, seinen Posten zu verlassen, weil das Bleiben auf demselben mit Gefahr verbunden ist?«

»Wenn der Soldat so wehrlos, umzingelt und in die Enge getrieben wäre, dass er sich nicht verteidigen könnte, wenn zumal sein Tod das Leben von Hunderttausenden in Gefahr brächte, ja, dann würde ich ihm raten, zu fliehen.«

»Graf, Sie wissen, dass ich ein Fatalist bin. Es geschehe, was da wolle; solange ich bei dem König etwas vermag, bleibt er in Frankreich, und ich bleibe bei ihm.«

»Hören Sie, es klopft jemand.«

»Wohlan, Graf, sagen Sie mir das Geschick dessen, der an diese Tür klopft, sagen Sie mir, wann und welchen Todes er sterben wird.«

»Gut«, sagte Cagliostro, »wir wollen selbst öffnen.«

Der Marquis von Favras trat ein.

Die Herren verneigten sich.

»Belieben Sie in den Salon zu gehen, Marquis«, sagte Cagliostro. »In fünf Minuten stehe ich zu Diensten.«

Der Marquis grüßte noch einmal, als er an den beiden Männern vorüberging, und verschwand.

»Nun?«, fragte Gilbert.

»Sie wollen wissen, welchen Todes der Marquis sterben wird.«

»Sie haben mir ja versprochen, es zu sagen.«

Cagliostro lächelte und sah sich, um. Da niemand in der Nähe war, sagte er leise:

»Haben Sie schon einen Edelmann hängen sehen?«

»Nein.«

»Nun, da es ein seltenes, merkwürdiges Schauspiel ist, so finden Sie sich an dem Tage, wo der Marquis von Favras gehängt wird, auf dem Grèveplatz ein.«

Drittes Kapitel

Unterdessen setzten der König und die königliche Familie ihren Weg nach Paris fort.

Unterwegs hatte der kleine Prinz Hunger bekommen und zu essen verlangt. Wäre Gilbert da gewesen, so würde die Königin kein Bedenken getragen haben, ihn um ein Stück Brot für den Dauphin zu ersuchen. Aber einen Volkswehrmann mochte sie nicht anreden. Sie drückte den Dauphin an ihre Brust und sagte weinend zu ihm:

»Mein Kind, wir haben kein Brot, in Paris ist seit drei Tagen keines.«

Der arme Dauphin! Er sollte mehr als einmal, ehe er starb, vergebens um Brot bitten. Nachdem der Zug etwa eine halbe Stunde gesungen, geschrien, getanzt hatte, ertönte ein ungeheures Hurra. Wer ein geladenes Gewehr hatte, feuerte es ab; die Kinder weinten und fürchteten sich so sehr, dass ihnen der Hunger verging.

Dann ging's weiter, an den Kais hin, zum Stadthause.

Ganz in ihrer Nähe bemerkte die Königin ihren Kammerdiener Weber.

Sie rief ihn zu sich.

»Warum versuchst du mit Gewalt in das Stadthaus zu dringen?«, fragte ihn die Königin.

»Um Ew. Majestät näher zu sein.«

»Im Stadthause bist du mir unnütz, Weber«, sagte die Königin; »aber anderswo kannst du mir sehr nützlich sein. In den Tuilerien, lieber Weber, in den Tuilerien! Dort erwartet uns niemand, und wenn du uns nicht vorauseilst, finden wir weder ein Bett noch ein Zimmer noch ein Stück Brot.«

»Das ist eine vortreffliche Idee, Madame«, sagte der König.

Marie Antoinette hatte deutsch gesprochen; der König, der wohl deutsch verstand, aber nicht sprach, antwortete in englischer Sprache.

Das Volk hörte wohl die instinktmäßig verabscheute Sprache, aber verstand sie nicht. Am den Wagen entstand ein lautes Murren, das in Gebrüll auszuarten drohte, als sich das Truppenkarree vor dem Wagen der Königin öffnete und hinter demselben wieder schloss.

Bailly erwartete den König und die Königin am Fuße eines in der Eile errichteten Throns. Er richtete einige Worte an sie, und der König antwortete ihm mit den Worten: »Ich kehre immer mit Freude und Vertrauen zu den Bewohnern meiner guten Stadt Paris zurück.«

Dann nahm das Königspaar auf dem in Eile hergerichteten Thron Platz, um die Anreden der Stadtverordneten zu hören.

Weber besichtigte unterdessen die Gemächer in den Tuilerien und wählte die von der Gräfin von Lamark bewohnten Appartements.

Gegen zehn hörte man den Wagen Ihrer Majestäten vorfahren.

Alles war zum Empfange bereit, und Weber eilte dem hohen Herrscherpaare entgegen.

Der König, die Königin, Madame Royale, der Dauphin, Madame Elisabeth und Andrea traten ein.

Der König sah sich unruhig nach allen Seiten um, als er aber in den Salon trat, bemerkte er durch eine halb offene Tür das in der Galerie aufgetragene Souper.

»Ah! Weber weiß immer Rat zu schaffen«, sagte er freudig überrascht. »Madame, sagen Sie ihm, dass ich sehr zufrieden mit ihm bin.«

Sobald die Kinder gegessen hatten, bat Marie Antoinette den König, sich in ihr Zimmer begeben zu dürfen.

»Sehr gern, Madame«, sagte der König, »denn Sie müssen ermüdet sein ...«

Die Königin verließ, ohne zu antworten, mit ihren beiden Kindern den Speisesaal. Als sie in ihrem Zimmer war, atmete sie befreit auf. Keine ihrer Frauen war ihr gefolgt; sie sah sich nach einem Sofa oder einem großen Armsessel um, denn sie wollte die beiden Kinder in ihr Bett legen. Der kleine Dauphin schlief schon. Kaum hatte der arme Knabe seinen Hunger gestillt, war er eingeschlafen.

Madame Royale war noch wach, und wenn es hätte sein müssen, würde sie die ganze Nacht nicht geschlafen haben.

Die Königin trat an eine Tür; sie wollte öffnen, aber ein leises Geräusch im Nebenzimmer hielt sie zurück; sie horchte und hörte einen Seufzer; sie sah durch das Schlüsselloch die Gräfin von Charny, die auf einer Fußbank kniete und betete.

Dieser Tür gegenüber war eine andere. Die Königin öffnete sie und befand sich in einem behaglich warmen und von einer Nachtlampe beleuchteten Zimmer. Zu ihrer freudigen Überraschung bemerkte sie zwei schneeweiße, frisch überzogene Betten; hier legte sie ihre beiden Kinder schlafen und ging in ihr Zimmer zurück.

Vier Wachskerzen brannten auf dem Tische, der mit einem roten Teppich belegt war.

Die Königin starrte vor sich nieder und ihr Blick fasste nichts als den roten Teppich zu ihren Füßen.

Zwei- oder dreimal schüttelte sie gedankenlos den Kopf. Der blutige Widerschein der Lichter machte einen seltsamen Eindruck auf sie; es war ihr, als ob sich ihre Augen mit Blut füllten; ihre Schläfe pochten fieberisch.

Alle Ereignisse ihres Lebens zogen wie Nebelbilder vor ihrem geistigen Auge vorüber.

Sie erinnerte sich plötzlich, dass sie einmal das Haus des Barons von Faverney besucht und daselbst den berüchtigten Cagliostro, der einen so furchtbaren Einfluss auf ihr Geschick gehabt, zum ersten Male gesehen hatte. Der Unhold hatte ihr auf ihr Bitten etwas Ungeheuerliches in einer Flasche gezeigt, eine Todesmaschine, die man noch nie gesehen hatte, und am Fuße dieser Maschine ein vom Rumpfe getrenntes Haupt, das kein anderes war, als das Ihrige ... Vor ihren Augen sah sie einen roten Nebel aufsteigen.

Erstaunt bemerkte die Königin, dass es in dem Zimmer dunkler zu werden begann, sie blickte zu dem vierarmigen Kandelaber auf. Eine der vier Wachskerzen war ohne eine äußere Veranlassung erloschen.

Sie erschrak. Die Kerze rauchte noch, und dieses Erlöschen ließ sich durch nichts erklären.

Während sie den Kandelaber anstarrte, schien es ihr, als ob die der erloschenen zunächst befindliche Kerze nach und nach matter brannte; bald wurde die bisher weiße Flamme rot, und dann bläulich, flackerte plötzlich auf, wie durch einen unsichtbaren Hauch angeblasen, und erlosch endlich.

Die Königin hatte dem Erlöschen des Lichtes mit Entsetzen zugesehen, ihr Atem stockte, ihre ausgestreckten Hände näherten sich dem Kandelaber, je matter das Licht wurde; und als es endlich erlosch, sank sie in ihren Sessel zurück. So saß sie etwa zehn Minuten mit geschlossenen Augen, und als sie sie wieder aufschlug, bemerkte sie zu ihrem Schrecken, dass auch die dritte Kerze matter zu brennen begann, wie es mit den beiden ersten der Fall gewesen war.

Marie Antoinette glaubte anfangs, es sei ein Traumgesicht, sie versuchte aufzustehen, aber es war ihr, als ob sie an den Sessel festgebannt wäre; sie machte einen Versuch, die Prinzessin zu rufen, aber die Stimme erstarb ihr im Munde. Sie suchte den Kopf zu drehen, aber ihr Kopf blieb starr und unbeweglich, als ob das dritte erlöschende Licht ihren Blick und ihren Atem in sich gesogen hätte. Endlich veränderte auch das dritte, wie zuvor das zweite, mehrmals die Farbe, flackerte auf, schwankte hin und her und erlosch.

»Das Erlöschen der drei Kerzen«, sagte die Königin laut, »soll mich nicht kümmern, aber wehe mir, wenn auch die vierte erlischt, wie die andern!«

Kaum hatte sie diese Worte gesprochen, so erlosch das vierte Licht, ohne dass es die Farbe wechselte, ohne dass es aufflackerte und schwankte, als ob der Tod die Kerze mit seinem Flügel berührt hätte.

Die Königin schrie vor Entsetzen laut auf; sie sprang auf, drehte sich zweimal im Kreise, streckte die Arme aus und sank ohnmächtig nieder.

In dem Augenblicke, als sie zu Boden fiel, ging die Tür des Nebenzimmers auf, und Andrea im weiten weißen Nachtgewande erschien auf der Schwelle.

Sie bettete den Kopf der Königin in ihren Schoß, und nach vielen Mühen gelang es ihr, diese aus ihrer tiefen Ohnmacht zu befreien.

»Die Gräfin von Charny!«, rief Marie Antoinette und ließ Andrea schnell los; es war fast, als ob sie sie zurückstieße.

Weder diese Bewegung, noch das Gefühl, das sie hervorgerufen, entging der Gräfin. Aber im ersten Augenblicke blieb sie unbeweglich. Dann trat sie einen Schritt zurück.

»Befehlen Eure Majestät, dass ich Ihnen beim Auskleiden helfe?«, fragte sie.

»Nein, Gräfin, ich danke«, antwortete die Königin mit bewegter Stimme. »Ich werde mich allein auskleiden, gehen Sie in Ihr Zimmer, Sie werden müde sein.«

»Ich will in mein Zimmer gehen«, antwortete Andrea, »aber nicht, um zu schlafen, sondern um über den Schlaf Euer Majestät zu wachen.«

Sie verneigte sich ehrerbietig vor der Königin und entfernte sich mit langsamen, feierlichen Schritten.

Viertes Kapitel

An demselben Abend, wo sich dies zutrug, war die Lehranstalt des Abbé Fortier durch ein nicht minder bedeutendes Ereignis in Schrecken gesetzt worden.

Sebastian, der Sohn des Grafen Gilbert, war gegen sechs Uhr abends verschwunden, und trotz der sorgfältigsten Nachforschungen hatte man ihn bis Mitternacht nicht wiederfinden können.

Er hatte sich nach Haramont aufgemacht, um seinen Freund Pitou aufzusuchen, der mit ihm zusammen bei dem Abbé Fortier erzogen worden war.

Wir erinnern uns, [9] dass Ange Pitou nach dem Gelage, das die Nationalgarde von Haramont sich selbst zu Ehren veranstaltet hatte, seiner Freundin Katharina nachgeeilt war; diese war nach dem Abschied von ihrem Geliebten, Isidor von Charny, auf dem Wege von Villers-Cotterets nach Pisseleux ohnmächtig zusammengebrochen.

Sebastian Gilbert, der davon nichts wusste, begab sich geradeswegs zu Pitous Hütte; da er aber seinen Freund nicht antraf, schrieb er ihm folgende Zeilen:

»Mein lieber Pitou!

Wie ich höre, ist das Volk nach Versailles gezogen und hat viele Menschen getötet, unter andern Georges von Charny. Ich habe große Angst um meinen Vater, der ein Feind der Aristokraten ist. Nun bin ich hier, um dich zu bitten, mich nach Paris zu begleiten. Ich zweifle durchaus nicht an deiner Bereitwilligkeit, gehe aber schon vor, da ich dich nicht antraf.

Beruhige den Abbé Fortier über mein Verschwinden, aber erst morgen, damit er mich nicht verfolgen kann.

Dein Sebastian.

Wir würden die Unwahrheit sagen, wenn wir behaupten wollten, Sebastian Gilbert sei ganz ruhig und unbefangen gewesen, als er in der Nacht eine so lange Reise unternahm; aber er hatte sein fünfzehntes Jahr beinahe vollendet, und ein Knabe von Sebastians Temperament, der Sohn Gilberts und Andreas, ist fast zum Manne gereift.

Sebastian nahm also, fest entschlossen, seinen Plan auszuführen, den Weg nach Largny. Bald aber teilte sich der Weg; nach welcher Richtung sollte er sich wenden? Er setzte sich auf die Böschung des Chausseegrabens nieder, um zu überlegen. Nach einer Weile glaubte er aus der Richtung von Villers-Cotterets ferne Hufschläge zu hören.

Er trat auf die Heerstraße, um die Reiter anzuhalten und zu befragen. Bald sah er die dunklen Umrisse der letzteren und die Funken, die die Hufeisen der Pferde aus den Steinen schlugen. Es waren zwei Reiter, von denen der eine etwa vier Schritte vor dem andern hergaloppierte. Gilbert vermutete mit Recht, dass der erste der Herr und der zweite der Diener sei.

---

9 Siehe den vorhergehenden Band: »Ange Pitou«.

Aber wie groß war sein Erstaunen, als er in dem Herrn Isidor von Charny erkannte, dem er von seinen Besuchen mit Pitou bei Katharina nicht unbekannt sein konnte.

Der Vicomte nahm Sebastian auf sein Pferd, dann ging's im Galopp weiter, und die beiden Pferde mit den drei Reitern verschwanden bald jenseits der Anhöhe von Goudreville.

Der Ritt ging bis Dammartin, dann wurde die Reise mit einer Postkutsche fortgesetzt. Erst am Nachmittag um fünf Uhr kamen sie vor den Tuilerien an.

Am Schlosstore mussten sie sich zu erkennen geben, denn Lafayette hielt alle Posten besetzt; als sich indes Isidor von Charny zu erkennen gab, wurden sie sogleich ins Haus geführt, wo sie in einem Vorzimmer Platz nehmen mussten.

Der Türsteher sollte sich zugleich nach dem Grafen von Charny und nach dem Doktor Gilbert erkundigen.

Der Knabe setzte sich auf ein Sofa. Isidor ging auf und ab. Nach zehn Minuten kam der Türsteher zurück. Der Graf von Charny war bei der Königin. Dem Doktor Gilbert war kein Unglück begegnet; man vermutete sogar, er befinde sich beim Könige; der König habe sich mit seinem Leibarzt eingeschlossen.

In diesem Augenblicke ging die Tür auf:

»Herr Vicomte von Charny! Man erwartet den Herrn Vicomte in den Zimmern der Königin.«

Isidor folgte dem Türsteher, Sebastian setzte sich wieder auf das Sofa. Seine Gedanken schweiften zu dem Abbé Fortier, zu Pitou, und er dachte an die Unruhe, die dem einen seine Flucht, dem andern sein Brief verursachen würde. Die Erinnerung an Pitou rief ihm den heimatlichen Wald ins Gedächtnis, und er dachte an die weibliche Gestalt, die er so oft im Traume, und nur einmal, wie er wenigstens glaubte, in Wirklichkeit gesehen hatte; jener Spaziergang im Walde von Sartory fiel ihm ein, wo die schöne Frau an ihm vorüberging, und dann in einer prächtigen, mit zwei feurigen Rossen bespannten Kutsche hinter den Bäumen verschwand.

Er erinnerte sich an den tiefen Eindruck, den diese Erscheinung auf ihn gemacht, und in diesen Traum versunken flüsterte er:

»Mutter! Mutter!«

Plötzlich ging die Tür, die sich hinter Isidor von Charny geschlossen hatte, wieder auf, und dieses Mal erschien eine Dame. Die Erscheinung stimmte mit dem, was in seiner Seele vorging, so vollkommen überein, dass er seinen Traum verwirklicht glaubte. Sebastian war in der lebhaftesten Spannung.

Aber seine Aufregung stieg aufs Höchste, als er in der Eintretenden zugleich das Traumgesicht und die Wirklichkeit sah. – Es war das Ideal seiner Träume, es war die Dame, die er im Walde von Sartory gesehen hatte.

Er sprang auf, als ob er durch eine Feder emporgeschnellt würde. Seine Lippen taten sich auf, seine Augen erweiterten sich; er versuchte umsonst, einen Laut hervorzubringen.

Die Dame ging mit stolzer, majestätischer Haltung vorüber, ohne ihn zu beachten.

Wie ruhig und kalt auch ihre Haltung war, so ließ sie doch an ihren zusammengezogenen Augenbrauen, an ihrer blassen Gesichtsfarbe, an ihren heftigen Atemzügen erkennen, dass sie sich in einer großen Aufregung befand.

Sie ging durch den ganzen Saal, öffnete die Tür am entgegengesetzten Ende desselben, und verschwand im Korridor.

Sebastian eilte so schnell nach, als er konnte, und kaum hatte sie den unteren Stock erreicht, so erschien Sebastian ebenfalls und rief: »Madame, Madame!«

Die junge Dame eilte in den Hof. Dort erwartete sie ein Wagen, sie stieg schnell ein und setzte sich, aber noch ehe die Wagentür geschlossen wurde, schlüpfte Sebastian an dem Bedienten vorüber und küsste der Flüchtigen den Saum des Gewandes.

»O Madame, Madame!«, rief er mit dem Ausdrucke des tiefsten Gefühls.

Die junge Dame sah den schönen Knaben, der sie anfangs erschreckt hatte, verwundert an, und sagte mit ungewöhnlich sanfter Stimme:

»Warum laufen Sie mir denn nach, lieber Kleiner? Was wollen Sie von mir?«

»Ich will Sie sehen«, erwiderte der Knabe. »Ich will Sie recht oft sehen und Sie küssen.« Dann setzte er leise hinzu: »Ich will Sie *Mutter* nennen!«

Die junge Dame schrie laut auf, nahm den Kopf des Knaben in beide Hände, zog ihn an sich und drückte einen langen Kuss auf seine Stirn.

Dann lehnte sie sich zurück, und als ob sie gefürchtet hätte, dass ihr jemand den Knaben rauben werde, zog sie ihn ganz in den Wagen, schob ihn auf die andere Seite und zog selbst die Wagentür zu.

»Nach meiner Wohnung!«, sagte sie, das Fenster niederlassend und sogleich wieder aufziehend: »Rue Coq-Héron Nr. 9, das erste Haustor von der Rue de la Plâtrière.«

Dann sagte sie zu dem Knaben:

»Dein Name?«

»Sebastian.«

»O komm, Sebastian, an mein Herz!«

Der Weg war nur ein einziger langer Kuss zwischen Mutter und Sohn. Diesen Knaben, denn ihr Herz hatte keinen Augenblick gezweifelt, dass er es sei, diesen Knaben, der ihr in einer entsetzlichen, angstvollen Nacht geraubt worden war, sie hatte ihn wiedergefunden; er erkennt sie wunderbarerweise, eilt ihr nach, verfolgt sie, nennt sie Mutter; ohne sie jemals gesehen zu haben, liebt er sie zärtlich, so wie sie ihm ihr Mutterherz öffnet, und ihr Mund, den nie fremde Lippen berührt haben, findet alle Freuden ihres verlorenen Lebens wieder in dem ersten Kusse, den sie ihrem Kinde gibt!

Es schlug sechs, als sich das Haustor auf den Ruf des Kutschers auftat, und der Wagen vor der Tür des Pavillons anhielt.

Andrea wartete nicht einmal, bis der Kutscher vom Bocke stieg, sie öffnete die Wagentür, sprang zuerst auf die erste Stufe der Außentreppe und zog Sebastian mit sich fort. Nachdem sie die Tür des Vorzimmers sorgfältig hinter sich abgeschlossen hatte, eilte sie in ihren Salon, wo sie Sebastian auf ein Sofa zog.

»O mein Kind, mein liebes Kind!«, sagte sie in überschwänglicher Freude, in der noch ein leiser Zweifel bebte, »bist du es denn wirklich?«

»Mutter!«, antwortete Gilbert mit einer Gefühlsinnigkeit, die wie erfrischender Tau das ungestüm pochende Herz Andreas durchdrang.

»Und hier! Hier!« rief sie, indem sie sich umsah, in demselben Salon, wo sie Sebastian geboren hatte, und mit Entsetzen nach dem Zimmer hinblickte, wo er ihr entrissen worden war.

»Hier?« wiederholte Sebastian. »Was meinen Sie damit, Mutter?«

»Ich meine damit, mein Kind, dass es bald fünfzehn Jahre sind, als du in diesem Zimmer geboren wurdest, und dass ich der Gnade des Allmächtigen danke, der uns nach fünfzehn Jahren so wunderbar wieder zusammengeführt hat.«

»Wir haben uns nun wiedergefunden«, sagte der Knabe, »und du freust dich so darüber. Wir werden uns doch nicht mehr verlassen, nicht wahr?« Andrea war betroffen. »Mein armes Kind«, seufzte sie, »wie glücklich würdest du mich machen, wenn du das fertigbrächtest.«

»Höre«, sagte Sebastian, »ich werde es schon machen. Die Gründe, die dich von meinem Vater getrennt haben, kenne ich nicht ...«

Andrea erblasste.

»Aber wie wichtig diese auch sein mögen, so werden sie doch vor meinen Bitten, und wenn es sein muss, vor meinen Tränen verschwinden.«

»Nein ... nie!«, sagte Andrea.

»Höre«, erwiderte Sebastian, »mein Vater ist mir von Herzen gut ...«

Andrea ließ die Hände des Knaben los, er schien es nicht zu beachten, und vielleicht bemerkte er es gar nicht. Er fuhr fort:

»Ich will ihn auf ein Zusammentreffen mit dir vorbereiten, ich will ihm sagen: Da ist sie; sieh nur, Vater, wie schön sie ist!«

Andrea stieß den Knaben von sich und stand auf.

Sebastian sah sie an; sie war so blass, dass er sich vor ihr fürchtete.

»Nein, nie!« wiederholte sie.

»Und warum«, stammelte er, »willst du meinen Vater nicht sehen?«

»Ich will es dir sagen«, antwortete Andrea, die ihren Groll nicht länger zurückzuhalten vermochte; »weil dein Vater ein elender, schändlicher Mensch ist!«

Sebastian sprang vom Sofa auf und trat vor die Gräfin hin.

»Von meinem Vater sagen Sie das, Madame?«, rief er, »von meinem Vater? Von dem Doktor Gilbert, der mich erzogen hat! Das sagen Sie von dem Manne, dem ich alles verdanke, den ich liebe und verehre! Ich habe mich geirrt, Madame, Sie sind meine Mutter nicht.« In diesem Augenblicke wurde das Haustor geöffnet, und ein Wagen rollte in den Hof.

Andrea war so erschrocken, dass dem Knaben ebenfalls ganz bange wurde. Der Graf von Charny war gemeldet worden.

»Geschwind in jenes Zimmer, Sebastian!«, sagte Andrea in der größten Hast; »er darf dich nicht sehen, er darf nicht wissen, dass du auf der Welt bist.«

Sie schob den ganz bestürzten Knaben in das Nebenzimmer.

Dann schloss sie die Tür hinter ihm.

»Ich lasse den Herrn Grafen von Charny bitten, hereinzukommen«, sagte sie mit möglichster Fassung.

Der Graf von Charny war schwarz gekleidet, er trauerte um seinen vor zwei Tagen gefallenen Bruder.

Zum ersten Male nach ihrer Vermählung waren der Graf und die Gräfin allein.

»Verzeihen Sie«, sagte der Graf, »wenn meine unerwartete Gegenwart Ihnen lästig ist. Der Wagen hält vor der Tür, und ich werde mich entfernen, wenn ...«

»Nein, Graf,« fiel ihm Andrea ins Wort, »im Gegenteil, nach den schrecklichen Ereignissen freut es mich sehr, Sie zu sehen.«

»Sie waren also so gütig, sich nach mir zu erkundigen, Gräfin?«, fragte Charny.

»Allerdings, man antwortete mir, Sie wären bei der Königin.«

Waren diese letzten Worte ganz harmlos, oder enthielten sie einen Vorwurf?

Andrea konnte ihre Eifersucht auf die Königin nicht verbergen. Charny, der sich wegen seines unangemeldeten Besuches entschuldigen zu müssen glaubte, sagte:

»Ich komme auf Befehl des Königs, der mir aufgetragen hat, nach Ihnen zu sehen. Erst durch die teilnehmenden Fragen des Königs habe ich erfahren, dass Sie vor Kurzem die Tuilerien verlassen haben, wie man annimmt, nach einem Zwischenfall zwischen Ihnen und der Königin. Ich kannte Ihre frühere Wohnung hier in der Rue Coq-Héron, und so suchte ich Sie hier.« Bei diesen Worten schaute er Andrea mit großen Augen an: »Bin ich Ihnen willkommen?« »Können Sie daran zweifeln, Graf?«, sagte Andrea, die schnell aufstand und ihrem Gemahl beide Hände reichte. Charny fasste beide Hände und zog sie an seine Lippen. Andrea schrak zusammen, als ob glühendes Eisen sie berührt hätte, und sank auf das Sofa zurück. Aber da ihre krampfhaft zusammengezogenen Hände den Grafen festhielten, so zog sie ihn im Zurücksinken mit sich, und Charny saß an ihrer Seite. In diesem Augenblicke hörte Andrea ein Geräusch im Nebenzimmer und entfernte sich so hastig, dass der Graf ebenfalls aufstand und sie verwundert ansah. Charny stand, auf die Rücklehne des Sofas gestützt, der Gräfin gegenüber und seufzte. Andrea drückte beide Hände vor das Gesicht. Was in diesem Augenblicke in ihrem Herzen vorging, ist unmöglich zu beschreiben. Sie war seit vier Jahren mit einem Manne vermählt, den sie unendlich liebte, ohne dass dieser Mann, dessen Neigung der Königin zugewandt war, die mindeste Ahnung gehabt hatte von dem großen Opfer, das sie durch diese Vermählung gebracht hatte. Sie hatte unter Verleugnung ihrer doppelten Pflicht als Gattin und Untertanin alles gesehen, alles ertragen, über alles das tiefste Schweigen beobachtet. Endlich hatte sie aus einigen zärtlichen Blicken ihres Gemahls, aus einigen härteren Worten der Königin geschlossen, dass ihre Aufopferung nicht ganz fruchtlos war. In den letzten schrecklichen, angstvollen Tagen war Andrea unter den bestürzten Hofleuten vielleicht die einzige gewesen, die ein freudiges Gefühl aufbrachte; es war, wenn ein Blick Charnys seine Besorgnis um sie an den Tag zu legen schien, wenn er sie mit Sehnsucht aufsuchte. Ein leiser Händedruck ließ ein bisher ungeahntes Gefühl in ihnen aufsteigen und rief einen gemeinsamen Gedanken in ihnen hervor.

Als nun das arme verlassene Wesen eben das ihr so lange entrissene Kind wiedergefunden hatte, ging an ihrem so düsteren Horizont plötzlich eine Morgenröte der Liebe auf; doch das Glück schien nicht für sie geschaffen, denn das eine glückliche Ereignis musste das andere ertöten.

Charny seufzte und nahm das Gespräch wieder auf.

»Was soll ich dem Könige sagen, Gräfin?«, fragte er.

Andrea erschrak, als sie seine Stimme hörte, und erwiderte:

»Ich habe so viel bei Hofe gelitten, dass ich den mir von der Königin bewilligten Abschied mit Dank annehme; ich habe in der Einsamkeit immer die Ruhe, wenn auch nicht das Glück gefunden. Mit Ihrer Erlaubnis, Graf, werde ich diesen Pavillon bewohnen, an den sich für mich wohl schmerzliche, aber auch süße Erinnerungen knüpfen.«

Diese Erlaubnis erteilte Charny mit einer artigen Verbeugung:

»Es ist also Ihr fester Entschluss, Gräfin?«, sagte er.

»Ja, Graf«, antwortete Andrea sanft, aber entschieden.

»Jetzt habe ich nur noch eine Frage zu stellen«, sagte Charny, »darf ich Sie hier besuchen?«

Andrea sah ihn an; ihr sonst so ruhiges, leidenschaftloses Auge nahm einen lebhafteren Ausdruck an.

»Allerdings, Graf«, erwiderte sie; »ich werde ganz zurückgezogen leben, und ich werde Ihnen jederzeit dankbar sein, wenn Sie mir Ihre freien Augenblicke widmen.«

»Haben Sie wenigstens alles, was Sie brauchen?«

»Ich werde hier alles finden, was ich vormals hatte.«

»Lassen Sie doch sehen«, sagte Charny, der sich einen Begriff von der künftigen Wohnung seiner Gemahlin machen wollte.

»Was wollen Sie sehen, Graf?«, fragte Andrea, die hastig aufstand und einen Blick auf das Schlafzimmer warf.

»Aber wenn Sie nicht gar zu bescheiden in Ihren Wünschen sind, Gräfin, so ist dieser Pavillon eigentlich keine Wohnung. Ich bin durch ein Vorzimmer gekommen, hier bin ich im Salon. Diese Tür«, und er öffnete eine Seitentür, »führt in einen Speisesaal, und diese?«

Andrea trat schnell zwischen den Grafen und die Tür, auf die er zuging, und hinter der sie in Gedanken Sebastian stehen sah.

»Graf«, sagte sie, »ich bitte Sie, keinen Schritt weiter!«

»Ja, ich verstehe«, sagte Charny, »diese Tür führt in Ihr Schlafzimmer.«

»Ja, Graf«, stammelte Andrea kaum vernehmbar.

Charny sah die Gräfin an, sie war blass und zitterte; der Schrecken sprach deutlich aus ihren Gesichtszügen.

»Oh! Ich wusste wohl, dass Sie mich nicht lieben«, sagte er tief bewegt; »aber ich wusste nicht, dass Sie mich hassen.«

Er schien nicht imstande zu sein, länger bei Andrea zu bleiben, ohne seinen Gefühlen freien Lauf zu lassen; er wankte wie ein Betrunkener, und alle seine Kräfte sammelnd, stürzte er mit einem Schmerzensruf, der tief in Andreas Herz drang, zum Zimmer hinaus.

Andrea folgte ihm mit den Augen, bis er verschwunden war; sie lauschte, der Wagen rollte davon; sie war in einem unbeschreiblichen Gemütszustände; sie fühlte, dass sie ihrer ganzen Mutterliebe bedurfte, um die andere Liebe zu bekämpfen. Noch einen Augenblick lauschte sie, es war alles ruhig, dann riss sie die Tür des Schlafzimmers auf und rief:

»Sebastian! Sebastian!«

Aber niemand antwortete ihr, und vergebens erwartete sie ein tröstendes Echo auf diesen Angstruf.

»Sebastian, Sebastian!« Keine Antwort.

Erst jetzt bemerkte sie, dass das Fenster offen war, und dass der Wind das Nachtlicht hin und her trieb.

Es war dasselbe Fenster, das man bereits vor fünfzehn Jahren offen gefunden hatte, als das Kind zum ersten Male verschwunden war.

»Oh! Ich hätte es mir denken können«, stammelte sie; »er sagte ja, dass ich seine Mutter nicht sei!«

So hatte sie denn alles verloren, ihr Kind und ihren Gatten, und in dem Augenblicke, als sie alles wiederzufinden glaubte! Erschöpft und halb bewusstlos warf sie sich auf das Bett. Sie hatte keine Willenskraft, sie hatte keine Gebete mehr, sie konnte nur klagen und weinen und schluchzen.

Plötzlich schien es ihr, als ob sich noch etwas Schrecklicheres zwischen diesen ihren Schmerz und ihre Tränen drängte; sie richtete sich langsam auf; ihr ganzer Körper bog sich, wie unter dem Einfluss einer unsichtbaren Gewalt, ihre Augen glaubten durch den feuchten Nebel ihrer Tränen hindurch zu bemerken, dass sie nicht mehr allein war. Gilbert, der durch das Fenster gekommen zu sein schien, stand vor ihr.

Fünftes Kapitel

Es war wirklich der Doktor Gilbert, der in dem Augenblicke, als sich der Lakai auf Isidors Geheiß erkundigt hatte, bei dem Könige war.

Als er von der Audienz zurückkam, traf er mit dem Vicomte von Charny zusammen, der ihn zu dem Vorzimmer führte, in dem Sebastian gewartet hatte. Aber Sebastian war nicht mehr da. In großer Sorge eilten Doktor Gilbert und der Vicomte durch die Gänge nach dem Ausgang, wo sie erfuhren, dass Sebastian mit einer Dame nach der Rue Coq-Héron Nr. 9 gefahren sei. Nun wusste Gilbert, dass sein Sohn seine Mutter gefunden hatte. Er verabschiedete den Vicomte und eilte nach dem Hause Andreas.

Mit den Verhältnissen noch genau vertraut, näherte er sich ihrem Schlafzimmerfenster und sah auf dem Bette eine regungslose weibliche Gestalt liegen, aus deren Munde leise Klagetöne kamen, die von Zeit zu Zeit durch einen lauten Angstruf unterbrochen wurden.

Gilbert näherte sich langsam, als er nahe genug stand, zweifelte er nicht mehr, es war Andrea, und sie war allein. – Aber wie kam es, dass sie allein war, und warum weinte sie? Das konnte Gilbert nur durch eine Unterredung mit ihr erfahren.

Er stieg leise und vorsichtig durchs Fenster und stand hinter ihr in dem Augenblicke, wo die magnetische Anziehungskraft, für die sie so empfindlich war, sie zwang, sich umzudrehen.

Die beiden Feinde trafen also wieder zusammen.

Das erste Gefühl der Gräfin war eine unüberwindliche Abneigung.

Gilbert hingegen fühlte für Andrea nicht mehr jene glühende Liebe, die den Jüngling einst zu seiner verbrecherischen Tat getrieben, [10] wohl aber jene zarte, innige Teilnahme, die den Mann bewogen haben würde, ihr selbst unter Lebensgefahr einen Dienst zu erweisen.

»Was wollen Sie von mir?«, sagte Andrea.

»Was ich will? Ich will, dass Sie mir sagen, wo mein Sohn ist, den Sie in Ihrem Wagen hierhergebracht haben.«

»Ich weiß nicht, was aus ihm geworden ist, er ist vor mir geflohen, Sie haben ihn ja daran gewöhnt, seine Mutter zu hassen.« »Seine Mutter, Gräfin! ... Sind Sie wirklich seine Mutter?«

»O mein Gott!«, rief Andrea, »er ist Zeuge meiner Verzweiflung gewesen, und fragt mich, ob ich seine Mutter bin!«

»Sie wissen also nicht, wo er ist?«

»Ich sage Ihnen ja, dass er entflohen ist, dass er in diesem Zimmer war, dass ich ihn hier wiederzufinden glaubte, und dass ich dieses Fenster offen und das Zimmer leer fand.«

»O mein Gott!«, rief Gilbert. »Wohin kann er sich gewandt haben? Der arme Knabe kennt Paris nicht, und Mitternacht ist vorüber!«

»Glauben Sie«, sagte Andrea, die diesen Gedanken aufgriff, »dass ihm ein Unglück begegnet ist?«

»Das will ich eben wissen«, erwiderte Gilbert, »und das sollen Sie mir sagen.«

Und damit streckte er Andrea die Hand hin.

Diese murmelte den Namen Sebastians und sank mit einem leisen Klagelaut auf einen Sessel.

»Schlafen Sie«, sagte Eilbert; »aber im Schlafe sehen Sie mit dem Herzen.«

»Ich schlafe«, sagte Andrea.

---

[10] Gilbert hatte einst unter Anwendung magnetischer Kräfte Andrea, als sie noch junges Mädchen war, verführt.

»Wohin haben Sie Sebastian geführt?«

»In den Salon hier neben diesem Zimmer.«

»Warum hat er Sie verlassen?«

»Weil ein Wagen vorfuhr.«

»Wer war in dem Wagen?«

Andrea zögerte.

»Wer war in dem Wagen?« wiederholte Gilbert mit festerem Ton und stärkerem Willen.

»Der Graf von Charny.«

»Wo haben Sie den Knaben versteckt?« »Ich schob ihn in dieses Zimmer.«

»Was sagte er, als er hier eintrat?« »Ich sei nicht mehr seine Mutter.«

»Warum hat er das gesagt?«

»Weil ich zu ihm sagte,« wiederholte Andrea mit großer Selbstüberwindung, »dass Sie ein elender, schändlicher Mensch sind.«

»Hat der Graf von Charny geahnt, dass der Knabe hier war?«

»Nein.«

»Warum ist er denn nicht geblieben?«

»Weil der Graf nie bei mir bleibt.«

»Was wollte er denn hier?«

»O mein Gott! Mein Gott! Olivier, lieber Olivier!«

Gilbert sah sie erstaunt an.

»Oh, ich Unglückliche!«, klagte Andrea. »Er fing an, sich mir zuzuwenden, er liebt mich, er liebt mich! ...«

Gilbert tat zum ersten Male einen Blick in dieses furchtbare Familiendrama.

»Und Sie«, fragte er, »lieben Sie ihn?«

»Seit dem Augenblick, wo ich ihn zum ersten Male sah.«

»Sie wissen also, was Liebe ist, Andrea?«, fragte Gilbert traurig.

»Ich weiß«, antwortete die junge Gräfin, »dass die Liebe dem Menschen gegeben ist, damit er wisse, wie viel er leiden kann.«

»Kehren wir wieder zu Sebastian zurück.«

»Gattin, vergiss deinen Gatten; Mutter, denke nur an dein Kind!«

»Wo war Sebastian, während Sie mit dem Grafen von Charny sprachen?«

»Er lauschte ... da, da, an der Tür.«

»In welchem Augenblick hat er dieses Zimmer verlassen?«

»In dem Augenblick, als der Graf mir die Hand küsste und ich erschrocken aufschrie.«

»Sehen Sie ihn?«

»Ich sehe ihn«, sagte Andrea. »Er sieht sich nach einer Tür um, und da er keine findet, springt er aus dem Fenster und verschwindet.«

»Folgen Sie ihm in der Dunkelheit.«

»Er eilt der Rue Plâtrière zu ...; er spricht mit einer Frau, die ihm begegnet.«

»Wonach fragt er sie?«

»Er fragt nach der Rue Saint-Honoré.«

»Ja; dort wohne ich. Er wird mich erwarten ...«

»Nein«, sagte Andrea unruhig, »Nein, er ist nicht da, er wartet nicht.«

»Wo ist er denn?«

»Er findet die Rue Saint-Honoré ... er läuft über den Platz des Palais Royal ... er eilt weiter ... in der Rue des Frondeurs ... Halt, armes Kind! Sebastian! Sebastian! Siehst du denn den Wagen nicht, der aus der Rue de la Sourdière kommt? Ich sehe ihn ... die Pferde ... Ach! ...«

Andrea schrie laut auf. »Gott sei gelobt!«, rief sie nach einer Pause. »Das Pferd hat ihn auf die Seite geworfen ... da liegt er bewusstlos auf der Straße, aber er ist nicht tot ... er ist nur ohnmächtig ... Hilfe! Hilfe! ... Es ist mein Kind!«

Andrea sank, selbst fast ohnmächtig, in den Armsessel zurück.

»Weiter«, sagte Gilbert.

»Warten Sie!« erwiderte Andrea. »Es ist mein Sohn, es ist mein Sebastian! ... Oh, mein Gott! Die Menge macht Platz,– es ist gewiss der Mann, den man gerufen.«

»Was ist denn?«, fragte Gilbert.

»Ich will nicht, dass der Mann mein Kind anrühre!«, rief Andrea.

»Was macht der fremde Mann?«

»Er trägt ihn fort ... er wendet sich links in das Seitengässchen, geht auf eine angelehnte Tür zu, geht eine Treppe hinunter und legt ihn auf den Tisch. Er zieht ihm den Rock aus, öffnet ein Besteck und nimmt eine Lanzette heraus; er will ihm eine Ader öffnen ... Nein, ich will es nicht sehen, ich will das Blut meines Sohnes nicht sehen!«

»Sehen Sie die Tür genau an und sagen Sie mir, ob etwas Auffallendes daran ist.«

»Ja, ein kleines viereckiges Fenster, mit kreuzweise zusammengefügten Eisenstäben.«

»Gut, mehr brauche ich nicht zu wissen.«

»Eilen Sie, laufen Sie! ... Sie werden ihn finden, wo ich gesagt habe.«

»Wollen Sie sogleich erwachen und sich an alles erinnern?«

»Wecken Sie mich sogleich; ich will alles im Gedächtnis behalten.«

Gilbert strich mit beiden Daumen über die Augenbrauen der Gräfin, hauchte ihr auf die Stirn und sprach die beiden Worte:

»Erwachen Sie!«

Dann eilte er in der vorgezeichneten Richtung davon und fand Sebastian in einer Kellerwohnung, wo er in einem dunklen Winkel auf einem armseligen Ruhebett lag.

Als sich Vater und Sohn mit einer langen, zärtlichen Umarmung begrüßt hatten, wandte sich Gilbert zu dem Gastfreunde Sebastians.

»Sieh, Albertine«, sagte dieser, »und danke mit mir dem Zufall, der mir erlaubt hat, einem meiner Brüder diesen Dienst zu erweisen.«

Während der Chirurg diese Worte mit einigem Pathos sprach, sah sich Gilbert um; er schrak unwillkürlich zurück; es war ihm, als ob er diesen Menschen bereits in einem furchtbaren Traum, wie durch einen blutigen Schleier, gesehen hätte.

»Mein lieber Herr«, sagte er, »empfangen Sie den aufrichtigsten, herzlichsten Dank eines Vaters, dem Sie den Sohn gerettet haben. Darf ich fragen, mit welchem Menschenfreunde ich die Ehre habe zu sprechen?«

»Sie kennen mich nicht, Kollege«, sagte der Chirurg mit einer lächerlichen Fratze, die seiner Absicht nach freilich ein wohlwollendes Lächeln sein sollte; »aber ich kenne Sie: Sie sind der Doktor Gilbert, der Freund Washingtons und Lafayettes.«

»Wenn Sie mich aber kennen, so habe ich umso mehr Ursache, meine Frage zu wiederholen, und um die Ehre Ihrer Bekanntschaft zu bitten.«

»O! Wir haben schon vor langer Zeit Ihre Bekanntschaft gemacht«, erwiderte der Chirurg; »vor zwanzig Jahren, in der Nacht des 30. Mai 1770, wurden Sie verwundet, bewusstlos, dem Tode nahe, zu mir gebracht .... Mein Meister Rousseau brachte Sie, und ich öffnete Ihnen damals eine Ader.«

»Dann sind Sie Jean Paul Marat!«, rief Gilbert, der unwillkürlich einen Schritt zurücktrat.

»Du siehst, Albertine«, sagte Marat, »mein Name macht Effekt.«

Er brach in ein unheimliches Gelächter aus.

»Aber warum muss ich Sie hier in diesem Keller wiederfinden?«, fuhr Gilbert fort. »Ich glaubte, Sie wären Leibarzt des Grafen Artois? ...«

»Ich habe meinen Abschied genommen, ich will den Tyrannen nicht dienen.«

»Aber warum«, sagte Gilbert, »wohnen Sie denn in diesem dunklen, feuchten Keller?«

»Warum, Herr Philosoph? Weil ich ein Patriot bin, weil Bailly mich fürchtet, weil Necker mich verabscheut, weil Lafayette mir seine Nationalgarde auf den Hals hetzt, weil er einen Preis auf meinen Kopf gesetzt hat .... Aber ich lache ihn aus, diesen Lafayette; der mit der Königin konspiriert. Die Sache ist wahr, ich weiß es von der Bertin, der Putzmacherin der Königin. Und all dies bringe ich in dem vor kurzem gegründeten Journal »Der Volksfreund« an die Öffentlichkeit. Unter Aufbietung aller Energie schreibe ich den ganzen Volksfreund selbst, oft bis zu sechzehn Seiten; ich schreibe Tag und Nacht; die Polizei Lafayettes zwingt mich, verborgen zu leben, sie treibt mich zur Arbeit; es gefällt mir, die erbärmliche Welt durch das kleine düstere Fenster meines Kellers zu sehen. Von meinem unterirdischen Reiche aus beherrsche ich die Welt der Lebenden; ich bin der oberste Schiedsrichter über Wissenschaft und Politik; mit einer Hand werfe ich Newton, Franklin, Laplace, Monge, Lavoisier zu Boden; mit der andern rüttle ich an Bailly, Necker, Lafayette; ich werde alles niederreißen ... ja, wie Samson den Tempel niedergerissen hat, und unter den Trümmern, die mich selbst vielleicht zermalmen, werde ich das Königtum begraben.«

Gilbert schauderte unwillkürlich; dieser Mann sagte in einem elenden Kellerloche etwa dasselbe, was Cagliostro in einem Palast gesagt hatte.

»Nehmen Sie sich in acht!«, sagte er; »für das, was Sie vorhaben, wird in Frankreich nicht genug Hanf wachsen, und die Stricke werden nicht mehr zu bezahlen sein.«

»Ich hoffe auch«, erwiderte Marat, »dass man neue und schnellere Mittel erfinden wird. Wissen Sie, wer in zehn Minuten an diese Tür klopfen wird? Ich erwarte Guillotin. Er hat eine wundervolle Maschine erfunden, eine Maschine, die tötet, ohne Schmerz zu verursachen; in diesen Tagen werden wir sie ausprobieren.«

Gilbert schauderte; es war das zweite Mal, dass dieser Mann ihn an Cagliostro erinnerte. Er nahm seinen Sohn und trug ihn auf den Armen nach Hause, wo er von dem Pächter seines Gutes in Haramont, Billot, und von Pitou erwartet wurde. Nach den Erzählungen Pitous war Billot um seine Tochter und um den Stand seiner Äcker in Sorge geraten; er war gekommen, um von Dr. Gilbert die Erlaubnis zur Heimreise zu erwirken, die ihm auch erteilt wurde. Pitou ging mit ihm in die Heimat und nahm Geld mit zur Ausrüstung der dort von ihm begründeten Nationalgarde.

Sechstes Kapitel

Nach jenem furchtbaren Zuge vom 6. Oktober warf die aufgehende Sonne ihr mattes Licht auf eine vor den Tuilerien versammelte Volksmenge, die ihren König sehen wollte.

Den ganzen Tag hindurch empfing Ludwig XVI. Abordnungen. Hin und wieder musste er sich auf dem Balkon zeigen und wurde mit allgemeinem Jubel empfangen.

Madame Elisabeth zeigte ihrem Bruder die sich herandrängende Volksmenge und sagte zu ihm:

»Es scheint mir doch, solche Menschen müssen nicht schwer zu regieren sein.«

Jedermann erklärte die Revolution für beendet; war doch der König von seinem Versailles, von seinen Höflingen und Ratgebern befreit; der Zauber war gebrochen, der das Königtum so lange festgehalten hatte; Gott sei Dank! Die beiden populärsten Männer Frankreichs, Lafayette und Mirabeau, kamen als Royalisten nach Paris zurück.

Der Herzog von Orleans reiste auf Wunsch Lafayettes ab und kam erst zurück, als er gerufen wurde.

Der König und Elisabeth schauten mit Rührung auf das Volk, während sich in Marie Antoinette Hass und Ärger immer mehr festsetzten. Die Marktfrauen, die sie empfangen musste, behandelte sie kalt, fast mit Verachtung.

Die Königin war innerlich zerrissen, sie litt unsäglich darunter, dass sie Charny sich entgleiten sah. – –

Gilbert, der mehrere Tage nicht beim König gewesen war, erinnerte sich, dass er Dienst habe. Er fand Ludwig XVI. vor dem Bilde Karls I., das van Dyck gemalt hatte, in Gedanken versunken; er machte eine Bewegung, Ludwig XVI. stutzte und sah sich um.

»Ach! Sind Sie es, Doktor?« sagte der König, der so in Gedanken versunken war, dass er Gilbert nicht hatte eintreten hören. Dann führte er Gilbert vor das Meisterwerk und sagte:

»Kennen Sie dieses Porträt, Doktor?«

»Meinen Eure Majestät die Geschichte des Königs, den es darstellt oder die Geschichte des Bildes selbst?«

»Ich meine die Geschichte des Bildes.«

»Nein, Sire; ich weiß nur, dass es 1645 oder 1646 zu London gemalt morden ist, das ist alles, was ich sagen kann; aber ich weiß nicht, wie es nach Frankreich gekommen ist und wie es zugeht, dass es jetzt in dem Zimmer Eurer Majestät ist.«

»Es gehörte der Madame Dubarry, der Geliebten Ludwigs XV. Nachdem wir diese in die Verbannung geschickt hatten, blieb es in einer Dachstube zu Versailles hängen. Wie kommt es nun, dass ich es hier finde? Warum verfolgt es mich?«

»Doktor«, fuhr er fort, »es ist ein Zufall und kein Verhängnis.«

»Es ist ein Verhängnis, Sire, wenn dieses Bild nichts zu Ihnen sagt, aber es ist der Finger der Vorsehung, wenn es zu Ihnen spricht.«

»Wie können Sie denken, Doktor, dass ein solches Bild zu einem König in meiner Lage nicht spreche?«

»Eure Majestät haben mir erlaubt, die Wahrheit zu sagen; darf ich mich erkühnen, zu fragen?«

Ludwig XVI. schien einen Augenblick unschlüssig.

»Fragen Sie nur, Doktor«, sagte er.

»Was sagt dieses Porträt zu Eurer Majestät?«

»Es sagt mir, dass Karl I. seinen Kopf verloren hat, weil er gegen sein Volk Krieg führte, und dass Jakob II. den Thron verloren hat, weil er sein Volk verließ.«

»Da mir Eure Majestät erlaubt haben, zu fragen, so frage ich, was Sie dem so aufrichtig sprechenden Bilde antworten?«

»Herr Gilbert«, sagte der König, »ich gebe Ihnen mein Wort, dass ich noch nichts beschlossen habe; ich werde mich nach den Umständen richten.«

»Man fürchtet, Eure Majestät beabsichtigen einen Krieg gegen Ihr Volk.«

Ludwig XVI. schüttelte den Kopf.

»Nein, Herr Gilbert«, sagte er, »ich kann nur mithilfe des Auslandes gegen mein Volk Krieg führen, und ich kenne die Lage von Europa zu gut, als dass ich den fremden Mächten trauen könnte. Der König von Preußen ist erbötig, mit hunderttausend Mann in Frankreich einzurücken, aber ich kenne den ehrsüchtigen Geist dieser kleinen Monarchie, die ein großes Königreich zu werden trachtet. Österreich stellt ebenfalls hunderttausend Mann zu meiner Verfügung, aber ich kann meinen Schwager Leopold nicht leiden; seine Mutter, Maria Theresia, hat meinen Vater vergiften lassen. Mein Bruder d'Artois schlägt die Hilfe Sardiniens und Spaniens vor, aber diesen beiden Mächten traue ich nicht. Die große Katharina beschränkt sich auf das Ratgeben. Sie können sich leicht denken, dass sie mit Polen genug zu tun hat. Sie gibt mir einen Rat, der lächerlich ist, zumal nach den Vorgängen dieser letzten Tage. ›Die Könige‹, sagt sie, ›müssen unbekümmert um das Geschrei des Volkes ihre Bahn wandeln, gleichwie der Mond unbekümmert um das Gebell der Hunde seine Bahn wandelt.‹«

»Das Volk fürchtet, Eure Majestät wollten fliehen, Frankreich verlassen.«

Der König legte die Hand auf Gilberts Schulter.

»Ich habe Ihnen versprochen, die Wahrheit zu sagen, Doktor«, sagte er, »und ich will sie Ihnen sagen. Ja, es ist die Rede davon gewesen, man hat es mir vorgeschlagen. Aber in der Nacht vom 6. Oktober, als die Königin in meinen Armen weinte, nahm sie mir das feierliche Versprechen ab, dass ich nicht allein fliehen will. Ich habe es versprochen und werde mein Wort halten. Ich halte es aber nicht für möglich, dass wir miteinander entfliehen, ohne zehnmal verhaftet zu werden, bevor wir die Grenze erreichen; wir werden also nicht entfliehen, und ich glaube auch, dass die größte Gefahr vorüber ist.«

»Sire, was wir erlebt haben, ist nur das Erdbeben, wir haben noch das Feuer, die Asche und die Lava des Vulkans zu bekämpfen.«

»Sie sagen bekämpfen, Herr Gilbert; wäre es nicht richtiger, zu sagen: Fliehen?«

»Es gibt zwei Mittel, den König und Frankreich zu retten.«

»Nennen Sie diese Mittel, und Sie werden sich sehr verdient machen.«

»Vor allem, Sire, müssen Sie sich an die Spitze der Bewegung stellen und sie leiten.«

»Nein, Herr Gilbert, man würde mich mit fortreißen, und das will ich nicht.«

»Das zweite Mittel ist, dass der Bewegung ein Gebiss angelegt wird, das stark genug ist, um sie zu bändigen.«

»Wie nennen Sie dieses Gebiss?«

»Popularität und Genie.«

»Und wer soll es schmieden?«

»Mirabeau.«

Ludwig XVI. sah Gilbert mit großen Augen an, als ob er nicht recht verstanden hätte.

Gilbert sah wohl, dass er einen Kampf zu bestehen hatte, aber er war gerüstet.

»Ja, Sire, Mirabeau«, wiederholte er.

»Aber Sie wissen doch, Herr Gilbert, dass Mirabeau zu dem Herzog von Orleans steht, er kann daher nicht mir ergeben sein.«

»O Sire, der Herzog von Orleans ist verbannt, folglich steht Mirabeau allein.«

»Aber wie kann ich einem Manne trauen, der sich verkauft!«

»Ew. Majestät können seine Dienste besser bezahlen als irgendjemand in der Welt.«

»Er ist unersättlich, er wird eine Million verlangen.«

»Wenn sich Mirabeau Ihnen für eine Million verkauft, Sire, so wird er Ihnen ganz ergeben sein. Glauben Sie, dass er zwei Millionen weniger wert sei, als ein oder eine Polignac?«

»Herr Gilbert!«

»Eure Majestät verbieten mir das Wort. Ich schweige.«

»Nein, reden Sie.«

»Ich habe gesprochen, Sire, ich kenne Mirabeau sehr genau.«

»Sie sind sein Freund?«

»Leider habe ich nicht die Ehre. Überdies hat Mirabeau nur einen Freund, der zugleich der Freund der Königin ist.«

»Sie meinen den Grafen von Lamark, ich weiß es wohl, und wir werfen es ihm täglich vor.«

»Eure Majestät sollen ihm vielmehr bei Todesstrafe verbieten, sich mit ihm zu entzweien.«

»Herr von Mirabeau,« entgegnete der König, »hat sich in Aix als Tuchhändler etabliert, um vom Volke gewählt zu werden; er kann die Partei der Vollmachtgeber nicht verlassen, um sich der Hofpartei anzuschließen.«

»Eure Majestät kennen Mirabeau nicht, ich wiederhole es Ihnen, Sire. Mirabeau ist vor allem Aristokrat, Edelmann, Royalist; er hat sich vom Volke wählen lassen, weil der Adel ihm mit Hohn und Verachtung begegnete, weil er, wie jeder Mann von Genie, sein Ziel zu erreichen, seine Aufgabe zu lösen trachtete. Er wäre weder vom Adel noch vom Volke gewählt worden, wenn er, wie Ludwig XIV., gestiefelt und gespornt ins Parlament getreten wäre und eine Rede über das göttliche Recht gehalten hätte. Eure Majestät sagen, er werde die Partei des Volkes nicht verlassen, um sich der Hofpartei anzuschließen. Aber warum gibt es denn eine Volks- und eine Hofpartei? Warum bilden diese beiden Parteien nicht eine einzige? Diese Vereinigung wird Mirabeau zustande bringen .... Ja, Sire, nehmen Sie Mirabeau; morgen wird er sich, durch Ihre Verachtung abgeschreckt, vielleicht gegen Sie wenden ... und dann, Sire, – ich sage es Ihnen, und dieses Bild Karls I. wird es wiederholen, – dann wird alles verloren sein! ...«

»Sie sagen, Mirabeau werde sich gegen mich wenden; ist denn das schon geschehen, Herr Gilbert?«

»Ja, dem Anschein nach vielleicht, aber im Grunde ist Mirabeau Ihnen ergeben, Sire. Fragen Sie den Grafen von Lamark, was er nach seiner denkwürdigen Sitzung vom 21. Juni zu ihm gesagt hat, denn Mirabeau allein liest mit wunderbarem Scharfblick in der Zukunft.«

»Nun, was hat er gesagt?«

»Er ringt in Verzweiflung die Hände und ruft: ›So führt man die Könige zum Blutgerüst!‹ Und drei Tage nachher klagt er: ›Diese Leute sehen den Abgrund nicht, der sich vor den Füßen der Monarchie auftut; der König und die Königin werden hineinstürzen und das Volk wird über ihren Leichen jubeln.‹«

Der König war betroffen, er erblasste und sah das Porträt Karls I. an; einen Augenblick lang schien er bereit, sich zu entschließen, aber er besann sich und sagte:

»Ich will mit der Königin darüber reden; vielleicht entschließt sie sich, mit Herrn von Mirabeau zu sprechen, aber ich spreche nicht mit ihm.«

Der Türsteher trat ein. »Sire«, sagte er, »die Person, die Eure Majestät heute empfangen wollen, ist angekommen und wartet im Vorzimmer.«

»Sire«, fragte Gilbert, »habe ich mich als geschlagen zu betrachten?«

»Ich habe Ihnen gesagt, dass ich mit der Königin darüber reden will.«

»Sire«, sagte Gilbert, »lassen Sie das Porträt Karl Stuarts nie aus Ihrem Zimmer bringen; es ist ein guter Ratgeber.«

Er verneigte sich und verließ das Zimmer gerade in dem Augenblick, als die von dem König erwartete Person in die Tür trat.

Gilbert konnte einen leisen Ausruf des Erstaunens nicht unterdrücken; der Edelmann, der bei Seiner Majestät Audienz hatte, war derselbe Marquis von Favras, den er acht Tage zuvor bei Cagliostro gesehen und dessen nahe bevorstehendes tragisches Ende dieser angekündigt hatte.

Thomas Mahi Marquis von Favras, ein Mann von hohem Wuchs, fünfundvierzig Jahre alt, trat vor.

»Sie sind, der Marquis von Favras?«, fragte der König. »Sie wünschten, mir vorgestellt zu werden?«

»Ich sprach gegen Seine königliche Hoheit den Herrn Grafen von Provence den lebhaften Wunsch aus, Eurer Majestät meine Huldigungen darzubringen.«

»Mein Bruder hat großes Vertrauen zu Ihnen.«

»Ich glaube es, Sire, und ich gestehe, dass es mein größter Wunsch ist, dieses Vertrauen von Eurer Majestät geteilt zu sehen. Eure Majestät wünschen zu wissen? ...«

»Wer Sie sind und was Sie getan haben.«

»Wer ich bin, Sire? Die Nennung meines Namens hat es Ihnen gesagt; ich war Leutnant in der Schweizergarde des Grafen von Provence.«

»Und Sie haben seinen Dienst verlassen?«

»Ja, Sire, im Jahre 1775, um mich nach Wien zu begeben, wo ich meine Frau als einzige Tochter des Fürsten von Anhalt-Schaumburg anerkennen ließ.«

»Ihre Frau ist nie vorgestellt worden, Marquis?«

»Nein, Sire, aber sie hat eben jetzt die Ehre, mit meinem Sohne bei der Königin zu sein.«

»Und dann?«, fragte Ludwig XVI.

»Als ich nach Frankreich zurückblickte und das frevelhafte Beginnen der Umsturzpartei sah, begab ich mich nach Paris zurück, um meinen Degen und mein Leben dem Könige zur Verfügung zu stellen.«

»Sie haben in der Tat traurige Dinge gesehen, nicht wahr, Marquis?«

»Sire, ich habe den 5. und 6. Oktober gesehen.«

Der König schien dem Gespräch eine andere Wendung geben zu wollen.

»Sie sagen also, Herr Marquis«, fuhr er fort, »mein Bruder, der Graf von Provence, habe so großes Vertrauen zu Ihnen, dass er Sie mit einer bedeutenden Anleihe beauftragt hat?«

Ein Zeuge dieser Unterredung hätte sehen können, wie sich der Vorhang, der den Alkoven des Königs halb verdeckte, bei dieser unerwarteten Frage bewegte, als ob jemand hinter ihm versteckt gewesen wäre. Der Marquis von Favras war betroffen wie einer, der auf eine Frage vorbereitet ist, und auf einmal eine ganz andere hört.

»Ja, Sire«, sagte er, »wenn es ein Beweis des Vertrauens ist, einen Edelmann mit Geldgeschäften zu beauftragen, so hat mir Seine Königliche Hoheit diesen Beweis des Vertrauens gegeben. Seine Königliche Hoheit ist infolge verschiedener Operationen der Nationalversammlung nicht in den Besitz der fälligen Gelder gekommen, und da es in dieser Zeit gut sein dürfte, dass die Prinzen um ihrer eigenen Sicherheit willen eine bedeutende Summe zu ihrer Verfügung haben, so hat mir Seine Königliche Hoheit Pfandscheine übergeben, auf die ich zwei Millionen erhalten habe.«

»Bei wem denn?«

»Sire, ich hatte mich zuerst an die Bankiers Schaumel und Sartorius gewandt, aber die Unterhandlung hatte nicht den erwarteten Erfolg, und ich wandte mich an Baron von Zannone.«

»Und er wohnt? ...«

»Er wohnt in Sèvres, Sire ... unweit der Stelle, wo der Wagen Ihrer Majestäten am 6. Oktober auf dem Wege von Versailles anhielt, als die Meuterer, von Marat, Verrières und dem Herzoge von Aiguillon geführt, in dem kleinen Wirtshause an der Brücke die beiden abgeschlagenen Köpfe

Varicourts und Deshuttes von dem Friseur der Königin aufputzen ließen! ...«

Der König erblasste, und hätte er in diesem Augenblicke nach dem Alkoven geschaut, so würde er gesehen haben, wie sich der Vorhang noch stärker bewegte als das erste Mal.

Das Gespräch wurde ihm offenbar lästig, und er würde viel gegeben haben, wenn er es nicht angefangen hätte. Er brach es daher sogleich ab.

»Es ist gut, Herr Marquis«, sagte er, »ich sehe, dass Sie ein treuer Diener des Königtums sind, und verspreche Ihnen, dass ich es nicht vergessen werde, wenn sich eine Gelegenheit bietet.«

Dann machte er eine Kopfbewegung, die Favras wohl verstand, aber er sagte:

»Verzeihen Sie, Sire, ich glaubte, Eure Majestät wünschten, noch mehr zu wissen ...«

»Nein«, sagte der König, »das ist alles, was ich zu wissen wünschte.«

»Sie irren sich«, sagte eine Stimme, die den König und den Marquis erschreckte; »Sie wünschen zu wissen, wie es der Großvater des Herrn Marquis von Favras angefangen hat, den König Stanislaus aus Danzig zu retten und ihn bis an die preußische Grenze zu begleiten.«

Diese dritte Person, die auf einmal erschien und sich in das Gespräch mischte, war die Königin.

Marie Antoinette war durch einen geheimen Gang in das Schlafgemach des Königs gekommen, um das Gespräch in dem Augenblicke, wo es Ludwig XVI. fallen lassen würde, wieder aufzunehmen.

Favras erkannte augenblicklich, dass ihm eine günstige Gelegenheit geboten wurde, seinen Plan zu entwickeln:

»Ihre Majestät meinen wahrscheinlich meinen Vetter, den General Steinflicht; er entriss den König Stanislaus zuerst den Händen seiner Feinde und machte ihn sodann infolge eines glücklichen Zusammentreffens von Umständen zum Ahnherrn Eurer Majestät.«

»Ganz recht, Herr Marquis!«, sagte die Königin lebhaft, während Ludwig XVI. seufzend das Porträt Karl Stuarts ansah.

»Ihre Majestäten wissen«, fuhr der Marquis fort, »dass der König Stanislaus, nachdem er Danzig verlassen, auf allen Seiten von der moskowitischen Armee umzingelt war, und dass er vielleicht verloren gewesen wäre, wenn er sich nicht zur schleunigsten Flucht entschlossen hätte ...«

»Jawohl«, erwiderte der König; »aber meine Lage ist keineswegs so hoffnungslos, wie die Lage des Königs Stanislaus war. Danzig war von den Moskowitern umzingelt, wie der Marquis sagte; ich hingegen ...«

»Sie hingegen«, unterbrach ihn die Königin ungeduldig, »Sie sind mitten unter den Parisern, die am 14. Juli die Bastille erstürmten, die Ihnen in der Nacht vom 5. zum 6. Oktober nach dem Leben trachteten und die Sie am 6. mit Gewalt, unter Hohn und Spott nach Paris führten ... In der Tat, die Lage ist beneidenswert und wohl wert, jener des Königs Stanislaus vorgezogen zu werden!«

Der König erwiderte:

»Sie sagen, Herr Marquis, man habe dem Könige Stanislaus drei Entweichungspläne vorgelegt? Worin bestanden diese?«

»Nach dem ersten, Sire, sollte er sich als Bauer verkleiden. Die Gräfin Chapska, eine Deutsche von Geburt, wollte sich als Bäuerin verkleiden und ihn für ihren Freund ausgeben ...«

»Und der zweite Plan?«, sagte Ludwig XVI.

»Dem zweiten Plan zufolge sollte der König Stanislaus mit tausend Mann aufbrechen und sich durchzuschlagen suchen; nach dem dritten Plan, den Stanislaus annahm, sollte er sich als Bauer verkleidet aus Danzig entfernen, aber nicht in weiblicher Begleitung, die ihm auf der Flucht hinderlich sein konnte; dieser dritte Plan wurde von französischen Gesandten Monti vorgeschlagen und von meinem Verwandten, dem General Steinflicht, unterstützt.«

»Und dieser Plan wurde angenommen?«

»Ja, Sire; und wenn ein Monarch, der sich in der Lage des Königs von Polen befindet oder zu befinden glaubt, den gleichen Entschluss fasste und mich mit demselben Vertrauen beehrte, das Ihr erlauchter Ahnherr dem General Steinflicht schenkte, so würde ich ihm mit meinem Kopfe für das Gelingen bürgen, zumal wenn die Wege so frei wären wie in Frankreich, und der Monarch ein so guter Reiter wie Eure Majestät.«

»Allerdings«, sagte die Königin. »Aber in der Nacht vom 5. zum 6. Oktober hat mir der König das feierliche Versprechen gegeben, nie ohne mich abzureisen ... Der König hat sein Wort gegeben, Herr Marquis, und er wird es halten.«

»Das macht die Reise freilich schwieriger, aber nicht unmöglich,« erwiderte Favras, »und wenn ich die Ehre hätte, ein solches Unternehmen zu leiten, so würde ich dafür bürgen, Ihre Majestät und die königliche

Familie wohlbehalten nach Montmédy oder Brüssel zu führen, so wie der General Steinflicht den König Stanislaus wohlbehalten nach Marienwerder brachte.«

»Hören Sie wohl, Sire?«, sagte die Königin. »Ich glaube, mit einem Manne wie Herr von Favras sei nichts zu fürchten.«

»Ja, Madame«, antwortete der König, »das ist auch meine Meinung; aber der Augenblick ist noch nicht gekommen ...«

»Gut, Sire,« entgegnete die Königin, »warten Sie nur, wie der getan, dessen Porträt uns ansieht, und dessen Anblick - wie ich wenigstens glaubte - Ihnen einen besseren Rat hätte geben sollen ... Warten Sie nur, bis Sie zu einer Schlacht gezwungen werden ... warten Sie nur, bis diese Schlacht verloren ist! Warten Sie, bis Sie im Kerker sitzen, und das Blutgerüst unter Ihrem Fenster gezimmert wird! ... Heute sagen Sie: »Es ist zu früh!« dann aber werden Sie sagen müssen: »Es ist zu spät!«

»Auf jeden Fall, Sire, bin ich zu jeder Stunde und auf den ersten Wink bereit«, sagte Favras, sich verneigend.

»Es ist gut«, sagte der König zu dem Marquis, der damit verabschiedet war, wie gern er auch, durch die Königin ermutigt, noch dringender gemahnt hätte.

Die Königin schaute ihm nach, bis sich der Türvorhang hinter ihm geschlossen hatte.

»Ach! Sire,« sagte sie, die Hand nach dem Gemälde van Dycks ausstreckend, »als ich dieses Bild in Ihrem Zimmer aufhängen ließ, glaubte ich, dass es Ihnen besseren Rat geben würde.«

Sie stand rasch auf, als hätte sie es unter ihrer Würde gehalten, das Gespräch fortzusetzen, und ging auf die Tür des Alkovens zu; dann stand sie plötzlich still.

»Gestehen Sie nur, Sire«, sagte sie, »dass der Marquis von Favras nicht der erste ist, den Sie heute empfangen haben.«

»Nein, Madame, Sie haben recht; vor dem Marquis von Favias war der Doktor Gilbert hier.«

»Ich ahnte es wohl«, sagte sie. »Und wie es scheint, ist der Doktor Gilbert ...«

»Meiner Meinung, Madame; er sagt, dass wir Paris, dass wir Frankreich nicht verlassen dürfen.«

»Aber wenn er der Meinung ist, dass wir bleiben müssen, so gibt er gewiss auch einen Rat, der uns den Aufenthalt möglich macht?«

»Jawohl, er gibt einen Rat, er meint, wir sollen Mirabeau auf ein Jahr kaufen.«

»Und zu welchem Preise?«

»Mit sechs Millionen ... und einem Lächeln von Ihnen.«

Die Gesichtszüge der Königin nahmen einen sehr nachdenklichen Ausdruck an. »Im Grunde«, sagte sie, »wäre es vielleicht ein Mittel ...«

»Jawohl, aber ein Mittel, dem Sie Ihre Zustimmung versagen würden, nicht wahr, Madame?«

»Ich antworte weder ja noch nein, Sire«, sagte die Königin; »ich muss es mir überlegen ...«

Sie entfernte sich, und im Fortgehen setzte sie leise hinzu:

»Und ich werde es mir überlegen.«

Siebentes Kapitel

Der König war jetzt allein; einen Augenblick blieb er regungslos stehen. Endlich ging er auf die Tür zu, als ob er gefürchtet hätte, die Königin habe sich nur zum Schein entfernt. Er riss die Tür auf und schaute durch die Vorgemächer und Korridore.

Draußen wartete nur sein Kammerdiener.

»François«, sagte Ludwig XVI., »kennst du die Wohnung des Grafen von Charny?«

»Sire«, antwortete der Kammerdiener, »der Graf von Charny hat eigentlich keine Wohnung, er hat nur eine kleine Dachstube im Flora-Pavillon bezogen.«

»Weißt du, wo die Dachstube ist?«

»Ja, Sire.«

»Nun, so hole mir den Grafen von Charny; ich wünsche, ihn zu sprechen.«

Der Graf fand den König in seinem Schlafzimmer. Ludwig XVI. sah sich um, als Charny eintrat.

»Ich habe Sie in einer wichtigen Angelegenheit zu mir bitten lassen«, sagte der König, »aber ich bin gerade beim Frühstück, und beim Essen spreche ich nicht gern von Geschäften.«

»Wie Eure Majestät befehlen«, antwortete Charny.

»Wir wollen also für jetzt die Geschäfte ruhen lassen und von etwas anderem sprechen ... von Ihnen zum Beispiel. Ich fragte soeben, wo Sie in den Tuilerien wohnten; wissen Sie wohl, lieber Graf, was François mir geantwortet hat? Sie hätten nur eine Dachstube angenommen.«

»Das ist wahr, Sire.«

»Warum denn, Graf?«

»Weil ich allein bin.«

»Lieber Graf, Sie antworten, als ob Sie ein unverheirateter junger Offizier wären.«

»Sire«, antwortete Charny mit Wehmut, »ich glaube nicht, dass sich meine Gemahlin entschließen würde, meine Wohnung mit mir zu teilen.«

»Was bedeutet das? Nach kaum dreijähriger Ehe wohnt der Graf von Charny in den Tuilerien und die Gräfin von Charny in der Rue Coq-Héron!«

»Sire, darauf weiß ich nur zu antworten: Die Gräfin wünscht, allein zu wohnen.«

»Hören Sie, Graf«, sagte Ludwig XVI. mit jener Gutmütigkeit, die dem Hausvater, wie er sich selbst zuweilen nannte, so gut stand, »das ist zum Teil Ihre Schuld. Sie sind undankbar gewesen gegen das arme Fräulein von Faverney, das Sie so innig liebt.«

»Das mich so innig liebt, Sire? ...«, erwiderte Charny mit einiger Bitterkeit. »Verzeihen Sie, haben Eure Majestät nicht gesagt, das Fräulein von Faverney liebe mich?«

»Ich weiß nicht, ob die Zeichen nur für mich allein sichtbar waren, lieber Graf; aber ich weiß, dass die Gräfin Sie in der Schreckensnacht vom 6. Oktober keinen Augenblick aus dem Auge verloren hat und dass alle Herzensangst, die sie empfand, in ihren Augen zu lesen war. Als die Tür meines Zimmers angegriffen wurde, machte die arme Frau eine Bewegung, um sich zwischen Sie und die Angreifer zu werfen.«

Charny war tief bewegt.

»Nun, genug davon ... Ich will während Ihrer Abwesenheit mit der Königin darüber reden«, sagte der König, der sein Frühstück eingenommen hatte und vom Tische aufstand.

»Gehen Sie in mein Kabinett, lieber Graf, ich bin jetzt in der Stimmung, offenherzig mit Ihnen zu sprechen.«

In seinem Zimmer angekommen, sagte Ludwig XVI.: »Herr Graf, mir ist etwas aufgefallen. In der Nacht vom 5. zum 6. Oktober hatten Sie zwischen der Wache bei der Königin und bei mir zu wählen. Sie teilten Ihren Bruder der Königin zu und blieben bei mir.«

»Sire«, erwiderte Charny, »ich bin das Haupt der Familie, so wie Sie das Haupt des Staates sind; ich hatte daher das Recht, bei Ihnen zu sterben.«

»Ich halte Sie für einen treuen Freund«, fuhr Ludwig XVI. fort; »ich glaube, Ihnen daher eine geheime und gefahrvolle Sendung ohne Bedenken anvertrauen zu können.«

»O Sire«, sagte Charny mit Begeisterung, »Sie erheben mich zu hoch! Ich habe immer nur nach der Ehre gestrebt, ein treuer Untertan zu sein.«

»Herr Graf, Sie können die jüngsten Ereignisse nicht mit erlebt haben, ohne einen bestimmten Schluss daraus zu ziehen. Wie urteilen Sie über meine Lage und welche Mittel würden Sie mir vorschlagen, sie zu verbessern?«

»Sire«, antwortete Charny, »erlauben Sie mir, ganz frei und offen zu reden?«

»Reden Sie, Graf; wenn ich Sie um Rat frage, so wünsche ich, zugleich Ihre Meinung zu vernehmen.«

»Sire, ich habe das Gastmahl in Versailles missbilligt; ich habe die Königin dringend gebeten, in Ihrer Abwesenheit das Theater nicht zu besuchen; ich war in Verzweiflung, als Ihre Majestät die Kokarde der Nation mit Füßen trat und die schwarze Kokarde aufstecken ließ. Das Volk liebt Sie, das Volk ist für den König; aber das Volk leidet Not, es erhebt sich und wirft alles nieder, was ihm in den Weg kommt, denn es kennt seine Kraft nicht; wenn es einmal losgelassen ist, gleicht es einer großen Feuersbrunst, es brennt alles nieder, was ihm Widerstand leistet. Sie haben gesehen, Sire, wie sehr sich das Volk von Paris nach seinen Souveränen sehnte; Sie haben es zu Versailles in Wut und mordend gesehen ... Sie haben es aber auch hier vor den Tuilerien gesehen, wie es Ihre Majestät und die königliche Familie jubelnd begrüßte.«

»Ja, ja, das habe ich gesehen«, sagte der König, »und daher kommt meine Unschlüssigkeit. Ich frage mich, welches das wahre Volk ist, ob das mordende und sengende oder das jubelnde und schmeichelnde.«

»Oh, das letzte, Sire, das letztere! Vertrauen Sie diesem, und es wird Sie gegen das andere verteidigen.«

»Graf, Sie wiederholen genau dasselbe, was mir der Doktor Gilbert heute Morgen sagte.«

»Wenn ich die Ehre und das Unglück hätte, König zu sein, Sire, so würde ich meine rechte Hand dem General Lafayette, die linke Hand dem Herrn von Mirabeau reichen.«

»Graf«, erwiderte der König mit einiger Heftigkeit, »wie können Sie mir einen solchen Rat geben? Sie kennen ja die Bedeutungslosigkeit des einen und verachten die Sittenlosigkeit des andern.«

»Sire, es, handelt sich hier nicht um meine Sympathien, sondern um die Rettung Eurer Majestät und um die Zukunft des Königtums.«

»Aber wenn ich die Hand dazu böte, und die Bildung eines Ministeriums, in dem beide Platz finden würden, nicht zustande käme, was wäre dann zu tun?«

»Wenn alle Mittel, die Eure Majestät von der Vorsehung erhalten haben, erschöpft, und alle von den Umständen gebotenen Pflichten erfüllt wären, so dürfte es Zeit sein, auf Ihre und der Ihrigen Sicherheit bedacht zu sein.«

»Sie würden mir also raten, zu fliehen?« »Ich würde Eurer Majestät raten, sich mit Ihren zuverlässigen Regimentern und Edelleuten nach Metz, Nancy, Straßburg oder in sonst eine Festung zurückzuziehen.«

Das Gesicht des Königs strahlte vor Freude.

»So, das würden Sie mir raten?«, sagte er. »Sie kennen alle Generale, die mir Beweise ihrer Aufrichtigkeit gegeben haben; sagen Sie aufrichtig, welchem würden Sie den gefährlichen Auftrag erteilen, seinen König zu entführen?«

»O Sire«, erwiderte Charny, »es ist eine schwere Verantwortung, Ihnen in einer solchen Wahl zu raten.«

»Beruhigen Sie sich, Graf«, sagte der König; »ich habe meine Wahl bereits getroffen, und eben an den Mann meiner Wahl will ich Sie senden. Hier ist der Brief, den Sie ihm zu übergeben haben.«

»Sire«, begann Charny nach kurzem Besinnen, »ich denke an den Marquis von Bouillé, als Untertan würde ich ihm meinen König ohne Bedenken anvertrauen.«

Als der Graf den Namen nannte, konnte der König einen Ausruf der Freude nicht unterdrücken.

»Lesen Sie die Adresse des Briefes, Graf«, sagte er.

Charny nahm den Brief aus den Händen des Königs und las: »An Herrn Francis Claude Amour, Marquis von Bouillé, Kommandant der Stadt Metz.«

Dem Grafen von Charny traten Tränen der Freude in die Augen.

»Dieser Vorschlag zur Flucht ist nicht der einzige, der mir gemacht worden ist ... Kennen Sie den Marquis von Favras?«

»Ja, Sire. Er ist ein braver Soldat, ein Edelmann, der ohne Murren sein Leben hingeben wird, um sein Wort zu halten.«

»Er ist nicht der Führer des Unternehmens«, erwiderte der König. »Monsieur, mein Bruder, hat die Sache in die Hand genommen, Ja, Monsieur beschafft Geld, Monsieur bereitet alles vor, Monsieur will sich aufopfern und hier bleiben, wenn ich mit Favras abgereist bin!«

Charny stutzte:

»Aber warum will denn Monsieur mit Eurer Majestät nicht abreisen? Warum bleibt Seine Königliche Hoheit hier?«

»Aus Patriotismus ... wenn etwa der König abgesetzt und ein Regent ernannt werden muss, wird das Volk den Regenten gleich bei der Hand haben.«

»Sire«, fragte Charny mit einer Verbeugung, »soll meine Reise ein Geheimnis bleiben?«

»Es kann immerhin bekannt werden, dass Sie abreisen, wenn nur der Zweck Ihrer Abreise ein Geheimnis bleibt.«

»Und nur der Marquis von Bouillé darf den Zweck erfahren?«

»Ja, der Marquis allein ..., und zwar erst, nachdem Sie sich von seiner Gesinnung überzeugt haben. Der Brief, den Sie ihm überbringen, ist ein bloßes Einführungsschreiben. Hier, lesen Sie«, setzte er hinzu, indem er dem Grafen den offenen Brief reichte.

Charny nahm den Brief und las:

»Tuilerienpalast, 19. Oktober.

Ich hoffe, Herr Marquis, dass Sie mit Ihrer Stellung als Gouverneur von Metz noch zufrieden sind. Der Herr Graf von Charny wird Sie auf seiner Durchreise fragen, ob es Ihr Wunsch ist, dass ich mehr für Sie tue. In diesem Falle würde es mich sehr freuen, Ihnen angenehm zu sein, so wie ich diese Gelegenheit ergreife, Sie meiner vollkommensten Hochachtung zu versichern.

Ludwig.«

»Jetzt gehen Sie, lieber Graf«, sagte der König. Er reichte ihm noch einmal die Hand, die der Graf ehrfurchtsvoll küsste.

Vor seiner Wohnung erwartete Charny der Kammerdiener der Königin, Weber. Die Königin wolle ihn sprechen und wünsche ihn auf der Stelle zu sehen.

Der Wunsch der Königin war für ihn Befehl, er konnte sich ihm nicht entziehen.

Charny gab seinem Bedienten einige Befehle in Bezug auf die Abreise und folgte dem Kammerdiener auf dem Fuße.

So wie er war, in der vollen Uniform eines diensttuenden Offiziers, trat er in das Zimmer der Königin.

Charny verneigte sich und blieb fast auf der Türschwelle stehen.

»Treten Sie näher, Herr Graf, wir sind allein«, sagte Marie Antoinette.

Charny trat näher, dann erwiderte er mit sanfter, aber zugleich so fester Stimme, dass nicht die mindeste Unschlüssigkeit darin zu erkennen war:

»Ich stehe Eurer Majestät zu Befehl.«

»Graf«, fuhr die Königin sehr freundlich fort, »haben Sie nicht gehört, was ich zu Ihnen sagte? Wir sind allein.«

»Jawohl, Majestät«, antwortete Charny; »aber ich sehe nicht ein, inwiefern dieses Alleinsein das Verhalten eines Untertanen gegen seine Fürstin ändern kann.«

»Als ich Sie rufen ließ und von Weber erfuhr, dass Sie ihm auf dem Fuße folgten, glaubte ich, ein Freund begebe sich zu seiner Freundin.«

Ein bitteres Lächeln spielte um den Mund des Grafen.

»Ja, Graf,« setzte die Königin hinzu, »ich verstehe dieses Lächeln und weiß, was Sie denken. Sie sagen zu sich selbst, ich sei in Versailles ungerecht gewesen, und in Paris sei ich launenhaft.«

Sie reichte ihm ihre weiße, zarte, vollkommen schöne Hand.

Charny fasste die königliche Hand, drückte einen ehrerbietigen Kuss darauf und wollte sie wieder loslassen, aber Marie Antoinette hielt sie fest.

»Ich gestehe«, sagte sie, »ich bin ungerecht gegen Sie gewesen, lieber Graf ... Ihr Bruder fiel für mich; ich hätte ihn mit Ihnen beweinen sollen ... Aber in diesen zehn Tagen der Einsamkeit habe ich meine Schuld abgetragen, ich habe ihn beweint ... Sehen Sie, lieber Graf, ich weine noch.«

»Ich versichere Eurer Majestät«, sagte er, »dass ich sehr dankbar bin für die Tränen, die Sie meinem Bruder nachweinen ... Leider habe ich kaum Zeit, Ihnen meinen Dank auszudrücken ...«

»Wieso, was meinen Sie?«, fragte Marie Antoinette erstaunt. »Sie reisen ab?«

»Um mich eines Auftrages zu entledigen, den mir der König zu erteilen geruhte.«

»Und Sie verlassen Paris?«, fragte die Königin mit Bangigkeit.

»Ja, ich verlasse Paris.«

Die Königin musste ihre Bewegung gewaltsam bekämpfen.

»Und Sie reisen ... allein?«, fragte sie.

»Ja, Madame, allein!«

Marie Antoinette atmete erleichtert auf.

»Wohin gehen Sie denn?«, fragte sie weiter.

»Ich weiß, dass der König kein Geheimnis vor Eurer Majestät hat«, antwortete Charny ehrerbietig; »geruhen Sie daher, Ihren erlauchten Gemahl zu befragen; ich zweifle keinen Augenblick, dass Seine Majestät Ihnen alles sagen wird.«

Marie Antoinette sah Charny erstaunt an.

»Aber warum soll ich den König fragen, wenn ich es von Ihnen erfahren kann?«, sagte sie.

»Weil das Geheimnis, das mir anvertraut ist, dem König, und nicht mir gehört.«

»Es ist gut, Herr Graf. Gehen Sie ...«

Charny verneigte sich noch einmal und ging festen Schrittes der Tür zu. Aber in dem Augenblick, als er die Hand an den Türknopf legte, breitete Marie Antoinette die Arme nach ihm aus und rief:

»Charny!«

Der Graf sah sich betroffen um.

»Charny, kommen Sie hierher!«

Der Graf trat zögernd näher.

»Kommen Sie näher ... noch näher«, fuhr die Königin fort. »Sehen Sie mich an ... Sie lieben mich nicht mehr, nicht wahr?«

Charny fühlte einen eiskalten Schauer durch seine Adern rieseln; er glaubte einen Augenblick, die Besinnung zu verlieren.

Es war das erste Mal, dass sich die stolze Fürstin vor ihm beugte.

In jedem andern Moment würde er ihr zu Füßen gefallen sein und sie um Verzeihung gebeten haben; aber die Erinnerung an seine Unterredung mit dem König hielt ihn zurück.

»Es ist gut, Graf«, sagte Marie Antoinette, »Sie sind frei ... gehen Sie.«

Einen Augenblick wurde Charny von dem unwiderstehlichen Verlangen ergriffen, der Königin zu Füßen zu fallen; aber seine unerschütterliche Treue zum König bezwang die Liebe zur Königin, die er für erloschen hielt und die fast inniger und glühender als je zuvor wieder aufgelodert wäre. Er eilte zum Zimmer hinaus.

Die Königin sah ihm mit Tränen der Bitterkeit nach und lauschte auf seine verhallenden Schritte im Korridor. Dann zog sie die Glocke. Weber erschien.

»Geh in die Rue Coq-Héron Nummer 9, zu der Gräfin von Charny und sage ihr, dass ich sie heute Abend zu sprechen wünsche.«

Marie Antoinette war tief ergriffen, als ihr der Kammerdiener die Gräfin von Charny meldete.

»Ich heiße Sie willkommen, Andrea, wie immer«, sagte sie.

»Wenn Eure Majestät immer so mit mir gesprochen hätten«, erwiderte Andrea mit ihrer gewohnten Offenheit, »so würden Sie nicht nötig gehabt haben, mich rufen zu lassen.«

»Die Antwort ist hart, Andrea,« erwiderte Marie Antoinette, »aber ich habe sie nicht anders verdient.«

Marie Antoinette heftete ihren klaren, forschenden Blick auf die Gräfin.

»Es ist jetzt Zeit, dass wir uns aussprechen«, sagte sie, »und deshalb habe ich Sie rufen lassen ... Sie lieben Ihren Gemahl?«

Andrea wurde leichenblass, aber sie blieb stumm.

»Sie lieben Ihren Gemahl?« wiederholte die Königin.

»Ja«, sagte Andrea.

Die Königin fuhr auf wie eine verwundete Löwin.

»Oh, ich dachte es wohl!«, sagte sie. »Seit wann lieben Sie ihn?«

»Seit der ersten Stunde, wo ich ihn gesehen habe.«

Marie Antoinette wich vor dieser Marmorstatue, die sich eine Seele zuschrieb, erschrocken zurück.

»Und Sie haben geschwiegen?«

»Eure Majestät wissen es besser als irgendjemand.«

»Warum aber schwiegen Sie?«

»Weil ich bemerkte, dass auch Sie ihn liebten.«

»Wollen Sie damit sagen, dass Sie ihn mehr liebten als ich, da ich nichts gesehen habe?«

»Eure Majestät haben nichts gesehen«, erwiderte Andrea mit Bitterkeit, »weil er Sie liebte!«

»Ja ... und ich sehe jetzt, weil er mich nicht mehr liebt ... Das meinen Sie, nicht wahr?«

Andrea schwieg.

»Aber so antworten Sie mir doch«, sagte die Königin; »antworten Sie und gestehen Sie, dass er mich nicht mehr liebt ...«

Andrea antwortete mit keiner Gebärde, nicht durch die leiseste Bewegung. »Das ist zum Rasendwerden!«, rief die Königin. »Töten Sie mich lieber auf der Stelle ... Sagen Sie, er liebt mich nicht mehr, nicht wahr?«

»Das kann Ihnen nur der Graf sagen«, antwortete Andrea.

»Er wird Sie gewiss in sein Vertrauen gezogen haben?«

»Nie hat sich der Graf gegen mich darüber ausgesprochen.«

»Auch heute Morgen nicht?«

»Ich habe den Grafen heute Morgen nicht gesehen.«

Die Königin sah Andrea mit einem Blick an, der tief in ihr Herz zu dringen suchte.

»Sie wollen wohl behaupten, dass Sie von der Abreise des Grafen nichts wissen?«

»Er hat mir geschrieben, Majestät«, sagte Andrea, »hier ist der Brief.«

Marie Antoinette faltete den Brief auseinander, rückte den Armleuchter näher und las:

»Madame!

In einer Stunde verlasse ich Paris auf ausdrücklichen Befehl des Königs.

Ich kann Ihnen nicht sagen, wohin ich gehe und wie lange ich ausbleiben werde. Ich hatte anfangs die Absicht, Ihnen meine Abreise mündlich anzuzeigen, aber ohne Ihre Erlaubnis wagte ich es nicht, Ihnen einen Besuch zu machen.

Für den Fall, dass es mir auf der Reise so ginge wie dem unglücklichen Georges, habe ich meine Maßregeln getroffen, damit Sie von einem Ereignis, welches Ihnen die Freiheit zurückgeben würde, in Kenntnis gesetzt werden. Dann erst würden Sie erfahren, welche Bewunderung ich Ihrer hochherzigen Aufopferung zolle; Sie waren jung, schön, und zum Glück geboren, und sind so schlecht belohnt worden von der hohen Frau, der Sie Jugend, Schönheit und Glück geopfert haben!

Mein einziger Wunsch ist, dass Sie dem Unglücklichen, der Ihren Wert so spät erkannt hat, eine Erinnerung widmen.

Ich scheide mit dem Gefühl inniger Verehrung.

Graf Olivier von Charny.«

Marie Antoinette reichte der Gräfin den Brief zurück.

Andrea nahm ihn an sich.

»Sagen Sie noch, dass Sie verraten sind?«, sagte Andrea mit Wehmut. »Habe ich das Vertrauen, das Sie in mich setzten, nicht gerechtfertigt?«

»Verzeihen Sie mir, Andrea«, sagte die Königin. »Oh, ich musste so viel leiden.«

»Sie haben gelitten? Das sagen Eure Majestät in meiner Gegenwart? Sie haben gelitten ... und gleichwohl mussten Sie nicht wie ich mit ansehen, dass sich der geliebte Mann gleichgültig von Ihnen abwandte und sein Herz einer andern schenkte ... Sie haben nicht gehört, dass der Mann Ihres Herzens, von Ihrem Bruder tödlich verwundet, in seinem Fieberwahn beständig jene andere rief, deren Vertraute Sie waren ... Sie haben nicht gesehen, wie sich diese andere in die Korridore schlich, in denen Sie selbst herumirrten, um diese Fieberfantasien zu hören, welche deutlich bewiesen, dass seine unsinnige Leidenschaft erst mit seinem Leben enden sollte ... Sie haben es nicht mit angesehen, wie dieser Mann Ihrer Nebenbuhlerin zu Füßen sank ... ja, Ihrer Nebenbuhlerin, denn in der Liebe verschwindet jeder Unterschied des Ranges ... Sie waren es nicht, die bei Ihrer Freundschaft, bei der gefährdeten königlichen Würde beschworen wurde, die Frau des Mannes zu werden, den Sie seit drei Jahren vergötterten ... wohlverstanden, ich sollte eine Frau ohne Gatte werden, ich sollte der Vorhang sein, den man zwischen die Augen der Menge und fremdes Glück ziehen wollte ... Sie haben dieses schwere Opfer nicht gebracht ... Sie haben Ihren Gemahl nicht verlassen, um ihn nur ... als Geliebten Ihrer Nebenbuhlerin wiederzusehen! ... Oh, ich schwöre es Ihnen, diese letzten drei Jahre waren schrecklich! Ich habe nichts versprochen,« sagte sie, »und wie viel habe ich gehalten ... Eure Majestät hatten mir zweierlei versprochen ...«

»Andrea! Andrea!« sagte die Königin.

»Sie hatten mir versprochen, den Grafen von Charny nicht wiederzusehen. Dieses Versprechen war umso heiliger, da ich es nicht verlangt hatte ...«

»Andrea ...«

»Dann hatten Sie mir versprochen, mich als Schwester zu behandeln.«

»Andrea ...«

»Sie gaben dieses Versprechen in einem Augenblick, in dem ich Ihnen mein Leben, meine Liebe, mein zeitliches und ewiges Glück geopfert hatte ... In jenem Augenblick übergaben Sie mir ein Billett, es lautete: ›Andrea, Sie haben mich gerettet; ich verdanke Ihnen meine Ehre, mein Leben gehört Ihnen. Bei dieser Ehre schwöre ich Ihnen, dass Sie mich Schwester nennen können ... ‹«

»Verzeihe mir, Andrea, verzeihe mir; ich glaubte, er liebe dich ...«

»Sie glaubten also, Madame, er müsse eine andere lieben, weil er gleichgültig gegen Sie wurde?«

Andrea hatte so viel gelitten, dass sie schonungslos wurde.

»Sie haben also bemerkt, dass er gleichgültiger gegen mich wurde?«, sagte Marie Antoinette mit tiefem Schmerz.

Andrea antwortete nicht.

»Mein Gott! Was soll ich tun, um mir seine Liebe zu erhalten? Oh, wenn du es weißt, Andrea, meine Freundin, meine Schwester, so sage mir's, ich bitte, ich beschwöre dich!«

Die Königin streckte beide Hände nach ihr aus.

Andrea wich einen Schritt zurück.

»Wie kann ich das wissen?«, sagte sie, »er hat mich ja nie geliebt!«

»Ja, aber er kann dich lieben ...«

»Und wenn sich dieses Unglück ereignete, so vergessen Sie nicht, dass ich ihm dann die Mitteilung machen müsste, die ich Ihnen gemacht habe!«

»Sie würden ihm sagen, dass Gilbert Ihnen Gewalt angetan? Sie würden ihm sagen, dass Sie einen Sohn haben? Sie würden nichts tun, um sich die Zuneigung des Grafen zu erwerben?«

»Nein, Madame, ebenso wenig in Zukunft, wie ich es früher getan habe.«

»Und wenn er erklärt, dass er Sie liebt, wenn Sie ihm Ihre Gegenliebe gestehen, wollen Sie dann ...«

»O Madame!«, sagte Andrea, die Königin unterbrechend.

»Ja, ja«, fuhr Marie Antoinette fort, »Sie haben recht, Andrea, meine Freundin, meine Schwester, ich bin ungerecht, rücksichtslos ... Aber wenn ich auch alles verliere, meine Macht, meinen Ruf, meine Freunde ... diese Liebe kann ich nicht verlieren; ihr würde ich Macht, Ruf und Freunde opfern!«

»Haben Ew. Majestät noch etwas zu befehlen?«, sagte Andrea mit der eisigen Kälte, die sie nur in dem Augenblicke verlassen hatte, als sie von ihren Leiden gesprochen.

»Nein, ich danke Ihnen ... ich wollte Ihnen meine Freundschaft zurückgeben, und Sie schlagen sie aus ... Leben Sie wohl, leben Sie wohl, nehmen Sie wenigstens meinen Dank mit.«

Andrea machte eine kalte, tiefe Verbeugung und entfernte sich langsam und schweigend wie eine Erscheinung.

Achtes Kapitel

Am nächsten Morgen erhob sich die Königin erst gegen neun Uhr, ihr Gesicht zeigte Spuren von Tränen, ihre Wangen waren bleich.

Plötzlich hörte die Königin draußen Lärm. Etwas Ungewöhnliches schien vorzugehen.

Man hörte deutlich die Stimme Webers, die Stillschweigen gebot.

Die Königin rief nach ihrem treuen Kammerdiener.

In demselben Augenblicke ward es still.

»Was gibt's denn, Weber?«, fragte die Königin; »was geht im Schlosse vor, und was bedeutet der Lärm?«

»Es scheinen Unruhen in der Stadt ausgebrochen zu sein; man sagt, es sei ein Aufstand wegen des Brotes, jedoch die eingehenden Berichte widersprechen sich sämtlich.«

»Geh geschwind in die Stadt, Weber, überzeuge dich mit deinen eigenen Augen und dann erzähle mir, was du gesehen hast. Wenn der Doktor Gilbert sich meldet, so soll man ihn nicht warten lassen, Weber! Er ist immer wohl unterrichtet und wird uns alles erklären, was vorgeht.«

Weber eilte auf die Brücke zu, folgte dem Menschenstrom und kam auf den Notre-Dame-Platz.

Das Geschrei wurde immer wilder, man hörte deutlich Rufe wie: »Es ist ein Kornwucherer! ... Zum Tode, an die Laterne mit ihm!«

Plötzlich wurde Weber in eine Seitengasse gestoßen; hier wälzte sich eine tobende Menge, in deren Mitte sich ein Mann verzweifelt wehrte.

Ein einziger Mann nahm ihn gegen die Menge in Schutz; es war Gilbert.

Unter der Volksmasse waren einige, die ihn erkannten und riefen:

»Den Doktor Gilbert müssen wir anhören.«

Es folgte eine kurze Ruhepause, die Weber benutzte, um sich bis zu dem Doktor einen Weg zu bahnen. »Herr Doktor Gilbert!«, rief er.

»Ah, Sie sind's, Weber! - Sagen Sie der Königin, dass ich vielleicht später kommen werde, ich habe zuerst ein Menschenleben zu retten.«

»O ja!«, sagte der Unglückliche, ein Bäcker namens Oenis François, der die letzten Worte hörte: »Sie werden mich retten, nicht wahr, Doktor? ... Sagen Sie den Leuten, dass ich unschuldig bin; sagen Sie ihnen, dass meine junge Frau schwanger ist ... Ich schwöre Ihnen, Doktor, dass ich kein Brot versteckt habe!«

»Freunde!«, rief Gilbert, der sich mit übermenschlicher Kraft gegen die Wütenden wehrte, »dieser Mann ist ein Franzose, ein Bürger wie ihr, man kann, man darf einen Menschen nicht morden, ohne ihn anzuhören ... Führt ihn zu den nächsten Bezirkskommissaren, und das Weitere wird sich finden.«

Inzwischen waren vier bis fünf Personen dem Doktor zu Hilfe gekommen und hatten den Unglücklichen umstellt, um ihn gegen die Wut des Volkes zu schützen.

Glücklicherweise waren in dem allgemeinen Lärm alsbald die Worte zu verstehen:

»Da kommen die Bezirkskommissare!«

Die Drohungen verstummten; die Menge machte den Beamten Platz. Man führte den Unglücklichen zum Stadthause.

Der erbitterte Pöbel war nicht abzuwehren, ein Teil drang mit in das Stadthaus. Kaum war der arme François unter dem Portal des Stadthauses verschwunden, wurde das Gebrüll draußen immer lauter und drohender.

»Es ist ein vom Hofe bezahlter Kornwucherer; deshalb will man ihn retten.«

Zum Unglück war es noch sehr früh am Tage, und keiner der Männer, die das Volk in der Gewalt hatten, weder Bailly noch Lafayette, waren da. Die Aufwiegler stürmten in das Stadthaus und drangen in den Saal, wo sich der unglückliche Bäcker unter Gilberts Schutz befand.

Die Nachbarn des Angeklagten, die inzwischen herbeigeeilt waren, erklärten einstimmig, dass er seit dem Anfange der Revolution den größten Eifer an den Tag gelegt, dass er täglich bei zehnmal gebacken und selbst einigen anderen Bäckern Mehl überlassen habe.

Plötzlich stürmt eine wütende brüllende Rotte in den Saal, durchbricht die Reihe von Nationalgardisten, die den unglücklichen François umgibt, und trennt ihn von seinen Beschützern. Von diesem Augenblicke an ist er verloren. Er wird die Treppe hinuntergeworfen, und auf jeder Stufe bekommt er eine Wunde; als er unter dem Portal erscheint, ist sein Körper fast zerschmettert.

In einer Sekunde ist der Kopf des unglücklichen François vom Rumpfe getrennt und sitzt auf der Spitze einer Pike.

Niedergeschlagen ging Gilbert von dannen. Plötzlich fühlte er eine Hand auf seiner Schulter; vor Überraschung stieß er einen leisen Schrei aus; der Mann, den er erkannt hatte, schob ihm ein Billett in die Hand, legte einen Finger auf den Mund und entfernte sich in der Richtung des erzbischöflichen Palastes.

Der Mann wünschte ohne Zweifel, unerkannt zu bleiben, aber ein Marktweib erkannte ihn und rief in die Hände klatschend:

»Es lebe Mirabeau, der Verteidiger des Volkes!«

Als die Letzten des Zuges, der dem Kopfe des unglücklichen François folgte, dieses Vivatrufen hörten, kehrten sie um und begleiteten Mirabeau jubelnd bis an den erzbischöflichen Palast.

Nunmehr las Gilbert das Billett, das ihm Mirabeau zugesteckt hatte, zweimal durch und fuhr in die Tuilerien.

Marie Antoinette erschrak, als sie den Doktor Gilbert erblickte, dessen Rock zerrissen war und dessen Hemd Blutspuren zeigte.

»Was ist aus dem Unglücklichen geworden, Herr Gilbert?«

»Er ist tot ... das erbitterte Volk hat ihn ermordet, in Stücke zerrissen!«

»Gibt es denn kein Mittel, die Mörder zu bestrafen?«

»Wir wollen unser Möglichstes tun«, erwiderte Gilbert; »aber noch besser wäre es, weitere Mordtaten zu verhüten, als die Mörder zu bestrafen.«

»Aber, mein Gott, wie ist das möglich?«

»Eure Majestät, stellen Sie an die Spitze der Regierung Männer, die das Vertrauen des Volkes besitzen, und derlei Vorfälle werden sich nicht mehr ereignen.«

»Ach, ja ... Herr von Mirabeau und den Marquis von Lafayette, nicht wahr?«

»Ich hoffte, Eure Majestät hätten mich rufen lassen, um mir die Zustimmung des Königs zu der von mir vorgeschlagenen Ministerkombination zu melden.«

»Sie glauben also, Herr Gilbert, dass Mirabeau sich entschließen würde, unsere Partei zu ergreifen?«

»Er ist Eurer Majestät mit ganzer Seele ergeben.«

»Aber er hält es schon mit dem Herzoge von Orleans?«

»Eure Majestät täuschen sich. Mirabeau hat sich, nachdem der Prinz vor den Drohungen Lafayettes nach England geflohen ist, von ihm losgesagt.«

»Das söhnt mich einigermaßen mit ihm aus«, sagte die Königin mit gezwungenem Lächeln, »und wenn ich glaubte, dass man wirklich auf Herrn von Mirabeau zählen könne, so wäre ich vielleicht weniger abgeneigt als der König, mich ihm anzuschließen ...«

»Eure Majestät, vor einer halben Stunde erhielt ich von Mirabeau ein Billett ...«

»Darf ich das Billett sehen?«

»Es ist für Eure Majestät bestimmt.«

Gilbert zog den Brief aus der Tasche. Die Königin nahm das Papier und las:

»Das heutige Ereignis ändert die Lage der Dinge. Man kann aus dem soeben abgeschlagenen Kopfe großen Nutzen ziehen. Die Nationalversammlung wird sich fürchten und die Verkündigung des Kriegsgesetzes verlangen.

Mirabeau kann den Antrag unterstützen und das Kriegsgesetz zum Beschluss erheben, er kann behaupten, dass nur von einer kräftigen vollziehenden Gewalt die Rettung zu erwarten sei; er kann Herrn von Necker stürzen. Statt des Ministeriums Necker ernenne man ein Ministerium Mirabeau und Lafayette; dann bürgt Mirabeau für alles.«

»Gut ... Herr von Mirabeau schicke mir durch Sie eine Denkschrift über die Lage des Landes und den Entwurf eines Ministeriums zu; ich werde seinen Plan dem Könige vorlegen.«

»Und darf Herr von Mirabeau inzwischen die Verkündung des Kriegsgesetzes verlangen?«

»Ja, das steht ihm frei.«

»Aber der Sturz des Herrn von Necker kann dringend notwendig werden; würde dann ein Ministerium Lafayette und Mirabeau nicht ungünstig aufgenommen werden?«

»Von mir? Nein ... Ich will beweisen, dass ich bereit bin, meine persönliche Abneigung dem Wohl des Staates zu opfern; aber Sie wissen, dass ich für die Zustimmung des Königs nicht bürgen kann.«

Die Königin entließ den Doktor mit einer Handbewegung.

Eine Viertelstunde nachher war Gilbert in der Nationalversammlung.

Die Abgeordneten waren sehr aufgeregt, Mirabeau allein blieb ruhig auf seinem Platze. Er wartete, seine Augen waren auf die öffentliche Tribüne gerichtet.

Als er Gilbert bemerkte, heiterte sich sein Löwenantlitz auf.

Gilbert riss ein Blatt aus seinem Taschenbuche und schrieb:

»Ihre Anträge sind angenommen, wenn auch nicht von beiden Parteien, doch wenigstens von der, die nach Ihrer und meiner Meinung die einflussreichere ist.

Man verlangt auf morgen eine Denkschrift und auf heute ein Ministerprogramm.«

Dann faltete er das Papier in Briefform zusammen, schrieb die Adresse darauf und schickte das Billett an den Abgeordneten von Aix, der es überbringen sollte.

Mirabeau las das Billett mit dem Anschein der größten Gleichgültigkeit und schickte seine Antwort sofort an Gilbert:

»Morgen sende ich die Denkschrift ein. Ich schicke Ihnen hier die verlangte Liste. Zwei oder drei Namen können geändert werden.

Herr von Necker, Premierminister. (Man muss ihm jede Gelegenheit nehmen, durch seine Unfähigkeit zu schaden, und gleichwohl seine Popularität zu erhalten suchen.)

Erzbischof von Bordeaux, Kanzler.

Herzog von Liancourt, Kriegsminister. (Er ist dem Könige persönlich zugetan.)

Herzog von Larochefoucauld, Minister des königlichen Hauses und Gouverneur von Paris.

Graf von Lamark, Marineminister.

Bischof von Autun, Finanzminister.

Graf von Mirabeau, Staatsrat ohne Departement. (Die kleinlichen Bedenklichkeiten und persönlichen Rücksichten dürfen nicht mehr in Betracht kommen.)

Target, Bürgermeister von Paris.

Lafayette, Staatsrat, Marschall von Frankreich, provisorischer Generalissimus, um die Armee neu zu organisieren.

Herr von Montmorin, Gouverneur, Herzog und Pair. (Zuvor sind seine Schulden zu bezahlen.)

Herr von Ségur (aus Russland), Minister der auswärtigen Angelegenheiten.

Monsieur, Bibliothekar des Königs.

Chapellier, Intendant der Gebäude.«

Unter dieser ersten Note stand eine zweite:

»Für Lafayette:

Minister der Justiz, der Herzog von Larochefoucauld.

Minister der auswärtigen Angelegenheit, der Bischof von Autun.

Minister der Finanzen, Lambert, Haller oder Clavières.

Marineminister ...

»Für die Königin:

Minister des Krieges oder der Marine, Lamark.

Minister des öffentlichen Unterrichts, der Abbé Sieyès.

Geheimsiegelbewahrer des Königs ...«

Diese zweite Note deutete offenbar die Veränderungen und Modifikationen an, die in der von Mirabeau vorgeschlagenen Ministerkombination gemacht werden konnten, ohne auf seine Absichten und Pläne störend einzuwirken.

All dies war mit etwas unsicherer Hand geschrieben; Mirabeau war also wohl nicht so ruhig, als es schien.

Gilbert eilte mit der Liste sofort zur Königin. Sie warf einen Blick auf die Note Mirabeaus. »Es ist gut, Doktor«, sagte sie, »lassen Sie mir die Note da; ich werde Ihnen morgen die Antwort sagen.«

Um sieben Uhr abends brachte ein Diener dem Doktor folgendes Billett:

»Die Sitzung war heiß! Das Kriegsgesetz ist votiert. Buzot und Robespierre wollten die Einsetzung eines obersten Gerichtshofes. Ich habe den Beschluss durchgesetzt, dass der Hochverrat an der Nation von dem königlichen Gerichtshofe des Châtelet gerichtet werden soll. Ich habe die Rettung Frankreichs unbedingt in das Königtum gesetzt und Dreiviertel der Nationalversammlung haben mir beigestimmt.«

Neuntes Kapitel

Die Nationalversammlung hatte die Parlamente aufgehoben. Auf Mirabeaus Antrag wurde die letzte richterliche Entscheidung dem Châtelet als dem höchsten Gerichtshof wieder überlassen.

Es war dies ein großer Sieg für das Königtum, denn das Châtelet war bis zum Ausbruch der Revolution der oberste Gerichtshof in Frankreich gewesen.

Der erste Prozess, den das Châtelet durchzuführen hatte, war der gegen die Mörder des unglücklichen François. Sie wurden auf dem Grèveplatz gehenkt.

Der Gerichtshof hatte noch zwei Prozesse zu erledigen: den Prozess des Generalpächters Augeard und den des Generalinspektors der Schweizergarde, Pierre Viktor von Bezenval.

Beide Männer waren dem Hofe ergeben, man hatte sich daher beeilt, ihren Prozess beim Châtelet anhängig zu machen. Sie wurden freigesprochen.

Nach Beendigung der Verhandlung sagte einer von den Anwesenden, die im Gedränge den Gerichtssaal verließen, zu seinem Nachbar:

»Nun, Herr Doktor Gilbert, was sagen Sie zu diesen beiden Lossprechungen?«

Gilbert stutzte, sah den andern an und erkannte Cagliostro.

»Diese Frage könnt Ihr besser beantworten als ich, Meister ... aber ich muss mich verabschieden.«

»Warum denn verabschieden?«

»Weil ich zu tun habe«, antwortete Gilbert lächelnd.

»Ein Stelldichein?«

»Ja.«

»Mit wem? ... Mit Mirabeau, mit Lafayette oder mit der Königin?«

Gilbert blieb stehen und sah Cagliostro forschend und unruhig an.

»Wissen Sie wohl, dass Sie mir zuweilen Angst machen?«, sagte er zu ihm.

»Im Gegenteil, ich sollte Sie beruhigen«, erwiderte Cagliostro.

»Wieso?«

»Bin ich nicht Ihr Freund?«

»Sagen Sie, Doktor, wie steht es denn mit unserer Ministerkombination?«

»Wieso?«

»Ja, oder wenn Sie lieber wollen, mit unserem Ministerium Mirabeau-Lafayette?«

»Es gibt nur leere Gerüchte, die Ihnen so gut bekannt sind wie anderen, und Sie wollen jetzt von mir erfahren, was daran ist.«

»Doktor, Sie sind ein eingefleischter Zweifler, und das Schlimmste dabei ist, dass Sie nicht nur nicht glauben, sondern nicht glauben wollen! ... Ich muss Ihnen also zuerst sagen, was Sie so gut wissen wie ich, und dann werde ich Ihnen sagen, was ich besser weiß.«

»Ich höre, Graf.«

»Vor vierzehn Tagen bezeichneten Sie Herrn von Mirabeau als den einzigen Mann, der die Monarchie retten könne. Erinnern Sie sich noch? Sie verließen das Zimmer des Königs in dem Augenblicke, als der Marquis von Favras eintrat.«

»Ein Beweis, dass er damals noch nicht gehenkt war«, sagte Gilbert lachend.

»Oh! Sie sind sehr voreilig, Doktor! Lassen Sie dem armen Teufel doch einige Tage Frist ... es ist doch billig, dass Sie seiner Seele zur Räumung des Leibes ebenso viel Zeit lassen, wie ein Mietsmann zur Räumung seiner Wohnung erhält, nämlich ein Vierteljahr ... aber ich muss Ihnen bemerken, Doktor, dass Sie mich von der rechten Bahn ablenken.«

»Betreten Sie sie nur wieder, Graf, ich werde Ihnen mit Vergnügen folgen.«

»Sie haben also dem Könige erklärt, nur Herr von Mirabeau könne die Monarchie retten.«

»Das ist meine Meinung, Graf, und deshalb habe ich dem Könige diese Ministerkombination vorgelegt.«

»Es ist auch meine Meinung, Doktor, und deshalb wird die von Ihnen vorgelegte Kombination nicht zustande kommen.«

»Nicht zustande kommen?«

»Nein, gewiss nicht ... Sie wissen wohl, dass ich die Rettung der Monarchie nicht will. Der König war durch Ihre Vorstellungen ziemlich überzeugt und sprach mit der Königin von Ihrer Ministerkombination. Zum größten Erstaunen der oberflächlichen Menschen war die Königin Ihrem Plane noch weniger abgeneigt als der König! Ist das die Wahrheit, Doktor?« sagte Cagliostro mit einem forschenden Blicke.

»Ich muss gestehen, Graf, dass Sie bis jetzt keinen Augenblick von dem geraden Wege abgewichen sind.«

»Darauf entfernten Sie sich frohlockend und in der festen Überzeugung, dass diese königliche Sinnesänderung eine Folge Ihrer unwiderleglichen Beweisgründe sei. Aber die Königin hat aus zwei Gründen nachgegeben. Erstens, weil sie tags zuvor einen großen Kummer gehabt hatte und daher in einer Intrige eine Zerstreuung sah; zweitens, weil die Königin eine Tochter Evas ist; man hat ihr Herrn von Mirabeau als einen Löwen, einen Tiger geschildert, und eine Tochter Evas kann nie dem für die Eigenliebe so schmeichelhaften Wunsche widerstehen, einen Tiger oder Löwen zu zähmen.«

»Sie gehen von Mutmaßungen aus, Graf, und Sie hatten versprochen, mich durch Tatsachen zu überzeugen.«

»Sie weisen mein Teleskop zurück? Nun, wenden wir uns also wieder zu materiellen Dingen, etwa zu den Schulden Mirabeaus.«

»Hier haben Sie die schönste Gelegenheit, Graf; Ihren Großmut zu zeigen.«

»Sie meinen, ich soll Mirabeaus Schulden bezahlen? Aber Sie wissen, dass er für den Augenblick keineswegs auf mich zählt; er zählt auf den künftigen Generalissimus Lafayette, der ihn mit lumpigen fünfzigtausend Frank anlockt, am Ende zahlt er keinen Groschen für ihn ... Armer Mirabeau! Alle jene Gimpel und Gecken, mit denen du zu tun hast, verkennen dein Genie, und zerren nur an deinen Jugendtorheiten herum! ›Mirabeau ist ein ungeheurer Schwätzer!‹, sagt Rivarol; ›Mirabeau ist ein Lump!‹, sagt Mably; ›Mirabeau ist ein ruchloser Mensch!‹, sagt Guillermy; ›Mirabeau ist ein Meuchler!‹, sagt der Abbé Maury; ›Mirabeau ist so gut wie tot!‹, sagt Target; ›Mirabeau ist längst begraben!‹, sagt Dupout; ›Mirabeau hat die Blattern an der Seele!‹, sagt Champceuets; ›Mirabeau gehört auf die Galeeren!‹, sagt Lampesc; ›Mirabeau muss an den Galgen!‹, sagt Marat. Und wenn Mirabeau morgen stirbt, so wird ihn das Volk vergöttern, und alle diese Zwerge, die er so weit überragt, werden seinem Sarge folgen und jammern: ›Wehe, Frankreich, das seinen Tribun verloren!‹ ›Wehe dem Königtum, dem seine Stütze entrissen ist.‹«

»Sie werden mir doch nicht den Tod Mirabeaus prophezeien wollen?«, sagte Gilbert fast erschrocken.

»Sagen Sie aufrichtig, Doktor, glauben Sie, dass er noch lange leben wird mit seinem immerfort gärenden Blut, seinem überwallenden Herzen, seinem alles durchdringenden Genie? Gilbert, Sie werden sich mit wenigen anderen intelligenten Männern vergebens abmühen, Mirabeau zum Minister zu machen, ich sage Ihnen, dass Mirabeau, der geniale Staatsmann, sein Leben vertun und an den Rand des Grabes kommen wird, ohne Minister zu werden.«

»Der König widersetzt sich also?«, fragte Gilbert.

»Oh! Er hütet sich wohl, er würde es mit der Königin zu tun bekommen, der er beinahe sein Wort gegeben hat. Sie wissen, die Politik des Königs liegt in dem Worte *beinahe;* er ist beinahe konstitutionell, beinahe Philosoph, beinahe populär und sogar beinahe Politiker, wenn er Monsieur zum Ratgeber hat. Gehen Sie morgen in die Nationalversammlung, lieber Doktor, und Sie werden sehen, was darin vorgeht.«

»Können Sie mir's nicht im Voraus sagen?«

»Ich würde Ihnen das Vergnügen der Überraschung nehmen, aber ich will Ihnen etwas anderes vorschlagen:

»In einer Stunde wird der Jakobinerklub eröffnet. Es ist eine sehr gewählte Gesellschaft, welche Sie gewiss gern besuchen werden. Auch bekommen Sie so vielleicht Zeit, den Schlag zu parieren, da Sie zwölf Stunden vorher gewarnt werden.«

Zwei Stunden später betraten der Graf und Gilbert das Haus des Jakobinerklubs. Von der Galerie aus warf Gilbert einen langen Blick auf diese glänzende Versammlung. Er erkannte jeden Einzelnen und erwog im Geiste die Bedeutung aller dieser verschiedenen Talente. Seine Besorgnis wurde durch die Anwesenheit einer ganzen Anzahl Königstreuer etwas beschwichtigt.

»Sagen Sie aufrichtig«, flüsterte er Cagliostro zu, »wen sehen Sie unter dieser Gesellschaft, der wirklich ein Feind des Königtums ist?«

»Es sind ihrer zwei in der Versammlung.«

»Oh, das ist nicht viel unter vierhundert Menschen!«

»Es ist genug, wenn einer der beiden Männer der Mörder Ludwigs XVI., und der andere sein Nachfolger sein wird.«

Gilbert erschrak.

»Oh! Oh! Sagte er, »haben wir denn hier einen zukünftigen Brutus und Cäsar?«

»Allerdings, lieber Doktor.«

»Sie werden mir die beiden großen Männer doch zeigen?«, sagte Gilbert mit dem Lächeln des Zweiflers auf den Lippen.

»Bei wem willst du den Anfang machen, ungläubiger Apostel?«

»Lassen Sie zuerst den Brutus sehen.«

»Nun, so sieh«, sagte Cagliostro, »da ist er!«

Er deutete mit der Hand auf einen gegen die Kanzel gelehnten Mann, dessen Kopf in diesem Augenblicke beleuchtet war, während der übrige Körper in Dunkel gehüllt war.

Gilbert schauderte unwillkürlich.

»Kennen Sie ihn nicht?«, fragte Cagliostro.

»Nicht wahr, er ist ein unbedeutender Advokat von Arras, namens Maximilian von Robespierre, Mitglied der Nationalversammlung?«

»Jawohl.«

»Aber wer ist denn dieser Robespierre?«, fragte Gilbert.

»Wer dieser Robespierre ist? Außer mir weiß es vielleicht niemand in Frankreich ... Die Robespierre sind Irländer; vielleicht gehörten ihre Vorfahren zu den irischen Kolonien, die im sechzehnten Jahrhundert die Seminare und Klöster an unserer Nordküste so reichlich beschickten.«

»Aber was hat er denn bis jetzt geleistet?«, fragte Gilbert.

»Erinnern Sie sich des Tages, wo die Vertreter des dritten Standes, [11] die sich durch das königliche Veto zur Untätigkeit verurteilt sahen, von dem heuchlerischen Klerus gebeten wurden, ihre Arbeiten zu beginnen?«

»Ja.«

»Nun, lesen Sie die Rede, die der verachtete Advokat von Arras an jenem Tage hielt, noch einmal aufmerksam durch, und Sie werden sehen, ob in dieser Erbitterung, in dieser Heftigkeit, die ihn fast zum Redner machte, nicht eine ganze Zukunft liegt.«

»Hören Sie wohl, was ich Ihnen sage: dieser Mann, der einst der Schrecken der Nationalversammlung sein wird, ist jetzt die Zielscheibe des Spottes; die aristokratischen Jakobiner sind einfach der Meinung, dass Robespierre zur Unterhaltung der Versammlung da sei, und dass jedermann das Recht habe, Kurzweil mit ihm zu treiben. Ein einziger seiner Kollegen erkennt und versteht ihn: Mirabeau! – ›Er wird es zu etwas bringen‹, sagte er vorgestern zu mir, ›denn er glaubt an das, was er sagt!‹«

»Aber ich habe die Reden dieses Mannes gelesen«, entgegnete Gilbert, »und ich finde sie mittelmäßig und seicht.«

»Mein Gott, ich sage ja nicht, dass er ein Demosthenes oder Cicero, ein Mirabeau oder Barnave sei! Aber, außer Gott weiß vielleicht nur ich, welcher Hass in seiner schmalen Brust gärt, welche Gewitter sich in seinem engen Gehirn zusammenziehen.«

»Aber warum kommt er denn hierher?«

»Weil er hier mehr Gehör findet, als in der Nationalversammlung. Der Jakobinerklub, lieber Doktor, ist der kleine Minotaur; er saugt an einer Kuh; später wird er ein Volk verschlingen. Robespierre ist das Vorbild der Jakobiner: Die Gesellschaft wiederholt sich in ihm, und er ist der Ausdruck der Gesellschaft, nicht mehr und nicht weniger. Er hält gleichen Schritt mit ihr, ohne ihr zu folgen, ohne ihr vorauszueilen. Mich dünkt, ich habe Ihnen versprochen, Sie mit einem kleinen Instrument bekanntzumachen, welches eben jetzt angefertigt wird und den Zweck hat, jede Minute einen Kopf, auch wohl zwei Köpfe abzuschlagen; glauben Sie nur, dass keiner der hier Anwesenden diesem Todeswerkzeug so viel Arbeit geben wird als der Advokat Robespierre.«

---

11 Nämlich die ganze Bevölkerung, mit Ausschluss des Adels und des Klerus. Anmerkung des Bearbeiters.

»In der Tat, Graf, Sie sind entsetzlich«, sagte Gilbert. »Aber sagen Sie, wo ist Ihr Cäsar?«

»Dort spricht er mit einem Manne, den er noch nicht kennt, und der später einen großen Einfluss auf sein Geschick haben wird. Dieser Mann heißt Barras; – behalten Sie den Namen und erinnern Sie sich seiner gelegentlich.«

»Sie scheinen den Spaß mit dem kleinen Unterleutnant für bare Münze geben zu wollen?«

»Gilbert«, sagte Cagliostro, indem er die Hand gegen Robespierre ausstreckte, »so wahr, wie dieser das Blutgerüst Karls I. wieder aufrichten wird, ebenso gewiss wird jener«, er deutete auf den Korsen mit den glattgestrichenen Haaren, »den Thron Karls des Großen wieder aufrichten!«

»Und wie heißt der Mann?«, fragte Gilbert.

»Jetzt heißt er noch Bonaparte, schlechtweg«, antwortete der Prophet, »aber einst wird er den Namen Napoleon führen.«

Gilbert drückte die Hand auf die Stirn und versank in so tiefes Nachdenken, dass er gar nicht bemerkte, wie die Sitzung eröffnet wurde und ein Redner die Tribüne bestieg.

Eine Stunde war verflossen, ohne dass ihn der Lärm der sehr stürmischen Sitzung seinen tiefen Gedanken entriss. Endlich fühlte er eine kräftige Hand auf seiner Schulter.

Er sah sich um. – Cagliostro war verschwunden, aber an seiner Stelle fand er Mirabeau.

Jeder Gesichtszug Mirabeaus drückte den heftigsten Zorn aus; seine Augen sprühten Flammen.

Gilbert sah ihn fragend an. »Was gibt's?«, fragte er.

»Wir sind betrogen, hinters Licht geführt, verraten; der Hof will von mir nichts wissen, er hat Sie zum Narren gehabt ...«

»Ich verstehe Sie nicht, Graf.«

»Sie haben geschlafen?«

»Nein«, sagte Gilbert, »ich habe wachend geträumt.«

»So hören Sie. Als Antwort auf meinen heutigen Antrag, die Minister zur Teilnahme an den Beratungen einzuladen, werden morgen drei Freunde des Königs verlangen, dass kein Mitglied der Nationalversammlung während der Sessionsdauer Minister sein dürfe. Dieser so mühsam, so gewissenhaft gemachte Entwurf stürzt zusammen wie ein Kartenhaus, weil Seine Majestät Ludwig XVI. die Laune anwandelt, darein zu blasen! Aber,« setzte Mirabeau hinzu, indem er wie Ajax die geballte Faust zum Himmel erhob, »so wahr ich Mirabeau heiße, die Höflinge sollen sehen, dass ich noch stärker blasen, dass ich mit meinem Atem nicht nur ein Ministerium über den Haufen werfen, sondern auch einen Thron erschüttern kann!«

»Aber Sie werden doch in die Nationalversammlung gehen?«, sagte Gilbert. »Sie werden doch Ihre Ansicht bis aufs äußerste verteidigen?«

»Ja, ich werde in die Nationalversammlung gehen, ich werde meine Ansicht bis aufs äußerste verteidigen. Ich gehöre zu denen, die sich nur unter den Trümmern begraben lassen.«

Am folgenden Tage nahm die Nationalversammlung trotz Mirabeaus beredten, erschütternden Worten mit großer Stimmenmehrheit den Antrag Lanjuinais' an, dass kein Mitglied der Nationalversammlung während der Session Minister sein dürfe.

»Und ich«, rief Mirabeau, als der Beschluss gefasst war, »ich schlage Folgendes vor, das an Ihrem Beschluss nichts ändern wird: »Alle Mitglieder der gegenwärtigen Versammlung können Minister sein, mit Ausnahme des Grafen von Mirabeau.'«

Alle sahen einander betroffen an, und während der tiefen Stille, die im Saale herrschte, verließ Mirabeau die Rednertribüne mit jenem kühnen, entschlossenen Schritt, mit welchem er einst Herrn von Dreux-Brézé entgegentrat, als er zu ihm sagte: »Wir sind hier durch den Willen des Volkes, wir werden nur mit dem Bajonett im Leibe diesen Ort verlassen.«

Er entfernte sich aus dem Saale.

Zehntes Kapitel

Der König hatte Mirabeau nicht zum Minister gemacht; er hatte den Entschluss gefasst, zu warten, Zeit zu gewinnen, da ihm zwei angeknüpfte Unterhandlungen die Aussicht gaben, Paris heimlich zu verlassen und in einer Festung Schutz zu suchen. Das war sein Lieblingsplan.

Charny hatte die Reise von Paris nach Metz in zwei Tagen gemacht. Er hatte den Marquis von Bouillé in Metz gefunden und ihm den Brief des Königs übergeben.

Der Marquis war im ersten Augenblick unschlüssig; als er aber den Namen Charny las und sich des besonderen Vertrauens erinnerte, womit ihn die Königin beehrte, fühlte er sich als treuer Royalist von dem Wunsche durchdrungen, den König dieser scheinbaren Freiheit, die von vielen als eine wirkliche Gefangenschaft betrachtet wurde, zu entreißen.

Er mochte indes noch keinen entscheidenden Entschluss fassen, weil er die Vollmacht Charnys nicht für genügend hielt, und er beschloss, seinen Sohn, den Grafen Louis von Bouillé, nach Paris zu schicken, um sich mit dem König über diesen wichtigen Plan zu besprechen.

Der Graf Louis kam gegen den 15. November in Paris an. Der König wurde damals von dem Marquis von Lafayette sehr sorgfältig bewacht, und der Graf Louis war der Vetter Lafayettes. Da dieser von der durch Charny angeknüpften Verbindung zwischen dem König und dem Marquis von Bouillé nichts wissen konnte, so war für den Grafen Louis nichts einfacher, als sich von Lafayette selbst dem König vorstellen zu lassen. Er sann noch über ein Mittel nach, zum König zu gelangen, als ihm Lafayette schrieb, dass seine Ankunft in Paris bekannt sei, und ihn einlud, ihn zu besuchen.

Der Graf begab sich sogleich zum Generalstab. Der General war im Stadthause, wo er eine Mitteilung Baillys zu empfangen hatte. Aber er fand Herrn Romeuf, den Adjutanten des Generals.

Romeuf war sechsundzwanzig, der Graf Louis zweiundzwanzig Jahre alt; sie sprachen nicht lange von Politik. Überdies wollte der Graf Louis durchaus nichts merken lassen, dass er mit einer ernsten Idee beschäftigt sei.

Er erzählte seinem Freunde Romeuf unter dem Siegel der strengsten Verschwiegenheit, er habe Metz ohne förmlichen Urlaub verlassen, um in Paris eine Geliebte zu besuchen.

Während der Graf Louis dem Adjutanten diese vertrauliche Mitteilung machte, erschien der General Lafayette in der Tür. Lafayette ging langsam auf den Erzähler zu und legte ihm die Hand auf die Schulter.

»Aha, jetzt sehe ich, Sie lockerer Zeisig«, sagte er, »warum Sie sich vor Ihrem respektablen Verwandten verstecken!«

Lafayette sah seinen Vetter mit etwas spöttischem Lächeln an. Er wusste, dass sich dieser Zweig der Familie sehr viel um das Wohl des Königs, aber nur wenig um die Freiheit des Volkes kümmerte.

»Mein Vetter, der Marquis von Bouillé«, sagte er mit scharfer Betonung des Titels, auf den er seit dem 5. Oktober verzichtet hatte, »hat seinem Sohn gewiss einen Auftrag an den König gegeben, über dessen Wohl ich wache?«

»Er hat mich beauftragt, ihm die ehrerbietigste Huldigung zu Füßen zu legen«, antwortete der junge Graf, »wenn Herr von Lafayette mich für würdig hält, meinem König vorgestellt zu werden.«

»Sie wünschen, Seiner Majestät vorgestellt zu werden? ... Es ist jetzt elf Uhr; um die Mittagsstunde habe ich täglich die Ehre, den König und die Königin zu sehen, und werde Sie sogleich in die Tuilerien führen.«

Dieser Plan stimmte mit den Wünschen des jungen Grafen zu gut überein, als dass er eine Einwendung dagegen hätte machen können; er gab seine Zustimmung und zugleich seinen Dank durch eine Verbeugung zu erkennen.

Eine halbe Stunde nachher präsentierten die Schildwachen am Gittertor das Gewehr vor dem General Lafayette und dem jungen Grafen von Bouillé, ohne zu ahnen, dass sie zugleich der Revolution und Gegenrevolution die militärischen Ehren erwiesen.

Die Türen öffneten sich vor Lafayette, die Lakaien verneigten sich tief; man erkannte leicht den König des Königs, den Bürgermeister der Tuilerien, wie ihn Marat zu nennen pflegte.

Lafayette wurde zuerst zu der Königin geführt; der König war in seiner Schlosserwerkstatt, und man wollte Seine Majestät von der Anwesenheit des Generals in Kenntnis setzen.

Graf Louis wurde von der Königin sehr huldvoll empfangen, wusste diese doch, dass er und sein Vater ihr unbedingt ergeben waren.

Wie begeistert Graf Louis auch durch den huldvollen Empfang war, so verkannte er doch nicht, dass die Königin ihn keineswegs erwartet hatte. Kein geheimnisvoller Wink hatte ihm zu verstehen gegeben, dass sie von seiner Sendung Kenntnis habe. Dies stimmte übrigens mit der Versicherung Charnys, dass der König den Zweck seiner Sendung geheimgehalten, genau überein. Er musste den König genau beobachten, um aus dessen Worten und Gebärden irgendein ihm allein verständliches Zeichen herauszufinden, dass Ludwig XVI. über die Ursache seiner Reise nach Paris besser unterrichtet sei als Lafayette. Der König hatte Lafayette und den Grafen Louis zu sich in die Schlosserwerkstatt gebeten. An der Tür der Werkstatt fragte der Kammerdiener:

»Wen habe ich zu melden?«

»Melden Sie den Obergeneral der Nationalgarde; ich werde die Ehre haben, Seiner Majestät diesen Herren selbst vorzustellen.«

»Der Herr Oberkommandant der Bürgergarde«, meldete der Kammerdiener.

Der König sah sich um.

»Aha! Sie sind's, Herr von Lafayette!« sagte er. »Verzeihen Sie, dass ich Sie hierher kommen ließ; aber der Schlosser heißt Sie willkommen in seiner Werkstatt.«

»Sire!«, antwortete Lafayette, »in welchem Anzug Eure Majestät mich zu empfangen geruhen, Sie werden in mir jederzeit den treuesten Untertan finden. Dieser junge Offizier, den ich Eurer Majestät vorzustellen mir erlaube, ist mein Vetter, der Graf Louis von Bouillé, Hauptmann im Dragonerregiment ....«

»So!«, unterbrach ihn der König, dessen Überraschung dem jungen Kavalier nicht entging, »ach ja, der Graf Louis von Bouillé, Sohn des Marquis von Bouillé, Kommandanten von Metz.«

»Jawohl, Sire«, sagte der junge Graf lebhaft.

»Verzeihen Sie, Herr Graf, dass ich Sie nicht erkannt habe. Sind Sie schon lange von Metz fort?«

»Fünf Tage, Sire, und da ich wohl mit besonderer Erlaubnis meines Vaters, aber ohne förmlichen Urlaub in Paris bin, so bat ich meinen Vetter um die Ehre, Eurer Majestät vorgestellt zu werden.«

»Den General? ... Sie haben wohlgetan, Herr Graf; niemand war mehr geeignet, Sie zu jeder Stunde vorzustellen und von niemandem würde es mir angenehmer gewesen sein.«

Übrigens hatten die wenigen Worte Ludwigs XVI. den jungen Grafen hinlänglich gewarnt, auf seiner Hut zu sein. Jene Frage zumal: ›Sind Sie schon lange von Metz fort?‹ bedeutete: ›Haben Sie Metz nach der Ankunft des Grafen von Charny verlassen?‹

Die Antwort des Boten war dem König verständlich genug.

»Ja, sehen Sie, General, ich habe ein Schloss angefangen«, begann der König jetzt. »Ich sage Ihnen, was ich arbeite, damit Sie Herrn Marat die Wahrheit sagen können; er könnte sonst wieder behaupten, ich gehe in die Werkstatt, um Fesseln für Frankreich zu schmieden ... Sie sind weder Geselle noch Meister, Herr von Bouillé?«

»Nein, Sire! Aber ich bin Lehrling, und wenn ich Eurer Majestät in etwas nützlich sein könnte ...«

»Es ist wahr, lieber Vetter«, sagte Lafayette, »der Mann Ihrer Amme war ein Schlosser, und Ihr Vater sagte, wenn er dessen Rat folgen wolle, so werde er einen Schlosser aus Ihnen machen.«

»Ganz recht, General, und deshalb hatte ich die Ehre, mich Seiner Majestät als Lehrling anzutragen ...«

»Ein Lehrling wäre mir in der Tat gar nicht unwillkommen«, sagte der König.

»Was für ein Schloss soll ich machen, Eure Majestät?«, fragte der junge Graf, »ein Damenschloss, ein Fallschloss oder ein auf beiden Seiten schließendes Schloss?«

»Oho, Vetter«, sagte Lafayette, »in diesem Handwerk scheinen Sie so bewandert, dass man Sie fast für einen Mann von Fach halten könnte.«

Ludwig XVI. hatte dem jungen Kavalier mit sichtlichem Vergnügen zugehört.

»Ich fürchte«, sagte er, »dass ich meiner Kunst zu viel zugetraut habe ... Ach! Wenn ich meinen braven Meister Gamain noch hätte!«

»Ist der edle Mann denn tot, Sire?«

»Nein«, antwortete der König mit einem Seitenblick, den der junge Graf sehr wohl verstand; »nein; er ist in Versailles, Rue des Reservoirs. Er wird sich nicht in die Tuilerien getraut haben.«

»Warum nicht, Sire?«, fragte Lafayette.

»Aus Furcht, sich zu kompromittieren. Ein König von Frankreich ist heutzutage sehr kompromittierend, lieber General. Man sieht's ja: Alle meine Freunde sind fort ... Wenn Sie es nicht für unangemessen halten, dass er mir mit einem Lehrling an die Hand gehe, so will ich ihn in diesen Tagen holen lassen.«

»Sire«, antwortete Lafayette lebhaft, »Eure Majestät wissen wohl, dass nur Sie selbst die Personen zu bestimmen haben, welche das Glück haben sollen, in Ihrer Nähe zu weilen.«

»Jawohl, unter der Bedingung, dass Ihre Schildwachen die Eintretenden durchsuchen, wie man die Schmuggler an der Grenze durchsucht ...«

»Sire, ich weiß nicht, wie ich mich bei Eurer Majestät entschuldigen soll. Betreffs des Schlossermeisters geruhen Eure Majestät nur zu befehlen ...«

»Es hat damit keine Eile; erst in acht bis zehn Tagen brauche ich ihn, ihn und seinen Lehrling ... Ich werde ihn durch meinen Kammerdiener Durey, der sein Freund ist, in Kenntnis setzen lassen.«

»Er darf sich nur melden, Sire, um ungehindert zu Eurer Majestät zu gelangen. Gott behüte mich davor, Sire, den Namen eines Kerkermeisters, den man mir so gerne geben möchte, zu verdienen! Ich wollte Sie sogar bitten, Sire, Ihre Jagden, Ihre Ausflüge wieder anzufangen.«

»Oh, meine Jagden, nein, ich danke ... Überdies habe ich jetzt ganz andere Dinge im Kopfe ... Mit meinen Reisen ist es dasselbe; die letzte, die ich gemacht habe, - von Versailles nach Paris, hat mir die Reiselust benommen ... wenigstens habe ich nicht Lust, in so großer Gesellschaft zu reisen.«

Ludwig XVI. warf wieder einen Blick auf den Grafen von Bouillé, der durch ein kaum bemerkbares Augenblinzeln dem König zu erkennen gab, dass er ihn verstanden.

»Und jetzt«, sagte Ludwig XVI., sich zu dem jungen Grafen wendend, »werden Sie bald wieder nach Metz gehen?«

»Sire«, antwortete Bouillé, »ich verlasse Paris in zwei bis drei Tagen, aber nicht, um sogleich wieder nach Metz zu gehen; ich wollte zuvor meiner Großmutter in Versailles, Rue des Reservoirs, einen Besuch abstatten; erst in acht bis zehn Tagen kann ich die betreffende Person sehen, deren Befehle ich in einer Familienangelegenheit zu empfangen habe. Ich werde daher erst Anfang Dezember wieder bei meinem Vater sein ...«

Der König verabschiedete seinen Besuch; er wusste, dass er und Graf Louis sich verstanden hatten.

Elftes Kapitel

In einer elenden Dachstube in einem Hause in der Judengasse sitzen ein Mann und eine Frau.

Der Mann ist fünfundvierzig, scheint aber fünfundfünfzig Jahre alt zu sein; die Frau ist vierunddreißig und scheint vierzig.

Der Mann hält ein Kartenspiel in der Hand und probiert zum tausendsten Male einen untrüglichen Trick aus.

Die Frau trägt ein altes seidenes Kleid. Ihr Haar ist mit einem vormals vergoldeten Kamm aufgesteckt; ihre Hände sind außerordentlich sorgfältig gepflegt und von aristokratischem Aussehen.

Das ganze Bild ist von einer Kerze beleuchtet; die Stelle des Leuchters vertritt eine leere Flasche, die von einem Lichtkreis umgeben ist, während der übrige Teil des Zimmers im Halbdunkel liegt.

Die Frau bricht zuerst das Schweigen: »Es geht nicht mehr so weiter; deine Klugheit muss uns dieser elenden Lage entreißen, sonst muss ich zu meiner Klugheit Zuflucht nehmen.«

Diese letzten Worte sagte sie mit der Ziererei einer Schönen, der ihr Spiegel noch am Morgen gesagt hat: ›Sei nur ruhig, mit diesem Gesicht verhungert man nicht!‹

»Du siehst ja, mein Kind«, antwortete Beausire, »dass ich mich immerfort damit beschäftige. Ich sage dir, ich hab's gefunden.«

»Was denn?«

»Wie man gewinnen muss.«

»Geht das schon wieder an? Wenn nur Madame de la Motte nicht geflohen wäre ... so würde man noch Hilfsquellen finden und wäre nicht gezwungen, mit einem alten Reiter im Elend zu leben ...«

Mademoiselle Nicole Legay, genannt Madame Oliva, deutete mit majestätischer Gebärde auf Beausire.

»Aber ich sage dir,« wiederholte dieser mit dem Tone der Überzeugung, »dass wir morgen reich sein werden.«

»Zeige mir die ersten zehn Louisdor, und ich will an alles andere glauben.«

»Heute Abend sollst du sie sehen, die ersten zehn Louisdor; eben diese Summe ist mir versprochen worden.«

»Und du gibst sie mir, lieber Beausire!«, sagte Nicole lebhaft.

»Ich gebe dir fünf davon, damit du dir ein seidenes Kleid kaufen kannst, mit den fünf andern ...«

Plötzlich wurde die Tür geöffnet und eine sanfte Stimme sagte:

»Guten Abend, Mademoiselle Nicole, guten Abend, Herr von Beausire.«

In der Tür stand ein sehr elegant gekleideter Mann und weidete sich an dieser Familienszene.

»Der Graf von Cagliostro!«, riefen Nicole und Beausire gleichzeitig aus.

Eine tiefe Stille trat ein. Plötzlich seufzte der Geliebte Nicoles tief und vernehmlich.

»Was, Herr von Beausire«, sagte Cagliostro, »immer melancholisch?«

»Und Sie, Herr Graf, immer Millionär?«

»Ei, mein Gott, das Geld macht nicht glücklich! ...«

»Das ist wohl wahr, Herr Graf; abgesehen von unserer erbärmlichen Lage ...«

»Sind Sie glücklich ... Und mit tausend Louisdor könnten Sie dieses Glück vollkommen machen?«

Nicoles Augen leuchteten, Beausires Augen sprühten Flammen.

»Jawohl«, erwiderte der letztere hastig, – »ach, wenn wir tausend Louisdor hätten! Mit der einen Hälfte würden wir uns ein Landhaus kaufen, mit der andern eine kleine Rente sichern, und ich würde Landmann ... Nicole würde sich ganz der Erziehung unseres Kindes widmen.«

»Das Geschäftchen, das Sie jetzt vorhaben, wird Ihnen also nicht so viel eintragen?«

Beausire stutzte. »Was für ein Geschäft?«, fragte er.

»Nun, die Angelegenheit, in welcher Sie als Gardesergeant auftreten; die Angelegenheit, in der Sie heute Abend unter den Arkaden des Place-Royale erscheinen werden.«

Beausire wurde leichenblass.

»Ach, Herr Graf!«, sagte er, mit bittender Gebärde die Hände faltend. »Machen Sie mich nicht unglücklich!«

»Ich sagte es ja,« jammerte Nicole, »du solltest dich in die fatale Geschichte nicht einlassen!«

»Ich will Ihnen als Freund einen Rat geben, lieber Herr von Beausire: Nehmen Sie weder für den Adel noch für das Volk Partei, sondern für sich selbst ... Bedenken Sie, was Sie tun, Herr von Beausire; jede Sache hat eine gute und eine schlechte Seite. Es kommt nur darauf an, die gute Seite für sich herauszufinden.«

»Aha, ich merke schon, dass ich die gute Seite nicht getroffen habe, wie?«

»Nicht ganz, Herr von Beausire. Ich bin der Meinung, dass Sie Ihr Leben dabei aufs Spiel setzen. Sie werden wahrscheinlich gehenkt werden!«

»Herr Graf«, sagte Beausire, der sich den Schweiß von der Stirn wischte, »einen Edelmann henkt man nicht.«

»Das ist wahr; aber um die Begünstigung des Enthauptens zu erlangen, würden Sie Ihre Ahnenprobe machen müssen, lieber Herr von Beausire, und das würde dem Tribunal vielleicht zu langweilig sein; man würde Sie daher provisorisch hängen lassen ... Aber, Sie sind ja kein furchtsamer Mensch!«

»Nein«, antwortete Beausire, »nichts weniger als furchtsam ... Es gibt indes gewisse Umstände ...«

»Ja, ich verstehe ... zum Beispiel, wenn man wegen Diebstahls die Galeere hinter sich, und wegen Hochverrats an der Nation den Galgen vor sich hat – den Hochverrat an der Nation würde man vermutlich jetzt ein Verbrechen nennen, das die Entführung des Königs zum Zweck hat.«

»Herr Graf! Herr Graf!« rief Beausire entsetzt.

»Unglücklicher!«, sagte Oliva, »auf diese Entführung bautest du also deine goldenen Träume!«

»Er hatte nicht so ganz unrecht, liebes Fräulein; ich wiederhole Ihnen nur, dass jede Sache eine Licht- und eine Schattenseite hat. Herr von Beausire hat unrecht, der schlechten Seite den Vorzug zu geben; – er hat sich nur umzudrehen, weiter nichts.«

»Was habe ich zu tun, Herr Graf?«, fragte Beausire.

»Nehmen Sie einmal an«, sagte Cagliostro nachsinnend, »Ihr Plan scheitere; nehmen Sie an, die Mitschuldigen des Mannes mit der Larve und des Mannes im braunen Mantel würden verhaftet; nehmen Sie weiter an, sie würden zum Tode verurteilt ... Ei, mein Gott! Man hat ja Bezenval und Augeard freigesprochen; Sie sehen also, dass nichts unmöglich ist ... Nehmen Sie an, ich sagte zu Ihnen: ›Armer Herr von Beausire, es ist Ihre Schuld!‹«

»Wieso?«, fragte Beausire.

»›Wieso?‹ würde Ihnen die Stimme antworten; weil Sie nicht nur diesem kläglichen Tode entgehen, sondern auch tausend Louisdor hätten verdienen können.«

»Aber wie hätte ich diesem kläglichen Tode entgehen, wie hätte ich die tausend Louisdor verdienen können?«

»Sie hatten ja den Grafen von Cagliostro zur Seite ... Sie brauchten nur zu ihm zu sagen: ›Herr Graf, der Bruder des Königs treibt Verrat mit dem Marquis von Favras. Man will den König entführen und nach Peronne bringen ... Um Sie zu zerstreuen, Herr Graf, will ich Ihnen Tag für Tag, Stunde für Stunde den Fortgang der Sache mitteilen.‹ – Da würde

Ihnen der Graf als großmütiger Kavalier geantwortet haben: ›Wollen Sie das wirklich tun, Herr von Beausire?‹ – Nun, jede Arbeit ist ihres Lohnes wert, und wenn Sie Ihr Wort halten, so habe ich da in einem Winkel vierundzwanzigtausend Livres bereitliegen, die ich dieser Laune opfern will ... und an dem Tage, wo der König entführt oder der Marquis von Favras gefangen genommen wird, Kommen Sie zu mir und erhalten die vierundzwanzigtausend Livres, wie Sie diese zehn Louisdor als Geschenk erhalten!«

»So wahr ich Beausire heiße, ich nehme Ihr Anerbieten an.«

»Das genügt mir«, sagte Cagliostro. »Es ist dreiviertel neun, Herr von Beausire, um neun Uhr werden Sie unter den Arkaden des Place-Royale am Hotel Sully erwartet. Nehmen Sie diese zehn Louisdor, stecken Sie sie in die Westentasche, ziehen Sie Ihren Frack an, nehmen Sie Ihren Degen und lassen Sie nicht auf sich warten!«

Beausire ließ sich das nicht zweimal sagen; er nahm die zehn Louisdor, steckte sie in die Tasche und machte sich fertig.

»Wo werde ich den Herrn Grafen wiederfinden?«, fragte er.

»Auf dem Sankt Johannisfriedhofe ... Wenn man von solchen Dingen sprechen will, so ist es besser, zu den Toten als zu den Lebenden zu gehen.«

In dem Augenblick, als die Glocken Mitternacht schlugen, erschien wirklich eine Gestalt zwischen den Taxusbäumen und Zypressen.

»Nun, Herr von Beausire«, sagte die spöttische Stimme Cagliostros, »erkennen Sie mich nicht?«

»Ach! Sie sind's«, sagte Beausire. »Das ist schön.«

»Setzen Sie auf diesem Seitenpfad Ihren Weg fort«, sagte Cagliostro, »zwanzig Schritte von hier finden wir einen verfallenen Altar, auf dessen Stufen wir von unsern Geschäften sprechen können.«

Beausire folgte Cagliostro und trat so regelmäßig in seine Fußtapfen, wie ein Soldat des zweiten Gliedes in die seines Vordermannes tritt.

»Ah, sehen Sie, hier ist frische Erde«, sagte Cagliostro, der so plötzlich stehen blieb, dass Beausire mit dem Bauch an seinen Rücken stieß. »Es ist das Grab Ihres Kameraden Fleur d'Epine, der als Mörder des Bäckers François vor acht Tagen gehängt wurde.«

»Jetzt sind wir da«, sagte endlich Cagliostro, vor einer Art Ruine stehenbleibend. Er setzte sich auf eine verfallene Stufe und wies seinem Begleiter einen Stein an. Es war Zeit; die Beine des alten Soldaten schlotterten.

»Hier können wir ungestört plaudern, lieber Herr von Beausire«, sagte Cagliostro. »Sagen Sie, was ist denn heute Abend unter den Arkaden des Place-Royale vorgegangen?«

»Ich muss gestehen, Herr Graf«, erwiderte Beausire, »dass ich mich in diesem Augenblick nicht mehr recht auf alles besinnen kann, und ich glaube, wir würden beide gewinnen, wenn Sie mich um alles fragten, was Sie zu wissen wünschen.«

»Gut«, sagte Cagliostro, »an der Form liegt mir wenig, wenn ich nur erfahre, was ich wissen will ... Wie viel waren da?«

»Sechs, mich mit inbegriffen.«

»Sechs, Sie mit inbegriffen, lieber Herr von Beausire? Wir wollen doch sehen, ob es die Leute sind, die ich meine: – erstens Sie; das unterliegt keinem Zweifel ... Dann Ihr Freund Tourcaty, ein vormaliger Werbeoffizier, der die Aushebung der Brabanter Legion übernimmt, nicht wahr?«

»Ja«, sagte Beausire, »Tourcaty war da.«

»Ferner ein guter Royalist namens Marquié? Dann der Marquis von Favras? Dann der Mann mit der Larve?«

»Ja.«

»Haben Sie mir über diesen Mann etwas mitzuteilen, Herr von Beausire?«

Beausire sah Cagliostro so scharf an, dass seine Augen in der Dunkelheit zu leuchten schienen.

»Nicht wahr«, sagte er, »es ist ...«

Er hielt inne, als ob er gefürchtet hätte, eine Ruchlosigkeit auszusprechen.

»Wen meinen Sie?«, fragte Cagliostro; »es ist ...«

»Nicht wahr? ...«

»Haben Sie denn einen Knoten in der Zunge, lieber Herr von Beausire? Nehmen Sie sich in acht, die Knoten in der Zunge haben zuweilen Knoten am Halse zur Folge, und diese sind gefährlicher, denn es sind Schleifknoten!«

»Nicht wahr«, erwiderte Beausire, der sich in die Enge getrieben sah, »es ist ... der Graf Louis von Nav ...«

»Vorsichtig!«, sagte Cagliostro.

Beausire hielt inne.

»Jetzt, da uns über die Teilnehmer mit Maske und ohne Maske kein Zweifel mehr bleibt, wenden wir uns zu dem Komplott selbst. Nicht wahr, man will den König entführen?«

»Das ist in der Tat der Zweck des Komplotts.«

»Und man will ihn nach Peronne bringen?«

»Ja, nach Peronne.«

»Und die Mittel?«

»Man hat zwei Millionen ...«

»Die ein Genueser Bankier vorschießt ... Ich kenne den Bankier ... Stehen sonst keine Geldmittel zu Gebote?«

»Ich glaube nicht.«

»Soweit also die Geldfrage. Aber man braucht nicht bloß Geld, sondern auch Leute.«

»Die Armee ist ja da. Zwölfhundert Reiter stehen in Versailles; sie brechen am festgesetzten Tage um elf Uhr abends auf; um zwei Uhr früh rücken sie in drei Kolonnen in Paris ein. Die erste marschiert in das Tor von Chaillot, die zweite in die Barrière du Roule, die dritte in die Barrière von Grenelle. Die letztere macht den General Lafayette nieder, die erste lässt Herrn Necker über die Klinge springen und die zweite schafft Herrn Bailly auf die Seite ... Dann werden die Kanonen vernagelt, die Truppen ziehen sich in den Elysäischen Feldern zusammen und rücken gegen die Tuilerien, die unser sind.«

»Wie, die Nationalgarde hält doch die Tuilerien besetzt.«

»Jawohl, aber wir haben die Brabanter Kolonne mit einem Teile der besoldeten Garde; sie wird sich der Eingange leicht bemächtigen; man dringt in die königlichen Gemächer und ruft: ›Sire, die Vorstadt Saint-Antoine ist im Aufstande ... ein bespannter Wagen erwartet Sie ... Sie müssen fliehen!‹ – Wenn der König in die Flucht willigt, so geht die Sache ganz leicht; wenn er nicht fliehen will, so bringt man ihn mit Gewalt fort und führt ihn nach Saint-Denis.«

»Gut!«

»Dort findet man zwanzigtausend Mann Infanterie, zu diesen stoßen die zwölfhundert Reiter, die Brabanter Legion, die vierhundert Schweizer, die dreihundert Verschworenen, zehn-, zwanzig-, dreißigtausend

Royalisten, die sich unterwegs mit dem Hauptkorps vereinigen, und der König wird mit Gewalt nach Peronne geführt.«

»Und was geschieht in Peronne, lieber Herr von Beausire?«

»In Peronne findet man zwanzigtausend Mann; man unterhandelt über zwanzigtausend Schweizer, zwölftausend Deutsche und zwölftausend Sardinier, die, mit der ersten Eskorte des Königs vereinigt, einen Effektivbestand von hundertfünfzigtausend Mann bilden werden.«

»Eine hübsche Zahl!«, sagte Cagliostro.

»Mit diesen hundertfünfzigtausend Mann marschiert man endlich gegen Paris; der Fluss wird oben und unten besetzt, um der Stadt die Lebensmittel abzuschneiden; Paris wird kapitulieren, man löst die Nationalversammlung auf und setzt den König, der dann wirklich wieder König ist, auf den Thron seiner Väter.«

»Amen!«, sagte Cagliostro aufstehend. »Lieber Herr von Beausire, Sie haben ein höchst angenehmes Konversationstalent; aber es geht Ihnen wie den größten Rednern: Wenn Sie fertig sind, haben Sie nichts mehr zu sagen ... und Sie sind fertig, nicht wahr?«

»Ja, Herr Graf, für jetzt.«

»Dann guten Abend, lieber Herr von Beausire. Wenn Sie zehn Louisdor brauchen, - wohlverstanden, immer als Geschenk -, so besuchen Sie mich in Bellevue.«

»In Bellevue? ... und ich habe nach dem Herrn Grafen von Cagliostro zu fragen?«

»O nein, man würde nicht wissen, wen Sie meinen. Fragen Sie nach dem Baron Zannone.«

»Nach dem Baron Zannone?«, sagte Beausire erstaunt. »Das ist ja der Name des genuesischen Bankiers, der die zwei Millionen Wechsel Seiner königlichen Hoheit skontiert hat!«

»Wohl möglich«, sagte Cagliostro.

»Wie, wohl möglich?«

»Ja ... Ich mache so viele Geschäfte, dass sich dieses Geschäft unter den übrigen verliert ... Daher kam es, dass ich mich anfangs nicht recht erinnerte; aber jetzt glaube ich mich zu entsinnen.«

Beausire sah den Mann, der Geschäfte von zwei Millionen vergaß, erstaunt an, und er begann zu glauben, dass es wenigstens in pekuniärer Hinsicht besser sei, dem Darleiher zu dienen, als dem Geldnehmer.

Aber trotz seiner Verwunderung vergaß Beausire nicht den Ort, wo er sich befand, und er folgte dem Grafen auf dem Fuße. Man hätte sie für zwei Automaten halten können, die durch eine unsichtbare Feder in Bewegung gesetzt werden. Erst außerhalb des Gittertors trennten sich die beiden Körper und bewegten sich unabhängig voneinander.

»Wohin gehen Sie jetzt, lieber Herr von Beausire?«, fragte Cagliostro.

»Und Sie?«

»Ich gehe einen Weg, den Sie nicht gehen.«

»Ich gehe zum Palais-Royal, Herr Graf.«

»Und ich zur Bastille, Herr von Beausire.«

Hierauf trennten sie sich, und beide verschwanden in der Finsternis.

Zwölftes Kapitel

Mit General Lafayettes Erlaubnis hatte der Schlossermeister Gamain mit einem Lehrling freien Zutritt zum König erhalten; wenige Tage, nachdem diese erteilt war, erschien auch schon Gamain, bei dem Graf Louis inzwischen Lehrling geworden war. Man unterhielt sich lange über den Bau eines Schrankschlosses, bis es dem Könige, der den Grafen gleich erkannt hatte, gelang, unter einem Vorwand mit Graf Louis nach seinen Gemächern zu gehen.

Dieses Mal begab sich Ludwig *XVI.* nicht auf der Haupttreppe, sondern auf einer geheimen, für seinen ausschließlichen Gebrauch bestimmten Treppe in sein Arbeitszimmer.

»Endlich sind wir allein, lieber Graf«, sagte er. »Vor allem habe ich Ihnen über Ihre Gewandtheit meine Bewunderung und für Ihre Ergebenheit meinen Dank auszudrücken.«

»Und ich, Sire«, antwortete der junge Graf, »habe um Entschuldigung zu bitten, dass ich in diesem Anzuge vor Eurer Majestät erschienen bin.«

»Unter Ihrer Kleidung schlägt ein biederes Herz .... Aber wir haben keine Zeit zu verlieren; Ihre Anwesenheit ist ein Geheimnis, selbst die Königin weiß nicht darum, sagen Sie mir geschwind, was Sie hierherführt.«

Der Graf von Charny überbrachte meinem Vater einen Brief.«

»Es war ein Einführungsschreiben zum Zwecke einer Unterredung.«

»Dieses mündlichen Auftrages hat er sich entledigt, Sire, und eben in dieser Angelegenheit bin ich auf Befehl meines Vaters nach Paris gekommen. Ich weiß, dass Eure Majestät die Gewissheit haben möchten, Frankreich in einem gegebenen Augenblicke verlassen zu können.«

»Und dass ich auf den Marquis von Bouillé zähle, dass ich keinen Mann kenne, der mich dabei wirksamer unterstützen könnte.«

»Und mein Vater ist sehr dankbar für die Ehre, die Sie ihm erweisen, Sire.«

»Doch zur Hauptsache. Was sagt er zu dem Plane?«

»Erlauben mir Eure Majestät, Ihnen den Plan meines Vaters vorzulegen.«

»Reden Sie«, sagte der König, der sich auf die Karte von Frankreich neigte, um der von dem jungen Grafen anzugebenden Reiseroute auf dem Papier zu folgen.

»Sire, Eure Majestät können sich in verschiedenen Richtungen entfernen.«

»Allerdings.«

»Zuerst in der Richtung nach Besançon, Sire, dann Valenciennes.«

Ludwig XVI. machte eine Kopfbewegung, welche bedeutete: Nennen Sie einen anderen Plan.

»Eure Majestät könnten sich auch durch die Ardennen nach Österreichisch-Flandern begeben«, fuhr der junge Kavalier fort. »Von da könnten Sie über dieselbe Grenze zurückkehren und eine inzwischen mit Truppen hinlänglich besetzte Festung zum Aufenthalte wählen.«

»Ich werde Ihnen sogleich sagen, warum ich Sie frage, ob Sie nichts Besseres wissen.«

»Endlich können sich Eure Majestät unmittelbar nach Sedan oder Montmédy begeben. Dort würde der General ganz frei handeln und Ihre Befehle ungehindert vollziehen können. Eure Majestät mögen nun Frankreich verlassen oder sich wieder nach Paris wenden wollen.«

»Lieber Graf«, erwiderte der König, »am liebsten würde ich mich für den letzten Plan entscheiden.«

»Haben Eure Majestät diese Flucht schon fest beschlossen?«

»Lieber Louis«, antwortete Ludwig XVI., »wenn ich sehe, dass die Königin und meine Kinder wieder in Gefahr sind wie in der Nacht vom 5. bis 6. Oktober, so werde ich mich entschließen.«

»Jetzt erlauben mir Eure Majestät«, fuhr der junge Graf fort, »die Ansicht meines Vaters über die Art der Reise auszusprechen ....«

»Oh, sagen Sie, was meint Ihr Vater?«

»Er meint, Sire, man könne die Gefahren der Reise vermindern, wenn man sie teilt.«

»Erklären Sie sich.«

»Eure Majestät würden mit Madame Royal und Madame Elisabeth, die Königin mit dem Dauphin reisen, sodass ...«

Der König ließ den Grafen von Bouillé nicht ausreden.

»Über diesen Punkt verlieren Sie nur keine Worte, lieber Louis«, sagte er, »ich werde mich von der Königin nicht trennen.«

Der junge Graf verneigte sich.

»Wenn der Augenblick gekommen ist, geruhen Eure Majestät Ihre Befehle zu erteilen«, sagte er, »und diese Befehle sollen pünktlich vollzogen werden.«

»Ich habe mich für die Straße über Chalons und Varennes entschieden. Verdun wird nicht berührt. Die Regimenter werden in die kleinen Städte zwischen Montmédy und Chalons verlegt.«

Bei diesen Worten öffnete der König die Tür der geheimen Treppe. Es war Zeit; der Schlossermeister war schon auf der untersten Stufe und hatte das Schloss in der Hand.

Gegen acht Uhr abends verließ Gamain weinberauscht den Palast. Er ging den Quai de la Savonnerie entlang, der damals ungemein belebt war.

Vor dem ersten Wirtshause schien Gamain einen schweren inneren Kampf zu bestehen. Er fragte sich, ob er in das Wirtshaus gehen sollte oder nicht. Aber er blieb Sieger und ging nicht hinein.

Bei dem zweiten wiederholte sich dieselbe Versuchung, und diesesmal konnte ein Unbekannter, der ihm wie sein Schatten folgte, die begründete Vermutung hegen, dass er nicht länger widerstehen werde, aber auch diesesmal trug die Mäßigkeit den Sieg davon. Da sich jedoch die Versuchung gar zu oft wiederholte, so erlag ihr Gamain schließlich; er ging in ein Wirtshaus und trank ein Glas Wein; der Unbekannte wartete draußen geduldig.

Aber wer kann sagen, wann die Lippen, die sich einmal an dem verhängnisvollen Becher der Trunkenheit benetzt haben, nicht mehr trinken werden? Nichts macht bekanntlich mehr Durst als das Trinken. Kaum hatte Gamain hundert Schritte gemacht, so fühlte er das Bedürfnis, seinen Durst von Neuem zu löschen; aber dieses Mal verlangte er eine halbe Flasche.

Der Schatten, der ihm unablässig folgte, schien über die Verzögerung, welche dieses Erfrischungsbedürfnis zur Folge hatte, keineswegs unzufrieden zu sein; hundert Schritte weiter verlangte der Meister eine ganze Flasche. Schließlich nahm er sich noch eine entkorkte mit.

In einem geschickten Bogen passierte er die Barriere von Passy, hinter der die Wirtshäuser bald aufhörten, aber er trug ja seine Freude bei sich. Schließlich begann Gamain zu fluchen:

»Es ist himmelschreiend!«, lallte er, – »einem alten Kameraden ... einem Meister ... solchen Krätzer vorzusetzen ... Ich sage zu seinem fuchsschwänzenden Lehrburschen, der mir durchgegangen ist: Prosit Mahlzeit, Sire! ... Bessern Sie Ihre Schlösser nur selbst aus! ... Oh, es ist himmelschreiend ... Ihr habt mich vergiftet!«

Das Gift mochte wohl sehr stark wirken, denn das unglückliche Opfer fiel zum dritten Male der Länge nach auf die gepflasterte Landstraße, die zum Glück mit einer dicken Kotschicht bedeckt war, und konnte dieses Mal nicht mehr aufstehen.

Der Unbekannte, der ihm mit großer Beharrlichkeit gefolgt war, hielt einen zufällig vorüberfahrenden Fiaker an.

»Hört, Freund«, sagte er zu dem Kutscher, »meinem Kameraden ist unwohl geworden, bringt den armen Teufel in das Wirtshaus an der Brücke zu Sèvres,– ich setze mich neben Euch auf den Bock.«

In einer Stunde hielt der Fiaker vor dem Wirtshause an der Brücke zu Sèvres.

Das Ausladen des Gamain nahm wohl zehn Minuten in Anspruch. Dann finden wir den würdigen Meister an demselben Tische und demselben Büchsenmacher gegenüber, wie im ersten Kapitel dieser Geschichte.

Meister Gamain saß bereits in der steifen Haltung einer Wachsfigur auf einem Sessel, den Kopf an die Wand gelehnt. Der Unbekannte bestellte sogleich zwei Flaschen Wein und eine Flasche Wasser und hielt dem Schlossermeister ein Riechfläschchen unter die Nase.

Als sein durchdringender Geruch dem Schlosser in die Nase stieg, riss er die Augen auf und begann stark zu niesen.

»Er ... er hat mich vergiftet!«, lallte er.

Der Büchsenmacher schien mit Vergnügen zu bemerken, dass Meister Gamain noch immer von derselben fixen Idee verfolgt wurde.

»Einen Freund ... einen Freund zu vergiften! ...«

»Es ist fürchterlich!«, sagte der Büchsenmacher.

»Fürchterlich! ...«, lallte Gamain.

»Schändlich!«, sagte Numero eins.

»Schä ...ändlich!« wiederholte Numero zwei.

»Zum Glück«, erwiderte der Büchsenmacher, »war ich da, um Euch Gegengift zu geben.«

»Ja ... zum Glück«, stammelte Gamain.

Gamain hatte inzwischen die Augen zum zweiten und dritten Male aufgerissen und mit jener innigen Dankbarkeit, die jeder Trunkenbold innerhalb der vier Wände eines Wirtshauses empfindet, das trauliche Gastzimmer erkannt.

»Aha! Jetzt weiß ich, wo ich bin,« sagte er, »den halben Weg habe ich gemacht.«

»Jawohl, das habt Ihr mir zu danken«, sagte der Büchsenmacher.

»Wie, Euch?«, fragte Gamain erstaunt. »Wer seid Ihr denn?«

»Lieber Meister Gamain«, erwiderte der Unbekannte, »diese Frage beweist, dass Ihr ein kurzes Gedächtnis habt.«

Gamain sah den andern noch aufmerksamer an als das erste Mal.

»Ja, richtig«, sagte er, »es ist mir wirklich, als ob ich Euch schon gesehen hätte ... hier habe ich Euch gesehen!«

»Richtig. Schlosser und Büchsenmacher sind ja Geschwisterkinder.«

»Aha, jetzt erinnere ich mich! ... Es war am 6. Oktober, als der König nach Paris fuhr. Wir sprachen noch von ihm ...«

»Und ich fand so viel Vergnügen an dem Gespräch, Meister Gamain, dass ich jetzt wieder ein Stündchen mit Euch plaudern möchte ... Jetzt werdet Ihr mir vielleicht sagen können, was Ihr vor einer Stunde mitten auf der Landstraße machtet.«

»Wisst Ihr gewiss, dass ich auf der Landstraße lag?«

»Seht Euch nur einmal an.«

»Oho, meine Alte wird böse werden«, sagte er; »sie sagte gestern zu mir: ›Zieh deinen Sonntagsrock nicht an; deine alte Jacke ist gut genug für die Tuilerien.‹«

»Wie, für die Tuilerien?«

Gamain kratzte sich den Kopf und suchte seine noch ganz zerstreuten Gedanken zu sammeln.

»Ja, ja ... richtig«, sagte er; »ich war in den Tuilerien ... warum nicht? Es ist ja kein Geheimnis, dass ich der Schlossermeister des Herrn Veto war.«

»Wie, Herr Veto? Wen nennt Ihr denn Herrn Veto?«

»Was! Ihr wisst nicht, dass man den König so nennt? Kommt Ihr denn aus China?«

»Ihr dürft Euch darüber nicht wundern; ich treibe mein Geschäft und kümmere mich nicht um Politik.«

»Da seid Ihr glücklich ... mich zwingt man dazu ... und das wird mein Unglück sein!«

»Ihr habt mit dem König gearbeitet?«, fuhr der Unbekannte fort. »Er hat Euch fünfundzwanzig Louisdor gegeben ...«

»Ja, richtig!«, sagte Gamain; »ich hatte wirklich fünfundzwanzig Louisdor in der Tasche ...«

Gamain griff hastig in die Tasche.

»Wartet nur«, sagte er; »fünf, sechs, sieben ... wie konnte ich das auch vergessen! zwölf, dreizehn, vierzehn ... fünfundzwanzig Louisdor sind wahrhaft keine Kleinigkeit! siebzehn, achtzehn, neunzehn ... eine so runde Summe findet man heutzutage nicht auf der Straße! drei-, vier-, fünfundzwanzig! ... Gott sei Dank, sie sind alle da!«

»Ich sagte es ja, und wenn ich es sage, könnt Ihr's glauben.«

»Kann ich's glauben? ... Woher wusstet Ihr denn, dass ich fünfundzwanzig Louisdor bei mir hatte?« »Lieber Meister Gamain, ich habe Euch schon gesagt, dass ich Euch mitten auf der Landstraße liegend fand. Dann rief ich einen zufällig vorüberfahrenden Fiaker; ich machte eine Laterne von dem Wagen los, und während ich Euch anschaute, sah ich zwei oder drei Louisdor in der Nähe Eurer Tasche liegen. Der Kutscher schüttelte den Kopf und sagte: ›Nein, den fahre ich nicht!‹ – ›Warum nicht?‹ – ›Weil er für sein Gewand zu reich ist.‹ – ›Was‹, sagte ich, ›Ihr meint, wir hätten es mit einem Spitzbuben zu tun?‹ – Das Wort schien Euch aufzuwecken. – ›Was, ich ein Spitzbub?‹ sagtet Ihr. ›Ich habe fünfundzwanzig Louisdor in der Tasche, weil mein Lehrling, der König von Frankreich sie mir gegeben hat‹, antwortetet Ihr. – An diesen Worten glaubte ich Euch zu erkennen; ich hielt Euch die Laterne vors Gesicht. ›Ei! Jetzt klärt sich alles auf: Es ist Meister Gamain von Versailles; er hat mit dem Könige gearbeitet, und der König hat ihm fünfundzwanzig Louisdor für seine Mühe gegeben ... Kommt nur, ich stehe gut für ihn.‹ – Der Kutscher hatte nun nichts mehr einzuwenden. Ich steckte die Goldstücke wieder in Eure Tasche, der Kutscher trug Euch in den Wagen; ich stieg auf den Bock; wir fuhren bis hierher, und da seid Ihr, Gott sei Dank! Im Trockenen, und beklagt Euch über nichts, als über Euern Lehrburschen, der Euch durchgegangen ist.«

»Ich habe von meinem Lehrburschen gesprochen?«, rief Gamain, dessen Erstaunen immer größer wurde.

»Wisst Ihr denn nicht mehr, was Ihr gesagt habt?«

»Ich?«

»Jawohl; Ihr sagtet ja soeben: ›Das ist die Schuld des Schlingels‹ ... ich erinnere mich nicht mehr, welchen Namen Ihr nanntet ...«

»Louis Lecomte!«

»Ganz recht ... Ihr sagtet soeben: ›Das ist die Schuld des Schlingels Louis Lecomte, der mir versprochen hatte, mit nach Versailles zu gehen und nun durchgegangen ist.‹« »Es ist wohl möglich, dass ich das gesagt habe, es ist ja die Wahrheit.«

»Ich muss gestehen, dass Ihr Euerem Freunde ungeheuer viel Vertrauen schenkt! Erst sagt Ihr ja, und dann wieder nein. Gerade wie das letzten Mal: Ihr wolltet mir eine Geschichte aufbinden, die nur ein Einfaltspinsel glauben kann.«

»Was für eine Geschichte?«

»Die Geschichte von der geheimen Tür, die Ihr im Hause eines vornehmen Herrn beschlagen habt.«

»Nun, Ihr mögt mir's glauben oder nicht, es war diesesmal wieder von einer Tür die Rede.«

»Beim Könige?«

»Ja, beim Könige ... nur ist's keine Treppentür, sondern eine Schranktür.«

»Und Ihr wollt mir aufbinden, der König, der das Schlossergewerbe zu seinem Vergnügen treibt, habe Euch holen lassen, um eine Tür zu beschlagen? Das kann ich nicht glauben!«

»Es ist aber doch so.«

»Da hat der König Euch wohl durch einen seiner alten Kammerdiener holen lassen?«

»Eben darin irrt Ihr Euch, Freund. Der König hatte einen Gehilfen angenommen. Der Geselle kommt nach Versailles und sagt zu mir: ›Hört, Vater Gamain, der König hat ein Schloss gemacht, und ich habe ihm geholfen, aber das verteufelte Ding will nicht schließen!‹ – ›Was soll ich denn dabei tun‹ sagte ich. – ›Ihr sollt es instandsetzen, was denn sonst?‹ – Und als ich zu ihm sagte: ›Es ist nicht wahr, du kommst nicht vom König, du willst mich in eine Falle locken‹, – da antwortete er: ›Zum Beweis, dass mich der König schickt, bringe ich Euch hier fünfundzwanzig Louisdor. Hier‹, sagte er, und zählte sie mir auf.«

»Das sind also die fünfundzwanzig Louisdor, die Ihr bei Euch habt?«, fragte der Büchsenmacher. »Nein, nein, das sind andere. Die ersten fünfundzwanzig waren nur eine Abschlagszahlung.«

»Was? Fünfzig Louisdor? Da stimmt etwas nicht, Meister Gamain!«

»Das meine ich auch; denn schauen Sie, der Geselle ...«

»Ja, aber was habt Ihr denn beim König gemacht?«, unterbrach ihn der Unbekannte, der das Gespräch wieder auf den interessantesten Punkt zu lenken suchte.

»Wir schienen erwartet zu werden«, erwiderte der Schlosser. »Der König gab mir ein Schloss, das wahrlich nicht schlecht angefangen war, aber er war bei den Riegeln stecken geblieben. Der König sagte: ›Tue nur, als ob du zu Hause wärst, Gamain; arbeite nur fleißig, wir wollen unterdessen den Schrank herrichten.‹ Darauf ging er mit dem Gesellen fort.«

»Ging er die große Treppe hinunter?«, fragte der Büchsenmacher gleichgültig.

»Nein, die kleine Treppe, die in sein Arbeitskabinett führt; als ich fertig war, ging ich ihnen nach. Ich musste ganz geschwind durch das Kabinett gehen; aber im Vorbeigehen sah ich doch eine große Landkarte auf dem Tische, eine Karte von Frankreich.«

»Und Ihr habt auf dieser Landkarte nichts Besonderes bemerkt?«

»Jawohl: Drei lange Reihen Stecknadeln, die von einem Mittelpunkt nach verschiedenen Seiten hin ausliefen; es kam mir vor wie die drei Armeen, die auf verschiedenen Straßen nach der Grenze marschierten.«

»Und Ihr glaubt, der König und Euer Gehilfe hätten nicht an dem Schranke gearbeitet, sondern die Landkarte angeschaut?«

»Ja, ich weiß es ganz gewiss. Die Stecknadeln hatten nämlich Köpfe von rotem Wachs. Der König hatte eine Stecknadel mit rotem Kopf in der Hand und stocherte sich damit die Zähne. Wartet nur, das ist noch nicht alles. Es war wirklich ein Schrank da!«

»Wirklich! Wo denn?«

»Ja, wo denn? ... der Schrank war in der Mauer des inneren Korridors, der vom Alkoven des Königs zu dem Zimmer des Dauphin führt.«

»Das ist wahrhaftig merkwürdig, lieber Gamain! ... Und der Schrank war offen?«

»Da seid Ihr im Irrtum. Ich dachte: Wo mag denn der Schrank sein? Da sah sich der König um und sagte zu mir: ›Gamain, ich habe Vertrauen zu dir.‹ Darauf nahm der König ein Stück von der getäfelten Wand heraus, und ich bemerkte ein rundes Loch, das ungefähr zwei Fuß im Durchmesser hatte. Als er mein Erstaunen sah, sagte er zu mir: ›Lieber Gamain, siehst du dieses Loch? Ich habe es gemacht, um Geld darin zu verstecken. Jetzt musst du das Schloss an der eisernen Tür festmachen.‹ Nach drei Stunden - ich hatte inzwischen fleißig gearbeitet - kam der König wieder und fragte mich: ›Nun, Gamain, wie steht's?‹ - ›Fertig, Sire‹, antwortete ich, und zeigte ihm die eiserne Tür. - ›Gut, Gamain‹ sagte er. ›Du kannst mir das Geld zählen helfen, das ich in dem Wandschrank verstecken will.‹ - Dann ließ er vier Säcke mit doppelten Louisdors bringen; ich zählte eine Million und er auch; und da fünfundzwanzig Louisdor übrig blieben, sagte er: ›Dies ist für deine Bemühung, Gamain ... ist es nicht eine Schande, von einem armen Mann, der fünf Kinder hat, eine Million in blanken Louisdors zählen zu lassen und ihm dann ein Trinkgeld von fünfundzwanzig Louisdor zu geben! ...«

»Ja«, sagte der Unbekannte, »das Trinkgeld ist so groß nicht.«

Kurz darauf kam die Königin herein und brachte mir Kuchen und Wein.

Der Unbekannte wusste genug und die beiden Männer trennten sich.

Dreizehntes Kapitel

Cagliostro, der in allen Klassen der Gesellschaft und selbst unter der Hofdienerschaft rätselhafte Verbindungen hatte, erfuhr schon am zweiten Tage, dass der Graf Louis von Bouillé in Paris angekommen sei, dass er von dem Marquis von Lafayette, seinem Vetter, dem König vorgestellt wurde, dass er sich gleich darauf dem Meister Gamain als Schlossergeselle vorgestellt hatte, dass er beim König leicht Zutritt gefunden, zwei Stunden vor Gamain die Tuilerien verlassen und sich zu seinem Freunde

Achill von Chasteller begeben hatte und an demselben Abend mit der Extrapost nach Metz abgereist war.

Beausire war nach der Unterredung auf dem Friedhof nach Hause gekommen, wo er feststellen musste, dass Mademoiselle Oliva verschwunden war.

Erst jetzt fiel es dem armen Beausire wieder ein, dass sich der Graf von Cagliostro geweigert hatte, mit ihm fortzugehen. Es war kaum noch zu bezweifeln: Oliva war von dem Grafen Cagliostro entführt worden! Er eilte nach der Wohnung des Grafen und fand wirklich seine Geliebte vor. Sie war wie eine Fürstin herausgeputzt und bewohnte eine ganze Zimmerflucht.

Der Graf beruhigte den unglücklichen Liebhaber mit fünfundzwanzig Louisdor und erteilte ihm sogar gütigst die Erlaubnis, Oliva nach Wunsch zu besuchen. Damit war Beausire völlig zufriedengestellt.

Alles ging also nach dem Wunsch des Grafen bis gegen Ende Dezember. Eines Morgens hörte der Doktor Gilbert um sechs Uhr früh dreimal an seine Tür klopfen.

Der Graf von Cagliostro trat ihm entgegen und begrüßte ihn lächelnd:

»Kommen Sie, lieber Gilbert, ich störe Sie fürwahr nicht umsonst. Kommen Sie mit mir mit, wir haben keine Zeit zu verlieren.«

Nach einer viertelstündigen Fahrt hielt der Wagen im Gefängnishofe von Bicêtre.

Mitten im Hofe waren fünf bis sechs Zimmerleute eben dabei, unter der Leitung eines kleinen, schwarzgekleideten Mannes eine Maschine von sonderbarer Gestalt aufzustellen.

Gilbert stutzte: Er erkannte den Doktor Guillotin, den er bei Marat gesehen hatte.

»Guten Morgen, Baron«, sagte Guillotin. »Es freut mich, dass Sie der erste sind und den Doktor gleich mitbringen ...«

Inzwischen war die Maschine fertig geworden. Ihr Anblick war so furchterregend, dass Gilbert schauderte; der Erfinder blickte entzückt auf sein Werk.

Die Grundlage der Maschine bildete eine mit Brettern belegte Fläche, zu welcher man auf einer leichtgezimmerten Treppe hinaufgelangte.

Auf dieser etwa fünfzehn Fuß großen Plattform, der Treppe gegenüber, erhoben sich zwei parallele, zehn bis zwölf Fuß hohe Pfähle mit Fugen nach der Innenseite, zwischen denen ein halbmondförmiges Fallbeil hing, das durch eine Feder oben festgehalten wurde; sobald jedoch die Feder zur Seite gedrückt wurde, fiel das schwere Beil, in den Fugen gleitend, von der Höhe hernieder.

Am Fuße der Pfähle befand sich ein Block mit einer Vorrichtung, durch welche ein erwachsener Mensch den Kopf stecken konnte.

Während Cagliostro und Gilbert sich über diese neue Erfindung unterhielten, erschienen neue Zuschauer.

Gilbert erkannte unter ihnen den alten Doktor Louis, einen Kollegen Guillotins, begleitet von dem Stadtbaumeister Giraud. Auch der Scharfrichter von Paris war dabei.

Nicht lange, und ein weiterer Zuschauer war angekommen: Es war der Doktor Cabanis, der zu Gilbert und Cagliostro trat.

»Meine Herren«, sagte der Doktor Guillotin, »da wir niemanden mehr erwarten, so können wir anfangen.«

Er winkte, und aus einer Tür kamen zwei graugekleidete Männer, die einen Sack trugen, dessen Umrisse leicht erraten ließen, dass ein menschlicher Leichnam darin steckte.

An den Fenstern erschienen die blassen Gesichter der Gefangenen, die als ungebetene Zuschauer mit bestürzten Blicken dem unerwarteten, furchtbaren Schauspiel zusahen.

Am Abend desselben Tages, nämlich am 24. Dezember, war Empfang bei der Prinzessin von Lamballe.

Im Laufe des Vormittags war der junge Baron Isidor von Charny von einer Reise nach Turin zurückgekommen, wo er eine Mission an den Grafen von Artois erledigt hatte. Gleich nach seiner Ankunft begab er sich zum König und dann zur Königin, die ihn beide sehr huldreich empfingen.

Er überbrachte vom Grafen von Artois den Rat, sich Favras anzuvertrauen und nach Turin zu kommen.

Die Königin behielt Isidor eine Stunde bei sich und lud ihn ein, am Abend in den Salons der Prinzessin von Lamballe zu erscheinen.

Um neun Uhr Abend begab Isidor sich dorthin.

Der König und die Königin waren noch nicht da. Monsieur, der etwas unruhig schien, sprach mit de la Châtre und d'Avrey.

Der Kreis der Vertrauten bestand aus den Herren von Lamets, Herrn von Ambly, de Castries, de Fersen, Suleau, lauter treuen Anhängern, aber zum Teil sogar tollen Köpfen.

Isidor von Charny kannte keinen dieser jungen Männer; als aber sein Name genannt wurde, streckten sich alle Hände ihm entgegen. Überdies brachte er ja Nachrichten aus der Fremde.

Zuerst sprach Suleau; er hatte der heutigen Sitzung der Nationalversammlung beigewohnt und mit angehört, wie der Doktor Guillotin von der Rednertribüne aus die Vorzüge der von ihm erfundenen Maschine gerühmt hatte. Der menschenfreundliche Mann hatte den Antrag gestellt, statt aller bisherigen Todeswerkzeuge, die den Grèveplatz so lange in Schrecken gesetzt hatten, statt Galgen, Rad und Scheiterhaufen seine Maschine anzuwenden. Die Nationalversammlung war, wie Suleau berichtete, nicht abgeneigt gewesen, diesem Antrag stattzugeben.

Sobald ein Türsteher den König und die Königin meldete, hörte alles Geplauder auf, um dem ehrerbietigsten Schweigen Platz zu machen.

Das Herrscherpaar trat ein.

Die Prinzessin von Lamballe und Madame Elisabeth empfingen die Königin. Monsieur ging auf den König zu.

»Lieber Bruder, könnten wir nicht mit der Königin und einigen Vertrauten in einem abgesonderten Zimmer ein Spiel machen, um unter dem Schein des Whist ungestört miteinander reden zu können?«

»Sehr gern, Bruder«, antwortete Ludwig XVI.; »verabrede es mit der Königin.«

Monsieur ging auf Marie Antoinette zu, die eben mit Isidor von Charny im Gespräch war.

»Liebe Schwester«, sagte Monsieur, »der König wünscht, eine Partie Whist zu vieren zu machen. Wir vereinigen uns gegen Sie, und er überlässt Ihnen die Wahl Ihres Partners.«

»Nun, meine Wahl ist getroffen«, erwiderte die Königin, die wohl merkte, dass die Whistpartie nur ein Vorwand war; – »Herr Baron von Charny, Sie werden mit von der Partie sein, und beim Spielen können Sie uns von Turin erzählen.«

»So! Sie kommen von Turin, Baron?« sagte Monsieur.

»Ja, gnädigster Herr.«

Monsieur errötete, hustete und entfernte sich.

Unterdessen begrüßte der König die Gesellschaft und ging dann mit der Königin zum Spiel. Er sah sich nach dem vierten Spieler um. »Aha! Herr von Charny, Sie wollen die Stelle Ihres Bruders vertreten? ... Er hätte keinen besseren Ersatzmann finden können; seien Sie willkommen.«

Als die Königin bemerkte, dass der Respekt die Gesellschaft von dem königlichen Tische entfernt hielt und nichts zu befürchten war, sagte sie zu Monsieur, ohne das Spiel zu unterbrechen:

»Herr Bruder, der Baron hat Ihnen also gesagt, dass er von Turin gekommen ist?«

»Jawohl«, erwiderte Monsieur.

»Er hat Ihnen gesagt, dass der Graf von Artois und der Prinz von Condé uns dringend einladen, nach dort zu kommen?«

»Ich habe sogar hinzugesetzt,« mischte sich Isidor jetzt ein, »dass ich bei einem Edelmann war, der Eurer Majestät, wie wir alle, treu ergeben und bereit ist, für Sie zu sterben; aber er ist unternehmender als wir alle, und er hat einen Plan entworfen ... es ist der Marquis von Favras.«

»Wirklich?«, sagte die Königin. »Wir kennen ihn! ... Und Sie glauben an seine Ergebenheit, Herr Baron?«

»Ja, Eure Majestät, ich bin derselben gewiss.«

»Und wie weit ist der Plan gediehen?«, fragte die Königin.

»Wenn Seine Majestät heute Abend ein Wort zu sagen geruht, so können Sie morgen um diese Zeit in Peronne sein.«

Der König schwieg; Monsieur zerknitterte einen Coeurbuben in der Hand.

»Sire«, sagte die Königin zu ihrem Gemahl, »hören Sie, was der Baron sagt?«

»Jawohl, ich habe es gehört«, antwortete Ludwig XVI. mit Unmut.

»Und Sie, Herr Bruder?«, fragte die Königin ihren Schwager.

»Ich bin ebenso wenig taub wie der König«, erwiderte Monsieur. »Das ist allerdings ein Vorschlag ...«

Der König wandte sich hastig an seinen Bruder und sah ihn scharf an.

»Und wenn ich abreise«, sagte er, »wirst du mich begleiten?«

Monsieur wechselte die Farbe. »Ich habe noch keine Vorkehrungen getroffen ...«

»Wie! Du warst nicht darauf vorbereitet?« sagte der König; »und du beschaffst dem Marquis von Favras das Geld? Du hast keine Vorkehrungen getroffen, und erhältst jede Stunde Nachricht über das Komplott? ...«

»Komplott?« wiederholte Monsieur erblassend.

»Allerdings, denn es ist ein Komplott ... ein so wirkliches Komplott, dass der Marquis, wenn es an den Tag kommt, zum Tode verurteilt wird, wenn du ihn nicht rettest, wie wir Herrn von Bezenval gerettet haben.«

Der König stand auf.

»Sire«, sagte die Königin, »Sie mögen den Vorschlag nun annehmen oder nicht, so sind Sie dem Marquis eine Antwort schuldig.«

»Charny soll antworten«, sagte Ludwig XVI., »dass der König in eine Entführung nicht einwilligen kann.«

Dann entfernte er sich.

»Ich verstehe«, sagte Monsieur, »wenn der Marquis von Favras den König ohne seine Erlaubnis entführt, so wird er sehr willkommen sein, – vorausgesetzt, dass es ihm gelingt.«

»Herr Baron«, sagte die Königin, »eilen Sie sofort zu dem Marquis von Favras, und sagen Sie ihm die Worte Seiner Majestät: ›Der König kann in eine Entführung nicht einwilligen.‹ Er mag die Worte verstehen, wie er will, oder Sie mögen sie ihm erklären.«

Der König, der sich so plötzlich vom Spieltisch entfernt hatte, war auf die jungen Kavaliere zugegangen, deren laute Heiterkeit seine Aufmerksamkeit erregte.

Als der König herzutrat, trat tiefe Stille ein.

»Wie, meine Herren«, fragte er, »ist denn der König so unglücklich, dass er die Freude verstummen macht, wenn er sich zeigt?«

»Sire, es wurde über die Nationalversammlung gelacht. Wissen Eure Majestät, wovon in der ganzen heutigen Sitzung der Nationalversammlung die Rede gewesen ist?«

»Ja, und es hat mich sehr interessiert ... Die Verhandlung betraf eine neue Maschine zur Hinrichtung der Verbrecher.«

»Ja, Sire«, sagte Suleau; »der Doktor Guillotin bietet seine Erfindung der Nation an, ich habe vorgeschlagen, wir wollen die Maschine zu Ehren des Erfinders Guillotine nennen.«

»Sind denn schon Versuche damit angestellt worden?«

»Ich bin dabei gewesen, Sire«, sagte eine ernste Stimme.

Der König sah sich um und erkannte Gilbert, der während des Gesprächs in den Salon gekommen war.

»Ah! Sie sind's, Doktor«, sagte der König etwas betroffen. »Wie ist der Versuch gelungen?«

»Bei den beiden ersten sehr gut, Sire; bei dem dritten war der Halswirbel wohl durchschnitten, aber man musste ein Messer zu Hilfe nehmen, um den Kopf vollends vom Rumpfe zu trennen.«

Die jungen Leute hörten mit verstörten Blicken zu.

»Wie, Sire«, sagte Charles Lameth, »man hat heute Morgen drei Menschen hingerichtet?«

»Ja, meine Herren; es waren freilich drei Leichen.«

»Sire, das Instrument bildet im Vergleich mit allen anderen bis jetzt bekannten Maschinen dieser Art unleugbar einen Fortschritt; aber das Misslingen bei dem dritten Leichnam ist ein Beweis, dass diese Maschine noch verbessert werden muss.«

»Und wie sieht sie aus?«, fragte der König, der an allem, was Mechanik betraf, den lebhaftesten Anteil nahm. Gilbert suchte die Konstruktion zu erklären; aber der König konnte sich nach dieser Schilderung keinen deutlichen Begriff von der Form des Instrumentes machen.

»Kommen Sie, Doktor«, sagte er, machen Sie mir eine Skizze, ich kann mir dann besser ein Bild machen.«

Gilbert fing an zu zeichnen, und der König sah ihm mit der größten Aufmerksamkeit zu.

Als er kaum fertig war, sagte der König lebhaft:

»Es wundert mich gar nicht, dass der Versuch misslungen ist, zumal beim dritten Mal, man muss wirklich gar keinen Begriff von Mechanik haben, um einem Gegenstande, der einen harten, Widerstand leistenden Stoff durchschneiden soll, die Form eines Halbmondes zu geben.«

»Welche Form würden ihm denn Eure Majestät geben?«

»Natürlich die Form eines Dreiecks, und ich stehe Ihnen dafür, dass Sie fünfundzwanzig Köpfe nacheinander abschlagen können, ohne dass das Eisen auch nur einmal den Dienst versagt ...«

Kaum hatte er diese Worte gesprochen, ertönte ein Schrei des Entsetzens.

Der König sah sich um und erblickte die Königin, die ohnmächtig in Gilberts Arme sank.

Sie hatte die gräuliche Maschine, die ihr Cagliostro vor zwanzig Jahren einmal im Schlosse Faverney-Maison-Rouge gezeigt hatte, erkannt.

Die Soiree wurde natürlich unterbrochen.

Man brachte die Königin in das Schlafzimmer der Prinzessin und legte sie in einen bequemen Armsessel. Selbst der König entfernte sich; nur Doktor Gilbert blieb da. Endlich bewegte die Königin wie in einem schweren Traume, langsam den Kopf hin und her, stieß einen leisen Klageton aus und schlug die Augen auf.

Gilbert wollte sich entfernen; jedoch die Königin streckte die Hand nach ihm aus und sagte: »Bleiben Sie!«, und zu der Prinzessin von Lamballe gewandt: »Therese, melde dem König, dass ich wieder zu mir gekommen bin, und sieh zu, dass ich nicht unterbrochen werde. Ich habe mit dem Doktor Gilbert zu reden.«

»Doktor«, begann die Königin jetzt, nachdem die Prinzessin sich entfernt hatte, »wundern Sie sich nicht über den Zufall, der Sie in entscheidenden oder erschütternden Augenblicken meines Lebens fast immer in meine Nähe bringt?« Die Königin sah ihn scharf an. »Sie sind ein seltener Mensch, Herr Gilbert. Ich war gegen Sie eingenommen ... Dieses Vorurteil ist jetzt beseitigt.«

»Geruhen Eure Majestät meinen innigsten Dank anzunehmen.«

»Doktor«, begann die Königin von Neuem, »glauben Sie an Ahnungen oder Prophezeiungen?«

»Ganz wenige hochbegabte Menschen können durch ein tiefes Eindringen in die Vergangenheit dahin gelangen, die künftigen Dinge wie durch einen Schleier hindurch zu sehen. Aber diese Ausnahmen sind selten; und gleichwohl gibt es einen Mann, der zuweilen durch unleugbare Tatsachen alle Beweisgründe meines Verstandes widerlegt hat.«

»Dieser Mann ist Ihr Lehrer und Meister, nicht wahr, Herr Gilbert, der allmächtige, unsterbliche Mann, der göttliche Cagliostro!«

»Eure Majestät, mein einziger Lehrer und Meister ist die Natur ... Cagliostro ist nur mein Retter.«

»Und er hat Ihnen Dinge prophezeit, die in Erfüllung gegangen sind?«

»Sonderbare, unglaubliche Dinge!«

»Wenn er Ihnen also einen frühen, entsetzlichen, schmachvollen Tod prophezeit hätte, so würden Sie sich auf diesen Tod vorbereiten?«

»Ja«, erwiderte Gilbert, »aber zuvor würde ich einem solchen Tode durch alle möglichen Mittel zu entgehen suchen.«

»Zu entgehen? ... Nein, Doktor, nein, ich sehe wohl, dass ich verloren bin!« sagte die Königin. »Diese Revolution ist ein Abgrund, in welchen der Thron stürzen muss; das Volk ist ein Löwe, der mich verschlingen wird!«

»Eure Majestät«, erwiderte Gilbert, »es hängt nur von Ihnen ab, diesen gereizten Löwen zu zähmen ...«

»Doktor, ich habe mit diesem Volke auf immer gebrochen ... Es hasst mich, ich verachte es.«

»Eure Majestät täuschen sich«, erwiderte Gilbert. »Das Volk lehnt sich nicht auf; der König und die Königin treten dem Volk entgegen mit der kalten Losung der Standesrechte und der absoluten Gewalt, während man ringsum nur die Sprache der Brüderlichkeit und Vaterlandsliebe hört. Werfen Sie einen Blick auf eines jener improvisierten Feste, und Sie werden fast immer auf einem Hügel einen Altar sehen, und auf dem Altar ein Kind, das von allen adoptiert, mit Geschenken und Segenswünschen überhäuft wird. Dieses Kind ist das neugeborene Frankreich. Noch ist es Zeit, Eure Majestät: nehmen Sie das Kind vom Altar und werden Sie seine Mutter!«

»Doktor«, antwortete die Königin, »Sie vergessen, dass ich andere Kinder habe; wollte ich Ihrem Rate folgen, so würde ich meine leiblichen Kinder zugunsten eines fremden enterben.«

»Wenn dem so ist«, erwiderte Gilbert mit dem Ausdruck tiefen Schmerzes, »dann hüllen Sie diese Kinder in Ihren Kriegsmantel und verlassen Frankreich mit ihnen. Eure Majestät haben recht, das Volk wird Sie verschlingen, und Ihre Kinder mit Ihnen ... aber es ist keine Zeit zu verlieren.«

»Und Sie werden der Abreise kein Hindernis in den Weg legen, Herr Gilbert?«

»Keineswegs.«

»Das trifft sich ja herrlich«, sagte die Königin; »denn ein Edelmann hat sich bereit erklärt, zu handeln.«

»Wie!«, sagte, Gilbert erschrocken, »Eure Majestät meinen doch nicht den Marquis von Favras? Ich muss Eure Majestät warnen; auch den Marquis verfolgt eine unheilvolle Prophezeiung von demselben Propheten.«

»Und welches Schicksal prophezeit er dem Marquis?«

»Einen frühen, schrecklichen, schmachvollen Tod, wie jener, von welchem soeben die Rede war.«

»Nun, dann hatten Sie recht, es ist keine Zeit zu verlieren, um den Unglückspropheten Lügen zu strafen.«

»Eure Majestät sind also entschlossen, die Hilfe des Marquis von Favras anzunehmen?«

»Ich habe schon zu ihm geschickt, Herr Gilbert, und erwarte seine Antwort.«

In diesem Augenblick trat der Baron von Charny ein und sagte:

»Der Marquis von Favras ist vor einer Stunde verhaftet und in das Châtelet-Gefängnis gebracht worden.«

Aus den Augen der Königin schoss ein leuchtender Blitz, aber in dieser Aufwallung des Zornes schien sich ihre ganze Kraft zu erschöpfen, sie sank ermattet in einen Sessel.

Vierzehntes Kapitel

Am Tage nach der Verhaftung des Marquis von Favras machte folgendes Schreiben die Runde durch ganz Paris:

»Der Marquis von Favras ist mit seiner Frau in der Nacht vom 24. zum 25. verhaftet worden, weil er den Anschlag geplant hatte, dreißigtausend Mann aufzuwiegeln, um den General Lafayette und den Bürgermeister von Paris ermorden zu lassen, und uns sodann die Zufuhr von Lebensmitteln abzuschneiden.

Monsieur, der Bruder des Königs, steht an der Spitze der Verschwörung.«

Dieses Schreiben erregte ungeheures Aufsehn.

Am 26. abends waren die Abgeordneten im Stadthause versammelt, und während der Bericht des Untersuchungskomitees vorgelesen wurde, meldete der Türsteher, Monsieur wünsche vorgelassen zu werden.

Die Stadtverordneten sahen einander an. Der Name Monsieur war seit gestern in jedermanns Munde.

Bailly warf einen fragenden Blick auf die Versammlung, und da er in den Augen aller die gleiche Antwort zu lesen schien, sagte er:

»Sagen Sie Seiner Hoheit, dass wir bereit sind, Monsieur zu empfangen.«

Einige Sekunden später trat Monsieur ein.

Er war allein; sein Gesicht war blass, und sein ohnehin etwas unsicherer Gang war noch wankender als gewöhnlich.

Er warf einen noch schüchternen Blick auf die zahlreiche Versammlung und begann:

»Meine Herren, der Wunsch, eine Verleumdung zu widerlegen, führt mich in Ihre Mitte. Der Marquis von Favras ist vorgestern verhaftet worden, und heute streut man absichtlich das Gerücht aus, ich hätte mit ihm in Verbindung gestanden ... Im Jahre 1772 trat der Marquis in meine Schweizergarde; 1775 schied er wieder aus. Seit jener Zeit habe ich nie ein Wort mit ihm gesprochen ...«

Ein Gemurmel erhob sich; aber ein Blick Baillys stellte die Ruhe wieder her; Monsieur fuhr fort:

»Seit Monaten meiner Einkünfte beraubt, und in Sorge um die bedeutenden Zahlungen, die ich zu leisten habe, wünschte ich meine Verbindlichkeiten zu erfüllen, ohne dem Staatsschatz zur Last zu fallen; ich beschloss daher, eine Anleihe zu machen. Vor etwa vierzehn Tagen sagte mir Herr de la Châtre, der Marquis von Favras sei in der Lage, diese Anleihe bei einem Genueser Bankier zustande zu bringen; ich unterschrieb einen Schuldschein auf zwei Millionen, denn diese Summe brauchte ich teils zur Erfüllung meiner Zahlungsverbindlichkeiten, teils zur Bestreitung meiner Hofhaltung. Da es ein bloßes Geldgeschäft war, so beauftragte ich meinen Intendanten damit. Den Marquis von Favras habe ich nicht gesehen; ich habe nicht an ihn geschrieben; kurz, ich habe keinerlei Verbindung mit ihm gehabt. Was er sonst noch unternommen hat, ist mir ganz unbekannt.« [12]

Gleichwohl erfuhr ich gestern, dass ein Rundschreiben in der Hauptstadt zirkuliert. Sie werden nicht von mir erwarten, meine Herren, dass ich mich zu einer Rechtfertigung herablasse, aber man nenne mir eine einzige meiner Handlungen, eine einzige meiner Reden, wodurch ich gezeigt hätte, dass das Glück des Königs und des Volkes aufgehört hat, der einzige Gegenstand meiner Gedanken und Wünsche zu sein; ich habe meine Gesinnungen und Grundsätze nie geändert, und werde sie auch nie ändern!«

Bailly antwortete:

---

[12] Diese Worte des Prinzen sind historisch.

»Es gereicht den Vertretern der Gemeinde Paris zur großen Befriedigung, den Bruder eines geliebten Königs, der die französische Freiheit wiederhergestellt, in ihrer Mitte zu sehen. Monsieur ist der eigentliche Schöpfer der bürgerlichen Gleichheit; er will nur nach seinen patriotischen Gesinnungen beurteilt werden. Diese Gesinnungen sprechen sich aus in den Erklärungen, welche Monsieur der Versammlung zu geben geruht.«

Monsieur hatte den Marquis von Favras verleugnet, und aus dem Lobe, das ihm der tugendhafte Bailly gespendet, sehen wir, dass der Erfolg seinen Erwartungen entsprach.

Ludwig XVI., dem dies wohl kein Geheimnis bleiben konnte, entschloss sich, die Konstitution zu beschwören.

Eines Morgens meldete der Türsteher dem Präsidenten der Nationalversammlung, dass der König vorgelassen zu werden wünsche.

Die Volksvertreter sahen einander erstaunt an. Man ließ Ludwig XVI. eintreten, und der Präsident räumte ihm seinen Sessel ein.

Der König wurde mit lautem Jubel begrüßt. Er nahm das Wort: Er habe das Bedürfnis gefühlt, der Nationalversammlung über ihre Wirksamkeit Glück zu wünschen; er habe die schöne Einteilung Frankreichs in Departements zu loben; aber vor allem müsse er seine Begeisterung für die Konstitution ausdrücken.

Die darauffolgende Rede des Königs wurde sehr beifällig aufgenommen, denn mit Ausnahme von Camille Desmoulins und Marat war noch ganz Frankreich royalistisch, viele Abgeordneten vergossen Tränen der Rührung. Jedermann streckte die Hand empor und schwur auf eine Konstitution, die noch gar nicht vorhanden war.

Der König entfernte sich: – aber der König und die Nationalversammlung konnten sich so nicht trennen: Man eilte ihm nach und begleitete ihn bis zu den Tuilerien, wo die Abgeordneten von der Königin empfangen wurden.

Aber Marie Antoinette, die stolze Tochter der Kaiserin Maria Theresia, wird nicht so rasch von Begeisterung ergriffen; sie stellt den Abgeordneten der Nation ihren Sohn vor.

»Meine Herren«, sagte sie, »ich teile alle Gefühle des Königs; ich schließe mich von ganzem Herzen dem Schritte an, den er in seiner Liebe zum Volke getan hat. Hier ist mein Sohn; ich werde ihn frühzeitig lehren, die Tugenden seines guten Vaters nachzuahmen, die öffentliche

Freiheit zu achten und die Gesetze zu wahren, deren feste Stütze er, wie ich hoffe, einst sein wird.«

Eine Begeisterung, die durch solche Worte nicht abgekühlt wird, musste wohl sehr groß sein; der Enthusiasmus der Nationalversammlung war aufs Höchste gestiegen. Es wurde die sofortige Eidesleistung beantragt; die Eidesformel wurde in derselben Sitzung festgesetzt, und der Präsident schloss mit den Worten:

»Ich schwöre, der Nation, dem Gesetze und dem Könige treu zu sein, und soviel in meiner Macht, die von der Nationalversammlung beschlossene und vom Könige angenommene Konstitution zu wahren.«

Alle Mitglieder der Versammlung, mit Ausnahme eines einzigen, hoben die Hand auf und wiederholten: »Ich schwöre es!«

Die Nationalversammlung ordnete ein Tedeum an. Man erneuerte nun noch am Altar, im Angesichte Gottes, den bereits geleisteten Eid.

Der König begab sich indes nicht in die Notre-Dame-Kirche und leistete daher auch den Eid nicht.

Seine Abwesenheit wurde wohl bemerkt; aber man war so hochgestimmt, so vertrauungsvoll, dass man sich mit dem ersten Vorwande, den er angab, begnügte.

»Warum sind Sie nicht bei dem Tedeum gewesen? Warum haben Sie nicht, wie die übrigen, am Altar geschworen?« fragte die Königin ironisch.

»Weil ich wohl lügen, aber nicht meineidig werden will«, war die Antwort.

Fünfzehntes Kapitel

Dieser Besuch des Königs in der Nationalversammlung hatte am 4. Februar 1790 stattgefunden.

Zwölf Tage nachher, in der Nacht vom 17. zum 18. desselben Monats erschien ein Mann am Tor des Châteletgefängnisses mit einem vom Polizeileutnant unterzeichneten Befehl, der den Überbringer ermächtigte, den Marquis von Favras ohne Zeugen zu sprechen.

Der Pförtner öffnete eine Tür und ließ den Fremden durch.

Der Unbekannte stand still und sagte, sich umwendend:

»Ihr seid der Schließer Louis?«

»Ja«, antwortete der Pförtner.

»Ihr seid vor acht Tagen von einer geheimnisvollen Hand hierhergebracht worden, um ein unbekanntes Werk zu vollbringen? Seid Ihr bereit?«

»Ich bin bereit.«

»Ihr habt von einem Manne Befehle zu empfangen?«

»Ja, von dem Meister.«

»Woran habt Ihr diesen Mann zu erkennen?«

»An drei Buchstaben, die auf einen Brustharnisch gestickt sind.«

»Ich bin der Mann ... hier sind die drei Buchstaben.«

Der Fremde öffnete seinen mit Spitzen besetzten Busenstreif und zeigte auf der Brust die drei Buchstaben *L.P.D.*

»Meister«, sagte der Schließer, sich verneigend, »ich stehe zu Eurem Befehl.«

»Gut. Öffnet mir den Kerker des Marquis von Favras und haltet Euch bereit, zu gehorchen.«

Zur größeren Sicherheit hatte man den Gefangenen in einen zwanzig Fuß unter der Erde befindlichen Kerker gesetzt; aber man hatte seinem Stande doch einige Rücksicht gezollt. Er hatte ein gutes Bett und weiße Wäsche; der Marquis schlief fest; der Unbekannte betrachtete ihn und legte ihm dann die Hand auf die Schulter.

Der Gefangene fuhr hastig auf.

»Beruhigen Sie sich, Herr Marquis«, sagte der Unbekannte, »es ist ein Freund ...«

Der Marquis sah den nächtlichen Besucher einen Augenblick zweifelnd an; er schien sich sehr zu wundern, dass ihn ein Freund zwanzig Fuß unter der Erde besuchte.

»Aha!«, sagte er, sich plötzlich besinnend, »der Herr Baron Zannone!«

»Jawohl, lieber Marquis.«

»Sie wissen, Marquis, dass morgen das Urteil über Sie gesprochen wird? Sie wissen, dass Sie vor denselben Richtern erscheinen werden, die Augeard und Bezenval freigesprochen haben?«

»Ja.«

»Sie wissen, dass beide ihre Freisprechung nur der allmächtigen Fürsprache des Hofes zu danken haben. Sie hoffen vermutlich, dass der Hof dasselbe für Sie tun wird, was er für Ihre Vorgänger getan hat?«

»Die Personen, mit denen ich wegen des bewussten Unternehmens in Verbindung zu stehen die Ehre hatte, wissen, was sie in Bezug auf mich zu tun haben, Herr Baron ... und was sie tun, ist gut.«

»Monsieur, der Bruder des Königs, hat erklärt, er kenne Sie kaum; der König denkt nicht mehr an Flucht; er hat sich sogar am 4. dieses Monats mit der Nationalversammlung zusammengetan und die Konstitution beschworen. Sie sehen also, Marquis, dass weder auf Monsieur noch auf den König zu zählen ist.«

»Zur Sache, Herr Baron.«

»Morgen werden Sie vor Ihren Richtern erscheinen. Man wird Sie verurteilen ... Und zwar zum Tode.«

Favras verneigte sich wie einer, der bereit ist, jeden Streich, von welcher Art er auch sei, zu empfangen.

»Aber, lieber Marquis«, sagte der Baron, »wissen Sie, zu welchem Tode?«

»Soviel mir bekannt, gibt es nur einen Tod, lieber Baron.«

»Ja, und zwar den Galgen.«

»Den Galgen?«

»Ja, neuerdings werden die Edelleute und das gemeine Volk durch ein und dieselbe Tür aus der Welt expediert; sie werden alle ohne Unterschied gehängt, Marquis.«

»Herr Baron«, erwiderte Favras, »wollten Sie mir bloß diese angenehmen Nachrichten überbringen, oder haben Sie mir noch etwas Besseres zu sagen?«

»Ich wollte Ihnen anzeigen, dass alles zu Ihrer Flucht bereit ist ... wenn Sie wollen, können Sie in zehn Minuten frei und in vierundzwanzig Stunden jenseits der Grenze sein.«

»Kommt das Anerbieten vom Könige oder von Seiner Königlichen Hoheit?«

»Nein, Herr Marquis, es kommt von mir.«

»Wie ist das möglich, Herr Baron?« erwiderte Favras. »Sie haben mich ja kaum zweimal gesehen.«

»Lieber Marquis, man braucht einen Mann nicht oft zu sehen, um ihn kennenzulernen.«

»Ich danke Ihnen von ganzem Herzen«, antwortete er; »aber ich will nicht fliehen.«

Der Baron sah den Gefangenen an, als ob er an seinem Verstande gezweifelt hätte.

»Sie wundern sich«, sagte Favras sehr heiter, »woher mir der sonderbare Entschluss kommt, den Tod, wenn es sein muss, in jeder Gestalt zu erleiden. – – Nun, ich will es Ihnen sagen. Ich bin Royalist; meine Anschauung beruht auf einer tief innerlichen Überzeugung, es ist ein Glaube, eine Religion, und die Könige sind für mich die sichtbaren Repräsentanten der Religion. Wenn ich fliehe, so wird man glauben, der König oder Monsieur sei mir zur Flucht behilflich gewesen.«

»Aber bedenken Sie doch, Marquis, welche Todesart Ihnen bevorsteht!«

»Je schmachvoller der Tod, desto verdienstlicher das Opfer, Herr Baron. Der Erlöser ist am Kreuze zwischen zwei Missetätern gestorben.«

»Ich ergebe mich noch nicht, Marquis«, sagte der Baron.

»Gute Nacht, Baron!«, sagte Favras und drehte sich nach der Wand um.

Der Baron nahm ein Stück Papier und schrieb folgende Zeilen:

»Wenn das Urteil gesprochen ist, wenn der Marquis von Favras von seinen Richtern, vom Könige, von Monsieur nichts mehr zu erhoffen hat, so braucht er nur, im Falle er sich eines anderen besinnt, den Pförtner Louis zu rufen und zu ihm sagen: Ich habe mich zur Flucht entschlossen, und man wird Mittel finden, ihn zu befreien. Wenn der Marquis auf dem verhängnisvollen Karren sitzt, wenn er vor Notre-Dame Buße tut, wenn er barfuß und mit gebundenen Händen den kurzen Weg vom Stadthause zum Grèveplatz macht, so darf er nur laut sagen: Ich will gerettet werden! Und man wird ihn retten.

Cagliostro.

Seit neun Uhr morgens war der Gerichtssaal mit Neugierigen überfüllt; jeder wollte den Angeklagten, an dessen Verurteilung niemand zweifelte, sehen.

Vierzig Richter saßen im Kreise am oberen Ende des Saales; der Präsident unter einem Thronhimmel.

Um drei Uhr gaben die Richter Befehl, den Gefangenen zu holen.

Tiefe, grauenvolle Stille herrschte im Saal, als er eintrat.

Das Gesicht des Gefangenen war ruhig und heiter, auf seine Kleidung war größte Sorgfalt verwendet. Er trug einen hellgrauen, gestickten, seidenen Frack, eine weiße Atlasweste, kurze Beinkleider, seidene Strümpfe, Schuhe mit Schnallen und das Ludwigskreuz im Knopfloch.

Während der Marquis von Favras auf die Anklagebank zuging, lauschten alle Anwesenden mit angehaltenem Atem.

Mitten unter den erbitterten Zuhörern erkannte der Angeklagte das leidenschaftslose Gesicht und den teilnehmenden Blick seines nächtlichen Besuchers.

Das Verhör begann, dann wurden die Belastungszeugen vernommen.

Favras, der sein Leben nicht durch die Flucht retten mochte, wollte es durch Beweisgründe verteidigen; er hatte vierzehn Entlastungszeugen vorladen lassen.

Als die Belastungszeugen vernommen waren, erwartete er die Seinigen zu sehen; aber der Präsident sagte:

»Meine Herren, die Verhandlung ist geschlossen.«

»Entschuldigen Sie, Herr Präsident,« entgegnete Favras, »Sie vergessen die auf mein Ansuchen vorgeladenen vierzehn Zeugen zu verhören.«

»Der Gerichtshof«, erwiderte der Präsident, »hat beschlossen, die Zeugen nicht zu vernehmen.«

Eine leichte Wolke zog über die Stirn des Angeklagten, dann schoss ein Blitz aus seinen Augen.

»Ich glaubte vom Châtelet der Hauptstadt Frankreichs gerichtet zu werden«, sagte er; »ich habe mich geirrt; ich werde, wie es scheint, von der spanischen Inquisition gerichtet!«

»Führt den Angeklagten ab!« gebot der Präsident.

»Keine Gnade! Keine Gnade!« riefen fünfhundert Stimmen, als er den Saal verließ.

Gegen ein Uhr nachts kam der Gefangenenwärter Louis in seine Zelle und weckte ihn.

»Herr Marquis«, sagte er, »die Richter sprechen in diesem Augenblick Ihr Urteil.«

»Mein Freund«, erwiderte Favras, »wenn du mir sonst nichts zu sagen hast, so hättest du mich schlafen lassen sollen.«

»Nein, Herr Marquis, ich habe Sie geweckt, um Sie zu fragen, ob Sie der Person, die in der vorigen Nacht bei Ihnen war, nichts zu sagen haben.«

»Nein, ich habe nichts zu sagen.«

»Besinnen Sie sich, Herr Marquis. Wenn das Urteil gesprochen ist, bekommen Sie eine Wache in Ihre Zelle, und jene Person, wie mächtig sie auch sei, vermag dann nichts mehr.«

»Ich danke Ihnen, mein Freund«, erwiderte Favras, »ich habe ihr weder jetzt noch später etwas zu sagen.«

»Dann tut es mir leid, dass ich Sie im Schlafe gestört habe«, sagte der Schließer; »aber in einer Stunde würde man Sie ohnehin geweckt haben.«

»Du meinst also«, fragte Favras lächelnd, »es sei nicht mehr der Mühe wert, dass ich wieder einschlafe, nicht wahr?«

»Hören Sie und urteilen Sie selbst«, sagte der Gefangenenwärter.

In den oberen Gängen entstand wirklich ein großer Lärm.

»Aha, der Lärm gilt mir?«, fragte Favras.

»Ja, Herr Marquis, man kommt, um Ihnen das Urteil vorzulesen.«

Der Marquis war zum Tode verurteilt; er sollte vor Notre-Dame Buße tun und sodann auf dem Grèveplatz gehängt werden.

Favras hörte das Urteil mit der größten Ruhe an, und selbst bei dem Worte »gehängt« zuckte er nicht mit der Wimper.

»Herr Marquis«, sagte der Gerichtsschreiber, »Sie wissen, dass Ihnen kein anderer Trost mehr bleibt als die Religion.«

Der Priester kam, und man ließ den Marquis mit ihm allein.

Was in dieser letzten Unterredung zwischen dem Verurteilten und dem Diener der Kirche vorging, weiß niemand. Ob Favras sein Herz, das vor den Richtern verschlossen geblieben war, im Angesichte Gottes auftat? Dies blieb ein Rätsel selbst für jene, die gegen drei Uhr nachmittags in seinen Kerker kamen und ihn ganz gelassen, sogar heiter fanden.

Man zeigte ihm an, dass die Todesstunde geschlagen habe.

Da man ihm Rock und Weste schon abgenommen und ihm die Hände gebunden hatte, so hatte man ihm nur noch Schuhe und Strümpfe auszuziehen und über seine übrigen Kleider ein Hemd zu ziehen. Dann befestigte man ihm auf seiner Brust eine Tafel, auf der die Worte standen: *Verschwörer gegen den Staat.*

Der Priester kam, und man ließ den Marquis mit ihm allein.

Vor dem Châtelet erwartete ihn ein Karren mit einer brennenden Wachskerze darauf.

Favras bestieg festen Schrittes den Karren; der Pfarrer folgte ihm und setzte sich, zu seiner Linken. Der Nachrichter stieg zuletzt auf und nahm hinter ihm Platz.

Ehe der Henker sich setzte, legte er dem Marquis den Strick, mit dem er gehängt werden sollte, um den Hals.

In dem Augenblick, als sich der Karren in Bewegung setzte, entstand eine Bewegung unter der Menge. Favras erkannte dicht bei dem Karren seinen nächtlichen Besucher in der Kleidung eines Fischhändlers. Er nickte ihm zu, aber dieses Kopfnicken bedeutete nur Dank und nichts anderes.

Der Karren hielt vor der Notre-Dame-Kirche an.

»Sie müssen absteigen und Buße tun«, sagte der Nachrichter. Favras gehorchte, ohne zu antworten.

Er ging bis an das Kirchentor und kniete nieder. In der ersten Reihe der Umstehenden erkannte er den Fischhändler. Ein Gerichtsschreiber vom Châtelet drückte ihm das Urteil in die Hand.

»Lesen Sie«, sagte er laut zu ihm. Dann setzte er leise hinzu:

»Herr Marquis, Sie wissen, dass Sie nur ein Wort zu sagen haben, wenn Sie gerettet werden wollen.«

Der Verurteilte gab keine Antwort, er begann, das Urteil abzulesen.

Er las laut und ohne die mindeste Erregung zu verraten.

Gleich darauf setzte sich der Zug in der Richtung nach dem Grèveplatz wieder in Bewegung. Hier angelangt, sagte Favras: »Meine Herren, kann ich mich nicht einige Augenblicke in das Stadthaus begeben? Ich habe meinen letzten Willen zu diktieren.«

Der Karren fuhr auf das Stadthaus zu, das Volk unten schrie und tobte.

»Er will noch Enthüllungen machen!«, schrie das Volk.

Ein Mann in der Kleidung eines Abbé stand etwas abseits von der Menge; als er das laut und schnell sich verbreitende Gerücht vernahm, erblasste er. »Oh, fürchten Sie nichts, Herr Graf Louis«, sagte eine spöttische Stimme neben ihm, »der Verurteilte wird über die Vorgänge an der Place Royale kein Wort sagen.«

Der junge Mann sah sich hastig um. Die Worte, die er soeben gehört, hatte ein Fischhändler gesprochen.

Favras ging festen Schrittes in das Stadthaus; als der Verurteilte wieder erschien, wurde er von den fünfzigtausend Menschen, die den Platz füllten, mit einem lauten Triumphgeschrei begrüßt.

Favras sah sich um und sagte halblaut vor sich hin:

»Nicht eine Kutsche! ... Der Adel hat ein kurzes Gedächtnis: Gegen den Grafen von Horn war er höflicher als gegen mich.«

»Der Graf von Horn war auch ein Mörder, und du bist ein Märtyrer«, antwortete eine Stimme.

Favras sah sich um; er erkannte den Fischhändler, dem er schon zweimal auf seinem Todeswege begegnet war.

In dem Augenblicke, als er den Fuß auf die erste Leitersprosse setzte, sprach Favras die Worte:

»Mitbürger ... Betet für mich!«

Auf der vierten Stufe stand er wieder still und sagte mit ebenso lauter, fester Stimme:

»Mitbürger ... Ich sterbe unschuldig!«

»Sie wollen also nicht gerettet werden«, sagte einer der beiden Henkersknechte, der mit ihm die Leiter hinaufstieg.

»Ich danke, mein Freund«, erwiderte Favras; »Gott lohne Euch Euern guten Willen!«

Kaum hatte er diese Worte gesprochen, stieß ihn der Henker von der Leiter ...

Der Mann in der Kleidung des Abbé bahnte sich in dem allgemeinen Tumult einen Weg durch die Menge, stieg schnell in einen gewöhnlichen Wagen ohne Wappen und Livree und rief dem Kutscher zu:

»Zum Luxemburg! ...«

Drei Personen erwarteten ihn mit großer Ungeduld: Monsieur und zwei seiner Vertrauten.

Ihre Ungeduld war sehr erklärlich: Sie hätten schon um zwei Uhr, speisen sollen, und in ihrer Unruhe hatten sie noch keinen Bissen berührt.

Als der Wagen in den Hof fuhr, eilte Monsieur ans Fenster ... Gleich darauf trat der Mann in der schwarzen Tracht ein.

»Gnädigster Herr«, sagte er, »der Marquis von Favras ist gestorben, ohne ein Wort zu verraten.«

»Nun, dann können wir uns ruhig an den Tisch setzen, lieber Louis. Wir wollen auch beim Dessert ein Glas auf das Wohl dieses braven Edelmannes trinken.«

Sechzehntes Kapitel

Einige Tage nach der Hinrichtung des Marquis von Favras ritt ein Mann auf einem Apfelschimmel langsam die Hauptallee von Saint-Cloud hinan.

Als er das Ende der Allee erreicht hatte, ritt er ohne Zögern durch das Gittertor und sah sich in dem weiten Schlosshofe um.

Auf der rechten Seite wartete vor einem Nebengebäude ein Mann, der dem Reiter einen Wink gab.

Dieser neigte sich auf den Hals seines Pferdes und fragte leise:

»Herr Weber?«

»Herr Graf von Mirabeau?«, antwortete der andere.

»Ja, der bin ich«, sagte der Reiter und stieg behänder ab, als man hätte erwarten können.

»Kommen Sie, Herr Graf«, sagte Weber, »die Königin erwartet Sie.«

Weber führte den Grafen in das Vorzimmer eines kleinen Pavillons, klopfte leise an eine Tür und öffnete diese.

»Der Herr Graf Riquetti von Mirabeau«, meldete er.

Dann trat er auf die Seite, um den Grafen durchzulassen.

Als der Graf gemeldet wurde, erhob sich in dem entferntesten Winkel des Zimmers eine weibliche Gestalt und ging ihm zögernd, fast erschrocken entgegen.

Es war die Königin.

Auch ihr Herz schlug ungestüm; sie hatte den gehassten, verschrienen Mann vor sich; den Mann, den sie als den Haupturheber ihres Unglücks betrachtete.

Als Mirabeau einige Schritte vorgetreten war, verneigte er sich ehrerbietig und wartete.

Die Königin brach nach einer kurzen Pause das Schweigen und sagte bewegt:

»Herr von Mirabeau, der Doktor Gilbert gab uns einst die Versicherung, dass Sie geneigt wären, sich uns anzuschließen. Man machte Ihnen einen Antrag, den Sie mit einer Ministerkombination beantworteten. Es ist nicht unsere Schuld, Herr Graf, dass diese Kombination nicht zustande gekommen ist.«

»Ich glaube es«, antwortete Mirabeau, »und am wenigsten ist es die Schuld Eurer Majestät ... Die Kombination scheiterte an dem Widerstand gewisser Leute, die sich das Ansehen treuer Anhänger der Monarchie zu geben wissen.«

»Solche Täuschungen, Herr Graf, sind von unserer Stellung unzertrennlich ... Die Könige können so wenig ihre Freunde wie ihre Feinde auswählen; sie sind zuweilen gezwungen, Dienste anzunehmen, die ihnen verderblich werden.«

»Eure Majestät werden mich gewiss nicht zu denen zählen, die Sie als Ihre Gegner betrachten. Es ist freilich spät, sehr spät, ich weiß es wohl. Vielleicht vermag ich nur noch unterzugehen mit der Monarchie, zu deren Rettung ich heute berufen werde. Wenn ich mir's recht überlegt hätte, so würde ich vielleicht einen andern Augenblick gewählt haben, um der huldreichen Einladung Eurer Majestät Folge zu leisten; denn eben jetzt, da das Rote Buch, [13] das heißt, die Ehre der Freunde des Königs, der Nationalversammlung überliefert ist ...«

»Glauben Sie denn, Herr Graf«, unterbrach ihn die Königin, »dass der König an diesem Verrat teilgenommen habe? Das Rote Buch ist vom König auf dringendes Verlangen und unter der Bedingung ausgeliefert worden, dass das Komitee den Inhalt desselben geheimhalte. Das Komitee hat es drucken lassen; das ist eine Wortbrüchigkeit gegen den König, und keineswegs ein Verrat des Königs gegen seine Freunde.«

»Diese Veröffentlichung«, erwiderte Mirabeau, »missbillige ich als Mann von Ehre, ich verleugne sie als Abgeordneter. Warum gibt der König eine Waffe heraus, die man so grausam gegen ihn wenden kann? Wenn ich die Ehre hätte, der Ratgeber Seiner Majestät zu sein, wäre es nicht geschehen; ich würde ihm dienen als Apostel der durch die monarchische Gewalt gewährleisteten Freiheit. Diese Freiheit hat drei Feinde: Klerus, Adel und Parlament. Der Klerus gehört nicht mehr unserer Zeit an; der Antrag des Herrn von Talleyrand hat ihm den Todesstoß gege-

---

[13] Das berüchtigte geheime Kassenbuch, in welchem alle an Günstlinge ausgezahlten geheimen Pensionen und Gnadengeschenke aufgezeichnet standen. Die Summe der Gelder, welche dadurch dem Staatsschatze entzogen morden war, belief sich unter Ludwig XVI. auf 860 Millionen Franks.

ben; der Adel gehört allen Zeiten an, ich glaube daher, dass man auf ihn zählen muss, denn ohne Adel gibt es keine Monarchie; aber man muss ihn zügeln, und das ist nur möglich, wenn man das Volk mit der königlichen Autorität verbündet. Die königliche Autorität wird sich aber nie aufrichtig mit dem Volke verbünden, solange die Parlamente bestehen, denn sie schmeicheln dem König wie dem Adel mit der verderblichen Hoffnung, die alte Ordnung der Dinge wiederherzustellen. Nach der Allgewalt des Klerus muss daher die Macht der Parlamente gebrochen werden. Wiederherstellung der königlichen Autorität und Vereinigung derselben mit der Freiheit des Volkes, das ist meine ganze Politik; wenn es auch die Politik des Königs ist, so erkläre er es frei und offen, wenn nicht, so weise er sie zurück.«

»Herr Graf«, erwiderte die Königin, die nun auf einmal Vergangenheit, Gegenwart und Zukunft in hellem Lichte erblickte, »ich weiß nicht, ob der König diese Politik zu der Seinigen machen wird; aber ich würde sie zu der Meinigen machen, wenn ich über etwas zu entscheiden hätte. Nennen Sie mir daher die Mittel, durch welche Sie jenen Zweck zu erreichen gedenken; ich werde Ihnen nicht nur mit Aufmerksamkeit, sondern auch mit Dank zuhören.«

Dieser Triumph über die kluge, geistvolle Marie Antoinette schmeichelte der Eitelkeit Mirabeaus.

»Eure Majestät«, sagte er, »werden nicht verkennen, dass wir auf Paris jetzt nicht mehr zählen können; aber in den Provinzen haben wir zahlreiche Freunde, die wir zu einer starken Macht vereinigen können. Ich rate daher, dass der König Paris, aber nicht Frankreich verlasse, dass er sich nach Rouen zur Armee begebe, dass er von dort aus populärere Dekrete erlasse als die Nationalversammlung. Kurz, der König werde revolutionärer als die Revolution, und es ist kein Bürgerkrieg zu fürchten.«

»Aber fürchten Sie die Revolution nicht, Herr Graf?«, fragte die Königin. »Mich dünkt doch, sie sei gefährlich, ob sie nun vor uns herschreite oder uns folge.«

»Jawohl, Eure Majestät; ich glaube besser als irgendjemand zu wissen, dass man ihr Zugeständnisse machen muss. Zu dieser Revolution hat jedermann, vom König bis zu dem geringsten seiner Untertanen, beigetragen. Ich bin daher weit entfernt, jene alte Monarchie zu verteidigen; aber ich suche sie neu zu gestalten. Nachdem der König, wie mir Herr Gilbert gesagt, einen flüchtigen Blick auf das Gefängnis und das Blutgerüst Karls I. geworfen hat, würde sich Seine Majestät wohl mit dem Thron Wilhelms III. oder Georgs I. begnügen.«

»Oh, Herr Graf«, sagte die Königin, die sich mit Schaudern an die Vision im Schlosse Faverney und an die Zeichnung des von Guillotin erfundenen Todeswerkzeuges erinnerte, »geben Sie uns jene Monarchie zurück, und Sie werden sehen, ob wir so undankbar sind, wie man uns vorwirft.«

»Ich will es tun«, erwiderte Mirabeau zuversichtlich. »Ich hoffe bei Eurer Majestät und bei meinem erhabenen Monarchen die nötige Stütze und Ermutigung zu finden, und ich schwöre hier zu Ihren Füßen, dass ich mein Versprechen halten oder das Leben dabei lassen werde.«

»Graf, Graf!«, sagte Marie Antoinette, »vergessen Sie nicht, dass Ihr Schwur nicht bloß von zwei weiblichen Ohren gehört wird, sondern von einer fünfhundertjährigen Dynastie.«

»Ich kenne die Bedeutung der Verpflichtung, die ich übernehme; wenn ich in der Huld meiner Königin und in dem Vertrauen meines Königs eine Stütze finde, so werde ich das große Werk vollbringen.«

»Ich verspreche Ihnen beides, Herr Graf, wenn dies die einzige Hilfe ist, die Sie brauchen.«

Mirabeau verbeugte sich und drückte seine Lippen auf die Hand der Königin, dann richtete er sich stolz auf und sagte:

»Eure Majestät ... durch diesen Handkuss wird die Monarchie gerettet.«

Siebzehntes Kapitel

Wir erinnern uns, dass Billot von Doktor Gilbert in die Heimat beurlaubt war und Ange Pitou mitgenommen hatte. Pitou wusste, dass Katharinens Herz bei der unerwarteten Trennung von Isidor gebrochen, und dass sie an der Stelle, wo er sie gefunden, ohnmächtig niedergesunken war. Aber das würde er dem Vater Billot um alles in der Welt nicht gesagt haben.

Das Stillschweigen, das er in Bezug auf Katharinen beobachtete, vermehrte die Unruhe Billots, der sein Pferd zu höchster Eile antrieb.

Kaum hielt der Wagen vor dem Gutshof in Pisseleux an, so stieg Billot ab und eilte in das Haus.

Aber vor der Kammer seiner Tochter trat ihm in der Person des Doktor Raynal ein unerwartetes Hindernis entgegen. Der Arzt erklärte, dass Katharinens Zustand jede Gemütsbewegung gefährlich sei. Das war ein neuer schmerzlicher Schlag für Billot.

Es hatte sich eine Gehirnentzündung eingestellt, die im höchsten Grade gefährlich zu werden drohte; Katharine hatte seit dem Vormittag stark fantasiert.

Die Kranke mochte in diesen Fieberfantasien wohl gar seltsame Dinge sprechen, denn der Arzt hatte ihre Mutter schon von ihr entfernt, wie er jetzt ihren Vater zu entfernen suchte.

Mutter Billot saß in der Küche am Kamin; als sie die Stimme Billots hörte, raffte sie sich auf.

»Ei, Vater Billot!«, rief sie und sah den Herrn vom Hause mit starren Blicken an.

Dann breitete sie die Arme aus und sank an seine Brust.

Billot sah sie bestürzt an; er schien sie kaum zu kennen.

»Was geht denn hier vor?«, fragte er, während ihm der Angstschweiß von der Stirn floss.

Der Doktor Raynal nahm für die trostlose Mutter das Wort.

»Ihre Tochter«, sagte er, »ist sehr krank, sie darf nur bestimmte Personen sehen; binnen zwei bis drei Tagen darf außer mir und den von mir zu bezeichnenden Personen niemand in ihre Kammer.«

Billot seufzte. »Aber sehen darf ich sie doch?«, fragte er wie ein Kind.

Der Doktor öffnete die Tür der Kammer, und Vater Billot konnte die Kranke sehen. Katharinens Gesicht erglühte im Fieber, ihr Blick war verwirrt; sie sprach abgebrochene, nur schwer verständliche Worte, und als Billot seine zitternden Lippen auf ihre feuchte Stirn drückte, glaubte er den Namen Isidor zu hören.

Vater Billot zog sich, nachdem er seine Tochter geküsst hatte, zurück, aber sein Gesicht hatte einen finsteren Ausdruck angenommen und er schien voller Sorgen.

»Ich sehe wohl«, sagte er für sich selbst, »es war wirklich Zeit, dass ich nach Hause kam ...«

Nach fünf Minuten tat sich die Tür des Krankenzimmers wieder auf und man hörte die Stimme des Arztes, welcher Pitou rief.

»Was ist gefällig, Herr Raynal?«, fragte dieser.

»Komm und hilf Frau Clement, die Katharinen nicht allein halten kann; ich werde jetzt zum dritten Male Ader lassen.«

Pitou wunderte sich sehr, dass er dem Doktor Raynal einen Dienst erweisen sollte.

Der Arzt hatte nämlich bemerkt, dass Katharine in ihren Fieberfantasien, wenn sie von Isidor sprach, auch den Namen Pitou nannte.

Katharine sprach diese beiden Namen indes nicht in gleichem Tone, und der Doktor Raynal hatte daraus geschlossen, dass Ange Pitou der Freund und Isidor von Charny der Geliebte der Kranken sein müsse. Er hielt es daher für angemessen, der letzteren einen Freund zuzuführen, mit welchem sie von ihrem Geliebten sprechen konnte.

Pitou musste vorläufig die Dienste eines chirurgischen Gehilfen verrichten. Der Doktor zog den Arm Katharinens sanft aus dem Bette, nahm den Verband ab, drückte mit beiden Daumen gegen die noch nicht vernarbte Wunde, und das Blut schoss hervor.

Als Pitou das Blut sah, fühlte er seine Kräfte schwinden. Er sank in den Armsessel der Frau Clement, drückte die Hände auf die Augen und rief schluchzend:

»Oh Jungfer Katharine! ... arme Jungfer Katharine! ...«

Was der Doktor erwartet hatte, traf ein: Dieser kleine Aderlass setzte das Fieber herab. Der Doktor gab noch der Frau Clement die nötigen Weisungen, unter anderm die sonderbare Weisung, ein paar Stunden zu schlafen, während Pitou bei der Kranken wachen würde. Dann gab er Pitou einen Wink und begab sich wieder in die Küche.

Pitou folgte dem Doktor, der die Mutter Billot am Hause sitzend fand.

»Nur Mut gefasst, Mutter Billot«, sagte der Doktor; »es geht ja so gut, als man nur erwarten kann.«

Pitou erhielt jetzt den Auftrag, eine Medizin zu holen und die Nacht bei der Kranken zu wachen.

Katharine schlief ziemlich ruhig.

Pitou setzte sich ans Fenster, um Katharine recht gut sehen zu können.

Etwa eine Stunde nach seiner Rückkehr regte sich Katharine, ließ einen leisen Seufzer hören und schlug die Augen auf.

Pitous Gesicht strahlte vor Freude, als er sah, dass Katharine ihn anschaute.

»Pitou!«, lispelte die Kranke.

»Ach, Jungfer Katharina«, sagte er, »ich wusste wohl, dass Ihr ihn liebtet; aber ich wusste nicht, dass Ihr eine Gehirnentzündung bekommen würdet, wenn er fortginge!«

Katharine, ermutigt durch diese Worte des Mitleids, suchte nun Ihre Gefühle nicht mehr zu verbergen.

»Ach, Pitou«, antwortete sie, »ich bin sehr unglücklich!«

»Jungfer Katharine«, erwiderte Pitou, »es macht mir zwar kein großes Vergnügen, von dem Junker Isidor zu sprechen, aber wenn's Euch angenehm ist, kann ich Euch erzählen, wie es ihm geht; ich weiß, dass er glücklich in Paris angekommen ist.«

»Er ist also in Paris?«, fragte Katharine hastig.

»In diesem Augenblick wird er wohl nicht mehr dort sein«, erwiderte Pitou. »Ich weiß nur, dass er abreisen sollte ... ich glaube, nach Spanien oder Italien.«

Bei dem Worte ›abreisen‹ sank Katharina seufzend auf das Kissen zurück und brach in Tränen aus.

»Jungfer Katharine«, sagte Pitou, dem diese Tränen sehr weh taten, »wenn Ihr durchaus wissen wollt, wo er ist, so kann ich mich erkundigen.«

»Nein, Pitou, ich danke dir ... es ist nicht nötig, ich werde morgen früh gewiss einen Brief von ihm bekommen.«

»Einen Brief von ihm! ... Nicht möglich«, sagte Pitou, der verlegen an den Nägeln kaute. »Ich wundere mich nicht, dass er an Euch schreibt ... Aber ich fürchte, dass der Brief Eurem Vater in die Hände fällt.«

»Was, meinem Vater?«, fragte Katharina erstaunt. »Ist denn mein Vater nicht in Paris?«

»Er ist in Pisseleux, Jungfer Katharine, und zwar dort in seiner Stube ... Herr Raynal hat ihm verboten, in Eure Kammer zu kommen ... weil Ihr fantasiert, sagte er, und ich glaube, er hat wohlgetan.«

»Warum denn?«

»Weil Herr Billot in diesem Punkte keinen Spaß zu verstehen scheint. Denn als er hier war und seinen Namen aus Eurem Munde hörte, schnitt er ein gar grimmiges Gesicht. Ich hörte ihn sogar zwischen den Zähnen murren: ›Es ist gut; solange sie krank ist, will ich nichts sagen; aber nachher wollen wir sehen!‹«

»Höre, Pitou«, sagte Katharina, indem sie seine Hand so heftig fasste, dass er erschrak, »du hast recht, seine Briefe dürfen meinem Vater nicht in die Hände fallen ... er würde mich umbringen!«

»Was kann man da machen?«

»Du müsstest zu der Mutter Colombe gehen ... zur Briefträgerin.«

»Aha, ich verstehe ... ich soll zu ihr sagen, dass sie Eure Briefe nur an mich abgeben soll.«

»Morgen will ich hingehen ... und dann alle Tage.«

»Morgen ist zu spät, lieber Pitou; du musst noch heute gehen.«

»Gut, ich will heute gehen ... auf der Stelle, wenn's sein muss.«

»Du bist ein braver Mensch, Pitou«, sagte Katharina, »und ich bin dir von Herzen gut, was du für mich tust, ist besser als alle Mixturen der Welt.«

Als Pitou gegangen war, sank Katharina, erschöpft von dem langen Gespräch, auf das Kissen zurück.

Pitou eilte nach Villers Cotterêts und erhielt von der Frau Colombe einen Brief in elegantem Kuvert, der an Katharina Billot adressiert war. Mit sehr gemischten Gefühlen trat er den Heimweg an.

Trotzdem war Pitou ein so gutmütiger Mensch, dass er, um den verwünschten Brief schneller abgeben zu können, unwillkürlich aus dem Schritt in den Trab und aus dem Trab in den Galopp kam.

Fünfzig Schritte vor dem Meierhof stand er plötzlich still; er bedachte mit Recht, dass es den Vater Billot misstrauisch machen könnte, wenn er so atemlos ankäme. Er beschloss daher ein paar Minuten zu opfern und schritt mit der gravitätischen Haltung des Vertrauten eines Tragödienhelden auf das Haus zu. Als er an dem Krankenzimmer vorüberging, bemerkte er, dass die Wärterin das Fenster geöffnet hatte.

Pitou steckte zuerst die Nase, dann den ganzen Kopf in das Fenster. Katharina war wach und erwartete ihn; sie bemerkte sogleich, dass er ihr winkte.

»Ein Brief!«, stammelte sie beglückt, »ein Brief!«

Ohne den Dank, der ihm ohnehin nicht entgehen konnte, abzuwarten, ging er auf das Hoftor zu, wo er Billot fand, der ihn zum Frühstück einlud.

Gerade als er damit fertig war, ging Katharinas Tür auf, und Frau Clement erschien mit ihrem süßlichen Krankenwärterlächeln in der Küche.

Frau Billot ging auf sie zu, und auch der Herr des Hauses eilte in die Küche. Beide erkundigten sich nach Katharinas Befinden.

»Es geht recht gut«, antwortete Frau Clement; »aber ich glaube, dass Jungfer Katharina in diesem Augenblicke wieder etwas fantasiert.«

»Was, sie fantasiert wieder?«, fragte Billot.

Pitou schaute auf und lauschte.

»Ja«, erwiderte Frau Clement, »sie spricht von einer Stadt namens Turin und von einem Lande, das sie Sardinien nennt, und sie ruft den jungen Herrn Pitou, um über das Land und die Stadt etwas zu erfahren.«

»Hier bin ich«, sagte Pitou, indem er seinen Becher leerte und sich den Mund mit dem Ärmel abwischte.

»Es ist gut«, sagte Billot, »da Katharina dich ruft, so geh nur hinein ... Vielleicht kommt ein Augenblick, wo sie ihre Eltern auch rufen wird.

Pitou merkte, dass ein Ungewitter im Anzuge war, und obwohl er bereit war, dem Sturm der Elemente nötigenfalls Trotz zu bieten, so sah er sich doch im Voraus nach einem Obdach um.

Dieses Obdach war Haramont.

In Haramont war er König, ja noch mehr als König ... er war ja Kommandant der Nationalgarde, er war Lafayette!

Überdies hatte er Pflichten, die ihn nach Haramont riefen.

Katharina erwartete ihn mit Ungeduld. Aus dem Feuer ihrer Augen und der Glut ihrer Wangen hätte man mit Frau Clement wirklich schließen können, dass sie wieder vom Fieber befallen sei.

Kaum hatte Pitou die Tür hinter sich geschlossen, so richtete sich Katharina schnell auf und reichte ihm beide Hände.

»Ich danke dir, lieber Pitou«, sagte sie, »ich werde wahrscheinlich noch mehr Briefe bekommen ... Da du nun einmal so gütig gewesen bist ...«

»Ich will sie Euch holen«, versicherte Pitou dienstbeflissen.

»Du siehst wohl ein, dass mein Vater mich scharf beobachtet, und dass ich daher nicht zur Stadt gehen kann ...«

»Ja, aber mich beobachtet er auch, der Papa Billot ... ich habe es an seinen Augen gesehen.«

»Aber er kann doch nicht mit nach Haramont gehen, und wir können ja einen Ort bestimmen, wo du die Briefe versteckst.«

»Das ist wahr«, antwortete Pitou; »zum Beispiel in dem hohlen Weidenbaum nahe bei der Stelle, wo ich Euch in Ohnmacht fand.«

»Gut«, sagte Katharina, »das ist nicht weit, und man kann die Stelle vom Fenster aus doch nicht sehen ... Es bleibt also dabei, die Briefe werden in den hohlen Weidenbaum gelegt?«

»Ja, Jungfer Katharina. Aber wie könnt Ihr denn die Briefe holen?«

»Ich?«, fragte Katharina lächelnd, »ich will recht schnell wieder gesund werden.«

In diesem Augenblick ging die Tür auf, und der Doktor Raynal trat ein.

Achtzehntes Kapitel

Pitou, der nun in Villers-Cotterêts nichts mehr zu tun hatte, begab sich nach Haramont.

Seine Ankunft im Dorfe war ein Ereignis. Die schleunige Abreise des Kommandanten nach Paris hatte viele Mutmaßungen laut werden lassen, und als nun gar ein Adjutant des Generals Lafayette den Befehl überbracht hatte, die bei dem Abbé Fortier aufbewahrten Gewehre zur Ausrüstung der Nationalgarde zu verwenden, hegten die Haramontaner über die politische Wichtigkeit Pitous nicht den mindesten Zweifel mehr.

Pitou war nicht nur Kommandant und Besitzer von fünf bis sechs Louisdor, sondern auch der Überbringer von fünfundzwanzig Louisdor, die der Doktor Gilbert für die Ausrüstung der Haramontaner Nationalgarde bestimmt hatte.

In seiner Eigenschaft als Montierungskommissar ging Pitou zu dem Schneider Dulauroy, um zu hören, ob dieser die Lieferung der Uniformen für die Nationalgarde in Bausch und Bogen übernehmen wolle, und welchen Preis er dafür verlange. Der Meister erklärte, dass er dreiunddreißig Röcke und Hosen nicht unter dreiunddreißig Louisdor liefern könne. Pitou fand das unchristlich teuer und erklärte, er habe nur über eine bestimmte Summe zu verfügen, und wenn etwa Meister Dulauroy die dreiunddreißig Röcke und Hosen nicht um fünfundzwanzig Louisdor liefern wolle, so werde er dem Meister Bligny den Auftrag geben.

Die Drohung, einem anderen diese bedeutende Lieferung anzutragen, verfehlte ihre Wirkung nicht, und Meister Dulauroy einigte sich mit Pitou, der seine eigene Uniform samt Epauletten noch gratis geliefert verlangte.

Um neun Uhr morgens war das große Geschäft abgeschlossen, und um halb zehn war Pitou, im Stillen frohlockend über die seinen Mitbürgern zugedachte Überraschung, wieder in Haramont.

Um elf Uhr wurde Rappell geschlagen, und um die Mittagsstunde war die Nationalgarde unter den Waffen.

Am folgenden Sonntage sollte in Villers-Cotterêts ein Verbrüderungsfest gefeiert werden; zu Ehren des Vaterlandes hatte man einen Altar errichtet, an dem der Abbé Fortier die Messe lesen sollte.

Nach beendeter Messe sollten die Männer den Eid auf die Verfassung leisten.

Die Nationalgarde von Villers-Cotterêts, die seit acht Uhr unter den Waffen stand, erwartete die Volkswehr aus den benachbarten Dörfern und begrüßte jede neu ankommende Schar.

Es versteht sich, dass die patriotische Miliz von Haramont sehnlicher erwartet wurde, als alle anderen. Denn es hatte sich das Gerücht verbreitet, dass die dreiunddreißig Mann, aus denen sie bestand, auf Pitous Verwendung Uniformen erhalten hätten.

Punkt neun Uhr hörte man Trommel und Querpfeife, und am Ende der Hauptstraße erschien Pitou auf seinem Schimmel.

Lauter Jubel erfüllte die ganze Straße bis zum Marktplatz. Tante Angelika, die sich auch unter der Schar der Neugierigen befand, betrachtete Pitou mit so zudringlicher Neugier, dass sie beinahe unter die Füße seines Schimmels gekommen wäre.

Pitou beachtete sie kaum, denn mitten unter den weißgekleideten Mädchen hatte er Katharina erkannt.

Katharina war noch blass, aber sie war schöner als alle anderen und schien seelenvergnügt, denn sie hatte in dem hohlen Weidenbaume einen Brief gefunden.

Sie winkte Pitou zu. – Pitou steckte seinen Degen in die Scheide, nahm seinen Hut ab und ging mit entblößtem Haupte auf die schöne Pächterstochter zu.

»Oh, ich habe dich anfangs gar nicht erkannt«, sagte Katharina. »Mein Gott, wie schön steht dir die Uniform! ... Dank, tausend Dank!« setzte sie leise hinzu. »Wie gut bist du und wie lieb habe ich dich!«

Plötzlich jedoch ertönte Lärm. Der Abbé Fortier war eingeladen worden, am Verbrüderungsaltar die Messe zu lesen, und die zu der religiösen Feier nötigen Ornamente sollten aus der Kirche auf den Marktplatz gebracht werden. Herr von Longpré, der Bürgermeister, hatte diese Anordnungen getroffen, aber der Abbé weigerte sich hartnäckig, den Weisungen zu folgen.

Er meldete sich krank.

Die Sache nahm eine bedenkliche Wendung. Zu jener Zeit glaubte man noch nicht, dass es möglich sei, ein Fest ohne Messe zu feiern.

Der Bürgermeister beschwichtigte die erste Aufregung, und erbot sich, dem Abbé Fortier in eigener Person einen Besuch zu machen. Die Tür des Pfarrhauses war aber verriegelt wie die Kirchentür. Herr von Longpré klopfte, die Tür blieb verschlossen.

Der Bürgermeister hielt es nun für notwendig, die bewaffnete Macht zu requirieren. Er ließ den Quartiermeister und den Gendarmen rufen. Beide leisteten der Aufforderung sogleich Folge. Eine große Volksmenge zog hinter ihnen her.

Aber in dem Augenblick, als ein Schlosser den Dietrich in das Schloss steckte, tat sich die Tür auf, und der Abbé Fortier erschien auf der Schwelle.

»Zurück!«, rief er. »Ihr Ketzer, ihr Gottlosen. Was habt ihr Sodomiter bei dem Diener des Herrn zu tun?«

»Entschuldigen Sie, Herr Abbé«, sagte Herr von Longpré sehr sanft und gelassen; »wir wünschen nur zu wissen, ob Sie am Altar des Vaterlandes die Messe lesen wollen oder nicht.«

»Ob ich dem Aufruhr, dem Undank die Weihe erteilen will? Das können Sie unmöglich erwartet haben, Herr Bürgermeister! ... Sie wollen wissen, ob ich Ihre ruchlose Messe lesen will oder nicht? – Nein, nein, ich will sie nicht lesen!«

»Es ist gut, Herr Abbé«, antwortete der Bürgermeister, »Sie sind frei, und man kann Sie nicht zwingen.«

Da drängte sich ein Mann durch die verblüffte Menge und riss die schon fast geschlossene Tür mit so gewaltiger Kraft wieder auf, dass der Abbé, der doch ein starker Mann war, beinahe rücklings zu Boden gefallen wäre.

Dieser Mann war Billot.

Jedermann erwartete einen furchtbaren Auftritt. Aber Billot begann mit ruhigem, fast sanftem Tone:

»Wie sagen Sie, Herr Bürgermeister? ... Ist es wirklich Ihr Ernst, dass man den Herrn Abbé nicht zwingen könne, den Gottesdienst zu halten, wenn er sich weigert? Ich sage, man kann ihn zwingen.«

»Zurück, gottloser Mensch! Zurück, Ketzer!« rief der Abbé dem Pächter zu.

»Lassen Sie gut sein, Herr Abbé«, meinte Billot, »die Sache ist ganz einfach: Wer eine Besoldung bezieht, hat die Verpflichtung, die Arbeit zu verrichten, für die er bezahlt wird. Sie allein weigern sich, Ihre Pflicht zu tun, ja noch mehr, Sie allein geben das Beispiel der Widersetzlichkeit.«

Der Abbé Fortier sah wohl ein, dass er sich verteidigen musste.

»Die Kirche ist unabhängig«, sagte er; »die Kirche ist selbstständig!«

»Eben das ist das Unglück«, entgegnete Billot; »ihr bildet eine abgesonderte Körperschaft; einen Staat im Staate! Aber wenn ihr Franzosen, wenn ihr Bürger unseres Landes seid, wenn ihr von der Nation bezahlt werdet, so, gehorcht der Nation!«

»Ja, ja!«, riefen dreihundert Stimmen.

»Im Namen der Nation fordere ich dich daher auf, Priester«, sagte Billot ernst, »dein Friedensamt zu versehen und den Segen des Himmels für deine Mitbürger und dein Vaterland zu erflehen! ... Komm, komm!«

»Bravo, Billot! Es lebe Billot!« riefen alle Stimmen. »Zum Altar, zum Altar mit dem Priester!«

Der Abbé Fortier sah wohl ein, dass kein Widerstand mehr möglich war. »Wohlan denn«, sagte er, »so will ich zum Märtyrer werden!« Und er stimmte laut das » *Libera nos Domine*« an.

Den Höhepunkt des Festes bildete die Verkündung der Menschenrechte, die Billot am Altar des Vaterlandes unter dem ehrfürchtigen Schweigen der Menge vornahm.

Zum ersten Male hörte das Volk die öffentliche, unumwundene Anerkennung seiner Rechte, vernahm es die Kundmachung einer Verfassung, die ihm erst nach Jahrhunderten der Knechtschaft, des Elends und der Leiden gewährt wurde. Zum ersten Male wurde sich der Landmann, der Handwerker, der Arbeiter seiner Kraft, seiner Menschenwürde bewusst; zum ersten Male berechnete er den Platz, den er auf der Erde einnahm und maß den Schatten, den seine Gestalt in der Sonne warf; er fühlte, dass er unter dem Gesetz stand und nicht mehr von der Laune eines Zwingherrn anhing.

Als daher Billot den ganz neuen, unerhörten Ruf: Es lebe die Nation! erschallen ließ, da fand dieser Ruf in dem Munde aller Anwesenden ein Echo.

Neunzehntes Kapitel

Auf dem Meierhof Billots schien alles ruhig und heiter. In der Frühe gegen fünf Uhr wurde das Hoftor regelmäßig geöffnet; der Säemann begab sich zu Fuß, der Ackerknecht zu Pferde auf das Feld; der Kuhhirt trieb die Herde auf die Weide, und zuletzt kam Billot, die Seele dieser Welt im kleinen, auf seinem kräftigen Pferd.

Aber Billot war nicht so ruhig, wie er schien. Er spähte in der Dunkelheit umher, ob kein ungebetener Gast in der Nähe des Meierhofs umherstreifte, er lauschte, ob nicht zwischen Katharinas Kammer und dem Weidengebüsch am Wege geheimnisvolle Signale gewechselt wurden. Er beobachtete den Erdboden genau, um leichte, kleine, aristokratische Fußstapfen zu suchen.

Billot war gegen seine Tochter wohl etwas freundlicher geworden, aber seine argwöhnischen Blicke entgingen ihr keineswegs; sie durchwachte manche lange Winternacht, und sie wusste in der Tat nicht, ob sie Isidors Rückkehr wünschen sollte.

Pitou war nach wie vor Katharinas Briefbote. Der letzte Brief war mit dem Poststempel »Paris« versehen. Da der Vicomte einmal in Paris war, so ließ sich vermuten, dass er bald nach Boursonne kommen werde.

Zu einer Stunde, wo Billot im Felde zu sein pflegte, ging Pitou zu Katharina.

Sie lächelte ihm schon von ferne zu.

»Du bist's, lieber Pitou?«, sagte sie; »wie kommst du denn hierher?«

Pitou zeigte auf die um seine Hand gewundenen Schlingen.

»Ich kam heute auf den Gedanken, Jungfer Katharina, Euch ein paar recht zarte, fette Kaninchen zu bringen; ich bin recht früh fortgegangen, um Euch im Vorbeigehen zu besuchen, und mich zugleich nach Euerem Befinden zu erkundigen.«

»Nach meinem Befinden? Du bist sehr gütig, lieber Pitou.«

»Ihr habt mir etwas zu sagen, Jungfer Katharina?«, fragte nach einer Pause Pitou, dem eine gewisse Unruhe in Katharinas Wesen auffiel.

»Ich? ... Nein, nichts; du irrst dich, lieber Pitou«, antwortete sie mit unsicherer Stimme.

Pitou bezwang sich.

»Ich meine, Jungfer Katharina«, erwiderte er, »wenn Ihr etwas von mir wünscht, so dürft Ihr's nur sagen.«

»Lieber Pitou«, sagte sie, »du hast mir bewiesen, dass ich mich auf dich verlassen kann, und ich bin dir sehr dankbar dafür; aber für jetzt brauche ich deine Dienste nicht.«

Dann setzte sie leise hinzu:

»Es ist nicht einmal nötig, dass du in dieser Woche auf die Post gehst; in den nächsten Tagen werde ich keinen Brief bekommen.«

Pitou wollte eben antworten, dass er sich's wohl gedacht habe; aber er besann sich, er wollte vielleicht sehen, wie weit Katharinas Vertrauen gegen ihn gehen würde. Als sie aber hartnäckig schwieg, sagte er:

»Jungfer Katharina, habt Ihr wohl die Veränderung bemerkt, die mit Herrn Billot vorgegangen ist?«

Katharina erschrak, aber sie fasste sich schnell.

»So«, antwortete sie mit einer anderen Frage. »Du hast also etwas bemerkt?«

»Hört, Jungfer Katharina«, erwiderte Pitou kopfschüttelnd, »es wird gewiss ein Augenblick kommen, - wann? Das weiß ich nicht, wo der, dem diese Veränderung zuzuschreiben ist, in eine sehr fatale Lage kommen wird ... Ich sage es Euch, und Ihr könnt mir's glauben.«

Katharina erblasste.

»Still!«, sagte sie, »wir wollen von anderen Dingen oder gar nichts reden ... Dort kommt mein Vater!«

Als Billot einen Mann unter Katharinas Fenster erblickte, hielt er an; aber er schien Pitou sogleich zu erkennen und setzte sein Pferd wieder in Trab.

Pitou ging ihm einige Schritte entgegen und begrüßte ihn mit dem Hut in der Hand.

»Aha! Du bist's, Pitou?« sagte Billot. »Willst du dich bei uns zu Gaste bitten?«

»Wenn Ihr mich einladet, so nehme ich's an.«

»Nun, so lade ich dich ein«, sagte der Pächter.

Pitou trat wieder ans Fenster.

»Habe ich recht geraten, Jungfer Katharina?«, fragte er.

»Ja ... Er sieht heute noch finsterer aus als sonst.«

Dann setzte sie leise hinzu:

»O mein Gott, sollte er wissen? ...«

Katharina hatte sich nicht getäuscht; ihr Vater sah finsterer aus als je zuvor. Seine Tochter bot ihm, wie gewöhnlich, ihre blasse Wange zum Kuss, aber er berührte ihre Stirn nur leicht mit den Lippen und wandte sich dann schweigend von ihr ab.

»Ist das Essen fertig?«, fragte er die Hausfrau.

»Ja, Vater Billot«, antwortete diese.

»Dann zu Tisch!«, sagte er; »ich habe heute noch viel zu tun.« Und zu Pitou gewandt:

»Darf man wissen, was dich heute nach Pisseleux führt?«

»Ich wollte der Jungfer Katharina einen guten Bissen bringen; ich dachte, sie ist krank gewesen, und das zarte Kaninchenfleisch wird ihr wohl munden.«

»Ja, du hast recht«, sagte Billot, ihn unterbrechend, »denn du siehst, dass sie noch keinen Appetit hat.«

»Ich habe keinen Appetit, Vater«, sagte Katharina errötend, »weil ich erst eine große Schale Milch mit Brot gegessen hatte, als Pitou an meinem Fenster vorüberging und ich ihn rief.«

»Ich will gar nicht untersuchen, warum du keinen Appetit hast«, erwiderte Billot; »ich sage nur, was ich sehe ...«

Sein Blick fiel in diesem Augenblick, wie zufällig, auf das Fenster, durch welches man den Hof übersehen konnte.

»Aha!«, sagte er aufstehend, »da kommt jemand, der mich sprechen will.«

»Sieh, der Vater Clouis!«, sagte Pitou, der gar nichts Erschreckliches in diesem Besuche sah; »er bringt Eure Doppelflinte wieder, Herr Billot.«

»Ja«, sagte Billot.

»Ich wünsche eine gesegnete Mahlzeit«, sagte Clouis. ' »Guten Tag, Vater Clouis«, antwortete Billot; »Ihr seid ein Mann von Wort ... ich danke Euch, jetzt setzt Euch und esst mit uns.« Damit bot er dem Gast einen Stuhl.

Sein Platz war Katharina gegenüber, die ihn mit Angst und Schrecken ansah. »Ein delikates Glas Wein, Herr Billot«, sagte er; er glaubte sich als Gast verpflichtet, für die Unterhaltung zu sorgen, und fuhr fort:

»Ich habe gedacht: Ich will dem Vater Lajeunesse ins Gehege kommen und drüben einen Hasen schießen ... Ich kann dann gleichzeitig sehen, wie ein mit Silber beschlagenes Gewehr die Kugel trägt ... Gesagt, getan: Ich gieße dreizehn Kugeln statt zwölf ... und ich muss sagen, Eure Doppelflinte trägt die Kugel gut.«

»Ja, ich weiß es wohl«, antwortete Billot, »es ist ein gutes Gewehr.«

»Was, zwölf Kugeln?«, fragte Pitou verwundert. »Es ist wohl irgendwo ein Scheibenschießen?«

»Nein«, antwortete Billot.

»Oh, jetzt kenne ich die Flinte«, fuhr Pitou fort.

»Aber, mein Gott!«, rief Pitou erschrocken, »was fehlt Euch denn, Jungfer Katharina?«

»Mir? ... Nichts!«, sagte Katharina, die ihre halbgeschlossenen Augen aufschlug und sich aus ihrer fast liegenden Stellung mit einiger Mühe wieder aufrichtete.

»Katharina? ... Was soll ihr denn fehlen?« sagte Billot, die Achseln zuckend.

»Dabei fällt mir etwas ein«, fuhr der alte Clouis fort, »wollt Ihr auf laufendes oder auf stillstehendes Wild schießen?«

»Das weiß ich noch nicht«, antwortete Billot; »ich kann nur sagen, dass ich auf den Anstand gehen will.«

»Ja, ja, ich verstehe«, sagte der alte Nimrod; »die wilden Schweine des Herzogs von Orleans gelüstet nach Euren Kartoffeln, und Ihr habt gedacht: Wenn sie im Pökelfass liegen, so fressen sie nicht mehr!« »Für die wilden Schweine sind die Kugeln nicht bestimmt, ich will einen Wolf schießen«, erwiderte Billot.

Wenn Pitou einen Blick auf Katharina geworfen hätte, so würde er bemerkt haben, dass sie einer Ohnmacht nahe war.

»Einen Wolf wollt Ihr schießen?«, sagte Pitou. »Es ist ja noch kein Schnee gefallen ... das ist wirklich sonderbar!«

»Ja, ganz gewiss«, antwortete der Pächter, indem er zugleich Pitou und Katharina ansah, »der Schäfer hat heute Morgen einen gesehen.«

»Wo denn?«, fragte Pitou ganz arglos.

»Auf der Straße von Paris nach Boursonne, nahe am Walde von Yvors.«

»So!«, sagte Pitou, der nun seinerseits Billot und Katharina ansah.

»Ja«, fuhr Billot mit derselben Ruhe fort; »man hatte ihn schon voriges Jahr bemerkt, und ich wusste es wohl ... Eine Zeit lang glaubte man, er sei fortgegangen, um nicht wiederzukommen; aber er scheint wieder da zu sein, und ich glaube, dass er hier in der Nähe umherstreift ... deshalb sagte ich dem Papa Clouis, er möge mir mein Gewehr putzen und ein Dutzend Kugeln gießen.«

Mehr vermochte Katharina nicht zu ertragen; sie stand auf und wankte der Tür zu.

Pitou, dem etwas bange wurde, stand ebenfalls auf und eilte der schönen Pächterstochter nach, um sie zu halten.

Billot warf den beiden einen zürnenden Blick zu; aber Pitous ehrliches Gesicht drückte ein zu aufrichtiges Erstaunen aus, um den Verdacht der Mitschuld zu erregen.

Billot kümmerte sich daher nicht länger um die beiden jungen Leute und fuhr fort:

»Ihr meint also, Papa Clouis, dass man sicher trifft, wenn man die Kugel in ein Stück Leder wickelt?«

Die Antwort auf diese Frage hörte Pitou nicht mehr; denn als er in die Küche trat, wo er Katharina einholte, sank sie ihm halb bewusstlos in die Arme.

»Mein Gott, was fehlt Euch denn?«, fragte er ganz bestürzt.

»Oh, hast du denn nicht verstanden?«, erwiderte Katharina. »Er weiß, dass Isidor in Boursonne angekommen ist, und er will ihn totschießen, wenn er sich hier in der Nähe sehen lässt!«

In diesem Augenblick ging die Tür auf, und Billot erschien auf der Schwelle.

»Lieber Pitou«, sagte er so ernst, dass an keine Entgegnung zu denken war, »wenn du wirklich gekommen bist, um dem alten Lajeunesse die Kaninchen wegzufangen, so ist es Zeit, dass du gehst und deine Schlingen stellst ...«

»Ja, Herr Billot«, sagte Pitou bescheiden, indem er Katharina und Billot ansah; »ich war aus keinem anderen Grunde gekommen, das schwöre ich Euch.«

»Nun, dann? ...«

»Dann gehe ich, Herr Billot.«

Er entfernte sich durch das Hoftor, während die trostlose Katharina in ihre Kammer ging und die Tür hinter sich verriegelte.

»Ja, ja, schließ dich nur ein!« zürnte Billot, der in der Küche stehen blieb, »daran liegt mir nichts, denn hier werde ich ihm nicht auflauern.«

Pitou, der zuweilen die gewaltige Kraft des Löwen besaß, hatte fast immer die Klugheit einer Schlange.

Anfangs fasste er den Entschluss, nach Boursonne zu eilen und den Vicomte von Charny vor der ihm drohenden Gefahr zu warnen. Aber nach reifer Überlegung gab er diesen Plan wieder auf. Denn Katharina hatte ihn ja nicht beauftragt, nach Boursonne zu gehen, und er würde es im Grunde gar nicht ungern gesehen haben, wenn dem »Junker« etwas Menschliches begegnet wäre.

Inzwischen beobachtete er vom Waldrand aus den Meierhof mit scharfen Augen.

Nach einer kleinen Weile wurde ein Fenster hell; es war das Fenster von Billots Stube. In seinem Versteck konnte Pitou sehr gut sehen, was in der Stube vorging. Er sah, wie Billot mit einem Lichte eintrat und sein Gewehr lud. Dann löschte er das Licht aus, er schien am Fenster lauschen und die Umgebung beobachten zu wollen. Wenn Katharina etwa auf den Gedanken kam, aus dem Fenster zu steigen und sich in den Wald zu schleichen, so konnte Pitou sie sehen.

Pitou hatte sich nicht geirrt; sein scharfes Auge, das in der Dunkelheit so gut sah, bemerkte nach einer Weile, dass Katharina ihr Fenster öffnete, langsam herausstieg, den Fensterladen wieder andrückte und sich an der Mauer hinschlich.

Katharina war nicht in Gefahr, gesehen zu werden, solange sie in dieser Richtung fortging. Nach Villers-Cotterêts hätte sie ganz unbemerkt gelangen können; wollte sie hingegen nach Boursonne gehen, so musste sie in den Gesichtskreis treten, den der Blick von dem Fenster ihres Vaters aus umfasste.

Am Ende der Mauer angelangt, blieb sie einige Sekunden unschlüssig, wohin sie sich wenden sollte, stehen; aber auf einmal fasste sie einen Entschluss, sie bückte sich, um sich den spähenden Blicken soviel wie möglich zu entziehen, ging quer über den Weg und betrat einen schmalen Fußpfad, der zum Walde führte.

Sobald Katharina den Fußpfad betreten hatte, konnte ihre Absicht keinem Zweifel mehr unterliegen. Pitou ließ sie daher unbeachtet, um seine ganze Aufmerksamkeit den halbgeschlossenen Fensterläden Billots zu widmen.

Pitou sah, wie sich die Fensterläden auftaten und Billots Kopf zum Vorschein kam. Der Pächter stand eine Weile regungslos, als ob er seinen Augen nicht getraut hätte.

Nach einigen Sekunden ging das Hoftor auf, und als Katharina den Saum des Waldes erreichte, erschien Billot mit dem Gewehr auf der Schulter und ging schnell auf den Wald zu; aber er schlug den Fahrweg ein, mit welchem sich der Fußpfad, den Katharina gewählt hatte, eine Viertelstunde von dem Meierhofe entfernt vereinigte.

Es war kein Augenblick zu verlieren.

Pitou sprang auf und lief wie ein aufgescheuchtes Reh in schräger Richtung durch den Wald. Als er den Fußpfad erreicht hatte, stand er still und lauschte. Es war Zeit, er hörte bereits die schnellen Fußtritte und den keuchenden Atem des Mädchens.

Pitou trat hinter einen Baum. Eine halbe Minute später kam Katharina. Er trat ihr schnell in den Weg und nannte zugleich seinen Namen.

Die Überraschung entlockte ihr nur einen leisen Schrei, und sie zitterte weniger vor Schrecken, als vor Angst und Besorgnis um ihren geliebten Isidor.

»Keinen Schritt weiter, um des Himmels willen!«, sagte Pitou, die Hände faltend.

»Warum nicht?«

»Weil Herr Billot weiß, dass Ihr fortgegangen seid, weil er mit dem Gewehr in der Richtung nach Boursonne gegangen ist, weil er Euch am Kreuzwege von Bourg-Fontaine erwartet!«

»Aber er ... er!«, sagte Katharina außer sich, – »soll er denn nicht gewarnt werden?«

»Kommt, Jungfer Katharina, und geht wieder in Eure Kammer, ich will mich in der Nähe Eures Fensters verstecken, und wenn ich den Junker Isidor sehe, will ich ihn warnen.«

»Das willst du tun, lieber Pitou?«

»Für Euch will ich ja alles tun; Jungfer Katharina ... Ach, ich habe Euch ja so lieb!«

Katharina drückte ihm die Hände.

Zehn Minuten nachher war Katharina wieder in ihrem Kämmerlein, und bevor sie das Fenster schloss, zeigte ihr Pitou das Weidengebüsch, in welchem er warten und lauschen wollte.

Die Weidenbäume, die etwa zwanzig bis fünfundzwanzig Schritt von Katharinas Fenster entfernt standen, neigten sich über einen tiefen Graben, in welchem ein kleiner Bach floss.

In den letzten dieser zum Teil hohlen Weidenbäume hatte Pitou jeden Morgen die für Katharina angekommenen Briefe gelegt, und dort hatte sie die schöne Pächterstochter geholt, sobald ihr Vater ausgelitten war.

Pitou und Katharina waren übrigens mit so großer Vorsicht zu Werke gegangen, dass Billot nie den mindesten Verdacht gehegt hatte. Unglücklicherweise aber hatte der Schäfer des Meierhofes am frühen Morgen den von Paris kommenden Vicomte von Charny gesehen. Der Schäfer hatte die Ankunft Isidors als eine ganz unwichtige Neuigkeit erzählt; aber dieses unerwartete Erscheinen des »Junkers« vor Tagesanbruch war dem Pächter verdächtig vorgekommen. Seit seiner Rückkehr von Paris, seit der Krankheit Katharinas und zumal seit dem strengen Gebot des Doktor Raynal, während der Fieberfantasien Katharinas das Krankenzimmer nicht zu betreten, war er überzeugt, dass der Vicomte von Charny der Geliebte seiner Tochter sei. Dass der Vicomte sich mit einer Bäuerin vermählen werde, war keineswegs zu erwarten, und der erzürnte Vater fasste daher den Entschluss, die Schmach dieses Liebesverhältnisses in Blut abzuwaschen.

Eine Folge dieses Entschlusses warm die oben erzählten Vorgänge, welche für Katharina eine so furchtbare Bedeutung erlangt hatten.

Pitou stand also regungslos an einem Weidenbaum und lauschte mit seinen an die Nacht gewöhnten Sinnen, um einen Schatten zu erblicken oder einen Laut zu vernehmen.

Plötzlich glaubte er hinter sich die schleppenden, unsicheren Fußtritte eines auf dem gepflügten Acker gehenden Mannes zu hören. Der junge, leichtfüßige Vicomte konnte es nicht sein; Pitou drehte sich daher langsam und vorsichtig um den Weidenbaum und bemerkte Billot, der vom Walde herkam und auf den Meierhof zuging.

Billot hatte, wie Pitou vorhergesehen, an dem Kreuzwege von Bourg-Fontaine gewartet; da aber niemand auf dem Fußpfad erschienen war, so glaubte er sich geirrt zu haben und ging, wie er sich ausgedrückt hatte, »auf den Anstand!« denn er meinte, der Vicomte von Charny werde einen Versuch machen, in Katharinas Fenster zu steigen.

Unglücklicherweise wollte der Zufall, dass Billot dieselbe Gruppe von Weidenbäumen, wo sich Pitou versteckt hielt, zu seinem Versteck wählte.

Pitou erriet die Absicht des Pächters. Er konnte ihm den Platz nicht streitig machen, lange besinnen durfte er sich auch nicht. Er glitt die Böschung hinab und verschwand in dem sieben bis acht Fuß tiefen Graben; hier versteckte er sich unter den Wurzeln des Weidenbaumes, an den sich Billot lehnte.

Eine Viertelstunde verfloss, ohne dass die Stille der Nacht unterbrochen wurde.

Aber plötzlich glaubte Pitou, den Galopp eines Pferdes zu hören. Dieses Pferd lief in einer Entfernung von etwa sechzig Schritten über den Weg; man hörte Hufschläge und konnte Funken aufsprühen sehen.

Pitou sah, wie sich der Pächter nach vorn neigte, um in der Dunkelheit besser sehen zu können. Aber die Nacht war so finster, dass selbst Pitous Auge nur eine formlose Masse sah, die vorüberjagte und hinter der Hofmauer verschwand.

Pitou zweifelte nun nicht mehr, dass es Isidor sei; aber er hoffte, der Vicomte werde nicht durchs Fenster, sondern auf einem andern Wege ins Haus zu gelangen suchen.

Billot fürchtete es, denn er murmelte einige Worte, die wie ein Fluch klangen.

Dann folgte eine zehn Minuten lange furchtbare Stille. Endlich bemerkte Pitou am äußersten Ende der Mauer eine menschliche Gestalt. Die Nacht war so finster, dass Pitou hoffte, Billot werde die Gestalt gar nicht sehen. Er irrte sich: Billot sah sie, denn Pitou hörte, dass er den Hahn spannte.

Der Mann, der sich an der Mauer hinschlich, schien dieses Geräusch, welches das Ohr eines Jägers so leicht erkennt, ebenfalls zu hören, denn er blieb stehen.

Während jener stillstand und lauschte, sah Pitou den Gewehrlauf plötzlich in horizontaler Richtung über seinem Kopfe schweben; aber Billot mochte die Entfernung wohl für zu groß halten, denn der Gewehrlauf, der sich rasch gehoben hatte, senkte sich langsam.

Die Gestalt schlich weiter und ging immer an der Mauer entlang auf Katharinens Fenster zu.

Pitou konnte hören, wie dem Pächter das Herz schlug.

Der Gewehrlauf hob sich zum zweiten Male, aber nach wenigen Augenblicken senkte er sich wieder.

Inzwischen war der junge Mann an das Fenster gekommen. Er klopfte dreimal leise an.

Der Gewehrlauf hob sich zum dritten Male, während Katharina, die das gewohnte Zeichen erkannte, ihr Fenster leise öffnete.

In atemloser Spannung erwartete Pitou den Schuss; er hörte, wie der Stein gegen den Pfannendeckel schlug ... ein Blitz flammte auf, aber kein Knall erfolgte. Nur das Pulver in der Pfanne hatte sich entzündet.

Der Vicomte sah die Gefahr, an der er vorübergegangen war, und machte eine Bewegung, um gerade auf das Feuer loszugehen, aber Katharina streckte die Arme aus und zog ihn an sich.

»Unglücklicher!«, sagte sie leise, »es ist mein Vater! ... Er weiß alles ... Komm!«

Sie bot alle ihre Kraft auf und zog ihn durchs Fenster. Als er in der Kammer war, zog sie den Fensterladen zu.

Fünf Minuten lang herrschte tiefe Stille,– Pitou und Billot schienen nicht zu atmen, ihr Herzschlag schien auszusetzen.

Plötzlich begannen die Kettenhunde auf dem Meierhofe laut zu bellen.

Billot stampfte mit dem Fuße auf, lauschte noch einen Augenblick und sagte mit Ingrimm:

»Ha! Sie lässt ihn durch den Baumgarten entwischen!«

Er sprang über Pitous Kopf hinweg auf die andere Seite des Grabens, lief auf den Meierhof zu und war in wenigen Augenblicken hinter der Mauerecke verschwunden.

Pitou erriet seine Absicht. Sein Entschluss war schnell gefasst: er sprang aus dem Graben, lief gerade auf Katharinens Fenster zu, riss den Laden auf und schwang sich durch das Fenster. Das Zimmer war leer, in der Küche brannte eine Lampe. Pitou, der jeden Winkel des Hauses kannte, eilte hinaus ... in den Baumgarten. Sein scharfes Auge, das die tiefste Finsternis durchdrang, sah zwei Gestalten: Die eine war eben im Begriff, über die Mauer zu steigen, die andere stand unten und streckte die Arme aus.

Aber bevor der junge Mann hinübersprang, sah er sich noch einmal um.

»Auf Wiedersehen, Katharina!«, sagte er. »Vergiss nicht, dass du mein bist!«

»Ja, ja, ja!«, antwortete die schöne Pächterstochter; »aber um Gottes willen fort ... fort!«

»Ja, fort, Junker Isidor!«, rief Pitou. »Es ist kein Augenblick zu verlieren!«

Man hörte den dumpfen Fall außerhalb der Gartenmauer, dann das Wiehern des Pferdes, das seinen Herrn erkannte, die raschen Hufschläge des Tieres, das vermutlich die Sporen des Reiters fühlte, dann einen Schuss ... und gleich darauf noch einen.

Als der erste Schuss fiel, schrie Katharina laut auf und machte eine Bewegung, als ob sie dem Vicomte zu Hilfe eilen wollte; der zweite Schuss entlockte ihr einen leisen Klagelaut, ihre Kräfte schwanden und sie sank in Pitous Arme.

Dieser lauschte, ob das Pferd noch ebenso schnell liefe wie vorher. Der Galopp ließ nicht nach und verlor sich bald in der Ferne.

»Das ist ein gutes Zeichen«, sagte Pitou.

Er hob Katharina auf und wollte sie forttragen. Aber sie nahm mit fast übermenschlicher Anstrengung ihre Kräfte zusammen und machte sich aus Pitous Armen los.

»Pitou«, sagte sie, »weißt du einen Ort, wo ich mich verbergen kann?«

»Oh ja, Jungfer Katharina«, antwortete er, »ich werde schon einen finden.«

»Dann führe mich weg von hier«, sagte Katharina.

»Aber Herr Billot?«

»Ich habe für immer gebrochen mit dem Manne, der nach meinem Geliebten geschossen hat!«

»Nun, so folge mir!«

Niemand sah sie fortgehen, und Gott allein wusste, wo Katharina die von Pitou versprochene Zufluchtsstätte fand.

Die ganze Nacht tobte ein furchtbarer Kampf in dem Herzen des Mannes, der seinen Racheplan entworfen und zur Ausführung gebracht hatte. Als er aber die Flucht seiner Tochter merkte, als er anfangs zürnend, dann bittend, endlich verzweifelnd ihren Namen rief und keine Antwort erhielt, da mochte seine riesenstarke Natur wohl heftig erschüttert werden.

»Weißt du nicht, wo Katharina ist?«, fragte ihn am Morgen seine Frau.

»Katharina kann die Luft hier nicht vertragen«, antwortete Billot mit barschem Ton, um seine innere Bewegung nicht zu verraten; »sie ist zu ihrer Tante gegangen.«

»So!«, erwiderte die Hausfrau verwundert. »Wird sie denn lange bleiben?«

»Solange es ihr nicht besser geht«, antwortete der Pächter in demselben Tone. – – –

Noch einer hatte in dieser Nacht schlecht geschlafen – nämlich Doktor Raynal.

Um ein Uhr war er durch den Bedienten des Vicomte von Charny geweckt worden. Er sollte dem jungen Herrn, dem ein Unfall zugestoßen sei, augenblicklich Hilfe leisten.

Es handelte sich um eine Schusswunde in der linken Seite und um einen Streifschuss an der rechten Schulter. Die beiden Kugeln schienen von gleichem Kaliber zu sein.

Aber wie sich der Unfall zugetragen, darüber wollte der Vicomte keine Auskunft geben.

Die Wunde in der Seite war bedeutend, aber keineswegs gefährlich; die Kugel war nur in das Fleisch gedrungen, ohne ein wichtiges Organ zu verletzen. Die Streifwunde war unbedeutend.

Am vierten Tage war Isidor von Charny so weit wiederhergestellt, dass er ausgehen konnte.

Zwanzigstes Kapitel

Mirabeau hatte im Vertrauen auf seine Kraft den Kampf begonnen; er hatte angefangen, das der Königin gegebene Versprechen einzulösen.

Zwei Tage nach seiner Audienz bemerkte er auf dem Wege zur Nationalversammlung zahlreiche Menschenansammlungen.

Es wurden Flugblätter verteilt, und von Zeit zu Zeit ertönte der Ruf:

»Der große Verrat des Herrn von Mirabeau ... Der große Verrat des Herrn von Mirabeau!«

»Mein Freund«, sagte er zu dem Manne, der die Broschüre austeilte und mehrere Tausend Exemplare in zwei Körben liegen hatte, die ihm ein Esel nachtrug, – »wie viel kostet der große Verrat des Herrn von Mirabeau?«

Der Mann sah Mirabeau forschend an.

»Herr Graf«, erwiderte er, »ich gebe dies Blatt umsonst; es sind hunderttausend Exemplare gedruckt!«

Mirabeau warf einen Blick auf die erste und erblasste. Sie enthielt ein Verzeichnis seiner Schulden, und dies Verzeichnis war ganz genau. Zweihundertachttausend Franken! Unter dem Schuldenregister stand der Tag, an welchem diese Summe von dem Almosenpfleger der Königin an die verschiedenen Gläubiger bezahlt worden war. Dann kam die Summe, die ihm der Hof monatlich ausbezahlte: sechstausend Franken! Endlich die ausführliche Wiedergabe seiner Unterredung mit der Königin.

Welcher gefährliche, geheimnisvolle Feind verfolgte ihn ... oder vielmehr die Monarchie?

Den Hausierer, der ihn »Herr Graf« genannt hatte, glaubte Mirabeau schon irgendwo gesehen zu haben. Er kehrte wieder um. Der Esel war noch da, die Körbe auf seinem Rücken waren fast leer, aber der erste Hausierer war verschwunden, und ein anderer hatte seine Stelle eingenommen.

Der Zufall wollte, dass der Doktor Gilbert über den Platz ging. Der Broschürenverteiler redete Gilbert an wie jeden andern:

»Der große Verrat des Herrn von Mirabeau!«

Aber als er Gilbert erkannte, schien ihm Arm und Zunge plötzlich gelähmt.

Gilbert sah ihn ebenfalls an, warf das Blatt weg und entfernte sich mit den Worten:

»Sie treiben da ein schlechtes Gewerbe, Herr Beausire!«

Er nahm Mirabeaus Arm und begab sich mit diesem in die Nationalversammlung, die in der Reitschule tagte.

»Sie kennen also den Mann?«, fragte Mirabeau den Doktor Gilbert.

»Ich kenne ihn, wie man solche Leute kennt«, erwiderte Gilbert; »er war vormals Gefreiter und ist jetzt ein Spieler, ein Gauner.«

Mirabeau ging in düsterer Stimmung weiter.

»Wie!«, sagte Gilbert, »sind Sie dem so wenig Philosoph, dass Sie sich einen solchen Angriff zu Herzen nehmen?«

»Nein, Doktor, was mich verstimmt, ist ein gegebenes Versprechen, das ich wahrscheinlich nicht halten kann. Kommen Sie, und Sie sollen eine schöne Sitzung sehen, dafür stehe ich Ihnen ein.«

Sobald sie die Reitschule betraten, wurde Mirabeaus Mut auf eine schwere Probe gestellt; von allen Seiten rief man ihm »Verrat« zu.

Mirabeau zuckte die Achseln und stieß alle, die ihm im Wege standen, mit den Ellenbogen zur Seite. Das Geschrei verfolgte ihn bis in den Sitzungssaal und schien dort einen neuen Sturm gegen ihn hervorzurufen. Kaum zeigte er sich, so riefen hundert Stimmen: »Ha! Da ist er, der Verräter! Der feile Redner!«

Barnave stand auf der Rednertribüne; er griff Mirabeau an:

»Jawohl«, sagte er, »du bist der Verräter, gegen den ich spreche!«

»Wenn du gegen mich sprichst«, antwortete Mirabeau, »so kann ich einen Spaziergang zu den Tuilerien machen, und ich kann wieder hier sein, bevor du fertig bist!«

Er entfernte sich wirklich aus dem Saale und ging auf die Tuilerien zu. Nach zwei Stunden lehrte er in die Nationalversammlung zurück.

Barnave verließ eben unter dem rauschenden Beifall des ganzen Saales die Tribüne.

Kaum sah man Mirabeau auf der Rednertribüne, so brach ein Sturm von Schmähungen und Verwünschungen gegen ihn los. Aber er hob seine gewaltige Hand und wartete. Endlich benutzte er eine Pause und ergriff das Wort:

»Ich wusste wohl«, rief er mit seiner Donnerstimme, »dass es vom Tarpejischen Felsen zum Kapitol nicht weit ist!«

So groß ist die Gewalt des Genies, dass diese wenigen Worte die erbittertsten Gegner zum Schweigen brachten.

Sobald Mirabeau sich Gehör verschafft hatte, war der Sieg halb gewonnen. Fünfmal bestieg er die Tribüne. Barnave hatte zwei Stunden gesprochen; – Mirabeau sprach drei Stunden lang.

Endlich setzte er folgende Beschlüsse durch: »Der König sollte das Recht haben, nach eigenem Ermessen zu rüsten und über die Streitkräfte zu verfügen; er sollte in der Nationalversammlung den Krieg beantragen und jeder Beschluss sollte, um vollgültig zu sein, der königlichen Sanktion bedürfen.«

Als Mirabeau die Sitzung verließ, wäre er beinahe in Stücke zerrissen worden. Barnave hingegen wurde vom Volke im Triumph davongetragen.

Als Mirabeau nach Hause kam, warf er sich auf die am Boden ausgebreiteten Kissen. Seit dem Beginnen der Session hatte sich sein Gesundheitszustand sichtlich verschlimmert. Er war ein Riese an Kräften, aber er hatte ein bewegtes Leben hinter sich, die Jahre der Haft hatten seine Gesundheit untergraben. Er war schon geneigt, seinem Bedienten, der einen Arzt holen wollte, Gehör zu geben, als der Doktor Gilbert die Türglocke zog und in das Zimmer des Grafen geführt wurde.

Mirabeau reichte dem Doktor die Hand und zog ihn neben sich auf die Kissen.

»Lieber Graf«, sagte Gilbert, »ich wollte nicht nach Hause gehen, ohne Ihnen Glück zu wünschen. Sie hatten mir einen Sieg versprochen, aber Sie haben mehr errungen, Sie haben einen Triumph davongetragen!«

»Jawohl, einen Triumph, einen Sieg ... Noch ein solcher Sieg, Doktor, und ich bin verloren!«

Gilbert sah Mirabeau an.

»Es ist wahr«, sagte er, »Sie sind krank. Sie haben Schmerzen, Graf?«

»Wie ein zur Hölle Verdammter! ... Auf Ehre, es gibt Tage, wo ich glaube, dass man meinem Leibe mit Arsenik ebenso zusetzt wie meinem Geiste mit der Verleumdung ...«

Gilbert zog ein kleines Kristallfläschchen aus der Tasche, welches eine grünliche Flüssigkeit enthielt.

»Hier, Graf«, sagte er, »wir wollen einen Versuch machen.«

»Was für einen Versuch?«, fragte Mirabeau.

»Ein Freund von mir, der in den Naturwissenschaften sehr bewandert ist, hat mir das Rezept zu diesem Trank mit der Versicherung gegeben, es sei ein höchst wirksames Universalmittel, ein Lebenselixier. Wollen Sie auch einen Versuch machen?«

»Aus Ihrer Hand, lieber Doktor, würde ich alles, selbst den Schierlingstrank annehmen, umso lieber das Lebenselixier ... Müssen die Tröpfen unvermischt genommen werden?«

»Nein, denn sie haben eine sehr starke Wirkung. – Lassen Sie sich einige Tropfen Branntwein oder Weingeist in einem Löffel bringen.«

Der Bediente kam nach einigen Sekunden mit einem Löffel wieder, der die verlangten fünf bis sechs Tropfen Branntwein enthielt.

Gilbert schüttete eine gleiche Menge der Flüssigkeit dazu, und Mirabeau nahm das ganze ein.

»Zum Teufel, Doktor!«, sagte er zu Gilbert, »mir ist wirklich, als ob ich einen Blitz verschluckt hätte!«

Mirabeau schien einen Augenblick wie vernichtet; der Kopf sank ihm auf die Brust; aber plötzlich richtete er sich auf und sagte:

»Oh! Doktor, das ist in der Tat das Lebenselixier! – Jetzt möge die Monarchie wanken; ich fühle die Kraft, sie zu halten!«

»Graf«, erwiderte Gilbert, »versprechen Sie mir, nur zweimal wöchentlich einige Tropfen zu nehmen, und ich lasse Ihnen dieses Fläschchen.«

»Geben Sie her«, sagte Mirabeau, »und ich verspreche Ihnen alles, was Sie wollen.«

»Hier ist es«, sagte Gilbert. »Aber das ist noch nicht alles; beziehen Sie eine Wohnung auf dem Lande. Die tägliche Fahrt nach Paris und wieder zurück wird Ihnen heilsam sein.«

»Ich habe heute früh meinen Bedienten fortgeschickt, um ein Landhaus zu suchen. – Hast du mir nicht gesagt, Julius, dass du in Argenteuil etwas Passendes gefunden hattest?«

»Ja, Herr Graf«, antwortete der Diener. »Das Haus dort ist zu vermieten.«

»Wo ist das Haus?«

»Unweit von Argenteuil ... Man nennt es das Schloss am Bache ...«

»Ach, Argenteuil! Ich habe dort meine Jugend verlebt; der Ort würde mir schon gefallen. Lieber Doktor, fahren Sie mit mir nach Argenteuil.«

»Gut, ich fahre mit«, sagte Gilbert; »wir wollen Ihr künftiges Landhaus in Augenschein nehmen.«

Ein Wagen brachte die Freunde nach Argenteuil. Sie besuchten das Wohnhaus von Mirabeaus Vater und auch das Grab seiner Großmutter. Auf der Weiterfahrt nach dem Reiseziel fanden sie eine Frau am Wege, die ein krankes Kind auf dem Arm hielt; Doktor Gilbert blieb bei der Frau zurück, wahrend Mirabeau weiterfuhr, um das angebotene Haus allein zu besichtigen.

Das Schloss war sehr elegant und mit allen Bequemlichkeiten versehen, so versicherte wenigstens der Gärtner; auch hatte es auf den ersten Blick ganz den Anschein.

Als Mirabeau durch das Gittertor getreten war, befand er sich in einem viereckigen Hofe. Rechts war ein Pavillon, den der Gärtner bewohnte; links ein zweiter Pavillon, der weit zierlicher aufgeputzt war als der gegenüberstehende.

Als Mirabeau den hinter Rosen versteckten Pavillon und das Gärtchen sah, strahlte er vor Freude.

»Ist dieser Pavillon zu vermieten oder zu verkaufen?«, fragte er den Gärtner.

»Allerdings«, antwortete dieser, »er gehört ja zum Schloss. Er ist jetzt freilich bewohnt.«

»So! Der Pavillon ist bewohnt?« sagte Mirabeau. »Wer bewohnt ihn denn?«

»Eine Dame.«

»Jung?«

»Dreißig bis fünfunddreißig Jahre.«

»Schön?«

»Sehr schön!«

»Gut«, sagte Mirabeau, »wir wollen sehen ... Eine schöne Nachbarin kann nicht schaden ... Zeigen Sie mir das Schloss, mein Freund.«

Der Gärtner öffnete die Tür, und Mirabeau trat in eine Vorhalle. Eine im Hintergrunde befindliche Tür führte in den Garten.

Rechts war das Billardzimmer und der Speisesaal, links ein großer und ein kleiner Salon. Die Einrichtung gefiel Mirabeau, der übrigens zerstreut und ungeduldig schien. Die Fenster des Salons und der Schlafzimmer waren geschlossen. Mirabeau trat an ein Fenster und öffnete es.

Gerade unter dem Fenster, welches er eben geöffnet hatte, saß eine Dame am Fuße einer Trauerweide und las. Ein Knabe von fünf bis sechs Jahren spielte einige Schritte von ihr auf dem Rasen.

Es war seine Nachbarin, eine Frau, die Mirabeau, der für Sinnenlust so empfängliche Mann, gewählt haben würde, wenn sie der Zufall ihm nicht zugeführt hätte.

Sie bemerkte Mirabeau, stand auf, rief ihren Sohn und entfernte sich mit ihm, nicht ohne sich zwei- oder dreimal umzusehen.

Mirabeau erschrak. Die Dame hatte die Gesichtszüge der Königin Marie Antoinette.

Welcher wunderbare Zufall führte diese geheimnisvolle Dame, die das Ebenbild der Königin, vielleicht die Königin selbst war, in den Park des Hauses, das Mirabeau mieten wollte?

Während Mirabeau in Gedanken versunken am Fenster stand, fühlte er eine Hand auf seiner Schulter. Doktor Gilbert kam und erzählte, das kranke Kind, das er auf der Straße getroffen, würde wohl sterben. Im Übrigen rate er, das Schloss nicht zu kaufen, die Gegend sei nicht gesund.

Trotz der Warnung des Doktor Gilbert kaufte Mirabeau das Schloss.

Einundzwanzigstes Kapitel

Mirabeau hatte dem König gesagt, wenn für das Königtum in Frankreich noch Rettung zu hoffen sei, so müsse man sie nicht in Paris, sondern in der Provinz suchen. Man müsse ein Nationalfest feiern, bei dem der König sein Volk und das Volk seinen König sehen könne.

Gegen diesen Vorschlag erhob sich jedoch von allen Seiten Widerspruch.

Die Royalisten meinten, man wage einen ungeheuren 14. Juli, aber nicht im Kampfe gegen die Bastille, sondern gegen das Königtum.

Die Jakobiner fürchteten ein solches Eintrachtsfest nicht weniger als ihre Feinde, denn sie wussten wohl, welchen Einfluss Ludwig XVI. noch immer auf die Massen ausübte!

In den Augen der Jakobiner musste eine solche Vereinigung den Gemeingeist unterdrücken, das Misstrauen einschläfern, die alte Götzendienerei wieder ins Leben zurückrufen, mit einem Wort, Frankreich wieder royalistisch machen.

Aber es war nicht mehr möglich, dieser Bewegung Einhalt zu tun.

Die Nationalversammlung tat alles, um die Zusammenkunft minder bedeutend zu machen, als man erwartete. Die Kosten dafür wurden den Gemeinden zugewiesen, damit armen Provinzen die Entsendung von Delegierten unmöglich gemacht wurde.

Aber man hatte die Rechnung ohne die allgemeine Begeisterung gemacht; man hatte die Gastfreundschaft nicht in Anschlag gebracht, die an den Landstraßen rief: »Franzosen, öffnet eure Türen, es kommen Brüder aus den fernsten Gegenden des Vaterlandes!«

Es gab keine Fremdlinge, keine Unbekannten mehr; überall Franzosen, Verwandte, Brüder; überall ertönte der Ruf: »Hierher, ihr Pilger, zu dem großen Verbrüderungsfest! Kommt, Nationalgarden, Soldaten, Matrosen! Herein, Ihr alle: Ihr findet Väter und Mütter und Gattinnen, deren Söhne und Gatten anderswo die Gastfreundschaft finden, die wir euch bieten!«

Zu der Feier brauchte man einen ungeheuer großen Schauplatz, um für fünfhunderttausend Menschen Raum zu haben; zum Schauplatz wählte man das Marsfeld; aber das Marsfeld bildete eine ebene Fläche; man musste es zum riesenhaften Bassin umgestalten; man musste es austiefen und die Erde ringsum aufhäufen, um Erhöhungen zu bilden; fünfzehntausend Arbeiter wurden von dem Gemeinderat dorthin geschickt; aber es blieben nur drei Wochen für diese Riesenarbeit, und nach zwei Tagen bemerkte man, dass man drei Monate brauchte!

Nun ereignete sich ein Wunder: Sobald sich das Gerücht verbreitete, das Marsfeld könne bis zum 14. Juli nicht fertig werden, erhoben sich hunderttausend Menschen und sagten: »Es soll fertig werden!«

Personen jeden Alters, jeden Geschlechts, jeden Standes fanden sich ein. Alle griffen zur Schaufel und zum Schubkarren. –

Unter den eifrigsten Arbeitern bemerkte man zwei in Uniform.

Es waren Billot und Pitou. Billot hatte schwere Sorgen; er wusste, wie es um Katharina stand, wusste, dass sie ein Kind erwartete – –, aber er kannte nicht ihren Aufenthalt. Oh, wenn er gewusst hätte, wie nah er ihr eines Tages war, als er vom Marsfelde nach der Stadt ging. Ein Wagen war an ihm vorbeigefahren, in dem Katharina saß, ein Kind auf dem Schoß, von Isidor von Charny begleitet.

Katharina hatte sowohl ihren Vater als auch ihren Jugendfreund gesehen. –

Die Arbeit, die aus einer unabsehbaren Ebene einen von zwei Hügeln eingeschlossenen, weiten Talgrund machen sollte, war wirklich am Abend des 13. Juli beendet worden.

Auch die Nationalversammlung war mit von dem elektrischen Schlag betroffen worden, der ganz Frankreich wie ein Erdbeben erschütterte. Sie hatte auf den Antrag Lafayettes den Erbadel abgeschafft, ebenso die Erblichkeit der Schmach, sie hatte den Beschluss gefasst, dass eine Verurteilung die Ehre der Kinder und Verwandten des Verbrechers in keiner Weise mehr beeinträchtigen solle.

Der Einfluss Mirabeaus machte sich jeden Tag mehr bemerklich. Nicht nur auf der Rechten, sondern auch auf der Linken erwarb seine unwiderstehliche Beredsamkeit dem Hofe neue Anhänger. Die Nationalversammlung bewilligte fast mit freudiger Begeisterung eine Zivilliste von fünfundzwanzig Millionen für den König und vier Millionen Witwengehalt für die Königin.

Der beredte Tribun erstattete also beiden die zweihundertachttausend Franken Schulden, die sie für ihn bezahlt hatten, und sein monatliches Gehalt von sechstausend Livres reichlich zurück.

Übrigens schien Mirabeau den Geist der Provinzen richtig beurteilt zu haben; vor dem Bürgermeister Bailly schwenkte man die Hüte und rief: »Es lebe die Nation!« Aber vor Ludwig XVI. knieten sie nieder, legten ihre Degen zu seinen Füßen und riefen: »Es lebe der König!«

Endlich kam der 14. Juli; er erschien mit düsterer, wollenumhüllter Stirn und trieb Wind und Regen vor sich her. Aber das französische Volk besitzt die beneidenswerte Eigenschaft, über alles zu lachen, selbst über den Regen an Tagen, wo Feste gefeiert werden. Die seit fünf Uhr früh auf den Boulevards stehenden, vom Regen durchnässten, vom Hunger geplagten Nationalgarden lachten und sangen mit ihren Brüdern aus der Provinz um die Wette.

Die Verbündeten zogen trotz Sturm und Regen durch die drei Tore des Triumphbogens in den weiten Zirkus auf dem Marsfeld. Als die ersten zwanzigtausend Mann, die man ihre Vorhut nennen konnte, einen ungeheuren Kreis gebildet hatten, kamen die Wähler von Paris, dann die Vertreter der Gemeinde, endlich die Nationalversammlung.

Jedes Departement erschien mit seiner Fahne. In dem Augenblick, als der Präsident der Nationalversammlung in seinem Sessel Platz nahm, setzte sich der König in den seinigen, und die Königin nahm auf ihrer Tribüne Platz.

Ach, die arme Königin! Ihr Gefolge war klein; ihre besten Freundinnen hatten sie furchtsam verlassen. Mit ihren Gedanken suchte sie Olivier.

Da er nicht gegenwärtig war, so wünschte sie wenigstens einen treuen, bewährten Freund zu sehen, und sie fragte nach Isidor von Charny.

Niemand wusste, wo Isidor von Charny war, und wenn ihr jemand geantwortet hätte, dass er zu dieser Stunde eine Bäuerin, seine Geliebte, nach Bellevue in ein kleines, prunkloses Haus führe, so würde sie gewiss mitleidig die Achseln gezuckt, vielleicht auch eine eifersüchtige Regung empfunden haben.

Ja, sie dachte an den abwesenden Charny und an die erloschene Liebe, und zwar mitten unter dem Wirbel von fünftausend Trommeln und dem Klange von zweitausend Instrumenten, die man unter dem lauten Ruf: »Es lebe der König! Es lebe das Gesetz! Es lebe die Nation!« kaum hörte.

Diesem Getümmel folgte plötzlich tiefe Stille.

Zweihundert Priester in weißen Chorhemden näherten sich dem Altare. Der Bischof von Autun las eine Messe!

In diesem Augenblicke wurde das Wetter stürmischer als zuvor. Es schien fast, als ob der Himmel protestierte gegen diesen falschen Priester, dessen Mund in der Folge so viele Meineide sprach.

Nach beendeter Messe stieg Herr von Talleyrand einige Stufen hinunter und segnete die Nationalfahne samt den Bannern der dreiundachtzig Departements ein.

Dann begann die feierliche Eidesleistung.

Lafayette sprach mit fester Stimme:

»Wir schwören, der Nation, dem Gesetze, dem Könige treu zu sein und zu bleiben, - mit unserer ganzen Macht die von der Nationalversammlung beschlossene und vom Könige angenommene Verfassung zu wahren - die Sicherheit der Personen und des Eigentums, den freien Verkehr im Innern des Landes, die Eintreibung aller öffentlichen Steuern dem Gesetze gemäß zu schützen, - mit allen Franzosen durch die unauflöslichen Bande der Brüderlichkeit vereinigt zu bleiben!«

Dann erhob sich der Präsident der Nationalversammlung und sprach im Kreise sämtlicher Abgeordneten:

»Ich schwöre, der Nation, dem Gesetze, dem Könige treu zu sein und die von der Nationalversammlung beschlossene und vom Könige angenommene Verfassung nach Kräften zu wahren!«

Nun erhob sich der König.

Still! Hört alle, mit welcher Stimme er den Nationaleid sprechen wird.

»Ich, König der Franzosen,« sprach Ludwig XVI., »schwöre, alle durch das verfassungsmäßige Staatsgesetz mir übertragene Macht anzuwenden, um die von der Nationalversammlung beschlossene und von mir angenommene Verfassung zu wahren und die Gesetze in Ausführung zu bringen!«

Krachender Donner folgte den Worten des Königs. Die hundert aufgestellten Kanonen waren gleichzeitig abgefeuert worden.

Zweiundzwanzigstes Kapitel

Pitou hatte während seiner Anwesenheit in Paris den Doktor Gilbert aufgesucht, dem er über die Verwendung seiner fünfundzwanzig Louisdor Rechenschaft ablegte, und den Dank der dreiunddreißig Nationalgardisten überbrachte; und der Doktor Gilbert hatte ihm weitere fünfundzwanzig Louisdor mit der Weisung übergeben, diese Summe für seine eigenen Bedürfnisse zu verwenden.

Bei dieser Gelegenheit hatte Gilbert Pitou vorgeschlagen, seinem Sohn Sebastian einen Besuch zu machen. Pitou klatschte vor Begeisterung in die Hände wie ein Kind.

»Ich wäre schon gern hingegangen«, sagte er, »aber ich getraute mich nicht, Sie um die Erlaubnis zu bitten.«

Gilbert schrieb einige Zeilen an seinen Sohn.

»Hier«, sagte er, »nimm einen Wagen und fahre zu Sebastian; wahrscheinlich wird er durch dieses Billett bewogen werden, einen Besuch zu machen; du wirst ihn begleiten, nicht wahr, lieber Pitou, und wirst ihn vor der Tür des betreffenden Hauses erwarten?«

Pitou nahm einen Fiaker, fuhr zu Sebastian, schloss ihn in seine Arme und küsste ihn zärtlich; dann stellte er ihn wieder auf den Boden und übergab ihm den Brief seines Vaters.

Sebastian küsste den Brief mit der aufrichtigen Ehrerbietung und Zärtlichkeit, die er für seinen Vater hegte; dann fragte er nach kurzem Besinnen:

»Lieber Pitou, hat dir mein Vater nicht gesagt, dass du mich irgendwohin begleiten sollst?«

»Jawohl, wenn es dir angenehm ist.«

»Ja, ja«, sagte der Knabe lebhaft, »ja, es ist mir recht angenehm, und du wirst meinem Vater sagen, dass ich mit Vergnügen bereit gewesen sei.«

Sebastian war kein Kind mehr; er war fast siebzehn Jahre alt; sein Gesicht war regelmäßig schön und ausdrucksvoll, sein üppiges kastanienbraunes Haar wallte in natürlichen Locken auf seinen Nacken herab, und aus seinen blauen Augen leuchtete das erste Jugendfeuer.

»Ich weiß nicht, wohin wir fahren«, sagte Pitou, ehe sie einstiegen; »du musst also die Adresse angeben.«

»Dafür lass mich nur sorgen«, erwiderte Sebastian, »Rue Coq-Héron Nr. 9,« sagte er zu dem Kutscher, »das erste Haustor von der Rue Coquillière.«

»Aber, lieber Pitou«, sagte Sebastian, »wenn die Person, die ich besuche, zu Hause ist, so werde ich wohl eine Stunde, vielleicht noch länger bei ihr bleiben.«

»Das tut nichts«, antwortete Pitou, »ich bin darauf vorbereitet!«

Als der Wagen in die Nähe des bezeichneten Hauses kam, schien Sebastian unruhig, fast fieberhaft aufgeregt zu werden. Er richtete sich im Wagen auf, steckte den Kopf zum Schlage hinaus und rief:

»Geschwind! Kutscher, geschwind!«

Als sie angelangt waren, öffnete Sebastian selbst den Schlag, drückte seinem Freunde Pitou noch einmal die Hand und eilte in den Pavillon.

Nach fünf Minuten tat sich die Wagentür auf, der Türhüter machte einen Bückling und sagte:

»Die Frau Gräfin von Charny bittet den Herrn Kapitän Pitou, sich gefälligst hineinzubemühen.«

Pitou stieg aus und folgte dem Türhüter ganz verblüfft in den Pavillon. Seine Verlegenheit wurde noch größer, als er im Vorzimmer eine schöne Dame erblickte, die Sebastian an ihre Brust drückte und, ohne ihn loszulassen, dem Eintretenden die Hand reichte.

»Herr Pitou«, sagte sie zu ihm, »Sie haben mir eine so große, so unverhoffte Freude gemacht, dass ich Ihnen persönlich danken wollte.«

Pitou machte große Augen, er stammelte einige unverständliche Worte, aber die Hand der schönen Dame ließ er unberührt.

»Nimm diese Hand und küsse sie, Pitou«, sagte Sebastian, – »meine Mutter erlaubt es.«

»Deine Mutter?«, fragte Pitou.

Sebastian nickte bejahend.

»Ja, seine Mutter!«, sagte Andrea, deren Augen vor Freude strahlten; – »seine Mutter, der Sie ihn nach neunmonatlicher Abwesenheit wieder zugeführt haben; seine Mutter, die ihn nur einmal gesehen hatte, und die, in der Erwartung, dass Sie ihn noch öfter hierher bringen werden, kein Geheimnis vor Ihnen haben will, obgleich dieses Geheimnis, wenn es bekannt würde, ihr nur verderblich werden könnte.«

»Mein Sohn hat mir gesagt,« fuhr die Gräfin fort, »dass Sie noch nicht gefrühstückt haben ... Gehen Sie in das Speisezimmer, Herr Pitou, und während ich mit Sebastian plaudere - Sie werden einer Mutter doch dieses Glück gönnen? - sollen Sie bedient werden.«

Als Pitou zwei Koteletts verzehrt hatte und eben ein gebratenes Huhn anschnitt, tat sich die Tür auf, und ein junger Kavalier trat ein, offenbar in der Absicht, sich in den Salon zu begeben.

Pitou schaute auf, der junge Kavalier schlug die Augen nieder; beide erkannten einander und gaben ihre Überraschung durch den Ausruf zu erkennen:

»Herr Vicomte von Charny!«

»Ange Pitou!«

Pitou stand auf, sein Herz schlug ungestüm; der Anblick des jungen Kavaliers erinnerte ihn an die gewaltigsten Regungen, die er je gefühlt hatte.

Isidor wurde durch Pitous Anblick an gar nichts erinnert; er wusste nur, dass Katharina dem braven Menschen viel Dank schuldig war.

Er ging daher ganz unbefangen auf Pitou zu, in welchem er trotz der Uniform und der zwei Epauletten noch immer den Bauernburschen von Haramont sah.

»Ah! Sie sind's, Herr Pitou!« sagte er. »Es freut mich, dass ich Gelegenheit habe, Ihnen für die Dienste, die Sie uns erwiesen, meinen Dank auszudrücken.«

»Herr Vicomte«, erwiderte Pitou mit ziemlich fester Stimme, »diese Dienste habe ich der Jungfer Katharina und sonst niemandem erwiesen.«

»Doch, Herr Pitou,« entgegnete Isidor mit einer leichten Verbeugung, »ich bin Ihnen meinen Dank schuldig und habe Ihnen meine Hand anzubieten. Ich hoffe, dass Sie meine Hand nicht zurückweisen werden.«

Aus der Antwort Isidors sprach so viel Edelmut und Zartgefühl, dass Pitou, allen Groll vergessend, die Hand des Vicomte mit den Fingerspitzen berührte.

In diesem Augenblick erschien die Gräfin von Charny in der Salontür.

»Herr Vicomte«, sagte sie, »Sie wünschen mich zu sprechen ... hier bin ich.«

Isidor verneigte sich gegen Pitou und begab sich in den Salon.

Er wollte die Tür schließen, aber Andrea, die ihn vorangehen ließ, gab es nicht zu. Die Tür blieb halb offen.

»Sie wünschen mich zu sprechen«, sagte die Gräfin zu ihrem Schwager ... »Darf ich fragen, was mir das Glück Ihres Besuches verschafft?«

»Ich habe gestern Nachricht von Olivier erhalten«, erwiderte Isidor. »Wie in den früheren Briefen, die er an mich schrieb, beauftragt er mich auch diesmal, ihn Ihrer freundlichen Erinnerung zu empfehlen. Er kann die Zeit seiner Rückkehr noch nicht bestimmen, und er würde sich sehr freuen, entweder ein Schreiben von Ihnen oder auch nur einen Gruß durch mich zu erhalten.«

»Herr Vicomte«, sagte die Gräfin, »ich konnte den Abschiedsbrief meines Gemahls bis jetzt noch gar nicht beantworten, weil ich gar nicht weiß, wo er ist; aber ich werde mich gern Ihrer gütigen Vermittlung bedienen, um ihm meine Achtung und meine Ergebenheit auszudrücken. Wenn Sie morgen einen Brief abholen lassen wollen, so soll dieser Brief an ihn bereitliegen.«

»Schreiben Sie nur den Brief, Madame«, sagte Isidor; »aber ich werde ihn erst in fünf bis sechs Tagen, und zwar persönlich abholen ... Ich habe eine sehr notwendige Reise zu machen; sobald ich zurückkomme, werde ich Ihnen meine Aufwartung machen und Ihre Befehle empfangen.« – –

Alsbald begleitete Pitou seinen Freund wieder in das Collège Saint-Louis zurück; er war mit seinem Frühstück und sich zufrieden.

Das einzige, was ihn hätte verstimmen können, war die dauernde Niedergeschlagenheit Billots. Selbst am Tage der großen Feier auf dem Marsfelde war Billot finster und wortkarg wie stets. Als er am Abend des großen Tages zusammen mit Pitou seine Mahlzeit einnahm, versuchte dieser vergebens, ihn auf andere Gedanken zu bringen; aber Billot ging auf kein Gespräch ein; beide aßen schweigend, als sich ein Fremder an ihren Tisch setzte und sie mit spöttischer Miene anschaute.

Billot war keineswegs in der Laune, diesen Blick zu ertragen, er trat schnell auf den Unbekannten zu; aber ehe der Landwirt den Mund auftat, machte der Unbekannte ein Freimaurerzeichen, welches Billot beantwortete.

Der Unbekannte ergriff zuerst das Wort.

»Ihr kennt mich nicht, Brüder«, sagte er, »aber ich kenne dich, Kapitän Pitou, ich kenn auch dich, Pächter Billot.«

»Richtig, er kennt uns!«, sagte Pitou.

»Warum dieses finstere Gesicht, Billot?«, fragte der Fremde. »Ärgerst du dich, weil deine Tochter Katharina ...«

»Still!«, unterbrach ihn Billot, der den Unbekannten beim Arme nahm, »davon will ich nichts hören!«

»Warum nicht?«, erwiderte der Unbekannte, »wenn ich dir behilflich sein will, dich zu rächen?«

»Nun, das ist etwas anderes«, sagte Billot, zugleich erblassend und lächelnd; – »wenn es das ist, so sprich.«

»Und wie gedenkst du dich zu rächen?«, sagte der Unbekannte mit seinem sarkastischen Lächeln. »Willst du eine kleinliche Rache nehmen und einen einzigen Menschen erschießen, wie es deine Absicht war?«

Billot wurde leichenblass; Pitou schauderte, er hatte Mühe, seinen Schrecken zu verbergen.

»Oder willst du dich durch die Verfolgung einer ganzen Kaste rächen?«

»Jawohl, einer ganzen Kaste«, sagte Billot, »denn das Verbrechen des einen ist das Verbrechen des anderen, und der Doktor Gilbert, dem ich mein Leid klagte, antwortete mir: »Armer Billot! Was dir widerfährt, ist schon hunderttausend Vätern widerfahren!«

»So, das hat Gilbert zu dir gesagt?«

»Du kennst ihn?«

Der Unbekannte lächelte. »Ich kenne alle Menschen«, sagte er, »wie ich dich, Billot, wie ich Pitou, wie ich den Vicomte von Charny, wie ich Katharina kenne ...«

»Ich habe dich schon gebeten, Bruder, diesen Namen nicht auszusprechen.«

»Warum denn?«

»Weil es keine Katharina mehr gibt.«

Der Unbekannte stand auf und bot Billot den Arm.

»Bruder«, sagte er, »wir wollen einen Spaziergang machen, während unser junger Freund seine Flasche leert.« »Sehr gern«, antwortete Billot, »denn ich glaube zu erraten, was du mir anbieten willst.«

Nach kurzer Zeit kam Billot zurück und nahm seinen Platz am Tische wieder ein.

»Nun, Vater Billot«, fragte Pitou, »was gibt es Neues?«

»Das Allerneueste ist«, antwortete Villot, »dass du morgen allein abreisen wirst.«

»Und Ihr?«, fragte der Nationalgarde-Kapitän.

»Ich?«, sagte Villot. »Ich bleibe!«

Dreiundzwanzigstes Kapitel

Acht Tage später betrat Billot einen Saal, den unsere Leser schon fünfzehn bis sechzehn Jahre vorher in Begleitung Rousseaus besucht haben.

Er war außen gekennzeichnet durch die Buchstaben L.P.D.

Innerhalb weniger Minuten füllte sich der Saal mit Männern aus allen Ständen, vom Bauer bis zum Fürsten.

Jeder der Anwesenden trug unter seinem Rock oder Mantel entweder die Freimaurerschürze, wenn er bloß Maurer, oder die Illuminatenschärpe, wenn er zugleich Maurer und Illuminat, das heißt in die großen Mysterien eingeweiht war.

Nur drei Männer trugen dieses letzte Abzeichen nicht. Der eine war Billot; der andere ein junger Mann von kaum zwanzig Jahren; der dritte ein Mann, der etwa zweiundvierzig Jahre zählen mochte und seinem Auftreten nach den höchsten Klassen der Gesellschaft anzugehören schien.

Einige Sekunden, nachdem dieser letzte eingetreten war, tat sich eine Seitentür auf und der Präsident erschien. Billot konnte einen Ausruf des Erstaunens nicht unterdrücken; der Präsident, vor welchem sich alle Häupter neigten, war kein anderer, als der Verbündete, dessen Bekanntschaft er am 14. Juli gemacht hatte.

Er stieg langsam die Stufen hinauf und sprach dann zu der Versammlung:

»Brüder, wir haben heute zwei Angelegenheiten zu erledigen. Ich habe drei neue Jünger aufzunehmen; ich habe euch Rechenschaft zu geben von meinem Werke von dem Tage an, wo ich es unternommen, bis zu dieser Stunde. Ihr habt zu entscheiden, ob ich eures Vertrauens fortan noch würdig bin. – Jetzt mögen die Meister des Ordens allein in diesem Saale bleiben, damit wir die drei neuen Mitglieder aufnehmen oder zurückweisen.«

Bei diesen Worten tat sich eine zweite Seitentür auf; die Menge begab sich schweigend in die Bogengänge; nur drei Männer blieben. Es waren die drei aufzunehmenden Genossen.

In diesem Augenblicke tat sich die Tür, aus der der Präsident gekommen war, wieder auf. Sechs Männer, die eine Maske vor dem Gesicht trugen, traten ein, und stellten sich zu beiden Seiten des Präsidentenstuhles auf.

»Nr. 2 und Nr. 3 mögen sich einen Augenblick entfernen«, sagte der Präsident. Der junge Mensch und der vornehm aussehende Mann zogen sich in den Gang zurück. Billot blieb allein zurück.

»Tritt näher«, sagte der Präsident, »wo hast du das Licht empfangen?«

»Zu Soissons, in der Loge der ›Wahrheitsfreunde‹.«

»Wie alt bist du?«

»Sieben Jahre.«

»Wie heißest du unter den Erwählten?«

»Forre.«

»Warum wünschest du, um einen Grad zu steigen und unter uns aufgenommen zu werden?«

»Weil ich gehört habe, dass man durch diesen Grad dem allgemeinen Lichte um einen Schritt nähergerückt wird.«

»Hast du Paten?«

»Ich habe niemand als den, der mir von selbst entgegengekommen ist, um mir die Aufnahme anzubieten.«

»Mit welcher Gesinnung wirst du auf der Bahn wandeln, die du zu betreten wünschest?«

»Mit dem Hass gegen die Mächtigen, mit der Liebe zur Gleichheit.«

»Was bürgt uns für diese Gesinnung?«

»Das Wort eines Mannes, der nie sein Wort gebrochen hat.«

»Wer, hat dir die Liebe zur Gleichheit eingeflößt?«

»Der niedrige Stand, in dem ich geboren bin.«

»Wer hat dir den Hass gegen die Mächtigen eingeflößt?«

»Das ist mein Geheimnis.«

»Versprichst du, all deine Umgebungen, soviel in deinen Kräften steht, auf diese Bahn der Gleichheit zu führen?«

»Ja.«

»Wirst du, soviel in deinen Kräften steht, jedes Hindernis beseitigen, das sich der Freiheit Frankreichs und der Mündigsprechung der Welt entgegenstellen würde?«

»Ja.«

»Bist du von jeder früheren Verpflichtung frei, oder, wenn du ein mit deinen jetzigen Zusagen im Widerspruch stehendes Versprechen gegeben hast, bist du bereit, dasselbe zu brechen?«

»Ja.«

Der Präsident wandte sich zu den sechs Männern mit der Maske.

»Brüder«, sagte er, »dieser Mann spricht die Wahrheit; ich selbst habe ihn eingeladen, einer der Unsrigen zu werden. Ein großer Schmerz fesselt ihn an unsere Sache. Er hat schon viel für die Revolution getan. Ich will sein Pate sein und bürge für ihn in der Vergangenheit, Gegenwart und Zukunft.«

Die sechs Männer erklärten sich einstimmig für seine Aufnahme.

»Du hörst«, sagte her Präsident. »Bist du bereit, den Eid zu leisten?«

»Sage ihn vor«, erwiderte Billot, »und ich werde ihn nachsprechen.«

Der Präsident hob die Hand auf und sagte mit langsamer, feierlicher Stimme den Eid vor, den Billot wiederholte:

»Im Namen des Gekreuzigten schwöre ich, die fleischlichen Bande zu zerreißen, die mich an Vater, Mutter, Brüder, Schwestern, Weib, Verwandte, Freunde, Geliebte, Könige, Wohltäter und an irgendwelche Wesen fesseln, denen ich Treue, Gehorsam, Dank oder Dienste gelobt habe.«

»Gut«, sagte der Präsident, »von dieser Stunde an bist du des angeblichen Eides ledig, den du dem Vaterlande und den Gesetzen geleistet. Schwöre daher dem neuen Oberhaupte, das du anerkennst, mitzuteilen, was du sehen oder tun, lesen oder hören, erfahren oder erraten wirst, und selbst jenen Dingen nachzuforschen, die sich deinen Augen nicht darbieten.«

»Ich schwöre es«, wiederholte Billot.

»Schwöre«, fuhr der Präsident fort, »dass du Gift und Feuer und Schwert benutzen willst als sichere und notwendige Mittel, die Erde durch den Tod derer, welche die Wahrheit herabwürdigen oder unseren Händen zu entreißen suchen, zu reinigen.«

»Ich schwöre es«, wiederholte Billot.

»Jetzt«, sagte der Präsident, »lebe im Namen des Vaters, des Sohnes und des Heiligen Geistes.«

Der Präsident gab Billot einen Wink, und dieser entfernte sich.

»Nummer 2!«, sagte der Präsident laut.

Der schwarzgekleidete junge Mann trat ein.

»Wo hast du das Licht empfangen?«, fragte ihn der Präsident.

»Zu Laon, in der Loge der ›Menschenfreunde‹.«

»Wie alt bist du?«

»Fünf Jahre.«

»Wie hießest du unter den Uneingeweihten?«

»Antoine Saint-Just.«

»Wie heißest du unter den Erwählten?«

»Humilité.«

»Warum wünschest du, um einen Grad zu steigen und unter uns aufgenommen zu werden?«

»Weil es in dem Wesen des Menschen liegt, nach den Höhen zu streben, und weil auf den Höhen die Luft reiner, das Licht glänzender ist.«

»Hast du Paten?«

»Robespierre den älteren und Robespierre den jüngeren.«

»Mit welcher Gesinnung wirst du auf der Bahn wandeln, die du zu betreten wünschest?«

»Mit dem Glauben.«

»Wohin muss Frankreich, wohin muss die Welt auf dieser Bahn gelangen?«

»Frankreich zur Freiheit, die Welt zur Mündigsprechung.«

»Was würdest du geben, um Frankreich und die Welt diesem Ziele zuzuführen?«

»Mein Leben ... das ist das einzige, was ich noch besitze, denn mein Gut habe ich schon hingegeben.«

Als der Schwur geleistet war, tat sich die Tür wieder auf, und Saint-Just entfernte sich.

Der Präsident sagte laut:

»Nummer 3!«, und der dritte Jünger erschien. Sein Anzug war elegant, aber man bemerkte daran jene Einfachheit, die in Frankreich Mode zu werden begann.

»Wo hast du das Licht empfangen?«, sagte der Präsident.

»Zu Paris, in der Loge der freien Männer.«

»Wie alt bist du?«

Der Jünger gab durch ein Zeichen zu erkennen, dass er zu der Genossenschaft der Rosenkreuzler gehörte.

»Wie hießest du unter den Uneingeweihten?«

»Ludwig Philipp Joseph, Herzog von Orleans.«

»Wie heißest du unter den Erwählten?«

»Egalité.«

»Warum wünschest du, unter uns aufgenommen zu werden?«

»Weil ich immer unter den Großen gelebt habe und endlich unter Menschen zu leben wünsche.«

»Hast du Paten?«

»Ja, zwei. Der eine heißt Abscheu, der andere Hass.«

»Mit welchem Wunsche wandelst du die Bahn, welche du zu betreten wünschest?«

»Mit dem Wunsche, mich zu rächen an dem, der mich verkannt, an der, die mich gedemütigt hat.«

»Was würdest du geben, um diesen Zweck zu erreichen?«

»Mein Vermögen, mein Leben! Ja, noch mehr als mein Leben, meine Ehre!«

Dann folgte die Eidesleistung, die in ihrem Wortlaut für den Aristokraten noch furchtbarer war als für die beiden anderen Jünger. Der Herzog sprach den Eid mit kaltem Schweiß auf der Stirne. Als er aber den Saal verließ, rief er: »Nun ist die Rache mein.«

Die Tür tat sich auf; die Genossen des Bundes wurden hereingeführt und füllten den Sitzungssaal.

Kaum war die Tür hinter dem letzten geschlossen, so streckte Cagliostro die Hand aus und sagte laut:

»Brüder, einige von euch waren vielleicht in einer Versammlung, die vor zwanzig Jahren in einer Grotte des Donnersberges stattfand. In dieser Versammlung fassten wir den Entschluss, das Volk, das in der

Knechtschaft lebte, empor und zum Sieg zu führen. Es gab damals schon Freistaaten, aber diese waren uns zu klein; wir erkannten, dass Frankreich als großer Staat zunächst günstiger Boden für uns war. Mich erwähltet ihr zu eurem Führer; unseren Brüdern gab ich damals den Wahlspruch: *Lilia pedibus destrue*: Zertritt die Lilien. Um die erste Periode meines Werkes zu vollbringen, verlangte ich zwanzig Jahre Zeit. Seht, was sich in dieser Zeit in Frankreich geändert hat: Die Parlamente wurden abgeschafft; die Königin, die erst sieben Jahre nach ihrer Vermählung den Kronprinzen gebar sah sich nicht nur als Gattin und Mutter, sondern auch in der Halsbandgeschichte den schmählichsten Angriffen ausgesetzt; - der König, der unter dem Namen 'Ludwig der Ersehnte' den Thron bestieg, wurde von seinen Ministern von einem Experimente zum anderen und endlich zum Bankerott getrieben; - die Versammlung der Notabeln setzte die Generalstände ein, und diese, durch allgemeine Abstimmung ernannt, traten als Nationalversammlung zusammen; - der dritte Stand ging aus dem Kampfe mit Adel und Klerus als Sieger hervor; - die Bastille wurde erstürmt; die fremden Truppen wurden aus Paris und Versailles vertrieben; - die Nacht des 4. August zeigte der Aristokratie die Nichtigkeit des Adels; - der 5. und 6. Oktober zeigte dem Könige und der Königin die Schwäche des Königtums; - der 14. Juli 1790 zeigte der Welt die Einheit Frankreichs; - die Prinzen verloren durch die Auswanderung ihre Popularität; - Monsieur verlor die Seinige durch den Favrasschen Prozess; - endlich wurde am Altare des Vaterlandes die Verfassung beschworen; der Präsident der Nationalversammlung saß neben dem Könige; über beiden saßen Gesetz und Nation; Europa, das sich uns zuneigt, erwartet schweigend die Dinge, die da kommen werden. - Jetzt sagt, Brüder, ist Frankreich das Rad, in welches Europa eingreifen, ist es die Sonne, welche die Welt erleuchten wird?«

»Ja, ja!«, riefen alle Stimmen.

»Und glaubt ihr,« fuhr Cagliostro fort, »dass wir das begonnene Werk sich selbst überlassen können? Glaubt ihr, dass die beschworene Verfassung jede Besorgnis beseitige?«

»Nein, nein!«, riefen alle Stimmen.

»Dann muss die zweite Periode des großen Revolutionswerkes unternommen werden«, sagte Cagliostro; »der Hof hat sein gegenrevolutionäres Werk wieder begonnen; jetzt ist es Zeit, wieder zu rüsten. Den Wahlspruch Christi: Freiheit! Gleichheit! Brüderlichkeit! Haben wir schon halb errungen; wir wollen ihn ganz zur Wahrheit machen!«

Cagliostro hielt inne; lauter, begeisterter Beifall folgte seiner Rede.

Endlich wurde es wieder still. Die sechs maskierten Männer verneigten sich einer nach dem anderen vor dem Redner, küssten ihm die Hand und entfernten sich.

Dann ging jeder der Anwesenden vor der Rednerbühne vorüber, verneigte sich und wiederholte den verhängnisvollen Wahlspruch:

»*Lilia pedibus destrue.*«

Vierundzwanzigstes Kapitel

»Herr Graf«, sagte der Kammerdiener, »der Doktor Gilbert ist da.«

»Wie, der Doktor!«, sagte Mirabeau. »Wegen einer solchen Kleinigkeit lässt man den Doktor kommen? Oh! Doktor, ich bedaure sehr, dass man Sie belästigt hat, ohne mich zu fragen ...«

»Lieber Graf«, erwiderte Gilbert, »man belästigt mich nie, wenn man mir Gelegenheit gibt, Sie zu sehen.«

Gilbert sah die Veränderung, die seit einem Monate in der ganzen Person des berühmten Redners vorgegangen war.

»Ja«, sagte Mirabeau, »nicht wahr, ich habe mich verändert? Ich will Ihnen sagen, woher das kommt.«

»Sie wissen«, fuhr Mirabeau fort, »worüber in der gestrigen Sitzung debattiert wurde? Es handelte sich um das Berg- und Hüttenwesen. Ich schlug die Feinde in die Flucht; ich blieb freilich auf dem Platze, aber ich hatte doch einen Sieg erkämpft. Und diesen Sieg habe ich bis heute früh um drei Uhr gefeiert ... dann bekam ich Schmerzen in den Eingeweiden. Julius hat Angst bekommen und zu Ihnen geschickt. Gilbert war ein zu geschickter Arzt, als dass er den Zustand Mirabeaus nicht hätte, bedenklich finden sollen. Der Kranke schien dem Ersticken nahe; er atmete schwer, und sein Gesicht war aufgedunsen, der Puls unregelmäßig.

»Diesmal wird es nichts zu bedeuten haben, lieber Graf«, sagte Gilbert; »aber es war Zeit! ...« Er zog mit jener Geschwindigkeit und Gelassenheit, an der man das wahre Talent erkennt, sein Besteck aus der Tasche und ließ den Patienten zur Ader.

»Teufel!«, sagte Mirabeau, »ich glaube, dass Sie recht haben, Doktor ... Es war Zeit!«

Augenblicklich fühlte er eine große Erleichterung.

»Sie sind ein großer Narr, Graf, dass Sie ein Leben, das für Frankreich so kostbar ist, an einige Stunden vermeinter Genüsse setzen.«

»Bah! Lieber Doktor,« sagte Mirabeau, »mein Leben ist für Frankreich nicht so kostbar, wie Sie glauben!«

»Werden Sie bedenklich krank«, erwiderte Gilbert, »so werden Sie morgen ganz Paris unter Ihren Fenstern haben; sterben Sie übermorgen, so wird ganz Frankreich Ihrer Leiche folgen!«

»Was Sie mir da sagen, ist sehr tröstlich«, antwortete Mirabeau lachend.

»Wie fühlen Sie sich jetzt?«

»Mein Kopf wird leicht; aber ich habe noch Schmerzen in den Eingeweiden.«

»Oh! Das überlassen wir den Zugpflastern, lieber Graf. Der Aderlass hat das Seinige getan; jetzt lasse ich Ihnen eine Stunde Ruhe, dann fahren Sie mit mir nach Paris.«

»Doktor«, sagte Mirabeau lachend, »wollen Sie mir erlauben, dass ich erst heute Abend abreise und Sie um elf Uhr in meinem Hause erwarte? Ich habe mein Wort gegeben; Sie werden doch nicht verlangen, dass ich es breche?«

»Und heute Abend wollen Sie in Paris sein?«

»Ich habe Ihnen gesagt, dass ich Sie um elf Uhr erwarten werde ... Wahrhaftig, lieber Doktor, jetzt fühle ich mich ganz wohl.«

»Das heißt, Sie, weisen mir die Tür? Ich würde ohnehin nicht bleiben können; ich habe Dienst in den Tuilerien!«

»So! Dann werden Sie die Königin sehen«, sagte Mirabeau, der wieder trübe gestimmt wurde.

»Wahrscheinlich ... Haben Sie etwas an sie zu bestellen?«

Mirabeau lächelte bitter.

»Diese Freiheit würde ich mir nicht nehmen, Doktor. Sagen Sie ihr lieber gar nicht, dass Sie mich gesehen haben.«

»Warum nicht?«

»Weil Marie Antoinette Sie fragen würde, ob ich die Monarchie gerettet, wie ich ihr versprochen habe, und Sie würden die Frage mit Nein beantworten müssen ...«

»Ich soll ihr also nicht sagen, dass Sie sich durch Ihre übermäßigen Arbeiten, durch Ihre Anstrengungen auf der Rednerbühne ins Grab stürzen?«

»Ja, sagen Sie ihr das ... Wenn Sie wollen, machen Sie mich sogar kränker, als ich bin.«

»Gut, es soll geschehen.«

»Und Sie wollen mir alles wieder sagen, was sie über mich sagen wird?«

»Wort für Wort.«

»Gut ... Adieu, Doktor ... Tausend Dank!«

Er reichte Gilbert die Hand.

Gilbert sah Mirabeau forschend an; dieser Blick schien den Grafen verlegen zu machen.

»Apropos, ehe Sie fortgehen«, sagte der Kranke, »was verordnen Sie mir?«

»Keine Krankenwärterin unter fünfzig Jahren ... Sie verstehen mich doch, Graf?«

»Ich werde Ihre Vorschrift genau befolgen«, sagte Mirabeau lachend, – »und wenn's nicht anders möglich ist, so nehme ich zwei fünfundzwanzigjährige!« Vor der Tür begegnete Gilbert dem Kammerdiener. Der arme Mensch hatte Tränen in den Augen.

»Oh! Herr Gilbert,« sagte er, »warum gehen Sie fort?«

»Ich gehe fort, lieber Julius, weil mir die Tür gewiesen wird«, sagte Gilbert lachend.

»Und wissen Sie, warum?« eiferte der Alte, »Wegen der Dame! Und weil sie der Königin ähnlich ist! ... Mein Gott, die klugen Leute sind doch manchmal herzlich dumm!«

In Paris begegnete Gilbert Desmoulins, die lebende Zeitung. Er erzählte ihm Mirabeaus Krankheit, die er absichtlich gefährlicher machte, als sie wirklich war. Dann begab er sich in die Tuilerien und meldete die Krankheit des Grafen dem Könige, dann der Königin.

Die stolze Stirn Marie Antoinettes zog sich in Falten.

»Warum«, sagte sie, »hat ihn diese Krankheit nicht in der Frühe jenes Tages befallen, wo er seine schöne Rede über die dreifarbige Fahne hielt?«

Sie schien zu bereuen, dass sie in Gilberts Gegenwart ihren Hass gegen dieses Zeichen der französischen Nationalität geäußert hatte, und setzte hinzu:

»Es wäre freilich ein großes Unglück für Frankreich und für uns, wenn diese Unpässlichkeit Fortschritte machte.«

»Ich glaube Euer Majestät untertänigst bemerkt zu haben«, erwiderte Gilbert, »dass es eine Krankheit und nicht bloß eine Unpässlichkeit ist.«

»Diese Krankheit werden Sie bezwingen, Doktor«, sagte die Königin. »Sie müssen mir über das Befinden des Herrn von Mirabeau Bericht abstatten. Ich verlasse mich darauf.«

Dann sprach sie von anderen Dingen.

Abends begab sich Gilbert zur bestimmten Stunde in Mirabeaus kleines Hotel und fand Mirabeau auf dem Sofa. Auf einem Sessel bemerkte er einen zurückgelassenen Kaschmirschal.

Mirabeau schien die Aufmerksamkeit Gilberts von diesem in der Eile vergessenen corpus delicti ablenken zu wollen, er rief ihm entgegen:

»Ah! Sind Sie es? ... Ich habe gehört, dass Sie einen Teil Ihres Versprechens schon gehalten haben: Paris weiß, dass ich krank bin. Haben Sie den zweiten ebenso gewissenhaft gehalten? Haben Sie beiden Majestäten gemeldet, dass ich ihnen nicht lange mehr zur Last sein werde?«

»Ich habe wenigstens gesagt, dass Sie krank sind.«

»Und was hat man Ihnen geantwortet?«

»Die Königin sagte, Sie hätten vor der Sitzung, in welcher Sie für die dreifarbige Fahne gesprochen, krank werden sollen.«

Mirabeau fuhr auf.

»So wird man mit Undank belohnt!«, sagte er mit Bitterkeit. »Sie denkt also nicht mehr an die fünfundzwanzig Millionen, die der König als Zivilliste, nicht mehr an die vier Millionen, die sie selbst als Wittum erhält. – Die dreifarbige Fahne! Sie ist jetzt die einzige Zuflucht des Königtums; es wäre vielleicht noch zu retten, wenn es ehrlich und offen in ihrem Schatten Schutz suchte. Aber die Königin will sich nicht retten; sie will sich rächen. Ich wollte zugleich das Königtum und die Freiheit retten; aber ich stehe allein in diesem Kampfe. Und gegen wen kämpfe ich? Hätte ich Menschen, Tiger, Löwen zu bekämpfen, ich würde sie nicht fürchten ... Nein, es ist der Kampf gegen das Meer, gegen die steigende Flut! Gestern waren mir kaum die Füße benetzt; heute reicht mir das Meer bis an die Knie; morgen wird die Flut bis an den Leib steigen und übermorgen über dem Kopfe zusammenschlagen! ... Ich muss aufrichtig gegen Sie sein, Doktor; zuerst grämte ich mich, dann verwandelte sich mein Kummer in Überdruss und Ekel. Ich hatte einen schönen Traum geträumt: Ich glaubte der Vermittler zwischen Revolution und Monarchie zu werden; ich hoffte die Königin zu retten, wenn sie einst von dem Strom fortgerissen würde. Doch ich habe mich getäuscht, man hat nie ernstlich auf meinen Beistand gezählt, man hat nur darauf gesonnen, mir meine Popularität zu rauben, mich zu vernichten. Jetzt kann ich nichts Besseres tun, als zur rechten Zeit zu sterben, den Tod mit anmutigem Lächeln zu erwarten und recht graziös den Geist aufzugeben.«

Mirabeau sank auf das Sofa zurück und biss ingrimmig in die weichen Polster.

Gilbert wusste nun, was er wissen wollte.

»Was würden Sie sagen, Graf«, fragte er, »wenn sich der König morgen nach Ihnen erkundigen ließe?«

»Der König ... oder die Königin?« setzte Gilbert hinzu.

»Sie glauben«, erwiderte Mirabeau, »dass die Königin sich so weit herablassen würde? Gut, ich werde bis morgen Abend warten. Wenn sie bis dahin zu mir geschickt hat ... so haben Sie recht, und ich habe unrecht ...«

»Bis dahin aber, lieber Demosthenes, müssen Sie sich Ruhe gönnen ... keine Gemütsbewegung, keine Aufregung!«

Gilbert entfernte sich. Der alte Kammerdiener erwartete ihn vor der Tür. »Nur Mut gefasst, Freund«, sagte der Doktor; »dein Herr befindet sich besser.«

Der alte Diener schüttelte traurig den Kopf.

»Wie! Du glaubst mir nicht?« fragte Gilbert.

»Ich glaube gar nichts, Herr Doktor, solange sein böser Genius bei ihm ist.«

Unten an der Treppe sah Gilbert eine verschleierte Gestalt; sobald ihn diese bemerkte, entfloh sie durch eine halboffene Tür.

»Wer ist die Dame?«, fragte Gilbert.

»Sie wissen ja«, antwortete der Kammerdiener, »das Ebenbild der Königin.«

Gilbert wurde nachdenklich, als er diese Worte vernahm. »Unmöglich!«, sagte er und verließ das Haus.

Mirabeau hatte eine ziemlich ruhige Nacht. In der Frühe rief er seinen Diener und ließ das Fenster öffnen, um die frische Morgenluft zu atmen.

Von diesem Fenster aus konnte man auf die Straße sehen. Bei jedem Schlage des Türklopfers, bei jedem Ton der Glocke hätte man aus dem gegenüberstehenden Hause sehen können, wie sein Gesicht hinter dem Vorhang hervorlugte und ein spähender Blick die Menschen auf der Straße musterte.

Um zwei Uhr erschien Julius in Begleitung eines Lakaien ohne Livree. Mirabeau dachte im ersten Augenblick, es sei ein Bote der Königin, aber er irrte sich.

»Von dem Herrn Doktor Gilbert«, sagte Julius.

»Sage deinem Herrn, dass du mich außer Bett gefunden hättest und dass ich ihn heute Abend erwarte«, sagte Mirabeau zu dem Bedienten.

Der Nachmittag verging, Türklopfer und Klingel waren unaufhörlich in Bewegung; ganz Paris schrieb sich bei Mirabeau ein. Auf der Straße versammelten sich viele Menschen aus den unteren Volksklassen, die aus den Zeitungen von Mirabeaus Krankheit erfahren hatten und den beruhigenden Versicherungen des alten Kammerdieners nicht glauben wollten.

Gegen fünf Uhr trat Mirabeau auf den Balkon und winkte den braven Leuten, die sich als Wächter seiner Ruhe aufgestellt hatten, seinen Dank zu.

Er wurde erkannt, und die Chaussee d'Antin ertönte von dem lauten Ruf: »Es lebe Mirabeau!«

Er aber dachte an die stolze, schöne Frau, die sich nicht im Mindesten um ihn bekümmerte, und sein Auge sah sich forschend um, ob nicht ein Lakai in blauer Livree von den Boulevards herkäme.

Der Abend verging – aber er wartete vergebens. Um elf Uhr trat Gilbert lächelnd ein, aber er erschrak über Mirabeaus Gesicht. »Ist kein Bote gekommen?«, fragte er.

»Nein, lieber Doktor; es ist niemand gekommen.«

»Unmöglich!«, sagte Gilbert. Mirabeau zuckte die Achseln.

»Sie ehrlicher, argloser Mann!«, sagte er zu ihm.

Dann fasste er Gilberts Hand und setzte hinzu:

»Soll ich Ihnen sagen, Doktor, was Sie heute getan haben?«

»Nun, so lassen Sie hören.«

»Sie waren heute um ein Uhr in den Tuilerien; Sie sprachen mit der Königin; Sie sagten, mein Zustand verschlimmere sich; es sei gut, sich wenigstens aus Berechnung, wenn auch nicht aus Teilnahme, nach meinem Befinden erkundigen zu lassen. Sie schien überzeugt, dass Sie recht hatten; sie entließ Sie mit der Versicherung, dass sie zu mir schicken werde; Sie entfernten sich voll Freude und im Vertrauen auf das königliche Wort ... und sie lachte über Ihre Leichtgläubigkeit ... Jetzt sagen Sie aufrichtig,« setzte Mirabeau hinzu, »ist es nicht so?«

»In der Tat«, erwiderte Gilbert, »wenn Sie dabei gewesen wären, lieber Graf, hätten Sie nicht besser sehen und hören können.«

»Wie unpolitisch!«, sagte Mirabeau mit Bitterkeit. »Ich sagte Ihnen ja, in den Tuilerien weiß man Zeit und Umstände nicht zu benutzen ... Ein Diener in königlicher Livree, der heute, während sich das Volk unter meinen Fenstern drängte, in mein Haus gekommen wäre, würde die Bourbons wieder für ein Jahr populär gemacht haben!«

Mirabeau wandte sich ab und drückte die Hand auf die Augen. Gilbert sah zu seinem Erstaunen, dass ihm eine Träne über die Wange rollte. Er sagte:

»Nehmen Sie jetzt ein Bad, lieber Graf.«

Zehn Minuten nachher war Mirabeau im Bade, und Gilbert wurde, wie gewöhnlich, von dem alten Kammerdiener hinausbegleitet.

Mirabeau klingelte.

»Jean«, sagte er, »lass in meinem Zimmer einen Tisch decken und frage Oliva, ob sie mir das Vergnügen machen will, mit mir zu soupieren ... und die Blumen nicht vergessen!«

Um vier Uhr morgens wurde der Doktor Gilbert durch heftiges Klingeln geweckt.

»Ich weiß es schon«, sagte er, aus dem Bett springend, »Mirabeau hat einen Rückfall bekommen!«

Gilbert irrte sich nicht. Mirabeau hatte Jean und Julius zu Bett geschickt, nachdem das Souper aufgetragen und der Tisch mit Blumen bedeckt war.

Dann hatte er alle Türen verschlossen, bis auf eine. Diese führte in die Wohnung der Unbekannten, die der alte Diener den bösen Genius des Grafen nannte.

Um halb vier Uhr wurde heftig geklingelt. Beide Diener mussten einen Umweg durch die Wohnung der unbekannten Frau machen, um in das Schlafgemach zu kommen. Mirabeau, der halb ohnmächtig in seinem Fauteuil lag, hielt die Unbekannte in seinen Armen; vermutlich wollte er sie hindern, um Hilfe zu rufen. Sie hatte in ihrem Schrecken die auf dem Tische stehende Klingel ergriffen. Als sie die beiden Diener bemerkte, rief sie sowohl für sich, als für Mirabeau um Hilfe; denn Mirabeau erdrückte sie fast in seinen krampfhaften Zuckungen.

Die beiden Diener machten sie mit großer Mühe aus den Armen des Todkranken los. Mirabeau sank wieder in seinen Armsessel zurück; sie flüchtete in ihr Zimmer.

»Nun, was gibt's schon wieder?«, fragte Gilbert.

»Ach! Herr Doktor,« sagte der alte Diener, »das hat wieder der weibliche Unhold zu verantworten! ... Und dann die verwünschten Blumen! ... Sie werden sehen! Oh, Sie werden sehen!«

In diesem Augenblick hörte man lautes Schluchzen. Gilbert eilte die Treppe hinauf. Als er in den ersten Stock kam, trat ihm auf einmal eine weibliche Gestalt in flatterndem weißem Gewande entgegen und sank ihm zu Füßen. »Oh, Gilbert! Gilbert!« sagte sie, seine beiden Hände fassend, »um des Himmels willen, retten Sie ihn!«

»Nicole!«, rief Gilbert erstaunt, »Nicole! ... Sie waren es also? ...«

»Retten Sie ihn! Retten Sie ihn!« wiederholte Nicole.

Gilbert bebte plötzlich, vor einem entsetzlichen Gedanken zurück, der sich ihm aufdrängte.

»Jetzt wird mir alles klar«, sagte er für sich. »Beausire verkauft Schmähschriften gegen ihn ... Nicole ist seine Geliebte ... Er ist verloren, denn Cagliostro hat seine Hand dabei im Spiele!«

Mirabeau war wieder zur Besinnung gekommen. Gilbert ging hastig auf ihn zu.

»Ah!«, sagte er, »es ist noch nicht so schlimm, wie ich fürchtete.«

Mirabeau lächelte.

Gilbert untersuchte den Puls, die Zunge; der Puls ging heftig, die Zunge war belegt. Plötzlich fingen die Schmerzen, die der Kranke zwei Tage zuvor schon gehabt hatte, wieder an; der Puls schlug heftig und setzte von Zeit zu Zeit aus.

Gilbert verordnete dieselben ableitenden Mittel, welche schon früher eine schnelle Linderung bewirkt hatten. Leider aber hatte der Kranke entweder nicht die Kraft, die Zugpflaster zu ertragen, oder er wollte nicht genesen; denn nach einer Viertelstunde verlangte er, dass die Zugpflaster abgenommen würden. Darauf verschlimmerte sich der Zustand.

Das Gerücht, welches sich schnell in der ganzen Stadt verbreitete, stellte den Zustand des großen Redners als sehr bedenklich dar; er habe einen Rückfall bekommen, hieß es, und sein Leben sei in Gefahr. Ganz Paris war so bestürzt, als ob ein allgemeines Unglück die ganze Bevölkerung bedrohte. Den ganzen Tag war die Straße, wie schon abends vorher, von Leuten aus dem Volke abgesperrt, um jedes Geräusch von dem Hause des Kranken fernzuhalten. Von Stunde zu Stunde erkundigten sich die unter den Fenstern harrenden Gruppen nach seinem Befinden. Es wurden schriftliche Krankheitsberichte ausgegeben, welche augenblicklich durch die ganze Stadt verbreitet wurden. Die Tür war von Personen jeden Standes, jeder politischen Farbe belagert; die Freunde und Verwandten des großen Redners hatten sich im Hofe und im Vorsaal des Erdgeschosses versammelt, ohne dass er selbst eine Ahnung von diesem Gedränge hatte. Übrigens wurden zwischen Mirabeau und dem Doktor Gilbert nur wenige Worte gewechselt.

Vierundzwanzig Stunden ging Doktor Gilbert keinen Augenblick von Mirabeaus Krankenlager. Am Mittwoch abends gegen elf Uhr war das Befinden des Grafen leidlich, und Gilbert begab sich auf sein Zureden in ein Nebenzimmer, um einige Stunden zu ruhen.

Bei Tagesanbruch erwachte er; der Kranke musste schrecklich gelitten haben; die Schmerzen waren heftiger geworden, der Kranke schien oft dem Ersticken nahe.

Von Zeit zu Zeit hatte der Kranke den Namen der Königin ausgesprochen.

»Die Undankbaren!«, hatte er gesagt; »sie haben sich nicht einmal nach mir erkundigen lassen!«

Gilbert dachte, dass alles von der nahe bevorstehenden Krise abhänge; er ließ daher, um die Krankheit nachdrücklich zu bekämpfen, Blutegel auf die Brust setzen; aber die Blutegel wollten nicht saugen. Man ersetzte sie durch einen zweiten Aderlass am Fuße und durch Moschuspillen.

Nach acht Stunden endlich ließ das Fieber nach und der Tod schien zu weichen. Die Besserung war aber nur vorübergehend. Gilbert stand vor dem Bette und sah dem entsetzlichen Kampfe zu, der jetzt eintrat. Mirabeau war verloren! Er war nicht mehr zu erkennen.

Von diesem Augenblick an nahm das Gesicht Mirabeaus jenen feierlichen Ausdruck an, der im Todeskampfe großer Männer immer bemerkt worden ist. Seine Stimme wurde langsam, ernst, sie nahm gewissermaßen einen prophetischen Ausdruck an; seine Sprache wurde gemessener, sein Gedankenkreis erweiterte sich, und in seinen Gefühlen zeigte sich mehr Hingebung, mehr Innigkeit, mehr Tiefe.

Mirabeau ließ nun jedermann vor, der ihn zu sehen wünschte. Von Zeit zu Zeit fragte er, wer sich nach ihm erkundigte. Er fragte zwar nicht, ob ein Bote der Königin da gewesen sei, aber aus dem Seufzer, den der Sterbende ausstieß, als die Liste zu Ende war, schloss Gilbert, dass gerade der gewünschte Name fehlte.

Dann sprach er mit wunderbarer Klarheit über die allgemeine Politik. Den König und die Königin erwähnte er gar nicht.

Von Zeit zu Zeit hörte man draußen den vielstimmigen Ruf: »Es lebe Mirabeau!« Mirabeau lauschte und ließ das Fenster öffnen, um diesen Ruf, der ihn für so viele Leiden belohnte, deutlicher vernehmen zu können.

Als der Tag anbrach, sagte er zu Gilbert: »Heute werde ich sterben ... Habe ich die Erlaubnis, alles zu tun, was ich will?«

Gilbert antwortete durch eine stumme Gebärde, dass ihm alles freistehe.

Mirabeau rief seine beiden Diener.

»Jean«, sagte er, »besorge mir die schönsten Blumen, die zu finden sind. Julius wird mich unterdessen so schön wie möglich machen.«

Der alte Kammerdiener begann, seinen Herrn zu rasieren und zu frisieren.

Sobald Jean aus dem Hause trat, wurde er von dem versammelten Volke mit Fragen bestürmt, kaum hatte er gesagt, dass sein Herr Blumen verlangt habe, liefen mehrere der Anwesenden durch die benachbarten Straßen und riefen: »Blumen für Herrn von Mirabeau!« Sogleich taten sich alle Türen auf, und jedermann bot das Schönste, was in der Wohnung oder im Treibhause zu finden war. In einer Viertelstunde war das Haus mit den seltensten Blumen überfüllt. »Lieber Doktor«, sagte Mirabeau, »ich habe jetzt von jemandem, der dieses Haus vor mir verlassen muss, für immer Abschied zu nehmen. Lassen Sie mich eine Viertelstunde allein; aber warten Sie im Nebenzimmer ... Wenn sie fort ist, müssen Sie bei mir bleiben bis zu meinem Tode.«

In der nun folgenden halben Stunde wurde Gilbert von den im Hause anwesenden Freunden des Kranken mit Fragen bestürmt; er erklärte, dass Mirabeau wahrscheinlich den Abend nicht mehr erleben werde.

Man hörte das Rollen eines Wagens, der vor dem Hause anhielt. Gilbert glaubte im ersten Augenblick, es sei ein Hofwagen; er eilte ans Fenster, es wäre für den Sterbenden ein süßer Trost gewesen, zu erfahren, dass die Königin an ihn dachte! Aber es war ein einfacher Fiaker, den Jean geholt hatte. Er erriet, für wen.

Einige Minuten nachher kam Jean aus dem Hause und hob eine verschleierte Dame in den Wagen.

Bald darauf tat sich die Tür des Krankenzimmers auf, und man hörte die matte Stimme Mirabeaus, der den Doktor verlangte.

Als Gilbert wieder an das Bett trat, fand er ein gesticktes, mit Spitzen besetztes Taschentuch auf dem Boden. Er hob es auf; es war ganz nass von Tränen.

»Sie hat nichts mitgenommen«, sagte Mirabeau, als er das Taschentuch bemerkte; »sie hat sogar noch etwas zurückgelassen.«

Die wenigen Stunden, die Mirabeau noch lebte, waren nur noch ein Todeskampf.

Als er einmal wieder erwachte, wollte er die Liste derer sehen, die bei ihm vorgesprochen hatten.

Nicht einmal ein der königlichen Familie nahestehender Name, in welchem man eine versteckte Teilnahme hätte vermuten können, war in der Liste zu finden, geschweige die Königin selbst. Mirabeau tat sich nun die größte Gewalt an, um einige Worte zu sprechen. Es gelang ihm. »Oh, die Verblendeten!«, rief er, »sie bedenken nicht, dass sie verloren sind, wenn ich die Augen schließe! ... Die Monarchie wird mich einst bedauern, wenn sie auf meinem Grabe von den Unruhestiftern zerrissen und als Beute verteilt wird!«

Gilbert nahm einen Löffel, goss einige Tropfen der grünlichen Flüssigkeit, von welcher er Mirabeau schon ein Fläschchen gegeben hatte, hinein, und ohne sie diesmal mit Branntwein zu verdünnen, hielt er sie dem Kranken an die Lippen.

»Oh, lieber Doktor«, sagte Mirabeau lächelnd, »wenn das Lebenselixier auf mich wirken soll, so geben Sie mir den ganzen Löffel voll.«

Der Doktor erfüllte Mirabeaus Wunsch und reichte ihm den Trank, den er mit ungemeinem Wohlbehagen schlürfte.

Er schwieg einige Sekunden; dann sagte er mit ahnungsvollem Ton, als ob an der Schwelle der Ewigkeit der Schleier der Zukunft vor ihm aufgezogen würde:

»Ach! Doktor, wer in diesem Jahre 1791 stirbt, kann sich glücklich schätzen; denn bis jetzt ist von der Revolution nur das reine, strahlende Antlitz sichtbar gewesen. Bis jetzt hat keine große Revolution weniger

Blut gekostet; denn bis jetzt ist es nur eine Revolution der Geister, aber bald wird sie sich in Taten offenbaren.«

Der Kranke sank auf das Kissen zurück. Drei Stunden lang ruhte seine schon erstarrte Hand in den Händen Gilberts; in diesen drei Stunden, von vier bis sieben Uhr, war der Todeskampf ruhig, so ruhig, dass man alle, die ihn sehen wollten, vorlassen konnte.

Aber gegen acht Uhr fühlte Gilbert die Hand Mirabeaus in der Seinigen zucken. Die Zuckung war so heftig, dass er sich nicht täuschen konnte.

»Es geht zu Ende«, sagte er. »Jetzt beginnt der wahre Todeskampf!« Die Stirn des Sterbenden war mit Schweiß bedeckt; er schlug die Augen auf, sein Blick war ungemein lebhaft.

Er gab durch Zeichen zu verstehen, dass er eine Feder, Tinte und Papier wünsche.

Man gehorchte, nicht nur, um seinen Wunsch zu erfüllen, sondern auch, um keinen Gedanken dieses großen Genies verloren gehen zu lassen.

Er nahm die Feder und schrieb mit fester Hand die zwei Worte: »Schlafen, sterben ...« Es waren die Worte Hamlets.

Nach einer Pause verlangte er wieder nach der Feder.

Gilbert reichte sie ihm.

Mirabeau fasste mit krampfhaft zuckender Hand das Papier und schrieb mit kaum lesbaren Zügen: »Fliehen! Fliehen! Fliehen!«

Er wollte seinen Namen unterschreiben, aber er vermochte nur die ersten vier Buchstaben aufs Papier zu bringen.

»Das geben Sie ihr!«, stammelte er, den Arm nach Gilbert ausstreckend.

Es waren seine letzten Worte.

Er sank regungslos auf das Kissen zurück; sein Atem stockte, sein Blick erlosch. – Er war tot!

Gilbert trat ans Bett, betrachtete ihn, griff an den Puls und legte ihm die Hand aufs Herz. Dann wandte er sich zu den Anwesenden:

»Meine Herren, Mirabeau hat aufgehört zu leiden!«

Der Schmerz war allgemein, der Verlust ward in allen Schichten der Gesellschaft tief gefühlt.

Mit ungeheurem Pomp und allen Ehren wurde Mirabeaus Leichnam im Pantheon beigesetzt. –

Der Tod Mirabeaus hatte über die öffentlichen Angelegenheiten plötzlich tiefes Dunkel verbreitet. Man wusste nicht mehr, wohin man sich wenden, welche Bahn man betreten sollte. Der starke, gewandte Bändiger des Ehrgeizes und Hasses war vom Schauplätze abgetreten; man fühlte, dass er etwas mitgenommen hatte, was der Nationalversammlung von nun an fehlen würde: den Geist des Friedens, der mitten im Kriege wacht, die unter dem heftig arbeitenden Geiste verborgene Herzensgüte. Jedermann hatte durch Mirabeaus Tod verloren: Die Royalisten hatten keine Sporen, die Revolutionäre keinen Zügel mehr. Der Wagen musste nun schneller den langen, jähen Abhang hinunterrollen ... Wer konnte sagen, wohin er rollte? – –

Kaum drei Jahre später verbannte man Mirabeaus leibliche Reste aus dem Pantheon und setzte sie auf dem Friedhofe bei, auf dem die Hingerichteten bestattet wurden. –

Fünfundzwanzigstes Kapitel

Der König war allein; ein Kammerdiener meldete:

»Der Herr Graf von Charny.«

»Nur herein! Geschwind herein!« sagte der König. »Ich erwarte ihn seit gestern!«

Charny ging schnell hinein und trat mit ehrfurchtsvoller Hast auf den König zu.

»Sire«, sagte er, »ich erhielt vorgestern in der Nacht Ihren Befehl und reiste gestern früh um drei Uhr mit Extrapost von Montmédy ab.«

»Dann weiß ich mir die kleine Verspätung zu erklären«, sagte der König lächelnd.

»Sire,« versetzte Charny, »ich hätte allerdings mit Kurierpferden reisen können; ich wäre dann früher hier eingetroffen. Aber ich wollte die von Eurer Majestät gewählte Straße, insbesondere die guten und schlechten Poststationen kennenlernen. Ich habe alles sorgfältig aufgezeichnet und bin jetzt in der Lage, über alle Umstände Auskunft zu geben.«

»Bravo, Herr von Charny!«, sagte der König; »Sie sind ein unvergleichlicher Diener ... Ich sagte soeben meinem lieben Kerkermeister Lafayette, ich würde lieber König von Metz als König von Frankreich sein ... Doch zum Glück sind Sie da!«

»Eure Majestät wollten die Gnade haben, mich mit der Lage der Dinge bekannt zu machen.«

»Ja, es ist wahr; ich will mich kurz fassen ... Sie haben die Flucht meiner Tante erfahren? Dieser Reise stand kein gesetzliches Hindernis im Wege, und man hatte nicht zu fürchten, dass zwei harmlose alte Damen die Emigrantenpartei verstärken würden. Sie hatten Narbonne mit den Vorkehrungen zur Abreise beauftragt, aber ich weiß nicht, wie es zugegangen ist, die Sache wurde bekannt, und sie erhielten am Abend ihrer Abreise in Bellevue einen Besuch in der Art wie der, den wir am 5. und 6. Oktober in Versailles erhielten. Glücklicherweise entkamen sie durch die eine Tür, während das ganze Gesindel in die andere hineinstürmte ... Denken Sie sich, kein Wagen war bereit! Drei sollten vollständig bespannt unter den Remisen halten! Sie mussten bis Meudon zu Fuß gehen; dort fand man endlich die Kutschen und reiste ab. Drei Stunden später war ganz Paris in Aufruhr. Marat behauptete, sie wären mit Millionen durchgegangen; Desmoulins meinte, sie hätten den Dauphin mitgenommen ... Als die Abreise der alten Damen einen so ungeheuren Lärm verursachte, kamen einige treue Freunde in die Tuilerien und boten mir ihren Beistand, ihr Leben an. Es mochten etwa hundert Edelleute sein. Sogleich verbreitete sich das Gerücht, es sei eine Verschwörung im Anzuge und man beabsichtige, mich zu entführen. Lafayette, den man unter dem Vorwande, die Bastille werde wieder besetzt, in die Vorstadt Saint-Antoine geschickt hatte, kommt voll Zorn zurück, dringt mit gezogenem Degen und gefälltem Bajonett in die Tuilerien und entwaffnet unsere armen Freunde.«

»Oh, Sire, wir leben in einer schrecklichen Zeit!«, sagte Charny, der traurig den Kopf schüttelte. »Warten Sie nur ... Wir gehen alljährlich, nach Saint-Cloud; das ist eine Sache, die sich von selbst versteht. Vorgestern bestellen wir die Kutschen; wir gehen hinunter und finden fünfzehnhundert Personen um die Kutschen versammelt! Wir wollen einsteigen, aber das Volk fällt den Pferden in die Zügel und ruft, ich hätte die Absicht, zu fliehen, aber man werde es nicht zugeben ... Nach einer Stunde fruchtloser Versuche mussten mir umkehren. – Die Königin weinte vor Zorn!«

»War denn der General Lafayette nicht da, um Eurer Majestät beizustehen?«

»Lafayette? ... er eilte zum Stadthause, um das Vaterland in Gefahr zu erklären und die rote Fahne zu verlangen ... Das Vaterland in Gefahr, weil der König und die Königin nach Saint-Cloud fahren wollen!«

»Wenn die Dinge so stehen, Sire, so haben wir umso mehr Ursache, uns zu beeilen.«

»Ja, das wollen wir ... Lassen Sie hören, was haben Sie drüben mit Bouillé verabredet?«

Der König nahm eine Karte und breitete sie auf dem Tische aus. Diese Karte war nicht gestochen, sondern gezeichnet und, wie Charny sagte, fehlte kein Haus, kein Baum; er hatte acht Monate daran gearbeitet.

Charny und der König neigten sich auf diese Karte.

»Sire«, sagte Charny, »die eigentliche Gefahr wird für Eure Majestät zu Sainte-Menehould beginnen und zu Stenay aufhören; auf dieser achtzehn Meilen langen Strecke müssen wir unsere Detachements verteilen.«

»Aber könnte man sie nicht näher nach Paris, etwa bis Châlons anrücken lassen?«

»Das ist kaum möglich, Sire«, erwiderte Charny. »Überdies haftete der Marquis von Bouillé nur für die Strecke jenseits Sainte-Menehould. Er könnte sein erstes Detachement höchstens bis Pont-de-Sommevelle vorschieben, und er hat mir noch ausdrücklich aufgetragen, diesen Punkt mit Eurer Majestät zu besprechen ... Sehen Sie, Sire, da liegt der Ort, es ist die erste Poststation jenseits Châlons.«

»Der Marquis von Bouillé hat also die Etappen bereits bezeichnet und die Truppen bestimmt, die mich in einzelnen Abteilungen auf der Reise erwarten sollen?«

»Ja, Sire, mit Vorbehalt der Zustimmung Eurer Majestät.«

»Ich sehe wohl«, sagte der König erfreut, »es ist für alles gesorgt.«

In diesem Augenblick tat sich die Tür auf: Die Königin trat ein. Sie war sehr blass und hielt ein Papier in der Hand; als sie den Grafen sah, konnte sie einen Ausruf der Überraschung nicht unterdrücken; das Papier fiel ihr aus der Hand.

Charny erhob sich und verneigte sich ehrerbietig vor der Königin, die zwischen den Zähnen stammelte:

»Herr von Charny ... Herr von Charny ... hier ... beim König ... in den Tuilerien! ... Und ich wusste es nicht!«

»Ich bin soeben angekommen«, sagte er, »und wollte mich bei Seiner Majestät beurlauben, um auch meiner gnädigsten Königin meine Huldigungen darzubringen.«

Die Wangen der Königin färbten sich wieder. Es war schon lange her, dass sie die Stimme Charnys nicht gehört hatte, und der Ton, den er seinen Worten zu geben wusste, hatte ja so oft zu ihrem Herzen gesprochen!

Charny sah alles, was in dem Herzen der Königin vorging. Der König hatte sich gebückt, um das der Königin entfallene Papier aufzuheben. Er las die wenigen Worte, die auf dem Papier standen, ohne deren Sinn zu verstehen.

»Was bedeuten die drei Worte: ›Fliehen! Fliehen! Fliehen!‹ und dieses Bruchstück einer Unterschrift?« fragte der König.

»Sire«, antwortete Marie Antoinette, »diese drei Worte bedeuten, dass Herr von Mirabeau vor zehn Minuten verschieden ist, und dies ist der Rat, den er uns hinterlassen hat.«

»Madame«, erwiderte der König, »der Rat soll befolgt werden, denn er ist gut, und der Augenblick ist gekommen, ihn in Ausführung zu bringen.«

Dann setzte er, sich an Charny wendend, hinzu:

»Graf, Sie können der Königin in ihre Appartements folgen und ihr alles sagen ...«

Die Königin stand auf und sah bald den König, bald Charny an.

»Kommen Sie, Herr Graf«, sagte sie endlich.

Die Königin begab sich in ihr Boudoir und sank sogleich auf ein Sofa, indem sie dem Grafen von Charny einen Wink gab, die Tür hinter sich zu schließen. Die beiden waren allein.

Kaum saß Marie Antoinette, so wallte ihr volles Herz über, und sie schluchzte laut.

Charny fühlte sich tief ergriffen. Aber er kämpfte diese Aufwallung nieder, denn er fühlte, dass sein Gefühl für Andrea stärker geworden war, und dass diese Liebe siegen müsste.

Die Königin weinte, ohne ein Wort zu sprechen. Raubte ihr die Freude den Gebrauch der Sprache oder der Schmerz?

»Seine Majestät«, sagte Charny, »hat mich ermächtigt, Sie von allem, was ich für Ihre Rettung getan, in Kenntnis zu setzen; geruhen Sie daher, meinen Bericht anzuhören.«

»O Charny! Charny!« sagte die Königin, »haben Sie mir denn nichts Wichtigeres zu sagen?«

Sie drückte dem Grafen zärtlich die Hand und sah ihn mit einem Blicke an, für den er einst sein Leben gelassen haben würde. Während sie ihn ansah, bemerkte sie, dass er keineswegs bestaubte Reisekleider, sondern ganz hofmäßige Staatsuniform trug.

Diese Beobachtung schien sie zu verstimmen.

»Wann sind Sie denn angekommen?«

»Soeben, Madame, von Montmédy«, antwortete Charny.

»Sie haben also die Reise durch halb Frankreich gemacht?«

»Ja, seit gestern früh habe ich neunzig Meilen zurückgelegt.«

»Wie! Nach, dieser langen, ermüdenden Reise sind Sie so sorgfältig gebürstet, lackiert, gekämmt, wie ein Adjutant des Generals Lafayette! ... Die Nachrichten, die Sie zu überbringen hatten, waren also nicht sehr wichtig?«

»Im Gegenteil, aber ich dachte, es würde Aufsehen erregen, wenn ich im Hofe der Tuilerien aus einer mit Staub bedeckten Postchaise stiege. Seine Majestät sagte mir soeben, wie scharf Sie bewacht werden, und ich war froh, dass ich in Uniform gekommen war, wie ein gewöhnlicher Offizier, der nach kurzer Abwesenheit seine Aufwartung machen will.«

Marie Antoinette drückte dem Grafen mit deutlich bemerkbarer Unruhe die Hand.

»Ja, es ist wahr«, sagte sie mit unsicherer Stimme, »ich vergaß, dass Sie in Paris eine Wohnung haben.«

Charny stutzte. Erst jetzt wurde ihm die Absicht der Fragen klar.

»Ich ... in Paris?«, sagte er. »Darf ich fragen, wo?«

Marie Antoinette vermochte nur mit Mühe ihre Fassung zu behaupten.

»Mich dünkt, in der Rue Coq-Héron«, sagte sie. »Dort wohnt doch die Gräfin, nicht wahr?«

Charny fühlte sich tief verletzt; er wäre beinahe aufgefahren wie ein Tier, dem man den Sporen in eine noch schmerzende Wunde drückt. »Madame«, erwiderte er mit tiefer Betrübnis, »ich hatte vor meiner Abreise die Ehre, Ihnen zu sagen, dass das Haus der Gräfin keineswegs das Meinige ist. Ich bin bei meinem Bruder, dem Vicomte Isidor von Charny, abgestiegen, und in seiner Wohnung habe ich die Kleider gewechselt.« Die Königin jauchzte vor Freude und wollte auf die Knie sinken, indem sie Charnys Hand an ihre Lippen zog.

Aber er kam ihr zuvor und hob sie schnell auf.

»Oh! Madame,« rief er fast bestürzt, »was machen Sie?«

»Ich danke Ihnen, Olivier«, sagte Marie Antoinette mit so sanftem, gefühlsinnigem Ausdruck, dass Charny tief gerührt wurde.

»Sie danken mir!«, sagte er mit Tränen in den Augen. »Mein Gott! Wofür denn?«

»Wofür? ... Sie fragen mich, wofür?« erwiderte die Königin. »Ich danke Ihnen für diesen einzigen Augenblick ungetrübter Freude, den ich seit Ihrer Abreise gehabt habe ... Mein Gott! Ich weiß es wohl, die Eifersucht ist eine närrische Sache! Auch Sie waren einst eifersüchtig, Charny; jetzt vergessen Sie es ... Noch einmal meinen Dank, Olivier! Sie sehen, ich bin wieder fröhlich, ich weine nicht mehr.«

Marie Antoinette versuchte zu lachen; aber sie schien in ihrer langen Leidenszeit die Freude verlernt zu haben, denn ihr Lachen hatte einen so traurigen, unheimlichen Ausdruck, dass der Graf ganz betroffen wurde.

Charny fühlte, dass er einen Abhang hinabeilte und dass eine Zeit kommen müsse, wo er an ein Anhalten, geschweige an eine Umkehr nicht mehr denken konnte. Er tat sich Gewalt an.

»Madame«, sagte er, »wollen Sie mir huldreichst erlauben, Ihnen zu erklären, was ich für Sie ausgerichtet habe?«

»Ach! Charny,« antwortete Marie Antoinette, »was ich Ihnen soeben sagte, würde ich lieber hören ... Doch Sie haben recht, Sie müssen mich beizeiten erinnern, dass ich Königin bin. Reden Sie, Herr Botschafter, das Weib hat nichts mehr zu erwarten; die Königin erwartet Ihren Bericht.«

Sechsundzwanzigstes Kapitel

Am 19. Juni gegen acht Uhr morgens ging Gilbert in seiner Wohnung auf und ab. Von Zeit zu Zeit trat er ans Fenster und neigte sich hinaus; er schien jemanden zu erwarten und hielt ein zusammengefaltetes Papier in der Hand.

Endlich lockte ihn das Rollen eines vor der Tür anhaltenden Wagens ans Fenster; aber es war zu spät: Die Person, die in dem Wagen gekommen war, war schon ins Haus gegangen.

Gilbert rief ins Vorzimmer:

»Bastian, öffne dem Herrn Grafen von Charny die Tür, ich erwarte ihn.«

Er faltete das Papier noch einmal auseinander, und als er eben angefangen hatte zu lesen, meldete Bastian ... nicht den Grafen von Charny, sondern den Grafen Cagliostro.

Gilbert faltete schnell das Papier zusammen und steckte es in die Seitentasche seines Fracks.

»Der Graf von Cagliostro?«

»Mein Gott! Ja, lieber Gilbert«, sagte der Graf. »Ich weiß wohl, dass Sie nicht mich, sondern Herrn von Charny erwarteten ... aber Herr von Charny ist beschäftigt; er kann erst in einer halben Stunde hier sein. Ich hoffe, dass ich Ihnen willkommen bin, obwohl Sie mich nicht erwartet hatten.«

»Mein teurer Meister«, erwiderte Gilbert, »Sie wissen, dass Ihnen hier zu jeder Zeit des Tages und der Nacht die Tür offen steht.«

»Ich danke Ihnen, Gilbert; auch mir wird es einst vielleicht vergönnt sein, Ihnen zu beweisen, wie sehr ich Sie verehre. Wenn sich die Gelegenheit darbietet, wird der Beweis nicht auf sich warten lassen ... Jetzt lassen Sie uns ein Weilchen plaudern.« »Wovon denn?«, fragte Gilbert lächelnd.

»Wovon?« wiederholte Cagliostro; »natürlich von dem Gespräch, das jetzt in der Mode ist ... von der bevorstehenden Abreise des Königs.«

Gilbert schauderte, aber das Lächeln verschwand keinen Augenblick von seinen Lippen; der kalte Schweiß trat ihm wohl auf die Stirn, aber er besaß so viel Willenskraft, dass er nicht erblasste.

»Sie ist also auf morgen festgesetzt?«, fuhr Cagliostro fort, als er sah, dass Gilbert wartete.

»Teuerster Meister«, erwiderte Gilbert, »Sie wissen, dass ich Sie immer ausreden lasse; selbst wenn Sie irren, bleibt für mich immer etwas zu lernen.«

»Dass der König morgen fliehen will, ist Ihnen wohl bekannt, lieber Gilbert, denn Sie selbst sind ja ein Werkzeug dieser Flucht.«

»Wenn dem so ist«, erwiderte Gilbert, »so erwarten Sie doch nicht, dass ich es Ihnen gestehe?«

»Ihres Geständnisses bedarf es nicht; Sie wissen ja, dass mir nichts verborgen ist. Hören Sie, lieber Gilbert. Die Königin will auf der Reise ihre gewohnte Lebensweise nicht ändern, obschon der Graf von Charny versichert, dass die Reise nicht länger als fünfunddreißig Stunden dauern werde. Sie hat bei Desbrosses ein prächtiges Reiseetui bestellt; dieses Etui ist gestern Abend in die Tuilerien gebracht worden. – Der große bequeme Reisewagen, für sechs Personen eingerichtet, ist bei dem Hofsattler Louis von dem Grafen Charny bestellt worden. Der Graf zahlt ihm in diesem Augenblicke hundertfünfundzwanzig Louisdor, nämlich die Hälfte der Kaufsumme, aus. Man hat den Wagen gestern mit vier Postpferden probiert; der Vicomte Isidor von Charny hat einen höchst günstigen Bericht darüber abgestattet. – Endlich hat Herr von Montmorin heute Morgen einen Pass für die Baronin von Korff, ihre beiden Kinder, ihre beiden Kammerfrauen, ihren Intendanten und drei Diener unterzeichnet, ohne zu wissen, was er unterzeichnete. Die Baronin von Korff ist Frau von Tourzel, die Gouvernante der ›Kinder Frankreichs‹; die beiden Kinder sind Madame Royale und der Dauphin; ihre beiden Kammerfrauen sind die Königin und Madame Elisabeth; ihr Intendant ist der König; die drei Diener, die den Wagen zu Pferde begleiten sollen, sind der Vicomte Isidor von Charny, Herr von Malden und Herr von Valory. – Diesen Pass hatten Sie in der Hand; als ich zu Ihnen kam, steckten Sie ihn in die Tasche. Bin ich gut unterrichtet, lieber Gilbert?«

»Ja ... bis auf einen kleinen Widerspruch zwischen Ihren Worten und dem Inhalt des Passes ...«

»Was für ein Widerspruch?«

»Sie sagen, die Königin und Madame Elisabeth stellen die beiden Kammerfrauen der Frau von Tourzel vor, und ich sehe in dem Reisedokument nur eine Kammerfrau.«

»Die Sache verhält sich so: Frau von Tourzel wird in Bondy ersucht werden, auszusteigen, der Graf von Charny, ein entschlossener, zuverlässiger Mann, wird ihren Platz einnehmen und nötigenfalls zwei Pistolen aus der Tasche ziehen. Die Königin wird nun Frau von Korff, und da alsdann nur eine erwachsene Dame im Wagen sein wird, so war es überflüssig, zwei Kammerfrauen in den Pass zu setzen. – Wollen Sie noch mehr wissen? Ich kann Ihnen noch über viele Dinge genaue Auskunft geben. Die Abreise sollte vor dem 1. Juni stattfinden; Herr von Bouillé bestand darauf; er hat an den König sogar einen merkwürdigen Brief geschrieben, worin er ihn ersucht, sich möglichst zu beeilen, weil der Geist der Truppen von Tag zu Tag bedenklicher werde. – Kurz, die Abreise wurde auf Sonntag den 19. festgesetzt; dann wurde am 18. früh eine neue Depesche abgeschickt, welche die Abreise auf morgen Abend, den 20. Juni, festsetzte. Dies kann vielleicht Schwierigkeiten haben, denn Herr von Bouillé hatte allen seinen Truppen bereits Befehle gegeben und muss nun Gegenbefehle abschicken ... Das ist fatal, lieber Gilbert; nehmen Sie sich in acht!«

»Graf«, sagte Gilbert, »ich will aufrichtig gegen Sie sein: Alles, was Sie sagen, ist wahr.«

»Lieber Gilbert«, fuhr Cagliostro fort, »Sie mögen über diese Flucht denken, wie Sie wollen, sicher ist: Ludwig XVI. flieht nicht als Gatte und

Vater; – nein, er verlässt Frankreich wegen der Verfassung, die ihm die Nationalversammlung nach dem Muster der Vereinigten Staaten zugeschnitten hat; – er verlässt Frankreich wegen der Vorgänge in Saint-Cloud, wo ihm das Volk bewiesen hat, dass er ein Gefangener war. Sie, lieber Gilbert, glauben noch an das schöne, trostreiche Ideal einer durch die Freiheit des Volkes gemäßigten Monarchie; Sie müssen aber bedenken, dass die Könige von Frankreich sich für die Stellvertreter Gottes auf Erden halten; nicht allein ihre gesalbte Person ist heilig und unverletzlich, sondern auch ihr Palast, ihre Diener! Ihre Diener sind Priester, mit denen man nur kniend sprechen darf; unsere Könige darf man bei Todesstrafe nicht berühren, und wer Hand an ihre Diener legt, wird vom Bann getroffen! Als man den König hinderte, nach Saint-Cloud zu fahren, hat man ihn berührt; das konnte er nicht ertragen; nachdem er den Fluchtplan des Marquis von Favras verworfen und sich geweigert hatte, mit seinen Tanten zu fliehen, will er morgen mit einem Pass des Herrn von Montmorin unter dem Namen Durand und in Bedientenkleidern fliehen; wobei er jedoch nicht vergessen hat, den roten, goldgestickten Frack, den er zu Cherbourg trug, einpacken zu lassen.«

Gilbert entschloss sich, ganz offen zu reden.

»Graf«, sagte er, »alles, was Sie sagen, ist wahr. Kommen Sie als ehrlicher Feind, der erklärt, dass er kämpfen will? Oder kommen Sie als Freund, der seinen Beistand anbietet?«

»Lieber Gilbert«, antwortete Cagliostro zutraulich, »zuerst komme ich als Meister, um den Schüler zu warnen: Freund, du bist auf einem Irrwege; du hältst dich fest an der morschen Ruine, an dem einstürzenden Gebäude der Monarchie. Entferne dich nicht von der Wirklichkeit, um einem Schatten nachzujagen! Bedarfst du meiner Hilfe, so biete ich sie dir hiermit an!«

»Seien Sie ganz offen, Graf, und sagen Sie mir, in welcher Absicht Sie mir dieses Anerbieten machen.«

»Es ist ganz einfach, lieber Doktor: in der Absicht, dass der König Frankreich verlassen und uns die Republik ausrufen lassen möge.«

»Die Republik?«, sagte Gilbert erstaunt. »Lieber Graf, ich sehe und bemerke nicht einen einzigen Republikaner ...«

»Sie irren sich ... ich sehe drei: Pétion, Camille Desmoulins und Ihren ergebensten Diener; diese können Sie so gut sehen wie ich. Dann sehe ich noch andere, die Sie sehen werden, wenn es an der Zeit sein wird, dass sie erscheinen.«

Gilbert sann einen Augenblick nach. Dann reichte er Cagliostro die Hand und sagte:

»Graf, wenn es sich um mich handelte, so würde ich Ihr Anerbieten ohne Zögern annehmen; aber es handelt sich um ein Königreich, um ein Königshaus. Bleiben Sie neutral, lieber Graf, das ist alles, was ich verlange.«

Cagliostro lächelte.

»Still«, sagte Gilbert, »die Türglocke wird gezogen.«

»Was liegt daran? Sie wissen wohl, dass es der Graf von Charny ist; den Rat, den ich Ihnen zu geben habe, kann er auch hören und benutzen ... Nur herein, lieber Graf!«

Charny erschien wirklich in der Tür. Als er einen Fremden bei Gilbert sah, blieb er unschlüssig und etwas betroffen stehen.

»Hören Sie den Rat«, fuhr Cagliostro fort: »Trauen Sie den allzu kostbaren Etuis, den zu schweren Kutschen und den allzu ähnlichen Porträts nicht! - Adieu, Gilbert! Adieu, Herr Graf! Gott nehme Sie in seinen heiligen Schutz!«

»Wer ist dieser Herr?«, fragte Charny.

»Ein Freund von mir«, sagte Gilbert, »ein Mann, der alles weiß, der uns aber sein Wort gegeben hat, uns nicht zu verraten.«

»Sein Name?«

Gilbert zögerte einen Augenblick.

»Baron Zannone«, sagte er.

»Es ist sonderbar«, erwiderte Charny, »der Name ist mir nicht bekannt, und doch glaube ich das Gesicht zu kennen ... Haben Sie den Pass, Doktor?«

»Hier ist er, Graf.«

Siebenundzwanzigstes Kapitel

Das Misstrauen, das insgeheim alle Vertrauten der königlichen Familie gegen Frau von Rocheveul hegten, war nicht ohne Grund gewesen. Obgleich ihr Dienst am 11. aufgehört hatte, war sie doch, da sie Verdacht hegte, unter irgendeinem Vorwande wieder ins Schloss gekommen, und sie hatte bemerkt, dass die Schmuckkästchen der Königin zwar an ihrem Platze, aber die Diamanten nicht mehr darin waren. Marie Antoinette hatte sie ihrem Friseur Leonard anvertraut, und dieser sollte am Abend des 20., einige Stunden vor seiner erlauchten Gebieterin mit Herrn von Choiseul, dem Befehlshaber der ersten Truppenabteilung, abreisen. Der letztere sollte überdies zu Varennes sechs gute Pferde in Bereitschaft halten, und er erwartete in seiner Wohnung die Befehle des Königs.

Die Kammerfrau des Dauphin hatte vermutet, dass die Abreise auf Montag den 20., abends um elf Uhr, festgesetzt sei und ihren Geliebten, den Adjutanten Gourion, davon in Kenntnis gesetzt.

Am Abend dieses bedeutungsvollen Tages saß Andrea in ihrem Salon Isidor von Charny gegenüber, der eine Kurierjacke trug und in der Hand einen runden Tressenhut hielt.

»Noch einmal, Vicomte«, sagte sie, »warum ist er dann nicht selbst gekommen?«

»Mein Bruder hat mich seit seiner Rückkehr mehrmals beauftragt, Ihnen Nachricht von ihm zu geben.«

»Ich weiß es, aber ich meine doch, er hätte persönlich Abschied von mir nehmen können.«

»Es wird ihm wohl nicht möglich gewesen sein, Madame.«

»Vicomte, hat der Graf auf dieser Reise eine große Gefahr zu bestehen?«

»Wer kann sagen«, erwiderte Isidor ausweichend, »wo in unserer Zeit Gefahr ist, und wo nicht! Heutzutage kommt die Gefahr aus der Erde, und manchmal begegnet man dem Tode, ohne zu wissen, woher er kommt.«

Andrea erblasste.

»Er ist also in Todesgefahr«, sagte sie; »nicht wahr, Vicomte?«

»Ich denke, Madame, dass es nicht schaden würde, wenn Sie mich beauftragten, ihm Ihre Gedanken und Wünsche mündlich oder schriftlich zu überbringen.«

»Es ist gut, Vicomte«, sagte Andrea aufstehend, »warten Sie nur fünf Minuten.«

Der Vicomte sah nach der Uhr. »Ein viertel Zehn!«, sagte er; »der König erwartet uns um halb Zehn .... Zum Glück ist es nicht weit bis in die Tuilerien.«

Nach einigen Minuten kam die Gräfin mit einem gesiegelten Briefe zurück. »Vicomte«, sagte sie, »Ihrer Ehre vertraue ich dies an! Merken Sie wohl, was ich Ihnen sage. Wenn Ihr Bruder, der Graf von Charny, seine

Reise glücklich vollendet, so haben Sie ihm nur zu sagen, was ich für ihn empfinde: Sympathie für seine Treue, Achtung für seine Bereitwilligkeit, Bewunderung für seinen Charakter! ... Wenn er verwundet wird, so bitten Sie ihn, dass er mir erlaube, zu ihm zu kommen ... Wenn er tödlich verwundet wird, so übergeben Sie ihm diesen Brief. Wenn er ihn nicht mehr lesen kann, so lesen Sie ihm diese Zeilen vor, denn ich will, dass er vor seinem Ende mit dem Inhalte derselben bekannt werde ... Geben Sie mir Ihr Ehrenwort, Vicomte, dass Sie meinen Wunsch erfüllen wollen?«

Isidor von Charny neigte sich über die Hand der Gräfin und küsste sie wie zur Beteuerung. Dann eilte er fort. Als er in die Tuilerien kam, begegnete er zwei ihm unbekannten Offizieren, die im Vorzimmer des Königs warteten.

Eine Tür tat sich auf, und der König erschien. Sofort machte er von Charny mit Malden und Valory bekannt.

»Meine Herren«, sagte er dann, »Sie wissen, dass ich ein Gefangener bin ... Ich habe auf Sie gezählt, auf Ihren Beistand, um dieses demütigende Joch abzuschütteln und meine Freiheit wiederzuerlangen. Mein und der Meinigen Schicksal lege ich in Ihre Hände; alles ist zur Flucht bereit. Sie haben nichts zu tun, als uns noch heute Abend von hier fortzuhelfen.«

»Sire, befehlen Sie!«, sagten die drei jungen Kavaliere.

»Sie sehen wohl ein, meine Herren, dass wir nicht zusammen fortgehen können ... Unser Sammelplatz ist an der Ecke der Rue Saint-Nicaise, wo uns der Graf von Charny mit einer Mietkutsche erwartet. Sie, Vicomte, werden sich der Königin annehmen und auf den Namen Melchior antworten; Sie, Herr von Malden, werden Madame Elisabeth und Madame Royale unter Ihre Obhut nehmen und den Namen Jean führen; Sie, Herr von Valory, werden Frau von Tourzel und den Dauphin geleiten und sich François nennen lassen ... Vergessen Sie Ihre neuen Namen nicht, meine Herren, und erwarten Sie hier Ihre ferneren Weisungen.«

Unterdessen weilte der Herzog von Choiseul in seiner Wohnung in der Rue d'Artois. Er hatte tags vorher dem König im Namen des Herrn von Bouillé erklärt, es sei unmöglich, länger als bis zum 20. um Mitternacht zu warten; wenn er keine Nachricht bekomme, werde er am 21. um vier Uhr früh abreisen und alle Truppenabteilungen wieder nach Dun, Stenay und Montmédy führen. Choiseul erwartete nun vom Hofe die letzten Befehle; und da es schon neun Uhr abends war, hatte er wenig Hoffnung mehr. Endlich meldete ihm der einzige Diener, den er bei sich behalten hatte, einen Boten der Königin.

Der Bote wurde sogleich vorgelassen. Er war in einen weiten Mantel gehüllt und hatte den Hut tief ins Gesicht gedrückt.

»Sie sind's, Leonard!«, sagte Choiseul. »Ich habe Sie mit Sehnsucht erwartet.«

»Es ist nicht meine Schuld; die Königin zeigte mir erst vor zehn Minuten an, dass ich mich zu Ihnen begeben solle; sie hat mir befohlen, alle ihre Diamanten mitzunehmen und Ihnen diesen Brief zu überbringen.«

Der Herzog von Choiseul hatte mit dem Friseur die letzten Häuser von Petite-Villette noch nicht hinter sich, als ein aus dem Jakobinerklub kommender Trupp von fünf Personen in die Rue Saint-Honoré kam. Diese fünf Personen waren: Camille Desmoulins, Danton, Fréron, Chénier und Legendre.

Als die kleine Gesellschaft an der Ecke der Rue de l'Echelle war, warf Camille Desmoulins einen Blick auf die Tuilerien und sagte:

»Findet ihr nicht, dass Paris heute Abend ruhiger ist? Die Stadt ist wie ausgestorben. Auf dem ganzen Wege, den wir gemacht haben, ist uns nur eine einzige Patrouille begegnet.«

»Das ist kein Zufall«, erwiderte Fréron; »es sind Maßregeln genommen, um den Weg für den König frei zu lassen.«

»Wie!«, fragte, Danton; »man will den Weg für den König frei lassen?«

»Allerdings«, sagte Fréron, »er reist in dieser Nacht ab.«

»Das ist gewiss nur Scherz!«, sagte Legendre.

»Es ist möglich«, erwiderte Fréron; »aber es ist mir in einem Briefe angezeigt worden.«

»Die Flucht des Königs ist dir in einem Briefe angezeigt worden?«, sagte Camille Desmoulins; »in einem unterzeichneten Briefe?«

»Nein, der Brief ist anonym ... Ich habe ihn bei mir; da ist er ... Lest nur.«

Die fünf Patrioten blieben bei einem Fiaker stehen, und bei dem Licht einer Wagenlaterne lasen sie folgende Zeilen:

»Dem Citoyen Fréron wird hiermit angezeigt, dass Mr. Capet, die Österreicherin und die beiden Kinder heute Abend Paris verlassen und von Bouillé, dem Despoten von Nancy, an der Grenze erwartet werden.«

»Mr. Capet!«, sagte Camille Desmoulins. »Der Name ist gut! Ich werde Ludwig XVI. von jetzt an Mr. Capet nennen.«

»Ich möchte doch wissen«, sagte Danton, »ob der Brief die Wahrheit sagt und ob die ganze königliche Sippschaft diesen Abend Reißaus nehmen wird.«

»Wir sind ja bei den Tuilerien«, sagte Desmoulins, »wir können uns selbst überzeugen.«

Die fünf Patrioten machten die Runde um die Tuilerien. Als sie wieder an die Rue Saint-Nicaise kamen, bemerkten sie Lafayette, der mit seinem ganzen Generalstab in den Schlosshof ritt.

»Wahrhaftig«, sagte Danton, »da ist Blondinet, der die königliche Familie zu Bett bringen will ... unser Dienst ist zu Ende ... Gute Nacht!«

Um elf Uhr abends wurde der General Lafayette mit seinen beiden Adjutanten von dem Könige, der Königin und Madame Elisabeth empfangen. Um dieselbe Zeit wurden Madame Royal und der Dauphin zur Reise angekleidet, – zur größten Beschämung des Dauphin, der durchaus den Mädchenanzug zurückwies.

Dieser Besuch des Generals war im höchsten Grad beruhigend, zumal nach dem Argwohn, den die Angaben der Frau von Rocheveul erregt hatten.

Die Königin und Madame Elisabeth hatten abends eine Spazierfahrt in den Boulogner Wald gemacht und waren um acht Uhr zurückgekommen.

Lafayette fragte die Königin, ob ihr die Spazierfahrt Vergnügen gemacht habe; er meinte, sie möge nicht so spät draußen bleiben, der Abendnebel könne ihr schaden.

»Ein Juniabend«, erwiderte die Königin lachend. »Ich wüsste wahrlich nicht, woher ich den Nebel nehmen sollte, wenn ich ihn etwa brauchte, um unsere Flucht zu verbergen ... Ich sage: Um unsere Flucht zu verbergen; denn ich glaube, es heißt noch immer, dass wir abreisen?«

»Es ist wahr, Eure Majestät«, sagte Lafayette, »man spricht jetzt mehr als je davon, und man hat mir sogar gesagt, dass die Abreise heute Abend stattfinden soll.« – –

Um halb zwölf Uhr beurlaubte sich Lafayette mit seinen beiden Adjutanten. Lafayette begab sich in das Stadthaus, um Baillys Besorgnisse über die Absichten des Königs vollends zu beschwichtigen.

Als der General fort war, riefen der König, die Königin und Madame Elisabeth ihre Dienerschaft und ließen sich wie gewöhnlich beim Auskleiden behilflich sein; dann wurden alle zur gewohnten Stunde entlassen.

Die Königin und Madame Elisabeth kleideten sich gegenseitig an; kaum waren sie fertig, kam der König; er trug einen grauen Frack und eine kleine Perücke; dazu kurze Hosen, graue Strümpfe und Schuhe mit Schnallen.

Seit acht Tagen war der Kammerdiener Hue jeden Abend in genau dem gleichen Anzuge aus der Tür des längst ausgewanderten Herrn von Villequier gekommen und über den Karussellplatz gegangen. Man hatte diese Vorsichtsmaßregel angewandt, um die Wachen und andere Personen im Schlosse an das Erscheinen eines so gekleideten Mannes zu gewöhnen und dem Erscheinen des Königs das Auffallende zu nehmen. Man holte nun die drei Kuriere aus dem Boudoir der Königin, wo sie die festgesetzte Stunde erwartet hatten, und führte sie durch den Salon in das Appartement der Madame Royale, wo sich diese mit dem Dauphin aufhielt. Dieses Zimmer war bereits am 11. Juni von Villequier geräumt worden; von dieser Wohnung aus war es nicht schwierig, das Schloss zu verlassen. Es war bekannt, dass sie leer stand; man wusste nicht, dass der König die Schlüssel dazu hatte.

Überdies waren die Schildwachen in den Höfen gewohnt, gegen Mitternacht viele Leute auf einmal fortgehen zu sehen, denn die Hofdiener, die nicht im Schlosse wohnten, begaben sich um diese Zeit nach Hause.

Alle Anordnungen zur Reise waren getroffen. Isidor von Charny, der mit seinem Bruder alle gefährlichen Orte an der Landstraße inspiziert hatte, sollte vorauseilen, um auf allen Stationen die Pferde in Bereitschaft zu halten.

Malden und Valory, die auf dem Bock sitzen sollten, sollten den Postillions dreißig Sous Trinkgeld bezahlen. Besonders schnelles Fahren sollte mit größeren Trinkgeldern belohnt werden; doch mehr als vierzig Sous durften nicht aufgewendet werden. Nur der König bezahlte einen Taler.

Der Graf von Charny sollte wohlbewaffnet im Wagen sitzen, um jedem Unfall zu begegnen; auch jeder der drei Kuriere sollte ein paar Pistolen im Wagen bereithalten.

Man hatte berechnet, dass man bei mittelmäßig schnellem Tempo in dreizehn Stunden in Châlons sein könnte.

All dies war zwischen dem Grafen von Charny und dem Herzog von Choiseul verabredet worden, und alle Weisungen waren daraufhin an die drei jungen Kavaliere weitergegeben worden.

Die Kerzen wurden ausgelöscht und man tappte im Finstern durch die Zimmer Villequiers.

Es schlug gerade zwölf, als man aus dem Zimmer der kleinen Prinzessin in die leer stehende Wohnung trat. Der Graf von Charny musste seit einer Stunde auf seinem Posten sein.

Endlich fand der König die Tür. Er wollte den Schlüssel in das Türschloss stecken, aber die Königin hielt ihn zurück.

Man lauschte. Im Korridor hörte man Fußtritte und Geflüster. Draußen ging etwas vor.

Frau von Tourzel, die im Schlosse wohnte und deren Erscheinen in den Korridoren daher zu keiner Zeit auffallen konnte, erbot sich, durch die Zimmer zurückzugehen und nachzusehen, was das Geräusch und Geflüster bedeute.

Niemand wagte sich zu rühren; jeder hielt den Atem an.

Frau von Tourzel kam zurück; sie hatte den Adjutanten Gouvion erkannt und mehrere Uniformen gesehen.

Madame Elisabeth ging in das Zimmer der kleinen Prinzessin zurück und zündete das ausgelöschte Wachslicht an der noch brennenden Nachtlampe an. Mit diesem Licht versehen, suchten die Flüchtlinge jetzt einen andern Ausgang aus der Wohnung Villequiers.

Lange hielt man alles Suchen für fruchtlos, und es verging darüber mehr als eine Viertelstunde. Endlich fand man eine kleine Treppe, die zu einem einzelnen Zimmer im Zwischenstock führte. Dieses Zimmer, welches der Bediente Villequiers bewohnt hatte, stieß an einen Korridor und eine Hintertreppe.

Die Tür war verschlossen. – Der König versuchte alle Schlüssel; keiner passte. Der Vicomte von Charny suchte den Schlossriegel mit der Spitze seines Hirschfängers zurückzustoßen, aber der Schlossriegel widerstand.

Daraufhin nahm der König das Wachslicht, ließ die übrigen im Dunkeln zurück und begab sich in sein Schlafzimmer und von da auf der geheimen Treppe in seine Werkstatt. Dort nahm er ein Bündel Dietriche und ging zurück.

Einer fasste, die Tür ging auf, und alle atmeten wieder frei.

Mit frohlockender Miene sah Ludwig die Königin an.

»Nun, was sagen Sie dazu, Madame?«, fragte er.

»Es ist wahr«, erwiderte die Königin lachend, »es ist gar nicht übel, Schlosser zu sein.«

Madame Elisabeth ging mit der kleinen Prinzessin voran. Zwanzig Schritte hinter ihr kam Frau von Tourzel mit dem Dauphin. Zwischen beiden ging Herr von Malden, der bereit war, ihnen nötigenfalls zu Hilfe zu kommen.

Als sie an die Tür des Karussellplatzes kamen, stand die Schildwache still. »Tante«, flüsterte die kleine Prinzessin, die Hand ihrer Begleiterin fassend, »wir sind verloren! Der Soldat erkennt uns!«

»Das tut nichts, mein Kind«, erwiderte Madame Elisabeth; »wir sind noch mehr verloren, wenn wir zurückweichen.«

Sie setzten ihren Weg fort. Als sie der Schildwache bis auf einige Schritte nahegekommen waren, kehrte ihnen diese den Rücken zu, und sie gingen ungehindert weiter.

Ob der Soldat sie wirklich erkannt hatte? Ob er wusste, welche erlauchten Flüchtlinge er durchließ? Die Prinzessinnen waren davon überzeugt und segneten im Stillen diesen unbekannten Retter.

Außerhalb des kleinen Gittertores bemerkten sie den Grafen von Charny, der schon in der größten Unruhe war.

Er trug einen weiten blauen Mantel und einen runden Hut von Wachsleinwand.

»Mein Gott! Sind Sie endlich da?« flüsterte er. »Aber der König und die Königin? ...«

»Sie folgen uns«, antwortete Madame Elisabeth.

Er führte die Flüchtlinge schnell zu der Mietkutsche, die in der Rue Saint-Nicaise hielt. Ein Fiaker hielt neben der Mietkutsche.

»Du scheinst eine Fahrt zu haben, Kamerad?«, sagte der Fiakerkutscher, als er die von dem Grafen Charny mitgebrachten Personen sah.

»Wie du siehst, Kamerad«, antwortete Charny.

Dann sagte er leise zu dem Leibgardisten:

»Nehmen Sie diesen Fiaker und fahren Sie zu dem Tor Saint-Martin; den Wagen, der uns erwartet, werden Sie leicht erkennen.«

Malden verstand ihn und setzte sich in den Fiaker.

»Und du hast auch deine Fahrt«, sagte er. »Geschwind zum Opernhaus!«

Kaum war der Fiaker in der Rue de Rohan verschwunden, so trat ein Mann in grauem Frack, den dreieckigen Hut tief ins Gesicht gedrückt, beide Hände in den Taschen, durch das Gittertor.

Es war der König. Herr von Valory folgte ihm.

Charny ging dem König einige Schritte entgegen; er hatte ihn erkannt, aber nicht an seiner Kleidung oder Haltung, sondern an Herrn von Valory, der ihm folgte.

»Kommen Sie, Sire«, flüsterte er ihm zu. »Und die Königin?«, fragte er Herrn von Valory leise.

»Die Königin folgt uns mit Ihrem Herrn Bruder.«

»Gut; nehmen Sie den kürzesten Weg und erwarten Sie uns am Tor Saint-Martin; ich werde den längsten Weg wählen. Wir treffen uns an dem Wagen.«

Valory eilte auf dem kürzesten Wege zum Stelldichein.

Man wartete noch auf die Königin. – Es verging eine halbe Stunde. Charny, auf welchem die ganze Verantwortung lastete, war außer sich. Er wollte in das Schloss zurückeilen und sich erkundigen. Der König hielt ihn zurück. Der kleine Dauphin rief weinend nach seiner Mutter. Madame Royale, Madame Elisabeth und Frau von Tourzel vermochten ihn nicht zu trösten.

Die Angst wurde noch größer, als der Wagen des General Lafayette, von Fackeln begleitet, sichtbar wurde und auf den Karussellplatz fuhr. Dieser Wagen war auch der Königin begegnet, die mit Isidor von Charny einen unfreiwilligen Umweg gemacht hatte. Die beiden sahen ihn kommen und traten unter einen Torbogen, als auch schon die Pferde der Fackelträger zum Vorschein kamen. Der Vicomte schob die Königin in den dunkelsten Winkel und stellte sich vor sie hin.

In dem von den Fackelträgern umgebenen Wagen saß der General Lafayette in prächtiger Uniform.

In dem Augenblick, als der Wagen vorüberfuhr, fühlte sich Isidor durch einen starken Arm beiseite geschoben. Es war der Arm der Königin. Sie hatte ein dünnes Bambusrohr mit goldenem Knopf in der Hand und schlug damit an die Wagenräder, indem sie sagte:

»Geh, Kerkermeister! Ich bin nicht mehr in deiner Gewalt!«

»Was machen Sie, Madame?«, sagte Isidor. »Sie setzen sich der größten Gefahr aus!«

»Ich räche mich!«, antwortete die Königin, »und daran kann man schon etwas wagen.«

Die Königin war kaum zehn Schritte von dem Gittertor entfernt, als ein Mann in blauem Mantel, mit einem tief in die Augen gedrückten Wachstuchhut, schnell auf sie zutrat, ihren Arm fasste und sie zu einer an der Ecke der Rue Saint-Nicaise haltenden Mietskutsche führte.

Man glaubte die Königin bestürzt, erschöpft, halb ohnmächtig ankommen zu sehen; aber sie war ungemein heiter und vergnügt; zehn Schritte vor der Mietskutsche hielt ein Diener ein Pferd am Zügel.

Der Graf von Charny gab seinem Bruder einen Wink, Isidor schwang sich in den Sattel und jagte davon.

»Steigen Sie ein, Madame«, sagte Charny, »es ist kein Augenblick zu verlieren.«

Die Königin stieg ein. Es saßen bereits fünf Personen, nämlich der König, Madame Elisabeth, Madame Royale, der Dauphin und Frau von Tourzel in der Kutsche. Sie nahm den Dauphin auf den Schoß; der König saß an ihrer Seite, Madame Elisabeth, Madame Royale und Frau von Tourzel hatten den Rücksitz eingenommen.

An der Porte Saint-Martin hielt der Reisewagen. Malden und Valory standen zu beiden Seiten des bereits geöffneten Schlages.

Der Graf von Charny sprang schnell vom Bock, riss die Tür der Mietskutsche auf und ließ die sechs Personen aussteigen.

Der König stieg zuerst ein, dann die Königin und Madame Elisabeth, endlich Frau von Tourzel mit den beiden Kindern. Malden stieg hinten auf; Valory setzte sich neben Charny auf den Bock. Der Wagen war mit vier Pferden bespannt, die sogleich in Trab gesetzt wurden. Es schlug ein Viertel zwei. In einer Stunde waren die Flüchtlinge in Bondy. Die bereits angeschirrten Pferde warteten vor dem Stalle; auf der andern Seite der Landstraße hielt ein mit Postpferden bespanntes Kabriolett, in welchem zwei zu der Hofhaltung des Dauphin und der kleinen Prinzessin gehörende Kammerfrauen saßen.

Sie hatten in Bondy einen Mietswagen zu finden geglaubt, und da ihnen dies nicht gelungen war, hatten sie das Kabriolett um tausend Franken gekauft.

Der Verabredung gemäß, sollte Charny in Bondy den Platz der Frau von Tourzel einnehmen, und diese sollte allein nach Paris zurückkehren.

Aber man hatte vergessen, Frau von Tourzel von diesem Plan in Kenntnis zu setzen. Der König setzte ihn ihr auseinander.

Frau von Tourzel antwortete: »Ich werde Sie nicht verlassen.«

Die Königin zitterte vor Ungeduld. Sie hatte doppelte Ursache, zu wünschen, dass Charny im Wagen Platz nehme; in seiner Nähe fühlte sie sich gleichzeitig geborgen und beglückt.

Frau von Tourzel ließ sich jedoch nicht bewegen, zurückzubleiben. Man einigte sich dahin, dass Graf Charny nach Paris zurückreiten sollte, um dann, als einfacher Kurier gekleidet, den Wagen wieder einzuholen.

»Gibt es kein anderes Mittel?«, fragte Marie Antoinette voller Angst.

»Ich weiß keines«, sagte der König.

»Dann dürfen wir keine Zeit verlieren«, versetzte Charny. »Geschwind, Jean und François, auf euren Posten! Vorwärts, Melchior! ...«

In dem lebhaften Gespräch hatte man vergessen, dem Vicomte von Charny, Herrn von Valory und Herrn von Malden die im Sitzkasten des Wagens befindlichen Pistolen zu geben.

Gegen drei Uhr brach der Tag an; in Meaux wurden die Pferde gewechselt. Der König hatte Hunger, und es wurde der Flaschenkeller, den der Graf von Charny mit kaltem Braten, Brot und vier Flaschen Wein gefüllt hatte, hervorgesucht. Da weder Messer noch Gabeln da waren, nahm der König den Hirschfänger des Herrn von Malden, um den Braten zu schneiden.

Unterdessen neigte sich die Königin aus dem Wagen und schaute zurück, vermutlich um zu sehen, ob Charny noch nicht da war.

»Woran denken Sie, Madame?«, fragte der König.

»Ich?«, erwiderte die Königin mit gezwungenem Lächeln; »ich denke an Herrn von Lafayette .... Es wird ihm in diesem Augenblick gewiss nicht wohl zumute sein!«

Gegen acht Uhr morgens kam man an eine Anhöhe. Der Postillon begann, im Schritt zu fahren. Die beiden Diener sprangen vom Bock.

»Jean«, sagte der König, »ich möchte die Anhöhe hinaufgehen, und ich glaube, dass die Kinder und die Königin die kleine Strecke ebenfalls gern zu Fuß zurücklegen werden.«

Die kleine königliche Gesellschaft verteilte sich sogleich auf der Landstraße. Der Dauphin lief Schmetterlingen nach, Madame Royale pflückte

Blumen. Madame Elisabeth nahm den Arm des Königs; – die Königin ging allein.

Wer diese auf dem Wege zerstreute Familie gesehen hätte, würde sie für eine Gutsherrschaft gehalten haben, die sich auf ihr Schloss zurückbegibt.

Plötzlich blieb die Königin wie angewurzelt stehen. Auf der Landstraße erschien, in eine Staubwolke gehüllt, ein galoppierender Reiter.

Marie Antoinette sagte: »Ah! Nachricht von Paris!«

Alle sahen sich um, ausgenommen der Dauphin; der sorglose Knabe hatte den Schmetterling, dem er nachgejagt war, soeben gefangen; was lag ihm an den Nachrichten von Paris!

Es war wirklich der Graf von Charny; er trug einen grünen Reitrock mit flatterndem Kragen und einen Hut mit breitem Rand.

Sein sonst blasses Gesicht hatte durch den schnellen Ritt eine lebhaftere Farbe bekommen und seine Augen strahlten in ungewöhnlichem Feuer ... Die Königin hatte ihn noch nie so schön gesehen.

Er stieg vom Pferde und verneigte sich vor dem König.

»Es geht alles gut, Sire«, sagte Charny; »um zwei Uhr früh hatte noch niemand eine Ahnung von Ihrer Flucht.«

Die Reisegesellschaft setzte sich wieder in den Wagen; der Postillon setzte die Pferde in Trab; Charny ritt neben dem Wagen her.

Auf der nächsten Poststation fand man die Pferde bereit, nur nicht das Reitpferd für den Grafen. Isidor hatte nicht gewusst, dass sein Bruder ein Reitpferd brauchte. Der Wagen fuhr sogleich ab. – Charny musste warten, aber fünf Minuten später war er im Sattel; er glaubte, der Wagen sei vorausgefahren; als er aber um eine Straßenecke bog, fand er den Wagen am Wege liegen; er konnte nicht weiter, weil ein Strang gerissen war. Hierdurch verlor man mehr als eine halbe Stunde Zeit, und jede Minute war ein unersetzlicher Verlust!

Um zwei Uhr kamen die Reisenden nach Châlons; die Pferde wurden gewechselt.

Der König zeigte sich einen Augenblick. Unter den Neugierigen waren zwei Männer, die ihn aufmerksam ansahen.

Plötzlich entfernte sich einer und verschwand.

Der andere trat näher.

»Sire«, sagte er leise, »zeigen Sie sich nicht so ... Sie sind sonst verloren!«

Endlich sind die Pferde eingespannt, die Postillone im Sattel. Der erste Postillon treibt die Pferde an ... beide stürzen.

Die Pferde werden mit Peitschenhieben wieder auf die Beine gebracht; man will den Wagen in Bewegung setzen, die beiden Pferde des zweiten Postillons stürzen ebenfalls. Der Postillon kommt unter das Sattelpferd zu liegen.

Charny stürzt auf den Postillon zu und reißt ihn unter dem Pferde hervor. Die steifen Stiefel des Postillons bleiben am Boden liegen.

Die Pferde sind dergestalt in den Strängen verwickelt, dass sie kaum wieder aufstehen können.

Charny stürzt auf die Pferde zu.

»Geschwind die Stränge los!«, sagt er, »und dann wieder eingespannt!«

Inzwischen eilt der Mann, der sich plötzlich entfernt hatte, zu dem Bürgermeister; er meldet ihm, dass der König samt seiner Familie die Pferde wechselten, und verlangt einen Verhaftungsbefehl.

Anstatt sich von der Wahrheit der Aussage zu überzeugen, erklärt der Bürgermeister, die Sache könne nicht wahr sein, und als er endlich zum Äußersten getrieben wird, macht er sich zögernd auf den Weg zum Posthause. Aber es ist zu spät, der Wagen ist schon fort. Man hat mehr als zwanzig Minuten verloren.

Aber kaum sind die Reisenden hundert Schritte weitergefahren, so eilt ein Mann an den Wagen und ruft ihnen zu:

»Sie haben Ihre Maßregeln schlecht getroffen; man wird Sie anhalten!«

Die Königin schreit vor Schreck laut auf; der unbekannte Mann läuft davon und verschwindet in einem kleinen Walde.

Zum Glück sind es nur noch vier Meilen bis Pont-de-Sommevelle, wo der Herzog von Choiseul mit seinen vierzig Husaren wartet.

Aber es ist drei Uhr nachmittags, und man hat sich fast vier Stunden verspätet! ...

Achtundzwanzigstes Kapitel

Der Herzog von Choiseul war mit dem Friseur Leonard bis Pont-de-Sommevelle gekommen. Hier wollte es das Verhängnis, dass die Bauern eines unweit gelegenen Landgutes die Bezahlung der Abgaben verweigerten. Man hatte ihnen mit Exekution gedroht; aber die Verbrüderung hatte ihre Früchte getragen, und die Bauern der umliegenden Dörfer hatten den gutsherrlichen Bauern für den Fall, dass die Drohungen zur Tat würden, Hilfe zugesagt. Als die Bauern Husaren einrücken sahen, glaubten sie, sie kämen in feindlicher Absicht. Es wurden daher von Pont-de-Sommevelle sogleich Eilboten in die benachbarten Dörfer geschickt, und gegen drei Uhr ertönte in der ganzen Umgegend die Sturmglocke. Sobald der Herzog von Choiseul dies hörte, begab er sich in die Stadt zurück; er fand seinen Unterleutenant Boudet sehr unruhig.

Die Husaren, die man damals unter allen Truppenkorps ganz besonders verabscheute, wurden von den Bauern unaufhörlich geneckt und mit Spottliedern verhöhnt. Überdies begannen andere, besser Unterrichtete, einander zuzuflüstern, die Husaren wollten den König und die Königin erwarten.

Um die allgemeine Aufregung zu beschwichtigen, erklärte Choiseul, er habe mit seinen Husaren keineswegs die Absicht, gegen die Bauern einzuschreiten, sondern er sei gekommen, um einen Schatz zu eskortieren, den der Kriegsminister an die Armee sende.

Aber das doppelsinnige Wort »Schatz«, welches die Aufregung auf einem Punkte beschwichtigte, bestätigte den Argwohn auf dem andern. Der König und die Königin sind ja auch ein Schatz, und eben diesen erwartet zweifellos der Herzog von Choiseul.

Nach einer Viertelstunde sieht er sich mit seinen vierzig Husaren dergestalt bedrängt und umzingelt, dass er die Unmöglichkeit einsieht, sich länger zu halten und die königliche Familie zu beschützen.

Der Postmeister steht mitten unter den fünf- bis sechshundert Neugierigen, die durch ein Wort, einen Wink zu Feinden gemacht werden können. Der Herzog redet ihn an:

»Wissen Sie nicht, ob in diesen Tagen Geldsendungen nach Metz gemacht worden sind?«

»Jawohl«, antwortete der Postmeister, »erst heute Morgen sind mit dem Postwagen hunderttausend Taler dahin abgegangen.«

»Wirklich?«, erwiderte der Herzog, den dieser glückliche Zufall ganz überraschte.

»Parbleau!«, sagte ein Gendarm; »ich muss es wohl wissen, denn ich und Robin waren zum Eskortieren kommandiert.«

»Wenn das der Fall ist«, sagte Choiseul, »so wird der Minister diese Art Übermittlung vorgezogen haben, und da unsere Anwesenheit hier ganz zwecklos geworden ist, so glaube ich, dass wir uns zurückziehen können ... Aufsitzen!« rief er den Husaren zu.

Die kleine Reiterschar verließ Pont-de-Sommevelle in dem Augenblick, als die Turmuhr eben halb sechs schlug.

Zweihundert Schritte von dem Städtchen lenkte der Herzog von Choiseul mit seinen Husaren in einen Seitenweg ein, um Saint-Menehould, wo eine große Aufregung herrschen sollte, zu umgehen.

In demselben Augenblicke kam Isidor von Charny vor dem Posthause an. Er hatte zwei Stunden gebraucht, um mit seinem schlechten Postgaul die letzten vier Meilen zurückzulegen. Während ein frisches Pferd für ihn gesattelt wurde, erkundigte er sich, ob man keine Husaren im Orte gesehen, und erfuhr, dass ein Detachement im Schritt fortgeritten sei. Isidor bestellte die Pferde und sprengte auf seinem frischen Pferde davon, um den Herzog von Choiseul einzuholen und aufzuhalten.

Der Herzog aber hatte, wie wir gesehen, die Landstraße verlassen und gerade in dem Augenblick, als der Vicomte von Charny auf der Post ankam, den Seitenweg eingeschlagen; der Vicomte von Charny holte ihn daher nicht ein.

Zehn Minuten nach der Abreise Isidors von Charny kam der Wagen des Königs an.

Der Herzog von Choiseul hatte recht gehabt; die Straße war frei geworden, die Volksmenge hatte sich verlaufen.

Der Graf von Charny, der die erste Truppenabteilung zu Pont-de-Sommevelle zu finden hoffte, galoppierte neben dem Wagen her.

Aber man fand weder die Husaren noch den Herzog von Choiseul. Der König, der die Sache bedenklich fand, steckte den Kopf zum Wagen hinaus.

»Um Gottes willen, Sire«, sagte Charny, »zeigen Sie sich nicht! Ich will mich erkundigen.«

Fünf Minuten nachher trat er wieder an den Wagen; er hatte den Sachverhalt erfahren und meldete ihn dem Könige.

Der König sah wohl ein, dass sich der Herzog von Choiseul zurückgezogen hatte, um ihm den Weg freizumachen. Die Hauptsache war, so schnell wie möglich nach Saint-Menehould zu kommen; denn dorthin hatte sich der Herzog zurückgezogen, um seine Husaren mit den dort liegenden Dragonern zu vereinigen.

Als der Wagen zur Abfahrt bereit war, ritt Charny heran und fragte die Königin:

»Was befehlen Eure Majestät? Soll ich, vorausreiten, oder soll ich in einiger Entfernung folgen?«

»Verlassen Sie mich nicht«, sagte Marie Antoinette.

Inzwischen setzte Isidor von Charny in größter Eile seinen Weg fort. Zu seinem Erstaunen war die Landstraße, die man in ihrer schnurgeraden Richtung wohl eine Meile weit übersehen konnte, ganz verödet und menschenleer.

Zu Saint-Menehould fand er die Nationalgarde in den Straßen aufgestellt. Es waren die ersten Bürgersoldaten, die er auf der Reise sah.

Die ganze Stadt schien in Bewegung; Isidor hörte sogar die Trommel rühren. Ohne sich durch den Tumult irremachen zu lassen, sprengte er durch die Straßen in der Richtung zum Posthause.

Auf dem Marktplatze bemerkte er ein Dutzend Dragoner mit Lagermützen. An einem offenen Fenster stand der Marquis von Dandoins, ebenfalls mit der Lagermütze und einer Reitpeitsche in der Hand.

Isidor ritt vorbei, ohne sich umzusehen. Er meinte, der Marquis würde ihn erkennen und bedürfe daher keiner weiteren Andeutung.

Ein junger Mann von achtundzwanzig Jahren, der an seinem Tituskopf und Backenbart als Amtsrat zu erkennen war, stand in der Tür des Posthauses.

Isidor suchte jemand, an den er sich wenden könnte.

»Was wünschen Sie, mein Herr?«, fragte ihn der junge Mann.

»Ich wünsche den Postmeister zu sprechen«, erwiderte der Vicomte von Charny.

»Der Postmeister ist für den Augenblick abwesend; aber ich bin sein Sohn, Jean Baptiste Drouet ... wenn ich ihn vertreten kann, so reden Sie.«

»Ich brauche für zwei Wagen, die bald hier eintreffen werden, sechs Postpferde.«

Drouet nickte, ging in den Hof und rief: »Sechs Pferde für zwei Wagen und einen Klepper für den Kurier!«

In diesem Augenblicke kam der Marquis von Dandoins.

»Mein Herr«, sagte er hastig zu dem Vicomte, »Sie bestellen Pferde für den König, nicht wahr?«

»Ja, und ich sehe zu meinem Erstaunen Sie und Ihre Dragoner in Lagermützen.«

»Wir haben keine Nachricht erhalten«, erwiderte der Marquis. »Überdies hat die hiesige Bevölkerung eine sehr drohende Haltung angenommen; man sucht meine Leute abtrünnig zu machen ... was ist zu tun?«

»Was zu tun ist?«, sagte der Vicomte etwas ungeduldig. »Sie haben den mit jeder Minute zu erwartenden Wagen des Königs zu überwachen, sich nach den Umständen zu richten und eine halbe Stunde nach der königlichen Familie diesen Ort zu verlassen, um ihr den Rücken zu decken. – Doch still! Wir werden belauscht ... vielleicht hat man uns schon gehört ... Gehen Sie zu Ihrer Eskadron, und bieten Sie alles auf, um strenge Mannszucht zu halten.«

In demselben Augenblicke fährt der Wagen des Königs über den Marktplatz und hält vor dem Posthause.

Sogleich versammelt sich eine Schar von Neugierigen.

Isidor, der eben sein Pferd besteigen will, steht neben Drouet. Dieser schaut mit gespannter Aufmerksamkeit in den Wagen; er ist im vorigen Jahre auf dem Verbrüderungsfeste gewesen; er hat den König gesehen, er glaubt, ihn zu erkennen. Er zieht einen Geldschein aus der Tasche, vergleicht das Porträt mit dem Original und jeder Zweifel schwindet.

Isidor, der inzwischen sein Pferd bestiegen hat, reitet auf die andere Seite des Wagens; sein Bruder steht am Kutschenschlage, auf den sich die Königin mit dem Ellbogen stützt.

»Der König ist erkannt«, sagte Isidor zu dem Grafen. »Nur geschwind fort, es ist kein Augenblick zu verlieren! ... Und lass den Schwarzbärtigen, der an der Tür steht, nicht aus den Augen; er hat den König erkannt; er heißt Jean Baptiste Drouet.«

»Gut«, sagte Olivier, »ich werde ihn beobachten ... Jetzt reite fort!«

Isidor sprengt im Galopp davon, um zu Clermont die Pferde zu bestellen.

Kaum ist er am Ende der Stadt, so fahren die Postillions, durch das Versprechen guter Trinkgelder angespornt, im starken Trabe davon.

Der Graf hat Drouet scharf beobachtet. Drouet ist nicht von der Stelle gegangen; er hat nur leise mit einem Stallknecht gesprochen.

Charny ging auf ihn zu.

»Ist kein Pferd für mich bestellt?«

»Allerdings«, antwortete Drouet; »aber es sind keine Pferde mehr da.«

»Es wird ja im Hofe ein Pferd gesattelt!«

»Das ist mein Pferd!«

»Können Sie mir's nicht überlassen? Ich zahle, was Sie verlangen.«

»Unmöglich; es ist schon spät, und ich habe ein Geschäft, das sich nicht aufschieben lässt.«

Dringendes Bitten würde Verdacht erregt haben, und mit Gewalt konnte Charny das Pferd nicht nehmen.

»Graf«, sagte der Marquis Dandoins, »ich gebe Ihnen eines von meinen Pferden.«

»Ich nehme es mit Freuden an ... Die Rettung des Königs hängt jetzt von dem kleinsten Zufall ab; je besser das Pferd, desto wahrscheinlicher das Gelingen!«

Beide begaben sich, nachdem Charny einem Unteroffizier den Auftrag gegeben, Drouet genau zu beobachten, in das Quartier Dandoins.

Zum Unglück ist das Quartier des Marquis fünfhundert Schritte von dem Marktplatz entfernt. Bis die Pferde gesattelt sind, geht wenigstens eine Viertelstunde verloren. Wir sagen: die Pferde, denn Dandoins will ebenfalls aufsitzen und mit seinen Leuten dem Wagen des Königs folgen.

Plötzlich glaubt Charny einen lauten Tumult zu hören und mitten in dem wüsten Lärm die Worte: »Der König! ... Die Königin!« zu unterscheiden.

Er eilt zum Hause hinaus und bittet den Marquis, ihm sein Pferd auf den Marktplatz zu schicken.

Der Lärm hat sich mit Blitzesschnelle durch die ganze Stadt verbreitet. Kaum haben Dandoins und Charny den Platz verlassen, so ruft Drouet, der nur diesen Augenblick erwartet zu haben scheint, den Umstehenden zu:

»In dem Reisewagen, der soeben abgefahren ist, sitzt der König mit der Königin und seiner Familie.«

Dann schwingt er sich aufs Pferd und jagt davon. – Mehrere Freunde suchen ihn zurückzuhalten. Wohin reitet er? Was hat er im Sinne?

Er antwortet ihnen leise:

»Der Oberst war mit seinen Dragonern da ... Es war nicht möglich, den König anzuhalten: Es wäre ein Handgemenge entstanden, das sehr übel für uns hätte ablaufen können! Was ich hier nicht getan habe, werde ich in Clermont tun ... Haltet die Dragoner auf, das ist alles, was ihr zu tun habt.«

Der Bürgermeister erscheint in Begleitung der Gemeinderäte und fordert die Dragoner auf, sich in die Kaserne zu begeben, da es acht Uhr ist.

Charny hat alles gehört; der König ist erkannt; Drouet ist fort! Er stampft vor Ungeduld mit dem Fuße.

In diesem Augenblicke kommt der Marquis von Dandoins.

»Die Pferde? Die Pferde?« ruft ihm Charny entgegen.

»Sie kommen schon«, antwortete der Marquis.

»Haben Sie Pistolen in meine Sattelhalfter stecken lassen?«

»Ja.«

»Gut! Jetzt hängt alles von der Schnelligkeit Ihres Pferdes ab ... Ich muss einen Menschen einholen, der schon eine Viertelstunde voraus ist, und ihn niederschießen.«

»Wie? Ihn niederschießen?«

»Ja, wenn ich sein Leben schone, ist alles verloren.«

In diesem Augenblicke kommt der Reitknecht mit den beiden Pferden. Charny besteigt das eine, reißt dem Diener die Zügel aus der Hand und jagt in gestrecktem Galopp davon, ohne die Worte zu beachten, die ihm der Marquis Dandoins nachruft.

Diese letzten Worte, die ungehört verhallen, sind indes von Wichtigkeit; denn der Marquis hat ihm nachgerufen:

»Sie haben mein Pferd genommen ... die Pistolen in den Halftern sind nicht geladen!«

Dandoins begibt sich wieder zu seinen Dragonern und lässt zum Aufsitzen blasen. Aber als die Soldaten ausrücken wollen, sind die Straßen so mit Menschen angefüllt, dass die Pferde keinen Schritt vorwärts können.

Ein Zusammenstoß konnte für den König nur verderblich werden. Der Marquis von Dandoins beginnt zu parlamentieren; er befragt die angesehensten Einwohner, was der Aufruhr bedeutet. Er will nur Zeit gewinnen; denn unterdessen kann der König nach Clermont kommen, und dort findet er den Grafen Damas mit hundertvierzig Dragonern.

Um halb zehn Uhr kommt der Wagen des Königs in Clermont an. Isidor von Charny ist nur einige Hundert Schritte voraus, so schnell haben die Postillions gefahren.

Vor der Stadt erwartet Damas den Wagen des Königs; er ist durch Leonard von allem in Kenntnis gesetzt worden; er kennt die Livree des Kuriers und ruft Isidor an.

»Sind Sie der Kurier des Königs?«

»Sind Sie der Graf Charles von Damas?«, fragt Isidor von Charny, ohne die Frage zu beantworten.

»Ja, der bin ich.«

»Ich bin der Kurier des Königs. Ziehen Sie Ihre Dragoner zusammen und eskortieren Sie den Wagen Seiner Majestät.«

»Ich muss Ihnen gestehen, dass ich für meine Dragoner nicht bürge, wenn sie den König erkennen ... Ich kann Ihnen nur versprechen, die Landstraße zu besetzen, sobald der Wagen vorbei ist.«

»Tun Sie, was Sie können, Herr Graf«, sagte Isidor von Charny. »Da kommt der König.«

Isidor kann nicht länger verweilen, er muss fort und frische Pferde bestellen. Fünf Minuten nachher steigt er vor dem Posthause ab.

Fast zugleich mit ihm kommt der Graf von Damas mit fünf bis sechs Dragonern an. Dann fährt der Wagen des Königs vor.

Der Graf von Damas hielt neben dem Wagen.

»Sind Sie da, Graf Damas?«, fragte der König.

»Ja. Sire.«

»Warum sind denn Ihre Dragoner nicht unter den Waffen?«

»Sire, Eure Majestät haben sich um fünf Stunden verspätet; meine Eskadron war seit vier Uhr nachmittags im Sattel; ich suchte die Sache so lange als möglich hinzuziehen, aber die Stadt begann unruhig zu werden; sogar meine Dragoner ließen bedenkliche Mutmaßungen laut werden. Übrigens sehen Eure Majestät, dass alles sehr gut geht, der Weg ist frei.«

»Es freut mich, Graf«, erwiderte der König. »Sobald ich fort bin, lassen Sie zum Aufsitzen blasen und folgen dem Wagen in der Entfernung von einer Viertelmeile.«

»Sire«, sagte die Königin, »wollen Sie hören, was Herr Isidor von Charny sagt?«

»Was sagt er denn?«, fragte der König etwas ungeduldig.

»Er sagt, der Sohn des Postmeisters zu Saint-Menehould habe Sie erkannt; sein Bruder, den er gewarnt hat, ist zurückgeblieben, und wahrscheinlich ereignet sich in diesem Augenblicke etwas Bedeutendes, da der Graf von Charny nicht kommt.«

»Wenn wir erkannt sind«, erwiderte der König, »so haben wir umso mehr Ursache, uns zu beeilen.«

Isidors Pferd war bereit; er schwingt sich in den Sattel und ruft den Postillions zu:

»Nach Varennes!«

Der Wagen des Königs bewegte sich auf der Landstraße zwischen Clermont und Varennes. Am äußersten Ende von Varennes sollten die Pferde gewechselt werden; um dahin zu kommen, musste man über die mit einem Turm besetzte Brücke zur Stadt wieder hinausfahren. Das Haus, wo die Pferde gewechselt werden sollten, wurde von dem jungen Grafen Bouillé und Herrn von Raigecourt bewacht. Herrn von Rohrig, einen jungen Offizier von achtzehn Jahren, hatte man nicht in das Vertrauen gezogen, und er glaubte dahin beordert zu sein, um einen für die Armee bestimmten Geldtransport zu eskortieren.

Dem Plane nach sollte der Graf von Charny den Wagen des Königs durch das Straßenlabyrinth führen. Charny war vierzehn Tage in Varennes geblieben; er hatte alles genau beobachtet; jedes Gässchen, jedes Hindernis war ihm bekannt. Aber zum Unglück ist Charny nicht da. Seine Abwesenheit lässt sich nur durch ein Unglück erklären: Wie würde er sonst an diesem gefährlichsten Punkte der ganzen Reise gefehlt haben?

Der König selbst wird unruhig; da er sich auf Charny verlassen, hat er nicht einmal den Plan der Stadt mitgebracht.

Die Nacht ist dunkel; in einer solchen Nacht kann man sich sogar an bekannten Orten verirren, geschweige in den engen, krummen Straßen einer fremden Stadt.

Isidor von Charny war von seinem Bruder angewiesen worden, vor der Stadt anzuhalten. Dort wollte ihn der Graf ablösen und den Reisenden den Weg zeigen. Aber Isidor wurde durch das Ausbleiben seines Bruders ebenfalls mit der lebhaftesten Besorgnis erfüllt. Seine einzige Hoffnung war, dass Bouillé und Raigecourt in ihrer Ungeduld dem Könige entgegengeritten wären und diesseits Varennes warteten. Sie waren seit zwei bis drei Tagen in der Stadt und konnten daher leicht als Führer dienen.

Als Isidor daher an den Fuß des Hügels von Varennes kam und nur einzelne Lichter in der Stadt bemerkte, hielt er sein Pferd an und sah sich unschlüssig im Dunkeln um. Er konnte nichts sehen.

Nach fünf Minuten hatte ihn der Wagen des Königs eingeholt.

Der König und die Königin lehnten sich zum Wagen hinaus, und beide fragten zugleich:

»Haben Sie den Grafen, von Charny nicht gesehen?«

»Sire, antwortete Isidor, »ich habe ihn nicht gesehen, und da er nicht hier ist, so muss ihm bei der Verfolgung des elenden Drouet ein Unglück widerfahren sein.«

Die Königin seufzte tief. Der König wandte sich zu den beiden Leibgardisten, die abgestiegen waren, und fragte:

»Kennen Sie die Stadt, meine Herren?«

Keiner kannte sie; »Sire,« sagte Isidor, »es scheint alles ruhig ... Geruhen Eure Majestät hier zehn Minuten zu warten; ich will in die Stadt reiten und über den Grafen von Bouillé und Herrn von Raigecourt, oder doch wenigstens über den Ort, wo der Herzog von Choiseul die frischen Pferde bereithält, etwas zu erfahren suchen.

Mit verhängtem Zügel sprengte Isidor der unteren Stadt zu und verschwand bald hinter den ersten Häusern.

Neunundzwanzigstes Kapitel

Die Königin stieg aus, nahm den Arm des Herrn von Malden, und ging auf ein Haus zu. Als sie sich ihm näherten, wurde die Tür geschlossen; allein Malden hielt im letzten Augenblick die Tür fest.

»Was wollen Sie, mein Herr?«, fragte ein Mann von fünfzig Jahren.

»Wir bitten Sie, uns gefälligst den Weg nach Stenay zu zeigen.«

»Und wenn ich mich dadurch einer Gefahr aussetze ...«

»Mein lieber Herr«, unterbrach ihn Malden, »so sind Sie doch gewiss zu galant, um einer Dame, die sich in Gefahr befindet, diesen Dienst zu versagen.«

Der Mann im Schlafrock trat auf Malden zu und sagte ihm leise ins Ohr: »Die Dame kenne ich ... es ist die Königin!«

Marie Antoinette zog Herrn von Malden zurück.

»Melden Sie dem Könige, dass ich erkannt bin«, sagte sie.

Malden eilte an den Wagen und entledigte sich dieses Auftrags.

»Ersuchen Sie den Mann, zu mir zu kommen«, sagte der König.

Der Mann im Schlafrock seufzte, zog seine Pantoffeln aus und ging mit bloßen Füßen an den Wagen.

»Wie heißen Sie?«, fragte ihn der König.

»Von Préfontaine, Sire, Major der Kavallerie und Ritter des Ludwigsordens.«

»In Ihrer doppelten Eigenschaft als Major und Ritter des Ludwigsordens haben Sie mir zweimal Treue geschworen. Es ist daher Ihre Pflicht, mir aus dieser Verlegenheit zu helfen. Haben Sie vielleicht zufällig gehört, dass in einem Wirtshause frische Pferde bereitgehalten werden, und haben Sie Husaren gesehen, die seit gestern in der Stadt liegen?«

»Ja, Sire, die Pferde und die Husaren stehen jenseits der Stadt, die Pferde im Gasthofe ›Zum großen Monarchen‹, die Husaren sind wahrscheinlich in der Kaserne.«

Der König reichte der Königin die Hand, um ihr in den Wagen zu helfen.

Die beiden Offiziere setzten sich auf den Bock und riefen den Postknechten zu: »Zum großen Monarchen!«

Aber in diesem Augenblicke sprengte aus dem Walde ein Reiter.

»Postillions!«, rief er, »keinen Schritt weiter!«

»Warum nicht?«, fragten die erstaunten Postknechte.

»Weil ihr den König fahrt .... Der König ist auf der Flucht, und im Namen der Nation befehle ich euch, nicht von der Stelle zu fahren!«

Ludwig XVI. sah wohl, dass der Augenblick entscheidend war.

»Wer sind Sie denn?«, rief er dem Reiter zu, »und wer hat Ihnen das Recht gegeben, hier Befehle zu erteilen?«

»Ich bin ein gemeiner Bürger ... aber ich vertrete das Gesetz und spreche im Namen der Nation. – Postillions, nicht von der Stelle ... Ihr kennt mich wohl, ich bin Jean Baptiste Drouet, Sohn des Postmeisters von Saint-Menehould.«

»Oh! Der Elende!« riefen die beiden Offiziere, die vom Bock sprangen.

Aber ehe sie auf dem Boden standen, hatte Drouet sein Pferd gespornt und war in der Dunkelheit verschwunden.

»Ach! Charny ... Charny!« klagte die Königin, »was ist aus ihm geworden?«

Sie sank in den Wagen zurück, und schien von nun an gegen alles, was um sie her vorging, gleichgültig zu sein.

Was war aus Charny geworden?

Das Pferd des Marquis Dandoins war ein guter Renner; aber Drouet war beinahe zwanzig Minuten voraus. Diese zwanzig Minuten mussten eingebracht werden.

Drouet hatte einen Postklepper, und Charny ritt ein Vollblutpferd. Der letztere hatte daher kaum eine Meile zurückgelegt, als er seinen Gegner erblickte. Drouet bemerkte nun, dass er verfolgt wurde, und machte die ungeheuersten Anstrengungen, um seinem Verfolger zu entkommen. Der junge Patriot fürchtete keineswegs den Tod, aber er fürchtete, angehalten zu werden und diese willkommene Gelegenheit, seinen Namen berühmt zu machen, unwiederbringlich zu verlieren.

Es waren noch zwei Meilen bis Clermont; aber es war nicht zu bezweifeln, dass ihn sein Verfolger bald einholen werde. Er trieb daher seinen Gaul mit Sporn und Peitsche an.

Inzwischen war es Abend geworden, es war etwa halb Zehn. Drouet war nur noch drei Viertel Meilen von Clermont entfernt, aber Charny war kaum noch zweihundert Schritte hinter ihm zurück.

Drouet wusste, dass in Varennes keine Poststation war; er vermutete daher, dass der König sich nach Verdun wenden werde. Schon gab er die Hoffnung auf; denn ehe er den König einholte, musste er selbst eingeholt werden.

Auf einmal, als Charny nur noch etwa fünfzig Schritte hinter ihm ist, begegnen ihm Postknechte mit ausgespannten Pferden. Drouet erkennt in ihnen dieselben, die den König gefahren haben.

»Sind die Wagen nach Verdun gefahren?«

»Nein, nein!«, rufen ihm die Postknechte zu; »die Straße nach Varennes!«

Drouet frohlockt; er ist gerettet, der König verloren!

Hätte der König den Weg nach Verdun genommen, so wäre Drouet genötigt gewesen; in gerader Richtung fortzureiten, aber der König hat den Seitenweg nach Varennes eingeschlagen, und dieser Weg geht zu Clermont in fast spitzem Winkel von der Hauptstraße ab. Drouet jagt in den Argonner Wald, dessen Weg er genau kennt. Er gewinnt dadurch einen Vorsprung von einer Viertelstunde, und überdies hofft er im Dunkel des Waldes seinem Verfolger zu entkommen. Charny, der die Gegend fast ebenso gut kennt wie Drouet, jagt ihm auf dem Fuße nach.

Noch ehe Drouet den Wald erreicht, ruft ihm Charny Halt zu. Charny zieht eine Pistole hervor und schlägt auf Drouet an.

»Halt!«, ruft er ihm zu, »oder du bist des Todes!«

Drouet bückt sich auf den Hals seines Pferdes und treibt es mit der Peitsche an.

Charny drückt los, aber nur die Funken des Steines blitzen in der Dunkelheit.

Charny schleudert wütend seine Pistole auf Drouet, zieht die zweite hervor und schlägt zum zweiten Male auf ihn an; aber die Pistole versagt wieder.

Kaum hat er hundert Schritte zurückgelegt, stürzt sein Pferd in einen Graben; Charny fällt kopfüber zu Boden; er springt rasch wieder auf und schwingt sich in den Sattel; – aber Drouet ist verschwunden!

So war Drouet seinem Verfolger entkommen; so erschien er auf der Landstraße und befahl den Postknechten, die den König fuhren, vor der Stadt Varennes zu halten.

Die Postknechte halten, denn Drouet hat sie im Namen der Nation aufgefordert, und dieser hat bereits mehr Gewalt als der Name des Königs.

Kaum ist Drouet in den Gassen der unteren Stadt verschwunden, so hört man den Galopp eines näherkommenden Pferdes.

Isidor kommt zurück: Die von Choiseul bestellten Pferde stehen im »Großen Monarchen« bereit. Dort warten auch Bouillé und Raigecourt.

»Haben Sie den durch die Stadt galoppierenden Reiter nicht gesehen?«, fragt der König hastig.

»Ja, Sire«, antwortete Isidor.

»Der Reiter ist Drouet«, erwiderte der König.

»Drouet!«, ruft Isidor entsetzt. »Dann ... ist mein Bruder tot!«

Die Königin schreit laut auf, und bedeckt das Gesicht mit beiden Händen.

Isidor von Charny war der erste, der sich wieder fasste.

»Sire«, sagte er, »wir dürfen nur an Eure Majestät denken. Es ist kein Augenblick zu verlieren! Die Postknechte kennen den Gasthof ›Zum großen Monarchen‹ ... also fort, im Galopp!«

Aber die Postknechte rühren sich nicht.

»Nun, warum fahren wir denn nicht weiter?«

»Weil es Herr Drouet verboten hat.«

»Wie! Wenn der König befiehlt, so gehorcht ihr Herrn Drouet?«

»Wir gehorchen der Nation.«

Isidor fasst den nächsten Postknecht beim Kragen und hält ihm den Hirschfänger auf die Brust.

Die Königin schreit laut auf:

»Um Gottes willen, meine Herren!«, ruft sie. – Dann sagte sie zu den Postknechten: »Hört, Freunde! Fünfzig Louisdor Trinkgeld für euch drei, und fünfhundert Franken Pension für jeden, wenn ihr den König rettet!«

Die Postknechte treiben, durch die Belohnung angelockt, die Pferde weiter an.

Der Wagen fährt schnell durch die untere Stadt; aber als man an die Torwölbung kommt, die unter dem Brückenturm hindurchführt, bemerkt man, dass ein Torflügel geschlossen ist.

Man öffnet den Torflügel: Der Weg ist durch zwei oder drei Karren gesperrt.

»Hierher, meine Herren!«, ruft Isidor, der vom Pferde springt, um die Karren auf die Seite zu schieben.

In diesem Augenblick hört man die ersten Trommelwirbel und das erste Rasseln der Sturmglocke.

Drouet ist bei der Arbeit.

»Ha! Der Elende!« ruft Isidor zähneknirschend, »wenn ich ihn finde!«

Mit gewaltiger Anstrengung schiebt er einen Karren weg, während Malden und Valory den andern umwerfen.

Es bleibt noch der dritte aus dem Wege zu räumen. Während die drei jungen Kavaliere Hand anlegen, erscheint der Wagen unter dem Turmgewölbe.

Auf einmal sieht man zwischen den Leitern des dritten Karrens vier bis fünf Gewehrläufe hervorkommen.

»Keinen Schritt weiter, meine Herren, oder Sie sind des Todes!«, ruft ihnen eine Stimme zu.

»Meine Herren«, sagte der König, der sich zum Wagen herausneigte, »brauchen Sie keine Gewalt, ich befehle es Ihnen.«

Die beiden Offiziere und Isidor treten einen Schritt zurück.

»Was will man von uns?«, fragte der König.

»Wir wollen die Pässe sehen«, antworteten zwei oder drei Stimmen.

»Die Pässe? Gut«, sagte der König; »rufen Sie die Stadtbehörden, wir wollen sie ihnen zeigen.«

Zwei Männer erschienen, der eine mit einer dreifarbigen Schärpe, der andere in Uniform.

Der erstere war der Gemeindevorsteher Sausse, der andere der Kommandant der Nationalgarde Hannonet.

Hinter ihnen sah man im Lichte der Fackeln gegen zwanzig Gewehrläufe glänzen.

»Meine Herren«, sagte der König, »ich bin bereit, mich Ihnen mit den mich begleitenden Personen anzuvertrauen; aber schützen Sie uns gegen die Rohheit dieser Leute.«

»Gewehr bei Fuß, meine Herren!«, sagte Hannonet.

Die Leute gehorchten murrend.

»Sie werden entschuldigen, mein Herr«, sagte der Gemeindevorsteher zum König; »aber es geht das Gerücht, Seine Majestät Ludwig XVI. sei auf der Flucht, und wir haben uns pflichtgemäß zu überzeugen, ob es wahr ist.«

»Sich zu überzeugen, ob es wahr ist?« eiferte Isidor. »Wenn es wahr ist, dass der König in diesem Wagen sitzt, so müssen Sie ihm zu Füßen fallen; wenn der Reisende hingegen ein Privatmann ist, warum halten Sie ihn dann an?«

»Mein Herr«, sagte Sausse, der sich fortwährend an den König wandte, »ich rede mit Ihnen; wollen Sie die Güte haben, mir zu antworten?«

»Sire«, sagte Isidor leise, »suchen Sie Zeit zu gewinnen; der Graf von Damas folgt uns mit seinen Dragonern, und er kann nicht lange mehr ausbleiben.«

»Sie haben recht«, sagte der König.

»Und wenn unsere Pässe in Ordnung sind, werden Sie uns dann ungehindert weiterreisen lassen?«

»Allerdings«, erwiderte Sausse.

»Nun, dann haben Sie die Güte, Frau Baronin«, sagte der König zu Frau von Tourzel, »Ihren Pass hervorzusuchen und diesem Herrn zu zeigen.«

Frau von Tourzel verstand; sie begann wirklich den Patz zu suchen, aber in Taschen, wo er nicht zu finden war.

»Sie sehen ja«, sagte eine ungeduldige Stimme, »dass kein Pass vorhanden ist!«

»Allerdings, meine Herren, wir haben einen Pass«, sagte die Königin, »aber die Frau Baronin von Korff weiß nicht mehr, wo er geblieben ist; sie hat nicht gewusst, dass man ihn vorzeigen muss.«

Ein lautes Hohngelächter der Umstehenden bewies, dass man sich durch diese Ausflucht nicht täuschen ließ.

»Wir können es kürzer machen«, sagte Sausse, »Postillions! – fahrt vor meinen Laden; die Herren und Damen werden aussteigen, und alles wird sich aufklären .... Vorwärts!«

»Oh, Damas! Damas!« sagte der König; »wenn er nur kommt, ehe wir in dem verwünschten Hause sind!«

Aber man kam an dem Hause an, ohne von Damas etwas zu sehen. Dieser hatte nicht kommen können; zuerst hatte ihn der Gemeinderat aufgehalten, dann waren seine Dragoner zur Nationalgarde übergetreten. Er selbst versuchte, sich mit einigen Offizieren durchzuschlagen.

Das Haus des Munizipalbeamten – wenigstens was die erlauchten Gefangenen und ihre Leidensgefährten davon sahen – bestand aus einem Spezereiladen, der durch eine Glastür von einem Speisezimmer getrennt war. In einer Ecke des Ladens war eine hölzerne Treppe, die in den ersten Stock führte, der aus zwei Zimmern bestand.

Frau Sausse erschien halb angekleidet oben an der Treppe, als zuerst die Königin, dann der König, die »Kinder Frankreichs«, Madame Elisabeth und zuletzt Frau von Tourzel in den Laden traten.

Mehr als hundert Personen begleiteten den Wagen und blieben vor dem Hause stehen.

»Es war von einem Pass die Rede«, begann Sausse; »wenn die Dame, die sich für die Herrin des Wagens ausgibt, mir ihn einhändigen will, so will ich mit ihm auf das Rathaus gehen, wo der Gemeinderat versammelt ist, um zu sehen, ob er gültig ist.«

Frau von Tourzel nahm das Dokument aus der Tasche und übergab es dem Gemeindebeamten, der sich sogleich aufs Rathaus begab.

In der Sitzung des Gemeinderats ging es ungemein lebhaft zu, denn Drouet war dabei. Sausse erschien mit dem Pass. Alle wussten, dass die

Reisenden in seinem Hause waren, und bei seiner Ankunft entstand das tiefste Schweigen.

Er überreichte dem Bürgermeister den Pass.

»Meine Herren«, sagte dieser, »der Pass ist vollkommen gültig. Hier ist die Unterschrift des Königs!«

Er reichte den Pass den Umstehenden, die ihn sehen wollten; aber Drouet kam den übrigen zuvor und ergriff das Papier.

»Er ist freilich vom König unterzeichnet«, sagte er. »Aber wo ist die Unterschrift der Nationalversammlung?«

»Hier«, sagte sein Nachbar, der den Pass zugleich mit ihm und bei demselben Lichte las; – »hier stehen die Unterschriften der Mitglieder eines Komitees.«

»Mag sein«, erwiderte Drouet; »aber wo ist die Unterschrift des Präsidenten ... Überdies handelt es sich auch gar nicht um eine Unterschrift. Die Reisenden sind keineswegs die russische Baronin von Korff mit Kindern und Dienerschaft; es sind der König, die Königin, der Dauphin, Madame Royale, Madame Elisabeth, eine Palastdame, drei Kuriere .... Wollen Sie die königliche Familie aus Frankreich entfliehen lassen?«

Die Frage war klar und entschieden gestellt, aber für Gemeindebeamten einer Stadt wie Varennes schwer zu lösen. Da die Beratung sich in die Länge zu ziehen schien, so entschloss sich der Gemeindevorstand, sich nach Hause zu begeben.

Er fand die Reisenden in seinem Laden. Madame Sausse hatte sie ersucht, sich in ihr Zimmer zu bemühen, hatte ihnen Sessel und sogar einen Imbiss angeboten, aber sie hatten alles abgelehnt.

Plötzlich erschien der Hausherr unter der vor der Tür versammelten Menge, durch die er sich nur mit Mühe einen Weg bahnte.

Der König ging ihm entgegen.

»Nun, der Pass?«, fragte er mit einer Hast, die er vergebens zu bewältigen suchte.

»Der Pass«, antwortete Sausse, »ist im Gemeinderat der Gegenstand einer lebhaften Erörterung geworden.«

»Wie?«, fragte Ludwig XVI. »zweifelt man etwa an seiner Gültigkeit?«

»Nein; aber man bezweifelt, dass er wirklich der Frau von Korff gehöre, und es geht das Gerücht, dass wir das Glück haben, den König und seine Familie bei uns zu sehen.«

Ludwig XVI. zögerte einen Augenblick mit der Antwort; dann fasste er plötzlich seinen Entschluss und erwiderte:

»Nun ja, ich bin der König ... hier ist die Königin, hier sind meine Kinder ... und ich ersuche Sie, uns mit der nötigen Achtung zu behandeln, welche die Franzosen ihren Königen gegenüber nie verleugnet haben.« Der König gab diese Erklärung mit Würde; aber sein einfacher Anzug war leider nicht geeignet, seiner Person etwas Imponierendes zu geben.

Die Königin fühlte den Eindruck, den die Erscheinung ihres Gemahls auf die gaffende Menge machte, und die Röte stieg ihr ins Gesicht.

»Wir wollen Ihre Einladung annehmen«, sagte sie hastig zu der Frau vom Hause; »führen Sie uns hinauf.«

Inzwischen verbreitete sich die Kunde, dass der König in Varennes sei, wie ein Lauffeuer durch die ganze Stadt. Ein Mann begab sich eilends auf das Rathaus und stürzte in den Sitzungssaal.

»Meine Herren«, sagte er, »die Reisenden, die bei, Herrn Sausse verweilen, sind wirklich der König und die königliche Familie .... Ich habe es aus des Königs eigenem Munde gehört.«

»Ich sagte es ja!«, rief Drouet frohlockend.

Wie geschah es nun, dass Bouillé und Raigecourt mit ihren Husaren nicht in die Stadt kamen?

Wir wollen es erklären.

Gegen neun Uhr abends hatten die beiden Offiziere im »Großen Monarchen« gesessen, als der Friseur Leonard im gleichen Gasthause abstieg. Von ihm hörten sie, Damas sei von seinen Dragonern im Stich gelassen worden, der König werde wohl nicht kommen. Sie warteten bis nach Mitternacht.

Um halb ein Uhr wurden sie durch die Sturmglocke, das Trommeln und den Lärm aufgeweckt. Sie schauten aus dem Fenster und sahen die ganze Stadt in Bewegung. Darauf eilten sie in den Stall und ließen sogleich die für den König bereitgehaltenen Pferde herausbringen und vor die Stadt führen. Dort würde sie der König finden, nachdem er den Weg durch die Stadt zurückgelegt hätte.

Dann ließen sie ihre eigenen Pferde an denselben Ort bringen.

Inmitten des allgemeinen Geschreis und Getümmel erfuhren sie, dass der König angehalten und zu dem Gemeindevorstand geführt worden sei. Was tun?

Sollten sie die Husaren aufsitzen lassen und die Befreiung des Königs versuchen? Oder sollten sie zu dem Marquis von Bouillé eilen, den sie Wahrscheinlich zu Dun treffen würden.

Sie entschieden sich für das letztere. Das war ebenfalls Hilfe, die der König mit Gewissheit erwartete, und die nicht erschien.

Dreißigstes Kapitel

Der Herzog von Choiseul, Kommandant des ersten Postens zu Pont-de-Sommevelle, hatte, um die aufgeregte Stadt Saint-Menehould zu umgehen, einen Seitenweg eingeschlagen. Er glaubte, der König sei aufgehalten worden; war dies nicht der Fall, so musste ja der König in Saint-Menehould den Marquis von Dandoins und in Clermont den Grafen von Damas finden.

Wir haben gesehen, dass der Marquis mit seinen Leuten zurückgehalten wurde und dass der Graf fast allein die Flucht ergreifen musste.

Endlich, um halb ein Uhr, als Bouillé und Raigecourt bereits auf dem Wege nach Dun waren, kam der Herzog von Choiseul mit seinen vierzig Husaren an das andere Ende der Stadt. An der Brücke wurde er mit einem kräftigen »Wer da?« empfangen und eine Schildwache der Nationalgarde trat ihm in den Weg.

»Frankreich! Lauzun-Husaren!«, antwortete Choiseul.

»Passiert nicht!«, antwortete der Nationalgardist und rief zu den Waffen. Zugleich entstand eine große Bewegung in der Stadt; beim Schein der Fackeln sah man eine Menge Gewehre glänzen.

Der Herzog von Choiseul, der nicht wusste, mit wem er es zu tun hatte und was vorgefallen war, wollte sich vor allem über die Lage unterrichten. Plötzlich glaubte er mitten in der Dunkelheit eine kleine Reiterschar ausrücken zu sehen, und zugleich hörte er »Wer da?« rufen.

»Frankreich!«, antwortete eine Stimme.

»Welches Regiment?«

»Monsieur-Dragoner.«

»Gut!«, sagte Choiseul zu dem Unteroffizier, der neben ihm hielt, »da ist der Graf von Damas mit seinen Dragonern!«

Und ohne länger zu warten, entledigte er sich zweier Leute, die ihm in den Zügel gefallen waren und sprengte mit seinen Leuten in die erleuchteten und von Menschen wimmelnden Straßen. Vor dem Hause des Gemeindevorstehers bemerkte er den Wagen des Königs und eine starke Wache.

Um seine Truppe mit den Einwohnern nicht in Berührung zu bringen, wandte er sich zu der Husarenkaserne, deren Lage er kannte. Die Kaserne war leer; er ließ seine vierzig Husaren einrücken. Mannschaft und Pferde waren todmüde. Choiseul ließ ihnen keine Zeit; er befahl ihnen, mit gezogenem Säbel auszurücken, und eilte in starkem Trab zu dem Hause, wo er vermutete, dass der König gefangengehalten werde.

Ohne sich um die Schmähungen der Nationalgardisten zu kümmern, stellte er an der Tür eine Wache auf. Als er eben in die Tür treten wollte, empfing der König eine von Sausse geführte Deputation der Gemeinde, deren Sprecher sagte:

»Da die Einwohner von Varennes nicht mehr zweifeln können, dass sie das Glück haben, den König in ihrer Mitte zu besitzen, so wünschen sie, seine Befehle in Empfang zu nehmen.«

»Meine Befehle?«, antwortete der König. »Dann lassen Sie meinen Wagen bereithalten, damit ich abreisen kann.«

Die Gemeindedeputation war im Begriff, diese Frage zu beantworten, als man die Husaren Choiseuls heransprengen hörte. Man sah durch das Fenster, wie sie sich mit gezogenem Säbel auf dem Platze aufstellten.

Die Königin konnte ihre freudige Überraschung nicht verbergen.

»Wir sind gerettet!«, flüsterte sie Madame Elisabeth ins Ohr.

In diesem Augenblick entstand in dem bewachten Vorzimmer ein großer Lärm. Der Herzog von Choiseul erschien ohne Hut mit entblößtem Degen in der Tür. Hinter ihm sah man das blasse, aber entschlossene Gesicht des Grafen von Damas.

Die Königin trat auf den Herzog von Choiseul zu und fasste seine Hand. »Ah! Sie sind's, Herr von Choiseul!« sagte sie. »Seien Sie willkommen!«

»Ach! Madame,« erwiderte der Herzog, »ich komme sehr spät, wie es scheint.«

»Nun, wenn Sie in guter Begleitung kommen, so lässt sich das Versäumte nachholen.«

»Leider sind wir fast allein, Madame. Der Marquis Dandoins ist mit seinen Dragonern zu Saint-Menehould festgehalten worden, und der Graf von Damas ist von den Seinen verlassen. Aber wo ist der Chevalier von Bouillé? Und warum ist Herr von Raigecourt nicht hier?«

Unterdessen hatte sich der König genähert.

»Ich habe die Herren gar nicht gesehen«, sagte er. »Was bleibt uns noch?«

»Wir müssen Sie retten, Sire«, sagte Damas. »Erteilen Sie Ihre Befehle.«

»Hören Sie, Sire«, sagte Choiseul. »Ich habe vierzig Husaren; sieben von ihnen müssen die Pferde hergeben; Eure Majestät setzen sich auf ein Pferd und halten den Dauphin in Ihren Armen; die Königin setzt sich auf das zweite Pferd, Madame Elisabeth auf das dritte, Madame Royale auf das vierte, und ebenso die drei Damen, die Sie nicht verlassen wollen. Wir umzingeln Sie mit den dreiunddreißig Husaren, die beritten bleiben; wir hauen uns mit dem Säbel durch, und so bleibt uns noch Aussicht auf Rettung! Aber bedenken Sie wohl, Sire, dass Sie sich schnell entschließen müssen, denn in einer Stunde, in einer halben, in einer Viertelstunde vielleicht sind meine Husaren von unsern Gegnern gewonnen.«

Der König erwiderte:

»Ich weiß wohl, dass dieses Rettungsmittel vielleicht das einzige ist. Aber können Sie verbürgen, dass in dem Handgemenge mein Sohn oder meine Tochter, die Königin oder meine Schwester nicht von einer Kugel getroffen werden?«

»Sire«, antwortete Choiseul, »wenn das sich ereignete, würde mir nichts übrig bleiben, als mir vor den Augen Eurer Majestät den Tod zu geben.«

»Nun, dann wollen wir auf alle solche Gewaltmittel verzichten«, sagte der König; »es ist besser, die Sache ruhig zu überlegen.«

Die Königin trat einige Schritte zurück und sah Isidor von Charny. Sie wechselte einige Worte mit ihm und Isidor eilte zum Zimmer hinaus.

Der König, der dies nicht beachtete, fuhr fort:

»Die Gemeindebehörde hat gegen meine Durchreise nichts einzuwenden; sie verlangt nur, dass ich bis Tagesanbruch warte.« Er zog seine Uhr hervor. – »Es ist bald drei Uhr ... Der junge Bouillé ist um halb ein Uhr fortgeritten ... um fünf oder sechs Uhr kann der Marquis von Bouillé persönlich hier eintreffen, und dann können wir ohne Gefahr für meine Familie und ohne Gewalt zu gebrauchen, Varennes verlassen und unsere Reise fortsetzen.«

Der Herzog von Choiseul erkannte die Richtigkeit dieser Gründe an; gleichwohl wandte er sich zur Königin; sein Blick schien andere Befehle zu erflehen. Aber sie sagte kopfschüttelnd: »Der König hat zu befehlen, meine Pflicht ist, zu gehorchen.«

Der Herzog verneigte sich und trat zurück. Zugleich zog er den Grafen von Damas, mit dem er sich besprechen wollte, auf die Seite und winkte den beiden Leibgardisten, an der Unterredung teilzunehmen. Er sagte:

»Meine Herren, der Marquis von Bouillé kann zwischen fünf und sechs Uhr hier sein, denn er muss zwischen Dun und Stenay stehen. Man wird den König von hier fortzuschaffen und nach Clermont zu bringen suchen, bevor er hier ist; sobald die Husaren in der Stadt sind, haben wir gewonnenes Spiel. Wir müssen uns vielleicht zehn Minuten zu halten suchen; wir sind zehn, es wird schwerlich jede Minute mehr als einer fallen, wir haben folglich Zeit!«

Die jungen Offiziere drückten einander die Hände, dann wurden die Posten verteilt; die beiden Leibgardisten und Isidor von Charny, den man jeden Augenblick erwartete, an die drei Fenster; der Herzog von Choiseul unten an die Treppe; ihm zunächst der Graf von Damas; dann Floirac, Foucq und die beiden andern treu gebliebenen Offiziere von Damas' Dragonern.

Kaum waren diese Vorkehrungen getroffen, so entstand ein Getümmel auf der Straße. Eine zweite Deputation war im Anzuge; sie ließ sich melden, und der König ließ sie sogleich vor.

Zugleich erschien Isidor von Charny; er flüsterte der Königin einige Worte zu und eilte wieder fort. Die Königin trat einen Schritt zurück und hielt sich erblassend an dem Bette fest, in dem ihre Kinder schliefen.

Der König sah die Abgeordneten fragend an.

Endlich verneigte sich Hannonet und sagte:

»Sire, ich würde mich sehr glücklich schätzen, den Befehlen Eurer Majestät zu gehorchen; aber ein Artikel der Verfassung verbietet dem König, das Reich zu verlassen, und den guten Franzosen, ihm auf seiner Flucht Vorschub zu leisten.«

Der König schien betroffen.

»Demzufolge«, fuhr Hannonet fort, »hat der Gemeinderat von Varennes beschlossen, einen Kurier nach Paris zu schicken und die Antwort der Nationalversammlung abzuwarten, ehe Eurer Majestät die Weiterreise gestattet wird.«

Dem König stand der Schweiß auf der Stirn, während sich Marie Antoinette voll Ungeduld in die blassen Lippen biss und Madame Elisabeth ihre flehenden Blicke zum Himmel erhob.

»Wie? Meine Herren,« sagte Ludwig XVI. mit einer gewissen Würde, die er zu zeigen pflegte, wenn er zum Äußersten getrieben wurde, »steht es mir denn nicht mehr frei, zu gehen, wohin es mir beliebt? Wenn das der Fall ist, so bin ich ja mehr Sklave als der geringste meiner Untertanen! Das ist eine Gewalttat; aber ich bin nicht so verlassen, wie es scheint; ich habe hier vor der Tür vierzig treue Soldaten, und in der Umgegend von Varennes zehntausend Mann Kerntruppen. Ich befehle Ihnen daher, Herr Kommandant, auf der Stelle meinen Wagen bespannen zu lassen .... Hören Sie, ich befehle es Ihnen! Ich will es!«

Die Königin trat auf ihn zu und sagte leise zu ihm:

»Sire, wir müssen unser Leben daran wagen! Unsere Ehre und Würde über alles!«

»Und wenn wir Eurer Majestät nicht gehorchen«, sagte der Kommandant der Nationalgarde, »was wird dann geschehen?«

»Dann werde ich Gewalt brauchen, und Sie sind dann verantwortlich für das Blut, das ich nicht vergießen wollte, und das in diesem Falle nicht von mir, sondern von Ihnen vergossen würde.«

»Wohlan denn, Sire«, erwiderte der Kommandant, »versuchen Sie es mit Ihren Husaren, ich werde die Nationalgarde bereithalten.«

Er entfernte sich.

Der König und die Königin sahen einander beinahe erschrocken an; vielleicht würden es beide nicht zum Äußersten getrieben haben, wenn nicht Madame Sausse mit der Derbheit und Rücksichtslosigkeit eines ungebildeten Frauenzimmers zu der Königin gesagt hätte:

»Nicht wahr, Madame, Sie sind die Königin?«

Marie Antoinette wandte sich ab, sie fühlte sich durch diese kecke Frage in ihrer Würde tief gekränkt.

»Jawohl«, sagte sie, »wenigstens vor einer Stunde glaubte ich, es noch zu sein.«

»Nun, wenn Sie die Königin sind,« setzte Madame Sausse hinzu, »so bekommen Sie vierundzwanzig Millionen ... Der Platz ist nicht übel, da er so gut bezahlt wird; warum wollen Sie ihn denn aufgeben?«

Die Königin wandte sich voll Schmerz und Entrüstung zu dem König.

»Oh, Sire«, sagte sie, »alles ... alles lieber als solchen Hohn!«

Dann trat sie an das Bett, nahm den schlafenden Dauphin auf den Arm und eilte zum Fenster.

»Sire«, sagte sie, »kommen Sie; wir wollen uns dem Volke zeigen, um zu sehen, ob es ganz ruchlos ist ...« Der König folgte ihr instinktmäßig und erschien mit ihr am Fenster. Der ganze Platz bot das Schauspiel einer lebhaften Aufregung.

Die Husaren des Herzogs von Choiseul waren zum Teil schon für die Nation gewonnen. Isidor von Charny stand mit seinem Pferde mit gezogenem Hirschfänger außerhalb des Gedränges, das ihn gar nicht kümmerte; er schien jemanden aufzulauern, wie ein Jäger dem Wild auflauert. Alsbald hörte man den hundertstimmigen Ruf: »Der König! Der König!«

Man sah wirklich den König und die Königin am offenen Fenster; die Königin hielt den Dauphin auf dem Arme.

Wäre Ludwig XVI. im Staatskleide oder in Uniform gewesen, so würde er auf die Menge vielleicht noch den erhofften Eindruck gemacht haben. Aber der König zeigte sich bei Tagesanbruch, als Diener verkleidet, im grauen Frack, mit einer gemeinen, ungepuderten Perücke; er war blass, aufgedunsen, seit drei Tagen nicht rasiert. So erschien er und stammelte abwechselnd: »Meine Herren ... meine Kinder!« – Das hatten weder die Freunde noch die Feinde des Königtums erwartet.

Gleichwohl riefen der Herzog von Choiseul und Isidor: »Es lebe der König!« Einige Stimmen unter dem Volke wiederholten: »Es lebe der König!« Aber der Befehlshaber der Nationalgarde antwortete: »Es lebe die Nation!«, und dieser Ruf fand ein weit vielstimmigeres und lauteres Echo.

Marie Antoinette war tief entrüstet; sie drückte den schlummernden Dauphin an ihre Brust, neigte sich zum Fenster hinaus und rief voll Ingrimm hinunter:

»Ihr Elenden!«

Einige hörten es und antworteten mit Drohungen. Der Tumult wurde immer größer, das Geschrei immer lauter und verworrener. Der Herzog von Choiseul, zum Äußersten getrieben, machte noch einen Versuch.

»Husaren!«, rief er, »bei eurer Ehre fordere ich euch auf: Rettet den König!«

Aber in diesem Augenblick erschien Drouet, von einer bewaffneten Schar umgeben.

»Was? Sie wollen den König entführen?« rief er, auf den Herzog von Choiseul zugehend. »Aber ich sage Ihnen, dass er nicht lebend in Ihre Hände kommen soll!«

Choiseul trat ihm mit gezücktem Säbel entgegen. – Aber der Kommandant der Nationalgarde war da.

»Wenn Sie einen Schritt weitergehen«, sagte er zu Choiseul, »so stoße ich Sie nieder!«

Bei diesen Worten sprengte Isidor von Charny, unbekümmert um alle Drohungen, auf die Gruppe los. Der Feind, den er erwartet hatte, war Drouet.

»Zurück! Zurück!« rief er, mit gezücktem Hirschfänger die Menge durchbrechend; »der Verräter muss fallen!« Aber noch ehe er Drouet erreichte, krachten zwei Schüsse, ein Pistolenschuss und ein Flintenschuss. Die Pistolenkugel verwundete ihn nur leicht am Schlüsselbein; die Flintenkugel drang ihm in die Brust.

Man sah ihn die Arme ausstrecken und hörte seine ersterbenden Worte:

»Arme Katharina!«

Die Königin schrie laut auf vor Entsetzen; sie hätte beinahe den Dauphin fallen lassen. Während sie sich vom Fenster wegwandte, sprengte ein anderer Reiter, von Dun kommend, durch die zurückweichende Menge.

Der König trat nun ebenfalls zurück und schloss das Fenster.

Die Königin sank in einen Sessel und bedeckte das Gesicht mit beiden Händen ... Wie einst Georges von Charny war nun auch Isidor für sie zu ihren Füßen gefallen!

Aber plötzlich entstand vor der Tür ein lautes Getümmel, das ihre Aufmerksamkeit erregte. Olivier von Charny, bleich, mit verstörten Gesichtszügen, von der letzten Umarmung seines Bruders mit Blut befleckt, erschien in der Tür.

Die Königin sagte tonlos:

»Olivier ...«

Er gab den anwesenden Fremden einen Wink und sagte mit ruhiger, fester Stimme:

»Entschuldigen Sie, meine Herren, ich habe mit Ihren Majestäten zu sprechen.«

Die Ruhe, die Charny in so hohem Grade besaß, gab dem Grafen von Damas und den beiden Leibgardisten die einen Augenblick verlorene Energie zurück, und das Zimmer war schnell geräumt.

In diesem Augenblick erschien der Herzog von Choiseul, er hatte einige in ein blutiges Tuch gewickelte Papiere und übergab sie Charny, der ahnte, dass sie von seinem Bruder waren. Doch jetzt war keine Zeit.

Charny entwickelte einen neuen und letzten Plan zur Rettung, der die Zustimmung aller Beteiligten fand, aber von dem Eintreffen des Marquis von Bouillé abhängig gemacht werden musste. Er wandte, sich noch einmal zur Königin.

»Madame«, sagte er, »in einer Stunde sind Eure Majestät frei, oder ich bin tot.«

Als er eben das Zimmer verlassen wollte, ging die Tür auf und eine neue Person erschien; es war ein Mann von vierzig bis zweiundvierzig Jahren, ernst und düster von Angesicht. Er trug im Gürtel ein Paar Pistolen, an seiner Seite hing ein Säbel.

Atemlos stürzte er ins Zimmer und schien sich erst zu beruhigen, als er den König und die Königin erkannte. Ein Lächeln befriedigter Rache spielte um seinen Mund. Er streckte die Hand aus und sagte:

»Im Namen der Nationalversammlung verhafte ich Sie alle! Sie sind meine Gefangenen!«

Der Herzog von Choiseul zog schnell eine Pistole hervor und trat heran, um den Verwegenen niederzuschießen. Aber die Königin kam ihm zuvor; sie fasste schnell seinen Arm und sagte leise zu ihm:

»Sie stützen uns ins Verderben, Herr von Choiseul ... der Marquis von Bouillé kann nicht mehr weit von hier sein.«

»Sie haben recht«, antwortete der Herzog und steckte seine Pistole wieder in die Brusttasche.

Die Königin warf einen Blick auf den Grafen von Charny; er hatte sich, wahrscheinlich, um nicht bemerkt zu werden, in den dunkelsten Winkel des Zimmers zurückgezogen.

Doch die Königin kannte den Grafen: Sie wusste wohl, dass er im entscheidenden Augenblick aus diesem Dunkel heraustreten werde.

Einunddreißigstes Kapitel

Die Worte: »Sie sind meine Gefangenen« hatten den König aus seiner Erstarrung geweckt.

»Gefangene ... im Namen der Nationalversammlung! Was wollen Sie damit sagen?«

»Es ist sehr leicht, zu verstehen«, antwortete der Fremde. »Sie hatten geschworen, Frankreich nicht zu verlassen, und dennoch sind Sie in der Nacht entflohen, Sie sind zum Verräter geworden an Ihrem Wort, an der Nation, an dem französischen Volke!«

Die Hand Charnys, der hinter dem Herzog stand, berührte den Arm der Königin. Marie Antoinette sah sich um.

»Lassen Sie den Mann gewähren«, sagte der Graf leise, »er hat es mit mir zu tun.«

Der König sah den ernsten, düsteren Mann, der im Namen der Nation eine so nachdrückliche Sprache führte, mit Erstaunen an.

»Was wollen Sie von mir?«, sagte er; »reden Sie.«

»Sire, ich will, dass Sie nicht weiterreisen.«

»Sie kommen wahrscheinlich mit Tausenden von Bewaffneten, um sich meiner Weiterreise zu widersetzen?«, sagte der König.

»Nein, Sire, ich bin allein, oder vielmehr wir sind nur zwei: der Adjutant des Generals Lafayette und ich, ein schlichter Landmann. Aber die Nationalversammlung hat einen Beschluss gefasst.

»Zeigen Sie den Beschluss«, sagte der König.

»Ich habe ihn nicht, er ist meinem Begleiter übergeben worden.«

»Wo ist Ihr Begleiter?«, fragte der König.

»Dort, hinter mir«, war die Antwort.

Es war Romeuf, Lafayettes Adjutant.

Marie Antoinette war sehr schmerzlich überrascht, als sie ihn bemerkte. »Sie sind's, Herr von Romeuf!«, rief sie mit Wehmut. »Das hätte ich nie geglaubt!«

Romeuf trat langsam, mit gesenkten Blicken, vor; er hielt das Papier in der Hand.

Als der König es gelesen hatte, sagte er:

»Es gibt keinen König von Frankreich mehr!«

Bei diesen Worten des Königs sah ihn Marie Antoinette fragend an.

»Lesen Sie, Madame«, sagte er entrüstet, »was die Nationalversammlung für einen Aufruf erlassen hat.«

»Wer hat es gewagt, ein solches Dekret zu unterzeichnen?«, rief die Königin.

»Ein Edelmann«, antwortete der König, »der Marquis von Beauharnais!«

Die Königin las das Schriftstück mit dem Ausdruck der tiefsten Entrüstung.

Sie vermochte sich nicht länger zu halten, stürzte auf das Bett zu, ergriff das Papier, zerknitterte es in ihrer bebenden Hand und warf es weg.

»Nein, Sire«, sagte sie, »ich will nicht, dass dieses Papier meine Kinder besudele!«

Im Nebenzimmer entstand ein ungeheurer Lärm. Der Adjutant Lafayettes stieß einen Schrei aus; sein Begleiter rief wütend in den Tumult hinein:

»Ha! Man beschimpft die Nationalversammlung! Man beschimpft die Nation, das Volk! ... Hierher, Freunde!«

Gott weiß, was aus dem Zusammenstoß geworden wäre, wenn nicht Charny schnell vorgetreten wäre und den unbekannten Nationalgardisten beim Arm genommen hätte.

»Ein Wort, Herr Billot«, sagte er; »ich wünsche, mit Ihnen zu sprechen.«

Billot - denn er war es - sah den Grafen betroffen an, wurde leichenblass, blieb einen Augenblick unschlüssig und stieß seinen schon halb gezogenen Säbel in die Scheide zurück.

Das Zusammentreffen Billots mit Charny bedeutete eine günstige Verzögerung.

Die letzte Hoffnung der königlichen Familie war der Marquis von Bouillé, der mit der größten Sehnsucht erwartet wurde. Charny eilte davon, um ihn zu suchen. Die Königin blickte ihm angstvoll nach. Aber das Unglück wollte es, dass er - infolge von Missverständnissen und Zufällen - erst in Varennes eintraf, als der König bereits auf der Rückreise war.

Nachdem alle Mittel versagt hatten, blieb der königlichen Familie nichts anderes übrig, als sich zu ergeben.

Aber kehren wir in das Haus des Gemeindevorstehers zurück.

Billot hatte dem König den Befehl überbracht, nach Paris zurückzukehren. Er wandte sich an den Adjutanten Romeuf, der inzwischen von der Königin gewonnen war.

»Nun, sind Sie entschlossen, abzureisen?«, fragte er.

»Der König wünscht noch einige Augenblicke zu verweilen«, antwortete Romeuf; »niemand hat heute Nacht geschlafen, und Ihre Majestäten sind im höchsten Grade ermüdet.«

»Herr von Romeuf«, erwiderte Billot, »Sie wissen wohl, dass Ihre Majestäten verweilen wollen, weil sie immer noch hoffen, dass der Marquis von Bouillé hier eintreffen werde. Aber wir müssen fort, und wenn Ihre Majestäten nicht gutwillig die Reise antreten wollen, so wird man sie mit Gewalt in den Wagen bringen.«

»Elender!«, rief der Graf von Damas, indem er mit gezücktem Säbel auf Billot losstürzte.

Aber Billot sah sich ganz gelassen um und schlug die Arme unter. Er hatte nicht nötig, sich zu verteidigen: Zehn Bewaffnete stürzten herein und umringten Damas.

Der König sah wohl, dass es nur eines Wortes oder einer Gebärde bedurfte, um ein furchtbares Blutbad hervorzurufen.

»Es ist gut«, sagte er, »lassen Sie anspannen; wir wollen abreisen.«

Madame Brunier, eine Kammerfrau der Königin, sank mit einem lauten Schrei in Ohnmacht.

Dieser Schrei weckte die beiden Kinder. Der kleine Dauphin fing an zu weinen.

»Sie haben gewiss kein Kind«, sagte die Königin zu Billot; »wie würden Sie gegen eine Mutter sonst so grausam sein können!«

Billot war betroffen. »Nein, Madame, ich habe kein Kind.«

Der König trat an das Fenster und sah unten den Wagen. Die Pferde waren angespannt. Das Volk bemerkte den König. Sogleich erhob sich ein furchtbares Geschrei; der König erblasste.

Der Herzog von Choiseul näherte sich der Königin.

»Was befehlen Eure Majestät?«, sagte er. »Wir wollen lieber sterben, als dies mit ansehen.«

»Wir wollen fort ... aber bleiben Sie mit Ihren Freunden bei uns, Sie sind es noch mehr sich selbst als uns schuldig!«

»Das mögen die Herren immerhin tun, wenn Sie können«, sagte Billot. »Wir haben Befehl, den König und die Königin nach Paris zurückzubringen, diese Herren kümmern uns durchaus nicht.«

»Und ich erkläre«, sagte der König mit mehr Entschiedenheit, als von ihm zu erwarten war, »ich erkläre, dass ich nicht abreise, wenn diese Herren ihre Pferde nicht haben.«

»Was sagen Sie dazu?«, fragte Billot die Bewaffneten, die in ein lautes Gelächter ausbrachen.

»Ich will sie vorführen lassen«, sagte Romeuf.

Aber der Herzog von Choiseul trat dem jungen Offizier in den Weg.

»Verlassen Sie Ihre Majestäten nicht«, sagte er zu ihm; »Ihr Auftrag gibt Ihnen Gewalt über das Volk, und Sie sind mit Ihrer Ehre verantwortlich, dass Ihren Majestäten kein Haar gekrümmt werde.«

Herr von Romeuf blieb zögernd stehen. – Billot zuckte die Achseln.

»Es ist gut«, sagte er; »ich will mitgehen. Die Pferde stehen bereit. Fort also!«

»Fort!« wiederholten seine Genossen mit einem Tone, der keine Einwendungen zuließ.

Der König ging voran. Dann kam die Königin am Arme des Herzogs von Choiseul; dann Madame Elisabeth am Arme des Grafen von Damas; Frau von Tourzel mit den beiden Kindern und endlich die kleine Schar der Getreuen.

Herr von Romeuf, der als Abgesandter der Nationalversammlung unverletzlich war, hatte den Zug zu bewachen und in Schutz zu nehmen.

Die erlauchten Gefangenen setzten sich mit ihren wenigen Getreuen in den Wagen. Die beiden Leibgardisten nahmen ihre Plätze auf dem Bock wieder ein. Der Herzog von Choiseul schloss die Wagentür.

»Meine Herren«, sagte der König, »ich befehle ausdrücklich, dass man mich nach Montmédy führe ...«

Aber eine einzige, gewaltige Stimme rief:

»Nach Paris! Nach Paris!«

Tiefe Stille folgte. Billot zeigte mit dem Säbel die Richtung an, in der die Postillione fahren sollten. »Die Straße nach Clermont!«, sagte er mit gebieterischem Tone. Die Postknechte gehorchten, der Wagen rollte davon. »Ich nehme Sie alle zu Zeugen, dass man mir Gewalt antut!«, sagte Ludwig XVI.

Der unglückliche König, durch diese bei ihm ganz ungewöhnliche Anstrengung der Willenskraft erschöpft, sank auf den Sitz zurück. – Er saß zwischen der Königin und Madame Elisabeth.

Kaum hatte der Wagen, der in dem Gedränge nur langsam fahren konnte, einige Hundert Schritte zurückgelegt, so hörte man lautes Geschrei und Getümmel.

Die Königin steckte sogleich den Kopf zum Wagen hinaus; aber sie fuhr entsetzt zurück und hielt die Hand auf die Augen.

»Wehe uns!«, sagte sie. »Der Herzog von Choiseul wird ermordet!«

Der König fuhr auf, aber die Königin und Madame Elisabeth hielten ihn zurück.

Das Volk hatte den Herzog erkannt und gerufen:

»Das ist der Graf von Choiseul, einer von denen, die den König entführen wollten ... Nieder mit dem Aristokraten! Nieder mit dem Verräter!«

Choiseul wurde vom Pferde gerissen und verschwand in dem furchtbaren Abgrunde, den man die Menge nennt, und den in jener Zeit der wütenden Leidenschaften kein Mensch lebend verließ.

Aber während er stürzte, eilten ihm fünf Personen zu Hilfe, darunter Romeuf. Es entstand ein furchtbares Handgemenge; trotzdem wurde der Herzog nur leicht verletzt; ein Gendarm fing mit seinem Gewehrlauf einen Sensenhieb auf; James Brisack wehrte mit einem Stock, den er einem der Angreifer entrissen hatte, einen gegen das Haupt seines Herrn gerichteten Säbelhieb ab.

Romeuf trat nun vor. »Ich bin hier im Auftrage der Nationalversammlung und des Generals Lafayette«, rief er dem Volke zu. »Jedermann hat meinen Anordnungen Folge zu leisten ...« Man führe diese Herren auf das Rathaus!«

»Auf das Rathaus! Auf das Rathaus!« riefen viele Stimmen.

Der Herzog von Choiseul und seine Begleiter wurden in das Gemeindehaus gedrängt. Ein einziger Gemeindebeamter war da. Um sich der auf ihm lastenden Verantwortung zu entledigen, befahl er, den Herzog von Choiseul, den Grafen von Damas und Herrn von Floirac ins Gefängnis zu bringen und von der Nationalgarde bewachen zu lassen. Romeuf erklärte, dass er den Herzog nicht verlassen wolle. Der Beamte ließ daher Herrn von Romeuf mit den übrigen in den Kerker abführen.

Choiseul gab seinem Diener einen Wink. James, der zu unbedeutend war, um beachtet zu werden, machte sich aus dem Staube. Seine erste

Sorge war, sich nach den Pferden zu erkundigen. Er erfuhr, dass die Pferde in einem Gasthofe von mehreren Bürgersoldaten bewacht wurden.

Choiseul wurde allerdings von der Stadtmiliz bewacht, aber man hatte vergessen, Schildwachen vor die Kellerlöcher des Kerkers zu stellen, und das Volk schoss von draußen herein.

Diese missliche Lage dauerte vierundzwanzig Stunden.

Endlich, am 23. Juni, als die Nationalgarde von Verdun eingetroffen war, gelang es den Bemühungen Romeufs, dass ihr die Gefangenen übergeben wurden, und er verließ die letzteren erst, nachdem er den Offizieren das Ehrenwort abgenommen, sie in Schutz zu nehmen.

Der Leichnam des armen Isidor von Charny war in das Haus eines Leinenwebers geschleppt worden, wo ihn fremde Hände bestatteten.

Zweiunddreißigstes Kapitel

Inzwischen setzte die königliche Familie ihren Schmerzensweg nach Paris fort.

Die Reise ging langsam vonstatten, denn die Pferde mussten mit der Eskorte gleichen Schritt halten, und diese bestand zwar größtenteils aus Männern mit Gewehren, Heugabeln, Sensen, Säbeln, Piken und Dreschflegeln, aber es fehlte auch keineswegs an Weibern und Kindern. Die Weiber hoben ihre Kinder hoch auf, um ihnen den König zu zeigen, der mit Gewalt nach seiner Hauptstadt zurückgebracht wurde.

Man kam nach Clermont, ohne dass sich die fürchterliche Geleitschar verminderte. Unter den Gefangenen waren zwei den Drohungen und Angriffen ganz besonders ausgesetzt: dies waren die beiden unglücklichen Leibgardisten, die auf dem breiten Bocke des Reisewagens saßen. Die königliche Familie war laut Befehl der Nationalversammlung unverletzlich; aber die Diener wurden jeden Augenblick mit Bajonetten bedroht; oft wurde eine Sense über ihren Köpfen geschwungen, oder eine Lanze stach sie in die Seite oder in den Arm.

Plötzlich sah man mit Erstaunen einen Mann ohne Hut, mit nassen, beschmutzten Kleidern die Menge durchbrechen, den König und die Königin ehrerbietig grüßen, auf den Bock steigen und zwischen den beiden Leibgardisten Platz nehmen. Die Königin schrie vor Schrecken und Freude zugleich laut auf. Sie hatte Charny erkannt.

Es war ein Schrei des Schreckens, denn er stürzte sich durch seine Kühnheit in die größte Gefahr; ein Schrei der Freude, denn er war den Gefahren, die er auf seinem Wege bestanden, glücklich entronnen; wie ein Blitz durchfuhr sie die Gewissheit, dass sie auf die ersehnte Hilfe des Marquis von Bouillé nicht mehr hoffen durfte: Wie wäre sonst Charny allein und in diesem Zustande erschienen?

Gegen zwei Uhr nachmittags kamen die Gefangenen in Saint-Menehould an.

Unweit dieser Stadt sah man einen alten Ritter des Ludwigsordens heransprengen. Der alte Kavalier ritt an den Wagen, nahm den Hut ab, begrüßte den König und die Königin, und nannte sie »Majestäten«. Das Volk hatte aber schon ganz andere Ansichten über Gewalt und Majestät; es war entrüstet, dass man seinem Gefangenen einen Titel gab, den es sich selbst anmaßte, und begann zu murren und zu drohen.

»Herr Chevalier«, sagte der König, »wir sind tief gerührt durch diesen Beweis Ihrer Ergebenheit; aber um Gottes willen! Entfernen Sie sich; Sie sind Ihres Lebens hier nicht sicher!«

»Mein Leben gehört dem Könige«, erwiderte der alte Kavalier, »und der letzte Tag meines Lebens wird der schönste sein, wenn ich für meinen König sterbe!«

Einige hörten diese Worte und murrten noch lauter.

»Entfernen Sie sich!«, rief ihm der König zu; dann neigte er sich zum Wagen hinaus und sagte zu den Bewaffneten: »Ich bitte euch, Freunde, lasst Herrn von Dampierre durch.«

Die nächsten, die den König verstanden, wichen zurück; aber etwas weiter vom Wagen entfernt kam der Reiter ins Gedränge; einige Weiber und Kinder schrien; die Männer drohten mit den Fäusten; der hartnäckige alte Mann ließ sich nicht irre machen. Nun verwandelten sich die Drohungen in lautes Geschrei und Gebrüll ... Der Chevalier von Dampierre machte sich endlich Bahn durch die Menschenmasse; er spornte sein Pferd, setzte über den Graben und sprengte querfeldein. Aber zum Abschiede schwenkte der alte Kavalier seinen Hut, sah sich um und rief: »Es lebe der König!« ... Ein Schuss krachte. – Er zog eine Pistole aus den Halftern und schoss zurück. Nun schoss jeder, der ein geladenes Gewehr hatte, auf den Vermessenen. Das von Kugeln durchbohrte Pferd stürzte. Die Menge wälzte sich auf die Stelle zu, wo Mann und Roß gefallen waren, – es waren etwa fünfzig Schritte von dem Wagen des Königs. Dann bildete sich ein wimmelnder, zuckender, schreiender Menschenknäuel;

der auf einen Punkt zusammengezogene Tumult dauerte ein paar Minuten –, dann tauchte plötzlich ein greises, blutiges Haupt auf einer Lanzenspitze aus dem Chaos auf.

Die Königin schrie laut auf vor Entsetzen und sank in den Wagen zurück.

»Mörder! Kannibalen!« rief Charny in der größten Wut.

»Schweigen Sie, Herr Graf!«, warnte Billot; »ich kann sonst nicht für Sie bürgen.«

Charny wollte vom Bock herunterspringen; die beiden Leibgardisten hielten ihn zurück; zwanzig Bajonette richteten sich gegen ihn.

»Freunde!«, sagte Billot mit seiner starken, imposanten Stimme, »ich verbiete euch, diesem Manne ein Haar zu krümmen, was er auch tue ... Ich muss seiner Frau für ihn bürgen.«

»Seiner Frau!«, sagte die Königin erschreckend, als ob ein Bajonett sie ins Herz getroffen hätte; – »seiner Frau! ...«

Es war spät, als der Zug in Châlons eintraf. Der Wagen fuhr in den Hof der Intendantur. Man hatte Kuriere vorausgeschickt, um Wohnungen zu bestellen. Der Hof war mit Nationalgarde und Neugierigen angefüllt. Man musste die Zuschauer fortweisen, um dem König Platz zu machen. Als Ludwig XVI. den Fuß auf die Treppe setzte, fiel ein Schuss, und die Kugel pfiff an dem Ohr des Königs vorbei.

»Der Unvorsichtige!«, sagte der König, sich ganz ruhig umsehend; »das Gewehr ist ihm losgegangen ... Sie müssen achtgeben, meine Herren, ein Unglück ist bald geschehen!«

Charny und die beiden Leibgardisten folgten der königlichen Familie ungehindert in den ersten Stock.

Abgesehen von dem Musketenschusse, glaubte die Königin in eine mildere Atmosphäre zu kommen. Vor dem Posthause, wo die tobende, lärmende Schar größtenteils umgekehrt war, hatte auch das Geschrei aufgehört; die königliche Familie war beim Aussteigen aus dem Wagen sogar mit Äußerungen des Mitleids empfangen worden. In einem Saale des ersten Stockes fand man eine reichbesetzte Tafel, und alle Gemächer waren so elegant und behaglich eingerichtet, dass die Gefangenen einander erstaunt ansahen.

Kaum waren die erlauchten Gäste bei Tische, so erschien der Herr vom Hause und verneigte sich vor der Königin.

»Madame«, sagte er, »die jungen Mädchen von Châlons bitten um die Gnade, Eurer Majestät Blumen überreichen zu dürfen.«

Die Königin sah zuerst Madame Elisabeth, dann den König ganz erstaunt an.

»Blumen!«, sagte sie.

»Madame«, fuhr der Intendant fort, »wenn die Zeit schlecht gewählt oder die Bitte zu kühn ist, so will ich die Mädchen nicht herauflassen.«

»Ja, ja«, erwiderte die Königin, »lassen Sie sie nur kommen.«

In wenigen Minuten erschienen zwölf Mädchen im Vorgemache und blieben in der Tür stehen.

»Nur herein, Kinder!«, rief ihnen die Königin zu, und streckte die Arme nach ihnen aus.

Die Wortführerin hatte eine schöne Rede einstudiert, die sie nun hersagen wollte; aber die Kleine wurde durch den Empfang, den sie bei der sonst so stolzen Königin fand, so gerührt, dass sie in Tränen ausbrach und nur die Worte stammeln konnte:

»Oh! Eure Majestät ... welch ein Unglück!«

Marie Antoinette nahm den Blumenstrauß und küsste das Mädchen.

Während dieser Zeit neigte sich Charny zum Könige und flüsterte ihm zu:

»Sire, vielleicht lässt sich aus der günstigen Stimmung der Stadt Nutzen ziehen. Wenn Eure Majestät mich eine Stunde beurlauben wollen, so werde ich hinuntergehen und Ihnen sodann berichten.

»Gehen Sie, Graf«, erwiderte der König; »aber seien Sie vorsichtig; ich könnte es nicht verschmerzen, wenn Ihnen ein Unglück begegnete ... Ach! Zwei Todesfälle in einer Familie sind schon genug!«

Charny entfernte sich. Er griff an die Brusttasche, in der sich die in den Taschen seines Bruders vorgefundenen Papiere befanden und nahm sich vor, den ersten ruhigen Augenblick zu benutzen, um sie zu lesen.

Hinter den Mädchen, welche Madame Royale der Reihe nach wie Schwestern küsste, erschienen die Eltern: größtenteils ehrenwerte Bürger oder alte Edelleute; sie näherten sich schüchtern und ehrerbietig, um ihre unglücklichen Souveräne zu begrüßen.

Als sie erschienen, stand der König auf, und die Königin sprach mit ihrer sanftesten Stimme:

»Kommen Sie herein!«

Nach einer halben Stunde kam Charny zurück.

»Nun, wie steht's?«, fragte der König.

»Sire, es geht alles gut«, antwortete der Graf; »die Nationalgarde ist erbötig, Eure Majestät morgen nach Montmédy zu geleiten.«

»Sie haben also etwas verabredet?«, sagte Ludwig XVI.

»Ja, Sire, mit den ersten Chefs ... Morgen, vor der Abreise, verlangen Eure Majestät die Messe zu hören; – der Wagen wird Sie vor der Kirche erwarten. Eure Majestät steigen unter lautem Jubel ein, und mitten in diesem Jubel geben Sie Befehl umzukehren und den Weg nach Montmédy zu nehmen.«

»Es ist gut«, sagte Ludwig XVI. »Ich danke Ihnen. Graf ... wenn sich bis morgen nichts ändert, so wollen wir Ihren Rat befolgen.«

Der König und die Königin gingen in ihre Gemächer; die Schildmache stand an der Tür des Schlafzimmers.

Eine Stunde nachher, als der Nationalgardist abgelöst wurde, verlangte er Billot zu sprechen.

Beide sprachen leise und eifrig miteinander. – Billot schickte zu Drouet.

Als Folge dieser Unterredung begaben sich Billot und Drouet zu dem Postmeister, dem Freunde des letzteren. Dieser ließ ihnen zwei Pferde satteln, und zehn Minuten nachher galoppierte Billot auf der Straße nach Reims, während Drouet nach Vitry-le-Français ritt.

Der Tag brach an. Es waren kaum sechshundert Mann, die erbittertsten oder ermüdetsten, von der gestrigen Eskorte geblieben.

Die Gardekompanie von Villeroi hatte zu Châlons ihr Standquartier gehabt. Ein Dutzend dieser Herren befand sich noch in der Stadt; sie hatten die Befehle des Grafen von Charny entgegengenommen. – Charny hatte sie aufgefordert, ihre Uniform anzulegen und sich zu Pferde vor der Kirche einzufinden. Sie entfernten sich nun, um sich auf dieses Manöver vorzubereiten.

Um sechs Uhr morgens waren die eifrigsten Royalisten der Bürgerschaft im Hofe der Intendantur versammelt. Charny und die beiden Leibgardisten standen mitten unter ihnen und warteten ebenfalls.

Der König stand um sieben Uhr auf und ließ sagen, dass er der Messe beizuwohnen wünsche.

Man suchte Drouet und Billot, um ihnen diesen Wunsch des Königs mitzuteilen; aber man fand keinen von beiden. Es stand der Erfüllung dieses Wunsches daher nichts entgegen.

Charny begab sich zum König und meldete ihm die Abwesenheit der beiden Anführer.

Der König freute sich darüber; aber Charny schüttelte den Kopf. Drouet kannte er nicht, aber desto besser kannte er Billot.

Die Vorbedeutungen schienen indes günstig. Die Straßen waren mit Menschen angefüllt, aber es war leicht zu sehen, dass die ganze Bevölkerung an dem Schicksal der Gefangenen innigen Anteil nahm.

Sobald sich die Fenster auftaten, ertönte der Ruf: »Es lebe der König! Es lebe die Königin!« so laut und anhaltend, dass das hohe Paar auf dem Balkon erschien.

Der Jubel wurde nun allgemein, und zum letzten Male konnten sich die beiden dem Schicksal Verfallenen einer Täuschung hingeben.

»Es geht alles gut!«, sagte Ludwig XVI. zu Marie Antoinette. – Sie hob die Augen zum Himmel, aber sie antwortete nicht.

Die Kirchenglocken läuteten. Charny klopfte leise an die Tür.

»Es ist gut«, sagte der König, »ich bin bereit.«

Charny sah den König forschend an. Ludwig XVI. war ruhig, beinahe mutig; er hatte so viel gelitten, dass er seine Unentschlossenheit verloren hatte.

Der königlichen Familie waren in der Kirche Plätze unter einem Thronhimmel angewiesen. Die Priester begannen eine große Messe, obschon es erst acht Uhr war.

Charny bemerkte es; er fürchtete nichts so sehr wie eine Verzögerung; jeder Aufschub konnte seine neuen Hoffnungen vernichten. Er ließ dem Priester sagen, die Messe dürfe nicht länger als eine Viertelstunde dauern.

»Ich verstehe«, ließ der Priester antworten, »und will Gott bitten, dass er Ihren Majestäten eine glückliche Reise gewähre.«

Endlich drehte sich der Priester um, und sprach zu der Versammlung die Worte: *Ite missa est!*

Er ging die Stufen des Altars hinab und segnete im Vorbeigehen den König und die königliche Familie.

Diese verneigten sich und sprachen leise »Amen!«

Dann schritten sie zur Tür. Alle Anwesenden knieten nieder.

Vor der Kirche hielten die zehn bis zwölf Gardisten zu Pferde. Die royalistische Eskorte war ungemein zahlreich geworden.

Charny näherte sich dem Könige nicht ohne Besorgnis: doch Ludwig XVI. war entschlossen. Er neigte sich zum Wagen hinaus und sagte zu den Umstehenden:

»Meine Herren, gestern hat man mir zu Varennes Gewalt angetan; ich wollte nach Montmédy reisen, und man hat mich gegen meinen Willen hierher zurückgebracht, um mich den Empörern in der Hauptstadt zu überliefern. Aber gestern war ich von Rebellen umgeben; heute bin ich unter treuen Freunden, und ich wiederhole: Nach Montmédy!«

»Nach Montmédy!«, rief Charny.

»Nach Montmédy!«, rief einstimmig die Nationalgarde von Châlons. »Es lebe der König!«

Der Wagen rollte fort und nahm denselben Weg, auf welchem er abends vorher gekommen war.

Als der Zug dem Stadttor nahe kam, hörte man ein immer stärker werdendes dumpfes Getöse.

Charny erblasste und legte die Hand auf das Knie des neben ihm sitzenden Leibgardisten. »Es ist alles verloren!«, sagte er.

In diesem Augenblicke kam der Zug auf einen Platz, in den zwei Straßen mündeten. Auf jeder dieser Straßen rückte eine starke Schar Nationalgarde, von einem Manne zu Pferde geführt, unter Trommelschlag und fliegenden Fahnen an.

Der eine Anführer war Drouet, der andere Billot.

Charny brauchte nur einen Blick auf die beiden Scharen zu werfen, um zu begreifen. Die bis dahin unerklärliche Abwesenheit Drouets und Billots klärte sich nur zu deutlich auf.

Alles war gut verabredet worden. Beide kamen zu gleicher Zeit in Châlons an.

Die beiden Scharen machten auf dem Platze halt. Die Gewehre wurden geladen.

Der Zug, der nicht weiter konnte, hielt an. – Der König schaute zum Wagen hinaus. Der Graf von Charny war abgestiegen; er trat, bleich vor Zorn, an den Wagen.

»Was gibt's?«, fragte der König.

»Sire, unsere Feinde haben Verstärkung geholt; die Gewehre geladen ... und hinter der Nationalgarde von Châlons stehen die bewaffneten Bauern!«

»Es ist gut«, sagte der König; »wir wollen umkehren.«

»Sind Eure Majestät fest entschlossen?«

»Graf, es ist schon genug Blut für mich geflossen, – Blut, das ich mit bitteren Tränen beweine! ... Es soll kein Tropfen mehr vergossen werden; wir wollen umkehren.«

»Meine Herren«, sagte Charny laut und gebieterisch, »wir kehren um! Der König will es!«

Er fasste das eine der vorderen Pferde am Zügel und ließ den schweren Reisewagen umwenden.

Am Pariser Tore kehrte die nunmehr überflüssig gewordene Nationalgarde von Châlons um, und der Wagen des Königs wurde von den bewaffneten Bauern und von der aus Vitry und Reims herbeigeholten Nationalgarde eskortiert.

Dreiunddreißigstes Kapitel

Der königliche Wagen setzte, bewacht von jenen beiden finsteren Männern, welche ihn zur Umkehr gezwungen hatten, langsam seinen Weg nach Paris fort, als Charny zwischen Epernay und Dormans einen anderen mit vier Postpferden bespannten Wagen von Paris kommen sah.

Ihm entstiegen drei Männer, von denen zwei den erlauchten Gefangenen ganz unbekannt waren. Der dritte war kaum ausgestiegen, so flüsterte Marie Antoinette dem König ins Ohr:

»Herr de Latour-Maubourg! Die rechte Hand Lafayettes ... Das bedeutet nichts Gutes!«

Der älteste der drei Männer öffnete die Wagentür und sagte zu Ludwig XVI.:

»Ich bin Pétion, und dies sind die Herren Barnave und Latour-Maubourg; wir sind von der Nationalversammlung abgeschickt, um Sie zu eskortieren und darauf zu sehen, dass der Zorn des Volkes nicht eigenmächtig Justiz übe ... Rücken Sie doch etwas zusammen und machen Sie uns Platz!«

Die Königin warf dem Deputierten einen verachtenden Blick zu. Diesen Blick vermochte Latour-Maubourg nicht zu ertragen.

»Ihre Majestäten sitzen schon sehr gedrängt«, sagte er; »ich werde mich in den anderen Wagen setzen.«

»Machen Sie, wie Sie wollen«, erwiderte Pétion; » *mein* Platz ist in dem Wagen des Königs und der Königin, und ich steige ein.«

»Entschuldigen Sie, Madame«, sagte er zu der Prinzessin, »als Abgeordneter der Nationalversammlung gehört mir der Ehrenplatz ... Haben Sie daher die Güte aufzustehen.«

»Das ist zu arg!«, sagte die Königin.

»Mein Herr!«, sagte Ludwig XVI. mit ernst verweisendem Tone.

»Es ist einmal nicht anders ... Stehen Sie auf, Madame, und überlassen Sie mir Ihren Platz.«

Madame Elisabeth stand auf.

Unterdessen hatte sich Latour-Maubourg zu den Damen in den zweiten Wagen gesetzt.

»Nun, kommen Sie nicht, Barnave?«, sagte Pétion.

»Wohin soll ich mich setzen?«, fragte Barnave etwas verlegen.

»Wollen Sie meinen Platz?«, fragte die Königin höhnisch.

»Ich danke Ihnen, Madame«, sagte Barnave beleidigt; »ein Platz auf dem Vordersitz genügt mir.«

Madame Elisabeth zog die kleine Prinzessin an sich, und die Königin nahm den Dauphin auf den Schoß. So wurde auf dem Vordersitz ein Platz leer, und Barnave setzte sich der Königin gegenüber.

»Fort!«, sagte Pétion, ohne den König zu fragen.

Jérôme Pétion war ein Mann von zweiunddreißig Jahren, korpulent, blond, von blühender Gesichtsfarbe. Sein Verdienst bestand in der Klarheit und überzeugungsvollen Begeisterung seiner politischen Grundsätze. Er und Camille Desmoulins waren schon Republikaner, als es noch niemand in Frankreich war.

Pierre Joseph Marie Barnave war kaum dreißig Jahre alt. Als Mitglied der Nationalversammlung hatte er sich durch seinen Wetteifer mit Mirabeau, zu einer Zeit, als dessen Beliebtheit schon im Abnehmen war, einen Namen gemacht. – Er gehörte der konstitutionell-royalistischen Partei an. In dem Augenblick, als er der Königin gegenüber Platz nahm, sagte Ludwig XVI.:

»Meine Herren, vor allem erkläre ich Ihnen, dass ich nie die Absicht gehabt habe, Frankreich zu verlassen.«

»Ist das wirklich wahr, Sire?«, fragte Barnave; »dieser Ausspruch wird Frankreich retten.«

Barnave wusste, dass einer der drei Männer der Graf von Charny war, und das Gerücht bezeichnete den Grafen als den Geliebten der Königin. – Barnave war eifersüchtig. Die Königin erriet seine Gedanken; sie kannte die verwundbare Stelle ihres Gegners, es handelte sich nur darum, diese Stelle zu treffen.

»Sire«, sagte sie zu dem Könige, »haben Sie gehört, was der Mann sagte, der die Eskorte führt?«

»Bei welchem Anlasse?«, fragte der König.

»Als der Graf von Charny an den Wagen kam.«

Barnave war betroffen. Der Königin entging dies nicht.

»Hat er nicht erklärt«, sagte der König, »dass er für das Leben des Grafen bürge?«

»Jawohl, Sire, und er setzte hinzu, dass er der Gräfin dafür bürge ... Die Gräfin von Charny ist seit vielen Jahren meine Freundin, ich habe sie schon als Fräulein von Favernay gekannt. Glauben Sie nicht, dass es gut sei, den Grafen bei unserer Ankunft in Paris zu beurlauben? Es wäre grausam gegen die Gräfin, Charnys Dienste länger in Anspruch zu nehmen.«

Barnave, der in der größten Spannung zugehört hatte, machte große Augen. »Sie haben recht, Madame«, antwortete der König; »aber ich zweifle, dass der Graf den Urlaub annehmen wird.«

Die Königin merkte, dass Barnave ruhiger wurde; er schämte sich, dass er ihr in Gedanken Unrecht getan.

Oh, wie konnte er diesen unwürdigen Verdacht wieder gutmachen? Da erschien plötzlich ein armer Priester am Wagen, hob seine mit Tränen gefüllten Augen und seine bittenden Hände zum Himmel und sagte:

»Sire, Gott behüte Eure Majestät!«

Das Voll hatte lange keinen Vorwand gehabt, in Zorn zu geraten; endlich wurde ihm eine Gelegenheit geboten; den frommen Wunsch des Greises beantwortete die wütende Rotte mit lautem Geschrei. Sie fiel über den Priester her; – in einem Augenblicke war der Priester zur Erde geworfen.

»Mein Herr«, rief die Königin dem Deputierten zu, »sehen Sie nicht, was vorgeht?«

Barnave schaute zum Wagen hinaus.

»Ihr Elenden!«, rief er, mit solcher Heftigkeit auffahrend, dass die Wagentür aufging, »ihr Unmenschen, seid ihr Franzosen, oder ist Frankreich ein Volk von Meuchlern geworden?«

Das Volk wich zurück, der alte Priester war gerettet. Er stand auf und sagte zu dem Deputierten:

»Sie haben wohlgetan, mich zu retten ... ein Greis wird für Sie beten.«

Als der alte Mann fort war, nahm der junge Deputierte seinen Platz wieder ein, als ob er gar nicht wüsste, dass er ein Menschenleben gerettet habe.

»Ich danke Ihnen«, sagte die Königin.

Diese Worte durchzuckten Barnave wie ein elektrischer Schlag.

Er betrachtete die wahrhaft königliche Anmut und Schönheit der Königin und fühlte sich in seiner Begeisterung versucht, dieser sterbenden Majestät zu Füßen zu fallen, als der Dauphin vor Schmerz aufschrie.

Der Knabe hatte dem tugendhaften Pétion irgendeinen mutwilligen Streich gespielt, wofür ihm dieser zur Strafe das Ohr lang zog.

Barnave nahm den Dauphin auf den Schoß; Marie Antoinette wollte ihn selbst nehmen, aber der Dauphin sagte: »Ich sitze hier gut.«

Marie Antoinette ließ den kleinen Prinzen, wo er war. Barnave war stolz und glücklich.

Der Knabe spielte mit den Rockknöpfen des Deputierten, die eine Inschrift trugen.

Der Dauphin fing an zu buchstabieren und brachte mit einiger Mühe die vier Worte heraus: »Frei leben oder sterben.«

»Was heißt das?«, fragte er.

»Ich will dir's sagen, Kleiner«, versetzte Pétion; »die Franzosen haben geschworen, keinen Herrn mehr zu haben ... Verstehst du das?«

»Pétion!«, sagte Barnave verweisend.

»Erkläre die Devise anders, wenn du kannst«, antwortete Pétion mit dem natürlichsten Tone der Welt.

Barnave schwieg, er fasste die Hand des Dauphin und zog sie ehrerbietig an seine Lippen.

Die Königin wischte verstohlen eine Träne ab.

Der Wagen rollte in die Ortschaft Dormans ein, wo Keine Vorbereitungen zum Empfange getroffen waren. Vor einem Gasthofe machte der Wagen halt.

Beim Aussteigen wollte sich Charny, seiner Gewohnheit gemäß, dem Könige und der Königin nähern, um ihre Befehle zu empfangen, aber Marie Antoinette gab ihm einen Wink, sich entfernt zu halten. - Der Graf gehorchte, ohne die Ursache dieses Winkes zu erraten.

Pétion war inzwischen in den Gasthof getreten und hatte das Amt des Quartiermeisters übernommen. Er gab sich nicht einmal die Mühe, wieder herunterzukommen; ein Kellner meldete, dass die Zimmer der königlichen Familie bereit seien.

Der König stieg zuerst aus, dann die Königin; sie wollte sich den Dauphin reichen lassen, aber der Knabe sagte:

»Nein, ich will bei meinem Freunde Barnave bleiben.«

Marie Antoinette nickte zustimmend und lächelte.

Auf den Arm ihres Gemahls gestützt, stieg sie die schmutzige Wendeltreppe hinauf. Im ersten Stock blieb sie stehen; aber der Kellner rief ihr zu:

»Nur weiter hinauf! Hier ist der Speisesaal und die Wohnung der Herren von der Nationalversammlung.«

Barnave war außer sich. - Pétion hatte diese Zimmer für sich genommen, und die königliche Familie in die Dachstuben gewiesen.

Man speiste im Kreise der Familie zu Nacht.

Die beiden Leibgardisten warteten wie gewöhnlich bei Tische auf. - Charny erschien nicht; als der König eben vom Tische aufstehen wollte, erschien der Kellner und bat Ihre Majestäten im Namen Barnaves, die Wohnung im ersten Stock huldreichst annehmen zu wollen.

Ludwig XVI. und Marie Antoinette sahen einander an. Der Dauphin lief in den Salon, dessen Tür der Kellner geöffnet hatte, und fragte:

»Wo ist mein Freund Barnave?«

Die Königin folgte dem Dauphin, und der König folgte der Königin. Barnave war nicht im Salon.

Graf von Charny hatte sich auf den Wink der Königin zurückgezogen und war nicht wieder erschienen. Er freute sich, dass ihm der Befehl der Königin eine kurze Ruhe und Zeit zu ungestörtem Nachdenken gab.

Seit zwei Tagen, seit dem Tode des geliebten Bruders, seit der Stunde, wo ihm der Herzog von Choiseul die bei Isidor gefundenen Papiere übergeben hatte, war ihm kaum ein Augenblick geblieben, sich seinem Schmerz zu überlassen. So war es ihm lieb, eine Dachstube für sich zu finden.

Er setzte sich an einen Tisch und zog die mit Blut befleckten Papiere aus der Tasche, nahm einen Brief und öffnete ihn.

Der Brief war von der armen Katharina. – Charny hatte dieses Liebesverhältnis längst geahnt. Aus diesem Briefe ersah er nun, dass Katharina Mutter war, und aus den einfach rührenden Worten, mit denen sie ihre Liebe ausdrückte, sprach das zarteste, innigste Gefühl; jede Zeile war eine Sühne für den Fehltritt des vertrauenden, liebenden Mädchens.

Dann fand Charny einen Brief, dessen Schriftzüge ihn überraschten. – Es war Andreas Handschrift; der Brief war an ihn adressiert.

An diesem Briefe hing ein mit Isidors Siegel befestigtes Billett, es enthielt folgende Zeilen:

»Dieser Brief ist an den Grafen Olivier von Charny adressiert; er ist von der Gräfin von Charny geschrieben. Wenn mir ein Unglück begegnen sollte, so wird der Finder dieses Papieres ersucht, es dem Grafen Olivier von Charny zuzustellen oder der Gräfin zurückzuschicken.

Diese hat mir den Brief mit folgender Weisung übergeben: Wenn der Graf sein Unternehmen glücklich ausführt, soll dieser Brief der Gräfin zurückgegeben werden. Wenn er schwer verwundet wird, soll er gebeten werden, dass er seiner Gemahlin erlaube, zu ihm zu kommen. Wenn er tödlich verwundet wird, soll ihm dieser Brief übergeben werden, und wenn er ihn nicht selbst lesen kann, soll man ihm denselben vorlesen, damit er vor seinem Ende das darin enthaltene Geheimnis kennenlerne.

Gleichzeitig bitte ich meinen Bruder, für die arme Katharina Billot zu sorgen, die mit meinem Kinde in dem Dorfe Ville-d'Avray wohnt.

Isidor von Charny.«

»Ich habe nicht das Recht, diesen Brief zu öffnen«, sagte der Graf nach einer langen Pause; »aber ich werde sie selbst bitten, dass sie mir erlaubt, ihn zu lesen ...«

Am nächsten Morgen wurde die Reise fortgesetzt. Die Hitze war drückend. Der König bemerkte wiederholt, dass Madame Elisabeth sehr ermüdet war und sich auf dem Vordersitze kaum zu halten vermochte; er bot der Prinzessin seinen Platz an, den sie erst auf seinen ausdrücklichen Befehl annahm.

Pétion saß dabei, ohne seinen Platz anzubieten. Barnave errötete, er verbarg beschämt sein Gesicht.

Um vier Uhr nachmittags kamen die Reisenden nach Meaux. Der Wagen hielt vor dem bischöflichen Palaste.

Die Königin warf einen Blick auf das düstere Gebäude und sah sich nach einem Arme um, auf den sie sich stützen könnte, um in den Palast zu gehen.

Barnave war da. - Die Königin lächelte ihm zu, und Barnave beeilte sich, ihr mit großem Anstande den Arm zu bieten.

Die Königin zog Barnave durch die Gemächer des bischöflichen Palastes mit fort. Es schien fast, als ob sie vor etwas fliehen wolle.

In einem Zimmer blieb sie endlich fast atemlos stehen. Wie durch Zufall befand sie sich einem weiblichen Porträt gegenüber.

Sie warf zerstreut einen Blick auf das Bild und las auf dem Rahmen die Worte: Madame Henriette.

»Ja, Madame Henriette«, sagte Barnave; »aber Henriette von England ... nicht die Witwe des unglücklichen Karl I., sondern die Gemahlin des herzlosen Philipp von Orleans. Es wäre mir lieber,« setzte er nach einigem Zögern hinzu, »wenn es das Porträt der anderen wäre!«

»Warum denn?«, fragte Marie Antoinette.

»Weil nur wenige Menschen einen guten Rat zu geben wissen, den besten geben noch jene, deren Mund der Tod geschlossen hat.«

»Können Sie mir sagen, was mir die Witwe Karls I. raten würde?«, fragte die Königin.

»Wenn Eure Majestät befehlen, so will ich's versuchen«, erwiderte Barnave.

»›OH! Schwester‹, würde Ihnen jener Mund sagen, ›bemerken Sie nicht die Ähnlichkeit, die zwischen unserem beiderseitigen Geschick besteht? Ich war aus Frankreich gekommen, so wie Sie aus Österreich gekommen sind; ich war für die Engländer eine Fremde, so wie Sie für die Franzosen eine Fremde sind; ich hätte meinem irregeleiteten Gatten guten Rat geben können; ich schwieg, oder gab ihm schlechten Rat; anstatt das Band zwischen ihm und seinem Volke fester zu knüpfen, reizte ich ihn zum Kriege auf; ich gab ihm den Rat, gegen London anzurücken; ich führte nicht nur einen Briefwechsel mit dem Feinde Englands, sondern begab mich sogar zweimal nach Frankreich, um fremde Soldaten nach England zu führen; Endlich ...‹«

Barnave hielt inne.

»Fahren Sie fort«, erwiderte die Königin mit finsterer Stirn und zusammengepressten Lippen.

»Warum sollte ich fortfahren, Madame; das Ende dieses blutigen Dramas ist Ihnen so gut bekannt wie mir ...«

»Ja, ich will also fortfahren, und Ihnen sagen, was das Porträt der Madame Henriette mir sagen würde. ›Endlich wurde der König von den Schotten verraten und ausgeliefert; er wurde gefangen genommen, als er eben nach Frankreich flüchten wollte ... Ein Schneider nahm ihn fest, ein Fleischer führte ihn ins Gefängnis; ein Bierverkäufer führte den Vorsitz in dem Gerichtshofe, der das unerhörte Urteil sprach, und um das Maß der Schande vollzumachen, schlug ein maskierter Henker dem Karl Stuart den Kopf ab!‹ Nicht wahr, das würde mir das Porträt der Madame Henriette sagen? Das weiß ich sehr gut; ich weiß es umso besser, als der Vergleich in vielen Punkten stimmt: Wir haben auch unseren Bierverkäufer aus der Vorstadt, er heißt Santerre; wir haben unseren Fleischer Legendre, glaube ich; das würde Madame Henriette zu mir sagen.«

»Ich würde ihr antworten: ›Liebe Prinzessin, Sie geben mir da keinen Rat, sondern Sie halten eine historische Vorlesung. Die Vorlesung ist zu Ende, jetzt erwarte ich den Rat.‹«

»Oh! Madame,« sagte Barnave. »Eurer Majestät kann man nur einen Rat geben: Sich bei dem Volke beliebt zu machen.«

»Still«, sagte die Königin, »es kommt jemand ... wir werden ein andermal davon reden, Herr Barnave; ich bin bereit, Ihren Rat zu befolgen.«

»Eure Majestät werden im Speisesaal erwartet«, sagte der Diener, dessen Fußtritte man gehört hatte.

Marie Antoinette begab sich in den Speisesaal; der König kam aus einer anderen Tür; er hatte mit Pétion gesprochen und schien sehr aufgeregt. Zu seinen Offizieren sagte er:

»Meine Herren, nach dem Essen muss ich mit Ihnen reden; ich ersuche Sie daher, mir in mein Zimmer zu folgen.«

Der König aß viel wie immer, der Dauphin hatte schon tags zuvor Erdbeeren verlangt; die Königin war sehr traurig gewesen, ihm diesen Wunsch nicht erfüllen zu können, und als der Knabe alle Speisen unberührt ließ und wieder Erdbeeren verlangte, kamen ihr die Tränen in die

Augen. Sie sah sich um, an wen sie sich wohl wenden könne, und bemerkte Charny.

Aber in diesem Augenblicke ging die Tür auf, und Barnave erschien, eine Schüssel mit Erdbeeren in der Hand.

»Eure Majestät«, sagte er, »werden huldreichst verzeihen, dass ich ungerufen eintrete; aber der durchlauchtigste Dauphin hat heute zu wiederholten Malen Erdbeeren verlangt.«

Unterdessen hatte sich Charny der Königin genähert, aber sie ließ ihm nicht einmal Zeit, zu fragen.

»Ich danke Ihnen, Herr Graf«, sagte sie, »Herr Barnave hat erraten, was ich wünschte, ich brauche nichts mehr.«

Charny verneigte sich und ging, ohne zu antworten, auf seinen Platz zurück.

»Ich danke dir, Freund Barnave«, sagte der kleine Dauphin.

»Herr Barnave«, sagte der König, »unser Diner ist nicht gut; aber es wird uns Vergnügen machen, wenn Sie daran teilnehmen wollen.«

»Sire«, erwiderte Barnave, »eine Einladung des Königs ist ein Befehl. Geruhen Eure Majestät, mir einen Platz anzuweisen.«

»Setzen Sie sich zwischen die Königin und den Dauphin«, sagte Ludwig XVI.

Barnave setzte sich freudetrunken.

Charny sah diese ganze Szene ohne die mindeste Regung von Eifersucht mit an; er betrachtete sogar mit einem gewissen Mitleid den armen Schmetterling, der ebenfalls das königliche Licht umflatterte, um sich die Flügel daran zu verbrennen.

Nach der Tafel begaben sich die drei Offiziere in das Zimmer des Königs.

Madame Royale, der Dauphin und Frau von Tourzel waren in ihre Zimmer gegangen. Der König, die Königin und Madame Elisabeth warteten.

Als die drei jungen Kavaliere erschienen, sagte der König:

»Heute machte mir Herr Pétion einen Vorschlag. ›Sire‹, sagte er, ›die drei Offiziere, die Sie begleiten, sind in Paris nicht sicher; weder ich noch meine Begleiter vermögen sie zu retten, selbst nicht mit Gefahr unseres Lebens.‹«

Charny sah seine beiden Kameraden an. Ein Lächeln der Verachtung umzog seinen Mund.

»Und was weiter, Sire?«, fragte er.

»Herr Pétion«, fuhr der König fort, »erbietet sich, Ihnen drei Nationalgardeuniformen zu verschaffen, Ihnen diese Nacht die Türen des bischöflichen Palastes zu öffnen und jedem von Ihnen unbeschränkte Freiheit zur Flucht zu lassen.«

Charny sah seine beiden Kameraden fragend an, aber man antwortete ihm mit dem gleichen Lächeln.

»Sire«, erwiderte er, »unser Leben ist Euren Majestäten geweiht; es wird uns leichter sein, für Sie zu sterben, als uns von Ihnen zu trennen. Von Ihrem ganzen Hofe bleiben Ihnen drei Getreue; nehmen Sie ihnen nicht den einzigen Ruhm, treu bis ans Ende zu sein.«

»Es ist gut, meine Herren«, sagte die Königin, »wir nehmen es an ... aber Sie sehen wohl ein, dass von diesem Augenblick an alles unter uns gemeinsam sein muss: Sie sind fortan unsere Freunde, unsere Brüder ... nennen Sie mir die Namen Ihrer Eltern und Geschwister; wir könnten das Unglück haben, einander zu verlieren; dann würde es uns zukommen, diesen geliebten Wesen ihr Unglück anzuzeigen und dasselbe nach Kräften zu mildern ...«

Malden empfahl seine Mutter, eine alte, kränkliche Dame, Valory seine Schwester, eine junge Waise.

Dann wandte sich die Königin an Charny.

»Ach, Herr Graf«, sagte sie, »ich weiß, dass Sie mir niemand zu empfehlen haben ... Ihre Eltern sind tot, und Ihre beiden Brüder ...«

»Meine beiden Brüder hatten das Glück, für Eure Majestät das Leben zu lassen«, erwiderte Charny. »Aber der zuletzt Gefallene hat eine unglückliche Liebe hinterlassen. Madame, haben Sie die Gnade, den Namen eines unglücklichen Landmädchens zu notieren; und wenn ich, wie meine beiden Brüder, das Glück hätte, für meinen erhabenen Herrn zu sterben, so geruhen Sie für Katharina Billot und ihr Kind zu sorgen; man wird sie in dem Dorfe Ville-d'Avray finden.«

Das Bild des sterbenden Charny mochte für die Fantasie der Königin wohl zu schrecklich sein; sie wankte auf einen Armsessel zu, doch fasste sie sich wieder und schrieb als letztes den Namen und die Adresse von Katharina Billot auf.

»Meine Herren«, sagte sie, »ich hoffe, Sie werden mich nicht verlassen, ohne mir die Hand zu küssen.«

Charny näherte sich zuletzt; die Hand der Königin zitterte, als sie diesen Kuss erwartete; aber kaum berührten die Lippen des Grafen diese schöne Hand, seufzte Marie Antoinette auf. Dieser Klageton bewies, dass sie jetzt den Abgrund erkannte, der sich mit jedem Tag zwischen ihr und dem Grafen erweiterte.

Die erlauchten Gefangenen waren nun fünf Tage von Paris abwesend; heute sollten sie wieder in der Hauptstadt eintreffen. Welch ein bodenloser Abgrund hatte sich in diesen fünf Tagen aufgetan!

Die ganze Bevölkerung der Umgegend von Paris strömte herbei. Bald war das Gedränge so stark, dass die Pferde kaum im Schritt gehen konnten. Es war außerordentlich heiß. – Die unverschämte Neugier des Volkes verfolgte den König und die Königin bis in die beiden Ecken des Wagens, in die sie sich zurückgelehnt hatten. Einige Leute stellten sich auf den Tritt und schauten in die Kutsche hinein; andere kletterten auf den Reisewagen oder hingen sich an die Pferde.

Es war ein Wunder, dass Charny und seine beiden Kameraden nicht ums Leben kamen. Eine Vorhut von mehr als zweitausend Personen zog vor dem Wagen her; mehr als viertausend folgten. Zu beiden Seiten wälzte sich eine unaufhörlich zunehmende Menschenmasse langsam fort.

In der Nähe von Paris vermochte man kaum noch zu atmen; der Wagen ächzte inmitten einer dichten Staubwolke; ein paar Mal sank die Königin, dem Ersticken nahe, halb bewusstlos zurück. In Bourget verlangte der König ein Glas Wein. – Es fehlte wenig, so hätte man ihm einen mit Galle und Essig getränkten Schwamm gereicht.

Der Zug kam nach la Villette. Es dauerte länger als eine Stunde, bis die Menschenmenge sich zwischen beiden Häuserreihen hindurchwand, deren weiße Wände die Sonnenstrahlen zurückwarfen und die Hitze verdoppelten.

Man beschloss, den Umweg über die äußeren Boulevards und die Champs-Elysées zu machen. – Dadurch wurde die Qual um drei Stunden verlängert. An der Barriere hatte übrigens eine starke Grenadierabteilung den Wagen in die Mitte genommen.

Die ganze Bevölkerung von Paris war in die Champs-Elysées geströmt. Der König und die Königin blickten auf ein unabsehbares Menschenmeer. Tiefe, düstere Stille herrschte in dem ganzen weiten Umkreise; die Männer mit den Hüten auf dem Kopfe zeigten eine drohende Haltung.

Aber den traurigsten Eindruck machte eine doppelte Reihe Nationalgarde, die sich mit umgekehrtem Gewehr - zum Zeichen der Trauer - von der Barriere bis zu den Boulevards aufgestellt hatte.

Es war in der Tat ein Tag tiefer Trauer - der Trauer um eine siebenhundertjährige Monarchie. Die sich langsam fortbewegende Kutsche war ihr Leichenwagen, der das Königtum zur Gruft führte.

Als die den Wagen begleitenden Soldaten die lange Reihe Nationalgarde erblickten, schwenkten sie ihre Waffen und riefen: »Es lebe die Nation!«

Dieser Ruf wiederholte sich in der ganzen Reihe, von der Barriere bis zu den Tuilerien, und die ganze unabsehbare Volksmenge, die sich unter den Bäumen bis in die Straßen der Vorstadt und auf der andern Seite bis an den Fluss ausbreitete, rief einstimmig: »Es lebe die Nation!«

Man brauchte eine Stunde von der Barriere bis zum Platze Louis XV.

Hier bemerkte der König, dass man dem Standbild seines Ahnherrn die Augen verbunden hatte.

»Was soll das bedeuten?«, fragte der König.

»Ich weiß es«, sagte Pétion; »man will die Verblendung der Monarchie dadurch andeuten.«

Trotz der Eskorte durchbrach die Volksmasse zwei- oder dreimal die Reihe der Grenadiere. Die Königin sah jedes Mal entsetzliche, widrige, drohende Männergesichter am Kutschenschlage erscheinen.

Am Pont-Tournant standen zwanzig Abgeordnete, die die Nationalversammlung abgeschickt hatte, um den König und die königliche Familie zu beschützen. - Auch Lafayette mit seinem Generalstabe war da.

Lafayette näherte sich dem Wagen.

»Oh, Herr de Lafayette«, rief die Königin, sobald sie ihn bemerkte, »retten Sie die Leibgardisten!«

Dieser Ruf war nicht überflüssig, denn die Gefahr war groß.

Endlich hielt der Wagen vor den Tuilerien. »Ach! Meine Herren,« sagte die Königin zu Pétion und Barnave, »retten Sie die Leibgardisten!«

»Haben Sie mir unter diesen Herren niemand besonders zu empfehlen?«, fragte Barnave.

Die Königin sah ihn mit ihren klaren Augen scharf an.

»Niemand«, sagte sie.

Die nun folgenden zehn Minuten - selbst den Gang Zum Blutgerüst nicht ausgenommen- waren gewiss die peinlichsten ihres Lebens. Den Tod scheute sie nicht, aber sie war überzeugt, dass sie wie ein Spielzeug dem Volke überliefert oder in irgendein Gefängnis geschleppt werden würde.

Als sie, geschützt durch die Gewehre der Nationalgarde, aus dem Wagen stieg, wurde sie von einem Schwindel befallen und wäre beinahe zu Boden gesunken ...

Aber als sie eben die Augen schließen wollte, glaubte sie mit dem letzten Blick jenen furchtbaren Mann zu sehen, der ihr einst in so geheimnisvoller Weise den Schleier der Zukunft gelüftet hatte, denselben Mann, der nur erschien, um die großen Katastrophen zu prophezeien; oder zu der Stunde, wo diese in Erfüllung gingen.

Als sie die Augen wieder aufschlug, sah sie, wie ihre Leibgardisten vom Wagen heruntergerissen wurden.

Charny, der, bleich und schön wie immer, allein gegen zehn Menschen kämpfte, blickte mit dem leuchtenden Blick des Märtyrers und dem Lächeln der Verachtung auf die Menge. - Von Charny schweiften ihre Blicke zu dem Mann hinüber, der sie mitten in dem ungeheuren Tumult davontrug; sie erkannte mit Schrecken den rätselhaften Mann von Faverney und Sèvres!

»Sie! Sie!« rief sie, indem sie ihn abzuwehren suchte.

»Ja, ich!«, raunte er ihr ins Ohr. »Ich bedarf deiner noch, um die Monarchie in den Abgrund zu stoßen ... und dich rette ich!«

Das war mehr, als sie ertragen konnte. Mit einem lauten Schrei sank sie in Ohnmacht.

Unterdessen versuchte die Menge, den Grafen von Charny nebst seinen beiden Kameraden Malden und Valory in Stücke zu zerreißen; Drouet und Billot wurden im Triumph davongetragen.

Vierunddreißigstes Kapitel

Als die Königin wieder zur Besinnung kam, befand sie sich in ihrem Schlafgemach. Sie fragte sogleich nach dem Dauphin. - Der kleine Prinz war im Bett. Seine Gouvernante, Frau von Tourzel, und Madame Brunier, die Kammerfrau, waren bei ihm.

Barnave hatte sich zweimal nach ihrem Befinden erkundigt. Madame Campan meldete ihr den Besuch.

»Sagen Sie ihm meinen verbindlichsten Dank, Madame,« erwiderte Marie Antoinette, »und bringen Sie mir Nachricht über die Herren von Malden und von Valory.«

Das Herz der Königin wollte noch den Namen des Grafen von Charny hinzusetzen, aber ihre Lippen sträubten sich, ihn auszusprechen.

Es wurde ihr gemeldet, dass das Bad bereit sei. Inzwischen verzehrte Ludwig XVI. mit gutem Appetit ein gebratenes Huhn, dann spielte er mit seinem Sohn.

Die Nachrichten, die man der Königin brachte, waren nicht so schrecklich, wie man hätte glauben können.

Als der Zug bei der Barriere angekommen war, hatte der Graf mit seinen beiden Kameraden einen Plan verabredet: Die drei Getreuen wollten wenigstens einen Teil der Gefahren von dem König auf sich selbst lenken. Sobald der Wagen halten würde, sollten sie sich in die wütende Rotte stürzen. So hoffte man diese zu teilen; vielleicht würden der König und die Königin dann frei und unangefochten in das Schloss kommen.

Sie führten den Plan auch aus. Malden und Valory waren übel zugerichtet, aber gerettet; man hatte sie im Schloss gesehen. Vom Grafen von Charny wusste man nichts, im Schlosse hatte er sich nicht gezeigt.

Bei dieser Mitteilung wurde die Königin leichenblass. Madame Campan, welche die Ursache dieser Blässe wohl erriet, setzte hinzu:

»Aber Eure Majestät dürfen an der Rettung des Grafen nicht verzweifeln; Sie wissen ja, dass die Gräfin in Paris wohnt; vielleicht hat sich der Graf zu ihr geflüchtet.«

Eben dieser Gedanke hatte Marie Antoinette so bestürzt gemacht. Sie erwiderte:

»Campan! Kleiden Sie mich schnell an! Ich muss wissen, was aus dem Grafen geworden ist ...«

»Aus welchem Grafen?«, fragte Madame de Misery eintretend.

»Aus dem Grafen von Charny!«, sagte die Königin.

»Der Graf von Charny ist im Vorzimmer Ihrer Majestät«, erwiderte Madame de Misery, »und bittet um die Ehre einer kurzen Unterredung.«

Einige Minuten später erschien Charny in der Tür.

Er hatte die seit seiner Ankunft verflossene Zeit dazu benutzt, die Spuren der langen Reise und seines furchtbaren Kampfes zu beseitigen.

»Oh, Herr Graf«, sagte die Königin, »ich habe überall nach Ihnen fragen lassen. Man sagt, Sie hätten den Herren Pétion und Barnave das Leben zu verdanken ... Ist das wahr?«

»Ja, Madame, ich bin Herrn Barnave doppelten Dank schuldig, denn er begleitete mich bis in mein Zimmer und versicherte, Eure Majestät hätten die Gnade gehabt, sich unterwegs mit mir zu beschäftigen.«

»Mit Ihnen, Graf; inwiefern?«

»Eure Majestät meinten, Ihre alte Freundin werde über meine Abwesenheit besorgt sein. Ich bin weit davon entfernt, diese Besorgnisse für so bedeutend zu halten, aber ich glaube, es ist schicklich, der Gräfin nunmehr einen Besuch zu machen.«

Die Königin drückte die linke Hand aufs Herz, als hätte sie sich überzeugen wollen, dass es nicht aufgehört habe zu schlagen.

»Es ist wahr, Graf«, sagte sie kaum hörbar; »warum haben Sie so lange gewartet, um sich dieser Pflicht zu entledigen?«

»Eure Majestät vergessen, dass ich Ihnen mein Wort gegeben hatte, die Gräfin nicht ohne dero Erlaubnis zu sehen, und bitte Eure Majestät inständigst, mir sie zu bewilligen.«

»Sonst würden Sie die Gräfin ohne meine Erlaubnis wiedersehen, nicht wahr?«

»Ich glaube, Eure Majestät sind ungerecht gegen mich«, erwiderte der Graf. »Als ich von Paris abreiste, glaubte ich, vielleicht für immer abwesend zu sein ... Es ist nicht meine Schuld, dass ich nicht wie mein Bruder zu Varennes mein Leben gelassen habe; wenn mir die Ehre zuteilgeworden wäre, für Sie zu sterben, so hätte ich die Gräfin nicht wiedergesehen ... Aber da ich wieder in Paris bin, so ist es nicht möglich, gegen die Frau, die meinen Namen führt, so rücksichtslos zu sein und ihr keine Nachricht von mir zu geben, zumal mein Bruder nicht mehr da ist, um mich zu vertreten ...«

Die Königin erwiderte, indem sie sich unwillkürlich gegen Charny neigte:

»Sie müssen die Gräfin sehr lieb haben, um mir einen solchen Schmerz anzutun.«

»Eure Majestät gaben mir vor sechs Jahren das Fräulein Andrea von Faverney zur Gemahlin. In diesen Jahren hat meine Hand die Ihrige nicht zweimal berührt; ich habe nicht zehnmal mit ihr gesprochen ... Mein Leben war einer andern Liebe gewidmet; ich lebte am Hofe und machte Reisen. Mit der Gräfin war es anders: Seitdem sie so unglücklich war, das Missfallen Eurer Majestät zu erregen, lebt sie einsam in dem Pavillon der Rue Coq-Héron. Ihr Herz fühlt nicht das Bedürfnis nach Liebe, wie andere Frauenherzen; aber meine Nichtachtung würde sie mit Recht übel nehmen ...«

»Herr Graf«, erwiderte die Königin, »Sie sind ja sehr besorgt ... Sie sollten sich zuvor überzeugen, ob die Gräfin an Sie denkt.«

»Ich weiß nicht, ob die Gräfin jetzt an mich denkt«, erwiderte Charny; »aber bei meiner Abreise hat sie an mich gedacht, das weiß ich.«

»Sie hat Ihnen geschrieben?«

»Sie hat meinem Bruder Isidor einen Brief an mich übergeben.«

»Aber sie hatte mir doch geschworen ... Antworten Sie, was stand in dem Briefe! ...«

»Ich habe den Brief nicht gelesen. Er sollte mir durch meinen Bruder nur in dem Falle, dass ich tödlich verwundet würde, übergeben werden, aber er fiel ... Man hat dem Toten seine Papiere abgenommen, unter denen der Brief der Gräfin war und dieser Zettel ... wenn Eure Majestät die Gnade haben wollen, ihn zu lesen?«

Die Königin las:

»Dieser Brief ist an meinen Bruder, den Grafen Olivier von Charny gerichtet; er ist von seiner Gemahlin, der Gräfin von Charny, geschrieben ...«

Als sie die Worte gelesen hatte: » ... damit er vor seinem Ende das darin enthaltene Geheimnis kennenlerne ...«, sagte sie:

»Leugnen Sie es jetzt noch, dass Sie von ihr geliebt werden? ...«

»Wer, ich? ... Die Gräfin sollte mich lieben? Das ist unmöglich!«

»Warum denn? ... Liebe ich Sie doch!«

»Aber die Gräfin würde mir's gesagt haben, sie hatte sechs Jahre Zeit.«

»Nein«, erwiderte Marie Antoinette, »sie hat Ihnen nichts gesagt, weil ... sie wohl weiß, dass sie Ihre Gattin nicht sein kann!«

»Die Gräfin von Charny kann meine Gattin nicht sein?« wiederholte Olivier.

»Nein«, erwiderte die Königin, »sie weiß wohl, dass zwischen Ihnen ein Geheimnis besteht, das Ihre Liebe töten würde; sie weiß, dass sie durch die Mitteilung dieses Geheimnisses Ihre Verachtung verdienen würde.«

»Meine Verachtung! ... ich sollte die Gräfin verachten?«

»Was anderes verdient die Mutter ohne Gatten, das Weib, das nur dem Namen nach Gattin ist?«

Charny wurde leichenblass.

»Madame!«, sagte er, »Sie haben zu viel oder zu wenig gesagt ... und ich habe das Recht, Sie um eine Erklärung zu bitten.«

»Was fällt Ihnen ein, Herr Graf? Von mir, der Königin, verlangen Sie eine Erklärung?«

»Ja, Madame«, erwiderte Charny.

In diesem Augenblick ging die Tür auf:

»Doktor Gilbert bittet um die Ehre, Eurer Majestät seine Ehrerbietung bezeigen zu dürfen!«

»Er soll hereinkommen!«

Die Königin wandte sich wieder zu dem Grafen und sagte mit starker Betonung:

»Sie wünschten eine Erklärung in Betreff der Gräfin. Diese Erklärung verlangen Sie von dem Doktor Gilbert ... er kann sie Ihnen besser und vollständiger geben als irgendjemand.«

Gilbert hörte die letzten Worte der Königin und blieb unbeweglich an der Tür stehen.

Marie Antoinette warf dem Grafen das Billett seines Bruders zu und wollte in ihr Ankleidezimmer gehen; aber Charny trat ihr in den Weg und fasste ihre Hand.

»Verzeihen Sie, Madame«, sagte er, »diese Erklärung muss in Ihrer Gegenwart abgegeben werden.«

»Herr Graf«, sagte Marie Antoinette, indem sie ihm einen flammenden Blick zuwarf, »Sie scheinen zu vergessen, dass ich die Königin bin!«

»Sie verleumden Ihre Freundin; Sie beleidigen aus Eifersucht die Gattin eines Mannes, der seit drei Tagen zwanzigmal sein Leben für Sie gewagt hat ... die Gemahlin des Grafen von Charny! ... In Ihrer Gegenwart soll der Verleumdeten Gerechtigkeit widerfahren ...«

»Gut, es sei«, sagte die Königin. »Herr Gilbert, Sie hören, was der Herr Graf wünscht.«

Gilbert trat vor und sah Marie Antoinette mit tiefem Schmerz an.

»Herr Graf«, sagte er, sich an Charny wendend, »was ich Ihnen zu sagen habe, ist die Schmach eines Mannes und der Ruhm einer Frau ... Ein Bauer, der kaum dem Knabenalter entwachsen war, entbrannte in sündiger Leidenschaft für das Fräulein von Faverney; er hatte keine Achtung vor ihrer Jugend, Schönheit und Unschuld. Eines Tages fand er sie in Ohnmacht und ... schändete sie! ... Das Fräulein von Faverney ist ein Engel! Die Gräfin von Charny ist eine Märtyrerin!«

Charny wischte sich den Schweiß von der Stirn.

»Ich danke Ihnen, Herr Gilbert«, sagte er. – »Madame,« setzte er, sich an die Königin wendend, hinzu: »ich wusste nicht, dass das Fräulein von Faverney so unglücklich gewesen ist; ich wusste nicht, dass die Gräfin von Charny so ehrenhaft ist ... sonst würde ich nicht sechs Jahre gelebt haben, ohne ihr zu Füßen zu fallen.«

Er verneigte sich vor der bestürzten Königin und entfernte sich.

Andrea schwebte in diesen Tagen in größter Angst, ahnte sie doch, dass Olivier sich beim fliehenden König befand. Als die Kunde von der Rückkehr Ludwigs XVI. nach Paris kam, litt es sie nicht zu Haufe; sie wartete mit Tausenden von Menschen vor den Tuilerien. Von dort sah sie wirklich Charny und die beiden andern Offiziere auf dem Bock des Reisewagens.

Endlich hielt der Wagen mitten unter dem lauten Geschrei und Getümmel an. – Fast in demselben Augenblick entstand eine große Bewegung, ein entsetzlicher Tumult in der Nähe des Wagens. Die Bajonette, Piken, Säbel erhoben sich; die drei Offiziere stürzten sich von ihrem Sitz und verschwanden, als ob sie in einen Abgrund gefallen wären. Dann entstand ein so starkes Wogen und Drängen unter der Menschenmasse, dass ihre letzten Reihen gewaltsam gegen die Terrassenwand geworfen wurden.

Andrea war fast besinnungslos vor Schreck; sie sah und hörte nichts mehr; die Erde drehte sich ihr im Kreise, es brauste ihr in den Ohren wie die Brandung des Meeres ... Sie sank halb ohnmächtig nieder, nur der Schmerz erinnerte sie daran, dass sie noch lebte.

»Sind sie tot?« war ihr erstes Wort, als sie wieder zu sich selbst kam.

Das Mitleid ist scharfsinnig; die Umgebung der Gräfin verstand sogleich, dass sie jene drei Männer meinte, deren Leben in so furchtbarer Gefahr gewesen war.

»Nein,« war die Antwort, »sie sind gerettet! Man nimmt an, dass sie im Schlosse sind.«

»Im Schlosse ... Dank, tausend Dank!«

Sobald die Gräfin in ihrem Zimmer war, sank sie erschöpft vor ihrem Betstuhl nieder. Es gibt Augenblicke, wo der Dank gegen den Allmächtigen so groß ist, dass Worte fehlen; dann erhebt sich das Herz zum Himmel.

Während sie in dieses selige Entzücken versunken war, ging die Tür auf; die Kammerjungfer suchte sie.

»Der Herr Graf von Charny«, sagte die Kammerjungfer.

Andrea nickte mit dem Kopfe; – sie konnte nicht sprechen.

Charny und die Gräfin waren allein.

»Ich habe gehört, Madame, dass Sie soeben erst nach Hause gekommen sind«, sagte er; »finden Sie es nicht indiskret, dass ich Ihnen so auf dem Fuße gefolgt bin?«

»Nein«, sagte sie mit zitternder Stimme, »Nein ... Sie sind mir willkommen, Graf ... Ich war so unruhig, dass ich ausgegangen war, um zu erfahren, was vorging.«

»Madame, Sie hatten meinem Bruder einen Auftrag an mich gegeben? ...«

Andrea richtete sich halb auf und sah den Grafen mit ängstlicher Spannung an.

»Isidors Papiere sind mir eingehändigt worden, und Ihr Brief befand sich darunter.«

»Sie haben ihn gelesen?«, rief Andrea und drückte beide Hände auf das Gesicht.

»Nein, ich sollte den Inhalt dieses Briefes nur im Falle einer tödlichen Verwundung kennenlernen, und Sie sehen, dass ich gesund und wohlbehalten bin.«

»Und der Brief? ...«

»Hier ist er, unerbrochen, wie Sie ihn meinem Bruder übergeben hatten.«

»Graf«, sagte Andrea, den Brief nehmend, »was Sie da tun, ist entweder sehr schön oder sehr grausam!«

Charny streckte den Arm aus und fasste die Hand der Gräfin. Sie ließ ihm ihre zitternde Hand.

»Ich weiß jetzt, warum Sie gekommen sind, Graf«, sagte sie nach einer Pause, »Sie wollten mir den Brief zurückgeben ...«

»Jawohl«, erwiderte er, »aber auch noch in anderer Absicht ... Ich habe Sie um Verzeihung zu bitten, Gräfin!«

»Mich wollen Sie um Verzeihung bitten, Graf?«^

»Wegen des Benehmens, das ich seit sechs Jahren gegen Sie beobachtet habe.«

Andrea sah ihn sehr erstaunt an.

»Habe ich mich jemals beklagt?«, fragte sie.

»Nein, Gräfin, weil Sie ein Engel sind!«

Andrea wandte sich ab, ihre Augen füllten sich mit Tränen.

»Sie weinen, Andrea!«, sagte Charny.

»Oh, verzeihen Sie mir«, erwiderte Andrea; »aber ich bin nicht gewohnt, dass Sie so zu mir sprechen ... Ach, mein Gott! Mein Gott!«

Sie hielt inne. Wahrend sie ihr Gesicht bedeckt hatte, war ihr der Graf zu Füßen gefallen.

»Mein Gott, zu meinen Füßen!« wiederholte sie, als ob sie ihren Augen nicht trauen könnte.

»Andrea, Sie haben mir Ihre Hand entzogen«, sagte Charny.

Er reichte ihr von Neuem die Hand.

»Was bedeutet das?«, stammelte sie.

»Andrea«, antwortete Charny zärtlich, »es bedeutet, dass ich dich liebe!«

»Er liebt mich!«, sagte sie, sich abwendend. »Nein, das ist unmöglich!«

»Sage, dass es dir unmöglich ist, mich zu lieben, Andrea; aber sage nicht, dass es mir unmöglich sei, dich zu lieben!«

»Oh, mein Gott! Mein Gott!« stammelte sie; »gibt es in der Welt ein unglücklicheres Geschöpf, als ich bin?«

»Andrea«, fuhr Charny fort, »sage mir, dass du mich liebst ... oder wenigstens, dass du mich nicht hassest!«

»Ich ... Sie hassen?« erwiderte Andrea mit tiefem Gefühl, und aus ihren sonst so ruhigen Augen sprach eine Glut, die niemand in ihr vermutet hätte.

»Aber wenn es nicht Hass, nicht Liebe ist, was ist es denn, Andrea?«

»Es ist nicht Liebe, weil es mir nicht erlaubt ist, Sie zu lieben ...«

»Und warum ist es dir nicht erlaubt, mich zu lieben, wenn ich dich liebe, von ganzem Herzen liebe?«

»Ach, das darf ich nicht sagen!«, antwortete Andrea, die Hände ringend.

»Aber«, erwiderte Charny mit sanfter Stimme, »wenn ich schon von einer andern Person gehört hätte, was du mir nicht sagen darfst?«

»Mein Gott!«

»Und wenn dieses Unglück Sie würdiger, achtbarer in meinen Augen machte, wenn dieses schreckliche Geheimnis mich bewogen hätte, Ihnen zu sagen, dass ich Sie liebe?«

»Wenn das der Fall wäre, Graf, so wären Sie der edelste Mann!«

»Ich liebe dich, Andrea«, wiederholte Charny; »ich liebe dich!«

»Ach, mein Gott!«, sagte Andrea mit erhobenen Händen, »ich wusste nicht, dass ich im Leben eine solche Freude haben würde! Lesen Sie diesen Brief, der Ihnen auf Ihrem Sterbebette übergeben werden sollte ...«

Während Andrea ihr Gesicht mit beiden Händen bedeckte, erbrach Charny hastig den Brief, las die ersten Zeilen, stürzte hastig auf Andrea zu und zog sie in seine Arme.

»Seit dem Tage, wo du mich zum ersten Male gesehen!«, sagte er, »seit sechs Jahren! ... Oh, du bist ein Engel! Werde ich dich je lieben können, wie du es verdienst? Werde ich dir Ersatz bieten können für alle deine Leiden?«

Fünfunddreißigstes Kapitel

Seit der Rückkehr des Königs bis zum 16. Juli hatte sich sehr viel ereignet. – Die Flucht des Königs hatte ungeheure Sensation gemacht, und als er wieder in Paris war, wusste niemand, was man mit ihm anfangen sollte. Jeder sagte frei seine Meinung.

Am 21. Juni, als der König entflohen war, erklärten die Kordeliers durch einen Anschlagzettel, dass sie geschworen, alle »Tyrannen« zu erdolchen, die es wagen würden, das französische Gebiet, die Freiheit und die Verfassung anzugreifen. – Marat schlug einen Diktator vor, Prudhomme dagegen weder ein neues Oberhaupt noch eine neue Regierung; er erließ einen Aufruf:

»Am dritten Tage nach der Rückkehr führte man den Dauphin auf der Terrasse vor den Tuilerien spazieren. Er musste dem Volke Kusshände zuwerfen. Einige Zuschauer waren so feige, zu rufen: ›Es lebe der Dauphin!‹ – Bürger! Nehmt euch in acht vor den Schmeicheleien eines Hofes, der vor dem Volke kriecht, wenn er nicht mehr der Stärkere ist!«

Camille Desmoulins war im Palais Royal, dem gewöhnlichen Schauplatz seiner Redekünste, auf einen Stuhl gestiegen und sagte:

»Meine Herren, es wäre ein Unglück, wenn der treulose Mann hierher zurückgebracht würde. Was sollten wir mit ihm machen? Wenn er hierherkommt, so stelle ich den Antrag, ihn drei Tage lang, mit einem roten Tuch um den Kopf, dem allgemeinen Gelächter preiszugeben und ihn sodann in Etappen an die Grenze zu bringen.«

Das republikanische Gefühl war in allen Herzen, aber das Wort Republik ward kaum von einigen ausgesprochen. Die Nationalversammlung hatte eine entschiedene Abneigung gegen die republikanische Staatsform; sie sagte: »Die Sitten Frankreichs sind nicht republikanisch!«

Im Übrigen wurden während der Abwesenheit des Königs und auch nach seiner Rückkehr die verschiedensten Pläne über die Bildung einer neuen Regierung erörtert. Vorübergehend gewann sogar die royalistische Partei die Oberhand. Besonders umstritten war das Schicksal des Königs. Schließlich wurde Folgendes beschlossen:

»Der König wird so lange seiner Würde enthoben, bis er aufs Neue die Verfassung beschworen hat.

Schwört der König nicht, wird er abgesetzt. Für alle Folgen, die sich aus der gewaltsamen Abdankung ergeben, wird er zur Verantwortung gezogen.«

Als diese Proklamation bekannt gegeben wurde, gab es im Volke nur einen Schrei der Entrüstung. Zu Tausenden strömte die Menge auf das Marsfeld, um am Altar des Vaterlandes eine Petition an die Nationalversammlung verlesen zu lassen, in der die sofortige Abdankung des Königs und seine Aburteilung durch das Gericht verlangt wurde.

Diese Bittschrift wurde durch einen gewissen Robert verlesen und musste nun unterzeichnet werden. Die Zahl der Unterzeichner war nicht auf zwei- bis dreihundert beschränkt: es waren vielleicht zehntausend, und da von allen Seiten immerfort noch Menschen herbeiströmten, so war vorauszusehen, dass binnen einer Stunde mehr als fünfzigtausend den Altar des Vaterlandes umgeben würden.

Inzwischen war der Nationalversammlung gemeldet worden, auf dem Marsfelde habe sich eine große Menschenmenge versammelt und nehme eine drohende Haltung ein. Die Nationalversammlung entsandte daraufhin Lafayette mit einem Truppenaufgebot.

Lafayette erscheint auf dem Marsfelde; die Volksmasse ist noch mit der Unterzeichnung der Petition beschäftigt, und es herrscht die vollkommenste Ruhe.

Der General rückt bis zum Altar des Vaterlandes vor. Er erkundigt sich nach dem Zweck der Versammlung. Man zeigt ihm die Petition. Die Bittsteller versprechen, sich nach Hause zu begeben, sobald die Petition unterzeichnet sein wird. Er sieht in diesem Vorgange nichts Tadelnswertes und zieht sich mit seinen Truppen zurück.

Zwei Schüsse, die bei der Ankunft Lafayettes abgegeben worden waren, aber niemand verletzt hatten, sind auf dem Marsfelde unbeachtet geblieben, aber in der Nationalversammlung haben sie einen furchtbaren Widerhall gefunden. - Die Nationalversammlung beabsichtigt dieses Mal einen royalistischen Staatsstreich, und jedes Mittel ist ihr zur Erreichung dieses Zweckes willkommen.

»Lafayette ist verwundet! Sein Adjutant niedergeschossen! ... Auf dem Marsfelde gehen gräuliche Dinge vor!«

So lautet die Kunde, die sich wie ein Lauffeuer durch Paris verbreitet und von der Nationalversammlung der Stadtbehörde offiziell mitgeteilt wird.

Aber die Stadtbehörde ist durch die Vorgänge auf dem Marsfelde schon beunruhigt worden; sie hat drei Beamte dahin abgeschickt.

Die Unterzeichner der Petition sehen vor dem Vaterlandsaltar einen neuen Zug anrücken. Sie schicken ihm eine Deputation entgegen.

Die drei Gemeindebeamten gehen gerade auf den Altar des Vaterlandes zu; aber anstatt der tobenden, drohenden Menge, die sie erwartet hatten, sehen sie eine friedliche Schar von Bürgern. Aber vielleicht ist die Petition aufrührerisch. Die Gemeindebeamten verlangen die Vorlesung der Petition. Sie wird ihnen von der ersten bis zur letzten Zeile vorgelesen.

»Meine Herren«, sagen die Beamten, »wir freuen uns, Ihre Stimmung kennenzulernen; wir hörten, es sei hier ein Tumult, aber wir sehen mit Vergnügen, dass man uns getäuscht hat. Wenn wir nicht von Amts wegen hier wären, würden wir selbst unterzeichnen.«

Die Zustimmung von drei Männern, bei denen man feindselige Absichten vermutet hatte, ermutigt die Bittsteller. In einem unbedeutenden Streit zwischen dem Volk und der Nationalgarde sind zwei Personen verhaftet worden. Die beiden Gefangenen sind ganz schuldlos. Die angesehensten unter den Petitionären verlangen ihre sofortige Freilassung.

»Das können wir nicht auf uns nehmen«, antworten die Beamten; »aber ernennen Sie Kommissare; diese können sich mit uns zum Stadthause begeben, und es wird ihnen bewilligt werden, was recht ist.«

Man ernennt sogleich zwölf Kommissare; unter ihnen den einstimmig gewählten Billot. Sie begeben sich mit den drei Beamten zum Stadthause.

Der Grêveplatz ist zum größten Erstaunen der Kommissare mit Soldaten besetzt. Vor der Tür des Ratssaales weiden die Kommissare von den drei Beamten ersucht, einen Augenblick zu warten. Die letzteren gehen hinein und erscheinen nicht wieder.

Die Kommissare warten eine Stunde. Niemand lässt sich blicken. – Billot runzelt die Stirn und stampft ungeduldig mit dem Fuße. Plötzlich geht die Tür auf. Der Gemeinderat erscheint, Bailly voran. Billot geht auf ihn zu.

»Herr Bürgermeister«, sagte er energisch, »wir erwarten Sie seit einer Stunde.«

»Wer sind Sie und was haben Sie mir zu sagen?«, fragte Bailly.

»Wer ich bin? Ich bin Billot. Ich habe Ihnen zu sagen, dass wir die Abgesandten des auf dem Marsfelde versammelten Volkes sind.«

»Und was verlangt das Volk?«

»Es verlangt die Erfüllung des Versprechens, das Ihre drei Bevollmächtigten gegeben haben, nämlich die Freilassung zweier zu Unrecht beschuldigter Bürger, für deren Schuldlosigkeit wir bürgen.«

»Ein solches Versprechen«, sagte Bailly, »kann uns nicht binden.«

»Warum nicht?«

»Weil es Aufrührern gegeben worden ist.«

Billot runzelte die Stirn. »Aufrührern!«, erwiderte er; »jetzt sollen wir Aufrührer sein?«

»Jawohl«, sagte Bailly; »und ich werde mich sogleich auf das Marsfeld begeben, um Ruhe zu stiften.«

»Auf dem Marsfelde Ruhe stiften? Ihr Freund Lafayette ist ja soeben abgezogen; Ihre drei Abgeordneten sind ja mit uns gekommen und können Ihnen sagen, dass das Marsfeld ruhiger ist als der Stadthausplatz!«

In diesem Augenblick ritt ein Offizier heran.

»Wo ist der Herr Bürgermeister?«, fragte er.

»Hier bin ich«, sagte Bailly.

»Zu den Waffen, Herr Bürgermeister! Zu den Waffen! Man ist handgemein geworden auf dem Marsfelde; fünfzigtausend Meuterer wollen gegen die Nationalversammlung anrücken!«

»Meine Herren!«, sagte Bailly; »wir wollen uns persönlich davon überzeugen ... Herr Billot, wenn Sie über Ihre Vollmachtgeber etwas vermögen, so gehen Sie und fordern Sie sie auf, auseinanderzugehen.«

»Auseinanderzugehen? Was fällt Ihnen ein? Das Petitionsrecht ist uns gesetzlich zuerkannt, und bis es uns durch einen neuen Beschluss wieder genommen wird, ist es niemandem, weder dem Bürgermeister noch dem Kommandanten der Nationalgarde erlaubt, die Bürger an der Darlegung ihrer Wünsche zu hindern ... Sie gehen auf das Marsfeld? Wir wollen vorangehen, Herr Bürgermeister!«

Als Billot mit den Kommissaren wieder auf dem Marsfelde eintrifft, hat sich die Volksmenge noch vermehrt. Es mochten wohl sechzigtausend Menschen versammelt sein. Von allen Seiten eilt man herbei und drängt sich um die Abgesandten. – »Sind die beiden Bürger freigelassen?«

»Die beiden Gefangenen sind nicht freigegeben, und der Bürgermeister hat geantwortet, die Petitionäre wären Aufrührer.«

Die Umstehenden lachen. Alle begeben sich auf ihre Plätze zurück oder gehen sorglos auf und ab.

Plötzlich eilt ein Bürger atemlos herbei. Er hat nicht nur die rote Fahne vor dem Stadthause gesehen, er hat auch gehört, wie der Befehl, auf das Marsfeld zu marschieren, von der Nationalgarde mit lautem Jubel begrüßt wurde; er hat gesehen, dass die Gewehre geladen wurden, dass ein Gemeindebeamter mit den Chefs leise sprach, und dass endlich die Nationalgarde, mit Bailly und dem Gemeinderat an der Spitze, ausrückte.

Bald hörte man näherkommende Trommelwirbel. Die Mitglieder der verschiedenen patriotischen Vereine ziehen sich in Gruppen zusammen und schicken sich an, das Marsfeld zu verlassen. Aber Billot ruft ihnen von der Plattform des Altars aus zu:

»Brüder! Warum diese Furcht? Es sind nur zwei Fälle möglich: Das Kriegsgesetz wird entweder geltend gemacht, oder nicht. Wird es geltend gemacht, warum sollen wir davonlaufen? Im entgegengesetzten Falle wird es kundgemacht, wir werden aufgefordert, und dann ist es immer noch Zeit, uns zurückzuziehen.«

»Ja, ja«, rief man von allen Seiten, »wir handeln nach dem Gesetz ... mir wollen die Aufforderung abwarten ... man muss uns dreimal auffordern ... Wir bleiben!«

Man blieb. Die Nationalgarde rückt von drei Seiten auf das Marsfeld. Eine Abteilung, unter der sich Bailly befindet, führt die rote Fahne.

Plötzlich sieht man, wie vorn die Menge vor heransprengenden Reitern in heilloser Unordnung zurückweicht; wer nicht niedergeritten wird, flüchtet sich an den Altar des Vaterlandes wie an ein unverletztes Asyl.

Dann kracht ein lebhaftes Gewehrfeuer, und Pulverdampf steigt auf. – Bailly ist mit Hohn und Spott empfangen worden; dabei ist ein Schuss gefallen und hat einen Dragoner leicht verwundet. Der Bürgermeister, auf den es offenbar abgesehen war, hat Befehl zum Feuern gegeben; aber es soll nur in die Luft geschossen werden, um den Spöttern einen Schrecken einzujagen.

Aber gleich darauf kracht eine neue Salve. – Die Garde schießt; auf wen? Auf die harmlose Menge, die den Altar des Vaterlandes umgibt!

Ein furchtbares Geschrei folgt diesem Gewehrfeuer; dann sieht man etwas bis dahin fast Beispielloses: die fliehende Volksmenge, die Leichen und im Blut sich fortschleppende Verwundete zurücklässt und mitten im Staube und Pulverdampf die den Fliehenden nacheilende Reiterei.

Das Marsfeld bot einen traurigen Anblick. Die Getroffenen waren meistens Weiber und Kinder. Der gegenseitige Groll wurde zur maßlosen Wut, zur rasenden Blutgier. Ein Geschütz wurde aufgefahren, die Kanoniere hielten die brennenden Lunten bereit, um zu feuern. Lafayette hatte kaum noch Zeit, auf die Batterien loszusprengen und sich vor die Feuerschlünde zu stellen.

Nachdem die Volksmenge eine Weile regellos durcheinandergelaufen war, wendete sie sich instinktmäßig zu der Nationalgarde der Vorstadt St. Antoine. Die Bürgersoldaten öffneten ihre Reihen und nahmen die Fliehenden auf. Der Wind hat den Staub und Pulverdampf nach dieser Seite hingetrieben, sodass sie nichts gesehen hatten und wähnten, die Volksmenge habe nur aus Furcht die Flucht genommen.

Als sich der Pulverdampf zerstreute, sahen sie mit Entsetzen die Erde mit Blut bedeckt und mit Toten übersäet.

In diesem Augenblicke sprengte ein Adjutant heran und gab ihnen den Befehl, vorzudringen und den Platz zu säubern, um sich mit den übrigen Truppen zu vereinigen. Aber anstatt diesen Befehl zu vollziehen, schlugen sie auf den Adjutanten und die nachsprengenden Reiter an.

Adjutant und Reiter wichen vor den Bajonetten der Patrioten zurück. Alle Fliehenden, die sich nach dieser Seite hin gewendet hatten, fanden hier sichern Schutz. In wenigen Augenblicken war das Marsfeld leer; es blieben nur die Weiber, Männer und Kinder zurück, die durch das furchtbare Gewehrfeuer der Garde oder von den nachfolgenden Dragonern getötet oder verwundet morden waren.

Nach Einbruch der Nacht warf man die Leichen in die Seine; - die Seine trieb sie dem Ozean zu; der Ozean verschlang sie.

Sechsunddreißigstes Kapitel

In den Tuilerien erwartete Maria Antoinette Weber, den sie auf das Marsfeld geschickt, und der auf der Höhe von Chaillot alles gesehen hatte.

Inzwischen hatte das Königspaar allerhand zu leiden.

Nach der Verhaftung hatte das Volk nur noch einen Gedanken: Da sie einmal entflohen waren, konnten sie zum zweiten Male entfliehen und das zweite Mal die Grenze erreichen.

Die Wache im Schloss lehnte jede Verantwortung ab, wenn eine andere als Madame de Rochereul die Gemächer der Königin betrat. Madame de Rochereul war, wie oben erwähnt, die Geliebte Gourions und hatte dem Bürgermeister Bailly ihren Argwohn mitgeteilt.

Man hatte daher auf der zu den königlichen Appartements führenden Treppe das Porträt der Madame de Rochereul aufhängen lassen, damit die Schildwache keiner andern Kammerfrau den Eintritt gestatte.

Die Königin wurde von dieser Maßregel in Kenntnis gesetzt; sie ging sogleich zum Könige und beschwerte sich darüber.

Der König ließ Lafayette rufen und verlangte die Wegnahme des Bildes. - Das Bild wurde weggenommen und die Kammerfrauen der Königin traten ihren Dienst wieder an.

Aber anstelle dieses demütigenden Befehls wurde ein anderer erlassen. Die Bataillonschefs, denen der neben dem Schlafgemach der Königin befindliche Salon angewiesen war, erhielten Befehl, die Tür beständig offenzuhalten, um die königliche Familie immer vor Augen zu haben; nur während sich die Königin auszog oder ankleidete, wurde sie angelehnt, aber nie völlig geschlossen. Sobald Marie Antoinette angekleidet oder im Bett war, wurde die Tür wieder geöffnet.

Es war eine unerträgliche Tyrannei.

Im Augenblick erwartete die Königin also ihren Kammerdiener Weber. - Die Tür ging auf; aber anstatt des gutmütigen breiten Gesichts ihres Dieners sah sie das ernste, kalte Gesicht Gilberts zum Vorschein kommen.

Sie erschrak, als sie ihn bemerkte. Sie hatte ihn seit dem Abende nach der Rückkehr von Varennes nicht wieder gesehen.

»Sie sind's, Doktor?«, murmelte sie.

»Ja, Madame«, sagte er, »ich bin's ... Ich weiß, dass Sie Weber erwarteten; aber ich kann Ihnen bestimmtere, zuverlässigere Nachrichten bringen. Er war an der Seite der Seine, wo nicht gemordet wurde!«

»Gemordet!«, erwiderte die Königin. »Was ist denn geschehen?«

»Ein großes Unglück, Madame! Die Hofpartei hat gesiegt!«

»Die Hofpartei hat gesiegt! Und das nennen Sie ein Unglück, Herr Gilbert?«

»Ja, weil sie durch eines jener furchtbaren Mittel gesiegt hat, die den Sieger entnerven und ihn zuweilen an die Stelle des Besiegten stellen!«

Aber was ist denn vorgegangen?«

»Lafayette und Bailly haben auf das Volk schießen lassen; beide sind daher unfähig, Ihnen fortan zu dienen.«

»Warum das?«

»Weil sie ihre Popularität verloren haben.«

»Und was machte das Volk, auf welches man geschossen hat?«

»Es unterzeichnete eine Petition, welche die Absetzung des Königs verlangte.«

»Und Sie finden, dass man unrecht tut, auf das Volk zu schießen?«, fragte Marie Antoinette mit flammenden Blicken.

»Ich glaube, man würde besser getan haben, es zu überzeugen ...«

»Wovon zu überzeugen ...«

»Von der Aufrichtigkeit des Königs.«

»Aber der König ist ja aufrichtig!«

»Halten Sie zu Gnaden, Madame ... vor drei Tagen habe ich den König verlassen; ich bot meine ganze Kraft auf, um ihm begreiflich zu machen, dass seine wahren Feinde seine Brüder, der Prinz von Condé und die Ausgewanderten sind. Ich bat Se. Majestät auf den Knien, jede Verbindung mit ihnen abzubrechen und ganz offen die Verfassung anzunehmen. Der König schien überzeugt zu sein; er hatte die Gnade, mir zu versprechen, dass jeder Verkehr mit den Ausgewanderten aufhören solle ... und kaum hatte ich mich beurlaubt, so unterzeichnete der König ein Schreiben an seinen Bruder, in welchem er ihn ermächtigt, mit dem Kaiser von Österreich und dem Könige von Preußen in Unterhandlung zu treten. Auch Ew. Majestät haben dieses Schreiben unterzeichnet ...«

Marie Antoinette war entrüstet.

»Unsere Feinde haben also selbst im Kabinett des Königs ihre Kundschafter?«

»Ja, Madame«, antwortete Gilbert gelassen, »und eben dadurch wird jeder Fehlgriff des Königs so gefährlich.«

»Aber der Brief war ja von dem Könige eigenhändig geschrieben; und er wurde sogleich von mir unterzeichnet, von dem Könige gesiegelt und dem Kurier übergeben.«

»Der Brief ist gelesen worden.«

»Sind wir denn von Verrätern umgeben?«

»Nicht jeder ist ein Graf von Charny!«

»Was wollen Sie damit sagen?«

»Leider will ich damit sagen, dass es eine unglückliche Vorbedeutung ist, wenn sich die Könige von Männern abwenden, die sie mit den stärksten Banden an ihr Geschick fesseln sollten.«

»Ich habe mich nicht von dem Grafen Charny abgewendet«, erwiderte die Königin mit Bitterkeit; »er hat sich von uns abgewendet. Wenn die Könige unglücklich werden, sind keine Bande stark genug, um ihre Freunde an sie zu fesseln.«

Gilbert sah die Königin an und schüttelte den Kopf.

»Verleumden Sie den Grafen nicht, Madame, sonst werden seine beiden für Sie gefallenen Brüder aus dem Grabe rufen, dass die Königin von Frankreich undankbar ist!«

»Herr Gilbert!«, sagte Marie Antoinette beleidigt.

»Ew. Majestät wissen wohl, dass ich die Wahrheit sage«, erwiderte Gilbert; »Sie wissen wohl, dass der Graf von Charny auf seinem Posten sein wird, sobald Ihnen eine wirkliche Gefahr droht.«

Die Königin sah vor sich nieder. – Nach einer Pause sagte sie mit Ungeduld:

»Sie sind doch gewiss nicht gekommen, um von dem Grafen von Charny zu sprechen? Was wollten Sie der Königin sagen?«

»Ich wollte ihr sagen: »Madame, Sie spielen ein gewagtes Spiel, in dem es sich um das Wohl oder Wehe von Millionen handelt; die erste Partie haben Sie am 6. Oktober verloren, die zweite haben Sie soeben gewonnen, wie wenigstens die Hofpartei glaubt. Morgen wird Trumpf ausgespielt; wenn Sie verlieren, so handelt es sich um den Thron, um die Freiheit, vielleicht um das Leben!«

»Glauben Sie denn«, erwiderte die Königin mit stolzer Gebärde, »dass wir vor einer solchen Furcht zurückschrecken werden?«

»Ich weiß, dass der König Mut hat; ich kenne den hohen Sinn der Königin; ich werde Ihnen gegenüber daher nur triftige Gründe geltend zu machen suchen; aber ich kann leider nicht hoffen, dass es mir jemals gelingen werde, Ihre Majestäten zu überzeugen.«

»Warum machen Sie sich denn eine solche Mühe, Herr Gilbert, wenn Sie sie für fruchtlos halten?«

»Es ist tröstendes Bewusstsein, wenn man sich bei jeder Bemühung sagen kann: Ich erfülle meine Pflicht!«

Die Königin sah Gilbert forschend an.

»Vor allen Dingen«, sagte sie, »beantworten Sie mir eine Frage: Glauben Sie, dass es noch möglich ist, den König zu retten?«

»Ich glaube es.«

»Das französische Volk ist unser Feind!« entgegnete Marie Antoinette.

»Weil Sie es gelehrt haben, an Ihnen zu zweifeln.«

»Das französische Volk kann gegen eine europäische Koalition nicht standhalten.«

»Denken Sie sich an seiner Spitze einen König, der die Verfassung aufrichtig will, und das französische Volk wird gegen Europa in die Schranken treten.«

»Herr Gilbert«, sagte die Königin, »warten Sie hier einen Augenblick ... Ich gehe zu dem Könige, ich bleibe nicht lange aus.«

Gilbert verneigte sich; die Königin ging an ihm vorüber und begab sich in die Gemächer des Königs.

Der Doktor wartete eine Viertelstunde, eine halbe Stunde. Endlich ging eine Tür auf, aber nicht die, durch welche sich die Königin entfernt hatte.

Es war ein Türsteher, der sich nach allen Seiten umsah, dann auf Gilbert zutrat, ein Freimaurerzeichen machte, ihm einen Brief übergab und sich entfernte.

Gilbert las:

»Du verlierst Deine Zeit, Gilbert: In diesem Augenblicke hören der König und die Königin den Herrn von Breteuil, der soeben von Wien kommt und ihnen folgenden politischen Plan mitbringt:

»Gegen Barnave dasselbe Benehmen beobachten wie gegen Mirabeau; Zeit gewinnen, die Verfassung beschwören und buchstäblich ausführen, um zu zeigen, dass sie unausführbar ist. Frankreich wird lau werden und sich langweilen; die Franzosen sind leichtfertig, es wird eine neue Mode aufkommen, und die Freiheit vergessen werden. Wenn die Freiheit nicht vergessen wird, so kann wenigstens ein Jahr gewonnen werden, und in einem Jahre sind wir zum Kriege gerüstet.«

»Lass daher die beiden Verblendeten, die noch spottweise König und Königin genannt werden, und begib Dich in das Hospital am Gros-Caillou. Du wirft daselbst einen Sterbenden finden, der vielleicht noch zu retten ist; sie hingegen kannst Du nicht mehr retten, sie würden Dich in ihrem Sturz nur mit fortreißen!«

Das Billett war nicht unterzeichnet; aber Gilbert erkannte die Handschrift Cagliostros.

In diesem Augenblicke kam Madame Campan; Gilbert gab der Kammerfrau den Brief, den er eben erhalten hatte. Inzwischen kam der Tag, wo der König die Verfassung beschwören sollte.

England und die Ausgewanderten hatten dem König geschrieben: »Sterben Sie, wenn es sein muss; aber erniedrigen Sie sich nicht durch diesen Schwur!«

Leopold und Barnave sagten: »Schwören Sie immerhin; das weitere wird sich finden.«

Endlich entschied der König die Frage durch folgende Worte: »Ich erkläre, dass ich in der Verfassung keineswegs eine genügende Gewähr der Kraft und Einheit sehe; aber da die Meinungen so verschieden sind, so möge allein die Erfahrung entscheiden.«

Es fragte sich noch, an welchem Orte die Verfassung dem Könige zur Annahme vorgelegt werden sollte, ob in den Tuilerien oder in der Nationalversammlung.

Der König löste die Schwierigkeit durch die Erklärung, dass er die Verfassung da beschwören werde, wo sie votiert worden. – Er bestimmte zu dieser Feierlichkeit den 13. September.

Die Nationalversammlung empfing diese Mitteilung mit einstimmigem Beifall. Der König wollte zu den Volksvertretern kommen! – In einer Regung der Begeisterung erhob sich Lafayette und verlangte eine allgemeine Amnestie für die, welche die Flucht des Königs befördert hatten. – Die Amnestie wurde sogleich votiert.

Die Wolke, die den Himmel Charnys und Andreas verdunkelt hatte, zerstreute sich schnell.

Eine Deputation von sechzig Mitgliedern wurde ernannt, um dem Könige für sein Schreiben zu danken. – Der Siegelbewahrer stand auf und eilte in die Tuilerien, um dem Könige diese Deputation zu melden.

An demselben Vormittag hatte ein Beschluss der Nationalversammlung den Orden vom Heiligen Geiste abgeschafft, und der König allein blieb ermächtigt, das Ordensband als Sinnbild der hohen Aristokratie zu tragen. Die Deputation fand den König nur mit dem Ludwigskreuz geschmückt; er bemerkte den Eindruck, den die Abwesenheit des blauen Bandes auf die Deputierten machte, und sagte zu ihnen:

»Meine Herren, Sie haben heute den Orden vom Heiligen Geist abgeschafft und mir allein das Recht vorbehalten, das Ordensband zu tragen; ich betrachte ihn aber als aufgehoben.«

Malouet war Präsident der Nationalversammlung; er war ein Royalist von reinstem Wasser, aber er glaubte die Frage aufwerfen zu müssen, ob die Nationalversammlung sitzen oder stehen sollte, während der König den Eid leisten würde.

»Sitzen! Sitzen!« rief man von allen Seiten.

»Und der König?«, fragte Malouet.

»Stehend und mit entblößtem Haupte schwören!«, rief eine Stimme.

Es war eine vereinzelte Stimme, aber sie war stark und klangvoll; man glaubte die Stimme des Volkes zu hören, die sich vereinzelt vernehmen lässt, um besser verstanden zu werden.

Der Präsident erblasste.

»Meine Herren«, sagte er, »die versammelte Nation hat den König unter allen Umständen als ihr Oberhaupt anzuerkennen. Wenn der König den Eid stehend leistet, so beantrage ich, dass die Versammlung ebenfalls aufstehe.«

Die Eidesleistung war auf den folgenden Tag angesetzt. Der Saal war überfüllt; die Tribünen vermochten die Zuschauer nicht zu fassen. - Um die Mittagsstunde wurde der König gemeldet.

Der König sprach die Eidesleistung stehend; die Versammlung hörte ihn stehend an; dann wurde die Verfassungsurkunde unterzeichnet und alle setzten sich.

Der Präsident stand nun auf, um seine Rede zu halten; aber als er sah, dass der König nicht aufstand, nahm er selbst seinen Platz wieder ein. Die Zuschauer applaudierten, der König erblasste; er zog sein Schnupftuch hervor und wischte sich den Schweiß von der Stirn.

Die Königin wohnte der Sitzung in einer abgesonderten Loge bei. Sie konnte es nicht aushalten; sie stand auf, verließ die Loge, schlug die Tür heftig hinter sich zu und fuhr in die Tuilerien zurück.

Der König kehrte eine halbe Stunde später in die Tuilerien zurück. - Er fragte sogleich nach der Königin. Ein Türsteher wollte vorangehen; aber er entfernte ihn durch einen gebieterischen Wink, öffnete selbst die Türen und trat unerwartet in das Zimmer, wo sich die Königin befand.

Er war so blass, so erschöpft, dass Marie Antoinette erschrocken aufsprang und ihm entgegenging.

»O Sire!«, sagte sie, »was ist denn geschehen?«

»O Madame! Warum haben Sie dieser Sitzung beigewohnt? Mussten Sie denn Zeuge meiner Demütigung sein?«

Ein so heftiger Ausbruch der Gefühle war selten bei Ludwig XVI. und deshalb umso ergreifender. Marie Antoinette war außer sich, sie sank ihm zu Füßen.

Nach einer halben Stunde tat sich die Tür wieder auf, und die Königin selbst rief ihre Kammerfrau.

»Campan«, sagte sie, »besorgen Sie dieses Schreiben an Herrn von Malden; es ist an meinen Bruder Leopold. Herr von Malden muss auf der Stelle nach Wien abreisen; dieser Brief muss dort früher ankommen als die Kunde der heutigen Vorgänge ... Wenn er zwei- oder dreihundert Louisd'or braucht, so geben Sie sie ihm; ich gebe sie Ihnen wieder.«

Madame Campan nahm den Brief und entfernte sich. – Zwei Stunden später reiste Malden nach Wien ab.

Das Schlimmste an der ganzen Sache war, dass man sich ein freundliches, heiteres Ansehen geben musste. – Die Tuilerien waren mit einer ungeheuren Menschenmenge gefüllt. Abends war die ganze Stadt beleuchtet. Der König und die Königin wurden eingeladen, in den Champs Elysées spazierenzufahren. Die Adjutanten und Chefs der Pariser Armee begleiteten den Wagen zu Pferde. Sie wurden mit lautem Jubel empfangen; aber in einer Pause, wo der Ruf: »Es lebe der König! Es lebe die Königin!« verstummte und der Wagen anhielt, sagte ein wild aussehender Mann aus dem Volke, der mit verschränkten Armen am Kutschenschlage stand:

»Glaubet ihnen nicht ... Es lebe die Nation!«

Der Wagen fuhr langsam weiter; aber der Mann legte die Hand auf die Wagentür, und so oft das Volk rief: »Es lebe der König! Es lebe die Königin!« wiederholte er mit kreischender Stimme:

»Glaubet ihnen nicht ... Es lebe die Nation!«

In den verschiedenen Theatern wurden Vorstellungen vorbereitet: Man sah wohl ein, dass es im italienischen Theater nicht gut gehen werde, man fürchtete einen Tumult.

Diese Besorgnis wurde zur Gewissheit, als man das Parterrepublikum musterte: Danton, Camille Desmoulins, Legendre, Santerre hatten die ersten Plätze inne. Als die Königin in ihre Loge trat, versuchten die Galerien zu applaudieren. Das Parterre gebot zischend Ruhe. Die Königin blickte mit Schrecken in den gähnenden Krater hinab; sie sah wie durch ein Flammenmeer hindurch zornglühende Augen auf sich gerichtet.

Sie kannte keinen dieser Männer von Ansehen, einige nicht einmal dem Namen nach.

»Mein Gott! Was habe ich ihnen denn getan?« fragte sie sich, und suchte ihre Bestürzung hinter einem Lächeln zu verbergen; »und warum hassen sie mich?«

Plötzlich haftete ihr Blick mit Entsetzen auf einem Manne, der an einer Säule stand. Dieser Mann sah sie starr und forschend an.

Es war der Mann aus dem Schlosse Faverney, derselbe, den sie zu Sèvres und endlich wieder in den Tuilerien gesehen hatte, – der Mann der drohenden Worte, der rätselhaften, grauenvollen Taten!

Das Schauspiel begann; die Königin nahm alle ihre Fassung zusammen; mit einiger Mühe gelang es ihr auch, der Vorstellung einige Aufmerksamkeit zu widmen.

Aber wie sehr sich Marie Antoinette auch bemühte, ihre Gedanken von dem rätselhaften Manne abzuwenden, so wurde sie doch durch eine magnetische Gewalt, die stärker war als ihr Wille, zu dem rätselhaften Manne hingezogen, und ihr Blick ging immer dieselbe Richtung.

Übrigens schien die Luft im Saale wie vor einem Gewitter mit Elektrizität angefüllt zu sein. Der Hass auf beiden Seiten musste bald losbrechen.

Eine Gelegenheit bot sich in dem Duett, das die schöne Madame Dugazon gerade mit einem Tenoristen zusammen vortrug und das anfing mit den Worten: »Oh, wie liebe ich meine Herrin!«

Die Sängerin trat vor und wendete sich mit ausgestreckten Armen zu der Königin.

Marie Antoinette sah wohl ein, dass diese Worte einen Sturm heraufbeschwören würden. Sie wendete sich erschrocken ab, und ihr Blick fiel unwillkürlich auf den Mann an der Säule. Sie glaubte zu bemerken, dass er einen gebieterischen Wink gab, dem das ganze Parterre gehorchte; das Parterre rief einstimmig: »Keinen Herrn, keine Herrin mehr! Freiheit!«

Auf diesen Ruf antworteten die Logen und Galerien:

»Es lebe der König! Es lebe die Königin!«

Der Kampf begann.

Die Königin schloss die Augen.

In demselben Augenblicke traten die Offiziere der Nationalgarde zu ihr heran und führten sie zur Loge hinaus.

Ohnmächtig wurde die Königin in den Wagen gebracht. – Es war das letzte Mal, dass Marie Antoinette das Theater besuchte.

Am 30. September erklärte die konstituierende Versammlung durch den Mund ihres Präsidenten Thouret, dass sie ihre Aufgabe erfüllt habe und ihre Sitzungen schließe.

An dem Tage, an dem der König die Verfassung beschworen hatte, verschwanden die Schildwachen und die Adjutanten Lafayettes aus dem Innern des Schlosses, der König war wieder frei. Barnave ließ sich bei der Königin melden. Er war sehr blass und schien äußerst niedergeschlagen. Die Königin bemerkte es wohl. Sie empfing ihn stehend, obgleich sie den Respekt des jungen Mannes kannte und wohl wusste, dass er es nicht so machen würde wie der Präsident Thouret, der sich gesetzt hatte, als der König nicht aufgestanden war.

»Jetzt werden Sie doch zufrieden sein, Herr Barnave?«, sagte Marie Antoinette; »der König hat Ihren Rat befolgt und die Verfassung beschworen.«

»Eure Majestät sind sehr gütig«, antwortete Barnave, sich verneigend, »mir ein Verdienst dabei zuzuschreiben. Die Beschwörung der Verfassung war indes das einzige Mittel, den König zu retten, wenn er ...«

Barnave stockte.

»Wenn er zu retten war ... das meinen Sie, Herr Barnave, nicht wahr?«, erwiderte die Königin.

»Es sei ferne von mir, Madame, ein solcher Unglücksprophet zu sein! ... Und doch möchte ich angesichts meiner bevorstehenden Abreise von Paris, angesichts der nahen, vielleicht ewigen Trennung von Eurer Majestät weder zu viele Täuschungen zurücklassen noch jede Hoffnung rauben.«

»Sie verlassen Paris, Herr Barnave? Sie entfernen sich von mir?«

»Ja, Madame. Die Arbeiten der Nationalversammlung, deren Mitglied ich war, sind beendet, und da kein Mitglied der Konstituante in die gesetzgebende Versammlung treten kann, so habe ich keine Ursache mehr in Paris zu bleiben.«

»Auch dann nicht, wenn Sie uns nützlich sein können?«

»Nein, Madame«, erwiderte Barnave mit traurigem Lächeln; »denn von jetzt an kann ich Ihnen nicht mehr nützlich sein.«

»Sie haben eine zu geringe Meinung von sich selbst, Herr Barnave.«

»Ach nein, Madame, meine Popularität ist verloren!«

Die Königin sah Barnave mit einem seltsamen, fast triumphierenden Blicke an.

»Sie sehen«, erwiderte sie, »dass man die Popularität verlieren kann, aber Sie reisen nicht ab ... nicht wahr, Herr Barnave?«

»Wenn Eure Majestät befehlen«, sagte Barnave, »so bleibe ich, wie ein Soldat, der seinen Abschied hat, unter der Fahne bleibt, um in der Schlacht zu kämpfen.«

»Herr Barnave«, erwiderte die Königin mit großer Würde, »ich weiß nicht, welches Schicksal mir und dem Könige bevorsteht; aber die Namen aller Personen, die uns Dienste geleistet, sind mit unauslöschlichen Zügen in unser Gedächtnis geschrieben, und wir nehmen stets aufrichtigen Anteil an allem Glück oder Unglück, das ihnen begegnet ... Können wir inzwischen etwas für Sie tun?«

»Ja, Madame, viel ... Sie persönlich ... Sie können mir beweisen, dass ich in Ihren Augen nicht ganz wertlos war.«

»Womit soll ich Ihnen das beweisen?«

Barnave ließ sich auf ein Knie nieder.

»Dadurch, dass Sie mir Ihre Hand zum Kuss reichen.«

Eine Träne stahl sich aus dem Auge der Königin; sie reichte dem jungen Manne ihre weiße, kalte Hand.

Barnave berührte sie nur leise; der arme Enthusiast fürchtete, er werde die schöne Marmorhand nicht mehr loslassen können, wenn er seine Lippen zu fest daraufdrückte.

»Madame,« setzte er aufstehend hinzu, »mir wird es nicht vergönnt sein, Ihnen zu sagen: ›Die Monarchie ist gerettet!‹, aber ich sage Ihnen: ›Wenn die Monarchie verloren ist, so wird der wärmste Verehrer und Bewunderer Eurer Majestät mit ihr untergehen.‹«

Siebenunddreißigstes Kapitel

Der Mutter Billot war die Abreise der Tochter Katharina sehr nahe gegangen; als nun auch ihr Mann nach Paris zurückkehrte, verfiel sie in dumpfes Brüten und verlor jedes Interesse an der Welt. In diesem Zustand schwanden ihre wenigen körperlichen Kräfte auch dahin, und das Ende schien nahe.

Doktor Raynal bat nun Ange Pitou, Herrn Billot zu benachrichtigen und auch Katharina zu suchen: Es sei Zeit nach Hause zu kommen; wenn sie die Frau und Mutter noch einmal sehen wollten.

Pitou kam an dem Tage nach Paris, an dem das Blutbad auf dem Marsfelde sich ereignet hatte. Billot hatte eine sehr ernste Kopfverletzung davongetragen, und nur einem Zufall verdankte es Pitou, dass er ihn in einem Lazarett fand; zugleich eilte Pitou zu Doktor Gilbert, der sich seines einstigen Freundes auch bereitwillig annahm. Erst als Billot soweit hergestellt war, dass man ihn den Krankenwärtern überlassen konnte, gingen Gilbert und Pitou zur Wohnung der Gräfin Charny, wo sie den Aufenthalt Katharinas zu erfahren hofften. Sie erfuhren durch den Hausdiener, dass Katharina in Ville d'Avray wohne und dass Graf und Gräfin Charny sich auf ihren Landsitz nach Boursonne zurückgezogen hätten.

Am nächsten Morgen früh um sieben klopfte Pitou an die Tür Katharinas.

Er hatte mit dem Doktor Gilbert verabredet, um acht Uhr mit ihm am Schmerzenslager Billots zusammenzutreffen.«

Katharina öffnete und schrie laut auf, als sie Pitou erblickte.

»Ach!«, sagte sie, »meine Mutter ist tot!«

»Nein«, erwiderte Pitou; »aber Sie müssen sich beeilen, Mamsell Katharina, wenn Sie sie vor ihrem Ende noch sehen wollen. – – Und dann«, fuhr Pitou fort, »ist noch ein anderes Unglück geschehen.«

»Was für ein Unglück?«

»Herr Billot ist gestern auf dem Marsfelde gefährlich verwundet worden. Jetzt hören Sie, Mamsell Katharina,« fuhr Pitou fort, »was ich Ihnen rate und was auch der Herr Doktor Gilbert für das Beste hält ... Sie fahren mit mir nach Paris, besuchen Herrn Billot, der im Hospital Gros-Caillou liegt, und reisen dann im Postwagen nach Villers-Cotterêts.«

»Und Sie, Herr Pitou?«, fragte Katharina.

»Ich«, sagte Pitou, »ich habe gedacht, dass ich wohl in Paris bleiben muss ... Sie reisen nach Hause zu Ihrer Mutter und ich stehe indessen Ihrem Vater bei ... Er hat niemand, der sich seiner annimmt.

Katharina reichte ihm die Hand.

»Sie sind ein braver Mensch, lieber Pitou«, sagte Katharina. »Kommen Sie, und küssen Sie meinen armen kleinen Isidor.«

Katharina, die in ihren Trauerkleidern schöner denn je aussah, führte ihn in ein kleines Zimmer, in dem ein Bett und eine Wiege stand.

Das Kind schlief.

Katharina zog einen Gazevorhang zurück und trat auf die Seite, um Pitou Platz zu machen.

»Ah, der schöne kleine Engel!«, sagte Pitou, die Hände faltend.

Er kniete nieder und zog die Hand des Kindes an seine Lippen.

Pitou wurde sogleich dafür belohnt: Er fühlte Katharinens Lockenhaar auf seinem Gesicht und ihren Mund auf seiner Stirn. Die Mutter gab den Kuss zurück, den ihr Söhnlein erhalten hatte.

Zehn Minuten später fuhren Katharina, Pitou und der kleine Isidor in dem Wagen des Doktors Gilbert nach Paris zum Hospital Gros-Caillou.

Katharina nahm ihr Söhnlein auf dem Arm und folgte Pitou. An der Tür der Kammer, in der Billot lag, blieb sie stehen.

»Sie haben mir gesagt, dass wir den Doktor Gilbert bei meinem Vater finden werden ...«

Pitou öffnete leise die Tür.

»Er ist da«, sagte er, »geben Sie mir Ihr Kind, Katharina.«

Sie reichte ihm das Kind, trat festen Schrittes in das Krankenzimmer und ging gerade auf das Bett ihres Vaters zu.

In Billots Zustand hatte sich wenig geändert. Ungeachtet des beginnenden Wundfiebers war das Gesicht des Verwundeten infolge des großen Blutverlustes leichenblass, und die Geschwulst hatte sich über das linke Auge und einen Teil der linken Wange verbreitet.

Katharina sank vor dem Bette auf die Knie und streckte die Hände empor.

»Oh, mein Gott!«, sagte sie, »du bist mein Zeuge, dass ich dich mit aufrichtigem Herzen bitte, meinem Vater das Leben zu erhalten.«

Mehr konnte Katharina nicht tun für den Vater, der ihrem Geliebten nach dem Leben getrachtet hatte.

Ihre Stimme machte offenbar einen tiefen Eindruck auf den Kranken. Sein ganzer Körper schien erschüttert zu werden, der Atem ging schneller, er schlug die Augen auf und sein Blick fiel auf Katharina.

Katharinas Blicke begegneten denen des Vaters, und Gilbert sah nicht ohne lebhafte Besorgnis das Aufeinandertreffen zweier Flammen, die man eher für zwei Blitze des Hasses als für zwei Lichtstrahlen der Liebe halten konnte.

Katharina stand auf und verließ festen Schrittes, wie sie gekommen war, das Zimmer.

Acht Stunden später war Katharina in Villers-Cotterêts. Anfangs erkannte man sie nicht; sie war so blass und hatte sich so verändert, dass sie eine ganz andere zu sein schien.

Die Tante Angelika stand mit einigen Gevatterinnen auf der Straße und klatschte.

»Ei, sieh da!«, rief sie auf einmal, mitten in ihrem Wortschwall innehaltend, »Herr Jesus! Da steigt ja die Billotte mit ihrem Kinde aus dem Eilwagen! So wahr ich lebe, es ist die Billotte!«

Als die Tante Angelika die Ankunft der »Billotte« ausposaunte, liefen die Kinder der Ankommenden nach.

»Ja wahrhaftig«, sagten sie, »es ist Mademoiselle!«

»Ja, Kinder, ich bin's«, antwortete Katharina sehr freundlich.

»Guten Abend, Mademoiselle Katharina«, sagten die Kinder.

»Guten Abend, ihr lieben Kleinen«, antwortete Katharina. »Meine Mutter ist noch nicht tot, nicht wahr, Kinder?«

»O nein, noch nicht. Herr Raynal sagt, sie könne wohl noch acht oder zehn Tage leben.«

»Ich danke euch, Kinder«, sagte Katharina, schenkte den Kleinen einige Geldstücke und setzte ihren Weg fort.

»Nun, ist sie es wirklich?«, fragten die neugierigen Tanten.

»Ja«, antworteten die Kinder. »Sie hat nach ihrer Mutter gefragt ... und sehen Sie nur, was sie uns geschenkt hat.«

Die Kinder zeigten die kleinen Silberstücke, die sie von der »Billotte« bekommen hatten.

»Sie muss ihre Unschuld in Paris teuer verkauft haben«, sagte die Tante Angelika, »wie würde sie sonst den Kindern Silberstücke schenken können!«

Tante Angelika konnte Katharina Billot nicht leiden.

Unterdessen setzte Katharina ihren Weg fort. Hier war die kleine Brücke, wo Isidor Abschied von ihr genommen hatte.

Dort stand der hohle Weidenbaum, in dem Isidor seine Briefe versteckt hatte.

Als sie sich dem Hause näherte, sah sie das kleine Fenster, in welches Isidor so oft eingestiegen war. Unter diesem Fenster hatte Billot auf den jungen Mann geschossen. Vor dem Hoftore endlich erblickte Katharina die wohlbekannte Straße, die nach Boursonne führte. Wie oft war sie diesen Weg gegangen!

Katharina betrat rasch und entschlossen den Meierhof.

Ein Mann erschien.

»Vater Clouis!«, sagte Katharina.

»Willkommen, liebe Demoiselle!«, sagte der alte Gardist. »Sie sind hier im Hause so nötig wie das liebe Brot ... Kommen Sie.«

»Wie geht's meiner armen Mutter?«, fragte Katharina.

»Ach,« war die Antwort, »sehr schlecht ... nur, wenn man Ihren Namen nennt, Demoiselle Katharina, scheint sie aus ihrer Erstarrung zu erwachen.«

»Wir wollen hingehen«, sagte Katharina, »kommen Sie, Vater Clouis.«

Katharina warf einen Blick in die halbdunkle Stube.

Ihre Mutter lag in ihrem altmodischen Himmelbett. Die grünen Vorhänge waren halb zugezogen. Auf dem Tische brannte eine dreiarmige zinnerne Lampe.

Madame Clement, die Krankenwärterin, saß in einem großen Armsessel und schlummerte. Die Kranke schien unverändert, nur ihre Gesichtsfarbe war auffallend blass wie Elfenbein.

»Mutter! Mutter!« rief Katharina, auf das Bett zueilend.

Die Kranke schlug die Augen auf und nickte ihrer Tochter zu; ihre Lippen stammelten unverständliche Laute; ihre Hand hob sich und tastete umher; dann fielen ihr die Augen wieder zu. Am folgenden Tage kam der Doktor Raynal. Er war hocherfreut, die Tochter seiner Patientin zu finden. Vor allem brachte er eine Angelegenheit zur Sprache, die er mit Billot nicht erörtert haben würde: nämlich die Sakramente.

Katharina war gottesfürchtig, sie ließ den Abbé Fortier holen.

Aber kaum war der Abbé in das Krankenzimmer getreten, kaum hatte er bemerkt, dass die Kranke die Augen nicht aufschlug, so erklärte er, dass er nur denen, die beichten könnten, die Absolution erteile. Alle Bitten blieben fruchtlos; er entfernte sich, ohne der Sterbenden die letzten Tröstungen der Religion gereicht zu haben.

Acht Tage und acht Nächte brachte Katharina abwechselnd an dem Bette ihrer Mutter und an der Wiege ihres Kindes zu.

In der neunten Nacht tat sich die Tür auf, und Pitou erschien. Er kam eben von Paris, das er am Morgen zu Fuß verlassen hatte.

Billot war auf dem Wege der Genesung; seit vier bis fünf Tagen hatte der Arzt für ihn gebürgt, und als Pitou fortgegangen war, sollte er aus dem Hospital in die Wohnung des Doktor Gilbert gebracht werden.

Für Billot war also nichts mehr zu fürchten, wohl aber für Katharina. Pitou hatte den Augenblick vorausgesehen, wo man den Verwundeten von dem hoffnungslosen Zustande seiner Frau in Kenntnis setzen würde. Er war überzeugt, dass Billot dann sogleich nach Villers-Cotterêts zurückkehren werde.

Und was war zu erwarten, wenn er Katharina auf dem Meierhofe fand?

Dies war der Punkt, über den Pitou sich mit Katharina aussprechen musste. Er gestand ihr aufrichtig, wie viel er selbst von Billots Charakter fürchte; aber Katharina erklärte, dass sie das Bett ihrer Mutter nicht eher verlassen wolle, bevor sie der Sterbenden die Augen zugedrückt habe ... was ihr Vater auch mit ihr anstellen werde.

In der Nacht vom zehnten zum elften Tage, als alles Leben erloschen schien, gab die Kranke plötzlich einige Lebenszeichen von sich.

»Mutter! Mutter!« rief Katharina und kniete mit ihrem Kinde vor dem Bette der Mutter nieder.

Die Mutter Billot richtete sich auf, breitete langsam beide Arme über ihre Tochter und den kleinen Isidor aus und sagte mit großer Anstrengung, aber deutlich und mit feierlichem Ausdruck:

»Meine Kinder, ich segne euch!«

Dann sank sie auf das Kissen zurück; sie war tot.

Achtunddreißigstes Kapitel

Pitou traf alle nötigen Vorkehrungen zur Beerdigung der Entschlafenen. Zum Abbé Fortier mochte er nicht gehen. Er ging daher wegen der Totenmesse zu dem Mesner und bestellte den Totengräber.

Dann ging er nach Haramont, um seinem Leutnant Maniquet, seinem Unteroffizier und seinen einunddreißig Nationalgardisten anzuzeigen, dass die Beerdigung der Madame Billot am folgenden Tage um elf Uhr morgens stattfinden werde.

Man wusste nur zu gut, was Billot für die Idee, die alle Herzen entflammte, getan und gelitten hatte. Die gesamte Haramontaner Nationalgarde versprach daher, sich freiwillig und pünktlich in voller Parade auf dem Meierhofe einzufinden.

Abends kehrte Pitou nach Pisseleux zurück. Vor der Tür fand er den Tischler, der den Sarg brachte.

Katharina betete an dem Bette ihrer Mutter. Die Leiche war gewaschen und frisch angekleidet worden. Jetzt wurde sie in den Sarg gelegt, und für Katharina kam die schwere Stunde, in der sie auf immer von ihrer Mutter Abschied nehmen musste ...

»Lebe wohl, Mutter!«, sagte sie; »noch einmal, zum letzten Male ... lebe wohl!«

Dann verließ sie mit Pitou das Sterbezimmer.

Als Katharina an ihr Kämmerlein kam, hielt Pitou sie zurück.

»Ich meine, Mademoiselle Katharina«, stammelte Pitou etwas verlegen, »es ist an der Zeit, den Meierhof zu verlassen ... Sind Sie nicht auch der Meinung?«

»Ich verlasse den Meierhof erst, wenn meine Mutter ihn für immer verlassen hat«, antwortete das junge Mädchen.

Am andern Morgen um zehn Uhr kamen die zum Begräbnis eingeladenen Freunde in großer Anzahl auf den Meierhof.

Der Bürgermeister von Villers-Cotterêts, der gute Herr Longpré, war einer der ersten, die erschienen, um der Verstorbenen die letzte Ehre zu erweisen. Um halb elf Uhr rückte unter Trommelschlag und mit fliegender Fahne die Haramontaner Nationalgarde an. Sie war vollzählig erschienen, es fehlte nicht ein einziger Mann.

Katharina in tiefer Trauer, ihren ebenfalls ganz schwarzgekleideten Knaben auf dem Arm, empfing jeden Ankommenden, und keiner hatte ein anderes Gefühl, als Achtung für die trauernde Mutter und ihr so früh verwaistes Kind.

Man erwartete nur noch den Priester, die Kirchendiener und die Leichenträger, aber sie kamen nicht.

Pitou kannte den Abbé Fortier und ahnte, was kommen würde.

Der Abbé Fortier wollte bei dem Begräbnis der Madame Billot nicht erscheinen, unter dem Vorwande, dass die Pächtersfrau vor ihrem Ableben nicht gebeichtet hatte.

Diese Vermutung, die Pitou dem Bürgermeister gegenüber äußerte, machte auf alle Anwesenden einen peinlichen Eindruck.

Eine Weile sah man sich schweigend an, dann hörte man eine Stimme:

»Nun, wenn der Abbé Fortier die Messe nicht lesen will, so mag er's bleiben lassen.«

Es war die Stimme des Leutnants Maniquet.

»Meine Herren«, sagte der Bürgermeister, »ich rate Ihnen, sich nach Villers-Cotterêts zu begeben. Dort wird sich alles aufklären.«

Pitou gab vier Nationalgardisten einen Wink; man schob die Gewehrläufe unter den Sarg und hob ihn auf.

An der Haustür zog der Trauerzug vor der knienden Katharina vorüber. An ihrer Seite kniete der kleine Isidor.

Dann küsste sie die Schwelle, die sie nicht wieder zu überschreiten glaubte, und sagte aufstehend zu Pitou:

»Sie können mich in der Waldhütte bei dem Vater Clouis finden.« –

Der Trauerzug bewegte sich schweigend auf der Landstraße fort, als die letzten plötzlich hinter sich laut rufen hörten.

Ein Reiter sprengte heran. Pitou sah sich um.

»Sie da, Herr Billot!«, sagte er. »Jetzt möchte ich nicht in der Haut des Abbé Fortier stecken!«

Als der Name Billot genannt wurde, machte der ganze Zug halt. An der Spitze des Leichenzuges angekommen, stieg Billot vom Pferde und sagte laut:

»Guten Tag, Freunde! Ich danke euch.«

Dann nahm er den Platz unmittelbar hinter dem Sarge ein.

Alle sahen Billot neugierig an. An der Stirn und um das linke Auge war die Haut noch mit Blut unterlaufen.

»Wissen Sie, was vorgegangen ist?«, fragte Pitou.

»Ich weiß alles«, antwortete Billot.

In düsterer Stimmung folgte Billot dem Sarge.

Bei den ersten Häusern von Villers-Cotterêts standen viele Menschen, die den Leichenzug erwarteten und sich ihm anschlossen.

Als der Leichenzug auf dem Marktplatz ankam, zählte er mehr als fünfhundert Personen; die Kirche ward sichtbar.

Was Pitou erwartet hatte, war wirklich der Fall: Die Kirche war geschlossen. Vor dem Haupteingang wurde haltgemacht.

Billot war noch blasser, der Ausdruck seines Gesichts noch drohender geworden.

Der Kirchendiener wurde von Herrn Longpré herbeigerufen und befragt.

Der Abbé Fortier hatte allen an der Kirche angestellten Personen verboten, an dem Begräbnis in irgendeiner Weise teilzunehmen.

»Der Abbé Fortier hat die Schlüssel in Verwahrung genommen, um versichert zu sein, dass die Kirche nicht geöffnet wird«, sagte der Kirchendiener.

»Wir wollen die Schlüssel von dem Abbé holen!«, riefen zweihundert Stimmen.

»Das würde sehr lange dauern,« entgegnete Billot, »und der Tod ist nicht gewohnt, zu warten, wenn er an eine Tür klopft.«

Er sah sich nach allen Seiten um. Der Kirche gegenüber wurde ein Haus gebaut.

Billot ergriff einen Balken und hob mit einem einzigen Ruck das ungeheure Stück Holz vom Boden auf. Der riesenstarke Mann wankte unter der zu schweren Last, und im ersten Augenblick glaubte man, Billot werde unter derselben zusammenbrechen.

Diese Schwäche dauerte jedoch nur wenige Sekunden. Der Landwirt blieb fest auf den Füßen stehen, und nachdem er das Gleichgewicht wiederbekommen hatte, ging er langsam, aber festen Schrittes zur Kirchentür.

Beim dritten Stoß sprangen Riegel, Schlösser und Angeln auf, die Tür war offen.

Billot ließ den Balken fallen.

Vier Männer hoben ihn auf und trugen ihn mit Mühe an den Platz zurück, wo Billot ihn aufgenommen hatte.

»Jetzt, Herr Bürgermeister«, sagte der Pächter von Pisseleux, »lassen Sie den Sarg meiner armen Frau, die nie einem Menschen etwas zuleide getan hat, mitten in den Chor stellen ... Und du, Pitou, hole den Mesner, die Sänger und die Chorknaben; ich hole den Abbé.«

Einige der Anwesenden wollten den Landwirt begleiten; aber er lehnte jede Begleitung ab.

»Lasst mich allein«, sagte er; »die Sache wird vielleicht ernst ... und ich will die Verantwortung meiner Handlungen allein übernehmen.«

Es war seit Jahresfrist das zweite Mal, dass der revolutionäre Landwirt mit dem royalistischen Priester in Streit geriet.

Die Haustür des Abbé Fortier war verschlossen wie die Kirchentür.

Billot sah sich um; das einzige brauchbare Werkzeug war ein halb umgestürzter Prellstein.

Der Pächter fasste ihn, rüttelte mit aller Gewalt hin und her und riss ihn heraus.

Dann hob er den schweren Stein hoch auf und schleuderte ihn gegen die Tür des Pfarrhauses. Die Tür war zertrümmert.

Ein Fenster tat sich auf, und der Abbé kam, mit lauter Stimme um Hilfe rufend, zum Vorschein.

Plötzlich sah man das bleiche Gesicht des Landwirts hinter dem Abbé erscheinen; dieser hielt sich am Fensterkreuz fest. Billot schlang den rechten Arm um den Leib des Abbé, stemmte sich fest auf beide Beine und riss ihn mit einem Ruck von dem Fensterkreuz los. Das zerbrochene Holz war dem Abbé in den Händen geblieben.

Inzwischen hatte Pitou die ganze Kirchendienerschaft herbeigeholt. In unglaublich kurzer Zeit war alles bereit, und es fehlte nur noch der Abbé.

Plötzlich sah man den Pächter von Pisseleux wieder zum Vorschein kommen. Er zog den Abbé so schnell mit sich fort, als ob er allein gegangen wäre.

Mit Schrecken gewahrte der Abbé die zertrümmerte Kirchentür. Er trat in die Sakristei und kam im Messgewand und mit dem Sakrament in der Hand wieder heraus; aber als er sich umdrehte, um die kirchliche Feier zu beginnen, streckte Billot die Hand aus.

»Genug, du unwürdiger Diener Gottes«, sagte er; »ich wollte nur deinen Stolz beugen ... nun will ich der Welt zeigen, dass eine wahrhaft fromme Christin, wie meine Frau, das Gebet eines fanatischen, boshaften Priesters entbehren kann.«

»Freunde«, sagte er dann, »zum Friedhof!«

Das Friedhofstor war geschlossen wie die Kirchentür.

Sonderbar! Billot mochte dieses schwache Hindernis nicht mit Gewalt beseitigen. Die Toten schienen ihn mit ehrerbietiger Scheu zu erfüllen.

Auf einen Wink des Pächters eilte Pitou fort und brachte nach kurzer Zeit den Schlüssel.

Billot und Pitou ließen den Sarg hinab. Sie erfüllten diese letzte Pflicht in so einfacher, natürlicher Weise, dass es keinem der Anwesenden einfiel, seine Hilfe anzubieten.

Als die ersten Erdschollen auf den Sarg fielen, hielt Billot inne und drückte die Hand auf die Augen, die sich mit Tränen füllten. Dann streckte er die Hand über das Grab aus und sagte:

»Du arme Dulderin! Ein fanatischer Priester hat dir das Begräbnis verweigert ... ein übermütiger Junker hat meine Tochter entehrt ... die Verräter am Vaterlande haben das Blut vieler Bürger, haben auch mein Blut auf dem Marsfelde vergossen ... darum schwöre ich ewigen Krieg dem Fanatismus, dem Übermut, dem Verrat am Vaterlande!«

Endlich sagte er, sich zu der schweigend zuhörenden Versammlung wendend:

»Freunde, Brüder! Statt der Verräter, die sich zu dieser Stunde über das Geschick Frankreichs beraten, wird eine neue Versammlung einberufen werden. Wollt ihr mich zu eurem Vertreter in dieser Versammlung ernennen?«

Ein allgemeiner beistimmender Zuruf beantwortete den Antrag Billots, dessen Kandidatur für die gesetzgebende Versammlung sofort an dem Grabe seiner Frau angenommen wurde.

Jeder Einzelne nahm nun mit warmem Händedruck von Billot Abschied, der nach dem Meierhof zurückkehrte.

Er suchte nun soviel bares Geld wie nur irgend möglich zusammenzubringen. Es war ein gutes Jahr gewesen. Er entrichtete seinem Gutsherrn den Anteil an der Ernte, behielt seinen eigenen Anteil, bewahrte das zur Aussaat nötige Getreide und Viehfutter auf, und nachdem er endlich noch eine Summe zur Bestreitung der Wirtschaftskosten ausgesetzt hatte, ließ er eines Morgens seinen jungen Freund Pitou kommen.

Der Landwirt hatte den »Kapitän« nie holen lassen. Pitou begab sich daher nicht ohne Sorge auf den Meierhof.

Billot begrüßte Pitou jedoch, wie immer, mit einem herzlichen Händedruck; ja, er drückte ihm mit noch größerer Wärme die Hand, als er sonst zu tun pflegte, und ließ sie nicht los.

Pitou sah den Pächter erstaunt an.

»Pitou«, sagte Billot nach einer kurzen Pause; »du bist ein ehrlicher Mann. Ich gehe nach Paris und will dir die Aufsicht über meine Wirtschaft anvertrauen. Du kannst die Wirtschafterin, die die Aufsicht mit dir führen soll, selbst wählen. Ich frage dich nicht, wer es ist, ich brauche ihren Namen nicht zu wissen, und wenn die Zeit kommt, wo meine Gegenwart in Paris nicht mehr notwendig ist, werde ich dich acht Tage vorher davon in Kenntnis setzen, damit die Wirtschafterin Zeit hat, sich zu entfernen, wenn ich sie nicht sehen soll oder sie mich nicht sehen mag.«

»Gut, Herr Billot«, sagte Pitou.

»Du wirst alles finden, was zum Betriebe der Wirtschaft notwendig ist«, fuhr Billot fort, »in dem Speicher ist das Getreide zur Aussaat, in den Scheuern Heu, Stroh und Hafer für die Pferde und in dieser Schublade Geld für den Lohn und die Beköstigung der Dienstleute.«

Er übergab Pitou den Schlüssel.

Pitou schloss den Landwirt in seine Arme.

»Und wenn Sie mich drüben etwa brauchen ...«, sagte er.

»Sei nur ruhig, Pitou,« fiel ihm Billot ins Wort, »ich werde dich nicht vergessen.«

Am fünf Uhr nachmittags stieg Billot zu Villers-Cotterêts in den nach Paris abgehenden Eilwagen, und um sechs Uhr kamen Pitou, Katharina und der kleine Isidor auf dem Meierhofe an.

Neununddreißigstes Kapitel

Die erste Amtshandlung der neuen Versammlung war die Absendung einer Deputation in die Tuilerien. Dieser Akt wurde mit einer Taktlosigkeit erwidert.

Die Deputierten wurden von einem Minister empfangen.

»Meine Herren«, sagte er, »der König kann Sie in diesem Augenblicke nicht empfangen. Kommen Sie um drei Uhr wieder.«

Die Deputierten entfernten sich.

»Schon wieder da?«, fragten die übrigen Mitglieder, als die Deputierten wieder im Sitzungssaal erschienen.

Einer der Abgesandten ergriff das Wort: »Der König ist jetzt nicht zu sprechen; wir haben drei Stunden Zeit.«

»Nun, wir wollen diese drei Stunden benützen«, sagte der lahme Couthon. »Ich schlage vor, den Titel Majestät abzuschaffen.«

Lauter, einstimmiger Beifall nahm diesen Antrag auf; der Titel Majestät wurde durch Akklamation abgeschafft.

»Wie soll die vollziehende Gewalt genannt werden?«, fragte eine Stimme.

»König der Franzosen«, antwortete eine andere Stimme; »es ist ein schöner Titel, und Monsieur Capet kann sich wohl damit begnügen.«

Alle Blicke richteten sich auf den Deputierten, der den König von Frankreich »Monsieur Capet« genannt hatte.

Man sah einen Mann von athletischem Körperbau, in der Kleidung eines Landmannes mit einer großen Narbe an der linken Schläfe. Es war Billot.

»Gut, er mag König der Franzosen heißen«, lautete der fast einstimmige Ruf.

»Ich bitte ums Wort«, sagte Couthon. »Wir haben noch eine Stunde Zeit, ich schlage vor, dem Könige statt des Thrones einen einfachen Sessel hinzustellen.«

Der Redner wurde durch rauschenden Beifall unterbrochen.

»Nur Geduld«, sagte er, »ich bin noch nicht fertig. Ich schlage vor, dass der Sessel des Königs zur Linken des Präsidenten stehe.«

»Aber«, entgegnete eine Stimme, »das heißt nicht nur den Thron abschaffen, sondern auch den König unterordnen.«

Diesem Antrage folgte ein furchtbares Getümmel; aber er ging durch.

»Es ist gut«, sagte Couthon, »die drei Stunden sind verflossen. Ich danke dem Könige der Franzosen für die Muße, die er uns geschenkt; wir haben unsere Zeit nicht mit Warten verloren.«

Die Deputation begab sich wieder in die Tuilerien.

Dieses Mal wurde sie vom Könige empfangen, aber sehr kurz abgefertigt.

»Meine Herren«, sagte Ludwig XVI., »ich kann mich erst in drei Tagen in die Nationalversammlung begeben.«

Dann kehrte er ihnen den Rücken zu.

Am 4. Oktober ließ der König sagen, er sei leidend und werde erst am 7. in der Sitzung erscheinen.

Ungeachtet der Abwesenheit des Königs wurde am 4. die Verfassung von 1791, das wichtigste Werk der letzten Nationalversammlung, in die neue Deputiertenkammer gebracht.

Der für die königliche Sitzung bestimmte Tag kam, es war der 7. Oktober. Der König erschien.

Der Empfang, der ihm in der neuen Deputiertenkammer zuteilwurde, übertraf alle Erwartung. Die Deputierten riefen: »Es lebe der König!«

Gleich darauf aber riefen die Royalisten von den Tribünen: »Es lebe Seine Majestät!«

Ein lautes Murren ließ sich in den Bänken der Volksvertreter hören.

»Es ist gut, meine Herren«, rief Couthon hinauf; »morgen werden Sie an die Reihe kommen.«

Der König gab durch einen Wink zu verstehen, dass er sprechen wollte.

Die von Duport-Dutertre verfasste Rede, die der König ablas, war ein Meisterstück und machte einen großen Eindruck auf die Versammlung. Sie handelte von der Notwendigkeit, die Ordnung zu wahren und das Wohl des Vaterlandes im Auge zu behalten.

Der König hatte in seiner Rede gesagt, er fühle das Bedürfnis, von Ihnen geliebt zu werden.«

»Wir auch, Sire«, sagte der Präsident, »fühlen das Bedürfnis von Ihnen geliebt zu werden.«

Diese Worte wurden von der ganzen Versammlung mit lautem Beifall aufgenommen.

Der König erklärte in seiner Rede, dass er die Revolution für beendet halte.

Im selben Augenblick glaubte es die ganze Versammlung.

Wäre Ludwig der XVI. nur nicht der freiwillige König des Klerus und der unfreiwillige König der Emigranten gewesen!

In der folgenden Nacht schrieb der König an alle auswärtigen Mächte, um ihnen die Annahme der Verfassung von 1791 anzuzeigen.

Die neue Nationalversammlung arbeitete hauptsächlich gegen die Emigranten und den Klerus.

Isnard, ein Südländer, heftig, jähzornig, gewaltig in Rede und Tat, sagte:

»Ich frage die Versammlung, ich frage ganz Frankreich, ganz Europa, ob jemand aufrichtig und mit gutem Gewissen behaupten will, dass die ausgewanderten Prinzen nicht gegen das Vaterland arbeiten ... Ich frage ferner, ob in dieser Versammlung jemand zu behaupten wagt, dass nicht jeder, der das tut, so schnell wie möglich angeklagt, verfolgt und bestraft werden muss ... Wer dieser Ansicht ist, stehe auf! ... Man hat behauptet, Schonung sei die Pflicht der Kraft; ich aber sage Ihnen, wir dürfen nicht ruhen und nicht rasten; wenn die Nation einen Augenblick einschlummert, so wird sie in Fesseln wieder erwachen. Es ist das unverzeihlichste Verbrechen, die Menschen wieder zu Sklaven machen zu wollen; hätten die Menschen das Feuer des Himmels in ihrer Gewalt, so müsste man jeden, der einen Angriff gegen die Freiheit macht, damit vernichten!«

Es war das erste Mal, dass man solche Worte hörte. Diese unbändige, gewaltige Beredsamkeit riss alles mit sich fort.

In derselben Sitzung wurde beschlossen: »Der französische Prinz Ludwig Stanislaus Xaver soll seine Ansprüche auf die Regentschaft verlieren, wenn er binnen zwei Monaten nicht zurückkommt.«

Am 8. November wurde beschlossen: »Alle Ausgewanderten, die am 1. Januar nicht wieder nach Frankreich zurückgekehrt sind, werden als Verschwörer gegen die Sicherheit des Vaterlandes betrachtet und zum Tode verurteilt.«

Am 29. November kam die Reihe an die Priester. Die Versammlung fasste folgenden Beschluss: »Der Bürgereid muss binnen acht Tagen geleistet werden. Wer ihn verweigert, macht sich des Aufruhrs verdächtig und wird unter die Aufsicht der Behörden gestellt.«

Aber am 19. Dezember erschien der König in der Deputiertenkammer, um den gegen die Geistlichkeit gefassten Beschluss durch sein Veto kraftlos zu machen.

Ministerpräsident war damals Narbonne, er hielt sich aber nur drei Monate. Eine Rede Vergniauds versetzte seinem Ministerium den Todesstoß. Dieser Vergniaud führte aus:

»Die Tribüne der Gegenrevolution ist bereits errichtet. Auf ihr geht man damit um, uns Österreichs Händen auszuliefern ... Der Tag ist gekommen, wo wir dieser Vermessenheit ein Ziel setzen und die Anschläge der Verschwörer vernichten können. In früheren Zeiten sind im Namen des Despotismus aus diesem Palast oft Schrecken und Entsetzen hervorgegangen; heute mögen Schrecken und Entsetzen im Namen des Gesetzes wieder einziehen!«

Gilbert hatte schon vor einiger Zeit in den Tuilerien Dumouriez als den geeignetsten Nachfolger Narbonnes bezeichnet, und tatsächlich erschien bald ein kleiner Mann in Feldmarschallsuniform in den Gemächern des Königs.

»Herr Dumouriez?«, sagte dieser.

»Ja, Sire«, antwortete er.

»Herr von Narbonne hat Sie kommen lassen?«

»Ja; Sire, um mir anzuzeigen, dass ich der Ostarmee zugeteilt sei.«

»Sie sind aber noch nicht fort?«

»Ich nahm den mir übertragenen Posten an; allein ich machte Herrn von Narbonne darauf aufmerksam, dass ein allgemeiner Krieg bevorstehe.«

»Und um dem Könige und dem Vaterlande wirksamere Dienste Zu leisten, haben Sie die Stelle eines provisorischen Ministers für auswärtige Angelegenheiten abgelehnt?«

»Sire, ich bin ein Soldat und kein Diplomat.«

»Man hat mir versichert, Sie wären beides«, erwiderte der König. »Und auf diese Versicherung hin habe ich Ihnen die Ministerstelle wiederholt anbieten lassen. Warum lehnen Sie diese ab?«

»Majestät, entweder bin ich etwas wert oder nicht. Bin ich nichts wert, so bitte ich Eure Majestät, mich in meiner Dunkelheit zu belassen; bin ich etwas wert, so machen Sie aus mir keinen Eintagsminister; unsere Angelegenheiten stehen im Auslande zu sehr im Misskredit, als dass die Höfe mit einem provisorischen Minister unterhandeln könnten. Noch mehr: Man würde glauben, Sie wollten von Ihrem alten Ministerium nicht lassen und warteten nur eine günstigere Gelegenheit ab, dasselbe wieder ans Staatsruder zu setzen.«

»Halten Sie es denn für unmöglich, wenn es meine Absicht wäre?«

»Meiner Meinung nach ist es Zeit, dass Eure Majestät ein für alle Mal mit der Vergangenheit brechen.«

»Warum raten Sie mir nicht, lieber sogleich die rote Mütze aufzusetzen?«

»Warum nicht, Sire«, antwortete Dumouriez, »wenn etwas damit zu erreichen wäre.«

Der König sah den Mann, der ihm diese Antwort gab, an, dann fuhr er fort:

»Ich bin nicht mehr gegen Sie eingenommen. Herr Dumouriez, Sie sind mein Minister.«

»Sire, einige Erklärungen dürften hier am Platze sein.«

»Reden Sie, ich höre.«

»Sire, ein Minister hat jetzt eine ganz andere Stellung als vormals. Sobald ich ins Ministerium eintrete, höre ich zwar nicht auf, der treue Diener Eurer Majestät zu sein, aber ich werde der Mann der Nation. Erwarten Sie daher von heute an nicht mehr die Sprache, an welche meine Vorgänger Sie gewöhnt haben; ich werde nur im Geiste der Freiheit und der Verfassung reden können. Meine Amtsgeschäfte werden mir nicht Zeit lassen, Ihnen den Hof zu machen; ich werde nur mit Eurer Majestät oder mit dem Staatsrate arbeiten, und diese Arbeit wird ein Kampf sein.«

»Warum denn ein Kampf?«

»Fast Ihr ganzes diplomatisches Korps ist gegen Revolutionäre; ich werde Eurer Majestät zur Ernennung neuer Gesandten raten; ich werde über die Wahl derselben andere Ansichten haben und Personen vorschlagen, die Eurer Majestät nicht einmal dem Namen nach bekannt sind oder sich Ihrer Gunst nicht erfreuen. Wenn Einsprüche Eurer Majestät begründet sind, so werde ich gehorchen; werden die Wahlen hingegen von Ihren Umgebungen getroffen und sind sie geeignet, Eure Majestät zu kompromittieren, so werde ich bitten, mir einen Nachfolger zu geben ... Sire, denken Sie an die furchtbaren Gefahren, die Ihren Thron umlauern.«

»Erlauben Sie, dass ich Sie unterbreche. An diese Gefahren habe ich längst gedacht.«

Dann hob der König die Hand zu dem Porträt Karls I. auf und setzte, sich die Stirn mit dem Taschentuch abwischend, hinzu:

»Vielleicht wird das Blutgerüst von Whitehall auf dem Grèveplatz errichtet werden.«

»Sire«, sagte Dumouriez, »habe ich mich, trotz der Erklärungen, die ich Eurer Majestät zu geben die Ehre hatte, noch als Minister der auswärtigen Angelegenheiten zu betrachten?«

»Ja, Herr Dumouriez.«

»Dann werde ich in die erste Sitzung vier Depeschen mitbringen, die weder im Inhalte noch in der Form den Depeschen meiner Vorgänger gleichen werden; sie sollen den Verhältnissen angemessen sein. Wenn die erste Arbeit den Beifall Eurer Majestät hat, so werde ich fortfahren; wenn nicht, Sire, so werde ich jeden Augenblick zur Abreise bereit sein, um dem Vaterlande und meinem Könige an der Grenze zu dienen.«

Er verneigte sich, um sich zu entfernen.

»Warten Sie«, sagte der König; »über einen Punkt sind wir einig, es bleiben noch sechs andere zu erledigen.«

»Meine Kollegen ...«

»Ja, wählen Sie Ihr Ministerium.«

»Eure Majestät bürden mir eine schwere Verantwortung auf.«

»Ich glaube dadurch Ihren Wünschen zuvorzukommen.«

»Sire«, sagte Dumouriez, »außer Lacoste kenne ich in Paris niemanden, den ich für die Marine empfehlen könnte.«

»Ist er nicht Kriegskommissar?«

»Ja, Sire; er hat seine Entlassung genommen, um nicht zur Teilnahme an einer Ungerechtigkeit genötigt zu sein.«

»Das ist eine gute Empfehlung ... und die übrigen?«

»Ich werde mich mit Brissot, Condorcet, Petion, Gensonné beraten.«

»Also mit der ganzen Gironde?« so hieß die neue, immer noch gemäßigte Revolutionspartei, so benannt, weil ihre Hauptführer aus dem Departement der Gironde stammten.

»Ja. Sire.«

»Nun, versuchen Sie es mit der Gironde; wir wollen heute Abend eine außerordentliche Sitzung halten, an der Sie, Degrave und Gerville teilnehmen werden.«

»Aber Duport-Dutertre?«

»Er hat seine Entlassung genommen.«

»Ich werde Eurer Majestät zu Befehl stehen.«

Dumouriez verneigte sich, um sich zu beurlauben.

»Nein«, sagte der König, »warten Sie einen Augenblick.«

Die Königin Marie Antoinette erschien mit Madame Elisabeth.

»Madame«, sagte der König, »dies ist Herr Dumouriez, der uns gute Dienste verspricht. Wir werden uns heute Abend mit ihm über die Ernennung eines neuen Ministeriums beraten.«

»Herr Dumouriez«, sagte sie, »kennen Sie den Doktor Gilbert?«

»Nein, Eure Majestät«, antwortete der General.

»Dann machen Sie seine Bekanntschaft.«

»Darf ich fragen, aus welchem Grunde Eure Majestät ihn mir empfehlen?«

»Weil er ein trefflicher Prophet ist ... Vor drei Monaten prophezeite er mir, Sie würden der Nachfolger des Herrn von Narbonne werden.«

Vierzigstes Kapitel

Am selben Abend erschien Dumouriez zur verabredeten Stunde mit seinen vier Depeschen. Degrave und Cahier de Gerville waren schon da und erwarteten den König.

Als der König eintrat, glaubte Dumouriez zu bemerken, dass die Tür offenblieb und dass sich die Tapete bewegte.

»Haben Sie Ihre Depeschen mitgebracht, Herr Dumouriez?«, fragte Ludwig XVI. den General.

»Ja, Sire.«

Er zog die vier Schriftstücke aus der Tasche.

»An welche Mächte sind die Depeschen gerichtet?«, fragte der König.

»An Spanien, Österreich, Preußen und England.«

»Lesen Sie sie vor.«

Dumouriez warf einen Blick auf die Tapete, an deren Bewegung er sehen konnte, dass jemand horchte.

Mit fester Stimme begann er, die Depeschen vorzulesen. Der Minister sprach im Namen des Königs, aber im Geiste der Verfassung; er erörterte das wahre Interesse jeder Macht in Bezug auf die Französische Revolution.

Da jede Macht über die jakobinischen Flugschriften Klage führte, so verwahrte er sich in würdevoller, nachdrücklicher Sprache gegen die Schmähungen über die Pressefreiheit.

In ebenso würdevollen, energischen Ausdrücken verlangte er den Frieden im Namen einer freien Nation, deren erblicher Vertreter der König sei.

Ludwig XVI. hörte aufmerksam zu, und bei jeder neuen Depesche wurde seine Aufmerksamkeit größer.

»General«, sagte er, als Dumouriez fertig war, »so etwas habe ich noch nicht gehört.«

»So sollten die Minister im Namen der Könige immer sprechen und schreiben!«, sagte Cahier de Gerville.

»Es ist gut«, sagte der König. »Jetzt schlagen Sie Ihr Ministerium vor.«

Dumouriez für die auswärtigen Angelegenheiten, Servan für den Krieg, Lacoste für die Marine.«

»Wen stellen wir an die Spitze der Finanzverwaltung?«

»Herrn Clavière, wenn Eure Majestät diese Wahl zu genehmigen geruhen. Er hat Erfahrung im Finanzwesen und zeichnet sich durch große Gewandtheit und Fleiß aus.«

»Ich weiß es«, erwiderte der König; »er steht in dem Rufe eines sehr tätigen und gewandten, aber auch jähzornigen, starrköpfigen Mannes.«

»Diese Fehler, Sire, sind fast allen Finanzmännern eigen.«

»Nun, wir wollen über diese Fehler hinweggehen; Herr Clavière ist Finanzminister ... Wem übertragen wir die Verwaltung der Justiz?«

»Sire, man empfiehlt mir einen Herrn Duranthon, einen Advokaten von Bordeaux.«

»Dann bleibt noch die Verwaltung des Innern.«

»Nach der allgemeinen Meinung, Sire, ist Herr Roland der rechte Mann für dieses Ministerium.«

»Wissen Sie, Herr Dumouriez, wie man Ihr Ministerium nennen wird, oder vielmehr wie man es schon jetzt nennt?«

»Nein, Sire.«

»Das Ministerium Sansculotte.« [14]

»Ich nehme die Benennung an, Sire; man wird dann besser sehen, dass wir Männer sind.«

»Und alle Ihre Kollegen sind bereit?«

»Ich bin fest davon überzeugt.«

»Jetzt gehen Sie, meine Herren ... Übermorgen ist die erste Sitzung.«

Die drei Minister entfernten sich. Aber noch ehe sie die große Treppe erreicht hatten, lief ihnen ein Kammerdiener nach.

»Herr General«, sagte er zu Dumouriez, »der König lässt Sie ersuchen, mir zu folgen; Seine Majestät hat Ihnen noch etwas zu sagen.«

Dumouriez blieb zurück.

»Der König oder die Königin?«, fragte er den Kammerdiener.

»Die Königin, Herr General.«

»Das hatte ich gefürchtet.«

Der Kammerdiener führte den General durch die matt beleuchteten Gänge in das Zimmer der Königin.

Die Königin ging rasch im Zimmer auf und ab. Dumouriez blieb an der Tür stehen, die sich hinter ihm schloss.

Marie Antoinette trat mit majestätischer, aufgebrachter Miene auf ihn zu.

»Herr General«, sagte sie, »Sie sind jetzt allmächtig, aber Sie sind es durch die Gunst des Volkes geworden ... Sie werden daher einsehen,

[14] Wörtlich: ohne Culotten. Culotten waren die Kniehosen, die die höheren Stände trugen und von den Revolutionsmännern abgelegt wurden.

dass alle diese Neuerungen weder mir noch dem Könige genehm sein können. Ich habe Sie daher rufen lassen, um Sie aufzufordern, Ihren Entschluss zu fassen, ehe Sie weitergehen, und zwischen uns und den Jakobinern [[15]] zu wählen.«

»Madame«, antwortete Dumouriez, »diese Mitteilung erfüllt mich mit dem tiefsten Schmerz; aber ich war darauf gefasst, da Eure Majestät die Verhandlungen hinter der Tapete angehört haben. Ich stehe zwischen dem Könige und der Nation, aber vor allem gehöre ich dem Vaterlande.«

»Dem Vaterlande!« wiederholte Marie Antoinette. »Ist denn der König nichts mehr?«

»Der König«, versetzte Dumouriez, »ist immer der König; aber er hat die Verfassung beschworen, und seit dem Tage, wo dieser Eid geleistet wurde, muss der König dieser Verfassung gemäß handeln.«

»Ein erzwungener Eid ist null und nichtig!«

Dumouriez schwieg einen Augenblick.

»Die von Eurer Majestät verschmähte Verfassung«, sagte er, »ist allein imstande, Sie und den König und Ihre erlauchten Kinder zu retten.«

Die Königin unterbrach ihn mit gebieterischer Gebärde:

»Ich sage Ihnen, Herr General, Sie sind auf falschem Wege! ... Nehmen Sie sich in acht!« setzte sie drohend hinzu.

»Madame«, antwortete Dumouriez mit der größten Ruhe, »ich bin mehr als fünfzig Jahre alt und habe im Leben viele Gefahren bestanden; ich habe mein neues Amt mit dem Bewusstsein angetreten, dass die ministerielle Verantwortung keineswegs die größte der mir bevorstehenden Gefahren ist.«

»Oh, das fehlte auch noch!«, sagte die Königin, in die Hände schlagend; »mich so zu verleumden!«

»Ich – Ew. Majestät verleumden!«

»Ja, ich will Ihnen den Sinn Ihrer Worte erklären. Sie meinen, ich sei imstande, Sie ermorden zu lassen ... Oh, das ist zu viel!«

Dumouriez war so weit wie möglich gegangen.

»Gott bewahre mich«, sagte er, »meine Königin so zu beleidigen. Der Charakter Eurer Majestät ist zu groß, zu edel, um Ihrem ärgsten Feinde einen solchen Argwohn einzuflößen; Sie haben heldenmütige Beispiele

[15] Radikale Partei

davon gegeben, die meine Bewunderung erregt und Ihnen meine treue Ergebenheit gesichert haben.«

»Ist das wirklich Ihr Ernst?«

»Ich schwöre es bei meiner Ehre! Ich habe durchaus kein Interesse, Eure Majestät zu täuschen; ich verabscheue Anarchie und Verbrechen. Ich besitze Erfahrung und bin besser in der Lage als Eure Majestät, die Ereignisse zu beurteilen. Was jetzt vorgeht, ist die fast einhellige Erhebung einer großen Nation gegen veraltete Bräuche. Wir brauchen nur unsere Blicke auf die noch keineswegs vollendete Revolution zu richten, um die Überzeugung zu gewinnen, dass der König und die Nation einander die Hand reichen müssen. Ich bin gekommen, um diese Vereinigung nach Kräften zu fördern. Helfen Sie mir, Majestät, anstatt meine Pläne zu durchkreuzen. Sobald ich für Eure Majestät in die Schranken trete, werden Sie entweder wieder die mächtige Königin, die glückliche Gattin und Mutter, oder ich lasse mein Leben in dem Kampfe.«

Er stand auf, verneigte sich und verließ schnell das Zimmer.

Die Königin sah ihm mit tiefem Schmerze nach.

»Die mächtige Königin?«, sagte sie, »das ist vielleicht noch möglich ... aber die glückliche Frau werde ich nie, nie wieder! Oh, Charny!«

Dumouriez hatte sich so schnell entfernt, weil ihm der Schmerz der Königin wehtat. Überdies erwartete ihn Brissot, um ihn in den Jakobinerklub einzuführen.

Niemand war auf sein Erscheinen vorbereitet; denn es war ein großes Wagestück für einen Minister des Königs, in den Jakobinerklub zu kommen. Aller Blicke richteten sich daher auf ihn, sobald sein Name genannt wurde.

Selbst Robespierre sah sich um; eine unheimliche, bange Stille herrschte im Saale. Dumouriez sah wohl ein, dass er seine Schiffe hinter sich verbrennen musste.

Die Jakobiner hatten die rote Mütze als Sinnbild der Gleichheit angenommen.

Dumouriez fasste rasch einen Entschluss; er nahm dem ersten besten Patrioten die rote Mütze ab, setzte sie sich auf, bestieg die Tribüne und hielt eine Ansprache über das Sinnbild der Gleichheit.

Der ganze Saal brach in lauten Beifall aus. Aber mitten unter dem Jubel hörte man ein Zischen, das immer stärker wurde und den Beifall plötzlich zum Schweigen brachte.

Es war ein langgedehntes »St!« aus den dünnen Lippen Robespierres.

Dumouriez gestand nachher mehr als einmal, dass das Pfeifen der über seinem Kopfe fliegenden Kanonenkugeln nie einen so unheimlichen Eindruck auf ihn gemacht habe, wie dieses Zischen aus dem Munde des Abgeordneten von Arras.

Aber Dumouriez war nicht nur ein tapferer General, sondern auch ein tüchtiger Redner; er war auf der Tribüne ebenso schwer zu überwinden wie auf dem Schlachtfelde.

Mit ruhigem Lächeln wartete er, bis wieder tiefe Stille eingetreten war, dann hob er mit dröhnender Stimme an:

»Brüder und Freunde, es wird künftig meine Lebensaufgabe sein, den Willen des Volks zu vollbringen und das Vertrauen des konstitutionellen Königs zu rechtfertigen.

In meinen Verhandlungen mit dem Auslande werde ich eine würdevolle, nachdrückliche Sprache führen, wie sie eines freien Volkes würdig ist, und die Folge dieser Verhandlungen wird entweder ein dauerhafter Friede oder ein entscheidender Krieg sein.«

Der Beifallssturm brach von Neuem so laut aus, dass man das Zischen Robespierres kaum noch hörte.

»Wenn wir Krieg bekommen«, fuhr der Redner fort, »so zerbreche ich meine politische Feder und nehme meinen Rang in der Armee, um mit meinen Brüdern zu siegen oder Zu sterben. Eine schwere Last liegt auf meinen Schultern; Brüder, helfet mir sie zu tragen.«

Dumouriez schwieg und verließ unter lautem Beifall die Tribüne. Dieser Beifall verdross Collot-d'Herbois, den so oft ausgezischten Schauspieler.

»Wozu dieser Beifall?«, rief er. »Kommt Dumouriez als Minister hierher, so ist ihm nichts zu antworten; kommt er als Bruder, als Mitglied unserer Gesellschaft, so tut er nur seine Pflicht und teilt unsere Meinungen und Grundsätze; wir haben ihm daher nur eine Antwort zu geben: Er handle, wie er gesprochen hat«

Hierauf bestieg Robespierre das Rednerpult und begann mit dem ihm eigenen feierlichen Ausdruck:

»Ich gehöre keineswegs zu denen, die es für ganz unmöglich halten, dass ein Minister ein Patriot sei; ich nehme sogar die Zusagen des Herrn Dumouriez mit Vergnügen an. Wenn er diese Zusagen erfüllt, wenn er unsere Feinde, die von seinen Vorgängern und von einigen noch jetzt am

Staatsruder sitzenden Verschworenen gegen uns aufgehetzt sind, geschlagen hat – dann werde ich geneigt sein, ihm Lob und Dank zu spenden; aber selbst dann glaube ich, dass ihm kein guter Bürger nachstehen wird. Nur das Volk ist groß, ist verantwortlich in meinen Augen. Daher verlange ich aus Achtung vor dem Volke, vor dem Minister selbst, dass man sein Erscheinen unter uns nicht durch Huldigungen begrüße, die den Verfall des öffentlichen Geistes bekunden würden. Er bittet um unsern Rat: Ich, für meine Person, werde in seinem Interesse und zur Förderung des Gemeinwohls diesen Wunsch erfüllen. Solange Herr Dumouriez durch glänzende Beweise von Vaterlandsliebe und zumal durch wirkliche Dienste beweisen wird, dass er der Bruder der guten Bürger und der Verteidiger des Volkes ist, soll es ihm hier an Beistand nicht fehlen. Diese Gesellschaft hat von der Anwesenheit eines Ministers durchaus nichts zu fürchten; aber sobald ein Minister hier mehr Einfluss und Geltung bekommt als ein Bürger, verlange ich seine Ausschließung. Doch dies wird nie der Fall sein.«

Am folgenden Tage leistete das neue Ministerium in der Nationalversammlung den Eid und begab sich sodann in die Tuilerien.

Roland war in der Reihe der Minister der letzte. Der Zeremonienmeister ließ die ersten fünf durch, dem neuen Minister des Innern jedoch verweigerte er den Eintritt. Roland wusste nicht, warum man ihn nicht einlassen wollte. »Ich bin Minister wie die übrigen«, sagte er, »sogar Minister des Innern.«

Dumouriez hörte den Wortwechsel und kehrte um.

»Warum verweigern Sie Herrn Roland den Eintritt?«

»Aber mein Gott!«, rief der Zeremonienmeister händeringend, »ein runder Hut und keine Schnallen!«

»Ja, Sie haben recht«, antwortete Dumouriez mit der größten Kaltblütigkeit; »ein runder Hut und keine Schnallen – es ist alles verloren!«

Dann schob er Roland in das Zimmer des Königs.

Das neue Kabinett hatte es nicht leicht.

Am 1. März war der Kaiser Leopold gestorben. Sein Nachfolger war Franz II., an dem die ausgewanderten Franzosen einen eifrigen Beschützer hatten; er war der Verbündete Preußens und natürlich der erklärte Feind der französischen Nation.

Herr von Noailles, der französische Gesandte in Wien, war als Arrestant in seinem Palais zu betrachten.

Preußen glaubte damals an der Spitze des deutschen Fortschritts zu stehen, es zehrte an den sonderbaren philosophischen Überlieferungen des Königs Friedrich.

Die sichtbaren Feinde Frankreichs waren also Franz II. und Friedrich Wilhelm; die noch unsichtbaren waren: England, Russland und Spanien. Der kriegerische König von Schweden, Gustav III., sollte das Haupt dieser Verbindung werden.

Kaiser Franz II. erließ bald nach seiner Thronbesteigung eine diplomatische Note, in der folgende Forderungen gestellt wurden:

1. Genügende Bürgschaften für die in Frankreich gelegenen Besitzungen der deutschen Fürsten.

2. Zurückgabe Avignons.

3. Wiederherstellung der Monarchie in der Weise, wie sie bis zum 23. Juni 1789 bestanden hat.

Es war klar, dass diese Note mit den geheimen Wünschen des Königs und der Königin übereinstimmte.

Am 16. April wurde König Gustav auf einem Ball ermordet. Zwei Tage nach diesem in Frankreich noch unbekannten Morde erhielt Dumouriez die österreichische Note. Er begab sich sogleich zu Ludwig XVI.

Marie Antoinette wünschte den Krieg, weil sie von einem Kriege die Rettung erwartete; Ludwig XVI. hingegen fürchtete ihn.

Als er indes die Note las, sah er wohl ein, dass für Frankreich die Stunde gekommen sei, das Schwert zu ziehen und dass man nicht mehr zurückkönne.

In dieser verhängnisvollen Stunde gab es in Frankreich vier scharf gesonderte Parteien:

Die starren Royalisten, zu denen die Königin gehörte;

Die konstitutionellen Royalisten, zu denen sich der König zu bekennen glaubte;

Die Republikaner;

Die Anarchisten.

Die starren Royalisten hatten in Frankreich, abgesehen von der Königin, kein erklärtes Oberhaupt. Im Auslande wurden sie durch »Monsieur«, durch den Grafen von Artois, durch den Prinzen von Condé und den Herzog Karl von Lothringen vertreten. Breteuil in Wien und Mérée d'Argenteau in Brüssel sind die Bevollmächtigten der Königin bei dieser Partei.

Die Häupter der konstitutionellen Partei sind Lafayette, Bailly, Barnave, Lameth, Duport.

Der König ist sehr geneigt, das unbeschränkte Königtum aufzugeben und mit ihnen Hand in Hand zu gehen; er neigt sich jedoch mehr rückwärts als vorwärts.

Die Häupter der republikanischen Partei sind Brissot, Vergniaud, Cadet, Petion, Roland, Isnard, Ducos, Condorcet, Couthon.

Die Häupter der Anarchisten sind Marat, Danton, Santerre, Gouchon, Camille Desmoulins, Hébert, Legendre, Fabre d'Eglantine, Collot d'Herbois.

Dumouriez ist bereit, zu sein, was man verlangt, wenn er nur Vorteil und Ruhm dabei findet.

Robespierre ist in die Dunkelheit zurückgetreten und wartet.

Am 20. April wird der Krieg an Österreich erklärt.

Am 29. April rücken Bison und Dillon, die sich mit Lafayette vereinigen sollen, gegen die Maas vor; aber beide Truppenkörper wurden in den ersten Gefechten geschlagen. Die Schuld hierfür gab das Volk der Königin und dem König. Wer anders konnte der Urheber dieser schmählichen Niederlage sein, die keinen andern Zweck hatte, als die Parteien verzagt zu machen und den Feinden Zuversicht einzuflößen? Der erste Gedanke war, sich an Marie Antoinette zu rächen! Aber man hatte dem Königtum Zeit gelassen, sich mit einem Schutzwall zu umgeben. Die Königin hatte die von der Constituante bewilligte »Konstitutionelle Garde« auf einen sehr achtunggebietenden Stand gebracht.

Diese Garde ist eine furchtbare Waffe in den Händen des Königtums; sie kann ja auf Befehl des Königs die Nationalversammlung umzingeln und die Deputierten vom ersten bis zum letzten Mann verhaften oder niedermachen!

Oder sie kann den König aus Paris wegführen und an die Grenze geleiten. Eine zweite Flucht wird gewiss gelingen.

Am 22. Mai schrieb der neue Bürgermeister Petion an den Kommandanten der Nationalgarde, um ihm seine Besorgnisse über eine neue Flucht des Königs auszudrücken und ihm die größte Wachsamkeit, insbesondere die Verdoppelung der Patrouillen in den Umgebungen, anzuempfehlen. Es war der Auftakt zur Abschaffung der Königsgarde.

Auf einen Bericht Barrères hin wurde die Auflösung der konstitutionellen Garde und die Verhaftung ihres Anführers Brissac beantragt.

An demselben Tage wurde der Antrag zum Beschluss erhoben, gegen den Herzog von Brissac ein Verhaftungsbefehl erlassen und die Posten in den Tuilerien der Nationalgarde übergeben.

Der König legte gegen diesen Beschluss sein Veto ein, jedoch ohne Erfolg.

Der zweite Vorstoß gegen das Königtum war das Dekret gegen die Priester. Demnach wurde jeder Priester, der den Eid verweigerte, des Landes verwiesen. Die Anregung zu diesem Dekret gab Roland.

Am 14. Juli sollte die Erstürmung der Bastille mit großem Pomp gefeiert werden. Servan verlangte die Zusammenziehung von 20000 Mann in der unmittelbaren Nähe von Paris. Dumouriez wandte sich gegen einen solchen Antrag.

Am meisten empört war die Königin.

»Bedenken Sie doch«, sagte die Königin in einer Unterredung zu Dumouriez, »wie hart es für den König ist, ein Dekret zu bestätigen, das zwanzigtausend Meuterer nach Paris ruft.«

»Die Gefahr ist groß«, erwiderte Dumouriez; »eben deshalb muss man ihr ins Angesicht schauen, aber sie nicht übertreiben. Dem Dekret zufolge wird die vollziehende Gewalt diesen zwanzigtausend Patrioten den Ort der Zusammenkunft anweisen; der Kriegsminister wird ihnen Offiziere geben und Verhaltungsbefehle erteilen.«

»Aber der Kriegsminister ist Servan!«

»Nein, Sire, sobald Servan austritt, bin ich Kriegsminister.«

»Sie wollen das Kriegsministerium übernehmen?«, fragte die Königin.

»Ja, Madame, und ich hoffe, das über Ihrem Haupte hängende Schwert gegen Ihre Feinde zu kehren.«

Ludwig XVI. und Marie Antoinette sahen einander fragend an.

»Angenommen«, fuhr Dumouriez fort, »ich lasse das Lager bei Soissons aufschlagen.«

»Aber,« entgegnete der König, »wissen Sie auch gewiss, dass Sie dazu die Bewilligung erhalten?«

»Ich bürge dafür.«

»Wenn das ist«, sagte der König, »so übernehmen Sie das Kriegsministerium.«

»Erteilen dann Eure Majestät dem Dekret über die zwanzigtausend Mann die Sanktion?«

»Wenn Sie Kriegsminister sind, vertraue ich mich Ihnen unbedingt an.«

»Jetzt ist noch das Dekret über die Priester zu bestätigen.«

»Sie wissen, dass ich dieses Dekret nie bestätigen kann.«

»Sire, nach der Bestätigung des ersten Dekrets haben Eure Majestät keine Wahl mehr: Sie müssen auch das zweite bestätigen.«

»Ich habe einen Fehler gemacht«, erwiderte Ludwig XVI.; »ich mache mir ihn zum Vorwurf; aber daraus folgt noch nicht, dass ich einen zweiten Fehler machen müsse.«

»Wenn Eure Majestät diesem Dekret die Bestätigung nicht erteilen, so ist der zweite Fehler weit größer als der erste.«

»Sire ...«, sagte Marie Antoinette.

Der König sah sich um.

»Auch Sie, Madame?«

»Sire«, sagte die Königin, »ich muss gestehen, dass ich nach den Erklärungen, die uns Herr Dumouriez gegeben, über diesen Punkt gleicher Meinung mit ihm bin.«

»Nun, dann willige ich ein«, erwiderte der König, »aber unter einer Bedingung.«

Dumouriez sah den König fragend an.

»Unter der Bedingung, dass Sie mich sobald wie möglich von den drei Aufwieglern Servan, Clavière und Roland befreien.«

»Ich versichere Eurer Majestät«, antwortete Dumouriez, »dass ich die erste Gelegenheit benutzen werde, und ich bin überzeugt, dass diese Gelegenheit sich sehr bald bieten wird.«

Dumouriez verneigte sich vor dem König und der Königin und entfernte sich.

»Sie gaben mir einen Wink«, sagte der König; »was haben Sie mir zu sagen?«

»Bestätigen Sie vorläufig das Dekret über die Zusammenberufung der zwanzigtausend Mann«, erwiderte die Königin; »lassen Sie ihn sein Lager bei Soissons errichten ... nachher werden Sie sehen, was mit dem Dekret über die Priester zu machen ist.«

»Aber er wird mich an mein Wort erinnern.«

»Das mag er immerhin tun«, sagte die Königin kalt.

Dumouriez hatte wahr gesprochen. Es fand sich bald eine Gelegenheit, die drei Minister zu entfernen. Sie schieden aus der Nationalversammlung aus, die ihnen das Lob ausstellte, dass sie sich um das Vaterland verdient gemacht hätten. Ihre Nachfolger wurden: Mourgues für Inneres und Finanzen, Naillac für das Auswärtige.

Der neue Ministerrat war in den Tuilerien versammelt. - Der König bestätigte das Dekret über das Lager von zwanzigtausend Mann; allein, die Sanktion des Dekrets über die Priester verschob er auf den folgenden Tag. Er schützte einige Gewissensskrupel vor, die sein Beichtvater beseitigen müsse.

Die Minister sahen einander an; es hatte sich der erste Zweifel in ihr Herz eingeschlichen. Am folgenden Tage kamen die Minister auf den Gegenstand der letzten Beratung zurück. Der König erklärte, dass er gegen das Dekret sein Veto einlege.

Die vier Minister, Dumouriez zuerst, antworteten mit ehrerbietigen, aber ernsten, nachdrücklichen Worten. Aber der König hörte ihnen mit geschlossenen Augen zu; seine Haltung und Miene bewies, dass sein Entschluss gefasst war.

»Meine Herren«, sagte Ludwig XVI., »ich habe an den Präsidenten der Nationalversammlung einen Brief geschrieben, um ihm meinen Entschluss mitzuteilen. Einer von Ihnen wird das Schreiben unterzeichnen und dann tragen Sie es zusammen in die Deputiertenkammer.«

Dies war ein Befehl ganz im Sinne des alten Regimes.

»Sire«, sagte Dumouriez, nachdem er seine Kollegen fragend angesehen hatte, »haben uns Eure Majestät nichts weiter zu befehlen?«

»Nein«, antwortete der König und entfernte sich.

Die Minister beschlossen, für den folgenden Tag um eine Audienz zu bitten. Der Verabredung gemäß, wollten sie sich in keine Erklärungen einlassen, sondern insgesamt ihre Entlassung nehmen.

Dumouriez begab sich nach Hause. Er fand drei Billetts vor, die ihm Zusammenrottungen in der Vorstadt St. Antoine und geheime Zusammenkünfte im Hause Santerres anzeigten.

Er schrieb sogleich an den König, um ihn hiervon in Kenntnis zu setzen.

Eine Stunde später erhielt er Folgendes, von Ludwig XVI. eigenhändig geschriebenes, aber nicht unterzeichnetes Billett:

»Glauben Sie nicht, Herr Dumouriez, dass ich mich durch Drohungen einschüchtern lasse; mein Entschluss ist gefasst.«

Dumouriez schrieb sogleich zurück:

»Sire, Sie beurteilen mich falsch, wenn Sie mich der Anwendung eines solchen Mittels für fähig halten. – Ich bitte Eure Majestät untertänigst, mir einen Nachfolger zu wählen, der binnen vierundzwanzig Stunden an meine Stelle treten kann, und meine Entlassung huldreichst anzunehmen.«

Es war keinem Zweifel unterworfen, dass in den Tuilerien gegenrevolutionäre Pläne geschmiedet wurden. Man hatte wirklich Streitkräfte, auf die man sich verlassen konnte: die beurlaubte, aber jeden Augenblick schlagfertige, aus sechstausend Mann bestehende konstitutionelle Garde; ferner sieben- bis achttausend Ludwigsritter, deren rotes Ordensband das Erkennungszeichen war; dazu drei Bataillone Schweizer von je sechshundert Mann auserlesener Kerntruppen, unerschütterlich wie die Felsen ihrer heimatlichen Berge.

Noch mehr als alle diese Wächter des Thrones war ein Schreiben Lafayettes geeignet, die Zuversicht der Royalisten zu erhöhen. In diesem Schreiben kam folgende Stelle vor:

»Bleiben Sie beharrlich, Sire; auf die Ihnen von der Nationalversammlung erteilte Machtvollkommenheit gestützt, werden Sie alle guten Franzosen um Ihren Thron geschart finden.«

Um zehn Uhr morgens waren die Minister bei Ludwig XVI. Es war der 16. Juni. – Der König empfing sie in seinem Zimmer. Duranton führte das Wort. Im Namen aller überreichte er ehrerbietigst die Entlassung seiner Kollegen und die Seinige.

»Wohlan«, antwortete der König mit finsterer Miene, »da Ihr Entschluss feststeht, so nehme ich Ihre Entlassung an. Ich werde die geeigneten Vorkehrungen treffen.«

»Sire«, sagte Dumouriez, »ich verlasse diese entsetzliche Stadt mit Freuden; nur eins tut mir weh: Eure Majestät in Gefahr zu wissen.«

»Ja«, erwiderte der König mit scheinbarer Gleichgültigkeit, »ich kenne die Gefahr.«

»Sire,« setzte Dumouriez hinzu, »ich bin nicht mehr Minister und stehe Eurer Majestät nicht mehr nahe. Ich bitte Sie daher aus reiner Ergebenheit und Vaterlandsliebe, aus Zuneigung für Ihre erhabene Person, für die Königin und Ihre Kinder, ich beschwöre Sie bei allem, was dem

Menschen teuer und heilig ist: Beharren Sie nicht bei Ihrem Veto! Diese Hartnäckigkeit wird Eure Majestät ins Verderben stürzen!«

»Reden Sie nicht mehr davon«, sagte der König; »mein Entschluss steht fest.«

»Sire, dasselbe sagten Sie mir in diesem Zimmer, in Gegenwart der Königin, als mir Eure Majestät versprachen, die Dekrete zu bestätigen.«

»Ich hatte unrecht, Ihnen dieses Versprechen zu geben und bereue es.«

»Sire, es ist das letzte Mal, dass ich die Ehre habe, Eure Majestät zu sehen. Verzeihen Sie daher meine Offenheit; ich bin dreiundfünfzig Jahre alt und habe Erfahrung. Man treibt Missbrauch mit Ihrem Gewissen, man treibt Sie zum Bürgerkrieg ... Sie sind machtlos, Sie werden unterliegen ... und die Geschichte wird Sie beklagen, aber Ihnen auch den Vorwurf machen, dass Sie Frankreich ins Unglück gestürzt haben.«

»Mir, glauben Sie, werde man das Unglück Frankreichs vorwerfen?«, fragte Ludwig XVI.

»Ja. Sire.«

»Gott ist mein Zeuge, dass ich nur das Glück Frankreichs will.«

»Ich zweifle nicht daran, Sire; aber Eure Majestät sind Gott nicht nur von der Reinheit, sondern auch von der vernünftigen Ausführung Ihrer Absichten Rechenschaft schuldig. Sie glauben die Religion zu retten, und geben ihr den Todesstoß; die Priester werden als Opfer einer unseligen Verblendung fallen. Ihre zertrümmerte Krone wird in Ihr Blut, in das Blut der Königin, vielleicht Ihrer Kinder fallen ...Oh, mein König! Mein König! ...«

Dumouriez schien zu tief ergriffen, um länger reden zu können - er drückte seine Lippen auf die Hand, die ihm Ludwig XVI. leichte.

Der König erwiderte mit vollkommener Heiterkeit und mit einer Würde, deren man ihn nicht fähig geglaubt hätte:

»Sie haben recht, Herr General; ich bin auf den Tod gefasst und verzeihe im Voraus meinen Mördern ... Sie haben mir treu gedient, ich achte Sie und danke Ihnen für Ihre warme Teilnahme ... Leben Sie wohl.«

Nach diesen Worten konnte Dumouriez nicht länger bleiben; er entfernte sich.

Das Königtum hatte seine letzte Stütze von sich gestoßen, der König seine Maske abgeworfen ... er stand nun mit entblößtem Antlitz vor dem Volke.

Einundvierzigstes Kapitel

Santerre war den ganzen Tag durch die Straßen der Vorstadt Saint-Antoine geritten. Neben ihm ritt, wie ein Adjutant neben seinem General, Billot.

Viel Volk war auf der Straße.

»Haltet euch bereit, Freunde, und seid wachsam«, sagte Santerre; »die Verräter führen etwas gegen die Nation im Schilde ... aber wir sind da!«

»Wo sind die Verräter? Führen Sie uns gegen sie!« schrien die Vorstädter.

»Wartet nur«, sagte Santerre, »bis der Augenblick gekommen ist.«

»Wann wird er kommen?«

»Seid nur ruhig, Freunde; ihr werdet es schon erfahren.«

Der Begleiter Santerres bückte sich auf den Hals seines Pferdes und sagte leise zu einigen Männern, die er an gewissen Zeichen erkannte:

»Am 20. Juni ... am 20. Juni!«

Die Männer merkten sich das Datum und gingen fort. Zehn, zwanzig, dreißig Schritte von da bildeten sich Gruppen um sie, und das Datum flog leise von Mund zu Mund:

»Am 20. Juni.«

Was am 20. Juni geschehen sollte? Das wusste man noch nicht; man wusste nur, dass etwas geschehen sollte.

Unter den Männern, denen dieses Datum mitgeteilt wurde, konnte man etliche erkennen:

Fournier, den Amerikaner, der durch die Räder eines Wagens auf Lafayette geschossen und dem dabei das Gewehr versagt hatte.

Beausire, den wir schon kennengelernt haben, Mouchet, Gonchon, den Mirabeau des Volkes, und Danton.

Mitten unter dieser Schar ging ein blasser, magerer junger Mann auf und ab. Er kannte niemand und niemand kannte ihn. Er wandelte einsam wie der Adler, den er in der Folge als Sinnbild wählen sollte.

Es war der Artillerieleutnant Bonaparte, der zufällig in Paris auf Urlaub war.

Dieser 20. Juni hatte eine sichtbare und eine geheime Bedeutung. Die eine war der Vorwand, die andere der Zweck. Der Vorwand war die

Überreichung einer Bittschrift an den König und die Errichtung eines Freiheitsbaumes.

Der Zweck war: Frankreich von Lafayette zu befreien und dem unverbesserlichen Könige zu zeigen, dass es politische Stürme gibt, in denen ein Monarch samt Krone und Familie untergehen kann, wie ein Schiff mit Mann und Maus im Ozean versinkt.

Der Bastilleplatz wurde als Sammelplatz, der Tuilerienpalast als Ziel angegeben. Nachdem jeder versprochen hatte, sich auf den ihm angewiesenen Posten zu begeben, trennte man sich. Das allgemeine Losungswort war: »Auf die Tuilerien!« Was man dort wollte, das war noch unbestimmt. Am 20. Juni um fünf Uhr morgens waren die Bataillone versammelt. Gegen elf Uhr überbrachte ein Unbekannter den Marschbefehl; die unabsehbare Masse setzte sich in Bewegung. Als sie die Bastille verließ, bestand sie aus etwa zwanzigtausend Mann.

Diese Schar bot einen entsetzlichen Anblick ... überall zerrissene Blusen, zerfetzte Jacken; Piken, Bratspieße, Säbel ohne Griff, lange Stangen, an deren Ende man Messer befestigt hatte, Beile; als Standarten trug man: einen Galgen mit einer daran hängenden Gliederpuppe, die die Königin vorstellte; - dann Fahnen mit den Aufschriften: »Sanktion oder Tod«; - »Zurückberufung der patriotischen Minister; - »Zittere, Tyrann, deine Stunde ist gekommen!«

Die Nationalversammlung hatte den Lärm fast schon seit einer Stunde gehört, als die Kommissare der Volksmenge um die Erlaubnis baten, vor ihr zu defilieren.

Die Volksmenge hat ihren Zweck erreicht; sie ist vor der Nationalversammlung vorübergezogen, sie hat ihre Petition abgelesen, es bleibt nur noch die Sanktion vom Könige zu verlangen.

Die Nationalversammlung hatte die Deputation empfangen, wie hatte ihr der König den Zutritt verweigern können?

Der König hatte die Antwort erteilen lassen, er werde die von zwanzig Personen zu überreichende Petition annehmen.

Das Volk wollte unter den Fenstern vorüberziehen, während seine Abgeordneten die Petition überreichen würden. Alle die Fahnen mit den drohenden Aufschriften, alle die gräulichen Standarten wollte man dem König und der Königin durch die Fenster zeigen. Alle Eingänge zu den Tuilerien waren geschlossen. Im Hofe und im Garten standen die Linienregimenter, einige Eskadrons Gendarmen und mehrere Bataillone Nationalgarde mit vier Kanonen. Die königliche Familie sah aus dem Fenster auf diesen scheinbaren Schutz herunter und schien ziemlich ruhig.

Die Menge verlangte indes, man solle das zur Terrasse führende Gittertor öffnen. Die wachhabenden Offiziere weigerten sich, das Tor ohne Befehl des Königs öffnen zu lassen. Drei Munizipalbeamte, welche diesen Befehl erwirken wollten, wurden eingelassen.

Mouchet führte das Wort.

»Sire«, sagte er, »eine Volksschar zieht in aller Ordnung heran. Es ist nichts zu befürchten; friedliche Bürger haben sich vereinigt, um der Nationalversammlung eine Petition zu überreichen. Die Bürger wünschen über die Terrasse zu ziehen, wo das Gittertor nicht nur geschlossen, sondern auch durch Geschütze verteidigt ist. Wir bitten daher Eure Majestät, das Gittertor öffnen zu lassen und den freien Durchgang huldreichst zu gestatten.«

Der König antwortete: »Sie sind Munizipalbeamter, Ihnen liegt daher die Wahrung des Gesetzes ob. Wenn Sie es im Interesse der Ruhe und Ordnung für notwendig halten, so lassen Sie das Gittertor der Terrasse öffnen; die Bürger mögen dann ihren Weg über diese Terrasse und durch das Stalltor nehmen.«

Das Tor wurde geöffnet. Jedermann wollte hinein, und es entstand ein furchtbares Gedränge. Das Gitter auf der Terrasse zerbricht wie ein Weidenbaum. Die Menge atmet auf und zerstreut sich vergnügt im Garten.

Man hatte versäumt, das Stalltor zu öffnen. Die Menge zog an den in Reihe und Glied stehenden Nationalgardisten vorüber und nahm ihren Weg durch das Tor am Kai. Da sie aber in ihre Vorstädte zurückkehren musste, so wollte sie sich durch die Pforten des Karussellplatzes drängen. Diese Pforten waren geschlossen und bewacht; aber die Menschenmasse wird ungeduldig. Endlich werden die Pforten geöffnet und die Menge überschwemmt den großen Platz. Dort erinnert sie sich, dass das Hauptgeschäft des Tages die Petition um Zurücknahme des Vetos ist. Anstatt daher ihren Weg fortzusetzen, wartet sie auf dem Karussellplatz.

Eine Stunde vergeht, und die Menge wird unruhig.

Aber der König schien durchaus nicht gesonnen, diesen Wunsch zu erfüllen. - Es war heiß und man bekam Durst. Hunger, Durst und Hitze machen die Hunde wütend. Das arme Volk waffnete sich mit Geduld und wartete.

Die Abgeordneten, die man mit Sehnsucht zurückerwartet, sind noch nicht einmal vor den König gelassen.

Plötzlich hört man vom Kai her lautes Rufen. – Es sind Santerre und St. Huruge auf ihren Pferden, Theroigne auf ihrer Kanone.

»Was macht ihr da vor dem Gitter? Warum geht ihr nicht hinein?«

»Ihr seht ja, dass das Tor geschlossen ist!«, sagten mehrere Stimmen.

Theroigne springt von ihrer Kanone. »Sie ist geladen«, sagt sie; »gebt Feuer auf das Tor!«

»Halt, halt!«, riefen zwei Munizipalbeamte; »keine Gewalt ... das Tor soll geöffnet werden.«

Sie zogen sogleich die Riegel zurück und rissen die beiden Türflügel auf. Die Volksmasse stürmt hinein wie ein reißender Strom. Die Kanone wird mit fortgerissen über den Hof, die Stufen hinan, bis oben auf die Treppe.

Oben auf der Treppe stehen Offiziere mit Schärpen.

»Was wollt ihr mit der Kanone?«, fragen sie ... »Glaubt ihr durch eine solche Gewalttat etwas zu erlangen?«

»Es ist wahr«, antworten die Leute, die ganz erstaunt sind, dass sie die Kanone so weit mitgeschleppt haben.

Die Kanone wird umgedreht, um wieder die Treppe hinuntergeschoben zu werden; aber die Achse bleibt an einer Tür hängen, sodass sich die Mündung der Kanone gegen die Menge wendet.

»Aha, der König hat in seinen Gemächern sogar Kanonen!«, rufen die Ankommenden, die nicht wissen, wie es zugegangen ist, dass dieses Geschütz sich gegen sie gekehrt hat.

Inzwischen wird das Türgesims auf Mouchets Befehl mit Äxten zerhauen, die Kanone losgemacht und wieder in das Erdgeschoss hinuntergeschoben.

Das laute Dröhnen der Axthiebe erregt die Aufmerksamkeit der Leibgarden und der Dienerschaft. Zweihundert Edelleute eilen herbei.

Die königliche Familie war im Zimmer des Königs versammelt. Plötzlich hört man die dröhnenden Axthiebe.

In demselben Augenblick stürzt ein Mann in das Schlafzimmer des Königs und ruft:

»Sire, verlassen Sie mich nicht ... Ich stehe für alles.«

Dieser Mann war der Doktor Gilbert.

»Was geht denn vor?«, fragten der König und die Königin zugleich.

»Das Schloss ist voller Menschen«, antwortete Gilbert. »Das Volk verlangt, Eure Majestät zu sehen.«

»Sire, wir verlassen Sie nicht!«, sagten die Königin und Madame Elisabeth.

»Sire«, sagte Gilbert, »wollen mir Eure Majestät für eine Stunde die Gewalt erteilen, die ein Schiffskapitän während eines Sturmes hat?«

»Ja«, antwortete der König.

In diesem Augenblick erschien der Kommandant der Nationalgarde in der Tür; er war bleich und bestürzt, aber fest entschlossen, den König zu verteidigen.

»Herr Kommandant«, rief ihm Gilbert zu, »hier ist der König; er ist bereit, Ihnen zu folgen ... Gehen Sie, Sire, gehen Sie!«

»Ich folge meinem Gemahl«, rief die Königin.

»Und ich meinem Bruder«, setzte Madame Elisabeth hinzu.

»Sire«, sagte Gilbert, »um des Himmels willen, bitten Sie Ihre Majestät, sich auf mich zu verlassen ... ich stehe sonst für nichts.«

»Madame«, sagte der König, »befolgen Sie Herrn Gilberts Rat, und wenn es sein muss, fügen Sie sich seinen Anordnungen ... Herr Gilbert,« setzte er hinzu, »Sie bürgen mir für die Königin und den Dauphin.«

Die Königin wollte noch einen Versuch machen, aber Gilbert streckte die Arme aus, um ihr den Weg zu versperren.

»Madame«, sagte er zu ihr, »Eure Majestät sind in Gefahr, und nicht der König ... Ihnen legt man mit Recht oder Unrecht den Widerstand des Königs zur Last; Ihre Anwesenheit würde ihn nur in Gefahr bringen. Folgen Sie mir mit den Hofdamen.

Gilbert schob die Königin mit den Kindern und der Prinzessin von Lamballe in den Sitzungssaal; es wurde schon an die Türen geklopft.

Er zog einen schweren Tisch vor das Fenster. Die erste notwendige Schutzwehr war gefunden.

Unterdessen wurde immer lauter an die Tür gepocht. Gilbert eilte zur Tür, zog den Riegel zurück und sagte zu den anstürmenden Vorstädterinnen:

»Nur herein, Bürgerinnen! ... die Königin und ihre Kinder erwarten euch.«

Sobald die Tür offen war, wälzte sich der Menschenstrom herein wie durch einen durchbrochenen Damm.

»Wo ist sie, die Österreicherin? Wo ist Madame Veto?« riefen fünfhundert Stimmen.

Ein Mädchen mit fliegenden Haaren ging den übrigen voran, sie schwang einen Säbel in der Hand.

»Wo ist die Österreicherin?«, schrie sie. »Sie soll von meiner Hand fallen!«

Gilbert nahm sie beim Arm und führte sie vor die Königin.

»Hier ist sie!«, sagte er.

Marie Antoinette, die eine bewunderungswürdige Ruhe bewahrte, fragte mit dem sanftesten, herablassendsten Tone:

»Habe ich dir persönlich etwas zuleide getan, mein Kind?«

»Nein, Madame«, antwortete die Vorstädterin, sehr erstaunt über die würdevolle Haltung der Königin.

»Warum willst du mich denn umbringen?«

»Man sagt, Sie stürzten die Nation ins Elend«, erwiderte das junge Mädchen ganz verlegen und ließ die Spitze des Säbels auf den Fußboden sinken.

»Dann hat man Euch belogen«, sagte Marie Antoinette. »Ich bin die Gattin des Königs von Frankreich und Mutter des Dauphin ... Sieh nur, hier steht er vor Euch ... Ich bin eine Französin. Ach! Ich war glücklich, als Ihr mich liebtet!«

Das Mädchen ließ, den Säbel fallen und fing an zu weinen.

»Ach, Madame, ich kannte Sie nicht! ... Verzeihen Sie mir! Ich sehe, dass Sie gut sind.«

Ludwig XVI. hatte inzwischen einen ähnlichen Auftritt erlebt. Kaum war er in den Saal des sogenannten »Oeil de Boeuf« gekommen, so wurde die Türfüllung zertrümmert, und die Spitzen der Bajonette und Piken drangen durch die Öffnungen.

»Machen Sie auf!«, rief der König.

»Bürger!«, rief d'Hervilly laut durch die Tür, »es ist überflüssig, die Tür einzuschlagen ... der König hat befohlen, sie zu öffnen.«

Zugleich zieht er die Riegel zurück, dreht den Schlüssel um, und die halb zertrümmerte Tür tut sich auf.

Der Herzog von Mouchy und der Nationalgarde-Kommandant haben eben Zeit gehabt, den König in eine Fensternische zu schieben, während einige Grenadiere eine Schutzwehr von umgestürzten Bänken vor ihm errichten.

Als die Menge tobend und mit lauten Verwünschungen in den Saal stürzte, konnte sich der König nicht enthalten, seinen Getreuen zuzurufen:

»Hierher, meine Herren!«

Vier Grenadiere zogen sogleich ihre Säbel und stellten sich zu beiden Seiten des Königs auf. »Den Säbel eingesteckt, meine Herren!«, rief Ludwig XVI. »Bleiben Sie an meiner Seite, mehr verlange ich nicht.«

Diese Mahnung wäre fast zu spät gekommen; die blitzenden Säbelklingen schienen eine Herausforderung zu sein.

Ein in Lumpen gekleideter Mensch stürzte wütend auf den König los.

»Da bist du ja, Veto!«, sagte er und schlug mit einem Stock, an welchem eine Messerklinge befestigt war, nach dem König.

Einer der Grenadiere, der trotz des Befehls des Königs seinen Säbel noch nicht in die Scheide gesteckt hatte, schlug den Stock mit dem Säbel nieder.

Der König, der unterdessen seine Fassung wiedergewonnen hatte, schob den Grenadier zur Seite und sagte:

»Lassen Sie mich ... Was kann ich mitten unter meinem Volk zu fürchten haben?«

Ludwig XVI. trat mit würdevollem Anstand einen Schritt vor und bot den Mordwaffen aller Art, die gegen ihn gerichtet waren, seine wehrlose Brust.

»Still!«, sagte mitten in dem furchtbaren Tumult eine Stimme; »ich will reden!«

Es war die Stimme des Fleischers Legendre.

Er trat dem Könige so nahe, dass er ihn fast berührte. - Man hatte einen Kreis um ihn gebildet.

In diesem Augenblick erschien hinter Dantons herkulischer Gestalt das blasse, aber heitere Gesicht Gilberts.

»Monsieur«, sagte Legendre, den König anredend.

Ludwig XVI. sah sich rasch um, als ob ihn eine Schlange gebissen hätte.

»Ja, Monsieur ... Monsieur Veto, mit Ihnen rede ich«, sagte Legendre. »Hören Sie mich daher an, denn es ist Ihre Schuldigkeit, uns anzuhören ... Sie haben uns von jeher betrogen und betrügen uns noch; aber nehmen Sie sich in acht, das Maß ist voll, und das Volk will nicht länger Ihr Spielball und Ihr Opfer sein.«

»Reden Sie, ich höre«, sagte der König.

»Gut, Sie wissen, was wir hier wollen: Wir sind gekommen, um die Bestätigung der Dekrete und die Zurückberufung der Minister zu erwirken ... Hier ist unsere Petition.«

Der König sah den Vorleser scharf an, und als die Petition abgelesen war, sagte er mit wenigstens scheinbarer Ruhe:

»Ich werde tun, was mir Gesetz und Verfassung vorschreiben.«

»Ja, ja«, sagte eine Stimme, »das ist dein Paradepferd ... die Verfassung!«

Der König sah sich um in der Richtung, aus der diese Stimme kam, auch Gilbert machte eine Bewegung und legte die Hand auf die Schulter des Mannes, der gesprochen hatte.

»Ich habe Sie schon einmal gesehen, mein Freund«, sagte der König, »wer sind Sie?«

»Ja, Sire, Sie haben mich schon dreimal gesehen: einmal am 16. Juli bei der Rückkehr von Versailles, einmal zu Varennes und einmal hier ... Erinnern Sie sich noch meines Namens, Sire? Er hat eine üble Vorbedeutung; ich heiße Billot!« [16]

In diesem Augenblick wurde der Tumult wieder stärker, ein Mann stach mit einer Pike nach dem Könige. Aber Billot fasste die Pike, entriss sie dem Meuchler und zerbrach sie auf dem Knie.

»Kein Mord«, sagte er zürnend, »nur das Gesetz hat das Recht, diesen Mann zu richten! Dieser Mann wird als Verräter vor Gericht gestellt und verurteilt werden.«

»Ja, Verräter! Verräter!« riefen hundert Stimmen.

Gilbert trat zwischen den König und das andrängende Volk, »Fürchten Sie nichts, Sire,« sagte er, »und suchen Sie diese Wütenden durch irgendeine handgreifliche Demonstration zufriedenzustellen.«

Ludwig XVI. trat vor, nahm einem Sansculotte die rote Mütze vom Kopf und setzte sie auf.

Die Menge brach in lauten Beifall aus.

»Es lebe der König! Es lebe die Nation!« riefen alle einstimmig.

---

16 Billot, der Block.

»Sire«, sagte Gilbert, »Sie haben nichts mehr zu fürchten. Erlauben Sie, dass ich mich wieder zur Königin begebe.«

»Gehen Sie«, sagte Ludwig XVI. und drückte ihm die Hand.

Um zur Königin zu gelangen, musste Gilbert durch mehrere Zimmer, unter andern auch durch das Gemach des Königs gehen. – Alle Räume waren voller Menschen.

Einige Sansculotten hatten sich's in den weichgepolsterten Armsesseln bequem gemacht, andere wälzten sich lachend auf Sofas und Betten und verglichen die schwellenden Polster mit ihren harten Bänken und Strohstühlen.

All dies war nicht mehr beunruhigend, die erste Aufwallung war vorüber. Gilbert kam um vieles ruhiger zur Königin.

Marie Antoinette stand noch an derselben Stelle, der kleine Dauphin hatte, wie sein Vater, eine rote Mütze auf dem Kopfe.

Im Nebenzimmer entstand plötzlich ein großer Lärm. Gilbert sah sich nach der Tür um. Den Lärm machte Santerre. Der Koloss kam in den Saal.

»Oho!«, sagte er; »die Österreicherin ist also hier!«

Gilbert ging gerade auf ihn zu.

»Herr Santerre!«, sagte er.

»Ei, sieh da, der Doktor Gilbert!«

»Der nicht vergessen hat«, erwiderte dieser, »dass Sie einer von denen sind, die ihm die Türen der Bastille geöffnet haben .... Erlauben Sie, Herr Santerre, dass ich Sie der Königin vorstelle.«

»Der Königin? ... Sie wollen mich der Königin vorstellen!« murrte der Fleischer.

»Jawohl; Sie lehnen es doch nicht ab?«

»Gott bewahre«, sagte Santerre; »ich wollte mich selbst vorstellen; aber da Sie einmal hier sind ...«

»Ich kenne Herrn Santerre«, sagte die Königin; »ich weiß, dass er in der großen Teuerung die Hälfte der Vorstadt Sankt Antoine mit Lebensmitteln versorgt hat.«

Santerre blieb erstaunt vor der Königin stehen. Sein Blick fiel auf den Dauphin, dem der Schweiß in dicken Tropfen über die Wangen floss.

»Nehmt dem Kleinen doch die Mütze ab«, sagte er zu den Vorstädtern, »ihr seht ja, dass er erstickt.«

Die Königin dankte ihm mit einem Blick.

»Madame«, sagte der brave Flamländer halblaut über den Tisch hinüber, »Sie haben sehr ungeschickte Freunde; ich kenne welche, die Ihnen besser dienen würden.«

Eine Stunde nachher hatte sich die ganze Menschenmasse zerstreut, und der König erschien in Begleitung seiner Schwester in dem Zimmer, wo ihn die Königin und die Kinder erwarteten.

Die Königin fiel ihm zu Füßen, die beiden Kinder fassten seine Hände, man sank sich in die Arme wie nach einem Schiffbruch.

Erst jetzt bemerkte der König, dass er die rote Mütze noch auf dem Kopfe hatte.

»Ach! Ich hatte es ganz vergessen«, sagte er und warf das Sinnbild der Gleichheit mit Widerwillen weg.

Ein junger Artillerieoffizier von kaum zweiundzwanzig Jahren war Zeuge dieses ganzen Auftrittes gewesen. An einen Baum gelehnt, hatte er gesehen, welchen Demütigungen und Gefahren der König ausgesetzt gewesen war; als er aber die Szene mit der roten Mütze sah, konnte er den Anblick nicht länger ertragen.

»Oh!«, sagte er zu sich, »wenn ich nur zwölfhundert Mann und zwei Kanonen hätte, wie schnell würde ich den armen König von diesem Gesindel befreit haben!«

Dieser junge Offizier war Napoleon Bonaparte.

Zweiundvierzigstes Kapitel

Der Abzug aus den Tuilerien war ebenso still und traurig, wie der Einzug lärmend und gefahrdrohend gewesen war.

Es war ganz anders gekommen, als man sich gedacht hatte. Der König war noch nie so ruhig und gefasst, ja nie so groß gewesen.

Die revolutionäre Idee hatte in den Tuilerien nur den bleichen, zitternden Schatten des Königtums zu finden geglaubt, nun fand sie es zu ihrem größten Erstaunen mutig, stark und von dem Glauben des Mittelalters erfüllt.

Die Royalisten frohlockten; am Ende war ihnen doch der Sieg geblieben. Der König war im Gefühl seiner Abhängigkeit von der Nationalversammlung bereit gewesen, das eine der beiden Dekrete zu bestätigen; jetzt aber wusste er, dass beide Dekrete ihn keiner größeren Gefahr aussetzten als das eine und hatte gegen beide sein Veto eingelegt.

Das Königtum war ja an dem verhängnisvollen 20. Juni so tief gesunken, dass es den Boden des Abgrundes berührt zu haben schien; es konnte von jetzt an nur mehr wieder aufsteigen.

So schien's auch wirklich zu kommen. Am 21. Juni erklärte die Nationalversammlung, dass sich keine bewaffnete Schar von Bürgern mehr an den Schranken zeigen dürfe.

Die Royalisten gingen damit um, die Verkündigung des Kriegsgesetzes zu verlangen.

Pétion begab sich eilends in die Nationalversammlung. Dieses Verlangen, hieß es, sei begründet durch die eben erfolgten Unruhen. Pétion versicherte, dass er von Zusammenrottungen durchaus nichts wisse, und bürgte für die Ruhe von Paris. Der Antrag wurde verworfen, das Kriegsgesetz nicht verkündet.

Am folgenden Tage schrieb Ludwig XVI. an die Nationalversammlung, um sich über die Entweihung des Schlosses, des Königtums und des Königs zu beschweren.

Am 24. Juni musterten der König und die Königin die Nationalgarde und wurden mit Jubel empfangen.

An demselben Tage stellte das Direktorium von Paris die Amtsverrichtungen des Bürgermeisters ein. Wer gab ihm eine solche Vermessenheit? - Drei Tage später klärte sich die Sache auf. Lafayette, der mit einem einzigen Offizier sein Lager verlassen hatte, kam am 27. in Paris an und stieg bei seinem Freunde Larochefoucault ab.

Am folgenden Tage erschien der General in der Nationalversammlung. Er wurde mit drei rauschenden Beifallssalven empfangen, aber jede war von dem Murren der Girondisten begleitet. - Es war eine höchst stürmische Sitzung zu erwarten.

Der General Lafayette war einer der mutigsten Männer, die es gab; aber Mut ist nicht Tollkühnheit; es ist sogar selten, dass ein wirklich mutiger Mann zugleich tollkühn ist.

Lafayette sah die drohende Gefahr. Er stand allein gegen alle, der letzte Rest seiner Popularität stand auf dem Spiel. Wenn er sie verlor, so musste er mit ihr zugrunde gehen. Wenn er gewann, konnte er den König retten.

Unter lautem Applaus der einen Partei, unter Murren und Drohungen der andern bestieg er die Tribüne.

»Meine Herren«, sagte er, »die Gewalttaten, die am zwanzigsten Juni verübt worden sind, haben den Unwillen aller gutgesinnten Bürger und zumal der Armee erregt; unter den Offizieren, Unteroffizieren und Soldaten gibt es darüber nur eine Stimme. Es ist Zeit, die Verfassung festzulegen, die Freiheit der Nationalversammlung, die Würde des Königs zu wahren. Ich bitte daher die Nationalversammlung dringend, den Beschluss zu fassen, dass die Gewalttaten, die am zwanzigsten Juni stattgefunden haben, als Verbrechen der Majestätsbeleidigung behandelt werden. Ich wünsche endlich, der Armee die Versicherung zu geben, dass die Verfassung im Innern unverletzt bleiben wird, während die braven Franzosen zur Verteidigung der Grenze ihr Blut vergießen.«

Gegen das Ende dieser mit lautem Beifall begleiteten Worte hatte sich Guadet langsam von seinem Sitze erhoben. Der herbe Redner der Gironde streckte die Hand aus zum Zeichen, dass er sprechen wollte. Wenn die Gironde den Pfeil der Ironie abdrücken wollte, so reichte sie Guadet den Bogen.

»In dem Augenblick, als ich Herrn von Lafayette erblickte«, sagte er, »kam mir ein sehr beruhigender Gedanke: wir haben keinen auswärtigen Feind mehr, dachte ich; die Österreicher werden aufs Haupt geschlagen sein, und Lafayette bringt uns die Nachricht von seinem Siege und von ihrer Vernichtung! Diese Täuschung dauerte aber nicht lange; unsere Feinde sind noch dieselben, und gleichwohl ist Herr von Lafayette in Paris. Kann uns Herr von Lafayette seine Urlaubsbescheinigung vorweisen?«

Ein Deputierter steht auf und sagt: »Meine Herren, Sie vergessen, mit wem Sie sprechen und von wem die Rede ist. Lafayette ist der erstgeborene Sohn der französischen Freiheit, Lafayette hat der Revolution sein Vermögen, seinen Adel, sein Leben geopfert!«

»Sie halten ihm ja die Leichenrede!«, ruft eine Stimme.

»Meine Herren«, sagt Ducos, »durch die Anwesenheit eines Generals, der nicht Mitglied unserer Versammlung ist, wird die Freiheit der Diskussion unterdrückt.«

»Das ist noch nicht alles«, setzt Vergniaud hinzu; »dieser General hat seinen Posten vor dem Feinde verlassen. Es fragt sich nur, ob er die Armee ohne Urlaub verlassen hat; ist dies der Fall, so soll man ihn als Ausreißer verhaften und in den Anklagestand versetzen.«

»Dasselbe wollte ich fragen«, sagt Guadet, »und ich unterstütze den Antrag.«

»Ich unterstütze ihn!«, rief die ganze Gironde.

Eine Abstimmung gab den Freunden Lafayettes eine Mehrheit von zehn Stimmen.

Lafayette hatte noch eine letzte Hoffnung, von der er seinen Souveränen Mitteilung machte. Am folgenden Tage wollte er mit dem König die Nationalgarde mustern. Es war nicht zu bezweifeln, dass die Gegenwart des Königs und des vormaligen Generalkommandanten eine große Begeisterung hervorrufen würde. Diese günstige Stimmung wollte Lafayette benutzen, die Nationalversammlung zu umzingeln und dem Treiben der Gironde ein Ende zu machen. Während des Tumultes sollte der König eilends abreisen und sich in das Lager bei Maubeuge flüchten.

Es war ein kühner Handstreich, der aber bei der damaligen Stimmung der Gemüter kaum fehlschlagen konnte. – Unglücklicherweise kam Danton um drei Uhr früh zu Pétion, um ihn von dem Anschlage in Kenntnis zu setzen.

Sobald der Tag angebrochen war, ließ Pétion die Musterung absagen.

Wer hatte den König und Lafayette verraten? – Die Königin. – Hatte sie doch laut und offen erklärt, sie wollte lieber durch einen andern umkommen, als durch Lafayette gerettet werden. Ihre Ahnung hatte sie nicht betrogen; sie sollte durch Danton umkommen.

Zu der Stunde, wo die Musterung hätte stattfinden sollen, verließ Lafayette die Hauptstadt und begab sich wieder zu seiner Armee.

Die Zustände im Innern wurden immer schlimmer. Jedermann wartete auf eine Explosion, sie lag in der Luft. In der Nationalversammlung sah man sich nach einem Mann um, der das Rad ins Rollen bringen konnte. Vergniaud, der sich bisher zurückgehalten hatte, wurde herangezogen.

Am dritten Tage war alles in atemloser Spannung, kein Deputierter fehlte auf seiner Bank, die Tribünen waren zum Erdrücken voll, Vergniaud war der letzte, der erschien.

Die ganze Versammlung harrte in gespannter Erwartung; jedermann begriff die Bedeutung dieses Moments.

Vergniaud war damals kaum dreiunddreißig Jahre alt. Er war eine sorglose und träge Natur, sein träumerisches Genie ließ sich gern gehen. Wenn er in der Nationalversammlung sprechen wollte, so arbeitete er drei bis vier Tage zuvor seine Rede aus, feilte, polierte und schliff sie; man ließ ihn daher nur in großen Gefahren, in entscheidenden Momenten sprechen. Er war kein Alltagsmensch, er war nur bei großen Gelegenheiten sichtbar.

»Bürger«, begann Vergniaud mit anfangs kaum vernehmbarer, aber bald laut und eindringlich werdender Stimme, »ich komme zu euch und frage: In welcher seltsamen Lage befindet sich die Nationalversammlung? Welches Verhängnis verfolgt uns und kennzeichnet jeden Tag durch Ereignisse, die uns in unserer Arbeit stören und uns unaufhörlich zwischen Furcht, Hoffnung und Leidenschaft hin und her werfen? Welches Verhängnis versetzt Frankreich in den Zustand der furchtbaren Gärung, in dem man nicht recht weiß, ob die Revolution zurückschreitet oder beharrlich ihr Ziel verfolgt? Kaum scheint unsere Nordarmee in Belgien vorzurücken, so sehen wir sie plötzlich vor dem Feinde zurückweichen. Man zieht den Krieg auf unser Gebiet herüber. Wie kommt es, dass gerade in einem für das Bestehen der Nation so entscheidenden Augenblick die Bewegung unserer Heere eingestellt wird? Sollte es wahr sein, dass man unsere Triumphe fürchtet? Welche Absicht haben diejenigen, die sich der Sanktion unserer Dekrete mit unbezwinglicher Hartnäckigkeit widersetzen? Wollen sie über verödete Städte, über verwüstete Felder herrschen? Wie viele Tränen, wie viel Elend und Blut brauchen sie, um ihre Rache zu befriedigen? Wohin sind wir gekommen? ... Die inneren Unruhen und Zerwürfnisse haben zwei Ursachen: die geheimen Anschläge der Aristokratie und die Umtriebe des Klerus; beide haben ein und dasselbe Ziel: die Gegenrevolution.

Der König hat unserm Dekret über die religiösen Unruhen die Sanktion verweigert. Ich schließe daraus Folgendes: Wenn er unsere Dekrete verwirft, so hält er sich ohne die von uns gebotenen Mittel für mächtig genug, den Landfrieden zu erhalten. Wenn daher der Landfriede nicht erhalten wird, wenn die Fackel des Bürgerkrieges das Königreich in Brand zu stecken droht, so sind die Vollstrecker des königlichen Willens selbst die Ursache alles Unglücks.

Im Namen des Königs wiegeln die französischen Prinzen die europäischen Höfe gegen uns auf; um den König zu verteidigen, scharen sich in Deutschland die alten Leibgardisten um die Fahne des Aufruhrs; um dem König zu Hilfe zu kommen, treten die Emigranten in das österreichische Heer ein und schicken, sich an gegen ihr Vaterland zu ziehen. Kurz, der Name des Königs wird bei allen Umtrieben und allem Unglück genannt.

In der Verfassungsurkunde aber steht: Wenn sich der König an die Spitze einer Armee stellt, und die Soldaten gegen die Nation führt, oder wenn er sich einem solchen in seinem Namen ausgeführten Unternehmen nicht durch einen förmlichen Akt widersetzt, so wird angenommen, er habe der königlichen Würde entsagt.

Da erwiesen ist, dass die falschen Freunde, die den König umgeben, vor Begierde brennen, den König ins Verderben zu stürzen, um seine Krone einem ihrer Führer aufs Haupt zu setzen; da es für seine persönliche Sicherheit wie für die Sicherheit des Reiches von der größten Wichtigkeit ist, dass sein Verhalten kein Gegenstand des Argwohns mehr sei, so beantrage ich eine Adresse, die ihm die eben angedeuteten Wahrheiten ins Gedächtnis rufe.

Ich beantrage ferner, dass die Nationalversammlung erkläre, das Vaterland sei in Gefahr. Auf diesen warnenden Ruf werden sich alle Bürger zusammenscharen und die Wunder der Tapferkeit und Aufopferung erneuern, welche die Völker des Altertums mit Ruhm bedeckt haben. Die feindlichen Scharen stehen an unserer Grenze, der Verrat lauert. Der gesetzgebende Körper setzt diesen Anschlägen strenge, aber notwendige Dekrete entgegen; die Hand des Königs zerreißt sie. Rufen Sie, noch ist es Zeit, rufen Sie alle Franzosen zur Rettung des Vaterlandes herbei! Wir haben nicht nötig zu wünschen, dass aus unserer Asche Rächer hervorgehen mögen: An dem Tage, wo unser Blut die Erde rötet, wird die Tyrannei mit ihrem Hochmut und ihren Palästen auf immer vor der nationalen Allgewalt verschwinden.«

Die Wirkung dieser Rede war ungeheuer, die ganze Versammlung wurde von dem gewaltigen Ozean fortgerissen, alles brach in laute Begeisterung aus.

Am 11. Juli hatte die Nationalversammlung erklärt, das Vaterland sei in Gefahr. Aber um diese Erklärung kundzumachen, bedurfte es der Ermächtigung des Königs.

Der König erteilte diese Ermächtigung erst am 21. abends. Die Erklärung, dass das Vaterland in Gefahr sei, war im Grunde ein Geständnis der Ohnmacht, das die Staatsgewalt ablegte; es war ein Aufruf an die Nation, sich selbst zu retten, weil es der König nicht mehr könne oder nicht mehr wollte.

In der Zwischenzeit vom 11. bis zum 21. Juni hatte ein großer Schrecken die Tuilerien in Bewegung gesetzt. Der Hof erwartete auf den 14. Juli einen Anschlag gegen das Leben des Königs. Eine von Robespierre verfasste Adresse der Jakobiner hatte sie in diesem Glauben bestärkt. Das Fest des 14. Juli begann. – Für die Revolution handelte es sich nicht um die Ermordung Ludwigs XVI., wahrscheinlich dachte man gar nicht daran, sondern um den Triumph Pétions über den König.

Pétion war, wie bereits erwähnt, infolge der Ereignisse des 20. Juni durch das Direktorium von Paris seines Amtes entsetzt worden. Ohne die Zustimmung des Königs wäre diese Maßregel wirkungslos gewesen, aber der König hatte diese Absetzung durch eine an die Nationalversammlung geschickte Proklamation bestätigt.

Am 13., nämlich am Tage vor der Jahresfeier der Erstürmung der Bastille, hatte die Nationalversammlung aus eigener Machtvollkommenheit diese Absetzung aufgehoben.

Am 14. um elf Uhr kam der König mit der Königin und seinen Kindern die große Treppe herunter. Drei- bis viertausend Mann unschlüssiger Truppen begleiteten ihn. Über die Stimmung des Volkes konnte man sich nicht täuschen. Überall rief man: »Es lebe Pétion!«

Der Königin war entsetzlich bange; sie fuhr jeden Augenblick erschrocken auf, denn sie glaubte, ein Messer oder den Lauf einer Pistole blitzen zu sehen.

Auf dem Marsfelde stieg der König aus dem Wagen und ging an der linken Seite des Präsidenten auf den Altar des Vaterlandes zu.

Hier musste sich die Königin von dem König trennen, um mit ihren Kindern die für sie bestimmte Tribüne zu besteigen.

Sie stand still und wollte nicht hinaufsteigen, bis der König den Altar erreicht hätte.

Am Fuße des Altars entstand plötzlich ein Wogen und Drängen. Der König verschwand, als ob er untergegangen wäre.

Die Königin, die ihm nachgeschaut hatte, schrie laut auf und wollte ihm nacheilen; aber er kam wieder zum Vorschein und stieg die Stufen des Altars hinauf.

Unter den gewöhnlichen Sinnbildern, die in feierlichen Aufzügen nie fehlten, wie die der Gerechtigkeit, der Kraft, der Freiheit, war ein schwarzgekleideter, mit Zypressen bekränzter Mann zu sehen, der unter einem Flor einen geheimnisvollen, glänzenden Gegenstand trug.

Dieses entsetzliche Sinnbild zog die Blicke der Königin ganz besonders auf sich. Sie stand wie auf ihren Platz festgebannt, und über den König, der inzwischen den Altar des Vaterlandes bestiegen hatte, ziemlich beruhigt, konnte sie die Augen von der düstern Statue nicht abwenden.

»Wer ist jener schwarzgekleidete, mit Zypressen bekränzte Mann?«, fragte sie, ohne sich an eine bestimmte Person zu wenden.

Eine Stimme, die Marie Antoinette mit Schrecken erfüllte, antwortete: »Der Scharfrichter.«

»Und was trägt er unter dem Flor?«, fragte die Königin weiter.

»Das Beil Karls I.«

Die Königin sah sich erblassend um; sie glaubte, die Stimme schon gehört zu haben. Es war die Stimme Cagliostros.

Ein Schrei des Entsetzens erstarb auf ihren bleichen Lippen und sie sank ohnmächtig in die Arme der Prinzessin Elisabeth.

Dreiundvierzigstes Kapitel

Am 22. Juli, um sechs Uhr morgens, acht Tage nach dem Feste auf dem Marsfelde, dröhnte durch ganz Paris ein Kanonenschuss.

Von Stunde zu Stunde und den ganzen Tag hindurch sollte sich der Geschützdonner wiederholen.

Die sechs Legionen der Nationalgarde waren seit dem Anbruch des Tages vor dem Stadthause versammelt. Von hier aus sollten zwei Züge abgehen, um die Proklamation »Das Vaterland ist in Gefahr!« in den Straßen von Paris zu verbreiten. Auf jedem Platze, auf jedem Kreuzwege, auf jeder Brücke hielt der Zug an. Ein Trommelwirbel gebot Schweigen. Dann wurden die Fahnen geschwenkt, und wenn alles still war, begann ein Munizipalbeamter die Proklamation des gesetzgebenden Körpers mit ernster, feierlicher Stimme abzulesen. Die Proklamation schloss mit den verhängnisvollen Worten: »Das Vaterland ist in Gefahr!«

Diese Mahnung fand Widerhall in allen Herzen. Es war der einstimmige Ruf der Nation, des Vaterlandes, Frankreichs.

Auf allen Hauptplätzen von Paris hatte man Zelte für freiwillige Werbungen errichtet. Der Hauptwerbeplatz war vor der Notre-Dame-Kirche. Die patriotische Begeisterung war allgemein und steigerte sich bis zur Trunkenheit. Wer Waffen tragen konnte, eilte herbei, um sich einschreiben zu lassen; die Schildwachen vermochten die Andrängenden nicht abzuwehren. Jeder drängte sich zu dem Werbetische.

Es war die Verlobung des französischen Volkes mit dem zweiundzwanzigjährigen Kriege, der die Welt aus den Angeln gehoben hat und dessen Folgen noch in ferner Zukunft in dem Leben der Völker sichtbar sein werden.

Unter denen, die sich zu den Werbetischen drängten, waren alternde Männer, die von der Begeisterung ergriffen, den Jugendlichen spielten, um jünger zu erscheinen; blutjunge Knaben waren darunter, die sich auf die Fußspitzen stellten, um größer zu erscheinen und die antworteten: Sechzehn Jahre, wenn sie erst vierzehn alt waren.

Bis Mitternacht krachten von Stunde zu Stunde die beiden Geschütze; bis Mitternacht waren die Werbeplätze von einer dichtgedrängten Menge umgeben. Viele Angeworbene blieben da und hielten vor dem Altar des Vaterlandes ihre erste Beiwacht.

Jeder Kanonenschuss war bis in das Herz der Tuilerien gedrungen.

Die königliche Familie trennte sich erst nach Mitternacht, nachdem man erfahren hatte, dass die Kanonen schweigen würden.

Madame Campan schlief mit der Königin in einem Zimmer. Marie Antoinette hatte erst nach folgendem Anlasse ihre Einwilligung dazu gegeben. Sie hatte sich einst um ein Uhr nachts zur Ruhe begeben. Madame Campan stand vor dem Bett und sprach mit der Königin. Da hörte man plötzlich Fußtritte im Korridor, dann ein Geräusch, wie wenn zwei Männer handgemein würden.

Madame Campan wollte nachsehen, was vorging, aber die Königin wollte ihre Kammerfrau nicht fortlassen.

»Verlassen Sie mich nicht, Campan«, sagte sie.

Während dieser Zeit rief eine Stimme im Korridor: »Fürchten Sie nichts, Madame; ein Bösewicht wollte sich zu Ihnen schleichen und Sie umbringen, aber ich halte ihn fest.«

Es war die Stimme des Kammerdieners.

»Mein Gott!«, sagte die Königin, die Hände zum Himmel erhebend, »welch ein Leben! ... Schmähungen am Tage, Mordanschläge in der Nacht!«

»Lassen Sie den Mann los«, rief sie dem Kammerdiener zu, »öffnen Sie ihm die Tür.«

Darauf ließ man den Meuchler los, der zur Dienerschaft des Königs gehörte.

In der Nacht nach dem pomphaften Umzuge erwachte Madame Campan gegen zwei Uhr morgens; der Mond schien auf das Bett der Königin und Madame Campan hörte die Königin seufzen.

»Sind Eure Majestät leidend?«, fragte sie halblaut.

»Ich bin immer leidend«, antwortete Marie Antoinette, »aber ich hoffe, dass meine Leiden bald ein Ende nehmen werden.«

Dann streckte sie ihre bleiche Hand, die im Mondlichte noch bleicher aussah, aus dem Bett und sagte mit tiefer Wehmut: »In einem Monat, wenn der Mond wieder scheint, weiden wir frei und aller Fesseln ledig sein.«

Madame Campan war ganz erfreut über diese Worte. »Haben Sie den Beistand des Herrn von Lafayette angenommen?«, fragte sie. »Wollen Ew. Majestät fliehen?«

»Den Beistand des Herrn von Lafayette?«, sagte die Königin mit unverkennbarem Widerwillen.

»Nein, Gott sei Dank! ... Aber in einem Monat wird mein Neffe Franz in Paris sein. Österreich und Preußen sind verbündet; die beiden vereinten Mächte rücken gegen Paris an.«

»Und an welchem Tage hoffen die verbündeten Souveräne in Paris zu sein?«, fragte Madame Campan.

»Am 15. bis 20. August«, antwortete die Königin.

»Gott erhöre Sie!«, sagte die Kammerfrau.

Gott erhörte diesen Wunsch jedoch nicht; er schickte vielmehr dem bedrängten Frankreich eine unerwartete Hilfe: die Marseillaise. Sie kam von Straßburg, wo sie der zweiundzwanzigjährige Rouget de Lisle auf einer patriotischen Feier in einer halben Stunde gedichtet und in Musik gesetzt hatte. In wenigen Tagen war sie in ganz Frankreich bekannt.

Vierundvierzigstes Kapitel

Als die Wogen immer höher schlugen, blieb man auch in den Tuilerien nicht untätig. In der Nacht vom 5. zum 6. August ließ man in aller Stille die Schweizer Bataillone von Courbevoie kommen.

Am 8. abends meldete man der Königin den Doktor Gilbert.

»Kommen Sie, Doktor!«, rief ihm die Königin zu; »es freut mich, Sie zu sehen.«

Gilbert sah Marie Antoinette an: In ihrem ganzen Wesen war etwas Frohlockendes, das ihn unter den gegenwärtigen Verhältnissen mit Schrecken erfüllte. »Madame«, sagte Gilbert, »ich sehe, dass ich zu spät oder zur Unzeit komme.«

»Im Gegenteil, Doktor, Sie kommen zur rechten Zeit und sind mir willkommen. Sie werden jetzt etwas sehen, was ich Ihnen schon längst gern gezeigt hätte: einen König, einen wirklichen König.«

»Ich fürchte«, erwiderte Gilbert, »dass Ew. Majestät mir keinen König, sondern einen Platzkommandanten zeigen werden.«

»Herr Gilbert, nach meiner Ansicht ist ein König nicht nur ein Mann, der sagt: »Ich will nicht«, sondern ein Mann, der sagt: »Ich will!««

»Ja, Madame«, antwortete Gilbert, »und für Ew. Majestät ist ein König zumal ein Mann, der sich rächt.«

»Der sich verteidigt, Herr Gilbert! Denn Sie wissen ja, dass wir ganz offen bedroht werden; ein gewisser Barbaroux soll fünfhundert Marseiller hierhergeführt haben, und, wie man sagt, hat die ganze Rotte auf den Trümmern der Bastille geschworen, nicht wieder nach Marseille zu gehen, bis sie auf den Trümmern der Tuilerien kampiert haben wird.«

»Das habe ich auch gehört, Ew. Majestät«, erwiderte Gilbert. »Ich finde diese Nachrichten sehr bedrohlich und ich fürchte für den König und für Eure Majestät.«

»Sie wollen uns also vorschlagen, der Krone zu entsagen und uns dem Herrn Barbaroux und seinen Marseillern auf Gnade und Ungnade zu ergeben?«

»Ach, Madame, wenn der König seiner Krone entsagen und durch dieses Opfer sein Leben, das Ihrige und das Leben Ihrer Kinder schützen könnte ...«

»So würden Sie ihm diesen Rat geben, nicht wahr, Herr Gilbert?«

»Ja, Madame, und ich würde ihn fußfällig bitten, diesen Rat zu befolgen.«

»Herr Gilbert, Sie sind nicht fest in Ihren Meinungen.«

»Meine Meinung ist immer dieselbe«, entgegnete Gilbert. »Und welchen Rat geben Sie uns jetzt?«

»Ich rate Ew. Majestät, zu fliehen. Ew. Majestät wissen wohl, dass es möglich ist, dass Ihnen noch nie eine so günstige Gelegenheit geboten wurde?«

»Weiter ...«

»In den Tuilerien befinden sich gegen dreitausend Mann.«

»Gegen fünftausend«, sagte die Königin mit einem Lächeln der Befriedigung, »und auf den ersten Wink kann die Zahl verdoppelt werden. Ich fliehe nicht mehr.«

»Und Eure Majestät wollen diesen Entschluss unter keiner Bedingung aufgeben?«

»Nein«, sagte die Königin und reichte Gilbert die Hand zum Kuss.

»Madame«, sagte Gilbert, »wollen mir Eure Majestät erlauben, einige Zeilen zu schreiben, die ich für so dringend halte, dass ich deren Absendung keine Minute verschieben will?«

»Schreiben Sie, Herr Gilbert«, sagte die Königin.

Gilbert setzte sich und schrieb:

»Kommen Sie, Herr Graf, die Königin ist in Lebensgefahr, wenn sie sich noch durch einen Freund zur Flucht bewegen lässt; ich glaube, dass Sie der einzige Freund sind, der sie dazu bewegen könnte.«

Er unterzeichnete das Billett und schrieb die Adresse darauf.

»Darf ich wissen, Herr Gilbert, an wen Sie schreiben?«, fragte die Königin.

»An den Grafen von Charny«, antwortete er.

»An den Grafen von Charny!« wiederholte Marie Antoinette erblassend und zitternd; »warum schreiben Sie an ihn?«

»Ich fordere ihn auf, die von mir vergebens ausgesprochene Warnung zu wiederholen.«

Die Tür tat sich auf und ein Türsteher erschien. »Der Herr Graf von Charny, der eben ankommt«, sagte der Türsteher, »wünscht Ew. Majestät seine Huldigungen darzubringen.«

Marie Antoinette wurde noch blasser, sie vermochte nur einige unverständliche Worte zu stammeln.

»Lassen Sie ihn hereinkommen«, sagte Gilbert, »der Himmel schickt ihn.«

Charny erschien in der Tür. Er trug seine Seeoffiziersuniform.

»O kommen Sie, Herr Graf!«, rief ihm Gilbert zu. »Soeben schrieb ich an Sie.«

Er übergab ihm den Brief.

»Ich erfuhr die Gefahr, in der sich Ihre Majestät befand, und bin herbeigeeilt«, sagte Charny sich verneigend.

»Um des Himmels willen«, sagte Gilbert, »geben Eure Majestät den Worten des Grafen Gehör ... durch seinen Mund wird ganz Frankreich sprechen.«

Er verneigte sich ehrerbietig vor der Königin und dem Grafen und entfernte sich eilends. Auch den dringenden Vorstellungen Charnys gegenüber blieb die Königin ihrem Entschluss, die Tuilerien nicht zu verlassen, treu.

Charny, der einsah, dass alles Drängen vergebens war, stellte sich auf alle Fälle zur Verfügung, und der König machte ihn zum Gouverneur des Schlosses. Man sah einen Kampf voraus. - In der Nacht vom 9. zum 10. August begab sich Ludwig XVI. in seine Gemächer und schloss sich mit seinem Beichtvater ein. - Die Königin begab sich zu Madame Elisabeth und zu der Prinzessin von Lamballe.

»Was macht Seine Majestät!«, fragte die letztere.

»Er beichtet, antwortete Marie Antoinette mit einem unmöglich wiederzugebenden Ausdruck.

In diesem Augenblick ging die Tür auf und der Graf von Charny erschien. - Er war blass, aber vollkommen ruhig.

»Ist Seine Majestät zu sprechen?«, fragte er, sich vor der Königin verneigend. »Für den Augenblick«, antwortete Marie Antoinette, »bin ich der König!«

Charny wusste es besser als irgendjemand, aber er ließ nicht ab.

»Sie können hinaufgehen, Herr Graf«, sagte die Königin; »aber ich versichere Sie, dass sich der König jetzt nicht gern stören lässt.«

»Ich glaube es wohl,« erwiderte Charny; »Seine Majestät spricht mit Herrn Pétion, der eben gekommen ist.«

»Nein, Herr Graf, der König ist mit seinem Beichtvater allein.«

»Dann werde ich als Gouverneur des Schlosses an Eure Majestät meinen Bericht abstatten.«

»Gut, Herr Graf, reden Sie.«

»Vor allem«, begann Charny, »muss ich Eurer Majestät den Effektivbestand unserer Streitkräfte aufzählen. Die berittene Gendarmerie ist sechshundert Mann stark und steht auf dem Platz des Louvre; die Gendarmerie zu Fuß hält größtenteils den Marstall besetzt; hundertfünfzig Mann dieses Korps sind in das Hotel de Toulouse zum Schutz der Staatskassen geschickt worden; dreißig Mann stehen im ›Prinzenhofe‹ an der kleinen Treppe. Zweihundert Offiziere und Soldaten der vormaligen

Garde, hundert Royalisten, ebenso viel Edelleute sind in dem ›Oeil de boeuf‹ und in den umliegenden Sälen verteilt; zwei bis dreihundert Nationalgardisten stehen in den Höfen und im Garten; endlich sind fünfzehnhundert Schweizer auf ihren verschiedenen Posten und haben insbesondere die große Vorhalle und die Haupttreppen zu verteidigen.«

»Und alle diese Vorkehrungen beruhigen Sie nicht?«, fragte die Königin.

»Nichts beruhigt mich«, antwortete Charny, »wenn Eure Majestät in Gefahr sind.«

»Sie raten also noch immer zur Flucht, Herr Graf?«

»Ich rate Eurer Majestät, dass Sie sich mit dem König und Ihren erlauchten Kindern in unsere Mitte begeben ...« Die Königin machte eine Bewegung.

»Noch ist alles ruhig, wir haben Zeit, die Tuilerien zu verlassen und die Sternbarriere zu erreichen. Dort erwarten uns dreihundert Reiter von der konstitutionellen Garde. In Versailles sind leicht fünfzehnhundert Edelleute zusammenzubringen, und mit viertausend Mann führe ich Eure Majestät, wohin Sie wollen.«

»Ich danke Ihnen, Herr Graf«, erwiderte die Königin; »ich weiß die Bereitwilligkeit zu schätzen, mit welcher Sie Ihre Teuren verlassen haben, um einer Fremden Ihre Dienste anzubieten ...«

»Eure Majestät sind ungerecht gegen mich«, fiel ihr Charny ins Wort; »das Leben meiner Monarchin wird für mich stets das kostbarste Gut, die Pflicht, die größte Tugend sein.«

»Jawohl, die Pflicht«, erwiderte die Königin; »aber auch ich glaube meine Pflicht zu kennen ... an mir liegt es, die Würde des Königtums zu wahren, oder wenn es angegriffen wird; ehrenvoll mit ihm zu fallen.«

»Ist dies das letzte Wort Eurer Majestät?«

»Ja, und zumal mein letzter Wunsch.«

Charny verneigte sich.

»Madame«, sagte er, »Eure Majestät setzen Ihre Hoffnung gewiss noch auf andere Umstände ... Wenn dies der Fall ist, so beschwöre ich Eure Majestät, sagen Sie es mir! Bedenken Sie, dass ich morgen um diese Zeit den Menschen oder Gott Rechenschaft zu geben habe über alle Ereignisse, die sich bis dahin hier zutragen werden.«

»So hören Sie, Graf«, erwiderte die Königin. »Pétion muss zweihunderttausend Franken und Danton fünfzigtausend erhalten haben. Danton hat versprochen, zu Hause zu bleiben, und Pétion wollte ins Schloss kommen.«

»Haben Eure Majestät zuverlässige Vermittler gewählt?«

»Sie sagen ja selbst, Pétion sei eben gekommen.«

»Ja, Madame.«

»Das ist schon etwas, wie Sie sehen.« »Aber noch keineswegs genug«, entgegnete Charny; »wie ich höre, hat man dreimal zu ihm geschickt, ehe er gekommen ist.«

»Wenn er mit uns hält«, sagte Marie Antoinette, »soll er im Gespräch mit dem König den Zeigefinger auf das rechte Auge legen.«

»Wenn er aber nicht mit uns hält ...«

»Dann ist er unser Gefangener.«

In diesem Augenblick hörte man den Ton einer Glocke.

»Was ist das?«, fragte die Königin.

»Die Sturmglocke«, antwortete Charny.

Die Prinzessinnen standen erschrocken auf.

»Madame«, sagte Charny, auf den das Geläut einen größeren Eindruck zu machen schien, als auf die Königin; »ich will mich erkundigen gehen.«

»Man wird Sie doch wiedersehen?«, fragte Marie Antoinette hastig.

»Ich bin gekommen, um mich Eurer Majestät zur Verfügung zu stellen und werde den König erst mit dem letzten Schatten der Gefahr verlassen.«

Die Königin sann eine Weile nach.

»Ich will doch sehen«, sagte sie für sich, »ob der König gebeichtet hat«, und verließ ebenfalls das Zimmer.

In diesem Augenblick fiel ein Schuss im Hofe.

»Da fällt der erste Schuss«, sagte Madame Elisabeth; »es wird leider nicht der letzte sein!«

Pétion war gegen elf Uhr in die Tuilerien gekommen.

Vor der Tür zum König begegnete ihm Maudat, der Kommandant der Nationalgarde.

»Ah, Sie sind's, Herr Bürgermeister?«, sagte der Kommandant. »Was wollen Sie hier?«

»Ich könnte diese Frage unbeantwortet lassen«, erwiderte der Bürgermeister, »denn Sie sind nicht berechtigt, mich zu examinieren; aber ich habe Eile und will's Ihnen sagen. Ich bin hierhergekommen, weil der König dreimal zu mir geschickt hat ... von selbst wäre ich nicht gekommen.« »Nun, da ich einmal die Ehre habe, Sie hier zu sehen, Herr Pétion, so frage ich Sie, warum die Verwalter der Stadtpolizei unter die Marseiller eine Menge Patronen verteilt haben, und warum ich, der Kommandant der Nationalgarde, für jeden Mann nur drei Patronen erhalten habe.«

Pétion sah Maudat mit seiner unverwüstlichen Ruhe an und erwidertem »Man hat für die Tuilerien nicht mehr verlangt; drei Patronen für jeden Nationalgardisten, vierzig für jeden Schweizer; die Verteilung hat nach dem Willen des Königs stattgefunden.«

»Wozu diese große Verschiedenheit in der Zahl?«

»Das müssen Sie sich vom König und nicht von mir sagen lassen, Herr Maudat; wahrscheinlich traut er der Nationalgarde nicht.«

»Ich habe auch Pulver verlangt«, entgegnete der Kommandant.

»Das ist wahr«, antwortete Pétion; »aber Sie waren nicht in der Lage, das Pulver in Empfang zu nehmen.«

»Eine schöne Antwort!«, rief Maudat, »Sie hätten mich in die Lage versetzen sollen, denn der Befehl muss ja von Ihnen ausgehen.«

Zum Glück ging die Tür auf:

»Herr Pétion, der König erwartet Sie.«

Pétion trat ein.

»Da sind Sie endlich, Herr Pétion«, sagte Ludwig XVI. »Wie sieht es in Paris aus?«

Pétion gab von dem Zustand der Stadt einen ausführlichen, wenn auch nicht genauen Bericht.

»Haben Sie mir sonst nichts zu sagen?«, fragte der König.

»Nein, Sire«, antwortete Pétion.

Der König sah ihn scharf an. – Pétion machte große Augen, er wusste sich diese dringende Frage des Königs nicht zu erklären. Ludwig XVI. erwartete, dass Pétion den Zeigefinger auf das rechte Auge halte. Durch dieses Zeichen sollte der Bürgermeister von Paris zu erkennen geben, dass der König für die überschickten zweihunderttausend Franken auf ihn zählen könne.

Pétion kratzte sich hinter dem Ohr, aber das rechte Auge ließ er unberührt.

Der König war also betrogen worden, ein Gauner hatte die zweihunderttausend Franken behalten.

In diesem Augenblick erschien die Königin. – Sie kam gerade in dem Moment, wo der König nichts mehr zu fragen wusste und Pétion eine neue Frage erwartete.

»Nun, wie steht's?«, fragte die Königin leise; »ist er unser Freund?«

»Nein«, sagte der König, »er hat kein Zeichen gegeben.«

»Dann muss er unser Gefangener sein.«

»Darf ich mich beurlauben, Sire?«, fragte Pétion den König.

»Um Gottes willen lassen Sie ihn nicht fort«, flüsterte ihm Marie Antoinette zu.

»Nein«, sagte der König. »In einem Augenblick werden Sie frei sein; aber ich habe noch mit Ihnen zu reden«, setzte Ludwig XVI. sehr laut hinzu; »treten Sie in dieses Zimmer.« .

Dies war soviel, als ob er zu den Anwesenden gesagt hätte: »Ich vertraue Ihnen Herrn Pétion an; haben Sie ein wachsames Auge auf ihn.«

Pétion befand sich mit dreißig Personen in einem kleinen Raum, wo sich kaum vier Personen frei bewegen konnten.

»Meine Herren«, sagte er, »es ist unmöglich, hier lange zu bleiben, man erstickt ja hier.«

Dieser Meinung waren alle Anwesenden. Niemand hielt Pétion auf, aber alle folgten ihm.

Er ging die nächste Treppe hinunter und kam im Erdgeschoss in ein Zimmer, das auf den Garten hinausging. Im ersten Augenblick fürchtete er, die Gartentür sei verschlossen. Sie war offen; er ging in den Garten.

Pétion befand sich in einem geräumigeren, luftigeren Gefängnis, das aber ebenso gut verschlossen und bewacht war wie das erste; er ging auf die vom Monde hell beleuchtete Terrasse, bückte sich von Zeit zu Zeit, nahm einen Stein auf und warf ihn über die Mauer.

Zweimal wurde ihm gemeldet, der König wünsche, ihn zu sprechen.

Er nahm immerfort Steine auf und warf sie über die Mauer; er hatte schon geahnt, dass er nicht leicht aus den Tuilerien herauskommen würde und hatte dieses Zeichen mit Billot verabredet. Der Landwirt war auch auf dem Posten; er eilte in die Nationalversammlung, die sogleich einen Boten absandte: Pétion habe sofort vor den Schranken zu erscheinen. Darauf ließen ihn die Wachen durch.

Noch während seinem Aufenthalt in den Tuilerien erhielt Maudat den Befehl, in die Nationalversammlung zu kommen. Endlich, gegen Morgen entschloss er sich, der Aufforderung Folge zu leisten.

Der Generalkommandant war über einen wichtigen Umstand noch nicht unterrichtet: Er wusste nicht, dass Befehl gegeben war, Pont-Neuf und die Arkade Saint-Jean zu räumen. Die Ausführung dieses Befehls war von Manuel und Danton persönlich überwacht worden. Dieser Befehl war ergangen, damit die Garde des Aufstandes den Rücken freibekommen sollte.

Maudat war daher sehr erstaunt, den Pont-Neuf von Truppen ganz entblößt zu finden. Er hielt an und schickte seinen Adjutanten auf Kundschaft aus.

Nach zehn Minuten kam der Adjutant zurück; er hatte weder Kanonen noch Nationalgarde gesehen. Die Place-Dauphine, die Rue-Dauphine, der Quai der Augustiner waren ganz menschenleer.

Maudat hielt an der Ecke des Quai Pelletier an und schickte seinen Adjutanten nach der Arkade Saint-Jean.

Die Arkade Saint-Jean ließ die Volkswogen ungehindert hin und her ziehen, die Nationalgarde war verschwunden.

Mandat wollte umkehren; aber die Wogen hatten sich hinter ihm gesammelt und trieben ihn wie ein herrenloses Wrack gegen die Stufen des Stadthauses.

»Bleiben Sie da«, sagte er zu seinem Adjutanten, »und wenn mir ein Unglück widerfährt, melden Sie es in den Tuilerien.«

Als Maudat in den großen Saal des Stadthauses trat, erblickte er lauter unbekannte, ernste und drohende Gesichter. Es waren die Vertreter des ganzen Aufstandes, und der Mann, der ihn nicht nur in der Entwicklung bekämpfen, sondern in der Geburt ersticken wollte, war nun hierher beschieden worden, um Rechenschaft abzulegen. In den Tuilerien hatte er gegen Pétion den Verhörrichter gespielt: Jetzt sollte er ins Verhör genommen werden.

Ein Mitglied dieser furchtbaren Gemeindevertretung fragte:

»Auf wessen Befehl hast du die Wache in den Tuilerien verdoppelt?«

»Auf Befehl des Bürgermeisters von Paris«, antwortete Maudat.

»Wo ist dieser Befehl?«

»In den Tuilerien, wo ich ihn gelassen habe, um ihn in meiner Abwesenheit vollziehen zu lassen.«

»Warum hast du die Geschütze ausrücken lassen?«

»Weil ich das Bataillon ausrücken ließ, und wenn das Bataillon ausrückt, fahren auch die Geschütze mit.«

»Wo ist Pétion?«

»Er war in den Tuilerien, als ich das Schloss verließ.«

»Als Gefangener?«

»Nein, er war frei; er ging im Garten umher.« In diesem Augenblick wird das Verhör unterbrochen. Ein Mitglied des neuen Gemeinderates bringt einen erbrochenen Brief, den er vorzulesen verlangt.

Maudat braucht nur einen Blick auf dieses Schreiben zu werfen, um einzusehen, dass er verloren ist. – Er hat seine Handschrift erkannt.

Dieses Schreiben ist der Befehl, den er um ein Uhr nachts an den Kommandanten des an der Arkade Saint-Jean aufgestellten Bataillons geschickt hat, die Schar, die gegen das Schloss ziehen würde, von hinten anzugreifen, während ihr das Bataillon vom Pont-Neuf in die Flanke fallen sollte.

Das Verhör ist beendet; der Brief sagt alles.

Der Präsident machte eine ausdrucksvolle horizontale Handbewegung und setzte hinzu: »Man führe ihn ab!«

Kaum ist der Generalkommandant Maudat die ersten drei Stufen des Stadthauses hinabgestiegen, so wird ihm in dem Augenblick, wo ihm sein Sohn entgegeneilt, der Kopf durch einen Pistolenschuss zerschmettert. Bald kam in dem Gedränge, in dem man nur blitzende Säbel und Piken sah, das blutende, vom Rumpf getrennte Haupt von Maudat zum Vorschein.

Dies war gegen vier Uhr morgens.

Als die Sturmglocken geläutet und der Generalmarsch geschlagen wurde, weckte man den König. Der Stellvertreter des Generalkommandanten, de la Chemaye, bat ihn, sich den Nationalgardisten zu zeigen und durch seine Gegenwart ihre Begeisterung entfachen zu dürfen.

Ludwig XVI. erhob sich taumelnd und noch halb im Schlaf. Er war schlecht gepudert, und auf der Seite, wo er gelegen hatte, war seine Frisur plattgedrückt. Man suchte einen Friseur, aber es war keiner da. Der König verließ daher sein Zimmer, ohne frisiert zu sein.

Die Königin befand sich noch im Sitzungssaale. Sobald sie erfuhr, dass sich Ludwig XVI. seinen Verteidigern zeigen wollte, eilte sie ihm entgegen. Der König war in seiner ganzen Erscheinung, mit seinen gläsernen, ausdruckslosen Augen, mit seinen herabhängenden Mundwinkeln, in seinem violetten Frack das Gegenteil der Königin.

Es ging übrigens alles gut, solange die königliche Familie im Innern der Gemächer blieb. Die mit den Edelleuten vermischten Nationalgardisten sahen freilich den unbeholfenen und schlaftrunkenen Mann allzu sehr in der Nähe, und sie fragten sich, ob dies wirklich der Held vom 20. Juni sei. – Das war nicht der König, den die Nationalgarde zu sehen erwartete.

Gerade in diesem Augenblick näherte sich der alte Herzog von Mailly in der besten Absicht, aber zum Unheil der Sache, der er zu dienen glaubte. Der alte Kavalier zog seinen Degen, kniete vor dem König nieder und schwor mit zitternder Stimme, für den »Sohn Heinrichs IV.« zu sterben.

Die Nationalgarde hatte aber keineswegs große Sympathien für den französischen Adel, sondern nur für den konstitutionellen König.

Diese Stimmung machte sich in dem auf allen Seiten ertönenden Ruf: »Es lebe die Nation!« Luft. Die wenigen Stimmen, welche riefen: »Es lebe der König!«, wurden kaum gehört.

Man hatte eine Scharte auszuwetzen und trieb den König fast mit Gewalt in den sogenannten »Königshof« hinunter.

Die Royalisten riefen auch hier: »Es lebe der König!« Aber diese schwache Kundgebung wurde durch den lauten Ruf: »Es lebe die Nation!« beantwortet. Und als die Royalisten nicht nachließen, riefen die Patrioten: »Nein, nein! Kein anderer König als die Nation!«

Ludwig XVI. antwortete ihnen in fast bittendem Tone: »Ja, Kinder, die Nation und euer König sind eins und werden es bleiben.«

»Holen Sie den Dauphin«, sagte Marie Antoinette leise zu der Prinzessin Elisabeth; vielleicht wird der Anblick eines Kindes sie rühren.«

Man holte den Dauphin. – Unterdessen setzte der König diese traurige Musterung fort. Er kam auf den unglücklichen Gedanken, sich den Artilleristen zu nähern.

Das war ein Fehler, denn die Artilleristen waren fast ohne Ausnahme Republikaner. Hätte der König es verstanden, diese Truppe, die sich aus Überzeugung von ihm anwandte, an sich zu ziehen, so wäre es ein kühner Schritt gewesen, der wohl einen glücklichen Erfolg hätte haben können. Aber Ludwig XVI. war weder beredt noch entschlossen, noch herzgewinnend in seinem Wesen. Er begann zu stammeln; die Royalisten, die seiner Verlegenheit zu Hilfe kommen wollten, stimmten den sehr unzeitigen Ruf, der schon zweimal eine üble Wirkung gehabt, noch einmal an.

Dieser Ruf: »Es lebe der König!« hätte beinahe einen Zusammenstoß herbeigeführt. Einige Kanoniere verließen ihren Posten und traten drohend auf den König zu.

»Glaubst du denn«, sagten sie, »wir würden auf unsere Brüder schießen, um einen Verräter, wie du bist, zu verteidigen?«

Marie Antoinette zog den König zurück.

»Der Dauphin! Der Dauphin!« riefen mehrere Stimmen. »Es lebe der Dauphin!«

Niemand wiederholte diesen Ruf; der arme Knabe kam zu sehr ungelegener Stunde.

Die Rückkehr des Königs ins Schloss war ein Rückzug, fast eine Flucht. Ludwig XVI. kam fast atemlos in seine Gemächer und warf sich in einen Lehnstuhl. Marie Antoinette, die an der Tür stehen blieb, sah sich nach allen Seiten um, als ob sie eine Hilfe, einen Beistand suchte. Sie bemerkte den Grafen von Charny, der sich an die zu ihren Gemächern führende Tür lehnte. Sie ging auf ihn zu.

»Ach! Herr Graf,« sagte sie, »es ist alles verloren!« »Ich fürchte wohl, Madame«, antwortete Charny.

»Können wir noch fliehen?«

»Nein, es ist zu spät.«

»Was bleibt uns denn noch übrig?«

»Zu sterben«, antwortete Charny, sich verneigend.

Fünfundvierzigstes Kapitel

Kaum war Maudat ermordet, wurde Santerre zu seinem Nachfolger ernannt. Santerre ließ sogleich in allen Straßen Generalmarsch schlagen und erteilte den Befehl, in allen Kirchen die Sturmglocken zu läuten. Dann schickte er Patrouillen aus mit dem Befehl, bis zu den Tuilerien vorzudringen und vor allem die Nationalversammlung zu schützen.

Gegen Morgen hatte man elf Personen verhaftet und festgesetzt.

Ihren Führer Suleau nahm man ins Verhör.

»Wo sind Sie verhaftet worden?«

»Auf der Terrasse des Schlosses.«

»Was hatten Sie da zu tun?«

»Ich hatte Befehl vom Gemeinderat, mich im Schlosse von der Lage der Dinge zu unterrichten und Bericht darüber zu erstatten.«

»Haben Sie diesen Befehl bei sich?«

»Hier ist er.«

Der Befehl war deutlich und bündig. Man musste Suleau mit seinen zehn Leuten freigeben.

Als aber der Name bekannt wurde, rief die Menge: »Suleau soll mit seinem ganzen Anhang sterben!«

Suleau hörte die Stimmen, die seinen Tod verlangten. Er rief den Kommandanten des aus zweihundert Nationalgardisten bestehenden Postens, der ihn bewachte.

»Lassen Sie mich hinaus«, sagte er; »ich will als Opfer der Volkswut fallen. Dann ist alles abgetan, und zehn Leben werden gerettet.« Man wollte die Tür nicht öffnen. Er versuchte aus dem Fenster zu springen, aber seine Mitgefangenen hielten ihn zurück; sie konnten nicht glauben, dass man sie ohne Weiteres den Würgern überliefern werde. Sie irrten sich. Der Präsident Bonjour, durch das Geschrei der Volksmenge eingeschüchtert, gab der Forderung der Menge Gehör und verbot der Nationalgarde, dem Willen des Volkes entgegen zu handeln.

Die Nationalgarde gehorchte. Die Tür wurde frei. Das Volk stürzte in das Gefängnis und ergriff den ersten, der ihm in die Hände fiel.

Es war ein gewisser Abbé Bouyon, dramatischer Dichter. Er wurde dem Kommissär, der ihn zu retten suchte, mit Gewalt entrissen und in den Hof geschleppt und sank, von einem Bajonett durchbohrt, zu Boden.

Während dieses Kampfes entkamen zwei Gefangene.

Nach dem Abbé Bouyon kam ein vormaliger Leibgardist, namens Solminac, an die Reihe. Er leistete kräftigen Widerstand, sein Tod wurde dadurch nur umso entsetzlicher.

Dann wurde ein dritter, dessen Name nicht bekannt ist, niedergemacht. Der vierte war Suleau.

Suleau war stark. Er schlug drei bis vier Männer mit kräftiger Faust zu Boden und entriss einem der Mörder den Säbel. Ein furchtbarer Kampf begann. Zwei seiner Gegner lagen schon blutend zu seinen Füßen.

Suleau machte sich dreimal los und schlug sich durch bis zur Tür; aber um sie zu öffnen, musste er sich umdrehen. So wurde er einen Augenblick wehrlos, und dieser Augenblick genügte den Mördern, um ihm mit zwanzig Säbeln und Bajonetten den Garaus zu machen.

Während Suleau noch mit den Mördern kämpfte, entkam ein dritter von den Gefangenen.

Der fünfte entlockte allen einen Ausruf der Bewunderung. Es war ein vormaliger Leibgardist des Königs, namens Vigier, den man den »schönen Vigier« nannte. Da er ebenso mutig und gewandt als schön war, kämpfte er länger als eine Viertelstunde, fiel dreimal zu Boden, stand dreimal wieder auf und färbte auf dem ganzen Hofe fast jeden Pflasterstein mit seinem Blute, aber auch mit dem Blute seiner Mörder. Endlich wurde er, wie Suleau, durch die Übermacht erdrückt und niedergemetzelt.

Die vier übrigen wurden fast ohne Widerstand niedergemacht.

Die neun Leichname wurden auf den Vendômeplatz geschleppt, enthauptet, ihre Köpfe auf Piken gesteckt und in den Straßen von Paris umhergetragen.

Während dieser letzten Mordszene - es war zwischen acht und neun Uhr morgens - verlangten elftausend Nationalgardisten, durch die Sturmglocke Barbarouxs und den Generalmarsch Santerres zusammengerufen, den Befehl, gegen die Tuilerien zu rücken. Man ließ sie eine Stunde warten. Zwei Gerüchte wurden verbreitet: man erwarte Zugeständnisse aus den Tuilerien, und die Vorstadt Saint-Marceau sei noch nicht bereit, und ohne sie könne man nicht vorrücken.

Eine Schar von tausend Pikenträgern wurde ungeduldig; sie durchbrach die Reihen der Nationalgarde und erklärte, sie würde allein die Tuilerien nehmen. Einige Verbündete aus Marseille stellten sich an ihre Spitze und wurden durch einstimmigen Zuruf als Führer begrüßt. - Dies war der Vortrab des Aufstandes.

Inzwischen war der Adjutant, welcher Zeuge der Ermordung Maudats gewesen, im Galopp nach den Tuilerien zurückgeeilt; aber erst, nachdem der König den unheilvollen Gang durch die Höfe gemacht hatte, konnte der Offizier zu Ludwig XVI. und Marie Antoinette gelangen und ihnen die traurige Nachricht melden. Die Königin konnte es nicht glauben, sie ließ sich die schreckliche Geschichte einmal, zweimal erzählen. Dann ließ sie durch ihren Kammerdiener Weber den Generalprokurator Röderer holen. Auf der Schlossuhr schlug es neun Uhr.

Während Weber den Herrn Röderer suchte, begab sich der Schweizerhauptmann Durler in den ersten Stock hinauf, um vom Könige oder Schlosskommandanten die letzten Befehle in Empfang zu nehmen.

Der Graf von Charny bemerkte ihn.

»Was wünschen Sie, Kapitän?«, fragte er.

»Ich komme, um die letzten Befehle in Empfang zu nehmen, denn die Spitze der Aufrührerschar ist schon bis an den Karussellplatz vorgedrungen.«

»Der Befehl lautet: Mutige Abwehr, denn der König ist entschlossen, in unserer Mitte zu sterben.«

Der Kapitän hatte die Wahrheit gesagt: Der Vortrab der Aufrührer wurde schon sichtbar. Es waren die tausend Pikenträger, an deren Spitze etwa zwanzig Marseiller und dreißig bis vierzig Gardes-Françaises, von demselben Korps, das drei Jahre vorher die Bastille genommen hatte, marschierten. Mitten unter den letzteren glänzten die goldenen Epauletten eines jungen Kapitäns. Es war Pitou, der auf Billots Empfehlung einen wichtigen Auftrag bekommen hatte.

Hinter diesem Vortrabe marschierte in beträchtlicher Entfernung ein starkes Korps Nationalgardisten und Verbündete mit zwölf Kanonen.

Als den Schweizern der Befehl des Schlosskommandanten mitgeteilt wurde, begab sich jeder von ihnen schweigend und entschlossen auf seinen Posten. Die Edelleute, die nur Waffen von kurzer Tragweite, Säbel oder Pistolen hatten, erwarteten in trunkener Wut den mörderischen Kampf mit dem Volke, mit dem alten Gegner, dem stets besiegten, aber seit acht Jahrhunderten immer größer gewordenen Riesen.

Jetzt wurde an der Tür geklopft, und mehrere Stimmen riefen: »Parlamentäre!« Zugleich kam ein weißes Schnupftuch über der Mauer zum Vorschein.

Man holte den Generalprokurator Röderer. »Öffnen Sie die Tür!«, sagte er und befand sich vor den Führern der Pikenmänner.

»Freunde«, sagte der Generalprokurator, »ihr habt für einen Parlamentär und nicht für eine bewaffnete Schar Einlass begehrt. Wo ist der Parlamentär?«

»Hier!«, antwortete Pitou mit seiner sanften Stimme und seinem gutmütigen Lächeln.

»Wer sind Sie?«

»Ange Pitou, Befehlshaber der Verbündeten zu Haramont.«

»Was wünschen Sie?«, fragte er weiter.

»Einlass für mich und meine Freunde.«

Pitous Freunde waren in Lumpen gekleidet und machten grimmige Gesichter; sie schienen mit ihren Piken sehr gefährliche Feinde.

»Warum wünschen Sie Einlass?«

»Um die Nationalversammlung zu blockieren. Wir haben zwölf Kanonen, und nicht eine wird abgefeuert, wenn geschieht, was wir wollen.«

»Was wollen Sie denn?«

»Die Absetzung des Königs.«

»Bedenken Sie,« mahnte Röderer, »die Sache ist von großer Wichtigkeit.«

»Jawohl, von großer Wichtigkeit«, erwiderte Pitou. »Es ist drei viertel zehn, wir geben Ihnen bis zehn Uhr Bedenkzeit. Wenn wir Schlag zehn keine Antwort haben, so greifen wir an.«

»Inzwischen erlauben Sie doch, dass das Tor wieder geschlossen wird?«

»Allerdings. - Freunde,« sagte er zu seinen Begleitern, »geht zurück.«

Die Pikenmänner gehorchten. Aber die Belagerer hatten die furchtbaren Vorbereitungen zu ihrem Empfange gesehen.

Als die festgesetzte Frist eben ablief, kam ein Mann aus den Tuilerien und gab Befehl, das Tor zu öffnen. Die Belagerer drangen ungestüm durch das geöffnete Tor, steckten die Hüte auf Piken und Säbel und ließen die Nation, die Nationalgarde und die Schweizer hochleben.

Die Nationalgardisten antworteten: »Es lebe die Nation!« Die Schweizer hingegen verharrten in ihrem düsteren Stillschweigen.

Erst vor den Mündungen der Kanonen hielten die Eindringenden an und schauten sich nach allen Seiten um.

Die große Vorhalle war voll von Schweizern. Eine Abteilung war in drei Reihen auf der Haupttreppe aufgestellt.

Einige fanden die Sache bedenklich, unter diesen Pitou. Sie versuchten, durch Späße und Scherze mit den Nationalgardisten und Schweizern die Gefahr zu umgehen.

Die Patrioten waren mit alten Pistolen, verrosteten Flinten und neuen Piken bewaffnet, es wäre vielleicht besser für sie gewesen, wenn sie gar keine Waffen gehabt hätten.

Die Artilleristen waren zu ihnen übergegangen, die Nationalgarde schien geneigt, sich ebenfalls zu ihnen zu gesellen; sie suchten nun auch die Schweizer zu überreden.

Einer von ihnen trug eine Stange mit einem Haken; er sagte zu seinem Nachbar: »Wie wär's, wenn ich einen Schweizer angelte?«

Der Nachbar lachte. Der andere streckte seine Hakenstange vor, fasste damit das Lederzeug eines Schweizers und zog ihn an sich.

Der Schweizer leistete nicht mehr Widerstand, als eben nötig war, um nicht das Ansehen gänzlicher Willenlosigkeit zu haben.

Der Mann mit der Stange ging langsam zurück, und der Schweizer wurde aus der Vorhalle in den Hof gezogen wie ein geangelter Fisch.

Lautes Gelächter brach unter den Sansculotten aus. »Weiter! Weiter!« rief es von allen Seiten. Der Hakenmann, durch diesen Zuruf ermutigt, zog einen zweiten Schweizer in den Hof. Das ganze Regiment wäre vielleicht übergegangen, wenn nicht das Kommando: »Legt an!« dem Unfug ein Ende gemacht hätte.

Während sich die Gewehre senkten, feuerte einer der Angreifenden einen Pistolenschuss auf ein Fenster des Schlosses ab.

Pitou sah voraus, was kommen musste.

»Werft euch nieder!«, rief er seinen Leuten zu. »Nieder auf die Erde, oder ihr alle seid verloren.«

Er selbst warf sich platt auf die Erde nieder, aber ehe die übrigen Zeit hatten, seiner Aufforderung Folge zu leisten, ertönte das Kommando: »Feuer!« Eine furchtbare Salve krachte unter der Vorhalle, die sich mit Pulverrauch füllte.

Die dichtgedrängte Menschenmasse der Pikenträger schwankte und wogte wie ein vom Winde bewegtes Kornfeld; dann sank sie nieder wie von der Sichel durchschnittene Halme. – Kaum ein Drittel war am Leben geblieben, es floh davon.

Die Fliehenden zerstreuten sich über den Karussellplatz; einige liefen der Seine zu, andere in die Straße St. Honoré; sie schrien Verrat und Mord.

Am Pont-Neuf begegneten sie dem Hauptkorps, das von zwei Männern zu Pferde und einem Mann angeführt wurde.

»Zu Hilfe!«, riefen die Fliehenden, »man mordet unsere Brüder!«

»Wer?«, fragte Santerre.

»Die Schweizer ... sie haben auf uns geschossen, während wir ihnen Bruderschaft anboten.«

Santerre wandte sich zu dem andern Reiter.

»Was sagen Sie dazu?«

»Was ich dazu sage?«, erwiderte ein kleiner blonder Mann mit sehr bemerkbarem deutschem Akzent; »ich sage: Der Soldat muss dahin gehen, wo er die Gewehre krachen und die Geschütze donnern hört.«

»Ich glaube, lieber Billot«, sagte Santerre zu dem Mann zu Fuß, »dass wir in einer so wichtigen Sache nicht nur den Mut, sondern auch die Erfahrung zu Hilfe rufen müssen.«

»Der Meinung bin ich auch.«

»Ich schlage daher vor, dem Bürger Westermann, der ein wirklicher General und ein Freund Dantons ist, den Oberbefehl zu übertragen; ich selber erbiete mich, ihm als gemeiner Soldat zu gehorchen.«

»Ich bin mit allem einverstanden«, sagte Billot, »vorausgesetzt, dass wir, ohne einen Augenblick zu verlieren, losmarschieren.«

»Nehmen Sie den Oberbefehl an, Westermann?«

»Ja, ich nehme ihn an«, war die lakonische Antwort des Preußen.

»Dann erteilen Sie Ihre Befehle.«

»Vorwärts, marsch!«, rief Westermann.

Der Generalprokurator Röderer, der sich inzwischen wieder in das Schloss begeben hatte, folgte dem Kammerdiener Weber. – Die Königin saß am Kamin, den Rücken gegen das Fenster gekehrt. Als die Tür aufging, sah sie sich rasch um.

»Nun, wie steht's?«, fragte sie; »Sie sind einer der ersten Stadtbeamten, Ihre Anwesenheit ist ein Schild für das Königtum; ich wünsche daher von Ihnen zu erfahren, was wir zu hoffen oder zu fürchten haben.«

»Eure Majestät, zu hoffen ist wenig, zu fürchten alles.«

»Das Volk rückt also wirklich gegen das Schloss an?«

»Die Vorhut steht schon auf dem Karussellplatz und verhandelt mit den Schweizern.«

»Ich habe den Schweizern Befehl gegeben, Gewalt durch Gewalt zu vertreiben! Sie sind doch nicht zum Ungehorsam geneigt?« »Nein, Madame, die Schweizer werden auf ihrem Posten sterben.«

»Und wir dagegen auf unserm Posten!«, erwiderte Marie Antoinette; »ebenso, wie die Schweizer im Dienste der Könige kämpfen müssen, sind die Könige die Verteidiger des Königtums.«

Röderer schwieg.

»Habe ich etwa das Unglück, mit Ihrer Ansicht nicht übereinzustimmen?«, fragte die Königin.

»Nach meiner Meinung ist der König verloren, wenn er in den Tuilerien bleibt.«

»Wohin sollen wir uns denn wenden?«, sagte die Königin, erschrocken aufstehend.

»In diesem Augenblick«, erwiderte Rüderer, »gibt es für die königliche Familie nur einen Zufluchtsort, die Nationalversammlung.«

»Wie sagen Sie?«, fragte die Königin, die nicht recht gehört zu haben glaubte.

»Die Nationalversammlung«, erwiderte Röderer.

»Und Sie glauben wirklich, dass ich diese Leute um etwas bitten würde?«

Röderer schwieg.

»Es gibt Feinde verschiedener Art,« setzte Marie Antoinette hinzu, »ich habe lieber mit denen zu tun, die mich offen und am hellen Tage angreifen, als mit denen, die mir heimlich zu schaden suchen.

»Wollen Eure Majestät den Bericht eines Sachkundigen anhören und die Streitkräfte, über die Sie zu verfügen haben, kennenlernen?«

»Weber, hole mir einen Offizier, Mailladoz, Lachennaye oder ...«

Sie wollte sagen: oder den Grafen von Charny, aber sie schwieg.

Weber entfernte sich.

»Eure Majestät würden selbst urteilen können, wenn Sie ans Fenster treten wollten.« Die Königin zog die Vorhänge zurück und sah den Karussellplatz, sogar den Königshof voll von Pikenträgern.

»Mein Gott!«, rief sie, »sie sind ja bis in den Schlosshof gedrungen.«

In diesem Augenblick ging die Tür auf.

»Kommen Sie! Kommen Sie!« rief die Königin, ohne zu wissen, wen sie anredete.

Charny trat ein. – »Hier bin ich, Madame«, sagte er.

»Ach, Sie sind's! ... Dann habe ich nichts zu fragen. Sie haben mir ja schon gesagt, was uns zu tun übrig bleibt.«

»Darf ich fragen«, sagte Röderer, »was Ihnen nach der Meinung des Herrn Grafen übrig bleibt?«

»Zu sterben«, antwortete die Königin.

»Eure Majestät sehen, dass mein Vorschlag annehmbarer ist.«

»Welchen Vorschlag haben Sie gemacht?«, fragte Charny.

»In der Nationalversammlung Schutz zu suchen«, antwortete Röderer.

»Das ist freilich nicht der Tod«, sagte Charny, »aber die Schmach!«

»Hören Sie wohl!«, sagte die Königin.

»Sollte es nicht möglich sein, einen Mittelweg einzuschlagen?«, erwiderte Röderer.

Weber trat vor:

»Könnte man nicht in die Nationalversammlung schicken und zum Schutze des Königs eine Deputation in das Schloss kommen lassen?«

»Gut«, sagte die Königin, »ich gebe meine Zustimmung ... Herr von Charny, wenn Sie diesen Vorschlag annehmbar finden, so teilen Sie ihn dem König mit.«

Charny verneigte sich und ging.

»Weber, folge dem Grafen und melde mir die Antwort des Königs.«

Weber kam zurück. »Der König nimmt den Vorschlag an«, sagte er, »und die Herren Champion und Dejoly begeben sich sogleich in die Nationalversammlung.

Da ... Das Schloss erbebte, als ob es in seiner Grundfeste erschüttert würde. – Die Königin schrie laut auf und wich einen Schritt zurück, jedoch die Neugier lockte sie wieder ans Fenster.

»Oh, sehen Sie!«, rief sie mit sprühenden Augen. »Sehen Sie, die Meuterer fliehen ... Sie zerstreuen sich nach allen Richtungen ... und Sie sagten, wir hätten keine andere Zuflucht mehr als die Nationalversammlung! Sehen Sie doch, die Schweizer machen einen Ausfall und verfolgen sie ... Oh, der Karussellplatz ist frei ... Viktoria! Viktoria!«

»Ich beschwöre Eure Majestät«, sagte Röderer, »folgen Sie mir!«

Die Königin kam wieder zu sich und folgte dem Generalprokurator.

»Wo ist der König?«, fragte Röderer den ersten Kammerdiener, der ihm begegnete.

»Der König ist in der Galerie des Louvre«, antwortete der Gefragte.

»Eben dahin wollte ich Eure Majestät führen«, sagte Röderer.

Marie Antoinette folgte ihrem Führer, ohne seine Absicht zu ahnen.

Der König stand mit dem Schweizeroberst Maillardoz und fünf bis sechs Edelleuten an einem Fenster ... Er hielt ein Fernglas in der Hand. – Die Königin näherte sich dem Fenster, um zu sehen, was vorging.

Die unabsehbare Reihe der Aufrührer rückte von der Seine her gegen die Tuilerien an. Auf allen Türmen von Paris heulten die Sturmglocken; auch die große Glocke von Notre-Dame brummte dazwischen. Die Sonne warf ihre glühenden Strahlen auf die Gewehrläufe und Lanzenspitzen. Es herrschte tiefe Stille, man hörte nur ein summendes Geräusch und das dumpfe Rasseln der Geschützräder.

»Was sagen Eure Majestät dazu?«, fragte Röderer die Königin.

Hinter dem Könige hatten sich etwa fünfzig Personen versammelt. Marie Antoinette warf einen langen Blick auf die Umstehenden. Dieser Blick schien bis in die Tiefe der Herzen zu dringen und darin den letzten Rest treuer Ergebenheit zu suchen.

Da zog die Königin dem Schweizerhauptmann Maillardoz zwei Pistolen aus dem Gürtel.

»Sire«, sagte sie, »jetzt ist der Augenblick da, zu siegen oder mitten unter Ihren Freunden zu sterben.«

Diese mutigen Worte der Königin trieben die Begeisterung auf den höchsten Grad. Man erwartete in atemloser Spannung die Antwort des Königs.

Ludwig XVI. nahm die Pistolen und gab sie dem Obersten Maillardoz zurück. Dann wandte er sich zu dem Generalprokurator von Paris und fragte:

»Sie meinen, ich soll mich in die Nationalversammlung begeben?«

»Ja, Sire«.

»Kommen Sie, meine Herren«, sagte der König, »hier ist nichts mehr zu tun.«

Marie Antoinette seufzte, nahm den Dauphin auf den Arm und sagte zu der Prinzessin von Lamballe und Madame de Tourzelles:

»Kommen Sie, meine Damen ... der König will es ja so.«

Die Edelleute, die zurückblieben, sahen einander an, als ob sie sagen wollten: »Für diesen König sind wir also hierhergekommen, um den Tod zu suchen?«

Lachennaye verstand die stumme Frage. »Nein, meine Herren«, sagte er, »wir opfern uns für das Königtum. Der Mensch ist sterblich, das Prinzip unvergänglich!«

»Sire«, sagte der Schweizeroberst, der den König auf dem Wege durch den Garten zu beschützen hatte, »sind Eure Majestät bereit?«

»Ja«, sagte der König.

»Dann kommen Sie, Sire.«

Plötzlich hörte man ein lautes Getümmel. Das Tor, das unweit des Café de Flore in die Tuilerien führte, war gesprengt. Eine Volksmasse, die erfahren hatte, dass sich der König in die Nationalversammlung begeben wollte, stürzte in den Garten. Ein Mann, der diese Schar anzuführen schien, trug als Banner einen Kopf auf einer Pike.

Der Oberst ließ haltmachen und befahl seinen Leuten, sich bereitzuhalten.

»Herr von Charny«, sagte die Königin, »versprechen Sie mir, mich zu töten, wenn Sie sehen, dass ich diesen Unholden nicht entgehen kann!«

»Das kann ich Ihnen nicht versprechen, Madame«, antwortete Charny.

»Warum nicht?«

»Weil der Weg zu Eurer Majestät nur über meine Leiche geht.«

»Das ist der Kopf des armen Maudat«, sagte der König, »ich erkenne ihn.«

Die Mörderbande wagte sich nicht näher, aber sie überhäufte den König und die Königin mit Schmähungen. Fünf bis sechs Schüsse fielen, ein Schweizer sank tot nieder, ein anderer wurde verwundet.

Der Oberst wollte Feuer geben, aber der Graf von Charny hielt ihn zurück.

»Sie haben recht«, erwiderte der Oberst, und der Zug setzte seinen Weg durch den Garten fort.

Vor der Reitschule wurde haltgemacht und ein Bote abgeschickt, um der Nationalversammlung zu melden, dass der König in ihrer Mitte Zuflucht suche.

Die Nationalversammlung schickte eine Deputation ab, allein das Erscheinen dieser Deputation verdoppelte die Wut der Menge. Man hörte nur das wilde, verworrene Geschrei: »Abdankung oder Tod!«

»Abdankung oder Tod!«

Ein Mann von kolossaler Gestalt, der unter allen am lautesten schrie, suchte mit seiner Pike bald den König, bald die Königin zu treffen. Das Wutgeschrei wurde immer heftiger. Die Schweizer waren nach und nach von der anstürmenden Menge auseinandergetrieben worden. Die königliche Familie hatte nur noch die sechs Edelleute, die mit ihr aus den Tuilerien gekommen waren, den Grafen von Charny und die Deputation der Nationalversammlung um sich. Man musste noch mehr als dreißig Schritte durch eine dichtgedrängte Menge gehen, und es war offenbar, dass man dem König und zumal der Königin nach dem Leben trachtete.

Unten an der Treppe begann der Kampf.

»Herr Graf«, sagte Röderer zu Charny, »stecken Sie Ihren Degen ein, oder ich stehe für nichts.«

Charny gehorchte, ohne ein Wort zu sagen.

Die königliche Gruppe wurde von der wogenden Menge gegen die Nationalversammlung gedrängt wie eine Barke, die von den Wellen geschaukelt und fortgetrieben wird. Der König sah sich genötigt, einen Mann zurückzustoßen, der ihm die Faust vor das Gesicht hielt. Der kleine Dauphin, der fast erdrückt wurde, rief um Hilfe und streckte die Arme aus. Ein Mann stürzte auf ihn zu und entriss ihn seiner Mutter.

»Mein Sohn!«, rief Marie Antoinette. »Herr von Charny, um Gottes willen! Retten Sie meinen Sohn!«

Charny ging auf den Mann zu, der den Knaben forttrug, aber kaum hatte er sich von der Königin entfernt, so streckten sich zwei oder drei Arme nach ihr aus, und eine Hand fasste ihr Halstuch.

Marie Antoinette schrie laut auf. Charny vergaß die Mahnung Röderers, und sein Degen durchbohrte den Verwegenen, der Hand an die Königin gelegt hatte. Die Menge brüllte vor Wut, als sie einen der Ihrigen fallen sah, und stürmte mit verdoppelter Gewalt auf die Gruppe los. Die Weiber schrien: »Stoßt sie doch nieder, die Österreicherin! Gebt uns Waffen, wenn ihr nicht den Mut habt!«

Zwanzig entblößte Arme kamen zum Vorschein, um sie zu fassen. Aber Marie Antoinette war außer sich vor Schmerz. »Mein Sohn! Mein Sohn!« rief sie, ohne an ihre eigene Gefahr zu denken.

Inzwischen war man fast bis an die Schwelle des Sitzungssaales gekommen; die Menge machte noch einen letzten Versuch, aber sie merkte, dass diese Beute ihr entgehen würde. Charny war so im Gedränge, dass er nur noch mit dem Degengefäß um sich schlagen konnte. Unter den drohenden geballten Fäusten entdeckte er eine Hand, die eine Pistole hielt und die Königin suchte. Er ließ seinen Degen los, fasste die Pistole mit beiden Händen, entriss sie dem Meuchler und schoss den nächsten Gegner damit nieder.

Darauf bückte er sich, um seinen Degen aufzuheben; aber der Degen war schon in den Händen eines Meuterers, der ihn gegen die Königin zückte.

Charny stürzte auf den Meuchler los.

In diesem Augenblick trat die Königin unmittelbar nach Ludwig XVI. in den zum Sitzungssaale führenden Gang. Sie war gerettet.

Kaum hatte sie den Gang betreten, so wurde die Tür hinter ihr zugeschlagen. Charny konnte ihr nicht mehr folgen, er erhielt zugleich einen Schlag mit einer eisernen Stange auf den Kopf und einen Lanzenstich in die Brust.

»Wie meine Brüder!«, sagte er niedersinkend. »Arme Andrea!«

In demselben Augenblick verkündete der Geschützdonner den Beginn des Kampfes zwischen den Aufständischen und der Besatzung des Tuilerienschlosses.

Sechsundvierzigstes Kapitel

Im Schlosse glaubte man den Aufstand besiegt zu haben und wollte eben Maßregeln ergreifen, um die Wiederholung eines meuterischen Überfalls unmöglich zu machen, als man von der Seine her das Wirbeln der Trommeln und das Rasseln der Geschütze hörte.

Zugleich verbreitete sich das Gerücht, der König habe das Schloss verlassen und suche in der Nationalversammlung Zuflucht. – Es ist schwer zu sagen, welchen Eindruck diese Nachricht selbst unter den eifrigsten Royalisten machte. Ludwig XVI., der versprochen hatte, auf seinem königlichen Posten zu sterben, verließ diesen Posten und ging zum Feinde über; wenigstens ergab er sich ohne Gegenwehr.

Die Nationalgardisten glaubten nun ihres Eides entbunden zu sein und zogen sich fast alle zurück. Einige Edelleute folgten ihnen, denn sie fanden es überflüssig, für eine Sache, die sich selbst als verloren erklärte, das Leben zu lassen. Nur die Schweizer blieben; sie hielten fest an ihrer Pflicht.

Die Angreifenden hatten ihren Plan; sie glaubten, der König befinde sich in den Tuilerien, und wollten das Schloss auf allen Seiten umzingeln, um den König gefangen zu nehmen.

Der Sturm war nicht schwer, trotzdem die Schweizer jeden Meter Boden nur unter großen Opfern aufgaben.

Plötzlich hörte man von den Gängen und Gemächern des ersten Stockes her den Ruf: »Der König befiehlt den Schweizern, das Feuer einzustellen!«

Es war zwei Uhr nachmittags. Der Befehl hatte den Vorteil, die Erbitterung der Sieger zu vermindern und die Ehre der Besiegten zu retten. In der Nationalversammlung hatte sich nämlich Folgendes zugetragen. Noch ehe sich die Tür hinter ihr geschlossen hatte, hatte Marie Antoinette gesehen, dass der Graf von Charny von eisernen Stangen, Bajonetten und Piken bedroht wurde; aber sie wurde von ihren Begleitern in den Saal gezogen. Der Dauphin saß auf dem großen Tische der Nationalversammlung. Der Mann, der ihn dahin getragen hatte, schwenkte triumphierend seine rote Mütze über dem Kopfe des kleinen Prinzen und rief voll Freude: »Ich habe den Sohn Frankreichs gerettet! Es lebe der Dauphin!«

Aber sobald sie ihren Sohn in Sicherheit sah, dachte sie wieder an Charny.

»Meine Herren«, sagte sie, »einer meiner tapfersten Offiziere und treuesten Diener ist draußen in Lebensgefahr vor der Tür geblieben; ich bitte Sie, ihm Hilfe zu leisten.«

Fünf oder sechs Deputierte verließen eilends den Saal.

Die königliche Familie und die beiden Minister, die sie begleiteten, nahmen die Ministerplätze ein. – Vergniaud führte den Vorsitz. Die Nationalversammlung empfing sie stehend, nicht wegen der den gekrönten Häuptern schuldigen Etikette, sondern aus Achtung vor ihrem Unglück.

Ehe der König Platz nahm, gab er durch einen Wink zu verstehen, dass er sprechen wolle. Die ganze Versammlung schwieg.

»Ich bin hierher gekommen«, sagte Ludwig XVI., »um einem großen Verbrechen vorzubeugen; ich glaubte, nur noch unter Ihnen in Sicherheit zu sein.«

»Sire«, antwortete Vergniaud, »Sie können auf die Standhaftigkeit der Nationalversammlung zählen; ihre Mitglieder haben geschworen, die Rechte des Volkes und die verfassungsmäßig bestehenden Gewalten mit ihrem Leben zu verteidigen.«

Der König setzte sich. – In diesem Augenblick krachte fast vor den Türen des Sitzungssaales ein furchtbares Gewehrfeuer. Ein Offizier der Nationalgarde stürzte ganz erschrocken in den Sitzungssaal und stand erst an den Schranken still. – »Die Schweizer!« rief er. »Wir werden überwältigt!«

Die ganze Nationalversammlung erhob sich wie ein Mann. Die Volksvertreter ebenso wie die Zuhörer auf den Tribünen hoben die Hand auf und riefen: »Was auch geschehen möge, wir schwören, als freie Männer zu leben und zu sterben!«'

Der König und die königliche Familie hatten bei diesem Schwur nichts zu tun, sie blieben daher sitzen.

Dieser Ruf aus dreitausend Kehlen dröhnte wie ein Donner in dem überfüllten Saale.

Zehn Minuten nachher ertönte ein anderer Ruf: »Das Schloss ist erstürmt, die Aufständischen rücken gegen die Nationalversammlung, um den König zu ermorden!«

Dieselben Männer, die aus Hass gegen das Königtum soeben geschworen hatten, ihr Leben für die Freiheit zu lassen, erhoben sich nun mit demselben Eifer und schworen, den König bis auf den letzten Blutstropfen zu verteidigen.

In diesem Augenblick wurde der Schweizerhauptmann Durler im Namen der Nationalversammlung aufgefordert, die Waffen zu strecken.

»Ich diene dem Könige und nicht der Nationalversammlung«, erwiderte der Schweizer; »wo ist der Befehl des Königs?«

Man führte ihn fast mit Gewalt in die Reitschule.

»Sire«, sagte der brave Kapitän, »man verlangt, dass ich die Waffen strecke. Ist es der Wille Eurer Majestät?«

»Ja«, sagte der König, »übergeben Sie der Nationalgarde Ihre Waffen. Ich will nicht, dass brave Leute wie Sie ihr Blut vergießen.«

Dies war der Befehl, den man in den Gängen und auf den Treppen der Tuilerien ausrief.

Als durch diesen Befehl die Ruhe in der Versammlung einigermaßen wiederhergestellt war, rührte der Präsident die Glocke, um die Beratungen fortzusetzen. Aber ein Deputierter erhob sich und machte einen Artikel der Verfassung geltend, der jede Beratung in Gegenwart des Königs verbot.

»Das ist wahr«, sagte Ludwig XVI., »aber wohin soll ich mich wenden?«

»Sire«, sagte der Präsident, »wir haben Ihnen die Tribüne des Journal ›,Logographe‹ anzubieten; die Tribüne ist leer, weil das Journal nicht mehr erscheint.«

»Es ist gut«, erwiderte der König, »wir sind bereit, uns dahin zu begeben.«

Vergniaud befahl den Türstehern, den König zu führen. Ludwig XVI. ging nun mit der Königin und der königlichen Familie den Weg zurück, auf welchem er in den Sitzungssaal gekommen war. Man kam in den Korridor.

»Was liegt denn hier auf der Erde?«, fragte Marie Antoinette; »es scheint Blut zu sein.«

Sonderbar! Diese Blutspuren wurden größer und häufiger, je näher man der Loge kam.

Um der Königin diesen Anblick zu ersparen, ging Ludwig XVI. rasch fort und öffnete selbst die Tür der Loge.

»Treten Sie ein, Madame«, sagte er zu der Königin.

Marie Antoinette eilte voraus; aber als sie in die Tür trat, schrie sie laut auf vor Entsetzen, hielt die Hand vor die Augen und wandte sich ab.

Die Blutspuren fanden nun ihre Erklärung: Man hatte einen Toten in die Loge gebracht.

»Siehe da!«, sagte der König; »wahrhaftig, es ist der arme Graf von Charny!«

Der Leichnam des Grafen wurde fortgetragen und die königliche Familie nahm Platz in der Loge. – Man wollte den Fußboden waschen, denn er war ganz mit Blut bedeckt; aber die Königin verbot es durch einen Wink und nahm zuerst Platz. Niemand bemerkte, dass sie ihre Schuhbänder zerriss und ihre bebenden Füße mit dem noch lauen Blut in Berührung brachte. O Charny! Sagte sie in Gedanken; teurer Charny! Warum fließt mein Blut nicht hier bis auf den letzten Tropfen, um sich auf ewig mit dem deinen zu vermischen!

Es schlug drei. –

Die Tuilerien waren genommen.

Wer hatte den Sieg errungen? - Der Grimm des Volkes, wird man antworten. - Jawohl, aber wer lenkte das ergrimmte Volk? Der Mann, der sich auf seinem kleinen Rappen neben dem kolossalen Santerre gar unbedeutend ausnahm: der Elsässer Westermann.

Und wer ist der Vermittler gewesen zwischen ihm und der allmächtigen Hand Gottes? - Danton!

Santerre und Danton waren an dem entscheidenden Tage kaum zu sehen. Westermann machte alles und war überall.

Als sich die Nachricht verbreitete, der König habe das Schloss verlassen, versammelten sich die dreihundert Edelleute, die gekommen waren, um für den König zu sterben.

Sie beschlossen, sich ebenfalls in die Nationalversammlung zu begeben, um dem König zur Seite zu stehen. Sie versammelten alle Schweizer, die aufzufinden waren, nebst etwa zwanzig Nationalgardisten und gingen, fünfhundert an der Zahl, die Treppe hinunter, um sich durch den Garten in die Reitschule zu begeben. Jedoch nur ein geringer Teil kam mit dem Leben davon, der weitaus größte Teil der todesmutigen Schar fand auf dem Schreckenswege einen grauenvollen Tod. Ihr Blut färbte die Straßen von Paris.

Neunhundert ihrer Brüder lagen tot im Innern der Tuilerien.

Siebenundvierzigstes Kapitel

Das Volk war in die Tuilerien gedrungen wie in die Höhle eines wilden Tieres. Geschrei und Drohungen erfüllten das Schloss. In Abwesenheit derer, die unter lautem Rufen und Schreien in den Schränken, hinter den Tapeten, unter den Betten gesucht wurden, ließen die Sieger an andern Personen und an leblosen Dingen ihre Wut aus. Sie mordeten die Schlossdiener, zertrümmerten die Möbel und schlugen die Wände ein.

Gleichwohl übte es mitten in diesem Gemetzel zuweilen Gnade wie ein gesättigter Löwe. Die Herzogin von Tarent, die Gräfin von Laroche-Aymon, Mademoiselle Pauline de Tourzel und noch eine andere Hofdame waren in den Tuilerien zurückgeblieben. Sie befanden sich im Schlafgemach der Königin.

Die Sieger traten, die noch rauchenden Gewehre in der Hand, in das Zimmer, hoch in der Luft schwenkten sie ihre blutigen Säbel.

Die Damen fielen auf die Knie nieder. Die Mörder hatten schon das Messer gezückt, als ein von Pétion geschickter Mann in der Tür rief: »Schonet die Weiber! Entehrt nicht die Nation!« Und man ließ ihnen das Leben.

Madame Campan und zwei andere Kammerfrauen entflohen über eine Seitentreppe. Ein Teil der Mörder eilte ihnen nach und holte sie bald ein.

Die beiden Kammerfrauen fielen auf die Knie, fassten die blutigen Säbelklingen und flehten die Mörder um Gnade.

Während Madame Campan fortlief, fühlte sie sich von hinten bei den Kleidern ergriffen und sah, gleich einem zuckenden Blitz, eine Säbelklinge über ihrem Haupte funkeln – als plötzlich unten auf der Treppe eine gebieterische Stimme rief: »Was macht Ihr da oben?«

»Was gibt's?«, antwortete der Mörder.

»An Frauen vergreift man sich nicht! Hört Ihr wohl?« setzte die Stimme hinzu.

»Steh auf, du Metze!«, sagte der Unhold, »die Nation schenkt dir das Leben.« Inzwischen bekam Ludwig XVI. Hunger und verlangte sein Diner. Man brachte ihm Brot, Wein, ein gebratenes Huhn, kalte Küche und Obst.

Der König zerbrach sein Brot und zerlegte sein Huhn wie auf einer Jagdpartie, ohne sich im Mindesten um die auf ihn gerichteten Blicke zu kümmern.

Unter den Augen, die ihn ansahen, waren zwei, die glühten, weil sie nicht weinen konnten: die Augen der Königin.

Sie hatte alles von sich gewiesen, Verzweiflung war das einzige Gefühl, dessen sie noch fähig war.

Die Versammlung, in der Ludwig XVI. Schutz suchte, hätte selbst des Schutzes bedurft, und sie täuschte sich keineswegs über ihre Schwäche. Sie war von einer wütenden Volksmenge bedroht, die mit lautem Geschrei die Abdankung des Königs verlangte.

Eine Kommission trat zusammen.

Vergniaud entwarf die Urkunde, die das provisorische Aufhören der königlichen Gewalt verkündete. Düster und niedergeschlagen erschien er wieder in der Nationalversammlung.

»Meine Herren«, sagte er, »ich beantrage im Namen der außerordentlichen Kommission eine sehr strenge Maßregel, deren Annahme jedoch durch das Wohl des Vaterlandes dringend geboten wird. Sie werden, wie tief auch Ihr Schmerz sei, zur Ausführung derselben die Hand bieten.«

Die Nationalversammlung beschließt:

»Das französische Volk wird aufgefordert, einen Nationalkonvent zu bilden;

das Oberhaupt der vollziehenden Gewalt wird provisorisch seiner Amtsverrichtung enthoben, und es wird noch im Laufe des Tages ein königlicher Prinz zum Gouverneur ernannt;

die Zahlung der Zivilliste wird eingestellt;

der König und die königliche Familie bleiben unter dem Schutze der gesetzgebenden Versammlung, bis die Ruhe in Paris wieder hergestellt sein wird;

das Departement wird den Luxemburgpalast zur Residenz des Königs und der königlichen Familie unter dem Schutze der Staatsbürger einrichten lassen.«

Ludwig XVI. hörte diesen Beschluss mit seiner gewohnten Gleichgültigkeit an; dann neigte er sich gegen Vergniaud und sagte zu ihm:

»Wissen Sie wohl, dass, diese Maßregel nicht ganz verfassungsmäßig ist?«

»Das ist wahr, Sire«, antwortete Vergniaud; »aber sie bietet das einzige Mittel, Ihr Leben zu retten; wenn wir das zeitweilige Aufhören der königlichen Gewalt nicht bewilligen, so nehmen die Aufständischen Ihren Kopf!«

Der König machte mit Mund und Schultern eine Bewegung, die bedeutete: Das ist möglich! Und nahm seinen Platz wieder ein.

In diesem Augenblick schlug die über ihm befindliche Wanduhr. Ludwig XVI. zählte die Glockenschläge.

»Neun Uhr!«, sagte er, als der letzte Schlag verhallt war.

Jetzt erschienen die Saalinspektoren, um den König und die Königin in die Wohnung zu führen, die zu ihrem vorläufigen Aufenthalt bestimmt worden war.

Der König winkte mit der Hand, er wünschte, noch eine kleine Weile zu bleiben. Die Versammlung beschäftigte sich eben mit einer Angelegenheit, die nicht ohne Interesse für ihn war: – man ernannte ein Ministerium.

Die Minister des Krieges, des Innern und der Finanzen waren bereits ernannt; es waren die vom König entlassenen Minister Roland, Clavière und Servan. Danton wurde Justizminister, Monge Marineminister, Lebrun Minister des Auswärtigen.

Als sämtliche Minister ernannt waren, stand der König auf und verließ die Loge. Marie Antoinette folgte ihm; seit sie die Tuilerien verlassen, hatte sie weder Speise noch Trank, nicht einmal ein Glas Wasser zu sich genommen.

Die mit Blut bedeckten, rauchenden, verödeten Tuilerien boten einen grauenvollen Anblick. Alle Bewohner des Schlosses waren fort, nur die Toten waren geblieben und drei bis vier Wachtposten, die das Königshaus gegen Raub und Plünderung schützten.

Der Posten im Uhrpavillon, wo sich die große Treppe befindet, stand unter dem Befehl eines jungen Kapitäns der Nationalgarde, der die Gräuel der Verwüstung mit tiefem Mitleid betrachtete und sich schaudernd abwandte, wenn ein mit Toten beladener Wagen vorüberfuhr.

An eine Säule der Vorhalle gelehnt, sah er den langen stillen Zug der trauernden Mütter, Gattinnen und Schwestern vorüberziehen. In dem trüben Lichte der hier und da aufgesteckten Fackeln hätte man die ausgehungerten, zerlumpten Gestalten für Gespenster halten können, wenn man nicht von Zeit zu Zeit herzzerreißende Klagetöne und laute Verwünschungen gehört hätte.

Plötzlich schrak der junge Kapitän beim Anblick einer halbverschleierten weiblichen Gestalt auf.

»Die Gräfin von Charny!«, flüsterte er.

Die Gestalt ging weiter, ohne ihren Namen zu hören. Der junge Kapitän gab seinem Leutnant einen Wink.

»Désiré«, sagte der Kapitän, »die arme Dame dort ist eine Bekannte des Herrn Gilbert; sie sucht wahrscheinlich ihren Mann unter den Toten. Ich muss ihr folgen, denn sie könnte eines Beistandes bedürfen. Ich lasse dir den Befehl des Postens; sei wachsam und tue deine Pflicht!«

Ange Pitou hatte sich nicht geirrt: die arme Andrea suchte wirklich ihren Gemahl; aber sie suchte ihn nicht mit der qualvollen Ungewissheit des Zweifels, sondern mit der düstern Überzeugung der Verzweiflung.

Als der Graf von Charny durch die Kunde von den jüngsten Ereignissen aus seinen schönen Träumen geweckt worden war, hatte er zu seiner

Gemahlin gesagt: »Liebe Andrea, der König von Frankreich ist in Lebensgefahr und bedarf des Schutzes aller Getreuen; was soll ich tun?«

Ohne Zögern hatte Andrea geantwortet:

»Mein Olivier, deine Pflicht ruft dich nach Paris, um den König zu verteidigen und wenn es sein muss, für ihn zu sterben.«

»Aber du?«, hatte Charny gefragt.

»Oh, um mich kümmere dich nicht. Ich habe nur für dich gelebt, und Gott wird mir gewiss erlauben, mit dir zu sterben!«

In den Tuilerien machte es Andrea wie die andern Suchenden, sie nahm eine Fackel und betrachtete einen Toten nach dem andern.

Pitou ging auf sie zu.

»Ach!«, sagte er, »ich vermute wohl, was Sie suchen, Frau Gräfin.«

»Herr Pitou!«, sagte Andrea. Sie trat vor ihn hin und fasste seine Hände.

»Wissen Sie, was aus dem Grafen von Charny geworden ist?«, fragte sie.

»Nein, Madame«, antwortete Pitou; »aber ich kann Ihnen suchen helfen.«

»Es gibt eine Person«, erwiderte Andrea, »die uns sagen könnte, ob er tot ist oder lebt, die Königin.«

»Wissen Sie, wo die Königin ist?«

»In der Nationalversammlung ... und ich habe noch die Hoffnung, dass der Graf bei ihr ist.«

»O ja, ja«, erwiderte Pitou, der die Hoffnung keineswegs teilte, aber die unglückliche Witwe nicht enttäuschen mochte; »wollen Sie mit mir in die Nationalversammlung kommen?«

Andrea hatte lange in den Tuilerien gewohnt und kannte daher das Innere des Schlosses genau. Sie ging auf einer kleinen Seitentreppe in den Zwischenstock und von da in die große Vorhalle hinunter, sodass Pitou zu seinem Posten zurückkam.

Die Gräfin war fest überzeugt, dass sie nur in der Nationalversammlung das Schicksal ihres Gatten erfahren könne; die königliche Familie hatte aber schon vor einer Stunde die Nationalversammlung verlassen und sich in ihre Wohnung begeben; man musste also zum Luxemburgpalast.

Aus Achtung vor ihrem tiefen Schmerz hatte man Marie Antoinette in den ersten Augenblicken allein gelassen. Endlich hörte sie die Tür aufgehen und sich wieder schließen, aber sie sah sich nicht um. Sie hörte Fußtritte auf ihr Bett zukommen, aber ihr in Tränen gebadetes Gesicht erhob sich nicht von dem Kopfkissen.

Aber plötzlich fuhr sie auf, als wäre sie von einer Schlange gebissen worden: Eine wohlbekannte Stimme hatte ein einziges Wort gesprochen:

»Madame! ...«

»Andrea!«, rief Marie Antoinette, sich aufrichtend und auf den Ellbogen stützend. »Was wollen Sie von mir?«

»Ich will von Ihnen, Madame, was Gott von Kain wollte, als er ihn fragte: ›Kain, was hast du mit deinem Bruder gemacht?‹«

»Mit dem Unterschiede«, erwiderte die Königin, »dass Kain seinen Bruder getötet hatte ... ich hingegen ... würde zehn Leben geopfert haben, um das Seinige zu retten!«

Die Gräfin von Charny wankte.

»Er ist also tot?«, fragte sie.

Marie Antoinette sah die Gräfin an und erwiderte, ihre mit Blut bedeckten Füße zeigend:

»Glauben Sie, ich würde mir nicht die Füße gewaschen haben, wenn dies mein Blut wäre?«

Andrea wurde leichenblass. »Sie wissen also, wo seine Leiche ist?«, stammelte sie. »Ich will Sie hinführen, wenn man mich hinauslässt«, sagte Marie Antoinette.

»Ich will Eure Majestät auf der Treppe erwarten«, sagte die Gräfin und entfernte sich.

Pitou wartete vor der Tür.

»Herr Pitou«, sagte die Gräfin von Charny, »eine Freundin von mir will mich zu der Leiche des Grafen führen; es ist eine Kammerfrau der Königin ... darf sie mich begleiten?«

»Nur unter der Bedingung, dass ich sie wieder hierher zurückbegleite.«

»Gut, Sie können sie zurückbegleiten«, erwiderte die Gräfin.

Die Tür des Vorzimmers ging auf, und die Königin erschien tief verschleiert. Marie Antoinette ging voran, die Gräfin folgte ihr, zuletzt kam Pitou.

Marie Antoinette ging mit der brennenden Fackel voran. Vor der Haupttür der Nationalversammlung stand sie still:

»An dieser Tür ist er gefallen.«

Im Korridor senkte Marie Antoinette die Fackel gegen den Fußboden.

»Dies ist sein Blut«, sagte sie.

Die Gräfin blieb stumm.

Die Königin öffnete eine Tür und leuchtete mit der Fackel hinein.

»Hier liegt er«, sagte sie.

Andrea ging auf die Tribüne, setzte sich auf den Fußboden und legte mit großer Anstrengung das bleiche Haupt Oliviers auf ihren Schoß.

»Ich danke Ihnen, Madame«, sagte sie leise; »Sie haben meine Bitte erfüllt.«

»Aber ich«, erwiderte die Königin, »ich habe Sie noch um etwas zu bitten ... Verzeihen Sie mir?«

Eine kurze Pause folgte, als ob die Gräfin unschlüssig gewesen wäre. »Ja«, erwiderte sie endlich; »denn morgen werde ich bei ihm sein.«

Die Königin reichte der Gräfin eine Schere und sagte mit fast bittendem Tone: »Nun, so beweisen Sie, dass Sie mir verzeihen.«

Andrea schnitt dem Toten eine Haarlocke ab und gab sie der Königin.

Marie Antoinette fasste die Hand der Gräfin und küsste sie. Andrea zog ihre Hand mit einem leisen Schrei zurück, als ob die Lippen der Königin ein glühendes Eisen gewesen wären.

»Ach!«, seufzte Marie Antoinette, sich entfernend, »wer kann sagen, welche von uns beiden ihn am meisten geliebt hat!«

Die Königin begab sich in ihr Zimmer zurück. Andrea blieb bei ihrem Toten, auf den sich ein blasser Mondesstrahl wie der Blick eines teilnehmenden Freundes herabsenkte.

Pitou begleitete die Königin bis an die Tür des Vorzimmers zurück. Dann sorgte er dafür, dass Charnys Leiche in die Rue Coq-Héron gebracht wurde. –

Am andern Morgen um acht Uhr klopfte Gilbert an die Tür des kleinen Hauses in der Rue Coq-Héron. Andrea hatte ihn rufen lassen. Bevor er sich vom Hause entfernte, rief er Pitou und ersuchte ihn, Sebastian aus der Lehranstalt des Abbé Bernardier abzuholen und in die Rue Coq-Héron zu führen. Dort sollte er Gilbert vor der Tür erwarten.

Andrea wartete schon, sie war ganz schwarz gekleidet. Man sah, dass sie seit gestern weder geschlafen noch geweint hatte; ihr Gesicht war blass, ihre Augen trocken.

Gilbert verneigte sich und erwartete die Anrede der Gräfin.

»Herr Gilbert«, sagte Andrea, »ich wollte Sie und keinen andern kommen lassen, weil Sie nicht das Recht haben, den Dienst, um welchen ich Sie ersuchen will, zu verweigern.« »Sie haben recht, Madame; Sie können alles von mir verlangen, selbst mein Leben.«

»Herr Gilbert«, begann Andrea, »Sie wissen, was ich gelitten habe – – bis Olivier mir ein großes Glück schenkte. Heute Nacht fand ich ihn als Leiche wieder. Er liegt in diesem Zimmer ...

Glauben Sie, dass der Wunsch, nach einem solchen Leben mit ihm in einem Grabe zu ruhen, zu vermessen sei? .... Herr Gilbert, Sie sind ein geschickter Arzt, ein gelehrter Chemiker, Sie haben mir großes Unrecht getan, Sie haben viel abzubüßen ... Geben Sie mir ein schnell und sicher wirkendes Gift; dann will ich Ihnen nicht nur verzeihen, sondern mit dem innigsten Dank aus dem Leben scheiden.«

»Madame, ist dies wirklich Ihr Ernst?«

»Ich bitte Sie dringend darum, lieber Freund.«

»In zehn Minuten«, sagte Gilbert, »soll Ihr Wunsch erfüllt werden.«

Er verneigte sich und ging einen Schritt zurück.

Die Gräfin reichte ihm die Hand. »Oh, wie danke ich Ihnen, Gilbert!«, sagte sie; »in einem Augenblick erweisen Sie mir mehr Gutes, als Sie mir in Ihrem ganzen Leben Schmerz verursacht haben!«

Gilbert entfernte sich. – Vor der Tür fand er Sebastian und Pitou, die ihn in einem Fiaker erwarteten.

»Sebastian«, sagte er, indem er ein kleines Fläschchen unter der Weste hervorzog, »gib der Gräfin von Charny dieses Fläschchen ... ich schicke es ihr.«

»Wie lange darf ich bei ihr bleiben, Vater?«, fragte Sebastian.

»So lange wie du willst.«

Eine Viertelstunde nachher kam Sebastian zurück. – Gilbert sah ihn forschend an; er brachte das Fläschchen in demselben Zustande zurück, wie er es erhalten hatte.

»Was hat sie gesagt?«, fragte Gilbert.

»Sie sagte: ,Oh, nicht aus deiner Hand, mein Kind!' Dabei weinte sie.«
»Dann ist sie gerettet«, sagte Gilbert. »Komm, lieber Sebastian.«

Er küsste seinen Sohn zärtlich – vielleicht zärtlicher als je zuvor.

Gilbert hatte seine Rechnung ohne Marat gemacht.

Acht Tage später erfuhr er, dass die Gräfin von Charny verhaftet und in das Gefängnis der Abbaye gebracht worden sei.

Achtundvierzigstes Kapitel

Zwischen der Nationalversammlung und der Gemeindebehörde bestand ein tiefes Zerwürfnis. Die Nationalversammlung war im Grunde nur ein Werkzeug in der Hand dieses Gemeinderates gewesen.

Die Nationalversammlung hatte dem König eine Zuflucht geboten; der Gemeinderat hätte den unglücklichen Monarchen gern in den Tuilerien überfallen und samt der Königin und dem Dauphin zwischen zwei Türen erdrückt. Die Nationalversammlung vereitelte diesen Plan, dessen Gelingen, wie schändlich er war, vielleicht ein großes Glück gewesen wäre.

Die Nationalversammlung gab sich also durch den Schutz, den sie dem König, ja selbst dem Hofe gewährte, als royalistisch zu erkennen. Dieselbe Gesinnung zeigte sie durch den Beschluss, dass der König den Luxemburgpalast bewohnen solle.

Um zur Diktatur zu gelangen, musste der revolutionäre Gemeinderat alle Absichten und Maßregeln der Nationalversammlung zu vereiteln suchen. Die letztere hatte dem König den Luxemburgpalast zur Wohnung bestimmt; der Gemeinderat erklärte, nicht für den König bürgen zu können, wenn Ludwig XVI. den Luxemburgpalast bewohnte.

Die Nationalversammlung wollte wegen einer so unbedeutenden Sache nicht mit dem Gemeinderat brechen; sie überließ ihm die Wahl der königlichen Residenz.

Der Gemeinderat wählte den Temple. Diese Wahl war seiner würdig. Denn der Temple war kein Palast – nein, ein Gefängnis, ein niedriger, düsterer Turm.

Am 13. August abends wurden der König, die Königin, Madame Elisabeth, die Prinzessin von Lamballe, Frau von Tourzel, Herr von Chamilly, Kammerdiener des Königs und Herr Hue, Kammerdiener des Dauphin, in den Temple gebracht.

Ganz Paris schien voller Freude. Es waren freilich dreitausend Bürger gefallen, aber der König, der Fremdling, der Erzfeind der Revolution, der Verbündete des Adels und des Klerus - der König war ein Gefangener.

Als der König aus dem Wagen stieg, fand er Santerre, der zehn Schritte vom Kutschenschlage zu Pferde hielt.

Der König trat ein, und da er noch nicht wusste, welche Wohnung ihm angewiesen worden war, verlangte er die Gemächer des »Palastes« in Augenschein zu nehmen.

Die Munizipalbeamten sahen einander lächelnd an und führten ihn in allen Zimmern des Temple umher.

Um zehn Uhr war das Abendessen aufgetragen. - Während der Mahlzeit stand Manuel neben Ludwig XVI. Er war nicht mehr Diener, sondern Kerkermeister.

Um elf Uhr gab einer der Kommissare den Kammerdienern Befehl, das wenige Bettzeug zu nehmen und ihnen zu folgen.

»Wohin?«, fragten die Kammerdiener.

»In die Schlafgemächer eurer Herrschaft«, antwortete der Kommissar; »der Palast ist nur die Wohnung für tagsüber.«

»Mein Gott!«, sagte der Kammerdiener, »Sie werden uns doch nicht in diesen Turm führen?«

»Allerdings, die Zeit der Paläste ist vorüber. Du wirst jetzt sehen, wie man den Mörder des Volkes unterbringt!« Im ersten Stockwerk blieben die Kammerdiener stehen; aber der Mann mit der Laterne ging weiter hinauf. Im zweiten Stockwerke endlich schloss er eine im Seitengange befindliche Tür auf.

Man trat in ein Zimmer, das nur ein Fenster hatte und dessen Einrichtung aus drei bis vier Stühlen, einem Tisch und einem schlechten Bett bestand.

»Welcher von euch beiden ist der Bediente des Königs?«, fragte der Munizipalbeamte.

»Ich bin sein Kammerdiener«, antwortete Chamilly.

Die beiden Diener ließen sich nicht abschrecken und begannen Zimmer und Bett zu reinigen.

Der König kam kurz darauf.

»Oh, Sire«, sagten sie, »welche Schmach!«

Ludwig XVI, blieb ganz gelassen, er sah sich um, aber sagte kein Wort.

Als das Bett gemacht war, legte er sich nieder und schlief so ruhig ein, als ob er in den Tuilerien gewesen wäre.

Die Wohnung der Königin bestand aus vier Zimmern.

Sie war etwas sauberer als das Zimmer des Königs. Es schien fast, als ob sich die neuen Machthaber des gegen den König gespielten Betruges schämten; denn Manuel erschien mit der Meldung, dass der Stadtbaumeister, der Citoyen Palloy, sich mit dem König verständigen werde, um die künftige Wohnung der königlichen Familie so bequem als möglich zu machen. - -

Am Abend des 10. August, als der Kanonendonner schwieg, als das Gewehrfeuer nach und nach erlosch, trug eine Schar trunkener, zerlumpter Leute den Mann der Finsternis, den Uhu mit den blitzenden Augen, den Propheten des Pöbels - den Unhold Marat auf den Armen ins Stadthaus.

Er ließ es ruhig geschehen, denn es war ja nichts mehr zu fürchten, der Sieg war entschieden, und die blutige Wahlstatt den Wölfen, Geiern und Raben preisgegeben. Der Pöbelhaufe hatte ihn hervorgezogen, als er eben den Kopf aus seinem Kellerloch steckte und lauschte - und nun nannte man ihn den Sieger des 10. August!

Die »Citoyens Sansculottes« setzten ihren Abgott Marat mitten im Gemeinderate ab; sein Anblick erregte bei einigen Gelächter, bei andern Widerwillen oder Entsetzen. Die letzteren hatten recht.

Die Nationalversammlung hatte das Gemetzel vom 10. August voller Schrecken mit angesehen, ohne es verhindern zu können. Danton hatte gesagt: »Wo die Tätigkeit der Justiz beginnt, muss die Rache des Volkes aufhören; ich übernehme daher vor der Nationalversammlung die Verpflichtung, die in ihrer Mitte befindlichen Personen zu beschützen; ich werde mich an ihre Spitze stellen, ich bürge für sie.«

So hatte Danton gesprochen, bevor Marat im Gemeinderat erschien. Nach seinem Erscheinen bürgte er für nichts mehr.

Lacroix, der vormalige Offizier, einer der hundert Riesenarme Dantons, bestieg die Tribüne und beantragte die Einsetzung eines Kriegsgerichtes, vor das Schweizer, Offiziere und Soldaten gestellt werden sollten. Der Nationalgardekommandant Santerre sollte die Mitglieder dieses Kriegsgerichtes ernennen.

Die Idee Lacroix' oder vielmehr Dantons war folgende: In das Kriegsgericht würde man natürlich Männer wählen, die gekämpft hatten, wer selbst Mut besitzt, weiß auch den Mut bei andern zu schätzen.

Dass es eine Maßregel der Milde und Menschlichkeit war, geht daraus hervor, dass der Gemeinderat sie zurückwies. Marat wollte kürzer verfahren, er verlangte Köpfe, nur Köpfe und immer wieder Köpfe ... Vernünftige Abgeordnete wehrten sich, man ging mit Bittschriften gegen sie vor.

Den Petitionen folgten Drohungen. Die Ausschussmänner erschienen an den Schranken und erklärten: »Wenn binnen drei Stunden der Direktor des Schwurgerichts nicht ernannt ist und die Geschworenen nicht in der Lage sind, ihre Tätigkeit zu beginnen, so wird großes Unglück über Paris kommen!«

Gegen diese letzte Drohung war kein Widerstand mehr möglich, die Nationalversammlung ernannte einen außerordentlichen Gerichtshof. Am 20. trat er zusammen und verurteilte einen Royalisten zum Tode.

Der Verurteilte wurde am Abend des 21. bei Fackelschein auf dem Karussellplatze mit der Guillotine hingerichtet. Diese erste Hinrichtung machte einen so furchtbaren Eindruck, dass selbst der Henker die Besinnung verlor. Als er das Haupt dieses ersten Verurteilten, der den grauenvollen Reigen eröffnete, dem Volke zeigte, schrie er laut auf, ließ den Kopf auf das Steinpflaster fallen und sank nieder. Seine Gehilfen hoben ihn auf, er war tot.

Neunundvierzigstes Kapitel

Die Ereignisse folgten nun mit reißender Schnelligkeit aufeinander.

Am 17. August hatte Lafayette einen Aufruf an die Armee erlassen und sie aufgefordert, die Verfassung wieder einzusetzen und dem König seine Freiheit und seine Rechte wiederzugeben.

Am 18. ging Lafayette über die Grenze; am 21. wurde Longwy von den Österreichern angegriffen.

Nach einem vierundzwanzigstündigen Bombardement ergab sich die Stadt; am andern Ende Frankreichs begann der Aufstand der Vendée, angeblich wegen der Eidesleistung der Priester.

Zugleich erließ die Nationalversammlung ein Gesetz, das alle nicht vereideten Priester aus Frankreich verbannte.

Amtliche Personen wurden zu Haussuchungen ermächtigt, die Güter der Ausgewanderten zum Verkauf ausgeboten. Der Gemeinderat hatte auf dem Karussellplatze eine Guillotine errichtet, die er bereits arbeiten ließ. Man bewilligte ihm täglich einen Kopf.

Unter dem Volke verbreitete sich das Gerücht von der Vereinigung der preußischen und österreichischen Heere und von der Einnahme der Stadt Longwy. Der vom Könige, von dem Adel und der Priesterschaft herbeigerufene Feind zog also gegen Paris und konnte, wenn er auf keine Hindernisse stieß, in sechs Tagemärschen da sein.

Der ungestüme, leidenschaftliche Danton erschien vor Wut schäumend in der Nationalversammlung. Er besteigt die Tribüne und verkündet mit Donnerstimme:

»Die Nation muss sich zu gemeinsamer, ungeheurer Anstrengung vereinigen, um die Despoten über unsere Grenzen zurückzutreiben; das Volk muss sich in Massen auf die Feinde stürzen, um sie mit einem einzigen Schlage, zu vernichten: Wir müssen alle Feinde der Nation zugleich in Fesseln legen, wir müssen sie unschädlich machen.«

Nie zuvor war ein Volk auf der Bahn des Todes so weit vorgerückt. Frankreich war aufgelöst, zerrüttet, verraten, verkauft, an die Schlachtbank ausgeliefert.

Aber endlich, als sie die Berührung der kalten Todeshand fühlte, scharte sich die französische Nation mit gewaltsamer Anstrengung zusammen und bildete einen Leben und Feuer sprühenden Vulkan. Die Flamme, die aus diesem Vulkan emporstieg, hat ein halbes Jahrhundert lang ihren hellen Schein über die Welt verbreitet.

Trotzdem wurde in Paris der Kampf immer heftiger. Der Gemeinderat griff in die Wirksamkeit der Nationalversammlung über. Er verhing die Todesstrafe und maßte sich zugleich das Begnadigungsrecht an, denn er hatte Chaumette ermächtigt, die Gefängnisse zu öffnen und die Gefangenen auf freien Fuß zu setzen.

Huguenin, der Präsident des Gemeinderats, sollte zur Verantwortung gezogen werden.

Zwei Stunden, nachdem dieser Beschluss gefasst worden war, stellte Tallien, ein unbedeutender Schreiber, in der Sektion der Thermen den Antrag, gegen die Sektion der Lombards zu ziehen.

Das war in der Tat der Bürgerkrieg; denn hier war nicht das Volk gegen den Monarchen, nicht der Handels- und Gewerbestand gegen den

Adel, nicht die Strohhütte gegen das prächtige Schloss, sondern eine Sektion gegen die andere, Pike gegen Pike, Bürger gegen Bürger.

Zugleich nahmen Marat und Robespierre das Wort; Marat verlangte die Niedermetzelung der ganzen Nationalversammlung. Dieses Verlangen überraschte nicht; man war schon gewöhnt, derlei Anträge aus seinem Munde zu hören.

Der schlaue, arglistige Robespierre hingegen verlangte, man solle zu den Waffen greifen und sich nicht nur verteidigen, sondern sogar angreifen.

Robespierre musste den Gemeinderat für sehr stark halten, um einen solchen Antrag zu wagen.

Er täuschte sich nicht; der Gemeinderat besaß große Gewalt, denn der Gemeindeschreiber Taillen begab sich in derselben Nacht mit dreitausend Bewaffneten in die Nationalversammlung.

»Nur die Stadt Paris«, sagte er, »hat die Versammlung zum Range von Repräsentanten eines freien Volkes erhoben; der Gemeinderat hat das Dekret gegen die widerspenstigen Priester erwirkt, er hat die Männer verhaftet, an die niemand Hand anzulegen wagte; der Gemeinderat«, setzte er hinzu, »wird in kurzem den Boden der Freiheit ganz von ihnen befreien.«

Die Nationalversammlung setzte sich zur Wehr; Manuel, der Prokurator des Gemeinderats, sah ein, dass man zu weit ging; er ließ Tallien verhaften und verlangte, dass Huguenin der Nationalversammlung Genugtuung gebe.

Gegen sechs Uhr erhielt die Nationalversammlung die Kunde von einer großen Bewegung in den Umgebungen der Abbaye. Man hatte einen Herrn von Montmorin freigesprochen. Das Volk glaubte, er hätte die Pässe unterzeichnet, mit denen Ludwig XVI. den Fluchtversuch gemacht hatte, und begab sich in Massen vor das Gefängnis; es drohte, selbst Justiz zu üben, wenn man Herrn von Montmorin nicht mit dem Tode bestrafe. Die ganze Nacht hindurch war in den Straßen von Paris eine furchtbare Gärung. Man ahnte, dass das unbedeutendste Ereignis, das am folgenden Tage diese Gärung vermehren würde, eine ungeheure Ausdehnung bekommen müsse.

Fünfzigstes Kapitel

Nach dem 10. August war ein besonderer Gerichtshof eingesetzt worden, um die in den Tuilerien begangenen Diebstähle zu ermitteln.

Auch unser alter Bekannter Beausire, vormaliger Gefreiter, war mit vielen andern Leuten in die Tuilerien gegangen; keineswegs wegen seiner patriotischen Gefühle; nein, Beausire wollte sehen, ob die, die den Thron verloren, nicht zugleich einige tragbare und leicht in Sicherheit zu bringende Kleinodien verloren hatten.

Um jedoch den Schein zu retten, hatte Beausire eine rote Jakobinermütze aufgesetzt, einen langen Schleppsäbel umgeschnallt und Hemd und Hände mit Blut besudelt.

Zum Unglück für ihn befand sich in den Tuilerien ein Mann, der nicht schrie, nicht unter die Betten schaute und keine Schränke öffnete. Er ging in den Gemächern auf und ab; von Zeit zu Zeit stand er still und sagte: »Vergesst nicht, Bürger, die wehrlosen Frauen und die Wertgegenstände unberührt zu lassen!«

Gegen halb zehn Uhr sah Pitou, der den Wachtposten in der großen Halle kommandierte, einen riesigen Mann von der Treppe herunterkommen. Der letztere redete ihn an, als ob er den Auftrag erhalten hätte, Ordnung in die Verwirrung zu bringen und die Rache in Gerechtigkeit zu verwandeln.

»Kapitän, Sie werden sogleich einen Mann mit einer roten Mütze auf dem Kopf herunterkommen sehen. Verhaften Sie ihn und lassen Sie ihn durchsuchen, er hat einen Brillantschmuck gestohlen.«

»Sehr wohl, Herr Maillard«, antwortete Pitou, militärisch salutierend.

Beausire kam wirklich die große Treppe herunter und rief, seinen Säbel schwenkend: »Es lebe die Nation!«

Pitou gab seinen beiden Untergebenen Tollier und Maniquet einen Wink. Beausire bemerkte dies, blieb stehen und machte Miene, umzukehren.

»Halt«, sagte Pitou, »hier geht der Weg!«

»Sagen Sie, Kamerad, ist der Weg hier frei?«

»Ja, der Weg ist frei«, antwortete Pitou, »aber vorher muss sich jeder durchsuchen lassen.«

»Einen Patrioten, einen Sieger, einen Mann, der viele Aristokraten niedergesäbelt hat, will man durchsuchen?«

»So lautet der Befehl«, sagte Pitou. »Stecken Sie daher Ihren Säbel ein, Kamerad, ich würde sonst genötigt sein, Gewalt zu gebrauchen.«

»Gewalt!«, erwiderte Beausire. »So sprichst du, weil du zwanzig Mann unter deinem Befehl hast.«

»Wenn wir beide allein wären«, unterbrach ihn Pitou, »würde ich's geradeso machen wie jetzt: Ich würde dich fassen, dir den Säbel entreißen und ihn unter meinen Füßen zerbrechen, weil er von einem Diebe getragen worden ist.«

»Ein Dieb!«, rief der Mann mit der roten Mütze; »ich, Herr von Beausire - ein Dieb!«

»Durchsucht ihn!«, sagte Pitou.

»Gut, durchsucht mich!«, erwiderte Beausire, die Arme ausstreckend.

Dieser Erlaubnis bedurfte es nicht, um die Durchsuchung vorzunehmen; aber zum größten Erstaunen Pitous fand man in den Taschen des vormaligen Gefreiten nichts als ein beschmutztes Spiel Karten und elf Sous.

»Gehen Sie«, sagte Pitou, »Sie sind frei.«

Maillard kam die Treppe herunter.

»Nun«, fragte er, »haben Sie etwas gefunden?«

»Nein«, antwortete Pitou.

»Dann bin ich glücklicher gewesen als Sie. Sehen Sie, ich habe den Brillantschmuck gefunden, aber der Spitzbube hat etwas gemerkt und die Diamanten herausgebrochen. Er hat sie so versteckt, dass wir sie nicht gefunden haben. - Ich will die Sache ins Reine bringen«, fuhr Maillard fort und setzte seine langen Beine in Bewegung, um den ehrenwerten Herrn von Beausire zu verfolgen. Aber dieser war längst verschwunden, als Maillard auf die Straße trat.

Da der Verfolger sein Opfer nicht mehr fand, machte er einem befreundeten Apotheker in dessen Laden einen Besuch.

Als er etwa eine Viertelstunde da war, erschien eine Frau von sieben- bis achtunddreißig Jahren, die unter ihrem zerlumpten Kleid noch einige Spuren früheren Reichtums bewahrte.

Maillard sah die Eintretende an und wurde durch ihre auffallende Ähnlichkeit mit der Königin überrascht.

»Mein Mann ist krank«, sagte sie, »ich brauche ein Abführmittel für ihn, aber es darf nicht mehr als elf Sous kosten.«

Diese letzten Worte erregten die Aufmerksamkeit Maillards.

»Warum darf's nicht mehr als elf Sous kosten?«, fragte der Apotheker.

»Weil mir mein Mann nicht mehr geben konnte.«

Maillard, der nie zerstreut war, widmete der Unbekannten seine ganze Aufmerksamkeit.

Nach einer Weile stand er auf und zog den Apotheker beiseite.

»Haben Sie bemerkt?«, fragte er seinen Freund.

»Was denn?«, fragte dieser.

»Die Ähnlichkeit der Frau, die eben fortging.«

»Mit der Königin«, sagte der Apotheker lachend. »Es ist eine historische Ähnlichkeit. Die Frau lebt mit einem vormaligen Gefreiten, nachmaligen Gauner und geheimen Kundschafter namens Beausire zusammen.«

»Was sagen Sie?«, sagte Maillard, der auffuhr, als ob ihn eine Schlange gebissen hätte. »Und für ihn hat sie das Abführmittel geholt ... Wenn ich nur wüsste, wo er wohnt.«

»Er wohnt in der Judenstraße Nummer sechs, wenige Schritte von hier.«

»Sagen Sie, in welcher Zeit wird Ihre Arznei wirken?«

»Nicht vor zwei Stunden.«

»Das ist mir lieb, dann habe ich Zeit. Adieu, lieber Freund.«

Maillard begab sich wieder in die Tuilerien, ließ sich zwei Soldaten geben und ging mit diesen nach der Judenstraße 6.

Hier versuchte Maillard die Tür zu öffnen; aber der Riegel war vorgeschoben.

»Wer ist da?«, fragte die schleppende Stimme der Demoiselle Oliva.

»Im Namen des Gesetzes, machen Sie auf«, antwortete Maillard.

Als Maillard eben zum zweiten Male anklopfen wollte; tat sich die Tür auf.

Beausire lag im Bett und auf dem Nachttische bemerkte Maillard zu seiner größten Befriedigung die leere Medizinflasche.

Man wartete die Wirkung ab, die pünktlich eintraf; das Resultat war höchst befriedigend: Beausire hatte für etwa hunderttausend Franken Diamanten verschluckt.

Das Schwurgericht verurteilte den Dieb zum Tode am Galgen.

Einundfünfzigstes Kapitel

»Herr Gilbert, der Wagen hält vor der Tür.«

Gilbert nahm seinen Hut, knöpfte seinen Überrock zu und wollte fortgehen. Aber vor der Tür seiner Wohnung stand ein Mann, der in einen Mantel gehüllt war und den Hut tief ins Gesicht gedrückt hatte.

Gilbert trat einen Schritt zurück, aber eine sanfte, freundliche Stimme redete ihn an: »Ich bin's, Gilbert.«

»Cagliostro!«, rief der Doktor.

»Da haben wir's! Sie vergessen, dass ich Baron Zannone heiße. Für Sie freilich, lieber Gilbert, bin ich, wie ich wenigstens hoffe, noch immer Joseph Balsamo.«

»Oh, jawohl«, erwiderte Gilbert; »ich wollte soeben zu Ihnen ....«

»Ich dachte es mir wohl«, sagte Cagliostro. »Sagen Sie, was wollen Sie bei mir?«

»Setzen Sie sich, Meister«, sagte Gilbert, der mit Cagliostro wieder ins Haus gegangen war.

Cagliostro setzte sich.

»Es stehen uns schreckliche Dinge bevor, nicht wahr?«, fragte Gilbert.

»Wer kann es ändern? Das Schreckliche wird zuweilen notwendig. Ich sagte ja, dass wir eine Revolution machen würden, wenn der König und die Königin samt dem Adel Widerstand leisteten.«

»Ja, Sie haben recht«, erwiderte Gilbert, »die Revolution ist da.«

»Aber noch nicht zu Ende«, entgegnete Cagliostro. »Erinnern Sie sich noch, dass ich Ihnen von einem Instrument erzählt habe, das der Doktor Guillotin erfunden hat? Sie können es jetzt auf dem Karussellplatze sehen.

»Ja«, erwiderte Gilbert, »und es scheint noch nicht schnell genug zu arbeiten, denn man will ihm ja mit Säbeln, Piken und Dolchen zu Hilfe kommen.«

»Hören Sie«, sagte Cagliostro, »es ist nicht zu verkennen, dass wir es mit halsstarrigen Leuten zu tun haben. Man gibt den Aristokraten, dem Hofe, dem Könige, der Königin alle möglichen Winke, und es nützt nichts; man erstürmt die Bastille, und es nützt nichts; man macht den fünften und sechsten Oktober, und es nützt nichts; man macht den zwanzigsten Juni, und es nützt nichts, den zehnten August, und es nützt nichts. Man bringt den König in den Temple, man steckt die Aristokraten in die Abbaye und füllt alle Gefängnisse von Laforce und Bicêtre, und es nützt nichts. Der König in seiner Zwingburg freut sich, dass Longwy in der Gewalt der Preußen ist; die Aristokraten in der Abbaye lassen den

König und die Preußen hochleben und trinken Champagner vor den Augen des Volkes, das nur Wasser zu trinken hat, sie schmausen Trüffelpasteten angesichts der Armen, die kein Brot zu essen haben. – Es muss ein Ende gemacht werden ...«

»Was meinen Sie?«, fragte Gilbert, »womit soll ein Ende gemacht werden?«

»Mit dem König, mit der Königin, mit den Aristokraten; man muss sie vor Gericht stellen, verurteilen und öffentlich hinrichten, wie man's mit Karl I. gemacht hat. Aber die übrigen muss man aus dem Wege räumen, Doktor, und je eher, je lieber.«

Gilbert war außer sich. Nach einer Weile sagte er:

»Ich will eine Frau retten, die wir nicht sterben lassen dürfen.«

»Du meinst die Gräfin von Charny.«

»Ich will die Mutter Sebastians retten.« »Du weißt, dass Danton als Justizminister die Schlüssel des Gefängnisses hat.«

»Jawohl, aber ich weiß auch, dass Sie dem Justizminister sagen können: Schließen Sie diese Tür auf!«

Cagliostro trat an den Schreibtisch, schrieb auf ein kleines Stück Papier einige kabbalistische Zeichen und reichte Gilbert den Zettel.

»Hier, mein Sohn«, sagte er, »geh zu Danton und verlange von ihm, was du willst.«

Gilbert stand auf und eilte zu Danton.

Dieser kannte den berühmten Arzt vom Ansehen und dem Namen nach. Er ging ihm entgegen.

»Sie kommen wie gerufen, Doktor.«

Der Doktor begrüßte Danton und verneigte sich, als er hinter dem letzteren eine Dame bemerkte, die weinte.

»Das ist meine Frau«, setzte Danton, hinzu. »Sie glaubt, ich sei als Justizminister stark genug, Marat und Robespierre und den ganzen Gemeinderat an Mord und Blutvergießen zu hindern.«

Gilbert sah Madame Danton an. Diese stand mit gefalteten Händen da und weinte.

»Madame«, sagte Gilbert, »wollen Sie mir erlauben, diese mitleidigen Hände zu küssen?«

»Da bekommst du ja ganz unerwartet Verstärkung!«, sagte Danton.

»Oh, mein lieber Herr«, schluchzte die arme Frau, »sagen Sie ihm doch, dass sein ganzes Leben mit Blut befleckt bleibt, wenn er das Blutbad zugibt.«

»Wenn es weiter nichts wäre«, erwiderte Gilbert, »wenn dieses Blutbad auf der Stirn eines einzigen bleiben müsste, dann wäre es nichts; was liegt an dem Leben, an der Ehre eines einzigen Bürgers. Aber durch eine solche Tat wird ganz Frankreich gebrandmarkt.«

»Gilbert«, sagte Danton, »wenn der Vesuv Feuer speit, so nennen Sie mir einen Mann, der stark genug wäre, die strömende Lava aufzuhalten.« »Wenn man Danton heißt, fragt man nicht, wo ein solcher Mann zu finden ist, man sagt: Hier ist er und handelt.«

»Gut«, sagte Danton, »ich werde mein Glück versuchen. Ob es gelingt, weiß keiner ... Herr Gilbert, Sie haben ein Anliegen; womit kann ich Ihnen dienen?«

Gilbert zog den Zettel, den ihm Cagliostro gegeben hatte, aus der Tasche.

»Ah! Sie kommen auf seine Empfehlung«, sagte Danton; »was wünschen Sie?«

»Die Freiheit der Gräfin von Charny, die in der Abbaye gefangen sitzt.«

Danton nahm ein Blatt Papier und schrieb sogleich den Freilassungsbefehl aus.

Gilbert verneigte sich und begab sich mit dem kostbaren Papier, das der Gräfin von Charny das Leben wiedergab, in die Abbaye.

Er folgte dem Schließer eine drei Stockwerk hohe Wendeltreppe hinauf und trat in ein kleines Zimmer, in dem eine Lampe brannte.

Der Schließer hatte die Tür hinter dem Doktor zugezogen und blieb draußen stehen.

»Frau Gräfin ...«, sagte Gilbert nach einer Weile.

»Sie sind's, Herr Gilbert?«, fragte Andrea; »was wollen Sie von mir?«

»Madame«, erwiderte Gilbert, »es gehen unheimliche Gerüchte; man sagt, man werde morgen die Gefängnisse ...«

»Ja«, unterbrach ihn die Gräfin, »man will uns morden ... Aber Sie wissen ja, Herr Gilbert, dass ich auf den Tod vorbereitet bin.«

Gilbert verneigte sich. »Ich bin gekommen, um Sie abzuholen, Madame«, sagte er. »Sie sind frei.« Dabei reichte er ihr den Freilassungsbefehl.

Die Gräfin gab keine Antwort, sie zerriss das Schreiben Dantons in vier Stücke und warf es ins Feuer. Gilbert schrie laut auf.

»Ich will sterben«, sagte Andrea. »Ich habe nur eine Bitte: Suchen Sie meine Leiche vor Beschimpfungen zu schützen. Mein Gemahl ruht in der Gruft seines Schlosses Boursonne. Dort habe ich die einzigen glücklichen Tage meines Lebens zugebracht, und ich wünsche, an Charnys Seite zu ruhen.

»Gut, Madame, Sie haben Ihren Willen ausgesprochen, ich muss gehorchen.«

Was Danton erwartet hatte, trat ein; sein Antrag wurde abgelehnt.

Der Gemeinderat wollte Blutvergießen und Diktatur. Er entschied sich für die Ernennung eines Aufsichtskomitees.

Um zehn Uhr war dieses Mordkomitee zusammengetreten und erließ sofort den Befehl, vierundzwanzig Gefangene aus der Mairie in die Abbaye. zu bringen. Unter diesen befanden sich neun Geistliche.

Man ließ sie durch die aus Marseille und Avignon herübergekommenen Verbündeten aus ihren Gefängnissen holen und in sechs Wagen fortschaffen. Das Zeichen der Abfahrt wurde durch einen Schuss der Lärmkanone gegeben.

Anfangs blieben die Unglücklichen in den Kutschen unbehelligt; aber bald wurde von ihren vermeintlichen Beschützern das Volk gegen sie aufgereizt.

»Sehet«, sagten sie zu den mit jeder Minute anschwellenden Scharen, »da sind die Verräter, die es mit den Preußen halten! Da sind die Schurken, die dem Feinde unsere Städte übergeben, die eure Weiber und Kinder morden, wenn ihr sie zurücklasst, während ihr an die Grenze marschiert!«

Doch alles blieb vorläufig fruchtlos.

Der Zug bewegte sich langsam über die Pont-Neuf, die Rue Dauphin, und man hatte weder die Geduld der Gefangenen ermüdet noch das Volk zum meuchlerischen Angriff aufgestachelt. Man war der Abbaye schon ziemlich nahe, die kurze Zeit, die noch übrig war, musste benutzt werden, wenn der Höllenplan nicht scheitern sollte.

Der Zufall kam den heimtückischen Anschlägen zu Hilfe. Eben langte der Zug an einem Schaugerüst an, wo Freiwillige angeworben wurden. Es war ein starkes Gedränge. Die Wagen mussten anhalten.

Ein Mann stürzte mit gezogenem Säbel herbei, stieg auf den Tritt des ersten Wagens und stieß seinen Säbel aufs Geratewohl in den Wagen. Die Klinge war rot von Blut, als er sie wieder hervorzog.

Einer der Gefangenen trug einen Stock, mit dem er die Stöße abzuwehren suchte. Er traf einen Mann von der Eskorte.

»Oh, ihr Schurken!«, rief dieser mit erheuchelter Entrüstung; »wir beschützen euch, und ihr schlagt uns! ... Her, Kameraden!«

Ein paar Spießgesellen, die auf diesen Ruf längst gewartet hatten, stürzten aus der Menge heraus und stießen mit ihren Piken blindlings in das Wageninnere. Man hörte das Geschrei der Insassen und sah bald das Blut der Getroffenen durch den Kutschenboden auf das Straßenpflaster fließen.

Das Blutvergießen hatte begonnen und war nun nicht mehr aufzuhalten. Dem erbitterten Pöbel ging es wie einem Tiere, das durch Blutgeruch rasend wird und selbst nach Blut lechzt. Die Gräuel der vier Septembertage nahmen unaufhaltsam ihren Fortgang.

Gegen vier Uhr vernahm man innerhalb der düsteren Gefängnismauern das Toben der sich heranwälzenden Menge. Bald darauf hörte man den Ruf: »Die Schweizer! Die Schweizer!«

In der Abbaye waren etwa hundertfünfzig Schweizer untergebracht. Man hatte sie am 10. August mit größter Mühe in Sicherheit gebracht. Der Gemeinderat wusste, wie sehr das Volk die roten Uniformen hasste. Das Volk war daher nicht besser in Wut zu bringen, als wenn man die Schweizer vorschob und mit ihnen den Anfang machen ließ. Man brauchte etwa zwei Stunden, um diese hundertfünfzig Unglücklichen niederzumachen.

Dann sollten die Priester an die Reihe kommen; sie waren bereit zu sterben, verlangten aber zu beichten.

Das Volk bewilligte ihnen eine zweistündige Frist.

Wozu wurden diese zwei Stunden benutzt? Zur Bildung eines Tribunals. – Wer bildete es, wer führte den Vorsitz? Maillard.

Maillard wollte die Aristokraten über die Klinge springen lassen, aber dies sollte mit Beobachtung gewisser Formen geschehen. Das Volk sollte das Urteil sprechen, denn das Volk betrachtete er als den einzigen untrüglichen Richter.

Bevor Maillard sein Tribunal einsetzte, waren bereits zweihundert Personen niedergemetzelt worden.

Das Tribunal hielt seine erste Sitzung in der Abbaue ab. Um einen großen Tisch saßen zwölf Männer, die an ihren roten Mützen und an ihrer nachlässigen Kleidung leicht als Leute aus dem Volke zu erkennen waren. Auf dem Tische lagen Säbel, Degen und Pistolen.

Diese Männer waren die Richter, die über Leben und Tod der in den Kerkern befindlichen Gefangenen entschieden. Ihre Urteile, gegen die keine Berufung stattfand, wurden auf der Stelle vollstreckt; denn die mit Säbeln, langen Messern und Piken bewaffneten Henker warteten in dem von Blut triefenden Hofe.

Maillard führte den Vorsitz. Er war plötzlich in der Abbaye erschienen, hatte sich das Gefangenbuch bringen lassen, hatte aus dem Volkshaufen aufs Geratewohl zwölf Richter genommen und sich mit ihnen an den Tisch gesetzt.

Maillard las den Namen vor, die Schließer holten den Gefangenen; der Vorsitzende las aus dem Register die mit seiner Verhaftung verknüpften Umstände vor; der Gefangene erschien; Maillard sah seine Kollegen fragend an; lautete das Urteil auf Tod, so sagte er ganz kurz: »Nach La Force.« Die äußere Tür tat sich auf, und der Verurteilte fiel unter den Streichen der Mordknechte.

Wurde der Gefangene freigesprochen, so stand der kolossale schwarze Mann auf, legte ihm die Hand auf den Kopf und sagte: »Man lasse ihn frei!«

In dem Augenblick, als Maillard vor der Abbaye angekommen war, hatte ihn ein Mann angeredet. Maillard hatte ihn sogleich erkannt und sich ehrerbietig vor ihm verneigt. Dann hatte er ihn in das Gefängnis geführt und ihm einen Platz in einem Winkel angewiesen mit den Worten: »Hier warten Sie, und wenn die Person, für die Sie sich interessieren, hereingeführt wird, geben Sie mir ein Zeichen.«

Der Mann stand seit dem Abend, als das Tribunal seine Sitzungen begonnen hatte, stumm und unbeweglich und wartete.

Es war Gilbert.

Am frühen Morgen war eine Pause eingetreten. Von drei bis sechs Uhr hatten die Richter samt ihren Henkern eine kurze Ruhe genossen. Um sechs Uhr hatten sie gefrühstückt.

In diesen drei Stunden hatte man die Toten fortgeschafft. Der Hof war mit einer drei Zoll dicken Schicht geronnenen Blutes bedeckt, auf der die Füße ausglitten, und da das Waschen zu lange gedauert haben würde, so hatte man den ganzen Hof mit Stroh belegt und über das Stroh die Kleider der Schlachtopfer, insbesondere der Schweizer, gebreitet. Das Blut würde von dem Stroh und den Kleidern aufgesogen.

Gegen halb sieben Uhr morgens begann man wieder neue Gefangene vorzurufen, das Schreien und Lärmen nahm wieder seinen Anfang.

Es verstrichen zwei Stunden. Endlich sagte Maillard mit gleichgültiger Stimme:

»Andrea de Faverney, Gräfin von Charny.« Als Gilbert diesen Namen hörte, fühlte er seine Knie wanken und seine Pulse stocken. Es sollte ja über ein Leben abgesprochen werden, das in seinen Augen wichtiger war als sein eigenes.

»Bürger«, sagte Maillard, »die Person, die jetzt erscheinen wird, ist eine Unglückliche, die vormals der Österreicherin ergeben war, aber von ihr nur Undank geerntet hat. Sie hat alles verloren, ihr Vermögen, ihren Gatten. Ihr werdet sie in Trauerkleidern sehen, und wem verdankt sie diese Trauer? Den Gefangenen im Temple ... Dieser Frau müsst ihr das Leben schenken.«

Die Mitglieder des Tribunals gaben ihre Zustimmung durch Kopfnicken zu erkennen.

Die Tür tat sich auf, und man bemerkte draußen im Gange eine schwarzgekleidete, verschleierte weibliche Gestalt. Sie trat allein und festen Schrittes ein. Man hätte sie für eine Erscheinung aus der Welt der Toten halten können.

Die Beisitzer des Blutgerichts schauderten. – Sie trat bis an den Tisch und schlug ihren Schleier auf.

Die Gräfin war in diesem Augenblick die vollendetste Schönheit, die das Auge eines Mannes jemals erblickt hat; aller Blicke waren auf sie gerichtet. Gilbert lauschte in atemloser Spannung.

Ohne die Anrede Maillards abzuwarten, sagte sie mit sanfter und doch fester Stimme zu ihm:

»Sie sind der Präsident?«

»Ja«, antwortete Maillard erstaunt.

»Ich bin die Gräfin von Charny, Gattin des Grafen von Charny, der an dem verwünschten zehnten August gefallen ist; ich bin eine Aristokratin, eine Freundin der Königin. Ich habe den Tod verdient und suche ihn.«

Die Beisitzer des Blutgerichts vermochten ihr Erstaunen nicht zu unterdrücken, Gilbert erblasste und zog sich so weit wie möglich in den Winkel zurück, um den Blicken der Gräfin zu entgehen. Maillard sagte:

»Diese Frau ist wahnsinnig, der Tod ihres Mannes hat ihren Geist zerrüttet. Über Wahnsinnige hält das Volk kein Gericht.«

Er stand auf und wollte der Gräfin die Hand aufs Haupt legen. Aber Andrea wehrte ab.

»Ich habe meinen vollen Verstand«, sagte sie; »wenn Sie jemanden begnadigen wollen, so lassen Sie andere frei, die um Gnade bitten und Gnade verdienen. Ich verdiene keine Gnade und weise sie zurück.«

Maillard sah sich nach Gilbert um. Der Doktor stand mit gefalteten Händen in seinem dunklen Winkel.

»Diese Frau ist wahnsinnig«, wiederholte er; »man lasse sie frei!«

Er gab einem Beisitzer einen Wink, sie hinauszuführen und in Sicherheit zu bringen.

»Platz da!«, rief der Mann den Bewaffneten zu; »sie ist unschuldig.

Man trat auf beiden Seiten zurück, um Andrea durchzulassen; Säbel, Piken und Pistolen senkten sich vor diesem Marmorbilde.

Aber als sie zehn Schritte gegangen war und während ihr Gilbert durch das Gitterfenster nachschaute, stand die Gräfin still.

»Es lebe der König!«, rief sie; »es lebe die Königin! ... Ewige Schmach dem zehnten August!«

Gilbert war wie vom Donner gerührt; er eilte mit einem Schrei des Schreckens in den Hof.

Er hatte eine Säbelklinge glänzen gesehen, aber schnell wie der Blitz war die Klinge in der Brust der Gräfin verschwunden.

Er kam zeitig genug, um die Niedersinkende in seine Arme zu nehmen.

Andrea richtete ihren erlöschenden Blick auf ihn und erkannte ihn.

»Ich sagte es Ihnen ja«, stammelte sie.

»Dann setzte sie mit kaum vernehmlicher Stimme hinzu: »Wenden Sie Sebastian Ihre ganze Liebe zu ... Und gedenken Sie Ihres Versprechens ... an seiner Seite ... an der Seite meines Olivier, meines Gatten ... auf ewig!«

Dies waren die letzten Worte. Sie verschied.

Gilbert nahm sie in seine Arme und hob sie von der Erde auf.

Fünfzig entblößte, mit Blut bespritzte Arme erhoben sich drohend gegen ihn. Aber Maillard erschien hinter ihm, hielt ihm die Hand über den Kopf und sagte:

»Lasst den Bürger Gilbert durch, er trägt die Leiche einer armen Wahnsinnigen fort, die durch ein Missverständnis ums Leben gekommen ist.«

Zweiundfünfzigstes Kapitel

Die Lage war bedenklich; Longwy war gefallen, Verdun in der größten Gefahr, der Feind nur noch fünfzig Meilen von Paris entfernt; der König und die königliche Familie waren daher kostbare Geiseln, die den entschiedensten Gegnern der Revolution das Leben sicherten.

Es wurden Kommissare in den Temple geschickt. Fünfhundert Soldaten wären nicht imstande gewesen, dieses Gefängnis zu bewachen; ein Kommissar ersann ein wirksameres Mittel als alle Piken und Bajonette in Paris: den Temple mit einem dreifarbigen Bande zu umgeben und folgende Inschrift daraufzusetzen: »Bürger, achtet diese Schranken, sie sind notwendig für unsere Überwachung und für unsere Verantwortlichkeit.«

Sonderbare Zeit, in der man starke Türen einschlug, Eisengitter zertrümmerte - und vor einem Bande zurückwich! Das Volk kniete vor dem dreifarbigen Bande nieder und küsste es.

Am 2. September speiste der König zur gewohnten Stunde; nach dem Essen begab er sich, wie gewöhnlich, mit der Königin, Madame Elisabeth, Madame Royale und dem kleinen Dauphin in den Garten.

Während des Spaziergangs wurde das Schreien und Lärmen draußen immer heftiger. Es war etwa drei Uhr, eben wurde mit der Ermordung der aus dem Stadthause zur Abbaye gebrachten Gefangenen der Anfang gemacht.

Kaum war die königliche Familie wieder in dem Zimmer der Königin versammelt, so erschienen zwei Munizipalbeamte; der eine, ein vormaliger Kapuziner namens Mathieu, trat auf den König zu und sagte:

»Sie wissen nicht, was vorgeht? Das Vaterland ist in der größten Gefahr.«

»Wie kann ich hier etwas erfahren?«, erwiderte der König; »ich bin ja im Gefängnis, und niemand wird zu mir gelassen!«

»Nun, dann will ich Ihnen sagen, was Sie nicht wissen: Der Feind ist in die Champagne eingerückt, der König von Preußen marschiert gegen Châlons.«

Die Königin konnte eine Äußerung der Freude nicht unterdrücken. Der Munizipalbeamte bemerkte dies.

»O ja«, sagte er, sich zu Marie Antoinette wendend, »wir wissen wohl, dass wir samt unseren Frauen und Kindern umkommen werden; aber Sie haben alles zu verantworten, Sie werden vor uns sterben, dem Volke muss Genugtuung werden!«

»Wir sind in Gottes Hand«, antwortete der König; »ich habe für das Volk alles getan und habe mir nichts vorzuwerfen.«

Derselbe Munizipalbeamte wandte sich nun zu dem Kammerdiener Hue, der nahe an der Tür stand.

»Dich«, sagte er, »habe ich im Auftrage des Gemeinderats zu verhaften.«

»Hue!«, sagte der König; »was hat er denn getan?«

»Das kümmert mich nicht; aber er wird heute Abend abgeführt und seine Papiere versiegelt werden.« – Dann sagte er beim Fortgehen zu Clery: »Nehmen Sie sich in acht! Es wird Ihnen ebenso gehen, wenn Sie Winkelzüge machen.«

Am folgenden Tage, dem 3. September, war Ludwig XVI. um elf Uhr morgens mit seiner Familie in dem Zimmer der Königin. Ein Munizipalbeamter erschien und gab Clery Befehl, sich in das Zimmer des Königs zu begeben.

Manuel war da, und bei ihm befanden sich einige Mitglieder des Gemeinderats. In allen Gesichtern war eine große Unruhe bemerkbar.

»Was sagt der König zu der Verhaftung seines Kammerdieners?«, fragte Manuel.

»Seine Majestät ist sehr besorgt«, antwortete Clery.

»Es wird ihm nichts geschehen«, antwortete Manuel; »ich habe indes Auftrag, dem König zu sagen, dass er nicht wiederkommen wird; sagen Sie ihm, dass ihm der Gemeinderat einen andern Kammerdiener schicken wird.«

»Es ist nicht mein Amt, den König zu betrüben«, antwortete Clery; »verschonen Sie mich daher mit dieser Botschaft, die ihm sehr unangenehm sein wird.«

Manuel sann eine kleine Weile nach. – »Es ist gut,« sagte er endlich, »ich will zur Königin gehen.«

Er ging sogleich hinunter und fand den König.

Ludwig XVI. hörte die Nachricht, die ihm der Gemeindeprokurator zu melden hatte, mit seiner gewohnten Ruhe an. Dann erwiderte er:

»Gut, ich danke Ihnen; ich werde mich durch den Kammerdiener, meines Sohnes bedienen lassen, und wenn's der Gemeinderat nicht erlaubt, so bediene ich mich selbst.«

»Haben Sie sich über etwas zu beschweren?«, fragte Manuel.

»Es fehlt uns an Wäsche«, sagte der König.

Um ein Uhr äußerte der König den Wunsch, einen Spaziergang zu machen. Die Munizipalbeamten verweigerten die Erlaubnis. Um zwei Uhr setzte sich die königliche Familie zu Tisch. Nach einer Weile hörte man Trommelwirbel und lautes Getümmel, welches dem Temple immer näher kam.

Die königliche Familie begab sich in das Zimmer der Königin. –Der Lärm kam immer näher.

Was hatte dieses Schreien und Toben zu bedeuten? Die Gefangenen in La Force wurden niedergemetzelt wie in der Abbaye. Dort führte Hébert den Vorsitz, wie hier Maillard; das Gemetzel war in La Force noch furchtbarer als in der Abbaye.

Unter den dortigen Gefangenen war die unglückliche Prinzessin von Lamballe, die treueste Freundin der Königin. Die Erbitterung gegen sie war außerordentlich groß; man nannte sie die Ratgeberin der Österreicherin.

Die Prinzessin war nach England gegangen, sie hätte dort bleiben und in Ruhe leben können, aber als sie von dem Angriff auf die Tuilerien erfuhr, kam sie nach Paris zurück, um ihren Platz bei der Königin wieder einzunehmen.

An diesem Morgen erschienen zwei Nationalgardisten in ihrer Zelle.

»Stehen Sie auf«, sagte der eine zu der Prinzessin, »Sie müssen zur Abbaye gehen.«

»Ach, meine Herren«, erwiderte sie, »es ist mir unmöglich, das Bett zu verlassen; ich bin so schwach, dass ich nicht gehen kann.«

Dann setzte sie mit kaum verständlicher Stimme hinzu: »Sie können mich ja so gut hier umbringen wie anderswo.«

Einer der beiden neigte sich zu ihr und sagte leise, während der andere an der Tür lauschte:

»Gehorchen Sie, Madame; wir wollen Sie retten!«

»Dann entfernen Sie sich«, antwortete die Gefangene, »ich will mich ankleiden.«

Als sie aus der Tür trat, stand sie vor dem Blutgericht!

Hébert führte, wie schon erwähnt, den Vorsitz.

Bei dem Anblick der Männer, die mit aufgeschlagenen Hemdärmeln um den Tisch saßen, und ihrer mit Blut bespritzten Helfershelfer, die zur Vollziehung der Urteile bereit waren, fiel sie in Ohnmacht. Sie wurde dreimal befragt, aber sie sank jedes Mal bewusstlos nieder, ohne antworten zu können.

»Sie wissen ja, dass man Sie retten will!«, flüsterte ihr der Nationalgardist zu.

Dieses Versprechen gab ihr einige Kraft wieder.

»Was wollen Sie von mir, meine Herren?«, fragte sie.

»Wer sind Sie?«, fragte Hébert.

»Marie Luise, Prinzessin von Savoyen. Oberintendantin des Hauses der Königin.«

»Hatten Sie Kenntnis von dem Komplott des Hofes am 10. August?«

»Ich weiß von keinem Komplott.«

»Schwören Sie Freiheit, Gleichheit und Hass gegen den König, die Königin und die königliche Familie.«

»Das erste will ich gern beschwören, das übrige aber kann ich nicht schwören, weil ich es nicht fühle.«

»Schwören Sie doch!«, flüsterte ihr der Nationalgardist zu, »oder Sie sind verloren!«

Aber als hätte sie gefürchtet, die Todesangst werde ihr den schmachvollen Schwur erpressen, hielt sie die Hand auf den Mund. Sie seufzte gepresst.

»Sie hat geschworen!«, rief der Nationalgardist, der sie geleitete.

Dann setzte er leise hinzu: »Gehen Sie geschwind aus der Tür, die vor Ihnen ist. Draußen rufen Sie: ›Es lebe die Nation!‹, und Sie sind gerettet.«

Als sie aus der Tür trat, wurde sie von einem ihr auflauernden Mörder ergriffen. Es war der große Nikolaus, derselbe, der den beiden Leibgardisten zu Versailles die Köpfe abgeschnitten hatte.

Diesesmal hatte er versprochen, die Prinzessin zu retten. Er zog sie auf einen blutigen, grauenerregenden Gegenstand zu und sagte: »Rufen Sie: ›Es lebe die Nation!‹ ... So rufen Sie doch!«

Sie war gewiss im Begriff zu rufen, aber unglücklicherweise schlug sie die Augen auf. Sie stand vor einem Leichenhaufen, auf welchem ein Mann mit plumpen Schuhen herumtanzte, sodass das Blut unter seinen Füßen hervorspritzte wie der Traubensaft unter den Füßen des Winzers.

Entsetzt wendete sie sich ab und vermochte nur die Worte zu stammeln: »Pfui, wie grässlich!«

Auch dieser Ausruf wurde absichtlich überhört. – Man sagt, ihr Schwiegervater, der Herzog von Penthiévre, hatte hunderttausend Franken gegeben, um sie zu retten.

Man schob sie in das Priestergässchen, als plötzlich ein Elender, ein Haarkräusler namens Charlot die Reihen durchbrach und ihr mit seiner Pike die Haube vom Kopfe stieß. Ob er ihr nur die Haube abreißen oder sie ins Gesicht treffen wollte, lässt sich nicht entscheiden.

Ihr Blut floss. Der Anblick von Blut weckt Blutdurst. Ein Mann warf der Prinzessin ein Holzscheit an den Kopf. Sie wankte und sank auf die Knie nieder. Nun war sie nicht mehr zu retten. Von allen Seiten drang man mit Säbeln und Piken auf sie ein. Die Unglückliche gab keinen Laut von sich.

In einem Augenblick waren ihre Kleider zerrissen, und sie war nackt der Menge preisgegeben. Man legte sie auf einen Eckstein, und vier Männer wischten das aus sieben Wunden fließende Blut ab. So blieb sie von acht Uhr bis Mittag liegen. Ein Bewaffneter näherte sich und hieb ihr den Kopf ab.

Der Unmensch, der dieses Verbrechen beging, das an einem Leichnam vielleicht noch scheußlicher ist als an einem lebenden Wesen, hieß Grison.

Ein zweiter, namens Rodi, schnitt ihr die Brust auf und riss ihr das Herz heraus.

Kopf und Herz steckte man auf Piken und zog damit zum Temple. Eine große Menschenmenge folgte den Unholden. Man trat in einen Friseurladen ein und stellte den Kopf auf einen Tisch. »Frisieren Sie mir diesen Kopf«, sagte der Pikenträger, »er wird im Temple seine Aufwartung machen.«

Dann ging der Zug unter dem lauten Geschrei der Menge weiter.

Dieses Geschrei hatte die königliche Familie, die eben bei Tisch saß, gehört. – Die Mörder verlangten, dass eine Deputation von zehn Mördern, darunter die drei Pikenträger, eingelassen würden; sie sollten die

Runde um den Turm machen, um der Königin die blutigen Trophäen zu zeigen. Das Ansinnen war so vernünftig, dass es ohne Widerrede bewilligt wurde.

Der König saß an einem Tische und tat so, als ob er mit der Königin Triktrak spielte. Plötzlich bemerkte der König, dass der eine Beamte hastig die Tür verschloss und die Fenstervorhänge zuzog.

»Was gibt's denn?«, fragte der König.

In diesem Augenblick wurde an die Tür geklopft.

Offiziere und einige Munizipalbeamte traten ein.

»Es geht das Gerücht«, sagte ein Offizier, »es sei niemand mehr im Turm und Sie wären alle entkommen. Zeigen Sie sich am Fenster, um das Volk zu beruhigen.«

Der König sah keinen Grund, dieser Aufforderung nicht Folge zu leisten.

»Tun Sie es«, sagte einer, »man will Ihnen den Kopf und das Herz der Prinzessin von Lamballe zeigen, um Ihnen zu beweisen, wie das Volk seine Tyrannen behandelt. Ich rate Ihnen, sich sehen zu lassen, wenn Sie nicht wollen, dass der Kopf der Prinzessin hierhergebracht wird.«

Die Königin fiel mit einem lauten Schrei in Ohnmacht.

Der König sah sich um und sagte zu dem Offizier:

»Sehen Sie, was Sie getan haben!«

»Meine Mutter«, sagt Madame Royale in ihren Memoiren, »blieb seit jener Schreckensszene stumm und unbeweglich. Sie sah nichts von allem, was im Zimmer vorging; das Entsetzen hatte sie zur Bildsäule gemacht.«

Dreiundfünfzigstes Kapitel

Am 21. September um die Mittagstunde tat sich die Tür des großen Saales der Reitschule auf und die siebenhundertneunundvierzig Mitglieder der neuen Nationalversammlung erschienen, um ihre Plätze einzunehmen.

Zweihundert Deputierte waren Mitglieder der alten Nationalversammlung gewesen. Der Nationalkonvent war unter dem Eindruck der Septembernachrichten gewählt worden, die Vermutung lag daher sehr nahe, dass in der neuen Versammlung ein reaktionärer Geist herrsche.

Aber in einem Gefühl stimmten die Abgeordneten jedenfalls überein: Sie verurteilten die Septembergräuel und hassten die Vertreter der Stadt Paris, denn diese stammten fast alle aus dem Gemeinderate, dem Anstifter jener Schreckenstage.

Man hätte sagen können, das vergossene Blut fliehe mitten durch den Sitzungssaal und trenne die hundert Deputierten der Stadt von den übrigen Mitgliedern der Nationalversammlung.

Unter den Gehassten saßen: Robespierre, Danton und Marat! Ihr Ziel war, wie die Girondisten behaupteten, die Diktatur.

Zwei Männer saßen auf den beiden entgegengesetzten Seiten dieser Nationalversammlung. Es waren Billot und Gilbert.

Gilbert saß auf der äußersten Rechten, Billot auf der äußersten Linken.

Pétion wurde einstimmig zum Präsidenten ernannt.

Fast der ganze Nationalkonvent wollte die Republik. Die Girondisten hatten jedoch beschlossen, die Frage über die Veränderung der Regierungsform erst später zur Sprache zu bringen. Aber am 20. September, dem Tage der Schlacht von Valmy, in der Dumouriez die Preußen schlug, lieferten andere Kämpfer eine Schlacht, die noch entscheidender und folgenreicher war. Saint-Just, Panis, Billaud-Varennes, Collot d'Herbois und einige andere Mitglieder der künftigen Nationalversammlung waren im Palais-Royal versammelt und speisten. Sie verabredeten, am folgenden Tage ihren Feinden das Wort Republik als Handschuh hinzuwerfen.

Collot d'Herbois hatte sich erboten, den Antrag zu stellen.

Kaum hatte Franz von Neufchâteau die Vollmachten der vorigen Nationalversammlung übergeben, so verlangte Collot d'Herbois das Wort.

»Bürgerrepräsentanten«, sagte er, »ich stelle den Antrag: Der erste Beschluss der eben zusammengetretenen Nationalversammlung sei die Abschaffung des Königtums.«

Die Verkündung der Republik entsprach einem laut ausgesprochenen Wunsche, einem dringenden Bedürfnis der Nation; es war die Weihe des langen Kampfes, den das Volk bestanden; es war die Erhebung des Volkes auf Kosten des Königtums. Jeder Franzose schien aufzuatmen, als ob ihm die Last des bourbonischen Thrones von der Brust gewälzt wäre.

Die Stunden der Täuschung waren kurz; man glaubte eine Republik zu proklamieren und bestätigte eine Revolution.

Die wahren Republikaner, die eine von Verbrechen freie Republik wollten, freuten sich. Die Republik war ja die Verwirklichung ihres höchsten Wunsches, endlich hatten sie es dahin gebracht, dass man unter den Trümmern von zwanzig Jahrhunderten das Urbild der menschlichen Staatseinrichtungen hervorholte. Es war ein schöner, herrlicher Traum. Jeder schloss die Augen vor der Zukunft und warf einen Schleier über den unbekannten Ozean, auf dem man schon den Sturm brausen hörte.

Der gemeinsame Gedanke hatte Gestalt angenommen: Die junge Republik war mit Helm und Lanze bewaffnet auf die Welt gekommen. Bei einem Festmahl, das anschließend abgehalten wurde, wurden erhabene Gedanken, edle Gefühle ausgetauscht.

Manche sahen in der Wonnetrunkenheit ihrer jungen Hoffnungen den Himmel offen. Dies waren die jungen, glühend, begeisterten Männer, zumal Barbaroux, Rebecqui, Ducos, Fayer, Fonfrède.

Andere blieben auf halbem Wege stehen, um Kräfte zu sammeln für den Weg, den sie noch zurückzulegen hatten. Dies waren die früheren Mitglieder der gesetzgebenden Versammlung, deren Last ihnen beinahe zu schwer geworden war: Guadet, Gensonnè, Grangeneuve, Vergniaud.

Noch andere fühlten, dass sie ihr Ziel erreicht hatten und nicht mehr populär waren; sie lagen behaglich im Schatten des jungen Freiheitsbaumes und fragten sich, ob es wohl der Mühe wert sei, wieder aufzustehen. Zu diesen gehörten Roland und Petion.

Aber wer war nach der Meinung aller berufen, die wichtigste Rolle in der kommenden Zeit zu spielen, und wer war in ihren Augen der Haupturheber der jungen Republik, und wer war vom Schicksal bestimmt, der künftige Leiter derselben zu sein? – Vergniaud.

Als der Festschmaus zu Ende war, füllte er sein Glas und stand auf.

»Freunde«, sagte er, »einen Trinkspruch!«

Alle standen ebenfalls auf.

»Auf die ewige Dauer der Republik!«

Um dieselbe Zeit, als Verginaud diesen Trinkspruch ausbrachte, hörte man im Temple ein Trompetensignal. Der König und die Königin konnten durch die offenen Fenster ihrer Zimmer einen Munizipalbeamten hören, der mit lauter fester Stimme die Abschaffung des Königtums und die Errichtung der Republik verkündete.

Wie unglücklich auch die Gefangenen waren, ein großer Trost war ihnen bisher geblieben; sie waren vereinigt. – Aber der Gemeinderat beschloss, den König von seiner Familie zu trennen. Am 26. September, fünf Tage nach der Verkündigung der Republik, erfuhr Clery von einem Munizipalbeamten, dass die Wohnung, die man im großen Turm für den König bestimmt hatte, bald bereit sei.

Mit tiefem Schmerz überbrachte Clery seinem Herrn diese traurige Nachricht; aber der König sagte mit seiner gewohnten Fassung: »Suche den Tag dieser schmerzlichen Trennung zu erfahren und setze mich davon in Kenntnis.«

Aber Clery erfuhr nichts und konnte dem König nichts weiter berichten.

Am 29. um zehn Uhr morgens erschienen zwei Munizipalbeamte in dem Zimmer der Königin, als eben die ganze Familie versammelt war. Sie überbrachten einen Brief des Gemeinderates, den Gefangenen Papier, Tinte, Federn und Bleistift zu nehmen.

Man durchsuchte nicht nur die Zimmer, sondern auch die Gefangenen selbst.

Der König und die Königin machten keinerlei Bemerkung; sie durchsuchten ihre Taschen und gaben alles hin, was sie bei sich hatten.

Erst jetzt erfuhr Clery, dass der König noch am selben Abend in den großen Turm gebracht werden sollte.

Bis zum Abend ereignete sich nichts Neues. Bei jedem Geräusch, bei jedem Aufgehen einer Tür pochte den Gefangenen das Herz, und sie reichten einander die Hände.

Der König blieb länger als gewöhnlich in dem Zimmer der Königin; aber endlich schlug die Scheidestunde. – Die Tür ging auf und sechs Munizipalbeamte erschienen mit einem neuen Dekret des Gemeinderates, das sie dem Könige vorlasen.

Es war der offizielle Befehl zur Übersiedelung in den großen Turm.

Dieses Mal vermochte Ludwig XVI. seine gewohnte Ruhe nicht zu bewahren. Der Abschied war lang und schmerzlich. Alle fühlten eine ahnungsvolle Bangigkeit und blickten mit Schaudern und Tränen in die Zukunft. Endlich musste der König den Beamten folgen; die Tür schloss sich hinter ihm mit einem dumpfen, grauenerregenden Tone, der den Zurückbleibenden jede Hoffnung, jeden Trost nahm.

Man hatte sich so sehr beeilt, den Gefangenen diesen neuen Schmerz zu bereiten, dass die neue Wohnung noch nicht eingerichtet war. Es waren nur zwei Stühle und ein Bett darin, und die frische Ölfarbe verbreitete einen unerträglichen Geruch.

Der König ging zu Bett, ohne eine Klage zu äußern. Clery blieb die Nacht auf einem Sessel.

Am andern Morgen kleidete der Kammerdiener den König an und wollte sich dann in den kleinen Turm begeben, um den Dauphin anzukleiden. Es wurde ihm nicht gestattet, und einer der Hüter sagte zu ihm: »Sie haben mit den übrigen Gefangenen nichts mehr zu tun; der König wird seine Kinder nicht mehr sehen.«

Dieses Mal hatte Clery nicht den Mut, seinem Herrn die traurige Kunde zu überbringen.

Der König verlangte, um neun Uhr zu seiner Familie geführt zu werden.

»Wir haben keinen Befehl dazu«, sagten die Kommissare.

Ludwig XVI. blieb allein mit Clery. Beide waren sehr niedergeschlagen.

Eine halbe Stunde nachher erschienen zwei Beamte mit einem Aufwärter aus einem Kaffeehause, der dem König ein Stück Brot und ein Glas Limonade brachte.

»Meine Herren«, fragte Ludwig XVI., »könnte ich nicht mit meiner Familie speisen?«

»Wir werden die Befehle des Gemeinderates einholen«, antwortete man.

»Und wenn ich nicht hinuntergehen kann, so kann doch mein Kammerdiener gehen; er bedient meinen Sohn, und ich hoffe, dass es ihm auch künftig gestattet sein wird.«

Der König sprach diese Frage so sanft und ohne alle Bitterkeit aus, dass die Kommissare ganz erstaunt waren und nicht wussten, was sie antworten sollten; man hatte etwas ganz anderes erwartet als diesen Ton, dieses Benehmen, diesen mit Würde ertragenen Schmerz.

Clery war geblieben; er stand noch regungslos an derselben Stelle und sah seinen Herrn mit unaussprechlicher Bangigkeit an.

Der König nahm das Stück Brot, brach es in zwei Hälften und reichte die eine dem Kammerdiener.

»Armer Clery«, sagte er, »man scheint Ihr Frühstück vergessen zu haben; nehmen Sie die Hälfte von meinem Brot, ich habe an der andern genug.«

Clery wollte es nicht annehmen, aber der König ließ nicht nach und drängte ihm das Brot auf. Clery nahm es schluchzend. – Auch der König weinte.

Um zehn Uhr führte man die Handwerker herein, die in der Wohnung arbeiteten. Einer der Beamten trat auf den König zu und sagte mit inniger Teilnahme:

»Ich war bei dem Frühstück Ihrer Familie und bin beauftragt, Ihnen zu sagen, dass sich alle wohlbefinden.«

Der König fühlte sich leichter; die Teilnahme dieses Mannes tat ihm wohl.

»Ich danke Ihnen«, antwortete er, »könnte ich nicht einige Bücher bekommen, die ich in dem Zimmer der Königin gelassen habe? Haben Sie die Güte, sie mir zu schicken.«

Der Hüter war sogleich bereit, diese Bitte zu gewähren; aber er konnte nicht lesen und war daher in Verlegenheit. Endlich ersuchte er Clery, ihn zu begleiten.

Clery war sehr erfreut, es wurde ihm Gelegenheit geboten, der Königin Nachricht von ihrem Gemahl zu bringen.

Als Clery erschien, standen die Königin, Madame Elisabeth und Madame Royale auf, alle drei sahen ihn fragend an, aber ohne ihn anzureden. Der kleine Dauphin eilte auf ihn zu und sagte: »Da ist mein guter Clery!« Leider konnte Clery nur wenige abgemessene Worte sagen, aber die Königin vermochte ihren Gefühlen nicht länger Zwang anzutun, sie wandte sich unmittelbar an die Hüter und sagte zu ihnen:

»Oh, meine Herren, warum kann der König nicht bei uns sein? Wenn's auch nur einige Minuten täglich, wenn's auch nur bei Tische wäre!«

Die Prinzessin Elisabeth und Madame Royale standen mit gefalteten Händen, ohne ein Wort zu sagen, dabei.

»Meine Herren«, sagte der Dauphin, »ich bitte Sie, lassen Sie meinen Vater wieder zu uns kommen! Ich will auch für Sie beten.«

Die Hüter sahen einander an, ohne zu antworten.

»Heute«, sagte endlich der Beamte, der mit dem Könige gesprochen, »heute können Sie noch zusammen speisen.«

»Aber morgen?«, sagte die Königin.

»Madame«, antwortete der Mann, »wir müssen nach den Beschlüssen des Gemeinderats handeln; morgen werden wir tun, was er befiehlt ...«

Auch ein Munizipalbeamter konnte sich der Tränen nicht erwehren.

Dann sagte er, seine Gefühle bekämpfend, zu der Königin: »Als Sie am 10. August das Volk morden ließen, haben Sie keine Tränen vergossen!«

»Ach! Das Volk hat sich über unsere Gefühle sehr getäuscht! Wenn es uns besser zu beurteilen wüsste, würde es wie Sie über uns weinen.«

Der Tisch wurde in der neuen Wohnung des Königs gedeckt. Die ganze Familie wurde hinübergeführt. Man war sehr vergnügt wie bei einem Festschmause; durch den einzigen Tag glaubte man, alles gewonnen zu haben.

Man hatte in der Tat viel gewonnen, denn von nun an hörte man nichts mehr von dem Beschlusse des Gemeinderates, und der König war, wie früher, den ganzen Tag bei seiner Familie.

Vierundfünfzigstes Kapitel

Am Morgen desselben Tages, wo sich dies im Temple zutrug, kam ein Mann mit einer roten Jakobinermütze und auf eine Krücke gestützt in das Ministerium des Innern.

»Ich wünsche, den Minister zu sprechen.« (Seit vierzehn Tagen war der Titel »Monsieur« abgeschafft.)

»Mein Freund, Sie müssen wissen, dass man den Minister nicht so ohne Weiteres sprechen kann«, sagte der Türsteher.

»Ich will Anzeige von einer Verschwörung machen; ich bin Nicolas Claude Gamain, der vormalige Schlossermeister Ludwig Capets.«

Es heißt ja, dass dem Spitzbuben der Prozess gemacht werden soll ... Was ich zu sagen habe, wird für die Nation vielleicht nicht unwesentlich sein.«

Diese Worte schienen großen Eindruck auf den Türsteher zu machen, und er meldete dem Minister den Schlossermeister Nicolas Claude Gamain.

Der Minister Roland sah Gamain vom Kopf bis zu den Füßen an.

»Setzen Sie sich, Citoyen«, sagte er; »Sie scheinen leidend.«

»Jawohl, ich bin leidend«, erwiderte Gamain, indem er sich auf einen Stuhl niederließ, »seit mich die Österreicherin vergiftet hat.«

Bei diesen Worten konnte der Minister seinen tiefen Abscheu nicht verbergen, und er wechselte einen vielsagenden Blick mit seiner Frau, die an allen politischen Fragen tätigen Anteil nahm.

»Und Sie sind gekommen, um Anzeige von dieser Vergiftung zu machen.«

»Ja, und ich habe noch etwas anderes anzuzeigen.«

»Können Sie Ihre Aussagen beweisen?« »Kommen Sie nur mit mir in die Tuilerien, ich werde Ihnen den eisernen Schrank zeigen, wo Capet seinen Schatz versteckt hielt.«

Roland trat auf seine Frau zu und sah sie fragend an.

»Es ist etwas Wahres daran«, sagte sie; »der Name dieses Mannes fällt mir jetzt ein ... er ist der Schlossermeister des Königs.«

Roland zog die Glocke. Der Türsteher erschien.

»Ist ein bespannter Wagen im Hofe?«, fragte der Minister.

»Ja.«

»Lassen Sie ihn vorfahren.«

»Kommen Sie, Freund«, sagte der Minister zu dem Meister Gamain.

Gamain hinkte zum Zimmer hinaus.

»Ich sagte dir ja,« murrte er, »dass ich dir's heimzahlen würde!«

Was meinte der Elende? Was wollte er heimzahlen? All das Gute, was der König ihm getan hatte!

Der eiserne Schrank, den Meister Gamain angezeigt und geöffnet hatte, enthielt zum größten Leidwesen des Ministers Roland und seiner Frau nichts gegen Dumouriez und Danton. Einen großen Teil seiner Papiere hatte der König vor seiner Verhaftung der Madame Campan übergeben, und die vorgefundenen Schriften kompromittierten hauptsächlich Ludwig XVI. und den Klerus; sie zeigten den kleinlichen, beschränkten, undankbaren Geist des Königs, der nur die hasste, die alles aufgeboten hatten, ihn zu retten: Necker, Lafayette und Mirabeau. Auch gegen die Girondisten fand sich nichts vor.

Der Konvent bewilligte dem Meister Gamain für seine schöne Handlung eine jährliche Pension von zwölfhundert Limes. Der schändliche Angeber starb übrigens bald nachher unter furchtbaren Qualen. Die Strafe des Himmels traf ihn weit härter, als wenn er sein Leben unter der Guillotine, zu der er seinem königlichen Lehrling mit verholfen, geendet hätte.

Die Verhandlungen zu dem Prozess des Königs begannen am 13. November.

Saint-Just, ein vierundzwanzigjähriger Fanatiker, bestieg die Rednerbühne und sprach ohne jede Hast eine ganze Stunde lang. Er verlangte, den Tod, und nur den Tod, kein gerichtliches Verfahren, keine Verhandlungen, kein Urteil. »Der König muss sterben«, sagte der Unhold mit dem blassen, kränklichen Mädchengesicht; »denn es gibt keine Gesetze mehr, er selbst hat sie vernichtet. Er ist unser Feind; wenn man ihn vor Gericht stellen wollte, müsste man ihn zuerst wieder zum Bürger machen, denn nur Bürger, aber keine Feinde stellt man vor Gericht. Er ist ein überführter, auf blutigen Taten ertappter Verbrecher ...«

So sprach er immerfort, ohne sich zu ereifern, ohne die mindeste Aufregung merken zu lassen, mit abgemessenen, einstudierten Gebärden und pomphafter Betonung, und am Ende jedes Satzes wiederholten sich die Schreckensworte: »Er muss sterben!«, die auf die Zuhörer einen unheimlichen, grauenvollen Eindruck machten.

Der Fanatiker erreichte seinen Zweck: Das ganze Richterkollegium wurde von Grauen ergriffen; selbst Robespierre erschrak, dass sein Zögling sich so weit über die äußersten republikanischen Vorposten hinauswagte, um die blutige Fahne der Revolution aufzupflanzen. Der Prozess war von jener Stunde an nicht nur beschlossen, sondern Ludwig XVI. verurteilt. Wer einen Versuch gemacht hätte, den König zu retten, würde sich dem Tode geweiht haben. Danton fasste zwar den Entschluss, aber er hatte nicht den Mut, ihn auszuführen; er hatte genug Patriotismus gehabt, um eine große Blutschuld auf sich zu nehmen, aber er besaß nicht genug Kaltblütigkeit, um sich Verräter nennen zu lassen.

Am 7. Dezember kam ein Munizipalbeamter an der Spitze einer Gemeindedeputation in den Temple; er las den Gefangenen eine Verordnung vor, nach der ihnen Messer, Scheren und überhaupt alte scharfen Instrumente wegzunehmen waren.

Unterdessen erhielt der Kammerdiener Clery einen Besuch von seiner Frau, die eine Freundin mitbrachte. Clery wurde wie gewöhnlich in die Kanzlei gerufen; seine Frau sprach in lautem Tone über ihre häuslichen Angelegenheiten; aber während Madame Clery laut sprach, sagte ihre Freundin leise:

»Nächsten Dienstag wird der König in den Konvent geführt; der Prozess beginnt. Der König kann sich einen Rechtsbeistand nehmen. All dies ist ganz gewiss.«

Der König hatte dem Kammerdiener verboten, ihm etwas zu verbergen. Der treue Diener entschloss sich daher, ihm die traurige Kunde mitzuteilen. Abends beim Auskleiden erzählte er ihm, was er gehört hatte, und setzte hinzu, dass der Gemeinderat beabsichtige, ihn während der ganzen Dauer des Prozesses von seiner Familie getrennt zu halten.

Ludwig XVI. hatte daher vier Tage Zeit, um sich mit der Königin zu besprechen und irgendein Verständigungsmittel zu verabreden. Clery war erbötig, alles zu wagen, um den Gefangenen behilflich zu sein.

Am andern Morgen begab sich der König mit seinem Sohne zur Königin, um zu frühstücken; er dankte Clery noch einmal für seine Dienste und sagte: »Ziehen Sie auch fernerhin Erkundigungen ein; suchen Sie zu erfahren, was man mit mir machen will. Fürchten Sie nicht, mich zu betrüben. Ich habe mit meiner Familie verabredet, nicht merken zu lassen, dass ich etwas erfahren habe, um Sie nicht in Gefahr zu bringen.«

Aber je näher die Eröffnung des Prozesses kam, desto argwöhnischer wurden die Hüter. Clery konnte den Gefangenen daher nur die Nachrichten überbringen, die in seiner Zeitung standen. In dieser Zeitung, die man ihm bewilligt hatte, stand das Dekret, laut welchem der König am 11. Dezember vor den Schranken des Konvents erscheinen sollte.

Am 11. Dezember um fünf Uhr wurde in allen Straßen von Paris Generalmarsch geschlagen. Die Tore des Temple taten sich auf, und man ließ Kavallerie und Geschütze einrücken. Die königliche Familie stellte sich, als ob ihr die Ursache dieses ungewöhnlichen Getümmels nicht bekannt gewesen wäre, und fragte die diensttuenden Kommissare, was es zu bedeuten habe. Diese verweigerten jede Antwort.

Um neun Uhr kam der König mit dem Dauphin zum Frühstück in die Wohnung der Prinzessinnen.

Noch eine Stunde des Zusammenseins, jedoch nur unter den Augen der Hüter, war ihnen vergönnt; nach einer Stunde musste man sich trennen, ohne den überwältigenden Gefühlen freien Lauf lassen zu können, denn man durfte ja nicht merken lassen, dass man von der bevorstehenden harten Maßregel Kenntnis hatte.

Der junge Prinz wusste nichts; man hatte ihn mit der traurigen Nachricht verschont; er hing mit der größten Zärtlichkeit an seinem Vater, der wieder jung geworden war, um mit ihm zu spielen, und sich wieder zum Schüler gemacht hatte, um sein Lehrer zu sein.

Um elf Uhr erschienen zwei Munizipalbeamte und sagten Seiner Majestät, sie wollten den jungen Ludwig abholen und zu seiner Mutter führen. Der König küsste seinen Sohn und beauftragte Clery, ihn zu seiner Mutter zu führen.

Clery gehorchte und kam bald zurück.

»Wo haben Sie meinen Sohn gelassen?«, fragte Ludwig XVI.

»In den Armen der Königin«, antwortete Clery.

Einer der Kommissare erschien.

»Mein Herr«, sagte er, »der Citoyen Chambon, Bürgermeister von Paris - der Nachfolger Pétions - ist in der Kanzlei und wird sogleich hier erscheinen.«

Der Bürgermeister kam erst um ein Uhr in Begleitung des neuen Gemeindeprokurators Chaumette, des Aktuars Coulombeau und einiger Munizipalbeamter. Auch Santerre erschien mit seinen Adjutanten.

Der König stand auf.

»Was wollen Sie von mir?«, fragte er den Bürgermeister.

»Ich habe den Auftrag, Sie abzuholen«, antwortete Chambon; »das betreffende Dekret der Kommission wird Ihnen der Aktuar vorlesen.«

Der Aktuar rollte ein Papier auseinander und las:

»Dekret der Nationalkommission, die befiehlt, dass Louis Capet ...«

Bei diesen Worten unterbrach ihn der König: »Capet ist nicht mein Name; so hieß einer meiner Ahnherren.«

Als der Aktuar weiterlesen wollte, setzte er hinzu:

»Ersparen Sie sich die Mühe, ich habe das Dekret in einer Zeitung gelesen. - Ich hätte gewünscht,« sagte er zu den Kommissaren, »in den zwei Stunden, die ich gewartet habe, wenigstens meinen Sohn bei mir zu behalten ... Ich werde Ihnen folgen, nicht um dem Konvent zu gehorchen, sondern weil meine Feinde die Gewalt in Händen haben.«

»Dann kommen Sie«, sagte Chambon.

»Lassen Sie mir nur Zeit, einen Überrock über meinen Frack zu ziehen ... Clery, meinen Überrock!«

Der Kammerdiener reichte ihm den verlangten Überrock, der von nussbrauner Farbe war.

Der Bürgermeister ging voran, der König folgte ihm.

Er sah sich noch einmal nach dem Turm um und stieg in den Wagen. - Es regnete.

Auf der Terrasse stieg Ludwig XVI. aus. Santerre legte ihm die Hand auf die Schulter und führte ihn vor die Schranken, auf denselben Platz, wo er die Verfassung beschworen hatte.

Alle Abgeordneten blieben sitzen, als der König eintrat. Ein einziger stand auf und verneigte sich, als Ludwig XVI. an ihm vorüberging.

Der König sah sich erstaunt um und erkannte den Doktor Gilbert.

»Guten Morgen, Herr Gilbert«, sagte er. »Sie kennen Herrn Gilbert?«, fragte er Santerre, »er war vormals mein Arzt ... Nicht wahr? Sie werden ihm nicht zürnen, dass er mich gegrüßt hat?«

Das Verhör begann.

Hier, vor der Öffentlichkeit, begann der Nimbus, der den stillen Dulder umgeben hatte, zu verschwinden. Der König beantwortete die an ihn gerichteten Fragen, aber er antwortete zögernd, ausweichend, leugnend, mit absichtlichen Zweideutigkeiten. – Die Öffentlichkeit tat ihm großen Schaden.

Das Verhör dauerte bis fünf Uhr. Dann wurde der König in den Konferenzsaal geführt, wo ihn sein Wagen erwartete.

Der Bürgermeister trat auf ihn zu.

»Haben Sie Hunger?«, fragte er ihn; »wünschen Sie etwas zu essen?«

»Ich danke Ihnen«, antwortete der König mit einer ablehnenden Handbewegung.

Man begab sich in den Hof hinunter. – Als der König erschien, ertönte von allen Seiten der Schlussvers der Marseillaise.

Ludwig XVI. war etwas betroffen und bestieg den Wagen.

Chaumette schwieg und lehnte sich in eine Ecke des Wagens zurück.

»Was fehlt Ihnen?«, fragte der König nach einer Weile; »Sie sehen blass aus.« »Es ist wahr«, antwortete der Prokurator, »ich fühle mich nicht wohl.«

»Vielleicht können Sie das Schaukeln des Wagens nicht vertragen?«, fragte Ludwig. XVI.

»Es ist möglich.«

»Haben Sie Seereisen gemacht?«

»Ich habe den Krieg unter Lamotte-Piquet mitgemacht.«

»Lamotte-Piquet war ein tapferer Mann.«

Das Gespräch stockte wieder. – Woran der König wohl dachte? An seine schöne »Marion«, die in Indien siegreich gekämpft hatte? An den Hafen von Cherbourg, der dem Ozean abgewonnen war? An die Freudenschüsse, mit denen er in den Tagen seines Glückes begrüßt worden war?

Jene glückliche Zeit lag weit hinter dem unglücklichen Ludwig XVI. Jetzt saß er in einem schlechten Wagen, der im Schritt durch die sich herandrängende neugierige Pöbelmasse fuhr; er blinzelte, weil seine Augen das helle Tageslicht nicht mehr vertrugen; sein dünner blonder Bart war mehrere Tage nicht geschnitten; seine Wangen hingen schlaff herab – kurz, wer hätte in dem Manne mit dem grauen Frack und dem nussbraunen Überrock den einst so mächtigen König erkannt!

Als der König im Temple ankam, war sein erstes Verlangen, zu seiner Familie geführt zu werden.

Man antwortete ihm, es sei über diesen Punkt kein Befehl erteilt worden.

Ludwig XVI. sah wohl ein, dass ihm jeder Verkehr mit andern Menschen untersagt war.

»Setzen Sie wenigstens die Königin von meiner Rückkehr in Kenntnis«, sagte er.

Dann setzte er sich und las, ohne sich um die ihn umgebenden vier Kommissare zu kümmern.

Der König hatte noch eine Hoffnung, nämlich, dass seine Familie zum Souper zu ihm kommen werde. Aber er wartete vergebens, niemand erschien.

»Aber mein Sohn wird wenigstens die Nacht bei mir zubringen?«, fragte der König; »seine Sachen sind ja hier.«

Diese Frage wurde ebenso wenig beantwortet wie die andern.

»Nun, dann will ich zu Bett gehen«, sagte Ludwig XVI.

Am andern Morgen richtete die Königin zum ersten Mal eine Bitte an ihre Hüter. Sie verlangte zweierlei: den König zu sehen, und Zeitungen zu erhalten, um von dem Gange des Prozesses unterrichtet zu sein.

Diese beiden Begehren wurden vor den Gemeinderat gebracht. Das eine Begehren, das sich auf die Zeitungen bezog, wurde rundweg abgeschlagen; das andere wurde halb bewilligt.

Die Königin konnte ihren Gemahl nicht mehr sehen; aber die Kinder durften ihren Vater sehen, unter der Bedingung, dass sie von Mutter und Tante getrennt wurden.

Man setzte den König von diesem Ultimatum in Kenntnis.

Ludwig XVI. sann einen Augenblick nach, dann sagte er mit der ruhigen Ergebung, die ihm so leicht wurde:

»Nein, ich will auf diese Freude verzichten, wie sehr ich mich auch nach meinen Kindern sehne.«

Man musste nun auf ein Mittel sinnen, trotz der strengen Haft miteinander zu verkehren. Der treue Clery übernahm es wieder, mithilfe eines Dieners der Prinzessinnen, namens Turgy, diesen Verkehr zu vermitteln.

Das Gespräch zwischen den beiden Dienern beschränkte sich meist auf folgende Worte:

»Der König befindet sich wohl.«

»Die Königin, die Prinzessin und die Kinder befinden sich wohl.«

Eines Tages jedoch steckte Turgy dem Kammerdiener des Königs ein kleines Billett zu. »Madame Elisabeth hat es mir in ihrer Serviette gereicht«, sagte er.

Clery begab sich eilends zum König, um ihm das Billett zu übergeben. Es war mit Stecknadelstichen punktiert; denn die Prinzessinnen hatten schon seit langer Zeit keine Schreibmaterialien mehr.

Das Billett enthielt folgende Worte:

»Wir befinden uns wohl, Bruder; schreiben Sie uns auch.«

Der König antwortete auf die gleiche Weise, denn seit der Eröffnung des Prozesses hatte man ihm Federn, Tinte und Papier wiedergegeben.

Dann übergab er den Brief unversiegelt seinem Kammerdiener.

Zehn Minuten nachher hatte Turgy die Antwort.

An demselben Tage ging Turgy an dem Zimmer Clerys vorüber und warf durch die angelehnte Tür einen Knäuel Zwirn hinein. Dieser Knäuel enthielt ein zweites Billett der Prinzessin Elisabeth. Es war ein verabredetes Mittel.

Clery wickelte den Zwirn um ein Billett des Königs und legte den Knäuel in den Porzellanschrank. Turgy nahm ihn heraus und legte die Antworten an denselben Ort. Aber so oft als ihm sein Kammerdiener einen neuen Beweis von Treue oder Gewandtheit gab, schüttelte der König den Kopf und sagte:

»Nehmt euch in acht, Freunde, ihr bringt euch in Gefahr ...«

Das Mittel war in der Tat zu gewagt; Clery sann auf ein anderes.

Die Kommissare pflegten dem König die Wachskerzen in Paketen zu bringen. Clery bewahrte den Bindfaden sorgfältig auf, und als er eine hinlängliche Menge hatte, zeigte er dem König an, dass er ein Mittel habe, seine Korrespondenz lebhafter zu machen.

Er übermittelte der Prinzessin Elisabeth den Bindfaden; die Prinzessin, die über ihm schlief und deren Fenster gerade über einem zu Clerys Fenster führenden kleinen Korridor war, konnte in der Nacht ihre Briefe an den Bindfaden hängen und auf demselben Wege die Briefe des Königs erhalten. Überdies konnte man an diesem Bindfaden Federn, Papier und Tinte befestigen, sodass die Prinzessinnen nicht nötig hatten, ihre Billetts mit Nadeln zu punktieren.

Die Gefangenen konnten daher täglich miteinander korrespondieren.

Die Lage des Königs hatte sich übrigens, seitdem er vor dem Konvent erschienen war, verschlimmert. Man hatte allgemein geglaubt, Ludwig XVI. werde nach dem Beispiel Karls I. dem Konvent jede Antwort verweigern, - oder stolz und würdevoll antworten, nicht wie ein Angeklagter, der vor Gericht steht, sondern wie ein Ritter, der die Herausforderung annimmt und den Handschuh aufhebt.

Unglücklicherweise war Ludwig XVI. nicht königlich genug, um einen dieser Wege einzuschlagen. Er antwortete schüchtern, zögernd, verkehrt, und als er endlich merkte, dass er sich mehr und mehr verwickelte, verlangte er einen Rechtsbeistand.

Am 14. Dezember zeigte man dem König an, dass er die Erlaubnis habe, mit seinen Verteidigern zu verkehren, und dass Malesherbes ihn an demselben Tage besuchen werde.

Als er den einfachen und in seiner Einfachheit so ehrwürdigen Greis von vierundsiebzig Jahren eintreten sah, vermochte er seine überwallenden Gefühle nicht zu unterdrücken; er brach in Tränen aus und ging mit ausgebreiteten Armen auf seinen Verteidiger zu.

»Lieber Herr von Malesherbes«, sagte der König, »kommen Sie in meine Arme! Ich weiß, was ich zu erwarten habe; ich bin auf den Tod vorbereitet. Sie werden finden, dass ich vollkommen ruhig bin.« Am 16. Dezember wurde eine Deputation gemeldet, die aus vier Konventmitgliedern bestand.

Sie überbrachte dem König die Anklageakte und die auf den Prozess bezüglichen Beweisstücke, mit deren Protokollierung der ganze Tag verging. Jedes Dokument wurde von dem Sekretär vorgelesen, und nach jeder Ablesung sagte Valazé:

»Haben Sie Kenntnis davon?«

Der König antwortete ja oder nein.

Einige Tage später kamen dieselben Kommissare wieder und lasen einundfünfzig neue Aktenstücke vor, die der König unterzeichnete wie die vorigen.

Im ganzen hundertachtundfünfzig Dokumente, von denen er Abschriften erhielt.

Am 26. Dezember sollte der König zum zweiten Male vor den Schranken des Konvents erscheinen. Sein blonder, dünner, hässlicher Bart war gewachsen. Ludwig XVI. verlangte seine Rasiermesser. Sie wurden ihm zurückgegeben unter der Bedingung, dass er sich nur in Gegenwart von vier Kommissaren rasieren sollte.

Am 25. Dezember um elf Uhr begann der König, sein Testament zu schreiben. Er schloss: »Ich bin bereit, vor Gott zu erscheinen und schließe mit der feierlichen Erklärung, dass ich mir keines der Verbrechen, deren man mich beschuldigt, zum Vorwurf mache.«

Wie konnte Ludwig XVI., der alle seine Eide brach und mit Zurücklassung einer Verwahrung gegen dieselben ins Ausland fliehen wollte, - wie konnte Ludwig XVI., nachdem er die Pläne Lafayettes und Mirabeaus einer sorgfältigen Prüfung unterzogen und den Feind herbeigerufen hatte, - wie konnte er sagen, dass er sich keines der Verbrechen, deren man ihn beschuldigt, zum Vorwurf mache?

Nur weil er sich auf den Standpunkt des absoluten Königtums stellte!

Fünfundfünfzigstes Kapitel

Der 26. Dezember brach an und fand den König auf alles, selbst auf den Tod, vorbereitet.

Die Königin hatte erfahren, dass der König zum zweiten Male vor dem Konvent erscheinen werde. Das Rasseln der Trommeln und der militärische Lärm hätte sie über die Maßen erschrecken können, wenn es Clery nicht gelungen wäre, sie darauf vorzubereiten.

Um zehn Uhr morgens stieg der König mit Chambon und Santerre in den Wagen. Im Sitzungsgebäude des Konvents angekommen, musste er eine Stunde warten. Es waren eben Verhandlungen im Gange, denen der König nicht beiwohnen durfte. Ein Schlüssel, den er am 12. Dezember seinem Kammerdiener übergeben hatte, war diesem abgenommen worden. Man war auf den Gedanken gekommen, diesen Schlüssel an dem eisernen Schrank zu versuchen, und er hatte wirklich gepasst.

Man hatte dem König den Schlüssel gezeigt.

»Ich kenne ihn nicht«, hatte er geantwortet.

Aller Wahrscheinlichkeit nach hatte er ihn selbst verfertigt.

In derlei Verhältnissen fehlte dem König jede Selbstverleugnung und Seelengröße.

Als die Verhandlung zu Ende war, zeigte der Präsident der Versammlung an, dass der Angeklagte mit seinen Verteidigern bereit sei, vor den Schranken zu erscheinen.

Der König erschien in Begleitung seiner Verteidiger Malesherbes, Tronchet und Desèze.

»Ludwig«, sagte der Präsident, »der Konvent hat beschlossen, Sie heute anzuhören.«

»Mein Rechtsbeistand wird meine Verteidigung lesen«, antwortete der König.

Tiefe Stille folgte; die ganze Versammlung meinte, dem König, dessen Macht gebrochen war, dem Manne, dessen Leben an einem dünnen Faden hing, könne man wohl einige Stunden Gehör schenken. Vielleicht war der Konvent auf eine große, lebhafte Diskussion gefasst: Wer konnte wissen, ob nicht das Königtum sich plötzlich aufrichten und einige jener inhaltschweren, ergreifenden Worte, die nach Jahrhunderten noch wiederholt werden, sprechen würde.

Diese Erwartung ging nicht in Erfüllung, die Verteidigungsrede des Advokaten Desèze war eben – Advokatenrede und nichts weiter.

Der Verteidiger hätte zum Herzen und nicht zu dem klügelnden Verstande sprechen sollen.

Dann sprach Ludwig XVI.

»Meine Herren«, sagte er, »Sie haben meine Verteidigung gehört, ich will sie nicht wiederholen; ich spreche vielleicht zum letzten Male zu Ihnen, dass mein Gewissen rein ist und dass meine Verteidiger ebenfalls die reine Wahrheit gesagt haben.

Eine öffentliche Prüfung meines Verhaltens habe ich nie gefürchtet, aber mit tiefem Schmerz habe ich in den Anklageakten die Beschuldigung gefunden, ich hätte das, Blut des Volkes vergossen und das traurige Ereignis vom 10. August sei meine Schuld.

Die vielfältigen Beweise von Zuneigung zu dem Volke, die ich jederzeit gegeben habe, sind eine tatsächliche Widerlegung dieser Beschuldigung; mein ganzes Verhalten scheint mir darzutun, wie wenig ich die Gefahr fürchtete, um das Blut des Volkes zu schonen.«

Eine andere Antwort wusste der Nachfolger von sechzig Königen, wusste der Enkel Ludwigs des Heiligen, Heinrichs IV. und Ludwigs XIV. seinen Anklägern nicht zu geben!

Er hinterließ der Nachwelt nichts, nicht einmal einen gegen seine Henker geschleuderten Fluch!

Der Konvent fragte daher ganz erstaunt: »Haben Sie sonst nichts zu Ihrer Verteidigung zu sagen?«

»Nein«, antwortete der König,

»Sie können sich entfernen.«

Ludwig verließ den Sitzungssaal und wurde in ein anderes Zimmer geführt.

Hier schloss er den Advokaten Desèze in seine Arme, und als er bemerkte, dass dieser in Schweiß gebadet war, trieb er ihn an, die Wäsche zu wechseln, und wärmte selbst das Hemd, das der Advokat anzog.

Um fünf Uhr fuhr er in den Temple zurück.

Das Jahr 1793 begann. Der streng bewachte König hatte nur noch einen Diener bei sich. Während er am Neujahrsmorgen traurig über seine Verlassenheit nachsann, trat Clery an sein Bett und sagte leise:

»Sire, erlauben Sie mir, meine wärmsten Wünsche für das baldige Ende Ihrer Leiden auszudrücken.«

Dann stand der König auf und kleidete sich an. In diesem Augenblick traten die Kommissare ein. Ludwig trat auf einen zu und sagte: »Sie können mir einen großen Dienst erweisen. Ich bitte Sie, erkundigen Sie sich in meinem Namen nach dem Befinden meiner Familie und bringen Sie ihr meine Glückwünsche zum neuen Jahre.«

»Ich gehe«, antwortete der Kommissar, der sichtlich gerührt war.

»Ich danke Ihnen«, sagte der König; »Gott wird es Ihnen vergelten, was Sie für mich tun.«

Am 16. Januar sollte das Urteil gesprochen werden.

Die große, furchtbare Sitzung, die zweiundsiebzig Stunden dauerte, begann.

Der Saal bot einen sonderbaren Anblick, der mit dem Gegenstand der Verhandlung wenig im Einklang stand. Wer nicht wusste, welch ein furchtbares Drama aufgeführt weiden sollte, hätte es nicht ahnen können. Der Hintergrund des Saales bestand aus Logen, in denen hübsche, in Samt und Pelzwerk gekleidete Damen saßen und Orange und Gefrorenes aßen. Die Männer begrüßten sie, plauderten eine Weile mit ihnen, gingen auf ihre Plätze zurück und winkten einander zu; es war wie in einem italienischen Schauspielhause.

Die Seite des »Berges« [17] zumal machte sich durch ihre Eleganz bemerkbar; unter den Montagnards saßen ja die Millionäre: der Herzog von Orleans, Lepelletier, de Saint-Fargeau, Hérault de Séchelles, Anacharsis, Clooty, der Marquis von Châteauneuf.

Alle diese Herren hatten Logen für ihre Mätressen, die mit dreifarbigen Bändern aufgeputzt und mit Eintrittskarten oder Empfehlungsschreiben versehen erschienen.

Die oberen, für das Volk bestimmten Tribünen wurden während der drei Tage nicht leer; man zechte wie in einer Schenke, man aß wie in einem Speisehause und sprach wie in einem Klub.

Auf die erste Frage: »Ist Ludwig schuldig?« antworteten 693 Stimmen mit Ja.

Auf die zweite Frage: »Soll über den Beschluss des Konvents das Urteil des Volkes eingeholt werden?« stimmten 281 Stimmen für die Berufung an das Volk; 432 Stimmen stimmten dagegen.

Dann kam die dritte, die Hauptfrage, die entscheidende, verhängnisvolle Frage: »Zu welcher Strafe soll er verurteilt werden?«

An diese Frage kam man am dritten Tage um acht Uhr abends. Es war ein kalter, trüber, regnerischer Wintertag. Man war ermüdet, abgespannt, des langen Harrens überdrüssig; bei den handelnden Personen wie bei den Zuschauern waren die Kräfte nach fünfundvierzigstündiger Sitzung erschöpft.

Jeder einzelne Deputierte bestieg die Rednertribüne und sprach eines der vier Urteile: Gefängnis; Deportation; Todesstrafe mit Aufschub oder Berufung an das Volk; Todesstrafe ohne Aufschub, ohne Berufung.

Jede Äußerung des Beifalls oder der Missbilligung war untersagt worden, und dennoch murrte das Volk, sooft ein anderes Urteil als »Tod« gesprochen wurde.

---

[17] Sitz der radikalen Partei.

Einmal indes wurde dieses Schreckenswort mit Murren und Pfeifen aufgenommen, nämlich als Philipp Egalité die Rednertribüne bestieg und sagte:

»Ich habe nur meine Pflicht vor Augen, und in der Überzeugung, dass jeder, der gegen die Volkssouveränität etwas unternommen hat oder künftig noch unternehmen wird, den Tod verdient, stimme ich für den Tod.«

Mitten in diesem letzten Akte des furchtbaren Dramas ließ sich ein kranker Deputierter, namens Duchâtel, auf die Tribüne tragen; als er mit Schlafrock und Nachtmütze erschien, fing die Versammlung an, zu lachen.

Vergniaud, der am 10. August Präsident gewesen war, führte auch noch am 17. Januar den Vorsitz. Er hatte die Absetzung des Königs verkündet, und hatte nun auch den Tod zu verkünden.

»Bürger«, sagte er, »ihr werdet einen großen Akt der Gerechtigkeit üben; ich hoffe, dass die Humanität euch bestimmen wird, das tiefste Schweigen zu beobachten; wenn die Gerechtigkeit gesprochen hat, muss auch die Humanität ihre Rechte geltend machen.«

Er las das Ergebnis der Abstimmung. Von 721 Deputierten hatten 334 für Verbannung oder Gefängnis und 387 für den Tod mit oder ohne Aufschub gestimmt. Für den Tod waren daher 53 Stimmen mehr als für die Verbannung. Wenn man von diesen 53 Stimmen die 46 abrechnete, die für den Tod mit Aufschub gestimmt hatten, so blieb für die sofortige Vollziehung der Todesstrafe eine Mehrheit von sieben Stimmen.

»Bürger«, sagte Vergniaud mit dem Ausdruck tiefen Schmerzes, »ich erkläre im Namen des Konvents, dass Ludwig Capet zum Tode verurteilt morden ist.«

Die Abstimmung hatte am Abend des 19. Dezember begonnen, aber erst Sonntag, den 20., um drei Uhr früh verkündete Vergniaud das Urteil.

Ludwig XVI. wusste, dass sein Schicksal entschieden wurde, und in seinem einsamen Zimmer, fern von seiner Familie, die er in den letzten Tagen nicht hatte sehen wollen, um seinen Geist zu kasteien, wie ein sündhafter Mönch seinen Leib kasteit, legte er mit wenigstens scheinbarer Gleichgültigkeit sein Leben oder seinen Tod in Gottes Hand.

Am Sonntagmorgen um sechs Uhr erschien Malesherbes. Der König war schon aufgestanden.

»Nun?«, fragte Ludwig XVI, als er ihn bemerkte.

Malesherbes schwieg, aber der Gefangene sah an dem traurigen Gesicht des Greises, dass er keine Hoffnung mehr habe.

»Zum Tode«, sagte Ludwig, »ich wusste es wohl.«

Er brach in Tränen aus und schloss Malesherbes in seine Arme.

»Herr von Malesherbes,« setzte er hinzu, »ich versichere Sie, dass ich seit zwei Tagen unablässig nachsinne, ob ich im Laufe meiner Regierung den kleinsten Vorwurf von meinen Untertanen verdient habe. Ich schwöre Ihnen mit der vollsten Überzeugung eines Mannes, der bald vor Gott erscheinen wird, dass ich stets das Glück meines Volkes gewollt und nie einen entgegengesetzten Wunsch gehegt habe.«

Alles dieses geschah in Gegenwart Clerys, der bitterlich weinte. Der König, den der Schmerz des treuen Dieners dauerte, führte Herrn von Malesherbes in sein Kabinett und blieb etwa eine Stunde mit ihm allein.

Dann kam er heraus, umarmte seinen Verteidiger noch einmal, bat ihn inständigst, abends wiederzukommen und nahm Abschied von ihm.

Der König hatte Tränen in den Augen.

»Der gute Alte hatte mich tief gerührt«, sagte er zu Clery, als er wieder in sein Zimmer kam. »Aber was fehlt Ihnen denn?«

Der Kammerdiener zitterte am ganzen Leibe, seitdem er von Malesherbes, den er im Vorzimmer empfangen, erfahren hatte, dass der König zum Tode verurteilt worden sei.

Um seinem Herrn den Zustand, in welchem er sich befand, soviel als möglich zu verbergen, holte er das Rasierzeug und traf alle Vorkehrungen zum Ankleiden.

Der König seifte sich den Bart selbst ein und Clery stand vor ihm, das Becken mit beiden Händen haltend.

Plötzlich wurde Ludwig XVI. sehr blass. Clery fürchtete, er könnte ohnmächtig werden, und stellte das Rasierbecken auf einen Tisch, um seinen Herrn nötigenfalls zu halten; aber der König fasste seine beiden Hände und sprach seinem Diener Mut ein.

Dann rasierte er sich ganz ruhig.

Ludwig XVI. blieb bis zur Stunde der Tafel in seinem Zimmer. Gegen zwei Uhr tat sich plötzlich die Tür auf und die Exekutivkommission erschien, um dem Gefangenen das Urteil zu verkünden.

An der Spitze waren: Garat, der Justizminister; Lebrun, der Minister der auswärtigen Angelegenheiten; Grouvelle, Sekretär der Exekutivkommission; der Präsident und der Generalprokurator; der Bürgermeister und der Gemeindeprokurator; der Präsident des Kriminalgerichts und der öffentliche Ankläger und Santerre.

Garat, der den Hut auf dem Kopfe behielt, ergriff das Wort und sagte:

»Ludwig, der Nationalkonvent hat die provisorische Exekutivbehörde beauftragt, Ihnen die Beschlüsse vom 15., 16., 17., 19. und 20. Januar mitzuteilen; der Sekretär wird sie Ihnen vorlesen.«

Grouvelle faltete das Dekret auseinander und las mit zitternder Stimme:

Erster Artikel. Der Konvent erklärt Ludwig Capet, den letzten König der Franzosen, der Verschwörung gegen die Freiheit der Nation und frevelhafter Anschläge gegen die allgemeine Sicherheit des Staates schuldig.

Zweiter Artikel. Der Nationalconvent beschließt, dass Ludwig Capet die Todesstrafe erleiden soll.

Dritter Artikel. Der Nationalkonvent erklärt die von den Verteidigern Ludwig Capets eingereichte Berufung an das Volk für null und nichtig.

Vierter Artikel. Die provisorische Exekutivbehörde hat Ludwig Capet im Laufe des Tages mit dem gegenwärtigen Beschlusse bekanntzumachen und die nötigen Sicherheitsmaßregeln zu treffen, die Vollziehung desselben binnen vierundzwanzig Stunden zu veranlassen, und sodann unmittelbar nach der Vollstreckung des Urteiles dem Nationalkonvent von allem Bericht zu erstatten.

Während dieser Ablesung blieb das Gesicht des Königs vollkommen ruhig, nur zwei Gefühle waren in seinen Zügen deutlich zu lesen.

Bei den Worten: »Der Verschwörung schuldig«, schwebte ein verächtliches Lächeln auf seinen Lippen, und als der Sekretär las: »Dass Ludwig Capet die Todesstrafe erleiden soll«, blickte der Verurteilte zum Himmel auf.

Dann trat der König auf den Sekretär zu, nahm ihm das Dekret aus der Hand, legte es zusammen, steckte es in sein Portefeuille, und nahm ein anderes Papier heraus, das er dem Minister Garat überreichte.

»Herr Justizminister«, sagte er, »ich bitte Sie, dieses Schreiben sogleich dem Nationalkonvent zu übergeben.«

Als der Minister zu zögern schien, setzte der König hinzu:

»Ich will es Ihnen vorlesen.«

Er las mit fester, sicherer Stimme:

»Ich wünsche einen Aufschub von drei Tagen, um mich vorzubereiten, vor Gott zu erscheinen. Zu diesem Zwecke bitte ich um die Erlaubnis, mit der Person, die ich den Kommissaren des Gemeinderates nennen werde, ungehindert sprechen zu können, jedoch unter der Bedingung, dass diese Person für den Liebesdienst, den sie mir erweisen wird, nichts zu fürchten hat.

»Ich wünsche von der beständigen Überwachung, mit der mich der Gemeinderat seit einigen Tagen belästigt, von jetzt an befreit zu sein.

»Ich wünsche in dieser Zwischenzeit meine Familie ohne Zeugen zu sehen, und ersuche den Nationalkonvent, sich sogleich meiner Familie anzunehmen und ihr die freie Wahl ihres künftigen Aufenthaltes zu gestatten.

»Alle Personen, die mir nahegestanden, empfehle ich der Wohltätigkeit der Nation; viele derselben sind mittellos und müssen sich, da sie keine Besoldung mehr erhalten, in Not befinden; viele Greise, Frauen und Kinder hatten keine andere Hilfsquelle als ihre Pension.

Geschrieben im Turme des Temple am 20. Januar 1793.

Ludwig.«

Garat nahm den Brief und versprach, denselben augenblicklich dem Konvent zu übergeben.

Der König zog nun noch einmal sein Portefeuille hervor und nahm einen kleinen Zettel heraus.

»Hier ist die Adresse der Person, die ich zu sprechen wünsche«, sagte er, »falls der Konvent meinem Wunsche entspricht.«

Die von der Prinzessin Elisabeth geschriebene Adresse lautete: »Mr. Edgeworth de Firmont, Nr. 485, Rue du Bac.«

Der König trat nun einen Schritt zurück wie vormals, wenn er Audienz gab und die betreffenden Personen entließ.

Die Minister und ihre Begleiter entfernten sich.

»Clery«, sagte der König zu seinem Kammerdiener, der sich kaum aufrechthalten konnte, und sich an die Wand lehnte. »Clery, lass mein Mittagessen kommen.«

Clery ging in das Speisezimmer; er fand daselbst zwei Munizipalbeamte, die ihm eine Verordnung vorlasen, durch welche dem Gefangenen verboten wurde, sich der Messer und Gabel zu bedienen. Nur ein Messer sollte dem Kammerdiener anvertraut werden, um in Gegenwart der Kommissare für seinen Herrn das Brot und Fleisch zu zerschneiden.

Die Verordnung wurde auch dem König vorgelesen, da es Clery nicht über sich gewinnen konnte, ihn von dieser Maßregel in Kenntnis zu setzen.

Der König brach sein Brot mit den Fingern und zerschnitt das Fleisch mit dem Löffel. Gegen seine Gewohnheit aß er wenig und blieb nur ewige Minuten bei Tische.

Um sechs Uhr wurde der Justizminister gemeldet; Santerre kam einige Augenblicke früher.

Der König stand auf, um ihn zu empfangen.

»Mein Herr«, sagte der Justizminister, »ich habe Ihren Brief dem Konvent übergeben und bin beauftragt worden, Ihnen folgende Antwort zu bringen:

»Es steht Ludwig frei, irgendeinen Geistlichen, den er zu sprechen wünscht, zu sich kommen zu lassen; sowie auch seine Familie ohne Zeugen zu sehen.

»Die stets großmütige und gerechte Nation wird sich seiner Familie annehmen.

»Die Gläubiger seines Hauses werden angemessene Entschädigungen erhalten.

»Der Nationalkonvent geht, ohne das Gesuch um Aufschub zu berücksichtigen, zur Tagesordnung über.«

Der König machte eine leichte Kopfbewegung, und der Minister entfernte sich.

Aber die Kommissare hielten ihn zurück.

»Minister«, fragten sie, »wie kann Ludwig seine Familie sehen?«

»Ohne Zeugen«, antwortete Garat. »Das geht nicht an; auf Befehl des Gemeinderates dürfen wir ihn Tag und Nacht nicht aus den Augen lassen.«

Die Sache war in der Tat etwas misslich. Man einigte sich dahin, dass der König seine Familie im Esszimmer empfangen sollte, um durch das in der Wand befindliche Fenster gesehen werden zu können, aber die Tür sollte geschlossen werden, damit die draußenstehenden Kommissare das Gespräch nicht hören könnten.

Unterdessen sagte der König zu seinem Kammerdiener:

»Sehen Sie zu, ob der Justizminister noch da ist, und rufen Sie ihn zurück.«

Der Justizminister sprach noch mit den Beamten.

Er ging wieder hinein.

»Herr Minister«, sagte Ludwig XVI,, »ich habe vergessen, Sie zu fragen, ob man Herrn Edgeworth zu Hause gefunden hat, und ob ich ihn sprechen kann.«

»Ich habe ihn in meinem Wagen mitgebracht«, sagte Garat, »er ist in der Kanzlei und wird sogleich heraufkommen.«

In demselben Augenblick erschien Edgeworth in der Tür.

Sechsundfünfzigstes Kapitel

Edgeworth de Firmont war der Beichtvater der Prinzessin Elisabeth. Der König, der seine Verurteilung schon seit beinahe sechs Wochen vorausgesehen hatte, hatte seine Schwester über die Wahl des Geistlichen, der ihn in seinen letzten Augenblicken begleiten sollte; um Rat gefragt, und Madame Elisabeth hatte ihm weinend den Abbé Edgeworth vorgeschlagen.

Dieser würdige Geistliche, ein geborener Engländer, war den Septembergräueln glücklich entkommen und hatte sich unter dem Namen Essex nach Choisy-le-Roi zurückgezogen. Die Prinzessin Elisabeth kannte seine doppelte Adresse, sie hoffte, dass er vor Beendigung des Prozesses nach Paris kommen werde.

Sie irrte sich nicht. Der Abbé Edgeworth leistete der Aufforderung mit freudiger Ergebung Folge, denn er wusste wohl, wie gefährlich es für einen nicht beeideten Geistlichen war, den König auf seinem Todesgange zu begleiten.

So schrieb er am 21. Dezember 1792 an einen Freund in England:

»Wenn die Ruchlosigkeit des Volkes so weit geht, dass es diesen Königsmord auf sich nimmt, so bereite ich mich selbst auf den Tod vor, denn ich bin überzeugt, dass die Volkswut mich nicht eine Stunde nach dieser entsetzlichen Szene am Leben lassen wird.«

Der König schloss sich mit ihm ein.

Um acht Uhr abends kam er wieder heraus und sagte zu den Kommissaren:

»Meine Herren, haben Sie die Güte, mich zu meiner Familie zu führen.«

»Das geht nicht«, erwiderte einer der Kommissare; »aber man wird Ihre Familie hierherkommen lassen, wenn Sie es wünschen.«

»Gut«, antwortete der König, »wenn ich sie nur ungehindert und ohne Zeugen in meinem Zimmer sprechen kann.«

»Nicht in Ihrem Zimmer,« entgegnete derselbe Munizipalbeamte, »sondern in dem Speisezimmer; so haben wir's mit dem Justizminister verabredet.«

»Aber Sie haben doch gehört«, sagte der König, »dass mir der Beschluss des Konvents gestattet, meine Familie ohne Zeugen zu sprechen.«

»Das ist wohl wahr, Sie werden unter sich sein, die Tür wird geschlossen, aber wir werden Sie durch das Fenster beobachten.«

»Gut, lassen Sie meine Familie kommen.«

Die Munizipalbeamten entfernten sich, und der König ging in das Speisezimmer.

Clery folgte ihm, rückte den Tisch auf die Seite und stellte die Sessel weg, um Platz zu machen.

»Clery«, sagte der König, »bringen Sie eine Flasche Wasser und ein Glas, für den Fall, dass die Königin Durst bekommt. ... Warten Sie, Clery; bitten Sie den Herrn Abbé Edgeworth, mein Zimmer nicht zu verlassen; sein Anblick könnte einen zu großen Eindruck auf meine Familie machen.«

Um halb neun Uhr tat sich die Tür auf. –

Die Königin ging voran, ihren Sohn an der Hand führend; dann kamen Madame Elisabeth und Madame Royale.

Der König breitete die Arme aus. Die beiden Damen und die beiden Kinder sanken weinend an seine Brust.

Eine Minute lang herrschte tiefe Stille im Speisezimmer, man hörte nur das Schluchzen der Frauen und Kinder.

Dann machte Marie Antoinette eine Bewegung, um den König in sein Zimmer zu führen.

»Nein«, sagte er, sie zurückhaltend, »ich darf Sie nur hier sprechen.«

Die Königin und die königliche Familie hatten den Urteilsspruch durch Zeitungsverkäufer erfahren, aber die näheren Umstände waren ihnen nicht bekannt.

Der König erzählte ihnen, was er wusste, entschuldigte seine Feinde und zeigte der Königin, dass weder Pétion noch Manuel für den Tod ohne Aufschub gestimmt hatten.

Marie Antoinette hörte zu, und jedes Mal, wenn sie sprechen wollte, wurde ihre Stimme durch Tränen erstickt.

Sie überließ sich einem Gefühl, das der Reue sehr ähnlich war. Sie wollte den König in sein Zimmer führen, um einen Augenblick allein mit ihm zu bleiben. Als sie sah, dass es nicht möglich war, zog sie den König ans Fenster. Gewiss wollte sie ihm zu Füßen fallen und ihn weinend und schluchzend um Verzeihung bitten. Der König erriet ihre Absicht und hielt sie zurück.

»Lesen Sie das, meine teure, geliebte Gattin«, sagte er, sein Testament aus der Tasche ziehend.

Marie Antoinette las halblaut den Satz, den ihr der König mit dem Finger zeigte:

»Ich bitte meine Gemahlin, mir alle Leiden zu verzeihen, die sie um meinetwillen erduldet, und den Kummer, den ich ihr während unserer Ehe vielleicht gemacht habe, so wie sie auch versichert sein kann, dass ich ihr nicht zürne, falls sie sich etwas vorzuwerfen hätte.«

Wer würde ihr einen Vorwurf machen mögen, der Dulderin, die mit der doppelten Glorie des Märtyrertums und der Verzeihung ihres Gatten vor die Nachwelt getreten ist?

Sie fühlte das; sie sah ein, dass sie von jenem Augenblick an vor der Geschichte gerechtfertigt dastand; aber sie wurde umso schwächer im Angesicht des Mannes, den sie so spät lieben und schätzen gelernt hatte, sie fühlte, dass sie ihn verkannt, seine guten Eigenschaften übersehen und nur seine Mängel bemerkt hatte.

Es waren nicht mehr Tränen, nicht mehr Worte, die sich der Brust der Unglücklichen entrangen, es war ein krampfhaftes Schluchzen. Sie wollte mit ihrem Gemahl sterben, und wenn man ihr diese Gunst verweigerte, den Hungertod erleiden.

Die Kommissare, die nichts verstehen konnten, aber an den Gebärden errieten, dass der Verurteilte die Überlebenden tröstete, vermochten den Anblick nicht länger zu ertragen; sie wandten sich ab, und als sie weiter die Klagetöne hörten, ließen sie ihrem menschlichen Gefühl freien Lauf und brachen in Tränen aus.

Dieser herzzerreißende Auftritt dauerte eindreiviertel Stunden. – Endlich stand der König auf. Gattin, Schwester, Kinder hängten sich an ihn. Der König und die Königin hielten den Dauphin bei der Hand. Die kleine Prinzessin stand zur Linken ihres Vaters und hielt ihn umfasst; Madame Elisabeth stand hinter ihrer Nichte und hielt den Arm des Königs; Marie Antoinette, die des Trostes am meisten bedurfte, weil sie am wenigsten schuldlos war, hatte den Arm um den Hals ihres Gatten geschlungen, und diese rührende Gruppe fühlte nur einen Schmerz. Mitten unter dem Schluchzen und Wehklagen hörte man nur die Worte:

»Wir werden uns wiedersehen, nicht wahr?«

»Ja, ja! Beruhigen Sie sich.«

»Morgen früh um acht Uhr, nicht wahr?«

»Ich verspreche es Ihnen.«

»Warum nicht um sieben Uhr?«, fragte die Königin.

»Nun ja, um sieben Uhr«, erwiderte der König; »aber jetzt ... adieu, adieu!«

Diese letzten Worte sprach er, mit so ausdrucksvoller Stimme, dass man ihm Folge leisten musste, denn seine Kräfte waren erschöpft.

Ebenso ging es der jungen Prinzessin; sie sank mit einem matten Klageton zu Boden.

Sie war ohnmächtig. Madame Elisabeth und Clery hoben sie auf.

Der König sah die Notwendigkeit ein, seine Gefühle zu bekämpfen und stark zu sein. Er entwand sich den Armen der Königin und des Dauphin, und ging, noch ein Lebewohl zurückrufend, in sein Zimmer.

Dann verschloss er die Tür hinter sich.

Clery wollte die noch immer ohnmächtige junge Prinzessin in die Wohnung der Königin tragen; aber an der Treppe hielten ihn die Kommissare zurück und zwangen ihn, umzukehren.

Der König hatte den Abbé Edgeworth in dem Kabinett des Ecktürmchens wieder gefunden, und ließ sich zu seiner Zerstreuung von ihm erzählen, wie er in den Temple gekommen war.

Ob er dieser Erzählung mit vollem Bewusstsein zuhörte, oder ob die Worte von seinen eigenen Gedanken übertönt wurden und nur verworren in seine Ohren drangen, wer kann es wissen?

Als die Erzählung beendet war, sagte der König:

»Jetzt wollen wir alles vergessen und nur an mein Seelenheil denken.«

»Sire«, antwortete der Abbé, »ich bin bereit, alles zu tun, was in meinen Kräften steht, und ich hoffe, dass Gott mich dabei unterstützen wird ... Aber glauben Sie nicht, dass es ein großer Trost für Sie sein würde, die Messe zu hören und zu kommunizieren!«

»Jawohl«, sagte der König, »glauben Sie, dass ich eine solche Vergünstigung zu schätzen wissen würde ... Aber wie wollen Sie es möglich machen? Bedenken Sie, welcher Gefahr Sie sich aussetzen ...«

»Das ist meine Sorge, Sire, und ich will Eurer Majestät beweisen, dass ich der Ehre würdig bin, die Sie mir erweisen. Geben Sie mir unbedingte Vollmacht, und ich stehe für alles.«

»Gehen Sie«, erwiderte Ludwig XVI. »Gehen Sie,« wiederholte er kopfschüttelnd, »aber es wird vergebens sein.«

Der Abbé Edgeworth verneigte sich und ging fort, um sich in die Kanzlei führen zu lassen.

»Der Mann, der morgen sterben wird«, sagte der Abbé, »wünscht vor seinem Todesgange die Messe zu hören und zu beichten.«

Man beriet sich.

Die Bitte wurde unter zwei Bedingungen gewährt: Erstens sollte der Abbé ein Gesuch schreiben und unterzeichnen, und zweitens sollte die Zeremonie am andern Morgen spätestens um sieben Uhr beendet sein, da die Hinrichtung des Gefangenen um acht Uhr stattfinden sollte.

Der Abbé schrieb das Gesuch und ließ es in der Kanzlei. Dann wurde er zu dem Gefangenen zurückgeführt, dem er die Gewährung seiner Bitte anzeigte.

Es war zehn Uhr, der Abbé Edgeworth blieb bis Mitternacht mit Ludwig XVI. allein.

Um Mitternacht sagte der König zu ihm:

»Herr Abbé, ich bin müde, ich möchte schlafen; ich brauche Kraft für morgen.«

Dann rief er zweimal: »Clery! ... Clery!«

Clery erschien, entkleidete den König und wollte ihm die Haare aufwickeln; aber Ludwig XVI. sagte lächelnd:

»Lassen Sie nur, es ist nicht der Mühe wert.«

Dann legte er sich zu Bett, und als Clery die Vorhänge zuzog, sagte der König zu ihm:

»Wecken Sie mich um fünf Uhr.«

Kaum ruhte sein Haupt auf dem Kissen, so schlief er ein, so unwiderstehlich waren bei ihm die körperlichen Bedürfnisse.

Der Abbé Edgeworth legte sich auf das Bett des Kammerdieners.

Clery, der nur wenig schlief und oft durch schauerliche Träume aufgeschreckt wurde, versäumte die bestimmte Stunde nicht. Schlag fünf Uhr stand er auf und machte Licht.

»Ich habe gut geschlafen«, sagte der König; »es war mir ein Bedürfnis, denn der gestrige Tag hat mich schrecklich ermüdet ... Wo ist der Herr Abbé?«

»Auf meinem Bett, Sire.«

»Auf Ihrem Bett! Wo haben Sie denn die Nacht zugebracht?«

»Auf diesem Sessel.«

»Es tut mir leid, Sie müssen eine schlechte Nacht gehabt haben.«

»Oh, Sire«, erwiderte Clery, »wie hätte ich in einem solchen Augenblicke an mich denken können?«

»Armer Clery!«, sagte der König und reichte ihm die Hand, die der treue Diener weinend küsste.

Clery begann nun, den König zum letzten Male anzukleiden. Er hatte einen braunen Frack, Beinkleider von grauem Tuch, graue seidene Strümpfe und eine Pikeeweste zurechtgelegt.

Als der König angekleidet war, frisierte ihn der Kammerdiener. Unterdessen machte Ludwig XVI. ein Petschaft von seiner Uhr los, steckte es in seine Westentasche, legte seine Uhr auf den Kamin, zog einen Ring vom Finger und steckte ihn in dieselbe Tasche, wo das Petschaft war.

Während ihm Clery den Frack anzog, nahm der König, der tags vorher denselben Frack getragen hatte, Brieftasche, Lorgnette und Tabaksdose heraus und legte alles nebst seiner Börse auf den Kamin. Alle diese Vorbereitungen geschahen in Gegenwart der Kommissare, die in das Zimmer des Königs gekommen waren, sobald sie Licht gesehen hatten.

Es schlug halb sechs.

»Clery«, sagte der König, »wecken Sie den Herrn Abbé Edgeworth.«

Der Abbé war schon aufgestanden, er hatte den Kammerdiener erwartet und trat ein.

Der König nickte ihm zu und ersuchte ihn, in sein Zimmer zu kommen. Unterdessen richtete der Kammerdiener den Altar her.

Zu diesem Zwecke wurde auf die im Zimmer befindliche Kommode ein Tischtuch gelegt.

Als der Altar fertig war, ging Clery in das Zimmer des Königs, um den König davon in Kenntnis zu setzen.

»Können Sie bei der Messe ministrieren?«, fragte ihn Ludwig XVI.

»Ich hoffe es«, antwortete Clery, »ich weiß nur das Staffelgebet nicht auswendig.«

Der König reichte ihm ein Messbuch.

Der Abbé Edgeworth war schon in Clerys Zimmer, wo er sich ankleidete. Sobald er im Ornat erschien, zogen sich die Beamten in das Vorzimmer zurück; sie mochten wahrscheinlich mit einem Geistlichen nicht in Berührung kommen.

Es war sechs Uhr, die Messe begann. Der König hörte sie kniend und mit der tiefsten Andacht an.

Nach der Messe kommunizierte der König, und der Abbé Edgeworth begab sich in das Nebenzimmer, um das Priestergewand abzulegen.

Der König benutzte diesen Augenblick, um seinem treuen Diener zu danken und ihm Lebewohl zu sagen; dann begab er sich wieder in sein Zimmer.

Der Abbé kam ebenfalls dahin. Clery setzte sich auf sein Bett und weinte.

Um sieben Uhr kam der König aus seinem Zimmer und rief seinen Kammerdiener.

Clery eilte herbei.

Der König trat mit ihm ans Fenster und sagte zu ihm:

»Übergeben Sie dieses Petschaft meinem Sohn und diesen Ring meiner Gemahlin; sagen Sie ihnen, dass ich sie mit schwerem Herzen verlasse. Dieses kleine Paket enthält Haare von unserer ganzen Familie, übergeben Sie es ihnen ebenfalls.«

»Aber werden Sie denn Ihre Familie nicht mehr sehen, Sire?«, fragte Clery.

Der König war einen Augenblick unschlüssig, dann erwiderte er:

»Nein, nein ... Ich hatte allerdings versprochen, sie heute Morgen zu sehen; aber ich will den Meinigen den herben Trennungsschmerz ersparen. Clery, wenn Sie sie wiedersehen, sagen Sie ihnen, wie schwer es mir geworden, ohne einen Scheidekuss fortzugehen ...«

Bei diesen Worten konnte er seine Tränen nicht zurückhalten.

Dann setzte er mit dem Ausdruck tiefen Schmerzes hinzu:

»Nicht wahr, Clery, Sie werden den Meinen das letzte Lebewohl von mir bringen?«

Er ging wieder in sein Zimmer.

Die Kommissare hatten gesehen, dass der König die erwähnten Gegenstände Clery übergab. Einer von ihnen verlangte die Herausgabe, aber ein anderer machte den Antrag, sie dem Kammerdiener bis zur Entscheidung des Gemeinderates zu lassen. Dieser Antrag wurde angenommen.

Eine Viertelstunde nachher kam der König wieder aus seinem Zimmer.

»Clery«, sagte er, »fragen Sie, ob ich eine Schere haben kann.«

»Kann der König eine Schere haben?«, fragte Clery die Kommissare.

»Was will er damit machen?«

»Das weiß ich nicht.«

»Fragen Sie ihn.«

Einer der Kommissare ging in das Zimmer; er fand den König vor dem Abbé Edgeworth kniend.

»Sie haben eine Schere verlangt«, sagte er, »was wollen Sie damit machen?«

»Mein Kammerdiener soll mir die Haare abschneiden«, antwortete der König.

Der Kommissar begab sich in die Kanzlei hinunter. Man beriet sich eine halbe Stunde, und endlich schlug man es ab.

Der Kommissar ging wieder hinauf.

»Die Direktion hat es abgeschlagen«, sagte er.

»Ich würde die Schere nicht berührt haben«, sagte der König, »und Clery würde mir in Ihrer Gegenwart die Haare abgeschnitten haben. Gehen Sie noch einmal hinunter, ich bitte Sie.«

Der Kommissar ging wieder hinunter und trug das Ansuchen des Königs noch einmal vor, aber die Direktion beharrte bei ihrer Weigerung. Ein Kommissar trat nun auf Clery zu und sagte zu ihm:

»Ich glaube, es ist Zeit, dass du dich anschickst, den König auf seinem Todesgange zu begleiten.«

»Mein Gott«, erwiderte Clery zitternd, »warum soll ich ihn denn begleiten?«

»Um ihn zu entkleiden; du bist ja sein Kammerdiener.«

»Nein, er kann hier bleiben«, sagte ein anderer; »der Nachrichter ist gut genug dazu.«

Der Tag begann zu grauen; in allen Sektionen von Paris wurde Generalmarsch geschlagen. Dieser Lärm drang bis in den Turm und erfüllte den Abbé Edgeworth und Clery mit Entsetzen.

Aber der König war ruhiger als je, er lauschte einen Augenblick und sagte ganz gelassen:

»Wahrscheinlich wird die Nationalgarde ausrücken.«

Nach einer Weile marschierte Kavallerie in den Hof. Man hörte die Hufschläge der Pferde und die Stimmen der Offiziere.

Der König lauschte wieder und sagte mit derselben Ruhe:

»Sie scheinen näher zu kommen.«

Von sieben bis acht Uhr klopfte man mehrmals unter verschiedenen Verwänden an die Tür des Kabinetts, und jedes Mal erwartete der Abbé zitternd, es sei das letzte Mal.

Aber jedes Mal stand der König auf, ging ohne die mindeste Unruhe an die Tür, antwortete den Personen, die ihn in seiner Andacht störten, und setzte sich dann wieder zu seinem Beichtvater.

Um neun Uhr endlich wurde das Geräusch stärker und die Türen gingen auf. Santerre erschien mit sieben bis acht Kommissaren und zehn Gendarmen, die sich in zwei Reihen aufstellten.

Als der König das Geräusch hörte, trat er aus dem Kabinett, ohne das Anklopfen abzuwarten.

»Sie wollen mich abholen?«, sagte er.

»Ja.«

»Warten Sie nur eine Minute.«

Er ging wieder in das Zimmer und schloss die Tür hinter sich.

»Jetzt muss ich gehen, die Scheidestunde hat geschlagen«, sagte er zu dem Abbé Edgeworth, und er kniete vor ihm nieder. »Geben Sie mir Ihren letzten Segen und bitten Sie Gott, dass er mir bis ans Ende beistehe.«

Als der König den Segen erhalten hatte, stand er auf, öffnete die Tür und ging auf die im Schlafzimmer stehenden Kommissare und Gendarmen zu.

Alle hatten den Hut auf dem Kopfe.

»Meinen Hut, Clery«, sagte der König.

Clery holte schluchzend den Hut.

»Ist unter Ihnen vielleicht ein Mitglied des Gemeinderats?«, fragte Ludwig XVI.; »Sie, glaube ich?«

Er wandte sich an einen Beamten, namens Jacques Roux, der ein beeideter Priester war.

»Was wünschen Sie?«, fragte dieser.

Der König zog sein Testament aus der Tasche.

»Ich ersuche Sie«, sagte er, »der Königin ... meiner Gemahlin, diese Schrift zu übergeben.«

»Wir sind nicht hierher gekommen«, antwortete Jacques Roux, »um Bestellungen für dich zu machen, sondern um dich zum Blutgerüst zu führen.«

Der König nahm die Beleidigung mit derselben Sanftmut und Gelassenheit hin, wie Christus, und wandte sich an einen andern Beamten, namens Gobeau.

»Wollen Sie meine Bitte nicht erfüllen?«

Der Mann schien unschlüssig zu sein, und der König setzte hinzu:

»Oh, Sie können die Schrift lesen, es sind sogar Bestimmungen darin, die ich zur Kenntnis des Gemeinderats zu bringen wünsche.«

Der Munizipalbeamte nahm das Testament.

Clery hatte inzwischen nicht nur den Hut, sondern auch den Überrock geholt; aber der König sagte:

»Nein, Clery, geben Sie mir nur meinen Hut.«

Clery reichte ihm den Hut; der König benutzte diese Gelegenheit, um ihm noch einmal die Hand zu drücken.

Dann sagte er mit befehlendem Tone, den er so selten in seinem Leben angenommen hatte:

»Kommen Sie, meine Herren!«

Dies waren die letzten Worte, die er in seinem Gefängnis sprach.

Auf der Treppe begegnete ihm der Pförtner des Turmes, Mathay, den er zwei Tage vorher an seinem Kaminfeuer sitzend gefunden und etwas unwillig aufgefordert hatte, ihm seinen Platz zu überlassen.

»Mathay«, sagte er, »ich habe Sie vorgestern etwas hart angeredet, zürnen Sie mir deshalb nicht.«

Mathay lehrte ihm den Rücken zu, ohne zu antworten.

Der König ging zu Fuß über den ersten Hof; er sah sich zwei- oder dreimal um und warf der Gattin, seiner einzigen Liebe, der Schwester, seiner einzigen Freundschaft, den Kindern, seiner einzigen Freude, den letzten Scheideblick zu.

Am Eingange des Hofes hielt ein grüner Wagen; zwei Gendarmen standen am Kutschenschlage. Als sich der König näherte, stieg der eine zuerst ein und setzte sich auf den Rücksitz; dann stieg der König ein und gab dem Abbé Edgeworth einen Wink, an seiner Seite Platz zu nehmen. Der andere stieg zuletzt ein und schloss die Wagentür.

Um ein Viertel zehn Uhr fuhr der Wagen ab.

Jetzt noch ein Wort über die Königin, über Madame Elisabeth und die beiden Kinder, denen der König durch die Mauern ihres Kerkers den letzten Scheideblick zugeworfen hatte.

Abends vorher, nach der herzzerreißenden Zusammenkunft, hatte die Königin kaum die Kraft gehabt, den Dauphin auszukleiden und zu Bett zu bringen. Sie hatte sich in ihren Kleidern auf ihr Bett geworfen. Um ein Viertel sieben ging die Tür auf, ein Messbuch wurde geholt.

Die ganze Familie rüstete sich nun, denn nach dem Versprechen, das ihr der König abends vorher gegeben, glaubte sie, man werde sie zu ihm führen; aber die Zeit verstrich, die Königin und die Prinzessinnen hörten die verschiedensten Geräusche, das Öffnen und Schließen der Türen, das Geschrei des Pöbels beim Erscheinen des Königs drang an ihr Ohr, endlich der Lärm der sich entfernenden Pferde und Geschütze.

Die Königin sank auf einen Stuhl und sagte«:

»Er ist fort, ohne uns Lebewohl zu sagen.«

Madame Elisabeth und die kleine Prinzessin sanken auf die Knie.

So waren denn alle Hoffnungen nacheinander geschwunden! Anfangs hatte man Verbannung und Gefängnis gehofft, und diese Hoffnung war geschwunden; endlich hoffte man nichts mehr, als einen verzweifelten Handstreich auf dem Wege, und diese Hoffnung sollte ebenfalls schwinden.

»O mein Gott! Mein Gott!« rief die Königin, und dieser letzte Ruf der Verzweiflung war alles, was sie zu sagen vermochte.

Unterdessen fuhr der Wagen weiter und erreichte den Boulevard.

Die Straßen waren ziemlich verödet, die Kaufläden zur Hälfte geschlossen; in den Haustüren, an den Fenstern war niemand. Denn eine Verordnung des Gemeinderats verbot jedem Bürger, der nicht zu der bewaffneten Miliz gehörte, die auf den Boulevard ausmündenden Straßen zu betreten oder sich beim Vorbeikommen des Zuges an den Fenstern zu zeigen.

Der Himmel war trüb und neblig; man sah nur einen Wald von Piken, unter denen nur hier und da einige Bajonette funkelten. Vor dem Wagen ritt die Kavallerie und vor dieser ging eine Menge Trommler.

Der König hätte gern mit seinem Beichtvater gesprochen, aber er konnte es nicht wegen des großen Lärms.

Der Abbé Edgeworth reichte ihm sein Brevier, und Ludwig XVI. las.

An der Porte Saint-Denis schaute er auf; er glaubte, unter der Menge eine Bewegung zu bemerken.

Etwa zehn junge Leute stürzten aus der Straße Beauregard hervor, schwenkten ihre Säbel und durchbrachen die Volksmenge mit dem Ruf:

»Hierher, wer den König retten will!«

Dreitausend Verschworene sollten auf dieses von dem Baron von Batz, einem Abenteurer, gegebene Zeichen herbeieilen.

Er gab kühn das Zeichen, aber von den dreitausend Verschworenen antwortete nur ein Dutzend.

Als der Baron von Batz und seine wenigen Genossen sahen, dass nichts zu machen war, benutzten sie die durch ihren Befreiungsversuch verursachte Verwirrung und verloren sich in dem Straßenlabyrinth.

Diese Bewegung war es, die den König in seiner Andacht störte; aber sie hatte so wenig zu bedeuten, dass der Wagen nicht einmal anhielt. Als er nach zwei Stunden und zehn Minuten anhielt, war er am Ziele.

Sobald der König merkte, dass die Bewegung des Wagens aufhörte, neigte er sich zu dem Ohr des Priesters und sagte:

»Wir sind zur Stelle, wenn ich nicht irre.«

Nur das Stillschweigen des Abbé Edgeworth antwortete ihm.

In demselben Augenblick kam einer der drei Brüder Samson, der Pariser Nachrichter, an den Wagen und wollte den Schlag öffnen. Aber der

König hielt ihn zurück, legte die Hand auf das Knie des Abbé Edgeworth und sagte mit würdevollem, gebieterischem Tone:

»Meine Herren, ich empfehle Ihnen diesen würdigen Mann hier. Tragen Sie Sorge, dass ihm nach meinem Tode kein Leid geschehe; ich beauftrage Sie, darüber zu wachen.«

Unterdessen waren die beiden andern Nachrichter an den Wagen gekommen.

»Ja, ja«, antwortete einer von ihnen, »wir werden schon dafür sorgen, lassen Sie uns nur machen.«

Ludwig stieg aus.

Die Henkersknechte kamen auf ihn zu und wollten ihm seinen Frack ausziehen; aber er wies sie mit stolzer Gebärde zurück und begann, sich allein zu entkleiden.

Einige Augenblicke blieb der König allein in dem Kreise, der sich um ihn gebildet hatte; er warf den Hut auf die Erde, zog den Rock aus und knüpfte das Halstuch auf.

Nun aber traten die Nachrichter auf ihn zu. Einer von ihnen hatte einen Strick in der Hand.

»Was wollen Sie?«, fragte der König.

»Ihnen die Hände binden«, antwortete der Mann, der, den Strick trug.

»Das leide ich nicht«, sagte der König, dessen Gefühl sich empörte; »lassen Sie das; tun Sie, was Ihnen befohlen ist, aber binden lasse ich mich nicht.«

Die Nachrichter begannen laut zu sprechen, es fehlte nicht viel, so hätten sie Gewalt gebraucht, und der Märtyrer hätte die Achtung und Teilnahme, die er sich durch, sechs Monate der Ruhe und Ergebung erworben, wieder verscherzt; da näherte sich einer der drei Brüder Samson, der vom Mitleid gerührt war und dennoch die traurige Pflicht hatte, den schrecklichen Befehl zu vollziehen.

»Sire«, sagte er ehrerbietig, »mit diesem Schnupftuch.«

Der König sah seinen Beichtvater an. Dieser nahm seine Fassung zusammen, um zu sprechen.

»Sire«, sagte er, »Eure Majestät werden dadurch dem Heiland, der Sie nun bald belohnen wird, umso ähnlicher werden.«

Der König blickte mit unendlichem Schmerz zum Himmel auf.

»Sie haben recht«, sagte er, »nur sein Beispiel kann mich bewegen, in eine solche Beschimpfung zu willigen ... Tut, was ihr wollt«, sagte er zu den Henkern, indem er die Hände ausstreckte, »ich will den Leidenskelch bis auf den Grund leeren.«

Die Stufen des Blutgerüstes waren hoch und glatt; er stieg sie am Arme des Priesters hinan. Edgeworth fürchtete, der König könne im letzten Augenblick schwach werden, denn er fühlte den Arm des Königs schwer auf dem Seinigen. Aber auf der obersten Stufe machte Ludwig XVI. sich von den Händen seines Beichtvaters los und ging rasch auf die andere Seite der Plattform. Seine Wangen waren gerötet und hatten nie so lebhaft und frisch ausgesehen.

Die Trommeln wurden gerührt. Mit einem gebieterischen Blick brachte er sie zum Schweigen und sprach mit lauter Stimme folgende Worte:

»Ich sterbe unschuldig aller Verbrechen, die man mir zur Last legt; ich verzeihe den Urhebern meines Todes und bitte Gott, dass das Blut, das ihr jetzt vergießen werdet, nie über Frankreich komme.«

»Rührt die Trommeln!«, rief eine Stimme, die man lange für die Stimme Santerres gehalten hat; aber diesen Befehl gab Beaufranchet, Graf von Oyat, Sohn Ludwigs XV. und der Buhlerin Morphise.

Es war also der natürliche Oheim des Verurteilten.

Der Trommelwirbel begann von Neuem; aber der König stampfte mit dem Fuße und rief noch lauter und gebieterischer als zuvor:

»Schweigt! Ich habe noch etwas zu sagen!«

Aber die Trommler hörten nicht auf.

»Tut eure Pflicht!«, schrien die Pikenmänner, die das Schafott umgaben, den Nachrichtern zu.

Diese stürzten auf den König zu, der langsam zurückkam und einen Blick auf das Fallbeil warf, von welchem er ein Jahr zuvor selbst eine Zeichnung gemacht hatte.

Dann fiel sein Blick auf den Priester, der am Rande des Blutgerüstes kniend betete.

Hinter den beiden Pfählen der Guillotine entstand nun eine Bewegung, das Fallbrett schlug um, der Kopf erschien an der verhängnisvollen Lucke, ein glänzender Gegenstand fuhr blitzend nieder, ein dumpfer Schlag ertönte, und man sah nichts mehr, als einen großen Blutstrahl.

Einer der Nachrichter nahm den Kopf auf und zeigte ihn dem Volke. Der Rand des Gerüstes wurde mit königlichem Blut bespritzt.

Die Pikenmänner brüllten bei diesem Anblick vor Freude laut auf und tauchten ihre Piken, ihre Säbel und Schnupftücher in das Blut. Dabei riefen sie: »Es lebe die Republik!«

Aber dieser Ruf, der die Völker mit ahnungsvoller Freude erfüllt hatte, verhallte zum ersten Mal ohne Echo.

Die Republik hatte nun einen unauslöschlichen Schandfleck an der Stirn; sie hatte, wie später ein berühmter Diplomat sagte, mehr als ein Verbrechen, sie hatte einen großen Fehler begangen.

In Paris herrschte ungeheure Bestürzung, die sich bei einigen bis zur Verzweiflung steigerte. Eine Frau stürzte sich in die Seine - ein Friseur schnitt sich den Hals ab - ein Buchhändler wurde wahnsinnig - ein vormaliger Offizier starb infolge heftiger Gemütsbewegung.

Bei der Eröffnung der Sitzung fand der Präsident einen Brief vor. Dieser Brief war von einem Manne, der wünschte, dass ihm der Leichnam Ludwigs XVI. übergeben werde, damit er ihn neben seinen Vater begrabe.

Dann wurde folgendes Protokoll verfasst:

Protokoll über die Beerdigung Ludwig Capets.

Am 21. Januar 1793, im Jahre II der Französischen Republik, haben wir unterzeichnete Administratoren des Departements von Paris, im Auftrage des Gemeinderates und infolge der Verordnung der provisorischen Vollziehungsbehörde der Französischen Republik, uns um neun Uhr morgens in die Wohnung des Citoyen Recaves, Pfarrers zu St. Magdalena, begeben, und ihn gefragt, ob er dafür Sorge getragen habe, dass die Beerdigung in der gewünschten Form vor sich gehe. Er antwortete uns, dass er alles, was ihm anbefohlen, genau befolgt und alle Vorkehrungen getroffen habe.

Von da begaben wir uns in Begleitung der Bürger Renard und Damoreau, Vicare zu St. Magdalena, auf den in der Straße Anjou-Saint-Honoré gelegenen Friedhof der Pfarre und daselbst überzeugten wir uns von der Vollziehung der Befehle, die wir infolge des von dem Gemeinderat erhaltenen Auftrages dem Citoyen Recaves tags zuvor erteilt hatten.

Bald darauf wurde in unserer Gegenwart der Leichnam Ludwig Capets, den wir vollkommen erkannten, von einer Abteilung Fußgendarmerie auf den Friedhof gebracht. An dem vom Rumpfe getrennten Haupte bemerkten wir, dass die hinteren Haare abgeschnitten waren. Der Leichnam war ohne Krawatte, ohne Rock und ohne Schuhe; er war mit Hemd, Piquéweste, grauen Tuchhosen und grauen seidenen Strümpfen bekleidet.

Mit dieser Bekleidung wurde er in einen Sarg gelegt und dieser wurde in das Grab hinabgelassen, das sogleich mit Erde gefüllt wurde. Alles geschah nach dem Befehl der provisorischen Exekutivbehörde der Französischen Republik, und wir haben mit den Bürgern Recaves, Renard und Damoreau, Pfarrer und Vicare zu St. Magdalena, gegenwärtiges Protokoll unterzeichnet.

Leblanc, Administrator des Departements, Dubois, Administrator des Departements, Damoreau, Recaves, Renard.

So starb König Ludwig XVI. am 21. Januar 1793, und so wurde er an demselben Tage beerdigt. Er war neununddreißig Jahre, fünf Monate und drei Tage alt, hatte achtzehn Jahre regiert und war fünf Monate und acht Tage Gefangener gewesen.

Sein letzter Wunsch ging nicht in Erfüllung, und sein Blut kam nicht nur über Frankreich, sondern über ganz Europa.

Siebenundfünfzigstes Kapitel

Am Abend dieses Schreckenstages befanden sich zwei Männer in einem Salon in der Straße St. Honoré. Die Schreie der Pikenmänner, die die öden und hellerleuchteten Straßen von Paris durchzogen und auf ihren hoch emporgehaltenen Waffen blutige Fetzen von Tüchern und Hemden trugen und in wilder Lust riefen: »Der Tyrann ist tot! Hier ist sein Blut!« drangen bis zu ihnen herauf. Beide schwiegen. Der eine, schwarz gekleidet und den Kopf in beide Hände gestützt, saß an einem Tisch. Der andere, seiner Kleidung nach ein Landmann, ging mit starken Schritten auf und ab, sein Blick war düster, seine Stirn in Falten gezogen, seine Arme auf der Brust gekreuzt.

So oft der letztere an dem zweiten vorüberging, warf er ihm einen fragenden Blick zu.

Endlich schien der Mann, der in so düsterer Stimmung auf und ab wanderte, dieses Schweigens überdrüssig zu sein, er stand still, sah sein Gegenüber scharf an und sagte:

»Ich bin also ein Räuber, Citoyen Gilbert, weil ich für den Tod des Königs gestimmt habe?«

Der schwarzgekleidete Mann richtete sich auf, schüttelte den Kopf und reichte dem andern die Hand.

»Nein, Billot«, erwiderte er. »Sie sind ebenso wenig ein Räuber, wie ich ein Aristokrat bin; Sie haben nach Ihrem Gewissen gestimmt, und ich nach dem Meinigen, nur mit dem Unterschiede, dass ich für das Leben, und Sie für den Tod gestimmt haben. Aber es ist doch entsetzlich, einem Menschen zu nehmen, was ihm keine Gewalt der Erde wiedergeben kann!«

»Also nach Ihrer Meinung«, entgegnete Billot, »ist der Despotismus unverletzlich, die Freiheit ein Aufruhr? Was bleibt damit dem Volke? Das Recht, zu dienen und zu gehorchen! ... Und das sagen Sie, Herr Gilbert, der Zögling Jean Jacques Rousseaus, der Bürger der Vereinigten Staaten!«

»Nein, Billot, das sage ich nicht, denn das wäre ein Frevel an der Nation.«

»Herr Gilbert«, sagte der Landwirt, »ich will Ihnen sagen, was ich mit meinem plumpen gesunden Verstand denke, und erlaube Ihnen, mir mit allem Scharfsinn, mit aller Gelehrsamkeit darauf zu antworten. – Geben Sie zu, dass ein Volk, das von herrschsüchtigen Priestern und Despoten unterdrückt wird, das Recht hat, sich gegen solche Bedrückung aufzulehnen und für seine Freiheit zu kämpfen?«

»Allerdings.«

»Dann gestehen Sie ihm auch das Recht zu, die Resultate seines Sieges zu sichern?«

»Das versteht sich.«

»Nehmen Sie sich in acht, es wird uns weit führen ...«

»Ich werde Ihnen folgen, wohin Sie mich führen, Billot, und Ihnen durch den einzigen Ausspruch antworten: Mensch, du hast nicht das Recht, deinem Nächsten das Leben zu nehmen!«

»Aber der König ist nicht mein Nächster«, erwiderte Billot, sich ereifernd, »er ist mein Feind ... Ich erinnere mich an eine Stelle der Bibel, aus der mir meine arme Frau vorzulesen pflegte: Samuel sagte zu den Israeliten, die einen König verlangten ...«

»Ich weiß wohl, Billot; aber Samuel rettete Saul, er nahm ihm nicht das Leben.«

»Oh! Ich weiß wohl, dass ich verloren bin, wenn ich mich mit Ihnen in die Gelehrsamkeit vertiefe. Ich frage Sie daher ganz einfach: Hatten wir das Recht, die Bastille zu nehmen?«

»Ja.«

»Hatten wir das Recht, die uns verweigerte freie Beratung zu fordern?«

»Ja.«

»Hatten wir das Recht, den König von Versailles nach Paris zu führen, als er die konstituierende Versammlung durch das Fest der Leibgarde und Zusammenziehung von Truppen einschüchtern wollte?«

»Ja.«

»Hatten wir das Recht, den König in Varennes anzuhalten, als er fliehen und zum Feinde übergehen wollte?«

»Ja.«

»Hatten wir das Recht, uns am 20. Juni zu erheben, als der König, nachdem er die Verfassung von 1791 beschworen, mit dem Auslande unterhandelte?«

»Ja.«

»Hatten wir das Recht, am 10. August die Tuilerien zu nehmen und den Thron für erledigt zu erklären, als er die Sanktion der verfassungsmäßig gegebenen Gesetze verweigerte? Hatten wir das Recht, ihn vor den Nationalkonvent zu stellen, als er trotz seiner Gefangenschaft im Temple nicht aufhörte, gegen die Freiheit der Nation zu konspirieren?«

»Ja, das leugne ich nicht.«

»Dann hatte der Konvent auch das Recht, ihn zu verurteilen! ...«

»Ja, zur Verbannung, zur Landesverweisung, zu lebenslänglicher Haft ... zu allem, nur nicht zum Tode.«

»Warum nicht zum Tode?«

»Weil er nicht in sträflicher Absicht gehandelt hatte. Sie beurteilen seine Handlungsweise vom Gesichtspunkte des Volkes, lieber Billot; er hat die Verhältnisse vom Gesichtspunkte des Königtums beurteilt und demgemäß gehandelt. Er war kein Tyrann, kein Bedrücker des Volkes, kein Mitschuldiger der Aristokraten, kein Feind der Freiheit.«

»Sie beurteilen ihn also vom Gesichtspunkte des Königtums?«

»Nein, denn vom Gesichtspunkte des Königtums würde ich ihn freisprechen.«

»Aber Sie haben ja für das Leben gestimmt ...«

»Allerdings, aber mit Verbannung oder lebenslänglicher Haft ... Glauben Sie mir, Billot, ich habe ihn noch parteiischer beurteilt, als ich eigentlich wollte; ich bin ein Sohn des Volkes, und die Waage, die ich in der Hand hielt, neigte sich dem Volke zu. Sie haben ihn nur aus der Ferne gesehen, Sie haben ihn nicht kennengelernt wie ich. Die Königliche Gewalt, die ihm nach der Verfassung zukam, befriedigte ihn nicht, er schwankte zwischen der Nationalversammlung, die ihn noch zu mächtig fand, und einer ehrgeizigen Königin, zwischen dem gedemütigten, erbitterten Adel und dem unversöhnlichen Klerus ... Nein, Billot, je mehr Kämpfe, desto mehr Siege. Sie sagen, der König sei Ihr Feind gewesen; der Feind war besiegt, und einen Feind mit kaltem Blute morden, heißt keineswegs ihn verurteilen; es ist eine Sache, die den ehrwürdigen Namen der Justiz keineswegs verdient, und zugleich eine Unklugheit, denn das Königtum, das ihr zu vernichten wähnt, wird durch diesen Akt der Rache mit der Glorie des Märtyrertums umgeben ... Nehmt euch in acht! Ihr habt zu viel, und doch nicht genug getan! Karl I. wurde hingerichtet, und Karl II. wurde König; Jakob II. wurde verbannt, und seine Söhne sind im Exil gestorben. Die menschliche Natur ist voll Mitgefühl, und wir haben uns den bei weitem größten Teil der Menschen, der die Revolutionen mit dem Herzen beurteilt, für fünfzig, vielleicht für hundert Jahre entfremdet. Glauben Sie mir, Freund, gerade die Republikaner haben am meisten Ursache, den Tod Ludwigs XVI. zu beklagen, denn sein Blut wird über sie kommen und die Republik ertränken.

»Es liegt etwas Wahres in deinen Worten, Gilbert«, antwortete eine Stimme in der Tür.

Die beiden Männer stutzten und sahen sich um.

»Cagliostro!«, riefen sie zugleich.

»Mein Gott! Ja,« antwortete der Eintretende; »aber es ist auch an Billots Worten etwas Wahres.«

»Das ist eben das Unglück«, erwiderte Gilbert; »die Sache, die wir vertreten, hat zwei Seiten, und jeder, der sie von seiner Seite betrachtet, kann sagen: Ich habe recht. Sagen Sie uns Ihre Meinung, Meister.«

»Ihr habt soeben euer Urteil über die fragliche Angelegenheit abgegeben«, sagte Cagliostro; »ich will über euer Urteil ein Urteil fällen. Habt ihr den König verurteilt, so hattet ihr recht; habt ihr dagegen den Menschen verurteilt, so hattet ihr unrecht.«

»Ich verstehe nicht«, sagte Billot.

»Hören Sie nur zu, ich errate, was er meint«, sagte Gilbert.

»Wollte man ihm durchaus das Leben nehmen«, fuhr Cagliostro fort, »so hätte es geschehen müssen, als er in Versailles oder in den Tuilerien, von seinen Höflingen und Schweizern umgeben, als er dem Volke noch unbekannt war; es hätte am 5. Oktober oder am 10. August geschehen müssen. Aber nachdem er fünf Monate im Temple zugebracht hatte, nachdem sein Privatleben allgemein bekannt geworden war, nachdem er vor Leuten aus dem Volke gegessen, getrunken, geschlafen hatte und gleichsam der Kamerad des Arbeiters geworden war, hätte man ihn als Menschen behandeln, das heißt, ihn verbannen oder einsperren sollen.«

»Ich verstand Sie nicht«, sagte Billot zu dem Doktor Gilbert, »aber jetzt verstehe ich den Citoyen Cagliostro.«

»Es ist ganz klar. Man weiß jetzt, wie ehrenwert, wie sanft und gutmütig er in seinem Privatleben war, man wird jetzt erzählen, wie zärtlich er als Vater, wie vortrefflich er als Gatte, wie gütig er als Gebieter war, man wird ihn bemitleiden und als ein schuldloses Opfer des Parteihasses hinstellen ... Oh, die Dummköpfe! Ich hätte ihnen mehr Einsicht und Klugheit zugetraut ... So weit geht die Unklugheit der jetzigen Machthaber! Ist es doch so weit gekommen, dass ihn seine Gemahlin liebt! ... Lieber Gilbert,« setzte Cagliostro lachend hinzu, »wer hätte am 14. Juli, am 5. und 6. Oktober, am 10. August gedacht, dass die Königin den König jemals lieben werde?«

»Oh! Wenn ich das hätte ahnen können ...« sagte Billot mit tiefem Schmerz.

»Was würden Sie dann getan haben?«, fragte Eilbert.

»Was ich getan haben würde? Ich würde ihn entweder am 15. Juli oder am 6. Oktober oder 10. August getötet haben; es wäre mir sehr leicht gewesen.«

Gilbert verzieh ihm diese Worte, Cagliostro bewunderte sie.

»Aber Sie haben es nicht getan«, sagte der letztere nach einer kurzen Pause, »Sie, Billot, haben für den Tod und Sie, Gilbert, für das Leben gestimmt?«

»Ja«, antworteten beide.

»Jetzt will ich Ihnen einen Rat geben ... Sie, Gilbert, haben sich zum Mitglied des Konvents ernennen lassen, um eine Pflicht zu erfüllen; Sie, Billot, sind in den Konvent getreten, um Rache zu üben. Die Pflicht ist nun erfüllt, die Rache befriedigt, Sie haben hier nichts mehr zu tun; gehen Sie.«

Beide sahen Cagliostro an.

»Gehen Sie«, erwiderte er. »Sie sind keine Parteimänner, sondern selbstständige Patrioten. Jetzt, da der König tot ist, werden sich die Parteien mit verdoppelter Erbitterung bekämpfen und vernichten. Welche

Partei zuerst unterliegen wird, weiß ich nicht, aber ich weiß, dass eine nach der andern zugrunde gehen wird. Morgen, Gilbert, wird man Ihnen die Nachsicht und Milde, und übermorgen Ihre Strenge, Billot, zum Verbrechen anrechnen. Glauben Sie mir, in dem bevorstehenden Kampfe zwischen Hass, Furcht, Rache und Fanatismus werden sehr wenige rein bleiben; einige werden sich mit Kot, andere mit Blut besudeln ... Folgt daher meiner Warnung, Freunde, und zieht euch zurück.«

»Aber was wird aus Frankreich werden?« entgegnete Gilbert.

»Jawohl,« setzte Billot hinzu, »das Vaterland hat Ansprüche an uns.«

»Frankreich ist materiell gerettet«, sagte Cagliostro; »der äußere Feind ist geschlagen, der innere Feind ist tot. Das Blutgerüst vom 21. Januar hat für die Gegenwart eine ungeheure Bedeutung und Gewalt, denn die Revolution muss nun unvermeidlich ihren Fortgang nehmen. Der Tod Ludwigs XVI. wird den Zorn der auswärtigen Mächte entflammen und der Republik die verzweifelte, übermenschliche Kraft der zum Tode verurteilten Nationen geben. Zieht euch in aller Stille zurück; denn bevor sie das Beil niederlegt, wird die Aristokratie enthauptet sein, bevor sie die dreifarbige Fahne niederlegt, wird Europa besiegt sein ... Säumet nicht, Freunde und geht.«

»Gott ist mein Zeuge«, sagte Gilbert, »dass ich Frankreich gern verlassen werde, wenn uns die von Ihnen prophezeite Zukunft bevorsteht ... Aber wohin sollen mir uns wenden?«

»Undankbarer!« eiferte Cagliostro, »denkst du denn nicht an Amerika, dein zweites Vaterland? Hast du sie vergessen, die herrlichen Landseen, die Urwälder, die unermesslichen Prärien? Fühlst du nach den furchtbaren Stürmen und Ungewittern, die jetzt die Gesellschaft erschüttern, nicht das Bedürfnis der Ruhe in der Natur?«

»Werden Sie mir folgen, Billot?«, fragte Gilbert aufstehend.

»Werden Sie mir verzeihen?«, fragte Billot, auf den Doktor zutretend.

Die beiden Männer sanken einander in die Arme.

»Gut«, sagte Gilbert, »wir reisen ab.«

»Wann?«, fragte Cagliostro.

»In acht Tagen, denke ich.«

Cagliostro schüttelte den Kopf.

»Nein«, sagte er, »Sie müssen heute Abend abreisen.«

»Warum?«

»Weil ich morgen abreise.«

»So, wohin denn?«

»Ihr werdet es einst erfahren, Freunde.«

»Aber wie sollen wir fortkommen?«

»Der .Franklin' segelt in sechsunddreißig Stunden nach Amerika ab.«

»Aber wir haben keine Pässe?«

»Hier sind Pässe.«

»Und mein Sohn ...«

Cagliostro wandte sich ab und öffnete die Tür.

»Kommen Sie herein, Sebastian«, sagte er, »Ihr Vater ruft Sie.«

Sebastian kam und warf sich in die Arme seines Vaters.

Billot konnte einen tiefen Seufzer nicht unterdrücken.

»Es fehlt uns nichts mehr als eine Postchaise«, sagte Gilbert.

»Mein Wagen hält vor der Tür.«

Gilbert ging an einen Sekretär, in dem sich die gemeinsame Kasse, etwa tausend Louisdor enthaltend, befand und winkte Billot, seinen Anteil davon zu nehmen.

»Haben wir genug?«, fragte Billot.

»Wir haben mehr, als wir brauchen, um eine Provinz zu kaufen.«

Billot sah sich verlegen im Zimmer um.

»Was suchen Sie, Freund?«, fragte Gilbert.

»Ich suche etwas, das mir ganz unnütz sein würde, wenn ich es fände, da ich nicht schreiben kann.«

Gilbert lächelte und nahm eine Feder.

»Diktieren Sie«, sagte er.

»Ich möchte von Pitou Abschied nehmen«, sagte Billot.

»Ich will es in Ihrem Namen tun.«

Er setzte sich nieder und schrieb. Als er fertig war, fragte ihn Billot:

»Was haben Sie geschrieben?«

Gilbert las:

»Lieber Pitou!

»Wir verlassen Frankreich, Billot, Sebastian und ich, und wir alle drei sagen Ihnen ein herzliches Lebewohl.

»Da Sie Billots Meierhof verwalten, werden Sie wohl alles haben, was Sie brauchen. - Wahrscheinlich werden wir Ihnen bald schreiben und Sie einladen, uns zu folgen.

Ihr Freund Gilbert.«

»Ist das alles?«, fragte Billot.

»Es ist noch eine Nachschrift.«

»Wie lautet sie?« '

Gilbert sah den Landwirt scharf an und sagte:

»Billot empfiehlt Ihnen Katharina.«

Billot dankte ihm und schloss ihn voll Freude in seine Arme.

Zehn Minuten nachher war die Postchaise, in der Gilbert, Sebastian und Billot ihre Reise antraten, auf dem Wege nach Le Havre.

Achtundfünfzigstes Kapitel

Etwa ein Jahr später hatten sich an einem klaren Wintermorgen auf dem Schlossplatz von Villers-Cotterets etwa drei- bis vierhundert Personen zusammengefunden, die auf das Erscheinen eines Brautpaares warteten, das von unserem alten Bekannten, dem Bürgermeister von Longpré, in den Ehestand geführt wurde.

Die beiden Brautleute waren Ange Pitou und Katharina Villot. Ach! Es hatte sehr wichtiger Ereignisse bedurft, um die Geliebte des Vicomte von Charny, die Mutter des kleinen Isidor, zur Heirat mit Ange Pitou zu bewegen. Gehen wir einmal kurz zurück, wie Katharina zu diesem Entschluss kam.

Die von Cagliostro am Abend des 21. Januar prophezeiten Ereignisse waren über alle Erwartung rasch und in furchtbarer Weise eingetroffen und hatten eine lange, unauslöschliche Blutspur zurückgelassen.

Am 1. Februar 1793 hatte der Nationalkonvent die Emission von achthundert Millionen Assignaten beschlossen, wodurch die Gesamtsumme der in Umlauf gesetzten Assignaten auf drei Milliarden und hundert Millionen stieg.

Am 28. März 1793 hatte er ein Dekret erlassen, das die Ausgewanderten auf Lebenszeit verbannte, für bürgerlich tot erklärte und ihre Güter zugunsten der Republik konfiszierte.

Am 7. November hatte der Konvent das Komitee des öffentlichen Unterrichts beauftragt, einen Entwurf über einen neuen Kultus, der an die Stelle des katholischen Gottesdienstes treten sollte, vorzulegen.

Wir übergehen die Ächtung und den Tod der Girondisten mit Stillschweigen; wir schweigen von der Hinrichtung des Herzogs, von Orleans, der Königin, Baillys, Dantons, Camille Desmoulins und vieler anderer.

Billot und Gilbert waren als Ausgewanderte betrachtet und ihre Güter konfisziert und verkauft worden.

Ebenso verfuhr man mit den Gütern des Grafen von Charny.

So war Katharina von dem Meierhofe zu Pisseleux vertrieben und die Besitzung als Nationaleigentum erklärt worden.

Pitou hatte wohl im Namen Katharinas Verwahrung eingelegt; aber er hatte sich den gemäßigten Patrioten angeschlossen und war dadurch etwas verdächtig geworden. Verständige Leute gaben ihm daher den Rat, sich weder mit Taten noch Worten den Befehlen der Nation zu widersetzen.

Katharina und Pitou hatten sich nach Haramont zurückgezogen. Katharina hatte anfangs die Absicht gehabt, in der Waldhütte des alten Clouis wieder eine Zuflucht zu suchen; aber als sie an der Tür des alten Waldhüters angekommen waren, hatte dieser den Finger auf den Mund gelegt und den Kopf geschüttelt, um ihr Stillschweigen zu gebieten und die Unmöglichkeit, sie aufzunehmen, anzudeuten.

Der Platz war nämlich schon besetzt. Das Gesetz über die Verbannung der nicht beeideten Geistlichen war in Vollzug gesetzt worden, und der Abbé Fortier war verbannt worden. Aber er hatte sich nicht entschließen können, über die Grenze zu gehen, und seine freiwillige Verbannung hatte sich darauf beschränkt, dass er sein Haus zu Villers-Cottersts verließ und bei dem alten Clouis eine Zuflucht suchte, die dieser ihm auch bereitwillig gewährte.

Katharina und Pitou mussten daher ihren Plan aufgeben. Es blieb Katharina nur die Wahl zwischen dem Hause der Tante Angelika in Villers-Cotterêts und der bescheidenen Wohnung Pitous in Haramont.

An eine Aufnahme bei der Tante Angelika war nicht zu denken; denn die alte Jungfer war während der Revolution noch zänkischer und magerer geworden, als sie zuvor gewesen war.

Es blieb noch das Häuschen Pitous in Haramont, das Pitou aber nur im äußersten Notfall beziehen wollte. Er hatte sich daher entschlossen, bei seinem Freunde Desiré Maniquet ein Unterkommen zu suchen. Doch all dies vermochte die arme Katharina über die Zukunft keineswegs zu beruhigen.

Die Beweise treuer Hingebung rührten Katharina; sie fühlte, dass Pitou sie glühend liebte, vergötterte, und zuweilen dachte sie, dass sie diese treue, aufopfernde Liebe wohl durch ein zärtlicheres Gefühl als dasjenige der Freundschaft belohnen könnte.

Die arme Katharina stand ganz allein in der Welt, und Pitou war ihre einzige Stütze, auch drängte sich ihr der Gedanke auf, dass sich niemand als Pitou ihres Kindes annehmen würde, wenn der kleine Isidor das Unglück hätte, seine Mutter zu verlieren. So kam sie nach und nach zu dem Entschlusse, Pitou die einzige Belohnung zu geben, die in ihrer Macht stand, ihm ihre ganze Freundschaft und ihre Hand zu schenken.

Es verstrichen beinahe sechs Monate, bis sich Katharina mit diesem Gedanken ganz vertraut machte. Pitou wurde während dieser Zeit jeden Morgen mit freundlichem Lächeln begrüßt, jeden Abend mit zärtlicherem Händedruck entlassen; aber er hatte von Katharinas Absicht nicht die leiseste Ahnung.

Eines Abends bot sie ihm zum Abschiede nicht nur die Hand, sondern auch die Stirn. Pitou glaubte, Katharina sei zerstreut, und er war zu ehrlich, um eine Zerstreuung zu benützen.

Er trat einen Schritt zurück; aber Katharina ließ seine Hand nicht los, sie zog ihn an sich und bot ihm nicht mehr die Stirn, sondern die Wange.

Pitou zögerte noch mehr. Der kleine Isidor, der es sah, sagte zu ihm:

»Papa Pitou, küsse doch Mama Katharina!«

»O mein Gott!«, stammelte Pitou, der so blass wurde, als ob er sterben sollte.

Und er drückte zitternd seinen Mund auf Katharinas Wange.

Katharina nahm ihren Knaben und legte ihn in Pitous Arme.

»Ich gebe Ihnen das Kind, Pitou«, sagte sie; »wollen Sie gleichzeitig auch seine Mutter nehmen?«

Dem armen Pitou schwindelte der Kopf, er schloss die Augen und sank, den Knaben in seinen Armen haltend, auf einen Sessel.

»Lieber kleiner Isidor«, sagte er, »wie lieb habe ich dich!«

Es wurde nun von der Heirat gesprochen. Pitou sagte zu seiner Braut:

»Ich will dich nicht drängen, Katharina; aber wenn du mich recht glücklich machen willst, so schiebe mein Glück nicht zu lange auf.«

Katharina wollte noch einen Monat warten. – Nach drei Wochen begab sich Pitou in Uniform zu der Tante Angelika, um ihr seine bevorstehende Heirat anzuzeigen.

Er fand sie tot in deren Bett.

»Ach, arme Tante Angelika«, sagte er und kniete vor dem Bett nieder.

Vor der Tür hatte sich bereits eine große Menschenmenge angesammelt. Jeder wusste über den Tod der Tante Angelika etwas zu erzählen. Einige meinten, sie sei vom Schlage getroffen, andere, es sei ein Blutgefäß gesprungen, noch andere, sie sei an Entkräftung gestorben.

Alle flüsterten einander zu: »Wenn Pitou nicht dumm ist, wird er auf dem obersten Brett des Schrankes in einem Buttertopf oder unter dem Strohsack in einem Strumpfe einen verborgenen Schatz finden.«

Bald erschien der Doktor Raynal. Jedermann wollte wissen, woran die Tante Angelika gestorben sei. Der Arzt trat an das Bett, untersuchte den Leichnam, legte die Hand auf die Herzgrube und erklärte zum größten Erstaunen der ganzen Gesellschaft, die Tante Angelika sei erfroren und wahrscheinlich verhungert.

Pitou brach in Tränen aus.

Der Doktor Raynal hatte ein Tuch über den Kopf der Toten geworfen und ging auf die Tür zu. Er winkte Pitou zu sich.

»Ich rate dir, Freund«, sagte er, »alles genau zu durchsuchen ... Du verstehst mich?«

Als die Begräbnisfeierlichkeit zu Ende war, dankte Pitou den Anwesenden im Namen der Verstorbenen und in seinem eigenen Namen; dann zogen alle, der Gewohnheit gemäß, an ihm vorüber.

Unterdessen kniete Katharina mit dem kleinen Isidor an einem mit vier Zypressen bepflanzten Grabe. Es war das Grab ihrer Mutter, und die vier Zypressen hatte Pitou aus dem Walde geholt und auf das Grab gepflanzt.

Er wollte Katharina in ihrer Andacht nicht stören, und eilte ins Haus, um Feuer zu machen.

Leider war das Holz verbrannt, und er hatte kein Geld mehr.

Er sah sich nach allen Seiten um und suchte irgendein Hausgerät, das er opfern könnte. Sein Blick fiel zunächst auf das Bett, die Truhe und den Lehnstuhl der Tante Angelika.

Das Bett und die Truhe hatten wohl keinen großen Wert, waren aber noch nicht unbrauchbar; aber der Armsessel war so baufällig, dass seit langer Zeit niemand auf ihm Platz genommen hatte; er wurde daher geopfert.

Pitou fasste also den verstümmelten Sessel bei einem Fuß, hob ihn hoch auf und schleuderte ihn mit aller Gewalt auf den Fußboden.

Der Sitz brach mitten durch, und zum größten Erstaunen Pitous kamen aus der weiten Öffnung Ströme blanken, schimmernden Goldes.

Pitou stand eine Weile wie erstarrt da. Plötzlich wurde sein Gesicht heiter. Er nahm die umherliegenden Goldstücke vom Boden auf und zerschnitt den Sitz des Lehnstuhls mit seinem Messer. Das ganze Polster war mit Goldstücken angefüllt.

Pitou zählte seinen Schatz; es waren fünfzehnhundertfünfzig Louisdor, das ist siebenunddreißigtausendzweihundert Livres; da aber ein Louisdor damals neunhundertzwanzig Livres in Assignaten galt, so besaß Pitou einen Schatz von einer Million viermalhundertsechsundzwanzigtausend Livres.

Und in welchem Augenblick fiel ihm dieses kolossale Vermögen zu? In dem Augenblicke, als er kein Geld mehr hatte, um Holz zu kaufen.

Pitou steckte sich alle Taschen voll Louisdor, und nachdem er jeden Teil des Sessels geschüttelt hatte, türmte er ihn im Kamine auf, schlug Feuer und zündete das Holz mit zitternder Hand an.

Es war Zeit. Katharina und der kleine Isidor kamen, vor Kälte schlotternd, vom Friedhofe.

Pitou drückte den Knaben an sein Herz, küsste Katharinas erstarrte Hände und entfernte sich eilends, indem er ihr zurief: »Ich habe einen notwendigen Gang zu machen; wärme dich und erwarte mich hier.«

»Wohin geht denn Papa Pitou?«, fragte Isidor.

»Ich weiß es nicht«, antwortete Katharina; »aber da er so schnell geht, beschäftigt er sich gewiss mit dir oder mit mir.«

Am folgenden Tage fand der öffentliche Verkauf des Meierhofes Pisseleux und des Schlosses Voursonne statt. Der Meierhof war auf viermalhunderttausend und das Schloss auf sechsmalhundertausend Liures in Assignaten geschätzt worden. Der Bürgermeister von Longpré kaufte die beiden Besitzungen als Bevollmächtigter eines Unbekannten für die Summe von tausenddreihundertfünfzig Louisdor, das ist für eine Million zweimalhunderttausend Franken in Assignaten. Er bezahlte den Kaufpreis bar aus.

Dieses geschah am Sonntage, und tags darauf sollte die Trauung Katharinas und Pitous stattfinden.

Am Sonntagmorgen ging Katharina sehr früh nach Haramont, entweder um sich am Tage vor ihrer Hochzeit bräutlich zu schmücken, oder um nicht in Villers-Cotterêts zu bleiben, während der schöne Meierhof, wo sie ihre Jugend verlebt, wo sie so glücklich gewesen war, und so viel gelitten hatte, öffentlich versteigert werden sollte.

Daher kam es, dass die Volksmenge, die am folgenden Tage um elf Uhr vor dem Rathause wartete, Pitou so sehr bedauerte und lobte, dass er ein so blutarmes Mädchen geheiratet.

Unterdessen richtete der Bürgermeister von Longpré an die Brautleute die üblichen Fragen:

»Citoyen Pierre Ange Pitou, nehmen Sie die Citoyenne Anna Katharina Billot zu Ihrer Ehegattin?«

»Citoyenne Anna Katharina Villot, nehmen Sie den Citoyen Pierre Ange Pitou zu Ihrem Ehegatten?«

Beide antworteten Ja, Pitou mit bewegter Stimme, Katharina ruhig und heiter, und Herr von Longpré erklärte die beiden Verlobten im Namen des Gesetzes für Eheleute.

Dann winkte er den kleinen Isidor zu sich.

Der Knabe, der auf dem Schreibtische des Bürgermeisters saß, sprang rasch herunter und ging auf Herrn von Longpré zu.

»Mein Kind«, sagte der, »nimm diese Papiere und übergib sie deiner Mama Katharina, wenn dein Papa Pitou sie nach Hause geführt hat.«

Der Knabe nahm die beiden Schriften und hielt sie mit drolliger Sorgfalt in seinen Händchen.

Die Zeremonie war zu Ende. Zum größten Erstaunen der Anwesenden nahm Pitou fünf Louisdor aus der Tasche und übergab sie dem Bürgermeister mit den Worten: »Für die Armen, Herr von Longpré.«

Katharina lächelte. »Sind wir denn so reich?«, fragte sie.

»Wer glücklich ist, Katharina, ist reich«, antwortete Pitou, »und du hast mich zum reichsten Manne der Welt gemacht.«

Er bot ihr den Arm, auf den sich die junge Frau vertraulich stützte.

Die vor dem Rathause versammelte Menge begrüßte die Neuvermählten mit lautem Zuruf. Pitou dankte seinen zunächststehenden Freunden mit herzlichem Händedruck, und Katharina nickte ihren Freundinnen freundlich zu.

Jetzt wandte sich Pitou nach rechts.

»Wohin gehst du denn?«, fragte Katharina.

»Komm nur, liebe, teure Katharina«, sagte Pitou; »ich führe dich an einen Ort, den du sehr gern wiedersehen wirst.«

Katharina ließ sich willig führen.

»Wo gehen sie denn hin?«, fragten die Leute, die ihnen nachschauten.

»Wir werden doch nicht nach Pisseleux gehen?«, fragte Katharina, ihren Mann anhaltend.

»Komm nur, Katharina«, sagte Pitou.

Katharina ging seufzend auf dem Feldwege weiter, und nach zehn Minuten kamen sie an die kleine Brücke, wo Pitou sie am Abend der Trennung von dem Vicomte Isidor ohnmächtig gefunden hatte.

Dort stand sie still.

»Pitou«, sagte sie, »weiter gehe ich nicht.«

»Oh, nur bis zu der hohlen Weide«, bat Pitou.

Katharina seufzte und ging weiter. An dem Weidenbaume stand sie wieder still und sagte:

»Jetzt lass uns umkehren, ich bitte dich!«

Aber Pitou war unerbittlich; er legte die Hand auf ihren Arm und sagte:

»Nur noch zwanzig Schritte, Katharina, mehr verlange ich nicht.«

»Ach, Pitou!«, rief Katharina mit so herzzerreißendem Tone, dass Pitou ebenfalls stehen blieb.

»Und ich glaubte dir eine so große Freude zu machen, meine Katharina!«

»Wie! Du glaubtest mir eine so große Freude zu machen, indem du mich auf einen Meierhof führst, wo ich meine Kindheit verlebt habe, der meinen Eltern gehört hat und einst mein Eigentum werden sollte, der aber gestern verkauft worden ist und jetzt einem Fremden gehört, dessen Namen ich nicht weiß!«

»Nur noch zwanzig Schritte, Katharina ... weiter gewiss nicht!«

Diese zwanzig Schritte waren in der Tat genug, denn als die beiden jungen Gatten um die Ecke der Ringmauer kamen, sahen sie das große Hoftor vor sich.

Vor dem weit geöffneten Hoftor standen in einer Reihe aufgestellt die Taglöhner, Knechte und Mägde in ihrem Sonntagsstaat, Vater Clouis an der Spitze. Jeder hielt einen Blumenstrauß in der Hand.

»Ach! Ich verstehe,« sagte Katharina; »du wolltest mich vor der Ankunft des neuen Eigentümers noch einmal hierherführen, um von den alten Dienern Abschied zu nehmen ... Ich danke dir, Pitou.«

Sie ließ den Arm ihres Mannes und die Hand des kleinen Isidor los und ging auf die Leute zu, die sie alle umringten und in die große Stube führten.

Pitou nahm den kleinen Isidor auf den Arm und folgte seiner Frau. Der Knabe hielt die beiden Papiere gewissenhaft in seinen Händchen.

Die junge Frau saß mitten in der Stube und rieb sich die Stirn, als ob sie eben aus einem Traum erwachte.

»Mein Gott, Pitou!«, sagte sie, sich nach allen Seiten umsehend; »was höre ich? ... Ich verstehe kein Wort ...«

»Liebe Katharina,« erwiderte Pitou, »nimm die Papiere, die unser Kind dir überreicht; sie werden dir vielleicht mehr Aufklärung geben.«

Katharina nahm dem Knaben die Papiere aus der Hand.

»Lies, Katharina«, setzte Pitou hinzu.

Katharina faltete das eine Papier auseinander und las:

»Ich bestätige, dass ich das Schloss Boursonne und die dazugehörigen Grundstücke für Rechnung des Jacques Philippe Isidor, minderjährigen Sohnes der Katharina Billot, am heutigen Tage gekauft und bezahlt habe, und dass diese Besitzung folglich das Eigentum des genannten Kindes ist.

De Longpré, Bürgermeister von Villers-Cotterêts.«

»Was bedeutet das, Pitou?«, fragte Katharina; »ich verstehe kein Wort davon.«

»Lies nur die andere Schrift«, sagte Pitou.

Katharina nahm das andere Papier und las:

»Ich bestätige, dass ich den Meierhof Pisseleux mit allen dazu gehörigen Grundstücken heute für Rechnung der Citoyenne Anna Katharina

Billot gekauft und bezahlt habe, und dass sie daher die einzige und rechtmäßige Eigentümerin des genannten Meierhofes ist.

De Longpré, Bürgermeister von Villers-Cotterêts.«

»Um des Himmels willen!«, rief Katharina, »sage mir, was alles dies bedeutet, oder ich verliere den Verstand!«

»Ich will dir's sagen«, erwiderte Pitou; »ich fand vorgestern tausendfünfhundert Louisdor in dem alten Armsessel meiner Tante Angelika. Dieses Geld wird dir das Rätsel lösen: das Schloss Boursonne bleibt in der Familie Charny, dieser Meierhof in der Familie Billot.«

»Aber, lieber Pitou,« zürnte Katharina, »wie konntest du den alten Armsessel verbrennen? Du hattest ja tausendfünfhundert Louisdor, um Holz zu kaufen ...«

»Ich erwartete jeden Augenblick deine Ankunft, und du hättest frieren müssen, bis das Holz gekauft und gebracht worden wäre.«

Katharina breitete die Arme aus, und Pitou führte ihr den kleinen Isidor zu.

»Oh, du auch ... du auch, lieber Pitou!«, sagte Katharina, und drückte ihr Kind und ihren Mann ans Herz.

www.ingramcontent.com/pod-product-compliance
Lightning Source LLC
Chambersburg PA
CBHW060817310726
48980CB00002B/318

9783846081846